深まりゆく
アメリカ文学

源流と展開

竹内理矢
山本洋平 編著

シリーズ
世界の文学をひらく 3

ミネルヴァ書房

はじめに
——日本でアメリカ文学を学ぶ意義——

本書を手にとられた方は，「アメリカ」という語の響きからどのようなイメージを抱かれるでしょうか。それは，新天地での未知の希望と夢に開かれた明るい世界でしょうか。あるいは，人種的軋轢，戦争とテロリズムの連鎖といった暗い世界でしょうか。おそらく多くの方々にとっては，その両方が交互に現れては重なり合うような複合的イメージではないかと思います。「アメリカ」は決してひとつにまとまりを見せる存在ではなく，まさにそうした矛盾と葛藤にあふれ，多様な文化が衝突し交錯しながら切り拓かれてきた空間的土壌です。では，そのような「アメリカ」になぜ〈文学〉は生まれ，また，どのように紡がれてきたのでしょうか。矛盾と葛藤は文学の源流となり，表現のエネルギーになるのでしょうか。

シリーズ「世界の文学をひらく」におさめられた本書は，アメリカ文学をこれから大学・短大で学んでいく学部生，研究の道を歩んでいく大学院生，アメリカ文学に興味や関心をもつ一般読者を対象とした文学史のガイドブックです。アメリカ文学をその源流から説き起こし，歴史／文化とともに育まれ展開していく世界を紹介し，その世界の深さと広がりを詳しく学べるよう，作家・作品研究とテーマ研究も提示しています。第Ⅰ部で，アメリカ文学史の流れを米国の歴史と文化の形成や発展のなかで説明し，第Ⅱ部で，代表的な文学者の伝記とともに彼らの蔵するエッセンスを作品の原文それ自体から開示し，第Ⅲ部で，テーマ的な視座からアメリカ文学のゆたかな光源と鉱脈を照射し今後の解釈と研究の糸口や道筋が見えてくるよう構成しています。読者がそれぞれの項目を読み進めていくにつれて，アメリカ文学の全体的な輪郭が浮かび上がり，同時に，読者の興味や関心に応じたアメリカ文学へのアプローチの視角がひらかれていくはずです。本書はさまざまなヒントに満ちあふれた案内書ですが，ぜひ本書を片手に，ある特定の作品の原文を虚心に読み，実感と感動とともに，その世界の奥深くまで探求し解釈を深めてほしいと考えています。

実感と感動は人それぞれであり，時代と場所によっても異なりますが，アメリカ文学はこれまでも多くの日本の読者の心を揺さぶってきました。文学者を例にとれば，ハーヴァード大学の裏手に下宿した有島武郎へのウォルト・ホイットマンの影響，新たな自然描写を模索した国木田独歩へのラルフ・ウォルドー・エマソンの感化，谷崎潤一郎の小説世界に落ちるエドガー・アラン・ポーの翳，地縁／血縁の因習を描く中上健次や大江健三郎のウィリアム・フォークナーへの傾倒，プリンストン大学に滞在しアメリカ文学の翻訳も数多く手掛ける村上春樹のスコット・フィッツジェラルドやレイモンド・カーヴァーへの称賛などが想起されます。これらは大陸横断的な作家間の文学的影響といった問題を呈するだけでなく，日本の読者一人一人に生じる心の揺れを拡大的に映す具体例でもあります。じっさい，私たちがアメリカ文学を読むとき，日々の生活では忘れがちな人間存在の普遍的な意味を問い返しながらも，ある名状しがたい感慨にさそわれることが少なくないのではないでしょうか。

そのひとつの感慨に，歴史に裏打ちされたアメリカとの静かな共振があるのかもしれません。なぜなら，作品と作者との対話を通じて，現代日本社会にアメリカという影が落ちているばかりか，自らの生の底にアメリカという澱が深々と沈潜している事実に思いあたるかもしれないからです。大学のカフェテリアで，浦賀に来航したペリーの黒船と自己存在のつながり――ハーマン・メルヴィルの『白鯨』から「明白な宿命」という波動の到達まで――をことさらとりあげては時代錯誤的と揶揄されるかもしれませんが，マクドナルドやディズニーなど行ったことがないと誇って見せれば驚かれるほどにアメリカ文化は日本に浸透していますし，戦後から現在までつづく対米関係をたどり祖先の戦争の語りや墓碑を思い返すだけでも，米国との遠いようでかぎりなく近しい脈絡を感じるだろうと思います。それは，アメリカ文学を学ぶことが，海の水平線と大地のうねりがどこまでもひろがっていくような清々しさと逞しさを帯びる一方で，ときに愁いにも似た薄暗く孤独な色調を湛えることと通じているのかもしれません。

いずれにせよ，アメリカ文学を読むということは，そのダイナミックな冒険の世界への参入を意味します。なぜなら，本書が説明するように，アメリカ文学の多くは，移民国家の成立，西部開拓，北部自由州と南部奴隷州の対立と妥協，文明から自然への回帰，南北戦争，自由と平等という建前とは裏腹な人種差別体制の確立と存続，資本主義と消費社会の到来と発展，フェミニズム運動，公民権運動，二度の世界大戦からヴェトナム戦争，イラク戦争，そしてテロリズムまで，文化と歴史の大きな荒波のただなかで紡がれ，あるいは，それらを背景に（予期したかのように）生成されているからです。人種的に排他的でありながらアメリカ社会には住む者を内部システムに順応させようとする強力な磁場が根づいているのですが，これまで多くの研究者が指摘してきたように，人々は「アメリカ人」になる／であるとは何か，社会に抗う「自己」とは何か，という問いを必然的に抱えもつのであって，そこに歴史的断絶や個人的な挫折が加わったとき，または，幻滅のさきに繁栄と享受の時代が訪れたとき，その振幅を反映するかたちで文学が生み落とされてきたといってよいように思われます。歴史に印づけられた不幸と幸福の文学，悲劇からの告発と再生の文学，といえばよいのでしょうか。人間が幾度となく体験と現実をくぐりぬけねばならない以上，文学は書かれ，読み継がれていくのではないでしょうか。本書を通じて読者が「アメリカ」とその内実に迫り，自らの生を照り返しながら，一冊でも多くの作品を味読してくだされば，編者として望外の喜びです。

本書のタイトル「深まりゆく」は，個々の文学者の内部での文学的主題の深まりと，読者の理解と解釈の深まりを含意しています。人間と世界を捉える文学者の視座や手法は，それぞれの時代の認識方法を反映し，ときに実人生での体験に源を発する新たな認識的布置と枠組みでもあり，その意味では，時代を生きる個人の思考と想像力こそが文学を織りなしひろげてきたのですが，本書を通して読者の内部に，アメリカ文学の展開と奥行がより深い位相で浮かび上がってくることを，そして本書が読者とともに，時間とともに，鍛えられ育てられていくことを切に願っています。

最後に，本書の執筆者は，当該分野・作家研究を切り拓き牽引してきた第一人者の研究者から今後の研究の発展を担っていく中堅・若手研究者の方々です。ご寄稿いただき深く御礼を申し上げます。企画の段階からあたたかくご示唆をたまわった後藤和彦先生，広い視野から的確なご助言をくださった舌津智之先生，新田啓子先生，野田研一先生，そして編集をご担当くださったミネルヴァ書房の河野菜穂氏に重ねて感謝申し上げます。

編者代表　竹内理矢

目　次

第Ⅰ部　アメリカ文学のコンテクスト――時代と社会

第Ⅱ部　アメリカ文学のテクスト――作家と作品

第Ⅲ部　アメリカ文学への新視点――豊穣な世界へ

第 I 部

アメリカ文学のコンテクスト

時代と社会

1　ピューリタン文学・啓蒙主義──信仰から道徳へ

神と世界と人間の間で築かれる関係の中で，人間の位置づけはどのように変わっていったのだろうか。

1　ピューリタンのニューイングランド移住

ヘンリー８世は，イギリス国内での宗教改革の機運を利用し，ローマカトリック教会から分離してイギリス国教会を設立した。けれども，エリザベス１世の時代になっても，イギリス国教会は，ローマカトリック教会の腐敗を色濃く残していた。この腐敗を浄化（purify）するよう迫っていた改革派神学者に対して，彼らを揶揄するためにつけられた渾名がピューリタン（Puritan）という呼称だった。ピューリタンの主張は，古代キリスト教の神学者アウグスティヌス（Aurelius Augustinus）が確立した，素朴で純粋な教会の伝統に立ち返ることだった。具体的には，真正の信仰を持たない者を排除するとともに，そうした異端者を生みだす温床となっていた迷信や因襲的儀式を一掃することで，教会の質を高めようとしたのだった。

ピューリタンの改革運動にもかかわらず，教会の浄化は遅々として進まなかった。ジェイムズ１世やチャールズ１世の時代になると，ピューリタンは，国家秩序を乱す異端分子として徹底的な弾圧対象とさえ見なされた。迫害に瀕して，イギリス国内に素朴で純粋な教会の再興を目指すことはきわめて難しくなっていた。そんな折，1630年には，後にマサチューセッツ湾植民地を組織したピューリタンの一団がセイラムに上陸した。彼らは，ピルグリム・ファーザーズ（Pilgrim Fathers）とは違って[1]，イギリス国教会の模範となるべき新しい教会をニューイングランドに打ち立てようと目論んでいた。この理想的な教会を基盤に据えたキリスト教社会を，初代植民地総督となるジョン・ウィンスロップ（John Winthrop, 1588-1649）は，演説「キリスト教徒の慈愛のひな型」（“A Model of Christian Charity”）において「丘の上の町」（“a city upon a hill”）と象徴的に言い表した。

▷1　ピルグリム・ファーザーズは巡礼父祖とも呼ばれる。彼らは，1620年にプリマスに移住したピューリタン一派で，腐敗したイギリス国教会をもはやキリスト教会とは認めず，それとはいかなる繋がりもない，独立した新しい理想的教会をプリマスの地に組織しようと目論んだ。

図１　ウィンスロップの肖像
出典：Richard S. Dunn, James Savage, Laetitia Yeandle, eds. *The Journal of John Winthrop 1630-1649* (The Belknap P of Harvard UP, 1996)

2　ニューイングランド・ピューリタンの文学

マサチューセッツ湾植民地を中心に展開したニューイングランド・ピューリタニズムの思想的根幹には，予型論という聖書解釈学を援用した独特の歴史認識がある[2]。その認識では，大西洋を航海し，腐敗したイギリスからニューイングランドに渡るピューリタンの行為は，モーセに率いられたイスラエル人が，海が割れてできた道をとおってエジプトから逃れ，約束の地カナンに至るとい

▷2　予型論とは，旧約聖書の出来事を預言，新約聖書に述べられている出来事をその預言の成就と解釈する方法論である。たとえば，ヨナ書には預言者ヨナがクジラに飲み込まれて３日後に，クジラの腹のなかから生還するというエピソードがある。一方，福音書によれば，磔刑に処せられたイエス・キリストは，安息日を挟んで３日後に復活して弟子たちの前に姿を現す。予型論の解釈では，このイエスの復活は，ヨナにおい

うエピソードで預言されていた，未来における偉大な出来事の成就を意味していた。ピューリタンは，そう解釈することで国外移住を自己正当化していった。

ピューリタンにとってこの世とは神の摂理が啓示される舞台，人間は摂理を顕し示す道具である。ニューイングランドは神から賜わった約束の地であり，そこに聳える「丘の上の町」に神意を具現させるのがピューリタンの使命なのである。ピューリタンとは，アダムとイヴの子孫として背負った根源的罪性から脱却し，救いを約束された人間に生まれかわったことを，イエス・キリストにおける神への揺るぎない信仰によって証できた見える聖徒（visible saint），「丘の上の町」とは，見える聖徒によって神の摂理が開示される劇場でなければならなかったのだ。したがって，ピューリタン文学におけるテーマは，ニューイングランドや人々の間に示されていると想定された神の摂理の例証が中心となる。文学ジャンルには，歴史や自伝，日記，説教，詩などがある◁3。

3 啓蒙主義

18世紀に入ると，ヨーロッパを風靡していた啓蒙主義（Enlightenment）が北米大陸のイギリス植民地にも伝播していった。この新しい思想は，アメリカ独立宣言に見られる共和制民主主義の理念を育むとともに，理性に頼る自己改善を重視し，人間を善なる存在に捉え直そうとする精神を涵養していった。道徳と倫理が強調されることで，ニューイングランド・ピューリタニズムは世俗化をいっそう深めていったのだった。人間の救いという課題に目を向けるならば，神からの一方的な恩恵の働きのみによる従来の救済論とは異なり，理性に基づく自己改善を積み重ねることで，人間は救いの実現に自ら積極的に関与することができると考えられるようになる。つまり，不断の自助努力もまた人間の運命を左右する重要な鍵になったのだった。そうした点から，たとえばベンジャミン・フランクリン（Benjamin Franklin, 1706-1790）は，節制・沈黙・規律・決意・節約・勤勉・誠実・正義・中庸・清潔・沈着・純潔・謙遜という13の徳目を生活指標として掲げ，自己研鑽によってそれらを修養するよう『自伝』の中で説いた。フランクリンの思想は，ピューリタンの見える聖徒とは本質的に異なる，ヤンキー（Yankee）と称される新しい実利主義的，合理主義的な人間像に結実していったのだった。

他方，信仰が衰退していく中，ジョナサン・エドワーズ（Jonathan Edwards, 1703-1758）は，「怒れる神の御手の中にある罪人」（“Sinners in the Hands of an Angry God,” 1741）と題する熱烈な説教によって，人々の心に熱狂的な宗教感情を呼び覚ましていった。そして，1730年代から40年代にかけて，マサチューセッツ西部のノーサンプトンを拠点に，第一次大覚醒（First Great Awakening）と呼ばれる信仰復興運動を現出させた。エドワーズの精神主義は，後のアメリカ社会とアメリカ人の思考様式に大きな影響を与えた。（難波雅紀）

て既に預言されていた重大な出来事の成就と見做される。

▶3　歴史家にはウィンスロップ，ウィリアム・ブラッドフォード（William Bradford, 1590-1657），エドワード・ジョンソン（Edward Johnson, 1598-1672），コットン・マザー（Cotton Mather, 1664-1728）がいる。日記はサミュエル・シュアール（Samuel Sewall, 1652-1730），サラ・ケンブル・ナイト（Sarah Kemble Knight, 1666-1727），マザーのもの，自伝はマイケル・ウィグルズワース（Michael Wigglesworth, 1631-1705），トマス・シェパード（Thomas Shepard, 1605-1649）のものがある。説教者としては，シェパード，ジョン・コットン（John Cotton, 1584-1652），トマス・フッカー（Thomas Hooker, 1586-1674），ジョナサン・ミッチェル（Jonathan Mitchell, 1624-1668），ジョナサン・エドワーズなどが，代表的詩人にはアン・ブラッドストリート，エドワード・テイラー（Edward Taylor, 1642-1729），ウィグルズワースがいた。

図2　エドワーズの肖像

出　典：George M. Marsden. *Jonathan Edwards: A Life* (Yale UP, 2003)

2　ロマン主義──拡張する領土と越境する想像力

ロマン主義の作家たちは，アメリカが直面する「今ここ」の現実を想像力によって超越することを試みた。彼らはイギリスを含め，ヨーロッパの文学を強く意識していたが，単に伝統に迎合的だったのではなく，むしろトランスナショナルな想像力を備えていたのではないだろうか。

1　全体像と特徴

1776年に政治的独立を，1812年の対英戦争によって経済的独立を達成したアメリカは，仏領ルイジアナの購入や西漸運動による領土の拡大，運河建設や汽車など交通網の発展に後押しされ，本格的な工業化の時代を迎えた。「ロマン主義」（Romanticism）は国家の拡張と経済的発展を背景に──共振と反動の両方の意味で──生み出された精神運動である[1]。イギリスで18世紀に流行したロマン主義の影響を受け，アメリカの作家たちもまた，都市化，近代化する現在のオルタナティヴとして過去や自然を希求した。彼らはヨーロッパ文学の伝統を受け継ぎながらもアメリカ独自の自然や心性を表現し，両文化圏を橋渡す役割を果たした。

▷1　ロマン主義は，時代区分としては共和制末期から南北戦争前夜までを広く指し，「超越主義」や「アメリカン・ルネサンス」と重複する。ロマン主義の精神的気風がニューイングランドの「超越主義」を生み，その影響と反動から「アメリカン・ルネサンス」が生まれた。

ロマン主義の心性の根底に「今ここ」を超越する欲望があることは，ニューヨークを拠点に活動しながら，都会の時空間を超えた世界を描こうとしたアーヴィングやクーパーの作品にもうかがえる。アーヴィングは『スケッチ・ブック』でアメリカの起源としてのイギリスをノスタルジックに描き，収録の短編「リップ・ヴァン・ウィンクル」ではピューリタン入植以前のオランダ植民に目を向けた。クーパーは幼少期から青年期に過ごしたアメリカ北東部フロンティアの開拓時代や海洋を取り上げた。レザー・ストッキング連作には混血のナッティ・バンポーという人物が登場するが，時空間のみならず部族や人種の越境（異人種間結婚や交流）が見られるのもロマン主義文学の特徴と言えよう[2]。

▷2　リディア・マリア・チャイルドの『ホボモク』（*Hobomok*, 1824）にはネイティヴ・アメリカンの男性とイギリス人女性の結婚が描かれている。

図1　ニューヨークのミッドタウンに位置するブライアント・パークに置かれたブライアントの記念碑
1911年，ニューヨーク公立図書館の開設時に設置された。
出典：筆者撮影。

ロマン主義は小説だけでなく詩の分野でも展開したが，詩においては，より直接的に，都会の喧騒から逃避して自然を希求する様子が見られる。「アメリカのワーズワース」あるいは「アメリカ詩の父」と呼ばれるウィリアム・カレン・ブライアント（William Cullen Bryant, 1794-1878）はウィリアム・ワーズワースの影響を受け，生と死の自然のサイクルを描いた「タナトプシス」（“Thanatopsis,” 1817）や「水鳥に寄せて」（“To a Waterfowl,” 1818）で自然との交感を扱っている[3]。形式とテーマはイギリス文学の影響下にあるが，これらの作品がアメリカ的視野を築く目的で創刊された『ノース・アメリカン・レビュー』（*North American Review*）誌に掲載されたことが示唆するように，ブライアントはアメリカ文学の存在意義に無自覚だったわけではない。実際，彼の作品にはアメリカの自然を表現した詩「大草原」（“The Prairies,”1832）もある。

さらに，ニューイングランドの自然を描いたボストン・ブラーミン（Boston Brahmin）と呼ばれる詩人たち，すなわちロングフェローやジョン・グリーンリーフ・ホイッティア（John Greenleaf Whittier, 1807-1892）もロマン主義の一端を担った。たとえば，クエーカー教徒の貧しい農家に生まれ，イギリスの農民詩人ロバート・バーンズの影響を受けたホイッティアは郷土の風土と歴史を平易な言葉で表現した。子供時代をバラッド形式で歌った「雪に閉ざされて――冬の田園詩」（“Snow-Bound; A Winter Idyl,” 1866）で描かれているのがノスタルジーによって遡及的に作られた「古き良き故郷」であることには留意が必要である。この詩は「ニューイングランド復興運動」の代表的作品とされている。

過去へのノスタルジーや自然との交感といったテーマは，生命の充溢など肯定的な世界観を体現するが，「今ここ」を超越しようとするロマン主義の心性が合理性や理性からの「逸脱」に向かうとき，それは人間の本性に対する懐疑や超自然に対する不安につながる。ゴシック小説は「ダーク・ロマンティズム」とも呼ばれており，自然ではなく人工物に魅了されたポーはその代表格と言えよう。特定の土地に縛られない作家活動や作品の無国籍風の舞台も影響してか，彼の作品はヨーロッパや中南米スペイン語圏で広く翻訳され，世界のモダニズム文学に影響を与えた。

▷3　ロマン主義は様々な芸術分野で展開したが，絵画ではニューイングランドの自然を描くハドソン・リヴァー派（The Hudson River School）が活躍した。アッシャー・デュランドは『共感』（*Kindred Spirits*, 1849）で，画家トマス・コールと並べてブライアントを描いている。

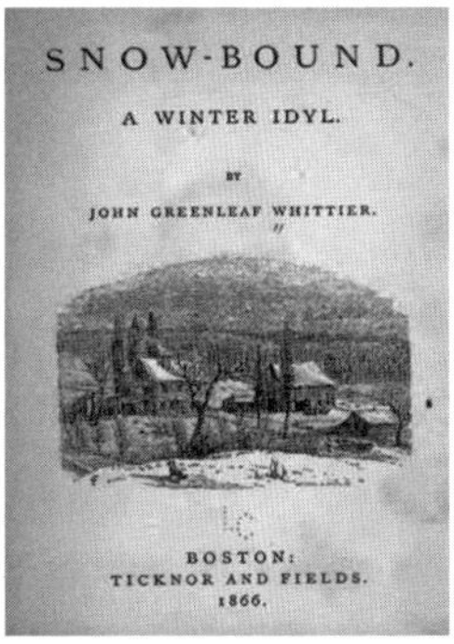

図2 『雪に閉ざされて』初版の内表紙
出典：John Greenleaf Whittier. *Snow-Bound; A Winter Idyl* (Ticknor and Fields, 1866)

2 トランスナショナルな想像力

ロマン主義の詩人の多くはモダニズム期以降，伝統に迎合的で保守的な詩人として軽視される傾向にあったが，彼らの翻訳や翻案に目を転じると，その活動がトランスカルチュラルな射程を持つことがわかる。たとえばブライアントはメキシコやキューバを旅行した際，主筆を務める『ニューヨーク・イヴニングポスト』（*New-York Evening Post*）紙にスペイン語の詩を翻訳するなど，南北にまたがる半球的想像力を備えていた。また，ギリシア語を独学で習得し，晩年には『イリアス』（1870年），『オデュッセイア』（1871-1872年）の翻訳をしている。また，ロングフェローはイギリスのウェストミンスター寺院の「詩人のコーナー」に外国人として初めて，アメリカ人として唯一，彫像が飾られるほどイギリスで評価されていたが，『エヴァンジェリン』ではアカディアの田園風景をアメリカの荒野に読み込み，『ヒアワサ（ハイアワサ）の歌』ではフィンランドの叙事詩をネイティヴ・アメリカンを登場人物に置き換えて翻案するなど，文化的にハイブリッドな作品を創作した。晩年にはダンテ・クラブを結成して『神曲』（1867年）を翻訳したほか，高度なスペイン語力を生かしてスパニッシュ・アメリカの文学者の翻訳を手伝っている。ロマン主義はモンロー主義◁4を標榜するアメリカの南米進出と共振的でもあったが，越境的でハイブリッドな彼らの作品の射程は，狭義のナショナリズムの範疇に収まらない，多言語的かつ多文化的なアメリカ文学の起源について再考を促す契機となるだろう。（貞廣真紀）

▷4　モンロー主義(Monroe Doctrine）とは，1823年，アメリカ第5代大統領ジェイムズ・モンローが提唱した外交政策。孤立主義（Isolationism）とも呼ばれる。アメリカがヨーロッパ諸国およびその植民政策に干渉しない代わりに，南北アメリカ大陸に対するヨーロッパの介入を牽制した。

3　超越主義――アメリカの知的独立宣言

国家の独立からおおよそ50年後，アメリカ文学の「独立宣言」が高らかにうたわれた。その時期に，超越主義が立ち現れたのは何を意味するのか。その思想は，いったい何を「超える」というのだろうか。

図1　ジョージ・リプリーの肖像
出典：Harvard Square Library

1　制度と形式を超える

超越主義（Transcendentalism）は，19世紀前半から中葉にかけてニューイングランドを席巻した文学的，哲学的，宗教的な思想情況を指す。ロマン主義やアメリカン・ルネサンスという語と並んで南北戦争前のアメリカ文学の潮流を指し示す重要な用語のひとつだが，留意したいのは，この語だけが当時の知識人たちが自らを規定するために用いられていたという事実である。1836年，ジョージ・リプリー（George Ripley, 1802-1880）宅で催された会合が「超越主義クラブ」（Transcendental Club）と名づけられ，1842年，エマソンが「超越論者」（“The Transcendentalist”）と題された講演をし，当時のボストンの知的風土を方向づけた。[1] リディア・マリア・チャイルド，エリザベス・ピボディ，マーガレット・フラーといった女性たちが一躍を担った点も注目すべき特徴である。[2]

その思想の内容は多岐にわたるが，まずは1836年のエマソンのエッセイ「自然」を参照するのが定石である。エマソンは「自然は魂の象徴」であり，人間の本性（human nature）は物質による束縛を超え，経験や感覚を超えたものであり，魂に内在するものと書いた。自然界の物象はそれぞれ，〈全体〉を形づくる〈部分〉の役割を果たし，「特定の精神の事実」と照応していると考えたのである。このような考え方は，ヨーロッパ由来の啓蒙主義哲学，とりわけイマニュエル・カントの理性（human reason）の概念を主軸としつつ，サミュエル・テイラー・コールリッジ（Samuel Taylor Coleridge）やトマス・カーライル（Thomas Carlyle）らイギリス・ロマン主義，孔子やブディズム，『バガバッドギータ』などアジア思想からも影響を受けている。その結果，アメリカの超越主義は，悟性（understanding）よりも理性（reason）に重きを置き，より直観的で，感情的な様式に優位性を置くことになった。

2　自己を超える――社会実践とその挫折

このように1836年は，超越主義にとって記念碑的な年なのだが，[3] それ以前にも，アメリカ独自の思想が生まれる兆しはあった。エマソンが1832年にユニタリアン派のボストン第二教会の牧師の職を辞したのはその一つである。彼が聖餐式の作法に異議を唱え，教会を離れるとき，宗教的な枠組みにとらわれない

▷1　超越主義クラブは，当初，ドイツ哲学に精通し，カント哲学の重要性を説いたフレデリック・ヘンリー・ヘッジ（Frederic Henry Hedge）がボストンを訪れた時に開催されたことから，「ヘッジ・クラブ」と呼ばれていた。他の担い手に，エイモス・ブロンソン・オルコット（Amos Bronson Alcott）やジョーンズ・ベリー（Jones Very）がいた。会合はのちにエマソン宅でも行われた。

▷2　チャイルド（Lydia Maria Child, 1802-1880）は女性の権利やネイティヴ・アメリカン擁護をいち早く展開した重要作家。ピボディ（Elizabeth Palmer Peabody, 1804-1894）は超越主義思想を幼児教育と結びつけた教育者・作家として知られている。フラー（Margaret Fuller, 1810-1850）は後述の『ダイヤル』の編集長としての貢献に加え，旅行記として名高い『五

より大きな世界観が想定されていた。その野望は「アメリカの学者」（“The American Scholar,” 1837）に結実し，オリヴァ・ウェンデル・ホームズ（Oliver Wendell Holmes）をして「アメリカ文学の独立宣言」と言わしめた。「神学部講演」（“The Divinity School Address,” 1838）では，他のものを介さず，魂の法則にしたがって神性を感得することに重きを置き，宗教と芸術の壁を超えた言語表現という，その後のアメリカ文学を方向づける考え方が示されている。

1840年代にいたると，超越主義の影響を受けた知識人たちが，自らの思想を社会で実践しようと試みた。フラーを編集長として創刊された『ダイアル』（*The Dial*）もその動きの一環と見ることができる。超越主義の社会実践として最も有名なのは1841年にリプリーにより主導されたブルックファーム（Brook Farm）だろう。市場社会の進展が人びとの労働と食生活を自然から遠ざけたことを問題視し，手作業を通じた農業による自給自足を目標とした実験的な共同体である。エマソンも主要メンバーのひとりであったが，先に触れたエッセイ「超越論者」を読むと，その思想に対して共感を示しながらも一定の距離をとっていることがわかる。エマソンにとっての超越主義は，あくまでも「宇宙とのオリジナルな関係」を追究する考え方のひとつだったからである。ソローもまた，共同生活とは距離をとり，湖畔での独居生活を選んだ[4]。当初はブルックファームに期待を寄せていたホーソーンも『ブライズデイル・ロマンス』（1852年）ではその偽善性を皮肉な眼差しで描くことになる。このユートピア的な共同体はわずか6年足らずで解散となった。

3 宗教／芸術／政治の壁を超える

超越主義の実践自体は1840年後半には収束するが，そこで育まれた思想は，1850年に可決された逃亡奴隷法を契機として，ニューイングランドで熱気をはらんだ奴隷解放論の一躍を担うこととなる。エマソンは「公の問題」への言及を避ける信条をかねてより表明していたが，自己と社会の乖離を無視することができなくなり，エッセイ「逃亡奴隷法」（“The Fugitive Slave Law,” 1854）で奴隷制反対の立場を明らかにした。ソローもまた，「市民政府への抵抗」（1849年）や『ウォールデン』（1854年）の「より高い法則（Higher Laws）」の章で，詩的直観を優位におきつつも，奴隷制批判の根拠を固め，言論として発表した。他方，メルヴィルは超越主義に対して懐疑的であり，「コケコッコー！」（“Cock-A-Doodle-Doo!,” 1853）や『信用詐欺師』（1857年）では，エマソンやソローを思わせる人物たちを登場させ，皮肉な眼差しを向けた。超越主義は，エマソンを介してホイットマンやディキンスンら，19世紀を代表するアメリカの詩人たちにも大きな影響を与えたが，その余波は作用と反作用，両方があったと見るべきだろう。超越主義に対する共感と反発は，アメリカン・ルネサンスの作家たちの関係図を読みとくうえで重要な指標と言える。　（山本洋平）

大湖の夏』（*Summer on the Lakes*, 1844）やこの時代のフェミニズムの萌芽として貴重な記録『19世紀の女性』（*Woman in the Nineteenth Century*, 1845）を残したやはり重要な作家である。

▶3　「1836年」を画期と捉える本書「絵画」（198-199頁）も参照。

▶4　文学論「トマス・カーライルとその作品」でソローは，狂信的と見られがちな超越主義はユーモアによって彩られなければならないと書いている。当時より超越思想は，批判的あるいは冷笑的に眺められていた側面があった。

図2　エマソンの家
出典：筆者撮影。

図3　エマソンの墓（コンコードArthur's Ridgeにて）
出典：筆者撮影。

4　アメリカン・ルネサンス——新興国家の「文芸復興《ルネサンス》」

アメリカン・ルネサンスの時代と呼ばれるのは1850年代のこと。建国たかだか80年ほどの，「復興」すべき過去の文化を持たない国に，「文芸復興《ルネサンス》」とは，なにを，そしてどこから「復興」したというのだろうか。

1　アメリカン・ルネサンスとはなにか

「アメリカン・ルネサンス」（American Renaissance）という言葉は，F・O・マシーセン（F. O. Matthiessen, 1902-1950）の『アメリカン・ルネサンス』[◁1]（1941年）によって，広く知られるようになった。マシーセンは，エマソン，ソロー，ホーソーン，メルヴィル，ホイットマンという作家の主要作品が，1850年代前半に集中して発表されたことを踏まえ，その時代がアメリカのルネサンスであるとした。この言葉は，いまやアメリカ文学史において，初期の隆盛をあらわす重要な区分として用いられている。

▷1　F. O. Matthiessen. *American Renaissance: Art and Expression in the Age of Emerson and Whitman* (Oxford UP, 1941)（F・O・マシーセン『アメリカン・ルネサンス——エマソンとホイットマンの時代の芸術と表現（上・下）』飯野友幸他訳，上智大学出版，2001年）

マシーセンは次のように定義する。この言葉は，この時代，芸術文化の歴史において，文化的に成熟したアメリカが確固とした地歩を占めることとなったことをあらわす，と。人間の内面性を見つめるヨーロッパのロマン主義的文学潮流がアメリカにも波及し，そこに当時唯一の民主主義国家であったアメリカの価値観が組みあわされて，独自の文学が生みだされたというのだ。

図1　F・O・マシーセンの肖像
出典：*The Monthly Review*, vol. 2, no. 6, Oct. 1950（マシーセン追悼号）

アメリカン・ルネサンスの芸術表現は，理想主義的な楽観性とともに，人間の悲劇性——善をなそうとしながら，悪をおこなうこと——の問題意識をも持っていた。これが，マシーセンの中心的テーゼである。この原初的な問いかけは，アメリカという新興国でこそあらためてなされなければならなかった，とマシーセンは考えた。それが「復興」というゆえんだろう。この基本テーゼはいまでも通用する。エマソンの『代表的人間』，ソロー『ウォールデン』やホイットマン『草の葉』の持つ，ひとの善への楽観のいっぽうで，ホーソーンの『緋文字』やメルヴィルの『白鯨』にはひとの悪の存在をえぐり出す鋭い洞察もあり，それらが相まって，アメリカ文学史の最初の黄金時代を築いたのだ。

図2　『アメリカン・ルネサンス』挿画（S. W. Mount, *Coming to the Point*）
芸術が一般大衆の風俗描写に長けていたことを示す。
出　典：F. O. Matthiessen. *American Renaissance*

2　19世紀アメリカの状況とアメリカン・ルネサンス

では，そのような文学的開花にいたる背景は，どのようなものだったのか。南北戦争に至る時代は，奴隷制の問題がアメリカを分断していく時代だ。帝国主義的な領土拡大（この直前に西部開拓がはじまり，太平洋を越えてペリーが日本に来たのもこのころだ）が，奴隷制拡大の是非をめぐる議論と結びつき，ついには国全体を巻きこむことになる武力抗争を引きおこす。産業革命の進展とともに経済的格差が広がり，移民増大も重なって，各地で暴動が勃発した。いっぽうで中産階級が拡大し，そのなかで封建的な性差別が固定化していったことに，女性の不満がたまっていた。家庭制度を含む諸制度を改良しようという社会改良運動がさまざまのかたちで巻きおこり，さらには，霊的世界への関心から生まれた心霊主義運動が，既成宗教を革新する。新しい領域における可能性と，そこに踏みだそうとするひとの道徳的欠陥とが，交錯する時代だったのである。

こういう時代において文学は，ひとの根源的矛盾を暴き，社会問題解決の糸口を探る重要な実験場となる。アメリカン・ルネサンスを代表する文学作品も，そうした社会の蠢動に押しだされるようにして生まれてきた。

奴隷制の問題は，ストウの『アンクル・トムの小屋』などの反奴隷制作品を生みだし，『フレデリック・ダグラス自伝』のように黒人自身の手による作品を生みだす契機ともなった。エマソンやソローは，アボリショニストだったジョン・ブラウンを擁護する作品（演説）を記しているし，メルヴィルの作品の多くは異人種の登場人物を擁し，また「ベニト・セレノ」（“Benito Cereno,” 1855）は奴隷反乱のテーマを扱っている。奴隷制に無関心とされるホーソーンも，社会改良運動を扱った小説を著し，晩年には南北戦争と独立戦争を重ねた作品を書いている。主要作家にとどまらず，文学全体が時代の波にあらわれた時代といえるだろう。

3 アメリカン・ルネサンス研究の展開とその批判

マシーセンを受けて，1850年代（およびそこにいたる南北戦争前期）の文学は，19世紀アメリカ文学史のなかでも格別の注目を集めることとなった。マシーセンに師事した研究者たちが，この時代を扱う名著を残しているし[2]，後続の研究者たちも[3]，マシーセンを批判しつつ論を展開して，アメリカン・ルネサンスは1950年代から70年代にかけて，アメリカ文学研究における一大研究領域をなすにいたった。

マシーセンに対しては，同時代の重要な作家として，ポーを取りあげていないこと，そして新批評的で象徴性の指摘に偏重していること，さらに女性や黒人作家らを無視している点が批判されてきた。そこで1980年代以降には，マシーセンが言及しなかった作家たちを取りあげて，この時代区分を批判的に拡大改編しようという試みがなされている。

「通俗的」として，研究の対象とされてこなかった女性作家たちを見なおし，そのほかさまざまの大衆的作品を正典《カノン》とされる作品に通底するものとして取りあげ，さらに近年では，より広い世界的な文学的影響関係のなかで，アメリカン・ルネサンスの文学をとらえようとする試みもおこなわれている[4]。さらにはメルヴィルやホイットマンの同性愛的傾向を指摘するクィア批評も多くの支持を得て，この時代の作品を再解釈しようとする流れはますます広がっているといえるだろう。

（髙尾直知）

▶2　なかでも，ハリー・レヴィン（『闇の力』），レオ・マークス（『楽園のなかの機械』［『楽園と機械文明』］）などが有名。「アメリカン・ルネサンス」というタイトルをマシーセンに提案したのも，レヴィンだった。

▶3　チャールズ・ファイデルスン『象徴主義とアメリカ文学』（1953年）やレスリー・フィードラー『アメリカ小説における愛と死』（1960年）は，その代表といえる。

▶4　ストウなどの女性作家を再評価したジェイン・トムキンズ（Jane Thompkins）*Sensational Designs: The Cultural Work of American Fiction 1790–1860* (Oxford UP, 1985)，大衆作品と正典とのつながりを指摘したデイヴィッド・レノルズ（David S. Reynolds）*Beneath the American Renaissance: The Subversive Imagination in the Age of Emerson and Melville* (Harvard UP, 1988)，そしてより広い世界的な影響関係を見るワイ・チー・ディモック（Wai Chee Dimock）*Through Other Continents: American Literature across Deep Time* (Princeton, 2006) らの研究が，こういった潮流の代表といえる。

5　地方色文学——ローカルカラーの作家たち

南北戦争後，アメリカ各地の独自の風土や人々の生活を描いた文学作品が次々と登場した。西部，中西部，南部，ニューイングランド，広大な空間が拡がるアメリカにあって，文学者たちはどのように足下のアメリカを眼差したのだろうか。

1　特徴と背景

「地方色」(local color）の文学とは，南北戦争後，主に西部，中西部，南部，ニューイングランドの各地方で花開いたその地方特有の文化や人間の生き様を描いた文学のことをいう。しばしばリージョナリズム（regionalism）と区別せずに用いられるが，本来ローカルカラーとは，ノスタルジアやユーモア，方言などを織り込みつつ地方独自の風土を描いた19世紀後半の文学を指すことが多く，同時代のリアリズム文学との結びつきも強い。一方，リージョナリズムは19世紀後半の地方色文学に加えて，19世紀末の自然主義的環境決定論の要素も取り込みつつ，フォークナーやアースキン・コールドウェル（Erskine Caldwell, 1903-1987）の南部文学や，キャザーやスタインベックなどの西部文学など，20世紀前半の文学をも含める場合が多い。

19世紀前半以前のアメリカ文学といえば，東海岸出身の作家が大多数を占め，文学の拠点もボストン，ニューヨーク，フィラデルフィアといった東海岸に集中していた。しかし19世紀後半の地方都市での出版やジャーナリズムの発展を背景に，東海岸以外の地方においても優れた作品を発表する作家たちが徐々に登場してきた。そして，従来の文学とは異なる地方独自の新たな魅力をたたえた地方色文学はボストンやニューヨークの文芸誌でも頻繁に掲載され，東部の文壇でも歓迎される傾向にあった。当時，南北戦争で国の統一をかろうじて維持したばかりのアメリカが自国文学の見直しを進める中，各地方に芽生えつつあった地方色文学が注目されたのである。加えて，悲惨な戦争を経験し，急速な都市化が人々の生活を劇的に変化させていく19世紀後半という時代にあって，一見，戦争の悲劇や大都市の喧噪とは無縁に見える遠い地方の生活を描いた地方色文学に，当時の人々が喜びを見出したとしても不思議ではない。

2　代表的作家たち

南北戦争の傷跡からもっとも遠くに位置していたのはいうまでもなく西部であった。後に国民的作家となるトウェインも，南北戦争から逃げるようにして極西部のネヴァダ・カリフォルニア地方に移り，同地の風土をユーモアたっぷりに描いて人気を博した。蛙をめぐる賭けの顛末を西部の酒場の親父が土地言葉で語る小話「ジム・スマイリーと彼の跳び蛙」，この時期の彼の代表作で，

図1　ハートの肖像
出典：Justin Kaplan, *Mr. Clemens and Mark Twain* (Simon & Schuster, 1966)

同作をきっかけに東部でも名を知られるようになった。また，トウェインの先輩格で，サンフランシスコを拠点に文芸誌『オーバーランド・マンスリー』（*Overland Monthly*）の編集も手掛けていたフランシス・ブレット・ハート（Francis Bret Harte, 1836-1902）は，代表作の短編「騒がしキャンプの幸運ちゃん」（“The Luck of Roaring Camp,” 1868）にみられるように，粗野な西部に生きる名も無き庶民の心根の優しさを哀愁漂う筆致で描いて東部でも人気を博した。一方，中西部では，リアリズムを追求したエドワード・エグルストン（Edward Eggleston, 1837-1902）が，大ベストセラー『インディアナの田舎教師』（*The Hoosier Schoolmaster*, 1871）を著して一躍有名作家となった。同作は，地元インディアナの辺境に生きる小学校教師の苦難と恋愛を方言とユーモアを交えて描いた長編で，当時何カ国語にも訳され，中西部の田舎のユニークな世界をアメリカのみならず世界に知らしめた。

また南部においてもこの時期，独自の文学が花開いた。中でも，南部に生活する黒人やクレオール系（Creole[1]）の文化を活写した作品が注目された。南部ジョージア出身で，幼い頃から黒人奴隷の語りに慣れ親しんだジョエル・チャンドラー・ハリス（Joel Chandler Harris, 1848-1908）は，黒人の間に伝わる民話を黒人の言葉で見事に再現した『アンクル・リーマス』（*Uncle Remus*, 1881）物語を表して人気を博した。また，ニューオーリンズ出身のジョージ・ワシントン・ケーブル（George Washington Cable, 1844-1925）は，南部ルイジアナのクレオール文化を徹底して描いた最初の作家となった。短編集『古きクレオールの日々』（*Old Creole Days*, 1879）や長編小説『グランディシム一族』（*The Grandissimes*, 1885）は，かつてのクレオール文化の華やかさの底にある混血や奴隷制の問題も扱っており，単なる郷愁に終わらない質の高さをみせている。また，女性作家の先駆として今日高い評価を受けているショパンも，ニューオーリンズのクレオール系やケイジャン（Cajun[2]）の人々の生き様を描いた短編で知られる南部の優れた地方色作家だった。

一方，ニューイングランドにおいても，力のある作家が地元の風土を描いた優れた作品を発表していた。例えば，『アンクル・トムの小屋』（1852年）で知られるストウは，『オー島の真珠』（*The Pearl of Orr's Island*, 1862）や『オールドタウンの人々』（*Oldtown Folks*, 1869）といった長編小説や歴史小説でニューイングランドに生きる人々の宗教心や倫理観を見事に描き，後の作家に大きな影響を与えている。中でも，ストウの愛読者でもあったメイン州出身の作家，セアラ・オーン・ジュエット（Sarah Orne Jewett, 1849-1909）の代表作，『とんがりモミの木の郷』（*The Country of Pointed Firs*, 1896）は，メイン州の古い小さな港町を舞台に，自然に囲まれながら素朴に生きる人々の日常を丁寧に描くことで，静かな趣のある作品に仕上がっている。

（石原　剛）

▶1　南部ルイジアナにもとから居住していたフランス人ないしはスペイン人の子孫。別のフランス系のケイジャン（▶2参照）とは区別して使われる。クレオールの生活は奴隷労働に支えられており，彼らがもたらしたフランス風の華麗な文化はニューオーリンズに独特の雰囲気をもたらした。

図2　二人組で講演ツアーを行ったトウェイン（右）とジョージ・ワシントン・ケーブル（左）

出典：図1に同じ。

▶2　カナダ北東部ノバスコシア地方から南部ルイジアナに逃れてきたフランス系移民とその子孫。同じフランス系のクレオール（▶1参照）と区別して使われる。18世紀半ばの英仏間の北米植民地戦争フレンチ・インディアン戦争の際，英国への忠誠を拒否して流れ着いた人々とその子孫で，クレオールと異なり貧しい生活を強いられることが多かった。

6 リアリズム――ロマン主義と自然主義のはざまで

南北戦争後から20世紀はじめにかけてのおおよそ50年の間に，アメリカはどのように発展し，その発展はそこに生きる「アメリカ人」に何をもたらしたのか。また，その時代に生きた作家たちは何を「リアル」と感じ，どのような創作スタイルを模索したのか。

1 ロマン主義文学との決別

奴隷制に端を発した南北戦争（1861-1865）は，北部が南部に，すなわち産業主義が農本主義に勝利した形となった。これ以後，アメリカ社会は統一国家として発展を遂げる。中断されていた西部開拓が推進され，「ホームステッド法」制定が契機となり東部の移住者やヨーロッパからの移民が西部に押し寄せた。また豊富な天然資源と西部という広大な市場は，巨大産業を生み出した。大陸横断鉄道の完成，電信・電話の整備も統一国家の発展に役立った。戦前にメキシコから奪ったカリフォルニア地方を州にしていたほか，ロシアからアラスカを購入し，ハワイをも併合しようとしていた。しかし資本主義体制の成長によって，アメリカ社会の様々な矛盾が表面化する。このような社会の矛盾を背景としてリアリズム文学が台頭した。それまで主流であったロマン主義文学に代わり，現実を忠実に描こうとする文学が主流となったのである。

2 リアリズム作家の台頭

ロマン主義からリアリズム（Realism）へ移行する過渡期的な文学として，1870年代から80年代にかけて，セアラ・オーン・ジュエット，ジョージ・ワシントン・ケイブル，フランシス・ブレット・ハートといった「地方色」の作家たちが活躍した。彼らの文学は，ロマン主義的な要素を残しつつも，南北戦争以後飛躍的に拡大したアメリカ社会の読者に対して，リアリスティックな描写によって地方への好奇心をかき立てた。こうした「地方色」の作家たちに続いて，マーク・トウェイン，ウィリアム・ディーン・ハウエルズ，ヘンリー・ジェイムズといった本格的なリアリズム作家が登場する。ハウエルズは，代表作『サイラス・ラパムの成長』をはじめとする一連の小説において，アメリカの発展の中で生まれた社会問題を入念に描くとともに，新たなモラルを追求した。ハウエルズの文学は社会に役立つことを意識して書かれた点で特徴的である。ヘンリー・ジェイムズもまた，新しい時代にふさわしいリアリストたらんと創作活動を始めた。「国際状況」を描く新進作家として英米で注目されはじめたジェイムズは，評伝『ホーソーン研究』において，先輩作家ホーソーンの『緋文字』の欠点は「リアリティの欠如であり，空想的な要素の乱用である」と断じている◁1。しかし，ハウエルズが描いたのがアメリカの現状であったのに対し，

▷1　ジェイムズは，ホーソーンが「リアリズム」という語を知っていたのか定かでないが，「この注目すべき語はホーソーンの死後一般的に使われるようになった」と述べている。*OED* によれば，Realism という語の文学用語としての初例は1856年である。

ジェイムズはアメリカの文化的な不毛さよりもヨーロッパの文化的成熟が文学の創造にふさわしいとした。ジェイムズの初期の代表作『ある婦人の肖像』は，新世界と旧世界との文化的ギャップに苦しみつつ生きるアメリカ女性の覚醒を描く。後期の作品では客観的描写は抑えられ，個々の人物の意識に映った現実の印象が描かれる。代表作『大使たち』では，想像力豊かなアメリカ人のヨーロッパでの開眼がテーマである。現実そのものよりも現実が人物に与える印象を描くジェイムズの文学は，「心理的リアリズム」（psychological realism）とも評され，アメリカに限らず20世紀文学全体に影響を与えた。

マーク・トウェインは，『トム・ソーヤーの冒険』や『ハックルベリー・フィンの冒険』など，ユーモアを湛えた口語体によるリアリズム小説を創作した。ハウエルズやジェイムズの文学が主にアメリカ東部やヨーロッパを舞台にしているのに対して，トウェインの小説はフロンティアや西部を描いており，鋭いアメリカ文明批評ともなっている。チャールズ・ウォーナー（Charles Dudley Warner, 1829-1900）との合作小説『金メッキ時代』（*The Gilded Age: A Tale of Today*, 1873）は，拝金主義や政治腐敗などが横行した1870年代，80年代のアメリカをもっともよく表す言葉として使われる。

3 自然主義作家の誕生

ハウエルズとジェイムズのリアリズム観の相違は，次の時代の自然主義文学の萌芽ともなった。ジェイムズは，芸術性の低いリアリズム小説にありがちな分かりやすい因果律を持ち込まないことや，小説の結末を読者の想像力に任せることを信条とした。しかしそうしたジェイムズの小説は，高踏的で現実から遊離する傾向を持ち，彼が一線を画そうとした芸術至上主義文学[2]に近い様相を帯びたことも否めない。こうした傾向を批判したのがハウエルズであった。ハウエルズはリアリズムの有効性を信じ，「人間のための芸術」作品を書いているとの自負を持っていたが，その芸術は民主主義に根差したものであった。

しかしハウエルズのこのようなリアリズム観に対しても，様々な矛盾をはらみ，少数の勝者の搾取に多数の弱者が苦しむアメリカ社会の現実を直視していないと感じたのが自然主義作家たちだった。彼らは，フランスの自然主義文学や進化論の影響を受け，決定論の観点からアメリカ社会の底辺に生きる弱者を描くことで，社会の様々な矛盾や腐敗をえぐり出そうとした。

スティーヴン・クレインの『赤い武功章』，フランク・ノリス（Frank Norris, 1870-1902）の『オクトパス（章魚）』，ジャック・ロンドン（Jack London, 1876-1916）の『野性の呼び声』（*The Call of the Wild*, 1903）などが自然主義の代表作と目されるが，皮肉なことに，彼らアメリカ人作家たちの作品には，捨て去ったはずのロマンスの要素が残滓として存在する。

（水野尚之）

▷2 「芸術のための芸術」を信条とする作家たちの文学。早くはエドガー・アラン・ポーの『詩の原理』にも明確に記される。イギリスの世紀末に活躍したオスカー・ワイルドもこの一派に数えられる。

7　自然主義――「内面」にさようなら

「自然主義文学」は，遺伝や環境の力に支配され，階級社会の低層にうごめく人間の姿を赤裸々に描く。なぜ遺伝や環境を重視したのだろうか。なぜ貧しい人々を描こうとしたのだろうか。そしてなぜこの人たちは「うごめく」ばかりなのだろうか。

図1　クレインの肖像
出典：Christopher Benfey. *The Double Life of Stephen Crane* (Knopf, 1992)

図2　ノリスの肖像
出典：Lawrence E. Hussman. *Harbingers of a Century: The Novels of Frank Norris* (Peter Lang, 1999)

1　「自然主義」とは

「自然主義」(Naturalism) は現実を自然的諸力の働きから説明しようとする考え方。ヘルムホルツの熱力学思想，チャールズ・ダーウィンの進化論など，19世紀は自然科学が強い影響力を思想全般に及ぼした時代だった。文芸の世界でも，世間の出来事を，自然的諸力の一種である遺伝や環境や生理的衝動などから分析，解明，説明できるという考えを共有する文芸思潮が生まれた。エミール・ゾラが1880年の「実験小説論」でこうした考えを理論化して以来，フランス，イギリス，ロシアをはじめとする当時の世界に，「自然主義」として広がった。

アメリカにもスティーヴン・クレイン，フランク・ノリス，ジャック・ロンドン，セオドア・ドライサーなど多くの「自然主義」作家が生まれた。

クレインは『赤い武功章』で巨大すぎる戦場に，『街の女マギー』では貧しい環境に翻弄される主人公を描く。ノリスは『マクティーグ』(*McTeague*, 1899) で異性や飲食への生理的衝動にやすやすと従う男を描く。ロンドンは極北の大地を舞台にした代表作の数々で極寒と戦い多くは敗れさる人間を，ドライサーは『シスター・キャリー』(1900年) や『アメリカの悲劇』(1925年) で，大都会の持つ魅力と魔力，富裕な階級の生活が持つ魅惑に翻弄される男女を描く。みな個人の心理からみれば外部にある広い意味での環境的要因を因果関係の起点に置く傾向を有しているし，そういう傾向を意識的に取りいれているということができる。クレインの『赤い武功章』は1895年，ドライサーの『アメリカの悲劇』は1925年に出版された。その後も「自然主義」的な傾向を持つ作品は散見されつづけるが，アメリカ自然主義の盛期は，おおむね19世紀から20世紀への転換期であったと言っていい。

2　階級社会

この時代は急速な工業化の進展に伴って貧富の格差，都市と地方の差異が拡大し，エスニシティの構成が変化し，その事態が新興の産業化されたメディアによって拡散された時代だった。メディアは中産階級にとっての他者に目を向け，アメリカ自然主義はこれらの他者が環境に翻弄される姿を描くことになる。その際，自然主義文学は，同時代の非自然主義的アメリカ文学とはっきり異なって，女性や移民や下層階級を他者としか見ていない。まれにそれを描くことがあっても，自らは白人男性中産階級の側に立っているために，他者の内面に降り立ってその内面的葛藤を描くことはない。クレインの『赤い武功章』や『街の女マギー』をはじめとする作品のきわめてはっきりとした特徴のひとつは，それらがほとんど決然として登場人物たちの内面に入り込もうとしないことである。しばしば印象主義的とも評されるクレインの文学が，自然主義的でもあるとされるゆえんだ。じっさい，ジェンダーやエスニシティや階級から見たときの他者に限らず，自然主義文学は，人間の内面に立ちいって葛藤を描くことをしようとしない。あるいは，それがたいへん不得手である。

図3　ロンドン（1876-1916）の肖像

出典：Alex Kershaw. *Jack London: A Life*（St. Martin's, 1997）

3 シンプルな「内面」

もっとも，たとえ人間の内面に入り込んだとしても，そこには見るべきほどの景色はないということのほうが，興味深い事態なのかもしれない。自然主義の主人公の複雑ではない内面は，基本として起伏のない固定した平面である。それは変化や変貌をみせることがあまりなく，変化や変貌の予兆をひそませてもいない。自然主義の文学理論を自ら標榜し，意識してその旗手であろうとしたノリスは，アメリカ自然主義文学のある意味典型であるが，彼の『マクティーグ』の主人公マクティーグは，最初から最後まで飲食などの単純な欲求を大きく超える望みを持っていない。ドライサー『シスター・キャリー』のキャリー・ミーバーは，ロッキングチェアに揺れながら何かもっといいことはないのかと，最後まで漠然と夢想しつづけている。ジャック・ロンドンの北極圏に生きる人間や動物たちは，生きつづけるための戦いに勝つことだけを，つねに何かものに憑かれたかのように追求しつづけている。

図4　ドライサーの肖像

出典：Thomas P. Riggio, ed. *Theodore Dreiser, American Diaries 1902-1926*（U of Pennsylvania P, 1983）の扉の写真。University of Pennsylvania Library 所蔵。

したがって自然主義小説は主人公の成長や発展を辿る伝統的な教養小説の反対物の様相を呈することになる。そこに現れる人たちは最初から最後までほとんど変化しない。発展したり向上したりしない。たまたま自然主義小説の主人公が変化を呈するときは，おおむね下方へ変化することになるのだ。それは転落し，崩落する。ありふれた上昇志向しか持っていない『シスター・キャリー』のハーストウッドや『アメリカの悲劇』のクライド・グリフィスは，その上昇志向のせいで失敗し，転落し，崩壊し，しかもそのことの意味をほとんど理解することができない。ノリスの『ヴァンドーヴァーと野獣』（*Vandover and the Brute*, 1914）のヴァンドーヴァーは，自己を統制する能力の欠如という本質的性質を一貫して失わず，そのために彼の持っていた中産階級的属性のすべてを失ってしまう。

図5　Jacob A. Riis, *How the Other Half Lives*（1890）はニューヨークへの新移民の生活を写真でレポートした。それは，大都市の移民を他者として見る視線を自然主義と共有している

出典：Jacob A. Riis. *How the Other Half Lives*（Dover Publications, 1971）

「内面」という伝統的な観念にすっきりと別れを告げているところに，自然主義文学の鮮やかで斬新な特徴を見出すことができる。

（折島正司）

8　モダニズム前夜──〈他者〉の復権

モダニズムとは，明確な定義を拒む流動的な概念であり，それがいつ始まりいつ終わるのか，時代の輪郭は固定しがたい。20世紀初頭の十数年，モダニズムの前夜ないしは夜明けの時期に生まれた文学とは，いかなるものだったのか。

1　自然主義とモダニズムの狭間

伝統的なアメリカ文学史は，19世紀末から20世紀前半にかけての文学運動を，リアリズムの進化形としてある自然主義からモダニズムへ，という流れで説明することが多い。しかし，スティーヴン・クレインやフランク・ノリスが活躍した世紀転換期と，エズラ・パウンドやＴ・Ｓ・エリオットが頭角を現した第一次世界大戦以降の時代とが，ただちに直結するわけではない。20世紀初頭には，自然主義者ともモダニストとも分類しがたい創作者たちが，伝統的方法と革新的潮流との狭間にあって，多様な活躍を見せていた。

モダニズムは，小説の語りにおける視点の相対化など，その特徴を広義にとらえれば，19世紀にその源流を求めうるが，通常，1910年代半ばに台頭するイマジズム（Imagism）[1]や，エリオットの『荒地』（1922年）の出版などがその重要な起点とみなされているので，ここでは，20世紀初めから第一次世界大戦前後までを「モダニズム前夜」と区分けする。この時代の特徴は，19世紀に出現した「新しい女」[2]の社会進出が進み，公的な領域における女性たちの声が高まったことである。アメリカでは，一部の州を除き，1920年に女性参政権が認められた。文学の分野でも，20世紀初頭には，女性の詩人や作家の活躍が顕著となる。思えば，世紀転換期の自然主義作家はほとんどが男性であったが[3]，モダニズム前夜の時代，文学地図における男性の優位は脅かされる。こうした女性の台頭に対する男性知識人の反動形成こそが，芸術を大衆文化から峻別するハイ・モダニズムを生み出したと説く批評家もいる[4]。白人男性モダニストはつまり，20世紀の初頭，〈他者〉の存在を強く意識せざるをえなかった。

2　女性の活躍とロマンティシズムの再燃

モダニズム前夜の時代に一般読者の人気を博した詩人たちは，前衛的なハイ・モダニストとは異なり，伝統的かつロマンティックな情緒性を打ち出していた。たとえば1910年代，優れた社会的影響力を持つ作品に授与されるピューリツァ賞を受賞した詩人は，セアラ・ティーズデイル（Sara Teasdale, 1884-1933）とカール・サンドバーグの２人である。失恋や自然美を歌う前者の抒情詩集はベストセラーとなり，ホイットマンを受け継ぐ後者の自由詩は，アメリカの労働者を賛美した。1920年代に入ると，エドナ・セント・ヴィンセント・ミレイ

▷1　エズラ・パウンドが主導した英米における新たな自由詩の運動。俳句のように切り詰めた絵画的イメージや，単調な韻律からの脱却を目指した。詳しくは本書の「モダニズム（詩）」（17-18頁）を参照。

▷2　伝統的な「家庭の天使」という理想像を打ち破り，活発で自立した生活をいとなむようになった女性たちを指す言葉。ヘンリー・ジェイムズが『ボストンの人々』で描いたような，女性間の官能的な関係性も「新しい女」の一側面である。

▷3　例外として，「黄色い壁紙」（1892年）を書いたシャーロット・パーキンズ・ギルマンや，『目覚め』（1989年）の著者であるケイト・ショパンは，（家父長的な）環境に支配される人間の姿を決定論的に描いている点，アメリカ的な自然主義の要素とも無縁ではない。

▷4　このようなモダニズム史観については，サンドラ・Ｍ・ギルバートとスーザン・グーバー（Sandra M. Gilbert & Susan Gubar）の20世紀女性文学論である *No Man's Land: The Place of the Woman Writer in the Twentieth Century* を参照。

(Edna St. Vincent Millay, 1892-1950) やロバート・フロストが詩部門のピューリツァ賞を受賞する。彼女らも，言葉の実験性より精神性を信じ，人生の理想や葛藤と直に向きあうロマン主義者と言ってよい。

一方，小説に目を転ずると，この時期を代表する女性作家は，イーディス・ウォートンとウィラ・キャザーである。ヘンリー・ジェイムズの後継者であるウォートンは，「呼び鈴」(“The Lady’s Maid’s Bell,” 1902) などの幽霊譚で，人間の現実認識の曖昧さや同性愛の主題を描き，『歓楽の家』(1905年) では，純粋かつ狡猾な逆説的ヒロインを創造し，商業的にも成功する。キャザーの出世作である『おお開拓者よ！』(1913年) は，中西部の大地に生きる移民の女性を称える地方色文学の一面をそなえつつ，ホイットマンの詩句を引用した題名が示す通り，先行テクストを織り紡ぐエリオット的な手法を用いてもいる。２人の女性作家は同様に，結婚の破綻や婚外の関係をしばしば取り上げて，女性を欲望の客体としてではなく主体として活写した。彼女らは，リアリズムとロマンティシズムに依拠しながらも，価値観の相対性や逸脱的なセクシュアリティなど，モダニズム文学に顕著なテーマも先駆的に描き出していたのである。

図１　ウォートンの肖像
出典：Laura Rattray, ed. *Edith Wharton in Context* (Cambridge UP, 2012)

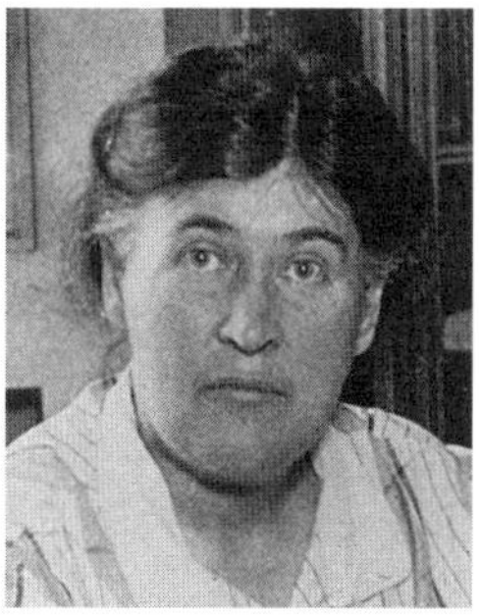

図２　キャザーの肖像
出典：*Gay Portraits: A Book of Postcards* (Pomegranate Artbooks, 1990)

3 多文化の胎動

さらに，20世紀初頭とは，多文化主義の黎明期でもあった。世紀を跨いで活躍したポール・ロレンス・ダンバー (Paul Laurence Dunbar, 1872-1906) の黒人方言詩――人種的ステレオタイプを助長したとの批判もある――はカラーラインを越えて白人読者からも好評を得た。また，1909年に設立された全米黒人地位向上協会 (NAACP) には，『黒人のたましい』(*The Souls of Black Folks*, 1903) の著者 W・E・B・デュボイス，混血の問題を小説に取り上げたチャールズ・チェスナット (Charles Chesnutt, 1858-1932)，外交官でもあった作家・詩人のジェイムズ・ウェルドン・ジョンソン (James Weldon Johnson, 1871-1938) など，多くの黒人知識人が参与していた。

加えて，モダニズム前夜とは，アジア系移民がアメリカへ大量に流入した時代でもある。これに脅威を感じた白人たちは，黄禍論[5]の名の下に，排華・排日の政策を実施した。黄色人種に対するそうした偏見の中，イギリス人の父親を持つ中国系のイートン姉妹は，アジア系アメリカ人作家の先駆けとなった[6]。同じく世紀転換期には，ヨネ・ノグチ (野口米次郎) が英語の詩集を出版し，キャザーやノリスに注目されるなど，アメリカの文壇に少なからぬ影響力を持っていた。彼を通して日本の詩歌，とりわけ俳句が英語圏に紹介され，その影響を受けたパウンドがイマジズムを提唱した経緯に鑑みれば，あるいは上記のような黒人作家・活動家が第一次世界大戦以前から存在感を増していた事実を思い出すならば，モダニズムとは，性差のみならず人種を含めた〈他者〉との相互交渉によって生まれた運動であったとみなしうる。　　　　（舌津智之）

▶5　英語では Yellow Peril と呼ばれる。とりわけ日露戦争 (1904-1905年) 以降，西海岸で排日の風潮が高まり，日本からの移民の受け入れが制限された。

▶6　姉のスイ・シン・ファー (Sui Sin Far, 1865-1914) は，移民の葛藤を心理的に掘り下げ，妹のオノト・ワタンナ (Onoto Watanna, 1899-1932) は，日本人のペルソナで国際ロマンスを描いてベストセラー作家となった。

9　モダニズム（詩）――伝統と革新

第一次世界大戦（1914-1918）の前後から，英詩の革新運動が起こっていたが，その中心には，アメリカ出身の詩人たちがいた。彼らは，何を革新しようとしたのか。また，彼らがもたらしたものは何だったのだろうか。

ここで言う「モダニズム[1]」(Modernism）とは，第一次世界大戦前後から第二次世界大戦前後まで，文学作品が示したある種の傾向を意味する。背景には，帝国主義戦争，独占資本主義，科学的新知見などが破壊してゆく伝統や文化がある。

1　アメリカがついに隠れなき世の光へ

この時代，アメリカの国際的な力を背景にして，文学史上で初めて，アメリカ人たちが世界文学の先頭に立った。古い世界観は「西洋の没落[2]」や「大衆の反逆[3]」という言葉が示唆するように，崩壊してゆく。文学的には，堕落したロマン主義へ反発した新しい文学運動が，文学再生を目指したと言えよう。それは，いかにもアメリカ的な運動であった。

アメリカン・モダニストのスローガンは，「新しくすること」(“make it new”)であり，イマジズム[4]の唱えた事物の具象性，自由詩，即物的表現を支持する。彼らは，言語における革命をめざし，現代社会に相応しい新しい表現を探求した。ただし，集団として行動したわけではない。あくまでも個人の創作を重んじながら，結果として，共通の主張を行い，世界文学をリードしていった[5]。

2　文学への絶対的信頼と自己意識

アメリカン・モダニズムの特徴は，第一に，文学史への信頼とその中での詩人の役割への過剰な自意識であろう。彼らは，人類と文学の永遠性を疑わなかった。これを反伝統主義という伝統主義だと言ってもよい。詩の中で詩論を展開したと言われるほど難解で抽象的なウォレス・スティーヴンズ（Wallace Stevens, 1879-1955）は，初期の「白鳥への揶揄」（“Invective against Swans”）で，白鳥を揶揄する。しかし，もともと白鳥は，イギリス詩の伝統の中で美として描かれてきていた。これは，彼があからさまに伝統への反逆を宣言したと言えよう。ウィリアム・カーロス・ウィリアムズ（William Carols Williams, 1883-1963）は，イギリス詩に対抗し，アメリカニズム＝アメリカ語による詩作を生涯の仕事とする。パウンドは，「古いものこそ新しい」をスローガンとして，詩作を続ける。彼のライフ・ワークである『キャントウズ』冒頭の作品は，ホメロスのギリシア長編叙事詩『オデュッセイア』の翻案であった。また，エリオットは，エッセイ「伝統と個人の才能」で，25歳を過ぎて詩作を続けるのなら，自国の文学史だけ

▷1　モダニズムは，ラテン語“Modernus”を語源とする。4世紀後半キリスト教が公認された時代，12世紀カール大帝時代，14，15世紀のルネサンス，17世紀フランスなど，過去から新しい時代への移行として，自らを見做す意識を意味した。

▷2　『西洋の没落』(1918年，1922年）はドイツの哲学者オスヴァルト・シュペングラー（1880-1936）の代表作。第一次世界大戦後の大ベストセラー。

▷3　『大衆の反逆』(1929年）は，スペインの哲学者ホセ・オルテガ・イ・ガセット（1883-1955）の著書。

▷4　イマジズムの理論的な先駆者は，T・E・ヒューム（T. E. Hulme, 1883-1917)。彼は，ジョージアン風の詩作へ反発し，新しい感受性を求めた。また，絵画における立体派などを高く評価した。

▷5　パウンドが「イマジストがしてはいけないこと幾つか」(“A Few Don'ts by An Imagiste”）などでイマジズムの方針を示した。
(1)　イメジ：知的感情的複合体を一瞬で体現し，時空を超えた開放感を与える。万巻の書を書くより，一生を賭けて一つのイメジを示す方がよい。
(2)　新しい聴覚，新しい言

でなく，ギリシア・ローマ以来の詩の伝統を念頭に置かねばならないと主張した。

第二に，いわば，誇大妄想的な詩人観がある。彼らは，文学への絶対的な信頼があり，詩人には社会的使命・義務があるという信念にもとづいて，詩が時代を変え，人類を救済するという確信を持つ。彼らモダニストたちは，時代状況としての全体性の喪失の中で，なお，「文学」を文化変革の唯一の手段として信じていた。これは，『民主主義の展望』で示されたホイットマン的伝統を受け継いでいると言えよう。ちなみに，ウィリアムズ，パウンド，エリオットなど，それぞれ，長詩に挑戦するが，それらはたぶん，歴史の短い人工国家アメリカへ叙事詩をもたらそうとする詩人的な欲望であったのかもしれない[6]。

3 文学として先行文学とともに文学史を生きる

第三に，芸術家の制作物をユニークで象徴的で想像力に富んだ「作品」と見做す点もまた，モダニズムの特徴としてあげるべきだろう。モダニズムは，もともと，啓蒙の物語，精神の弁証法，意味の解釈学，理性的主体の開放，人類の歴史的発展などを意味する「メタ言説」，ないしは，「大きな物語」を前提とするが，アメリカン・モダニストの時代とは，「知」の修得が精神や人格，教養の形成と同義であると信じた最後の時代でもあった。

第四に，断片による作品構成が特徴的である。これは，上記の第三の特徴と矛盾するように思えるかもしれないが，典型的なモダニストの作品は，恣意的に始まり，作品中での説明が無く，素材の相互関係に関しても沈黙を守る。語り手の声や展望，視点の変化も唐突に行われ，また，終了感のない終わり方も多い。導入される断片は，自伝的・経験的なものから，数千年を遡る文学作品からの引用まで，古今東西，過去現在を問わない。

第五の特徴は，大衆への嫌悪感であろう。モダニストたちは，暗黙裡に一般大衆，すなわち，芸術や美を理解しない者を共通の敵とし，激しい嫌悪感を示す。この嫌悪感は，技法上の特徴からも確かめられる。彼らは，これまでの詩の歴史と伝統の厚みを作品の中に取り込み，先行する大詩人たちの作品へ言及したり，その言葉を直接引用したり，言及するので，読者に知的な背景がないと作品が理解できないことが少なくない。また，仮面やペルソナを多用する。結果として，一般読者の多くを遠ざけることとなる。しかし，モダニストたちにとって，詩作品や詩人たちが偉大であり，文学素養のない者たちには何らの存在価値も見出さなかったと言っても言い過ぎではない。

アメリカをヨーロッパ文化に関連づけ位置づけようとしたモダニスト詩人たちは，彼らに続くサンフランシスコ・ルネサンス[7]，ビート派，ブラックマウンテン[8]などのアメリカ詩人たちを含めて，英詩そのものに大きな影響を与え続けているし，また，言語を問わず，彼らを模範とする詩人たちに対して，様々な教訓と実例を提供している。

（渡辺信二）

い方：自由韻律であること。
(3) 詩人と対象の新しい関係：見られる事物そのものを信頼し，その表現力を引き出すこと。
(4) 日常言語を使用しながら厳密に言うこと。
(5) テーマを選ぶに際して全く自由であること。

▶6 モダニズム詩人の他の長詩
Ezra Pound,
『セクストゥス・プロペルティウスへの敬意』（*Homage to Sextus Propertius*, 1917）
『ヒュー・セルウィン・モーバリー』（*Hugh Sewyn Mauberley*, 1920）
T. S. Eliot,
『四つの四重奏』（*Four Quartets*, 1936-42）
H. D.,
『三部作』（*Trilogy*, 1944-46）
William Carlos Williams,
『パターソン』（*Paterson*, 1946-58）

▶7 サンフランシスコ・ルネサンスは，1950年代アメリカ詩前衛的運動の一つ。ケネス・レクスロス（Kenneth Rexroth, 1905-1982）が中心。ビート詩人も加わる。

▶8 ブラックマウンテンは，チャールズ・オルソン（Charles Olson, 1910-1970）の「放射詩」（"Projective Verse," 1950）に拠った緩やかな詩人たちの集まり。アメリカ語的会話体によって読者へ詩的エネルギーを放射しようとする。

10　モダニズム（小説）——客観的真実から主観的世界構築へ

かつての安定した価値観を信頼できなくなった時代，若者たちは神を信頼できず，祖国を失い，頼るべき伝統を奪われた。世界が断片化し，個人の心の内奥に沈み込んでいく中で，彼らの文学はいったい何を描き出そうとしたのか。

1　特　徴

モダニズムの最大の特徴としてまず挙げられるのは，伝統や古い安定した価値観からの逸脱である。フロイトの無意識の探求などの影響を受け，それまでのような秩序だった客観的世界観ではなく，世界は個人が主観的に作り上げる，しばしば一貫しないものと考えられる。したがってそれ以前に前提とされていた絶対的な真実への信頼は揺らぎ，何事も相対的に判断されるようになる。

また世界が主体の知覚によって構成されるため，無意識の領域が重視され，心理的移ろい——いわゆる「意識の流れ」[1]が綿密に描写されるようになる。このような文学は，必然的に断片化し，それ以前の世代の小説のように安定した統一的語りとはならない。そしてその結果，文体は難解になり，テーマは伝統を失ったことによる疎外，喪失，絶望と強く結びつく。この傾向は，人々が第一次世界大戦で旧弊な価値観への信頼を決定的に失ったことにより，一気に加速してモダニズムの隆盛を産んだ。

2　先駆的モダニズム

イギリスに活動拠点を移し，ヨーロッパ文学の影響を受けたヘンリー・ジェイムズの晩年の作品[2]は，心理小説として後の「意識の流れ」を描いた作品の先駆といえる。また当時のリアリズム小説では外的世界を客観的に表象できることを前提としていたが，ジェイムズの作品には安定した表象可能性に懐疑的になっているという点で，モダニズム文学特有の方向に向かい始めているともいえる。

ガートルード・スタイン（Gertrude Stein, 1874-1946）は作家ジェイムズの兄の心理学者ウィリアム・ジェイムズにも習ったことがあり，繰り返しを多用する前衛的な文体を用いてモダニズム運動の先駆けとなった[3]。スタインに関しては作品の先駆性もさることながら，とりわけパリに移り住み，国籍離脱者たちの文学コミュニティを作り上げ，後のモダニスト作家たちを指導したことが大きな功績と考えられる。

3　ハイ・モダニズム

アンダーソンは初期のモダニストの中でもっとも重要な作家である。「グロ

▶1　“stream of consciousness” の訳語。もともとは心理学者ウィリアム・ジェイムズ（William James, 1842-1910）の言葉。後にモダニズムの作家たちは自由間接話法や内的独白といった技法を用いて，登場人物の意識の流れを捉えようとした。

▶2　後期三大長編『大使たち』『鳩の翼』『黄金の盃』はジェイムズの最高傑作と言われている。

▶3　セザンヌら後期印象派絵画の影響を受けた『三つの人生』（*Three Lives*, 1909. 書かれたのは1905-1906）や『アメリカ人の形成』（*The Making of Americans*, 1925. 執筆時期は推定1902-1911）で知られている。

テスク」と呼ばれる，疎外された不器用な現代人の孤独を描き出した代表作『ワインズバーグ・オハイオ』は，連作短編という形式によって中西部の小さな町を断片の集合体として描き出した。またヘミングウェイやフォークナーなどの作家に影響を与えたことでも重要である。

フィッツジェラルドの『グレート・ギャツビー』は視点人物となる語り手を設定することで◁4，前時代的ロマンティックな人物を現代的視点から再構成しており，主観的世界構築を行うという意味で画期的な作品となった。一方同時代のヘミングウェイの最初期の短編集『ワレラノ時代』（*in our time*, 1924 パリで出版）は断片的なスケッチをコラージュすることによって，第一次世界大戦後の「時代」を描き出そうと試みた作品であり，秩序の崩壊した戦後世界を写し出した。それ以後も『日はまた昇る』や『武器よさらば』など，第一次世界大戦で受けた身体的・精神的負傷を描くに際し，登場人物の内側に入り込むことなく，外面を即物的に描写するハードボイルドの文体を用い，後の世代に革命的な影響を与えた。

フォークナーは同世代のモダニストたちが国籍離脱者としてヨーロッパで活躍したのに対して，アメリカ南部に根を下ろし，地域性を重要な要素とした作家であるが，複数の語り手の内的独白◁5をコラージュした『響きと怒り』によってモダニズムの文学運動の極北となった。

4 後期モダニズム

1930年代に入ると世界恐慌などの影響で，難解かつ芸術至上主義的なモダニズム作品は徐々に下火になっていく。しかしこの時期には1920年代に活躍した作家たちが，モダニズムの手法を用いながら社会問題に取り組むことによって，いわばハイブリッド的なモダニズム作品を生み出すことになった。フォークナーはこの時期人種問題などアメリカ南部の社会問題に取り組みながら『八月の光』や『アブサロム，アブサロム！』を書いたが，とりわけ後者は登場人物が過去の歴史を主観的に構築していくという意味でモダニズムの技巧を駆使しながら，南部社会を歴史の中に位置づけようとした。ヘミングウェイの『持つと持たぬと』（*To Have and Have Not*, 1937）や『誰がために鐘は鳴る』は，「意識の流れ」の技巧をむしろ20年代以上に活用しながら，格差社会やスペイン内戦といった同時代の問題に取り組んだのである。

遅れて登場したスタインベックは主に30年代に入ってから活躍した作家であるが，『二十日鼠と人間』や『怒りの葡萄』など，プロレタリア文学の枠組みの中に，先行するリアリズム，自然主義，モダニズムの技巧を混合してすぐれた作品を生み出した。

第二次世界大戦以降もモダニズムの技巧的影響は現代にいたるまで続いており，そういう意味ではモダニズムの文学運動はいまだに終わっていない。

（高野泰志）

図1 パンプローナにて，ヘミングウェイら一行

出典：Ernest Hemingway Collection. John F. Kennedy Presidential Library and Museum, Boston

▶4 キャザーの『マイ・アントニーア』などの影響を受けたと言われている。

▶5 “interior monologue” の訳語。登場人物の思考が「～は考えた」などの伝達節や引用符などを伴わないで，地の文の語りにそのまま混ざりこむような表現。

11　失われた世代――離脱と帰還

第一次世界大戦後，ニューヨークやパリに移り住み，文筆活動を営んだ若い芸術家たちがいた。彼らのことを「失われた世代」と呼ぶ。はたして何が「失われ」，何を目指していた世代なのだろうか。

1　全体像と特徴

「失われた世代」（Lost Generation）とは，第一次大戦を通じて戦争の破壊と不条理に直面し，戦前の価値体系や人間と文明の進歩への信頼を喪失し，不毛と幻滅の感覚を抱きながら，創作活動を展開した若い文学者のグループのことである。

彼らの多くは，ニューヨークのグリニッジ・ヴィレッジに住み，やがては「亡命者」（exile）[1]のようにヨーロッパに渡り，パリで快楽主義的な生活を送り，前衛的な芸術運動に触発されながら，戦後世代の精神と行動を瑞々しい文体やモダンな形式で描出した作家たちである。広義には，長期間または短期間であったにせよ，欧州滞在を経て，アメリカに帰還し，祖国の理想主義や故郷の伝統的な文化と慣習との自己の断絶を知り，失われた世界／大地との接点の回復を模索した芸術家もさす。この世代には，本書第Ⅱ部でとりあげる，ヘミングウェイ，フィッツジェラルド，フォークナーをはじめ，ジョン・ドス・パソス（John Dos Passos, 1896-1970），収容所での人間の高貴な精神を刻印したE・E・カミングズ（E. E. Cummings, 1894-1962），無宿の天使への女の愛と孤独を描いたジューナ・バーンズ（Djuna Barnes, 1892-1982）らが属する[2]。

「失われた世代」という名称は，パリでピカソなど数多くの前衛芸術家と交流し自宅のアトリエを文学サロンとした作家ガートルード・スタインが，ヘミングウェイに述べた言葉に由来する[3]。ヘミングウェイの回想記『移動祝祭日』によれば，スタインがパリ郊外で運転するフォード車が故障し整備工場に寄ったとき，若い整備工の不手際に主人が "You are all a *génération perdue*" といったのを耳にし，その "a lost generation" に，ヘミングウェイも含めて第一次大戦に従軍した若者たちはみな属していると主張したという。ヘミングウェイは，若い整備工の従軍体験を想像しつつ，そのようなレッテル貼りへの違和と反撥を覚えながら，スタインの仕事が高い評価を得られるよう最善を尽くそうと思いを新たにする[4]。このエピソードには，自らの作品がのちに高評価を得ることで，文体と作風に助言を与えたスタインの評価をあげようといった，先行世代への共感と反抗，やがては彼らを乗り越えんとする意志と気概が表明されているといってよいだろう。

その点で，「失われた世代」の特徴のひとつに，青年期に戦争（の精神的風土）を体験した者による先行世代への両面感情と挑戦があげられるだろう。彼らの

▶1　アメリカの批評家マルカム・カウリーは，「失われた世代」の作家を "exile" と名づけ，研究書のタイトル *Exile's Return* に用いている。

▶2　カミングズの代表作に『巨大な部屋』（*The Enormous Room*, 1922），バーンズの代表作に『夜の森』（*Nightwood*, 1936）があげられる。

図1　スタインのアパートの写真

出典：筆者撮影。

▶3　スタインは，『三つの人生』，『パリ・フランス』（*Paris France*, 1940）といった多くの作品を残している。

▶4　このエピソードは晩年の執筆である。ヘミングウェイが少なからず脚色した可能性や作家として成功したある種の余裕も含まれている可能性に留意したい。

図2　ヘミングウェイがパリ時代初期に住んだアパート

出典：筆者撮影。

多くは1890年代後半に生まれ，多感な10代に第一次世界大戦を迎え価値観の転倒と崩壊を体験した。ヘミングウェイは，長編第一作『日はまた昇る』（1926年）の題辞に，スタインの使った“a lost generation”を掲げ，同時に，「伝道之書」の一節も引用し，小説の題名とした。自分たちにしかわかり得ない複雑な葛藤，自分にしか書けない情念と苦悩があり，その真実を彫琢された文体で描き切ることで，大地との永続的なつながりをとり戻し“lost”な状況を乗り越えようとする，戦後世代の代表的傑作を世に送り出したのである。

2 “lost”の多義性と文学の開花

ところで，この“lost”という語には多義的意味が含まれている。彼らのことを，工業化が進み物質的な豊かさを追求するアメリカ社会になじめず，孤立感と疎外感のなかで欧州に渡り，旅をしながら移動をくり返す「迷える世代」，または，ドルの優位な為替相場に助けられタクシーを乗り回し酒とパーティに享楽した「自堕落な世代」とも呼べる。あるいは，芸術の都パリでの詩人エズラ・パウンド，アイルランド出身の小説家ジェイムズ・ジョイスらとの交流，古典から印象派までの絵画が架けられた美術館への訪問なども考慮すれば，逆説的に「享受の世代」ともとらえうる[5]。

しかし，本質的にはやはり「失われた」，つまり，喪失の感覚がその世代の作家の心底に横たわっている。その感覚から幻滅を深め，ときに崩壊の不安と予感も暗示しながら，同時に，そこからの回復を目論み，そうして両者の大きな振幅のなかで，あるいは，振幅に身をゆだねることで，自らの文学を立ち上げていったのである。喪失が創作の源泉となり，救済の歩みに導かれたのである。

そうした経緯と実状は，たとえば，アメリカの東部，中西部，西部出身の兵士それぞれの，人間の意志と感情を押しつぶす軍隊組織との葛藤を描いたドス・パソスの長篇『三人の兵隊』（*Three Soldiers*, 1921），不条理な戦地から帰還した青年が玉突き場と屋内野球という限定的なフィールドで合理的なルールのもとに展開される人間の主体的運動に救いを見出すヘミングウェイの短編「兵士の故郷」（“Soldier's Home,” 1925），煙草と酒を呑むボブスタイルのフラッパーの出現と，妻ゼルダとの享楽的生活を描画しジャズ・エイジ[6]の寵児となったフィッツジェラルドの短編集と代表作『グレート・ギャツビー』（1925年），第一次世界大戦から記憶を失って帰還した傷痍兵と家族や共同体の動揺を描いたフォークナーの長編第一作『兵士の報酬』（1926年）などの作品に映し出されている。

1929年の株大暴落により，「亡命者」の多くはアメリカに帰還し「失われた世代」はいったん終息を迎えるが，フィッツジェラルドの短編「バビロン再訪」（“Babylon Revisited,” 1931）のように，知人らが離散したパリの情景と記憶，妻を失った男の遠く近しい者への祈りと哀愁を紡いだ作品も出版され，この世代の文学は30年代以降も持続的に豊かな実りを見せていくことになる。（竹内理矢）

図3 ヘミングウェイが最上階の部屋を仕事場にしたホテルの写真
出典：筆者撮影。

▷5 多くのアメリカの作家や詩人が出入りした『シェイクスピア・アンド・カンパニイ』書店をパリで営んだシルヴィア・ビーチ（Sylvia Beach, 1887-1962）は，フィッツジェラルドの「堕落した天使のごとき魅力」やフィッツジェラルド一家とジョイス一家を招待して食事をした思い出をつづり，友人のスコットが妻ゼルダとモンマルトルで大量のシャンペンを飲み，「収益のすべてを後々の見境もなく使い果たした」としるしている。

▷6 Jazz Age は，第一次世界大戦後の大量消費社会のなかで，ラジオ，自動車，映画が大衆にひろまり，ジャズ音楽の軽快さとともに若者たちが既成の価値観を打破し自由奔放に青春を謳歌した時代をさす。フィッツジェラルドの『ジャズ・エイジの物語』（*Tales of the Jazz Age*, 1922）にその名の由来があるとされ，技術革命と経済的繁栄に彩られた「狂騒の20年代」（Roaring Twenties）とも呼ばれている。

12 サザン・ルネサンス――故郷という桎梏へ，弁明と解放

1920年代後半から20世紀の中頃まで，かつては「美芸のサハラ砂漠」とさえ揶揄された合衆国の南部地域にすぐれた文学者が続けざまに登場してきた。この「ルネサンス」にも比される南部の文学的才能の集中的開花はいかにして起こったのだろうか。

1 歴史的展開

アメリカ南部におけるこの現象について，1922年の文芸誌『逃亡者』（*The Fugitive*）の刊行をその起源と見るのが一般的通説となっている。南部テネシー州ヴァンダービルト大学に集ったジョン・クロウ・ランサム（John Crowe Ransom），ドナルド・デイヴィッドソン（Donald Davidson），アレン・テイト（Allen Tate），ロバート・ペン・ウォーレン（Robert Penn Warren）[1]らの現代詩研究会によって，奇しくも衝撃的なモダニズム文学の先駆，T・S・エリオットの長編詩『荒地』と同年に世に出，25年末まで足掛け４年間にわたり出版された。創刊号巻頭のランサムの言によれば，「逃亡」とは，南部に根強い因習の重力からの解放を意味する。

歴史をひもとけば，アメリカの南部は，主として奴隷制度を生産様式の根幹に擁していたことで，自由と民主主義の国アメリカにあって建国以来，異端の土地だったのだが，奴隷制度の存否をめぐって19世紀中葉に勃発した南北戦争に敗退し，奴隷制度が撤廃されたあとも，南部は戦争以前の旧世界のあり方を「失われた大義」（the Lost Cause）と呼び尊んで，戦後，北から流入してくる即物主義，コマーシャリズムに対抗するために，いよいよ南部独自の風習に固執し，他地域との差異を強調する傾向が支配的となった。この傾向は文化面にも影響を及ぼし，何ものにも囚われることがあってはならない芸術表現の自由な発露を阻害し，たとえばH・L・メンケン[2]が「美芸のサハラ」（“The Sahara of the Bozart,” 1920）でこの地における文化の不毛性を徹底揶揄するという事態にも結果した。

同じメンケンが着目したのが1925年，テネシー州デイトンで開かれた州立学校における進化論教育を禁ずる州法の是非をめぐる裁判で，マスメディアはこぞって南部の文化的後進性をあげつらったが，数年前に南部的因習の打破を声高に宣言した上記の４名の文学者を含む12名の南部文化人が，国中から故郷に向けられた批判と中傷に対し，農業に根幹をもつ南部という生活様式を擁護し，農本主義（Agrarianism）の北部流産業主義に対する優位を説き，アメリカ文明の進捗を批判する論集『地歩は譲らじ』（*I'll Take My Stand*, 1930）を発表した。

以降，南部という土地の異質性への世間の好奇の目が，南部を故郷とする若い文学青年たちのうちに，自分の生の根本を見直し，したがって土地の因習の桎梏に盲目であり続けることはもはやできず，故郷について何ごとか語らねば

図１ 「サザン・ルネサンス」を思想的に牽引したヴァンダービルト大学の詩人・批評家たち（左からテイト，ひとりおいて，ウォレン，ランサム，そしてデイヴィッドソン）

出典：Paul V. Murphy. *The Rebuke of History: The Southern Agrarians and American Conservative Thought* (U of North Carolina P, 2001)

▷1　「逃亡者」グループでも最年長のランサム（1888-1974）は詩人としてより，教育者，『ケニヨン・レヴュー』編者，「新批評」（New Criticism）の唱道者のひとりとして知られる。デイヴィッドソン（1893-1968）は『丈高きひと』（*The Tall Men*, 1927）などの詩作品のほか，反公民権運動の政治活動にも手を染めた。テイト（1899-1979）は「旧南軍戦没者によせるオード」（“Ode to the Confederate Dead,” 1928）などの詩や唯一の小説『父たち』（*The Fathers*, 1938）を書いたほか，文学・文化批評家として多くの著作をもつ。ウォレン（1905-1989）は「新批評」実践の書『詩の理解』（*Understanding Poetry*, 1938），代表作『すべて王の臣』（*All the King's Men*, 1947）を始めとする小説，さらに南部史上の事件や人物に関する著作で知られる。

ならない精神的要請，あるいは一種の強迫さえ産み落とした。彼らは外部からの批判に抗して南部を弁明したいという衝動と，いっそそれに同調してしまいたい衝動とに引き裂かれることになったのだが，こうした深い自己内省を要し，自己表出を強いてやまない空気に即応し，南部各所からすぐれた表現者が誕生する契機をももたらすことになった。

この文芸思潮における最大の収穫にフォークナーの文学がある。また先に名を挙げた文学者以外に，いずれも第Ⅱ部で取り上げられる作家たち，すなわちウルフ，ウェルティ，テネシー・ウィリアムズ，カポーティ，マッカラーズ，オコナーが名を連ね，他にキャロライン・ゴードン（Caroline Gordon），キャサリン・アン・ポーター（Katherine Anne Porter），ウィリアム・スタイロン（William Styron）など[3]もいる。フロリダ出身の黒人女性作家，ハーレム・ルネサンスの旗手ハーストンをここに分類する見方もある。

2 ふたつの世界の交錯

南部に「ルネサンス」に比すべき文学の開花が訪れたのはなぜか。天才はそれぞれ孤独な存在だが，古今の事例をみれば，ダ・ヴィンチのいたフィレンチェ，シェイクスピアのいたロンドン，1960年代のラテンアメリカ文壇，合衆国ならば，19世紀中葉のいわゆる「アメリカン・ルネサンス」の作家群など，天才はぶどうの房のように一度にまとまって誕生するもののようにも見える。どの事例についても，その現象に厳密に分析的な回答を用意することは困難だろう。

ただ，すでに名を挙げた，この文芸思潮を始動し批評家としての名声も高かったテイトの言葉は一聴に値する。「1914年から18年の大戦とともに，南部はふたたび世界への敷居をまたいだ。ただし敷居を越えるときに，うしろを一瞥した。そのうしろ向きの一瞥がサザン・ルネサンスを生んだ，現在にあって過去を忘れない文学を生んだのだ」。ここに表明されているのはふたつのことで，ひとつは農本主義南部もいよいよ20世紀のこの時期に商業主義あるいは近代合理主義の波に席巻されつつあるという事実に，南部人といえどもはや目をそむけることができなくなってきたということ，そしてもうひとつは，より特筆すべき驚くべき事柄であると思われるのだが，南部人にとって南部とは「世界」と対峙しうる，少なくとも過去にあっては互角に対峙していたリアリティと見なされていたということだ。アメリカ合衆国に生きる南部人にとって，世界は二重化しており，轟々と音をたてるように驀進してゆく近代世界のなかに孤高の島のような南部という存在があった，少なくとも心のなかには今も存在し続けている，とでもいうような強い思いが消しがたく存在しており，そして，さらにテイトによれば，その「ふたつの世界がいよいよ交錯する地点に到達したとき」，南部文学は現代文学における重要な一翼をなすにいたったというのである。

（後藤和彦）

▶2　メンケンは，舌鋒鋭いジャーナリスト，アメリカ文化評論家として知られる一方，文芸誌『スマート・セット』（*The Smart Set*），『アメリカン・マーキュリー』（*The American Mercury*）の編者として当時の文壇に影響力をもち，新しい文学的才能の発掘にも才覚を発揮。

▶3　ポーター（1890-1980）は寡作だが，短編小説の名手，唯一の長編小説『愚者の船』（*Ship of Fools*, 1962）は多くの読者を得た。ゴードン（1895-1981）は『狩りするひと，アレック・モーリィ』（*Aleck Maury, Sportsman*, 1934）などの小説も書いたが，文芸批評家として他の作家たちに敬愛された。上記テイトと二度結婚して二度離婚したことでも知られる。スタイロン（1925-2006）は，『闇の中に横たわりて』（*Lie Down in Darkness*, 1951），『ナット・ターナーの告白』（*The Confessions of Nat Turner*, 1967），映画化された『ソフィーの選択』（*Sophie's Choice*, 1979）などを書いた小説家。

13　1930年代社会派小説——世界大恐慌の時代における文学的営み

1930年代，世界大恐慌の影響下で書かれた文学作品は社会の変化をどのように映し出しているのだろうか。また，1930年代に書かれた作品に共通する特徴を見出すことはできるのだろうか。

1　世界大恐慌とニューディール政策

社会派小説は1930年代に隆盛を極めるが，その背景には世界大恐慌による大不況がある。1929年10月のマーケットクラッシュに続く1930年代，都市部では失業率が上がり，またグレートプレーンズの南部地域では断続的に発生した大規模な砂嵐によって農作物が壊滅的なダメージを被った。[1] 国家的な苦難を経験した時代において，作家たちはアメリカ社会の現実を描くことを期待され，実際に左翼的立場をとる作家も多く見られた。1933年，合衆国大統領に就任したフランクリン・デラノ・ローズベルト大統領はニューディール政策[2]を打ち出し，文学の分野ではFWPと称される連邦作家計画（Federal Writers' Project）が立ち上げられ，ジョン・スタインベック，リチャード・ライト，ゾラ・ニール・ハーストン[3]らが関わったことで知られている。[4] このプロジェクトは各州の土地や人々にフォーカスしつつ，「アメリカ」の全体像を浮き彫りにすることを目指していた。[5] 本項でとりあげる作家たちも，目の前に生きている，特別ではない人々の厳しい生活をリアリスティックに描いている。

2　「アメリカ」の現実を描いた作家たち

大恐慌下の現実に向き合う作家たちは，社会と自分たちの関係性をリアリスティックに描くことで1930年代を生きる苦悩や葛藤を表現した。以下に見ていくように，作家たちは彼らが所属する社会や生まれた土地への愛着，あるいは抵抗を描いており，そこには自伝的な要素も往々にして見られた。

ジョン・ドス・パソスは20年代から左翼的な立場をとっており，1926年には左翼批評誌である『ニュー・マッセズ』の役員メンバーを務めていた。人々の声を記録すべく書かれた *U.S.A.* 三部作は，『北緯42度』（*The 42nd Parallel*, 1930），『一九一九年』（*1919*, 1932），そして『ビッグ・マネー』（*The Big Money*, 1936）からなる。新聞などの見出しを引用した「ニューズリール」（Newsreel）や，断片的な文章で構成される「カメラ・アイ」（Camera Eye）といったセクションを登場人物の物語に織り交ぜることで，複雑で包括的なナラティヴを展開している。

リチャード・ライトは1930年代始めに共産党に入り，また『ニュー・マッセズ』へも寄稿していた。ライトにとって左翼的立場をとることは，貧困の問題

▷1　グレートプレーンズはロッキー山脈の東からミシシッピ川にかけて広がる大平原である。砂嵐の影響が特に強かった地域はダスト・ボウル（the Dust Bowl）と呼ばれテキサス，コロラド，オクラホマ，カンザス，ニューメキシコをまたぐ一帯を指す。砂嵐は土壌保全（soil conservation）が十分ではなかったために露出した土壌が風に運ばれて起こったと考えられる。

図1　1935年4月にカンザスを襲った砂嵐
出典：Robert S. McElvaine, ed. *Encyclopedia of the Great Depression* vol. 1（Gale, 2004）

▷2　大恐慌による貧困や雇用の問題に対して大統領が行った政策。事業促進局（Works Progress Administration，通称 WPA。1938年に Works Projects Administration として再編）を設立し橋や道路，公園，学校などの建設といった公共事業を作ることで雇用の問題に対処した。連邦作家計画のほか，連邦芸術計画（Federal Art Project），連邦劇場計画（Federal Theater Project）を立ち上げることで芸術や文化を保護しようとした。

▷3　ハーストンは1920年代より民間伝承の調査を行なっていたが，それらの成果は『らばと人』（1935年）に見ることができる。FWPに参加していたハーストンは，

だけではなく人種差別の問題に立ち向かうための術でもあった。中編小説集である『アンクル・トムの子どもたち』(1938年),そして『アメリカの息子』(1940年)では黒人に向けられる差別,そして暴力への抵抗が反社会的な行為として罰せられてしまう人種差別の実態を描いている。

ジョン・スタインベックは『怒りの葡萄』(1939年)で,オクラホマからカリフォルニアへと移住するジョード家の物語を描いた。祖父の代から受け継いだ土地を離れ,新天地を目指す移動は旧約聖書の『出エジプト記』を想起させるが,移住先での苦難に抵抗すべく団結しようとする労働者の描写には政治的なメッセージを読みとることもできる。

ジェイムズ・T・ファレル(James T. Farrell, 1904-1979)は,シカゴという土地を舞台に『スタッズ・ロニガン』三部作を執筆した。『若いロニガン』(*Young Lonigan: A Boyhood in Chicago Streets*, 1932),『スタッズ・ロニガンの青年時代』(*The Young Manhood of Studs Lonigan*, 1934),そして『最後の審判の日』(*Judgment Day*, 1935)で構成される。主人公スタッズの人生を半自伝的に,リアリスティックに描くファレルのスタイルは,同じくシカゴを舞台に作品を描いたセオドア・ドライサーの自然主義的な作風としばしば比較される。

ノースキャロライナ州生まれのトマス・ウルフは『天使よ故郷を見よ』(1929年),そして続く『時と河について』(1935年)において,極めて自伝的な物語を綴った。自伝的であるがゆえに主題の不明瞭さ,そして構造的な問題などを指摘されることもあるが,自己の経験を中心に溢れ出すウルフの物語は,自己と自己から切り離すことのできない社会との関係を描き出している。

アースキン・コールドウェルは出身地であるジョージア州を舞台に『タバコ・ロード』(*Tobacco Road*, 1932)を書いた。土壌浸食(soil erosion)によって作物が育たなくなった土地から離れることのできないレスター家の,怠惰で不道徳な生活が描かれている。出版翌年にブロードウェイで公演された際は,卑猥な描写があるにもかかわらず南部の「堕落」を典型的な形で描いた作品として受容され,7年という当時の最長公演記録を打ち立てた。

マーガレット・ミッチェル(Margaret Mitchell, 1900-1949)はジョージア州を舞台にした小説『風と共に去りぬ』(*Gone with the Wind*, 1936)において,南北戦争の時代を生きた主人公スカーレット・オハラの物語を描いた。舞台は19世紀であるが,ミッチェルにとっては南部ジョージア州の歴史が,祖父の代から受け継いだ「遺産」として1930年代という現在を形成していることがうかがえる。

1930年代の作家はしばしば南部,中西部,西部など地域別に区分される。FWPが各地の歴史,文化,そして地理を詳細に記録したように,土地に深く根差した人々の生を作家たちはリアルな形で提示したと言えよう。自分たちが属する社会を今一度とらえ直す,あるいは問い直す試みは,時にプロテストの声を響かせながら1930年代の文学を特徴付けている。　(横山　晃)

プロジェクトの一貫としてフロリダにおける民間伝承の音楽の記録をしていた。

▶4　FWPは1935年から1939年まで続いたプロジェクトでありヘンリー・アルスバーグが指揮を執った。作家以外の職種の人々も参加し,民間伝承,口述歴史などが記録された。各地域の歴史や地理,産業に関する詳細な報告は『アメリカン・ガイド・シリーズ』として1943年まで発行された。このプログラムは黒人研究といった分類項などにも分かれ,記録には黒人奴隷やネイティヴ・アメリカンの歴史も含まれている。

▶5　ニューディール政策の推進者であり1935年から1938年の間WPA(Works Progress Administration)の指揮を取ったハリー・ホプキンズは,「アメリカの肖像」("a portrait of America")を描くことを目指していた。

図2　ライトの肖像

出典:図1に同じ。

図3　ミッチェルの肖像

出典:Thomas Riggs, ed. *St. James Encyclopedia of Popular Culture* vol. 3 (Gale, 2013)

14　黒人文学──言葉と音声のアート

黒人文学とは，黒人（アフリカ系）の作家を創作の主体とした言語芸術を指し，アフリカ系アメリカ文学（African American literature）とも呼ばれている。その作風にはどんな特徴があるのだろうか。

1　生存戦略から芸術意識へ

黒人文学（black literature）の起源は，奴隷としてアフリカから連行された人々が持ち込んだ「ことわざ」にある。過酷な環境で奴隷を支えたその遺産のうち現存するのは122編だが，それらはやがて英語で表現されるに至り，説話や民話に発展した。作者が特定されず，誰もが語り継ぐことのできる物語は，つらい生活に慰めを与える笑い話やほら話として，民族の共有財産となった。

特定の作者名で出版された最初の黒人文学は「奴隷体験記」である。これは，白人奴隷解放論者が逃亡奴隷を手助けして綴らせた自伝であり，南部の農場における虐待を赤裸々に描き，奴隷制廃止の世論を刺激した。その代表的著者フレデリック・ダグラスは，のちに政治家として名をはせた。奴隷主による捕獲を恐れ，偽名で出されたハリエット・ジェイコブズ（Harriet Jacobs, 1813-1897）の体験記は，南北戦争（1861-1865）期を生きた黒人女性の社会意識を伝えている。

図1　ジェイコブズの肖像
出典：New York Public Library

図2　チェスナットの肖像
出典：New York Public Library

▷1　「パッシング小説」のパッシング（passing）とは，「なりすます」こと，他の人間として「通用する」ことを意味している。

▷2　Jean Toomer（1894-1967），Nella Larsen（1891-1964）

南北戦争後には初の黒人職業作家が現れた。チャールズ・チェスナットである。彼は，黒人が家畜のように集団で扱われていた奴隷時代にはあり得なかった「個」としての自己認識を主題化した。とくに肌の色の薄い混血の主人公が人種偏見を恐れた結果，みずからを白人と偽って生きる際の心理的葛藤を描く「パッシング小説◁1」は彼に始まり，混血が進む近代社会の切実な問題を提起した。奴隷制という集合的な苦難に統合されない人種的自我に取り組んだ時，黒人文学は複雑化し，成熟への第一歩を踏み出したのだ。

1920年代，ニューヨークを中心に黒人文芸最初の隆盛期が訪れるが，これを「ハーレム・ルネサンス」（Harlem Renaissance）と呼ぶ。多くの作家が輩出したが，なかでも詩人ラングストン・ヒューズは，政治意識と美意識を両立した詩に加え，小説や自伝を多数残した。文化人類学者でもあったハーストンは，民話や民謡など，黒人の伝統的な表現形態を活かした小説を執筆したほか，秀逸な随筆を世に送った。ジーン・トゥーマーとネラ・ラーセン◁2は寡作ながら，混血や自我，パッシングの問題を引き継いで文学史にその名を刻んだ。

2　政治の季節と歴史意識

40年代に入ると，個人の意識を黒人集団の利害に優先させたハーレム・ルネサンスを，非政治的として批判する作家が現れた。その先鋒リチャード・ライトは，『アメリカの息子』で世界的に有名になり，差別の責任を白人集団に向けて問う「抗議小説」を提唱した。その後，人種対立をプロパガンダ化する抗議を否定し，黒人の苦悩を白人との相互性のもとに描いた『もう一つの国』で知られるボールドウィンが現れた。だが公民権運動の高まりは[3]，民族の政治的団結を後押しした。60年代中盤には公民権獲得後も向上しない社会への怒りを爆発させた「ブラックアーツ運動」が台頭し，詩人アミリ・バラカ[4]など前衛的な作家が現れた。

そうした政治意識を更新したのは，70年代以降続々と登場し，黒人文学を牽引してきた女性作家だ。『カラー・パープル』（*The Color Purple*, 1983）でピューリツァ賞を得たアリス・ウォーカー（Alice Walker, 1944-）は，公民権運動に蔓延していた女性差別を告発した。93年にノーベル文学賞に輝いたモリスンは，黒人が歴史的に被った暴力とともに，黒人社会内部の欺瞞をも暴露した『青い眼がほしい』など，11の長編小説のほか優れた文学論でも知られている。モリスンがこだわった「歴史的現在」という視点は，最近の作家にも受け継がれている。ジェズミン・ウォード（Jesmyn Ward, 1977-）は『歌え，葬られぬ者たちよ，歌え』（*Sing, Unburied, Sing*（2017））などにおいて，軽視されてきた黒人の命への認識を問いただし，コルソン・ホワイトヘッド（Colson Whitehead, 1969-）の『地下鉄道』（*The Underground Railroad*, 2016）は，逃亡奴隷のネットワークをSF仕立てで物語化し，高い評価を受けている。

3 音と文字の横断

黒人文学がアフリカの記憶としてのことわざに遡るということは，その始まりが文字によらなかったことを意味している。奴隷農場では「ハラー」や「シャウト」（叫び）という声による意思伝達法が生まれ，黒人の歌の起源となった。つまり黒人文学は，文字のみならず，音声の芸術としても進展してきた。ハーレム・ルネサンスは別名「ジャズ・エイジ」とも呼ばれ，黒人音楽が豊かに花開いた時代であった。ライトの後進にあたるラルフ・エリソンは，抗議小説とは一線を画す音楽的要素に溢れた小説『見えない人間』を生み，ブラックアーツ運動にもジョン・コルトレーンなどのモダンジャズ奏者が参加した。盛んに開かれた詩の朗読会（ポエトリー・リーディング）は，言葉と音のセッションとなっていた。

この系譜の最前線として，いま見逃せないのはヒップホップだ。自伝性や社会批判など黒人文学の要素を受け継ぐ優れた歌詞は，90年代から文学作品集にも多数加えられている。イェール大学刊の『ラップ作品集』（2010年）は，ラッパーのチャックDを編集陣に加え，アフリカ・バンバータからカニエ・ウエストまでの作品を収録する。ヒップホップ自体，黒人作家から多大な刺激を得てきたが，かつての「ジャズ文学」と同様，小説にも多様な素材を提供しており，両者の相互関係は今後も進展するだろう。　（新田啓子）

▶3　公民権運動とは，奴隷解放後も南部諸州に残存していた人種隔離法制（Jim Crow Laws）の撤廃と，黒人の公民権（civil rights）を求めて行われた全米的な市民運動。50年代中盤に始まり，64年の公民権法制定で終結した。

▶4　バラカ（Amiri Baraka, 1934-2014）はリロイ・ジョーンズ（LeRoi Jones）という名でも知られている。本来の名は後者であったが，公民権運動指導者マルコムXの暗殺（1965年）を機に改名した。

15 ハーレム・ルネサンス
——アフリカ系アメリカ人初の芸術文化運動

1920年代，ニューヨークのハーレムには，国内外から黒人たちが移住し，文学，音楽，絵画などの芸術文化が花開いた。ハーレム・ルネサンスはどのような時代背景を持つのだろうか。どのような作家たちが活躍したのだろうか。

1 時代背景——黒人大移住

奴隷解放後も南部の黒人民衆たちは厳しい生活を送っていた。1896年のプレッシー対ファーガソン判決が「分離すれども平等」（separate but equal）という原則を容認し，人種分離政策が正当化されるなか，元奴隷たちは小作農として貧困に苦しみ，黒人リンチなどの人種暴力に怯えていた。南部の黒人民衆は，第一次世界大戦により白人労働者たちが出征し労働力が不足していた北部都市を「約束の地」とみなし，よりよい雇用機会を求めて移住した。

黒人大移住（Great Migration）により多くが移住したニューヨークのハーレムは，黒人の政治・文化の中心地となり，人種の地位向上を目的とした公民権運動団体の本拠地になった。これらの団体は，黒人の人間性と知性を証明することのできる芸術には，人種の地位を向上させる可能性があると考えていた。そのため，ハーレム・ルネサンス（Harlem Renaissance）の指導者の一人デュボイス[1]が編集した全米黒人地位向上協会（NAACP）の機関誌である『クライシス』，全国都市連盟（National Urban League）発刊の『オポチュニティ』誌などが，文芸コンテストを開催し優秀作品を掲載した。これにより数多くの黒人作家たちが輩出され，黒人による文学創造が花開いたのである。

▶1　デュボイスの代表作は『黒人のたましい』である。

白人たちも黒人文化に注目し，カール・ヴァン・ヴェクテン[2]（Carl Van Vechten）やシャーロット・オズグッド・メイスン（Charlotte Osgood Mason）などの白人パトロンが黒人芸術家を支援した。白人たちは黒人文化を未開主義の対象にする傾向もあり，両者の関係性は必ずしも対等ではなかった。このような時代背景においてハーレム・ルネサンスは1920年代に勃興し，1929年の大恐慌，あるいは1935年のハーレム人種暴動により終焉を迎えたとされている。

▶2　ヴェクテンは『ニガー・ヘヴン』（*Nigger Heaven*, 1926）という小説も執筆している。

2 ハーレム・ルネサンス期の文学作品

ハーレム・ルネサンスの指導者アレン・ロック（Alain Locke, 1885-1954）が編纂した『ニュー・ニグロ』（*The New Negro*, 1925）は，論考，小説，詩などを掲載するアンソロジーで，当時「ニュー・ニグロ・ルネサンス」とも呼ばれた芸術文化運動の意義を紹介している[3]。ロックは黒人芸術家による芸術創造を，民主化を推進する原動力としてとらえていた。芸術創造により，南部や奴隷制のステレオタイプと結びついた「古い黒人」像を，誇り高い市民としての「新

▶3　『ニュー・ニグロ』には黒人画家アーロン・ダグラス（Aaron Douglas, 1899-1979）による挿絵も収録されている。

しい黒人」像へと刷新する必要性について説いている。ジェイムズ・ウェルドン・ジョンソンは，1916年以降NAACPを率いた指導者であり，詩人・小説家でもあった。ジョンソンの『元黒人の自伝』（*The Autobiography of an Ex-Colored Man*, 1912）は，同時代の黒人文学に頻出するパッシング（肌の色が白く生まれついた混血の人物が，黒人としての出自を隠し白人として生きること）を主題とし，人種が生物学的要因だけではなく，社会的要因（環境やふるまい）によっても決定されうることを示した。

多くの作家が，「新しい黒人」像を，肯定的な人種意識や黒人民衆文化への誇り，さらには人種暴力への抵抗や批判とともに描きだした。ジーン・トゥーマーの『砂糖きび』（*Cane*, 1923）は南部の農村地域と北部都市とを，詩と散文を混ぜた前衛的かつ抒情的な文体で描いた。英国のロマン派詩人に影響されたカウンティ・カレン（Countee Cullen, 1903-1946）の『カラー』（*Color*, 1925），ブルースやジャズに影響されたラングストン・ヒューズの『物憂いブルース』（*The Weary Blues*, 1926），ジャマイカ出身のクロード・マッケイ（Claude McKay, 1889-1948）による『ハーレム・シャドウズ』◁4（*Harlem Shadows*, 1922），民衆方言を取り入れたスターリング・ブラウン（Sterling Brown, 1901-1989）の『南部の道』（*Southern Road*, 1932）などが代表的な詩集である。これらの作品は，南部の黒人民衆文化および西インド諸島やアフリカを，黒人の遺産やルーツとして，文学的に再解釈している。

女性作家たちも活躍し，人種，ジェンダー，階級などの要素が交差する視点から執筆した。民俗学を学び南部の黒人民話を収集したハーストンは，代表作『彼らの目は神を見ていた』で知られる。『クライシス』の編集者をつとめたジェシー・フォーセット（Jessie Fauset, 1882-1961）の『プラムバン』（*Plum Bun: A Novel without a Moral*, 1928）や，西インド諸島からの移民の父とデンマークからの移民の母を持つネラ・ラーセンの『白い黒人』（*Passing*, 1929）は，パッシングをジェンダーという視点と共に描いている。

同性愛などのセクシュアリティは，ナイトクラブをはじめとするサブカルチャーの一部だった。エリート層の黒人指導者たちは中産階級的な異性愛規範に基づく上品さを重視していたため，同性愛を文学中に描くことを推奨しなかった。とはいえ，同性愛を主題とするリチャード・ブルース・ニュージェント（Richard Bruce Nugent, 1906-1987）の短編「煙，百合と翡翠」（"Smoke, Lilies, and Jade," 1926）をはじめ，カレン，マッケイ，ヒューズ，ウォレス・サーマン（Wallace Thurman, 1902-1934），アンジェリーナ・ウェルド・グリムキ（Angelina Weld Grimké, 1880-1958）らの作品が同性愛的な欲望を描いている◁5。

ハーレム・ルネサンスは，ハーレムを中心としながらも，ヨーロッパ，アフリカ，西インド諸島とも連動する国際的な運動としても理解されている。米国内外の黒人政治・文化の発展の礎を築いたハーレム・ルネサンス期の文学作品は，黒人文学の歴史を理解するうえで欠かすことができない。（佐久間由梨）

図1　アーロン・ダグラスによる"An' the stars began to fall"
出典：Alain Locke, *The New Negro* (Touchstone, 1999)

図2　アーロン・ダグラスによる"The Emperor Jones"
出典：図1に同じ。

▷4　マッケイは『ハーレムへの帰還』（*Home to Harlem*, 1928），『バンジョー』（*Banjo*, 1929）をはじめとする小説でも知られている（すべて未訳）。

▷5　サーマンの代表作はハーレム・ルネサンスの風刺ともいわれる『春の子どもたち』（*Infants of the Spring*, 1932），肌の色が黒く生まれついた女性を主人公とする『木苺は黒ければ黒いほど』（*The Blacker the Berry*, 1929）である。グリムキの代表作は黒人リンチを主題とした戯曲『レイチェル』（*Rachel*, 1920）および詩や短編である（すべて未訳）。

16　ユダヤ系アメリカ文学――定義をめぐる冒険

定義しにくい文学ジャンルとされてきた「ユダヤ系アメリカ文学」は，どのような特徴を備えているだろうか。

1 定義の難しさ

「ユダヤ系アメリカ文学」の作品を編んだどの作品集を開いてみても，序章はいかに「ユダヤ系アメリカ文学」が定義しにくい文学ジャンルであるか，という編者のボヤキから始まる。『ユダヤ系アメリカ文学――ノートン・アンソロジー』（*Jewish American Literature: A Norton Anthology*, 2001）は，ユダヤ系アメリカ文学の代表的な作品を年代順に編纂した信頼性の高い正統派アンソロジーであるが，この本も例に漏れず，まずはいかにこのジャンルの定義が難しいか，そもそも「ユダヤ系アメリカ文学」なのか「アメリカユダヤ系文学」とすべきなのか，その題名を決めるところから議論が紛糾したという編著者の苦労話から始まっている。「ユダヤ系アメリカ文学」はユダヤ系アメリカ人作家による文学である，と単純に説明することは出来るが，例えばペンギン社の『ユダヤ短編集』（*The Penguin Book of Jewish Short Stories*, 1979）の編者エマニュエル・リトヴィノフは，ユダヤ文学の定義の難しさは，そもそも「ユダヤ人」の定義そのものの曖昧さからくる，と解説している。「ユダヤ系アメリカ文学」ともなると，ユダヤ系であることだけでなく，アメリカとの関係をどう捉えるかをも考慮しなくてはならないので，より複雑になる。

2 ユダヤ系アメリカ文学の過去，現在，未来

ユダヤ系アメリカ人の歴史は，1654年に23人のユダヤ人がアメリカのニューアムステルダム（現在のニューヨーク）に上陸したところから始まるとされている。最初にアメリカにやってきたのは，主にスペイン，ポルトガルに居住していたセファルディ系ユダヤ人（Sephardic Jew）と呼ばれどちらかというと富裕層のユダヤ人たちである。ユダヤ系アメリカ人詩人として最初に名前が挙がるのは，このセファルディ系の血筋を引く女流詩人エマ・ラザラス（Emma Lazarus, 1849-1887）であろう。自由の女神の台座に刻まれている詩「新しき巨像」（“The New Colossus,” 1883）の作者として有名である。南欧系ユダヤ人に加えて，1881年ロシアの政変を契機に東欧から大量のユダヤ人がアメリカに逃れてきた。彼らはアシュケナージ系ユダヤ人（Ashkenazi Jew）と呼ばれ，後に活躍する多くのユダヤ系作家達は，彼らの末裔とされている。代表的な作家としては，ユダヤ系移民読者のためにイディッシュ語の新聞『フォワード』（*The*

図1　『ユダヤ系アメリカ文学』原書
出典：Jules Chametzky, et al. *Jewish American Literature: A Norton Anthology* （W. W. Norton & Company, 2001）

▶1　ソール・ベローの代表作としては，『オーギー・マーチの冒険』（*The Adventures of Augie March*, 1953）や『ハーツォグ』（*Herzog*, 1966）などがあげられる。

図2　ベローの肖像
出典：James Atlas. *Bellow: A Biography* （Modern Library, 2000）

▶2　マラマッド代表作としては，短編集『魔法の樽』，長編『アシスタント』や『修理屋』などがある。

Jewish Daily Forward）紙を編集する傍ら，小説『デイヴィッド・レヴィンスキーの成功』（*The Rise of David Levinsky*, 1917）を出版したエイブラハム・カーハン（Abraham Cahan, 1860-1951），ユダヤ系女性小説家の草分け的存在として，メアリー・アンティン（Mary Antin, 1881-1949）やアンジア・イージアスカ（Anzia Yezierska, 1885?-1970）などが挙げられる。

ユダヤ系アメリカ文学は，戦後アメリカで生まれたユダヤ系二世作家達の登場と共に一気に開花し，特に1950年から60年代にかけてはアメリカ文壇の中心となった。この時期の中心的作家としては，1976年ノーベル文学賞を受けたソール・ベロー[◁1]（Saul Bellow, 1915-2005），バーナード・マラマッド[◁2]（1914-1986），フィリップ・ロス[◁3]（Philip Roth, 1933-2018）が挙げられる。ユダヤ的ペーソスとユーモアの作家マラマッドに比べると，ベローは時に衒学的とも称されるほど「知的」な作風が特徴的だ。一世代若いロスは自虐的な皮肉も込めながら，より「生々しい」ユダヤ人像を描いて見せた。ポーランド出身のI・B・シンガー（I. B. Singer, 1904-1991）はアメリカに渡ってからもイディッシュ語で作品を発表し続けていたが，短編小説「愚か者ギンペル」（“Gimpel the Fool”）によってアメリカ読者に初めて紹介される。その英訳を行ったのがベローであった。そのシンガーもベローに続き，1978年にノーベル文学賞を受賞することになる。

ヨーロッパで起こった「ホロコースト」を如何に描くか，というテーマは「ユダヤ系アメリカ文学」特有のものと言えるかもしれない。直接体験していないこの大きな厄災を，道義的責任から描く必然性をユダヤ系アメリカ人作家たちの多くは感じている。それゆえに「ホロコースト文学」は，「ユダヤ系アメリカ文学」の重要なサブジャンルとも言える。シンシア・オジック（Cynthia Ozick, 1928-）は，代表作『ショールの女』（*The Shawl*, 1989）で，ディテールを一切省いた詩のような文体でホロコーストを描き，アート・スピーグルマン（Art Spiegelman, 1948-）は，父親の収容所体験をメタフィクション的漫画『マウス』（*Maus*, 1986, 1991）で描きピューリツァ賞を受賞した。この二人は，直接体験していないホロコーストを如何に描くか，という重要な命題にそれぞれ独自の方法で新たな境地を開いたと言える。

近年の傾向としてまず挙げられるのが，当初，男性作家主流とされていたこの分野における多くの女性作家たちの登場であろう。例えば，グレイス・ペイリー[◁4]（Grace Paley, 1922-2007）もオジック同様，独自の流動的な文学スタイルを生み出し，扱う主題や文体の面でも男性作家たちと一線を画している。また現在では，アラブ諸国でユダヤ人として暮らしアメリカに渡ってきた作家や，ユダヤ・ラテン系アメリカ人作家による作品も参入してきた。これらのアメリカらしい豊かで力強い展開は，「ユダヤ系アメリカ文学」が定義不可能なジャンルであるからこそ，可能であるとも言えるのである。

（相原優子）

図3　マラマッドの肖像

出典：Lawrence M. Lasher. *Conversations with Bernard Malamud* (UP of Mississippi, 1991)

▷3　ロスの代表作としては『さよならコロンブス』（*Goodbye, Columbus*, 1959），『ゴースト・ライター』（*Ghost Writer*, 1979），『ヒューマン・ステイン』（*The Human Stain*, 2000）などがある。

図4　ロスの肖像

出典：Claudia Franziska Brühwiler and Lee Trepanier, ed. *A Political Companion to Philip Roth*（UP of Kentucky, 2017）

▷4　ペイリーは生涯で3冊の短編集を出版する。現在その3冊の短編集はすべて村上春樹訳で読むことが出来る。『人生のちょっとした煩い』（*The Little Disturbances of Man*, 1959）（文春文庫），『最後の瞬間のすごく大きな変化』（*Enormous Changes at the Last Minute*, 1974）（文春文庫），『その日の後刻に』（*Later the Same Day*, 1985）文藝春秋。

17 ビート・ジェネレーション――反逆児たちの革新的精神

第二次世界大戦（1939-1945）後，ニューヨークやサンフランシスコを起点に，既存の価値観に対抗する若者たちが現れた。この世代の若者たちをビート・ジェネレーションと呼ぶが，彼らの文学スタイルはどのようなものだろうか。

1 全体像と特徴

第二次世界大戦後のアメリカは経済的，物質的に豊かな社会となり，国民は便利な生活を享受しつつ，保守化する社会体制に無批判に順応するようになった。いわゆる体制順応主義の時代である。一方，政治的には米ソ対立の冷戦が始まり，共産主義者を駆逐しようとする赤狩り旋風（マッカーシズム）が吹き荒れる。このような時代を背景として，ニューヨークで前衛芸術とボヘミアン的なライフスタイルを融合し，アメリカの因習化した価値観に逆らう若者たちが現れる。コロンビア大学で知り合ったジャック・ケルアック（Jack Kerouac, 1922-1969）とアレン・ギンズバーグ（Allen Ginsberg, 1926-1997）に加え，彼らより年長のウィリアム・バロウズ（William S. Burroughs, 1914-1997）がその代表とされている。彼らと仲間たち（禅仏教に傾倒し日本にも滞在したことのある詩人ゲーリー・スナイダーなど）による文学・芸術サークルは，その後社会的に認知されるようになり，「ビート・ジェネレーション」（Beat Generation）と呼ばれることになる。

文学運動としてのビート・ジェネレーションの誕生にとって決定的だったのは，1955年の10月７日に，サンフランシスコの「シックス・ギャラリー」で行われた詩朗読会であった。そこでギンズバーグは「吠える」（“Howl”）を朗読し，満場の聴衆の心を強烈に惹きつけた。現代文明によって押しつぶされる人間性を主題とした彼の詩は，『吠える，その他の詩集』（*Howl and Other Poems*, 1956）として出版され，その翌年，ケルアックの代表作『オン・ザ・ロード』（*On the Road*, 1957）が世に出る。アメリカ中を放浪するケルアックの登場人物たちは合衆国内の若者の共感を得て，本書は一躍ベストセラーになった。◁1

そもそも，この世代を表す「ビート」という呼称は，彼らが熱狂したジャズ，とりわけ即興を主とするビバップの「ビート」を指すだけではない。ケルアックが述べたように，「打ちのめされた」（“beat up”）状態，さらには，「至福の」（“beatitude”）ないしは「幸福に輝く」（“beatific”）といった宗教的意味合いをも含む。彼らは，どんなに落ちぶれていても，輝ける現在の瞬間を謳歌する充溢した生，そしてドラッグやセックスやジャズによる恍惚な状態そのものに価値を置くことで，形骸化した常識を打ち破るような熱意で新たな文学運動を展開した。

とはいえ，あらゆるものが商業化することで生命を失った戦後のアメリカ社会とその価値観を否定することによって，社会変革と人間性の回復をロマンテ

図１　『オン・ザ・ロード』スクロール版原稿
出典：James Campbell. *This is the Beat Generation*（U of California P, 2001）

▷1　1950年代のビート運動は，ビートニク（beatnik）と呼ばれる若者たちのライフスタイルになり（そのボヘミアン的様式はしばしば社会から軽蔑の目を向けられもしたが），60年代には若者の間でより政治的色合いも強まり，伝統的な価値観を拒否するヒッピー・ムーブメントという社会現象となっていく。

ィックに追い求めた彼らのヴィジョンは，必ずしも先行するアメリカ（文学）の伝統を否定するものではない。むしろ，彼らは，19世紀半ばの超越主義者たち（エマソン，ソロー，ホイットマン）の直系に当たると考えられ，その意味で，ビート・ジェネレーションとは，きわめてアメリカ的な現象だと言える。

2 代表的作品とそのスタイル

ビート世代の作家・詩人たちの文学は，各々の関心とスタイルによって異なり，一概に「ビート・ジェネレーション」という特有のスタイルがあるわけではない。あえて共通項を挙げるとすれば，ギンズバーグ，ケルアック，バロウズともに，自らの経験をもとに創作を行い，その赤裸な自己を詩や小説に昇華していった点であろう。なかでも，彼らは同性愛の経験（ギンズバーグとバロウズはゲイであったし，ケルアックはバイセクシュアルだったと伝記には記されている）を含む，社会規範や体制に順応しえない自己をいかに表現し得るかということに身魂を砕いていた。ギンズバーグの詩集も，バロウズの『裸のランチ』（*Naked Lunch*, 1959）も，その過激な性描写が猥褻であるという理由で発禁処分になったが，そのことがかえって彼らの作品を世に知らしめることとなった。ケルアックの『オン・ザ・ロード』は，破天荒な友人ニール・キャサディ（Neal Cassady）とともに行ったアメリカ放浪の旅に基づいており，作中では，ビート世代の実際の友人，仲間たちが多数登場する。

『オン・ザ・ロード』以降，ケルアックの関心は，ストーリーや登場人物の性格描写よりも，もっぱら新しい独自の文体を創出することに注がれる。彼は「自然発生的散文」（spontaneous prose）という，内から溢れ出すまま書き留める文章スタイルを自らの指針とした。これは，推敲や書き直しを禁じ，自動筆記に近いスタイルを重視するものである。バロウズもまた，「自分は記録する道具にすぎない」と述べ，創作における自動筆記性を重んじた。しかし，ケルアックがあくまでも書く主体という自己を維持していたのに対し，バロウズは，書く主体そのものを懐疑的にみている[◁2]。したがって，『裸のランチ』以降のバロウズ作品は作家の主体性を放棄するという点で，ビート世代からポストモダンの文学への移行を示す事例となっている。

ところで，通常の文学史的な見方では，ビート世代を代表する三人は中産階級に属した白人男性であるが，当然，彼らの仲間たちには女性や黒人の作家，詩人たちもいた。近年では，白人男性中心主義的なビート作家のイメージを修正していく動きも見られる。女性詩人としてジョイス・ジョンソン（Joyce Johnson, 1935-），ダイアン・ディ・プリマ（Diane di Prima, 1934-2020），黒人詩人ボブ・カウフマン（Bob Kaufman, 1925-1986）やアミリ・バラカ（リロイ・ジョーンズ）などを含めた，より包括的なビート文学が網羅的に研究される必要があるだろう。（小椋道晃）

図2　タイプライターを打つケルアック
出　典：Fred W. McDarrah. *Kerouac and His Friends: A Beat Generation Album* (William Morrow and Company, 1985)

図3　中央二人ギンズバーグとバロウズ（右）
出典：図2に同じ。

図4　数多くの作家や芸術家が滞在したニューヨークのチェルシーホテル
ケルアックやギンズバーグも滞在していたことがある。
出典：筆者撮影。

▶2　バロウズの有名なテーゼである「言語はウィルスである」とは，彼の作品自体が，ウィルスとして宿主に寄生している言語との格闘の記録であり，同時に，あらかじめ言語によって乗っ取られている主体のあやうさを書きとめるものとなっている。

18 ポストモダニズム（詩）
——既存の社会への対抗と新しい社会の創造

既存の社会に対抗し，新しい社会を創造するのに，ポストモダニズムの詩はどのように有効だったのか。詩は社会とどのように関わってきたのだろうか。

1 ポストモダン詩（postmodern poetry）とは？

ポストモダン詩の呼称でひとくくりにできる特定の文学運動や詩のジャンルはない。1950年代の冷戦期の体制順応化に対抗するように，新しい社会創造を模索する詩を発表し始めた詩人達が，対抗文化（counterculture[1]）が盛んになる1960年代にそれぞれ独自の詩を発展させていき，主に60年代，70年代に以前のモダニズムとは一線を画する詩風が隆盛を誇るようになった。このような詩を広くポストモダニズムの詩に分類している。詩人達の多くに共通するのは，既存の社会体制への異議申し立てと新しい社会と詩を創造する使命感である。文学史上，伝統的な秩序の解体と新しい秩序の再構築を目指した点とリアリズムへの懐疑においてモダニズムを継承するが，詩のテクストの自立性を主張したモダニズムの詩が硬直化して大学教育や文壇の中に閉鎖されてしまったときに，詩の社会性を取り戻してポストモダン詩が成立した，と言える。

2 預言者詩人（the poet-prophet）の復活

モダニズムの詩の閉鎖性とは対極的な社会性を詩に取り戻したという点で，ポストモダニズムの詩の口火を切ったのはアレン・ギンズバーグの「吠える」だろう。1955年のシックス・ギャラリーでの「吠える」の朗読と聴衆の熱狂的な呼応が出発点だったように，彼の詩は聴衆との身体的な交流を目指した。「吠える」は現代資本主義社会の体制への順応化や機械化による人間性破壊を批判し，生殖器や排泄器官を含む肉体のすべてを神聖視しながら，生来の人間性を取り戻すことを歌った。たんなるプロパガンダには陥らず，キリストの最後の嘆きの祈りと現代アメリカ都市に響くサキソフォンの音を重ねた比喩 “an eli eli lamma lamma sabactani saxophone cry[2]” など，幻視的な詩になっている。またアメリカ口語のリズムが息づく長い詩行によって口承詩を復活させた。1960年代半ばに「フラワー・パワー[3]」を提唱して文壇の枠を越えて社会的な影響を及ぼしたギンズバーグは，ホイットマン流の預言者詩人像——聖書の預言者に代わって現代の民衆を導く詩人——を再生した。

3 前衛詩人と言語実験

聴衆に朗読することを前提にしたギンズバーグの詩は，古来に発祥した口承

▶1　カウンター・カルチャー。対抗文化あるいは反（体制）文化と訳される。体制的価値基準や慣習などに反抗する若者の文化。

▶2　「エリ，エリ，レマ，レマ，サバクタニと泣き叫ぶサキソフォン」。
磔刑に処せられたイエス・キリストが死ぬ直前に叫んだヘブライ語「エリ，エリ，レマ，サバクタニ。（わが神，わが神，なぜわたしをお見捨てになったのですか）」（「マタイによる福音書」27.46）という神への嘆きの言葉をサキソフォンの音に重ねた比喩。神聖なイエスの言葉と世俗的な現代アメリカの楽器の音を重ねて聖俗を融合させ，両者の根底にある救済を求める叫びを浮かび上がらせる。

▶3　フラワー・パワー（flower power）とは，ヒッピーの信条である「愛と平和」を象徴する標語。

図1　谷川俊太郎との朗読（セッション）の場面
1988年10月21日，東京の砂防会館でギンズバーグと日本の詩人達がポエトリー・リーディングを演奏した。
出典：現代詩手帖特集版『総特集アレン・ギンズバーグ』（思潮社，1997年）。

▶4　ピューリツァ賞，全米図書賞，全米批評家協会賞。

の芸術としての詩の原点に立ち戻るものだといえるが，モダニズム期に絵画の影響を受けながら目で見るものとしての詩が発展し，ウィリアム・カーロス・ウィリアムズ，カミングズ，ルイス・ズコフスキィらが視覚的な言語実験を行い，それはポストモダニズムの前衛的な（avant-garde）詩に受け継がれた。なかでもニューヨーク派のジョン・アシュベリー（John Ashbery, 1927-2017）を特筆すべきだろう。前衛芸術，とくにシュールレアリスムの絵画から学んだ実験精神に彩られたアシュベリーの詩は，『木々』（*Some Trees*, 1956）で文壇に登場して以来，その前衛性ゆえに，『凸面鏡の自画像』（*Self-Portrait in a Convex Mirror*, 1975）が名誉ある三つの賞[4]を総なめにするまで，一般には無名だった。「アイダホ」の“?” “!” “#” の記号の羅列などを例とするアシュベリーの前衛的な言語実験では，言葉の意味内容から主題を解読するのはほぼ不可能だが，言葉を媒体ではなく対象として再考するように促している。70年代から，間テクスト的にロマン主義の詩や古典詩に触れる前衛詩を書いており，彼の詩作は閉鎖的な遊戯ではなく，詩の伝統との関係性を問い，同時代の社会に開かれている。アシュベリーに呼応して70-80年代に言語派詩人達[5]（language poets）が前衛的な詩を推し進めた。

4 女性詩人とラディカル・フェミニズム（radical feminism）

第一期フェミニズムの婦人参政権獲得により人権上の平等が果たされても，社会構造のすみずみに浸透した男性中心主義が女性の自己を抑圧し続けていることに対して，第二期のラディカル・フェミニズムは「個人的なことは政治的なこと」（“the personal is the political”）の標語の下に，公的な場だけでなく私的な関係性に根付く男女差別を明るみに出し，女性の自己の解放を目指した。多くの女性詩人達がこの運動に呼応し，言葉によってコード化されたジェンダー構造を詩の創作によって解体しようとした。代表格がアドリエンヌ・リッチ（Adrienne Rich, 1929-2012）である。50年代に伝統的な詩風で高い評価を得た彼女が，結婚後の母親業と詩作の両立に葛藤して離婚し，『変化への意志』（*The Will to Change*, 1971）を経て傑作『難破船に潜る』（*Diving into the Wreck*, 1973）を生み出すまで，詩形と主題において因習を脱却した転身は，まさにラディカル・フェミニズムを体現した。代表作「難破船に潜る」では，父権制社会の神話に抑圧された真正の女性達の歴史を難破船に潜って取り戻す語り手が，「彼女」にも「彼」にもなれる場所に辿り着く。このように神話を読み直し（re-vision）修正する試みは，多くの女性詩人達に共通する[6]。また自伝的な内容から告白派と呼ばれるシルヴィア・プラス（Sylvia Plath, 1932-1963）は，「朝の歌」（“Morning Song,” 1961）で赤ん坊を異物として眺める母親を描き出して，母性神話を覆した。

（梶原照子）

▶5 言語派詩人達（language poets）とは，モダニズムのズコフスキィ，オルソンらの実験やニューヨーク派の前衛詩を受け継ぎながらポスト構造主義の言語理論に影響を受けた前衛的な詩の運動の一派。主にニューヨークとサンフランシスコを拠点とした。ブルース・アンドリュース（Bruce Andrews, 1948-）編集の雑誌 *L = A = N = G = U = A = G = E*（1978-1982）を基盤とした。

▶6 例えば，ミュリエル・リュカイザー（Muriel Rukeyser, 1913-1980）。H. D. がイマジストから転身を遂げた長編詩『エジプトのヘレン』（1961年）も重要である。

図 2 “New York Blues”（1971）

詩を「歌」として演奏するギンズバーグの試みは，楽譜をつけた言葉を詩作品として創るまでに至る。1970年代には多くの楽譜詩が出版された。異種混交性はポストモダニズム詩の特徴であり，ここでは，他の芸術分野（音楽）との境界を破っている。

出典：Allen Ginsberg. *Selected Poems 1947-1995*（Penguin, 1997）

19 ポストモダニズム（小説）――「何でもあり」の世界？

ポストモダニズムとは何か。それはモダニズムを引き継ぐものなのか，それとも対立するものなのか。混迷の時代を象徴するポストモダニズムは何を問題にしているのか。

1 ポストモダニズムの特徴と主な作家たち

アメリカ文学，特に小説におけるポストモダニズム（Postmodernism）とは，1960年代に盛り上がり，1980年代まで大きな力を持った潮流である。文化史家フレドリック・ジェイムソン（Fredric Jameson）によれば，それは第二次世界大戦後の世界において，ポスト工業化社会，高度資本主義，消費社会，メディア社会，情報化社会などと名付けうるものの出現に結び付いた文化の地殻変動とみなすことができるだろう[1]。だが，ポストモダニズムは特定の雑誌や主張のもとに集まったグループの運動ではないし，個々の作品を見ても，すべてに共通する要素は見つけにくく，しばしば言われる悪口を借りるなら「“何でもあり（anything goes）” なのがポストモダニズムだ」とさえ言えそうで，定義は非常に難しい。しばしば挙げられる特徴としては，時間的無秩序，文体借用《パスティーシュ》，断片化，偏執病《パラノイア》，自己言及などがある。

▷1　ジェイムソンの論文「ポストモダニズム，あるいは後期資本主義の文化論理」（“Postmodernism, or, the Cultural Logic of Late Capitalism,” 1984）は「ポストモダンの地図全体を一筆で描き直し，その分野をそれ以来支配した感嘆すべき創始行為」と評された。

ポストモダニズムの輪郭を知るにはそこに属するとされる作家の名を挙げるのが近道だろう。このカテゴリーにしばしば分類される作家としては，アメリカ合衆国では第Ⅱ部でとりあげるモリスン，ピンチョン，オースターの他に，ジョン・バース（John Barth, 1930–），ロバート・クーヴァー（Robert Coover, 1932–），ドン・デリーロ（Don DeLillo, 1936–），ジョン・ホークス（John Hawkes, 1925–1998），イシュメル・リード（Ishmael Reed, 1938–），カート・ヴォネガット（Kurt Vonnegut, 1922–2007）など，合衆国以外ではホルヘ・ルイス・ボルヘス（Jorge Luis Borges, 1899–1986），イタロ・カルヴィーノ（Italo Calvino, 1923–1985），アンジェラ・カーター（Angela Carter, 1940–1992），ウンベルト・エーコ（Umberto Eco, 1932–2016），ジョン・ファウルズ（John Fowles, 1926–2005），サルマン・ラシュディ（Salman Rushdie, 1947–）らがいる。ついでに，映画作家のイーサン・コーエン（Ethan Coen）とジョエル・コーエン（Joel Coen），デイヴィッド・リンチ（David Lynch），アーティストのロバート・ラウシェンバーグ（Robert Rauschenberg），シンディ・シャーマン（Cindy Sherman），音楽家のジョン・ケージ（John Cage）などをイメージすると，ポストモダニズムという鵺《ぬえ》のようなカテゴリーが少しはとらえやすくなるかもしれない。

図1　ポストモダン小説を概説する教科書としてよく用いられたブライアン・マクヘイル『ポストモダン小説』
出典：Brian McHale. *Postmodernist Fiction*（Routledge, 1987）

2 モダニズム，ポストモダニズム，メタモダニズム

「ポストモダニズムとは何か」を問うためには，まず「モダニズムとは何か」を問わなければならない。というのもポストモダニズムは，少なくとも字義的には，「モダニズム以降」を意味するからだ[◁2]。

▷2　モダニズムについては本書の「モダニズム（小説）」（20-21頁）を参照。ただし，ポストモダニズムという語を「ポスト近代《モダン》イズム」と分析すると，「（モダニズムを超克するのではなく）近代《モダン》を超克しようとする芸術思潮」と理解することもできる。その場合は，近代性《モダニティ》をどう理解するかでポストモダニズムの意味が異なってくる。

モダニズムの重要な特徴はたとえば，(1)意識の流れの技法に見られるような印象や主観，客観性からの離反，(2)ジャンルの境界の曖昧化，(3)断片的な形式，非連続的な語り，(4)再帰性，メタ的構造の指向などが挙げられる。これらのうち，断片的な形式はポストモダニズムにも受け継がれているように思われるし，ジャンルの境界の曖昧化はポストモダニズムでさらに加速している感がある。他方で，モダニズムが世界の断片性に絶望していたのに対して，ポストモダニズムは断片性を称揚しているという態度の違いもあり，両者の関係はとても一筋縄ではいかない。

また，デイヴィッド・フォスター・ウォレス（David Foster Wallace, 1962-2008）あたりの作家，あるいは1990年頃を境目にしてポストモダニズムが一段落して，新しい流れが生まれているとして，それをメタモダニズム（metamodernism）と呼ぶ動きがある（Timotheus Vermeulen and Robin van den Akker, David James and Urmila Seshagiri らの研究など[◁3]）。こうして21世紀以降の時点から回顧的にポストモダニズムを定義し直す研究には今後も注目していかなければならないだろう。

▷3　ごく簡単に言うなら，ポストモダニズムが物事を皮肉な目で見る相対主義であるのに対して，気候変動や生態系の危機を背景とするメタモダニズムでは，再び理想主義や素直な物語への回帰が見られる。

3 「大きな物語の死」とハイパーリアリティ

ポストモダニズムをモダニズムとの関係以外の面から特徴付ける要素としてしばしば取り上げられるのが，フランスの思想家ジャン＝フランソワ・リオタールの『ポスト・モダンの条件――知・社会・言語ゲーム』で導入された「大きな物語の死」という議論だ。リオタールは現在のポストモダン的状況においては，キリスト教，マルクス主義，啓蒙主義，科学的進歩などといったメタ物語《ナラティヴ》，「大きな物語」は世界内に存在する差異，対立，複数性を覆い隠す幻想であることが暴かれてしまい，もはや維持できないと言う。そうした意識に適応した小説のスタイルがポストモダニズムであると考えると，自明性，客観性，超越性，普遍性を根源から問い直し，自己言及性，偶発性，変化，差異などを強調する，1960年代以降のある種の小説群がそこにうまく収まるように思われる。

もうひとつ，この問題に関する重要な概念装置としてしばしば取り上げられるのはジャン・ボードリヤールが論じた「ハイパーリアリティ」（hyperreality）だ。私たちは普通，「まず現実世界《リアリティ》があって，次にそれを表象する記号がある」と考えるが，現在のポストモダン的な消費社会において，人はもはや現実とは無関係の，記号のみから成る「ハイパーリアリティ」の世界に生きていると言うのである[◁4]。これもまた，小説の虚構性や消費社会の記号性を前景化するタイプの現代小説を扱うには便利な考え方だ。　（木原善彦）

▷4　映画『マトリックス』（1999年）の中にはボードリヤールの著書『シミュラークルとシミュレーション』が映る場面がある。実際，この映画においては，主人公が現実だと思って生きていた世界はコンピュータによって作られた仮想現実であることが暴かれるが，その真実が暴かれることなく生活が続いていた場合の「世界」はまさにハイパーリアリティだと言えるだろう。

20 ネイチャーライティング——自然体験の文学

自然との深いつながりを有するアメリカ文学。そのつながりをもっともよく表現するジャンルがネイチャーライティングである。ネイチャーライティングの特徴とは何か。いつごろどのような歴史を経て形成されたのだろうか。

1 ネイチャーライティングという文学ジャンル

ネイチャーライティング（nature writing）とは，一般に自然を主題とするノンフィクション・エッセイを指す。[1] 用語としては20世紀初期にとくにアメリカで使用されることになったと推定される。それ以前は博物学・博物誌を意味する「ナチュラルヒストリー」（natural history）もしくは「ナチュラルヒストリー・エッセイ」（natural history essay）という用語で語られていたジャンルである。またこのジャンルの書き手＝作家のことをネイチャーライターと言う。しかし，ネイチャーライティングという術語が文学用語として広く使用されるまでにはかなりの時間がかかった。自然環境に視点を置く文学研究いわゆるエコクリティシズム（ecocriticism）が始まる1990年代初頭まで待たねばならなかった。[2]

ネイチャーライティングは自然を主題とするノンフィクションである。ノンフィクションであるということは，虚構の物語ではなく，実体験，直接的な経験に基づく文学テクストであり，必然的に一人称による語りが前提となる。題材は多岐にわたる。旅行記，登山，魚釣り，ハイキング，ラフティング，バードウォッチング，田舎暮らし，動植物の観察記録，自然破壊や環境破壊の目撃譚など多様性に富む。場所的には，山・川・海・砂漠・極地などの大自然のほか，都市や郊外や災害地なども対象となる。

2 ネイチャーライティングの３つの要件

ネイチャーライティングには三要件があるとされる。①自然史的情報，②個人的反応，③思想的解釈，である。[3] ①は自然についての客観的な観察や情報，②は自然現象についての直接的な感情や情動，そして，③はより大きな主題である「自然観」に関する見解の表明である。注目されるのは，②である。①だけであれば，ネイチャーライティングは自然科学的記述に接近する。③だけであれば，自然とはなにかをめぐる哲学的・抽象的省察と論述に至る。しかし，②が加わることによって，ネイチャーライティングは「文学」になるのである。書き手の「主観性」も必須の要素となる。

歴史的に見れば，第Ⅱ部でとりあげるソローの『ウォールデン』（1854年）が，アメリカにおけるネイチャーライティングの祖型とされるが，かれはその冒頭で「〈私〉すなわち第一人称」を重視すべきことを宣言している。これはソロー

▷1　ネイチャーライティングと類似した概念に「環境文学」（environmental literature）があるが，こちらはフィクション作品（詩，小説，演劇など）をも包含するより包括的な概念。

▷2　エコクリティシズムは自然環境に視点を置く文学批評理論。1990年代にネイチャーライティング研究の進展とともに形を成していった。

図１　『ネイチャーライティング』原書
英米94名のネイチャーライターの作品を生年順に配列。
出典：Robert Finch and John Elder, eds. *The Norton Book of Nature Writing* (W. W. Norton & Company, 1990)

▷3　トマス・J・ライアン『この比類なき土地——アメリカン・ネイチャーライティング小史』村上清敏訳，英宝社，2000年（原著1989年），３頁。

の作品がまぎれもなく「主観性」を閑却しない「文学」であること，そしてネイチャーライティングの基本型であることを示している。ときに「理科系の文学」ともいわれるネイチャーライティングにおいては，ノンフィクション性すなわち経験的次元の重視，客観性と主観性，科学的知と感情・感覚の均衡と融合の問題がつねに意識される。同じ文学ジャンルながらも，小説や戯曲などフィクション系の作品とは異なる側面である。

3 ネイチャーライティングと自然回帰運動

アメリカの文化，思想，そして文学の根底には，野生の自然＝ウィルダネス（wilderness）に対する特有の固着がある。アメリカで自然と言えばウィルダネスのことを指すと断言してもいい[4]。そして文学分野におけるネイチャーライティングの存在はこのようなアメリカ独自の自然観に裏づけられたジャンルである。歴史学者ピーター・J・シュミットは，1880-1920年の40年間を，アメリカにおける「自然回帰運動」（Back to Nature Movement）の時代と定義し，この時期に「新しい文学ジャンル」として登場したのがネイチャーライティングであったとしている[5]。この「自然回帰運動」は，郊外化，自然保護団体の設立，国立公園の制定，青少年向けの「自然学習」（nature studies），ボーイスカウト運動，サマーキャンプなど，自然を重視するライフスタイルを多様に生み出していった。ネイチャーライティングという文学ジャンルは，そうした時代に直結する所産である。

▶4 Perry Miller. *Errand into the Wilderness* (Belknap Press, 1964)

▶5 Peter J. Schmitt. *Back to Nature: The Arcadian Myth in Urban America* (Johns Hopkins UP, 1990)

4 ネイチャーライティングからエコクリティシズムへ

このような歴史的展開のなかに位置づけてみると，ネイチャーライティングというジャンルの直接的な系譜は，南北戦争（1861-1865）前に活躍したエマソンやソローといったロマン主義者ではなく，むしろ後の世代に属するジョン・バロウズ（John Burroughs, 1837-1921），ジョン・ミューア（John Muir, 1838-1914），アーネスト・T・シートン（Earnest T. Seton, 1860-1946）などに見出すことができるとも言われる。じっさい，これ以降，文学史的にはマイナーながらも，アメリカは続々とネイチャーライターたちを輩出し，ある種の文学的な水脈として20世紀末，そして現在にまで持続されてゆく。

1990年前後に，ネイチャーライティングという用語とジャンルが俄に脚光を浴びるようになる。それを促したのは20世紀後半に活躍したエドワード・アビー（Edward Abbey, 1927-1989）やアニー・ディラード（Annie Dillard, 1945-）といった優れたネイチャーライターたちの存在であった。かれらは伝統を踏まえながら，現代思想的な課題を取り込み，ネイチャーライティングに現代性をもたらした。かくして，エコクリティシズムが本格的に始動したのである。

（野田研一）

21 現代文学――物語の作り手を取り巻くふたつの「9.11」から

21世紀を迎えたアメリカ文学は，時代と対話するなかで大きな変化を遂げつつある。作家たちにとっての「今」を形作る出来事とは何か。

1 同時多発テロと文学

アメリカ合衆国が21世紀を迎えるにあたって，節目となる出来事としての「9.11」は避けて通ることができない。ただし，ここでの「9.11」は，単独の出来事ではなく，異なる文脈から登場した，ふたつの社会状況を指している。

より広く知られている「9.11」，すなわち2001年９月11日に発生した同時多発テロは，経済・文化の中心地であるニューヨークに大きな被害と衝撃をもたらした。文学においては，テロ攻撃によって個人が被った喪失と，そこから回復を模索するプロセスを物語とし，そこにアメリカ社会全体の動きを重ねる作品が登場する。ジョナサン・サフラン・フォア（Jonathan Safran Foer, 1977-）による『ものすごくうるさくて，ありえないほど近い』（*Extremely Loud and Incredibly Close*, 2005）などの小説が，その代表例である◁1。

また，合衆国本土への攻撃に対する反応として，合衆国は「対テロ戦争」を掲げ，アフガニスタンへの軍事介入を経て，イラク戦争（2003-2011）に入ることになる。イラクで長期化した戦争は，1975年に終結するまで泥沼化したヴェトナム戦争の記憶を呼び起こすことになった。こうして，イラクへの従軍経験を持つ作家たちから，ケヴィン・パワーズ（Kevin Powers, 1980-）の『イエロー・バード』（*The Yellow Bird*, 2012）やフィル・クレイ（Phil Klay, 1983-）の『一時帰還』（*Redeployment*, 2014）など，ヴェトナム戦争文学の流れを汲み，戦場の不条理をさまざまな角度から描く作品が生み出された◁2。

こうした，アメリカの「外」との暴力的な接触を見据え，国籍を越えた他者への共感を描き出そうとする感性が存在感を増しつつある。アンソニー・ドーア（Anthony Doerr, 1973-）の長編『すべての見えない光』（*All the Light We Cannot See*, 2014）を初め，「アメリカ」が登場しない戦争の物語がアメリカ人作家によって発表され，多くの読者を得るという事態は，今世紀の世界における自らの立場を見つめ直そうとするアメリカ文化の姿を伝えている。

2 新自由主義の時代へ

もうひとつの「9.11」とは，1973年９月11日にチリで発生した軍事クーデターである。この結果としてピノチェト政権が発足すると，新自由主義政策が導入され，同国での実験を経て，アメリカ合衆国国内でも，1980年代のレーガン

▷1　ジェニファー・イーガン（Jennifer Egan, 1962-）の『ならずものがやってくる』（*A Visit from the Goon Squad*, 2010）もまた，さまざまな語りの技巧を凝らしながら，同時多発テロとそこからの回復を物語化している。

▷2　従軍経験こそないものの，ベン・ファウンテン（Ben Fountain, 1958-）は『ビリー・リンの永遠の一日』（*Billy Lynn's Long Halftime Walk*, 2012）において，スペクタクルとして戦争を消費する文化を批判的に描き出して高い評価を得ている。

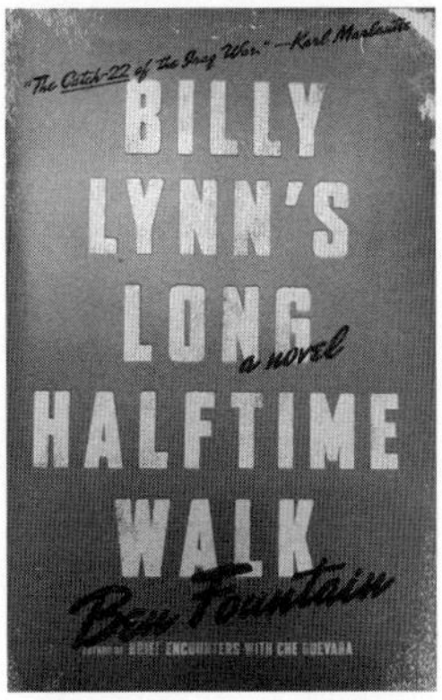

図１　『ビリー・リンの永遠の一日』原書

▷3　また，非英語を母国語としながらも英語で教育を受け，やがて英語作家としてデビューする書き手も多数登場する。『独りでいるより優しくて』（*Kinder Than Solitude*, 2013）などを発表している中国出身のイーユン・リー（Yiyun Li, 1972-）が代表的な作家だといえる。

政権のもとで新自由主義的な諸政策が大規模に推進されていく。

文学作品では，ニューヨークの金融の世界を舞台とするブレット・イーストン・エリス（Bret Easton Ellis, 1964-）の『アメリカン・サイコ』（*American Psycho*, 1991），デリーロの『コズモポリス』（*Cosmopolis*, 2003）などが，そうした経済体制の中枢にある病理を描き出す役割を担った。

また，この新自由主義の展開期に合衆国に渡った作家による物語には，理想の社会としてではなく，個人的な利益を求めて合衆国に移住するも定着はしない移民が登場する。チママンダ・ンゴズィ・アディーチェ（Chimamanda Ngozi Adichie, 1977-）による『アメリカーナ』（*Americanah*, 2013）などに登場する移民たちにとって，合衆国は数ある選択肢のひとつに過ぎないのである。◁3

一方で，市場と個人の能力を重要視する社会体制は，格差の拡大という結果ももたらした。そのなかで，人種やジェンダーをめぐる既存の差別構造が温存され，再利用されて各種の不平等や暴力を再生産する事態を，ホワイトヘッドやローレン・グロフ（Lauren Groff, 1978-）などの作家が描き出している。◁4

3 創作科の隆盛

この時期の合衆国内では，文学を支える制度に大きな変化が訪れる。大学院創作科（Creative Writing Program）の急速な普及である。第二次世界大戦前から続くアイオワ大学の創作科を初めとして，21世紀には全米各地で1000以上の作家養成のプログラムが稼働している。個人のクリエイティビティを重視する経済が文化とタッグを組んだ，ひとつの現れと見ることができるだろう。

その産物として，寓話やファンタジーの要素を取り込み，日常と奇想を交錯させる作風が登場する。それを象徴するのが，『燃えるスカートの少女』（*The Girl in the Flammable Skirt*, 1998）を発表したエイミー・ベンダー（Aimee Bender, 1969-）などの作家である。具体的な土地と結びついた人生を語るよりも，むしろ舞台装置のような世界での出来事をどう演出するかという方向性は，作り手に「パフォーマー」であることを求める時代への応答にもなっている。

創作科の隆盛のもうひとつの帰結として，短編集によってデビューする作家が急増したことが挙げられる。短編を練習台として長編を志向する作家だけでなく，『レモン畑の吸血鬼』（*Vampires in the Lemon Grove*, 2013）などを発表しているカレン・ラッセル（Karen Russell, 1981-）のように，短編という形式により重きを置く作家たちも現れた。

その一方で，短編と奇想への志向は，「アメリカとは何か」を問う大作が生まれにくくなるという現象も生んだ。アメリカ文学の伝統である，「偉大なアメリカ小説」に分類される作品の衰退である。この国民文学の伝統に新たな息吹を与える作家たちが登場するときは，またアメリカ文学を取り巻く空気が大きく変わったことを意味するだろう。

（藤井　光）

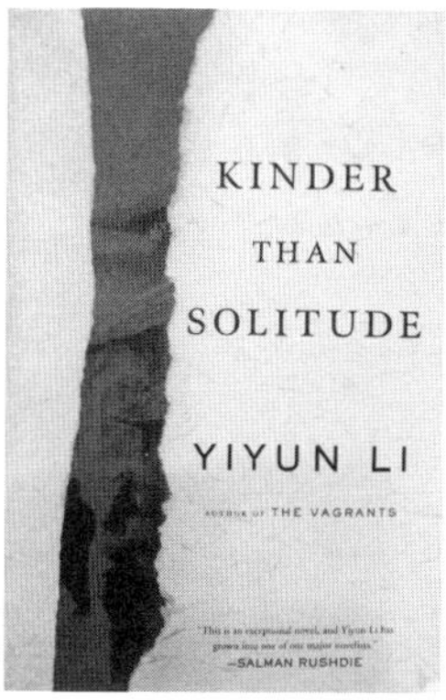

図 2 『独りでいるより優しくて』原書

▶4　人種問題を背景としたホワイトヘッドの『地下鉄道』，ジェンダーの問題を中心とするグロフの『運命と復讐』（*Fates and Furies*, 2015）などが代表例である。

図 3 『運命と復讐』原書

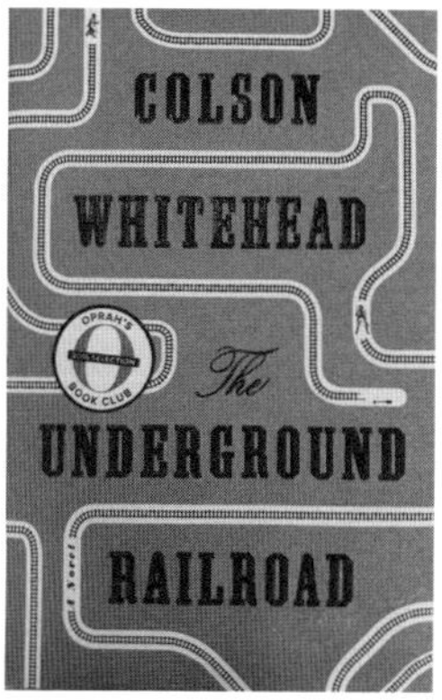

図 4 『地下鉄道』原書

22 日系・中国系・コリア系文学——その歴史と現在

アジアからの移民や，そこに文化的つながりを持つ書き手によるアジア系アメリカ文学。アジアとアメリカが友好と暴力，理解と誤解をくり返しながら生まれた文学活動のうち，日系・中国系・コリア系文学はどのような歴史を経て今にいたるのだろうか。

1 日　系

19世紀後半，日本からの移民が本格化し，日本語新聞文芸欄を軸に日本国内の文壇を意識した日本語での創作活動が始まる。やがて翁久允（1888-1973）らによって，移民としての文学活動が模索されていく。20世紀転換期には，コスモポリタン的なカール・サダキチ・ハートマン（Carl Sadakichi Hartmann, 1867-1944）やヨネ・ノグチ（Yone Noguchi, 1875-1947）による英語作品も登場。

1920-30年代，エツ・イナガキ・スギモト（杉本鉞子，1874-1950）ら一世，トシオ・モリ（Toshio Mori, 1910-80）やヒサエ・ヤマモト（Hisaye Yamamoto, 1921-2011）ら二世の英語作品が生まれ，太平洋戦争時には強制収容所[1]での新聞などが日系文学の糸を繋いだ。戦後の沈黙期を経て，強制収容体験や「日系アメリカ人らしさ」の模索が中心的主題となった1950-70年代には，モニカ・ソネ（Monica Sone, 1919-2011）やジョン・オカダ（John Okada, 1923-1971），ミルトン・ムラヤマ（Milton Murayama, 1923-2016）らの作品があり，日系アメリカ文学史の重要な位置を占める。そして，三世以降の作家たち——ジュリエット・コーノ（Juliet Kono, 1943-），ギャレット・ホンゴウ（Garrett Kaoru Hongo, 1951-），カレン・テイ・ヤマシタ（Karen Tei Yamashita, 1951-），デイヴィッド・ムラ（David Mura, 1952-），ジュリー・オオツカ（Julie Otsuka, 1962-）らは，世界史的視座から日系移民をとらえる作品を生み出している。一方で，作品は書き手の出自から自由になりつつあり，2000-10年代には「日系アメリカ人らしさ」という主題は重要だが必然ではなくなっていることが感じられる。ハニャ・ヤナギハラ（Hanya Yanagihara, 1974-）やエイドリアン・トミネ（Adrian Tomine, 1974-）の作品など，題材やジャンル含めいっそう多元的になっている。

▶1　1941年12月7日の日本軍による真珠湾攻撃を受けて日米開戦。1942年2月19日の大統領行政命令9066号により，安全保障の観点から太平洋岸の日系移民・日系人は強制立ち退きの対象となり，全米10カ所の強制収容所へ移送。

2 中国系

中国からの移民は19世紀半ばより本格化し，1882年排斥法[2]によって中断する。中国系文学初期には，移民労働者による漢詩，リン・ユータン（Lin Yutang, 1895-1976）ら留学生による中国を紹介する英語著作があり，20世紀初頭にはスイ・シン・ファー（Sui Sin Far, 1865-1914）が人気を博した。

1940-60年代，C・Y・リー（Chin Yang Lee, 1915-2018）やルイス・チュウ（Louis Hing Chu, 1915-70）ら中国人移民がアメリカ社会で葛藤・順応する物語

▶2　安価な労働力となった中国からの労働移民に対する反発や差別は根深く，労働組合による抗議もしばしば起こった。こうした状況を受けて，中国からの労働移民を禁止。1943年に撤廃。

を綴り，中国系アメリカ文学のひとつの典型を作り出した一方，ダイアナ・チャン（Diana Chang, 1924-2009）はユーレイジアンの視点から作品を発表した。1965年移民法[3]や1979年米中国交正常化を経て多様に拡大する中国系人口を反映するように，1970-80年代，中国系の葛藤と順応の物語は多様化し，フランク・チン（Frank Chin, 1940-）やマキシーン・ホン・キングストン（Maxine Hong Kingston, 1940-），エイミ・タン（Amy Tan, 1952-）やデイヴィッド・ヘンリー・ウォン（David Henry Hwang, 1957-）らが読者を得た。1990年代，ギッシュ・ジェン（Gish Jen, 1955-）ら第三世代による多民族的な視点を持つ作品，ハ・ジン（Ha Jin, 1956-）やイーユン・リーら移住・亡命者作家による中国を描く作品が登場。また，リーヤン・リー（Li-Young Lee, 1957-）やキャシー・ソン（Cathy Song, 1955-）ら詩人も見逃せない。2000-10年代，中国系の葛藤と順応という典型的物語をポップに刷新するケン・リュウ（Ken Liu, 1976-），ケヴィン・クワン（Kevin Kwan, 1973?-），エディ・フアン（Eddie Huang, 1982-），タオ・リン（Tao Lin, 1983-）らの活躍で，可能性はなお広がる。

▷3　1965年移民法とは，出身国割り当て制限を撤廃し，出生地主義を原則とするもの。アジアからの移民もその帰化と移民数が緩和された。

3 コリア系

20世紀初頭に始まる朝鮮半島からの移民は，日系や中国系より小規模であったが，1910年日韓併合[4]後には，日本の植民地支配を逃れる亡命者や写真花嫁が増加した。ヨンヒル・カン（Younghill Kang, 1898-1972）やメアリ・パク・リー（Mary Paik Lee, 1900-1995）らはこの時期の移民で，英語著作がある。

朝鮮戦争[5]にともなって移住者が増え，さらに1965年移民法以降，移民人口は急増する。1960-80年代，リチャード・E・キム（Richard E. Kim, 1932-2009），キム・ロンヤン（Kim Ronyoung, 1926-1987）やテレサ・ハッキョン・チャ（Theresa Hak Kyung Cha, 1951-1982）らが，コリア系のアイデンティティ，民族や国の在り様について思索する作品を発表。1990年代に活躍し始める作家たち――チャンネ・リー（Chang-Rae Lee, 1965-），ノラ・オッジャ・ケラー（Nora Okja Keller, 1966-），スーザン・チョイ（Susan Choi, 1969-），ドン・リー（Don Lee, 1971-），スキ・キム（Suki Kim, 1970?-）――の作品には，朝鮮半島の歴史と一連の戦争を記憶するものが多く見られる一方で，現代アメリカで暮らす「アメリカ人」としてのコリア系のリアリティを描くものもある。2000-10年代，題材や語り口は多様化し，キャシー・パク・ホン（Cathy Park Hong, 1976-），ミン・ジン・リー（Min Jin Lee, 1968-），スジ・クォク・キム（Suji Kwock Kim, 1969-），ポール・ユン（Paul Yoon, 1980-），ジェニー・ハン（Jenny Han, 1980-）らの作品が話題となる一方で，ハン・ガン（Han Kang, 1970-）やピョン・ヘヨン（Pyun Hye-Young, 1972-）らの英語訳作品も幅広く読者を獲得し，コリア系文学はさらなる活況を見せている。

（加藤有佳織）

▷4　韓国併合ニ関スル条約により，大韓帝国は日本の統治下に置かれた。以後1945年まで日本による朝鮮半島統治は続いた。

▷5　1948年，朝鮮半島に大韓民国と朝鮮民主主義人民共和国が成立。合衆国とソヴィエト連邦のあいだの緊張が高まるなか，1950年6月に国連軍の支援を受ける韓国とソ連・中国の支援を受ける北朝鮮の戦争が始まる。1953年休戦協定。

23　先住民文学——部族社会とアメリカ社会の往還

植民地時代以来，先住民はアメリカ文学の重要な題材だったが，先住民の作家がアメリカ文学史に確たる位置を占めるのは1960年代末以降のことである。アメリカ以前から現代まで存続している先住民は，いかなる文学を産出してきたのだろうか。

1　1960年代以前

有史以前よりアメリカの先住民は部族ごとの生活や歴史の記録を主として口伝で残していた。先住民の口承伝統（祈禱，歌，神話，物語など）は，一言一句違えずに継承される神聖な儀式用のものから，語りの創意や技量が競われる娯楽的なものまで多様だが，いずれも部族語の文化遺産である。口承伝統は存亡の危機にさらされながらも多くの部族社会で受け継がれてきた一方で，先住民の文化遺産の消滅を危惧した欧米人によってさかんに収集され，記録され，翻訳されてきた。そのように文字化された口承伝統は先住民の伝承集として出版され，前衛的な「詩」として紹介され，土着文学として位置づけられている。

アメリカ植民地が合衆国へと発展を遂げ，領土を拡張していく過程は，先住民との諍いの歴史でもあった。インディアン戦争と総称される無数の諍いが入植期から20世紀初頭まで全米各地で発生した。その間，多くの白人作家が捕囚体験記や旅行記や歴史ロマンスや西部小説のなかで紋切型のインディアンを，しばしばノスタルジアの感慨によせて描いていた。他方，元来の居住地から追いだされ，キリスト教文明への同化を迫られていた先住民のなかから，書き言葉（英語）を通じて部族民と欧米人を媒介する著述家が現れる。

17世紀から18世紀にかけて東部の諸部族にキリスト教が浸透する過程で，信徒になるばかりか牧師になる先住民がいた。たとえば長老派の牧師になったモヒガン族のサムソン・オッカム（Samson Occom, 1723-1792）が同胞に飲酒の弊害と自尊心の涵養を説いた説教（1772年）は，先住民初の英文著作といわれる。またメソディスト派の牧師になったピーコット族のウィリアム・エイペス（William Apess, 1798-1839）は，先住民初の自伝『森の息子』（*A Son of the Forest*, 1829, 増補版1831）を著し，回心体験記の装いで半生を辿りつつ先住民差別を糾弾し，キリスト教文明の欺瞞を批判した。エイペスを嚆矢とする先住民自伝は，部族史や伝承を交えた構成へと変化しながら後の時代に継承された。◁1

連邦政府による強力な同化政策の影響で，20世紀の初期には西部各地の部族社会も弱体化が進行し，多くの保留地で貧困や無力化が蔓延していた。衰退する部族社会と近代化するアメリカ社会の狭間に生きた同時代の先住民作家たちは，詩や小説や戯曲を通して先住民の苦悩や苦境を表現した。◁2

▶1　たとえばメソディスト派の牧師になったオジブウェ族のジョージ・コプウェイ（George Copway, 1818-1869）の自伝（*The Life, History, and Travels of Kah-ge-ga-gah-bowh*, 1847），学校教師や通訳を務めたパイユート族のサラ・ウィネマッカ（Sarah Winnemucca, 1844-1891）の自伝（*Life Among the Paiutes*, 1883），大学を出て医者になり同化見本といわれたサンティ・スー族のチャールズ・イーストマン（Charles Eastman, 1858-1939）の自伝（*From the Deep Woods to Civilization*, 1917）などが知られている。また通訳や作家が編纂した「自伝」としてソーク族の指導者ブラック・ホーク（Black Hawk, 1767-1838）の自伝（*Black Hawk: An Autobiography*, 1833）や，オグララ・スー族の聖職者ブラック・エルク（Black Elk, 1863-1950）の自伝（*Black Elk Speaks*, 1932）が有名である。

▶2　たとえば同時代の作家として，モホーク族のE・ポーリーン・ジョンソン（E. Pauline Johnson, 1861-1913），オカナガン族／レイク族のモーニング・ダヴ（Mourning Dove, 1888-1936），チェロキー族のウィル・ロジャーズ（Will Rogers, 1879-1935），チェロキー族のリン・リグズ（Lynn Riggs, 1899-1954），オセージ族のジョン・ジョ

2 先住民ルネサンス以降

先住民の著作家は建国期から存在していたが，20世紀半ばの時点ではわずかに口承伝統だけが先住民文学として認知されていた。しかしそうした状況は二人の先住民の著作によって一変する。スタンフォード大学で博士号を取得し，大学で教えながら詩を発表していたカイオワ族のN・スコット・ママディ（N. Scott Momaday, 1934-）は，小説『夜明けの家』（*House Made of Dawn*, 1968）で先住民初のピューリツァ賞を獲得し，先住民文学の存在を世に知らしめた。またコロラド大学法学院で博士号を取得したスー族の論客ヴァイン・デロリア・ジュニア（Vine Deloria, Jr., 1933-2005）の『カスターは汝らの罪ゆえに死せり』（*Custer Died for Your Sins*, 1969）は，同時代の先住民運動の理論的な支柱となった。これらの著作はルネサンスに準《なぞら》えられる先住民文学の隆盛を導いた。

70年代に作家デビューを果たし，その後も豊穣な先住民文学の地平を切り開き続けた作家として，ブラックフィート族のジェイムズ・ウェルチ（James Welch, 1940-2003），オジブウェ族のジェラルド・ヴィゼナー（Gerald Vizenor, 1934-），アコマ族のサイモン・J・オーティーズ（Simon J. Ortiz, 1941-），第Ⅱ部で取りあげるラグーナ族のシルコウ，ラグーナ族のポーラ・ガン・アレン（Paula Gunn Allen, 1939-2008），チカソー族のリンダ・ホーガン（Linda Hogan, 1947-），マスコーギ族のジョイ・ハージョ（Joy Harjo, 1951-）などが挙げられる[3]。彼らは部族社会との関係を有する一方で，英語を母語とし，大学や大学院で学位を取得し，大学で教職に携わりながら創作を営んだ。作風こそさまざまだが，口承伝統を活かしながら先住民の視点から部族民の経験を描いた点に共通性がある。

70年代に先住民文学が開花した背景には，社会運動を通じた先住民の存在感の高まりがあった。公民権運動につらなる先住民運動は，同化政策から自決政策への転換を連邦政府に迫り，先住民の団結や権利意識の向上を促した。同時代のヒッピー運動やエコロジー運動は，彼らが希求する代替社会の象徴として「インディアン」を称揚していた。ルネサンス作家は必ずしもそうした運動と連帯していないが，先住民の文学を積極的に評価する機運が生じていた。出版社も雑誌で先住民文学の特集を組み，選集を出版してその開花を後押しした。

先住民ルネサンスの勢いは今世紀初頭まで持続し，オジブウェ族のルイーズ・アードリック（Louise Erdrich, 1954-），チェロキー族のトマス・キング（Thomas King, 1943-），スポケーン族／コーダレーン族のシャーマン・アレクシー（Sherman Alexie, 1966-），オジブウェ族のデイヴィッド・トロイヤー（David Treuer, 1970-）などの作家が輩出した[4]。なかでもアードリックは，全米批評家協会賞を受けたデビュー小説『ラヴ・メディスン』（*Love Medicine*, 1984）以来，架空の保留地内外の複雑な人間模様を連作形式で書き継いだ[5]。それ以外の作品も多く，特に「正義三部作」と称される近年の小説では，先住民が被る不正や不運を多様な方法で掘削し，ますます文名を高めている[6]。（余田真也）

ウゼフ・マシューズ（John Joseph Mathews, 1894-1979），フラットヘッド族のダーシー・マクニクル（D'Arcy McNickle, 1904-1977）などが知られる。

▷3　他にモホーク族／セネカ族のモーリス・ケニー（Maurice Kenny, 1929-），アベナキ族のジョウゼフ・ブルーシャク（Joseph Bruchac, 1942-），ミウォク族／ホピ族のウェンディ・ローズ（Wendy Rose, 1948-）などが知られる。

▷4　他にモドック族のマイケル・ドリス（Michael Dorris, 1945-1997），メスクワキ族のレイ・ヤングベア（Ray Young Bear, 1950-），クリー族のトムソン・ハイウェイ（Tomson Highway, 1951-），チェロキー族のダイアン・グランシー（Diane Glancy, 1941-），チョクトー族／チェロキー族のルイス・オーウェンズ（Louis Owens, 1948-2002）などが知られる。

▷5　故郷ノースダコタ州の架空の保留地名をとって「リトル・ノー・ホース」サガと呼ばれる。

図1　バーチバーク・ブックス（Birchbark Books）
アードリックがオーナーを務めるミネアポリスの独立系書店。
出典：筆者撮影。

▷6　『鳩害』（*The Plague of Doves*, 2008）はアニスフィールド・ウルフ賞，『ラウンド・ハウス』（*The Round House*, 2012）は全米図書賞，『ラローズ』（*LaRose*, 2016）は全米批評家協会賞に輝いた。

第 II 部

アメリカ文学のテクスト

作家と作品

1　アン・ブラッドストリート（Anne Bradstreet）1612?-1672

「愛しい優しい夫へ」（“To My Dear and Loving Husband,” 1678）

[作家紹介]

イングランドのノーサンプトンに1612-1613年頃に生まれる。貴族に近い家柄のピューリタン[1]の家庭に育ち，1628年に同じく熱心な信徒のサイモン・ブラッドストリートと結婚する。1630年に両親と夫とともにアメリカに渡り，マサチューセッツ湾植民地[2]を築く一族となる。植民地高官の家庭の女主人の役割と８人の子どもの養育のために多忙な生活を送りながら，彼女は詩作を続けた。家族で回覧していた彼女の詩に感銘を受けた義弟によって最初の詩集『最近アメリカに出現した十番目の詩神』（*The Tenth Muse Lately Sprung Up into America*, 1650, 以下『十番目の詩神』）がロンドンで出版され，好評を博す。彼女はアメリカの英語圏で初の詩人となるが，文学作品の出版が自己顕示と見なされ，公的な詩人の役割は男性が担うものだった17世紀の風潮において，希有な成功といえる。彼女がその後も書きためた詩を加え，第一詩集の詩を修正したものを合わせて，死後に第二版の『機知と学び，歓びに満ちた数篇の詩』（*Several Poems Compiled with Great Variety of Wit and Learning, Full of Delight.* 2nd ed., 1678）が出版された。

[作品紹介]

後世の評価が高いのは，第一詩集『十番目の詩神』よりも第二版『機知と学び，歓び』の方である。前者がイギリス詩の模倣の域を出ていないと評されるのに対して，後者はアメリカ独自の自然を瞑想するだけでなく，ピューリタンの教義を越えて，世俗的な生活のなかでの夫，子供，孫など身近な人への愛情が真率に語られており，ブラッドストリート独自の感性が光る。ピューリタンの信仰に適う詩作はあくまでも神の顕現を求道するものであり，個人の表明は控えるべきだったことを踏まえれば，代表作「愛しい優しい夫へ」で聖書の語義を比喩的に用いながら自分と夫の私的な夫婦愛を称えている意義が見えてくるだろう。彼女は自覚的に教義に挑戦しているのではなく，信仰に救いを求めながら世俗的で個人的な心情を吐露していく。信仰と感情の融和を求める詩人の語りのゆらぎに醍醐味があるように思う。

[引用]

To My Dear and Loving Husband[①]

If ever two were one, then surely we.

ブラッドストリートの肖像（ラドンナ・ギュレー・ウォリック作）

出典：Faith Cook. *Anne Bradstreet: Pilgrim and Poet*（EP Book, 2010）

▶1　本書の「ピューリタン文学・啓蒙主義」（2-3頁）を参照。

▶2　マサチューセッツ湾植民地とは，ジョン・ウィンスロップ（初代総督）を中心にピューリタン（会衆派）が建設した。プリマス植民地の信徒達（分離派）が貧しい労働者階層だったのに比べて，本国でオックスフォード・ケンブリッジ大学を卒業した弁護士など貴族に近い上流階級の信徒達で，始めから家族を伴って大船団（11槽，約1100名）で渡った。ウィンスロップの説教の「丘の上の町」の比喩に見られるように，世界を牽引する神の国建設の使命感が強く，アメリカ合衆国設立へと至る歴史の中心となっていく。アン・ブラッドストリートの父トマス・ダッドリーが二代目総督，夫サイモンがアンの死後に三代目総督を務めた。

① To My Dear and Loving-：手紙の宛名を書くときの形式。

② 2 行目 -thee と11行目 -persever：この詩の押韻形式（各詩行の末尾に同一あるいは類似の音を有する

If ever man were loved by wife, then thee②;
If ever wife was happy in a man③,
Compare with me ye women if you can.
I prize thy love more than whole mines of gold,
Or all the riches that the East doth hold.
My love is such that rivers cannot quench④,
Nor ought⑤ but love from thee give recompense.
Thy love is such I can no way repay;
The heavens reward thee manifold, I pray.
Then while we live, in love let's so persever②,
That when we live no more we may live ever.

[邦訳]

愛しい愛する夫へ

二つが一つになれるなら，それは私達 / 人が妻に愛されるなら，それはあなた / 妻が夫に由り幸せなら，/ 女性の皆様，できるなら私と比べてごらん / 私はあなたの愛を，金の鉱脈すべてよりも / 東方の富のすべてよりも，尊びます / 私の愛は川の流れも消すことができず，/ あなたの愛の他には何も報いることができないほど / あなたの愛は，見合うだけ私がお返しするのが不可能なほど / 神があなたに大いに報いて下さるように，私は祈ります / 私達が現世に生きる間は，愛に結ばれて，生を全うしましょう / 現世の生を終えた後は，永遠にともに生きられますように

[解釈]

聖書の語義を用い，最後は神に二人の永遠の結びつきを祈る詩人の中に，夫婦愛の賞賛と敬虔な信仰の間の矛盾を読み取りにくいかもしれない。しかし，ピューリタンの信仰では，現世の生を終えたら夫婦の世俗的な結びつきは解消されて霊の生活に入ると考えられており，死後も永遠に夫と結ばれたいと願うのは，教義から逸脱した個人的な感情の発露である。当時のキリスト教社会は，God（神）―man（人間，ただし男性）の関係性を man（夫）―wife（妻）の関係に適用し，人（男）が神を敬い従うように，妻は夫を敬い従うべきだとされていたが，この適用をブラッドストリートは夫と夫婦愛を称えるために使っており，夫は神の位置に，夫婦愛は神の愛の位置に引き上げられている。例えば，聖書の『雅歌』や『マタイ伝』で「消えぬ火」に喩えられる「愛」はあくまでも「神の愛」だが，この詩の7-8行目では「私の（夫への）愛」が神の愛と同じく消えぬ火に喩えられ，「報い」を与えるのは本来神だが，「あなた（夫）の愛」だけが自分の愛に報いることができる，と述べる。もちろん，神の慈悲による夫への報いを祈り，第一に神の御業を称える敬虔な信徒の姿勢は守っているが，焦点は夫婦愛の方だろう。

（梶原照子）

語を置いて反復するパターン）は，aabbccddeeff である。2行目の thee は，主格の thou が文法的には正しいが，1行目の we と押韻するために置かれている。11行目の persever は persevere の意味だが，第二音節に強勢を置いて（パァセヴァ），12行目の ever と押韻するために選ばれている。

③ -in a man：聖書で見られる in ～「（キリスト，神）との霊的結合に由りて」の用法に基づいて「夫（との霊的結合）に由り」の含意である。

④ My love ... quench：聖書の『雅歌』第8章7節「愛は大水も消すことあたはず」(Many waters cannot quench love）や『マタイ伝』の「消えぬ火」（unquenchable fire）である「（神の）愛」の表現を模倣している。

⑤ -ought: aught, anything の意味。

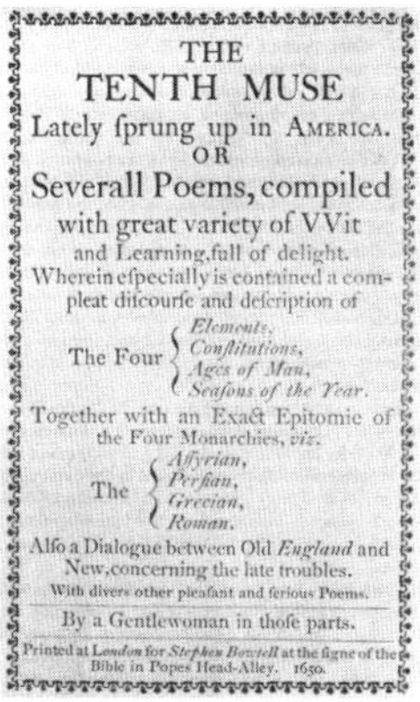

THE
TENTH MUSE
Lately ſprung up in AMERICA.
OR
Severall Poems, compiled
with great variety of VVit
and Learning, full of delight.
Wherein eſpecially is contained a compleat diſcourſe and deſcription of
The Four { *Elements, Conſtitutions, Ages of Man, Seaſons of the Year.*
Together with an Exact Epitomie of the Four Monarchies, *viz.*
The { *Aſſyrian, Perſian, Grecian, Roman.*
Alſo a Dialogue between Old *England* and New, concerning the late troubles.
With divers other pleaſant and ſerious Poems.
By a Gentlewoman in thoſe parts.
Printed at *London* for *Stephen Bowtell* at the ſigne of the Bible in Popes Head-Alley. 1650.

図1 『十番目の詩神』（*The Tenth Muse*, 1650）のタイトルページ

出典：Heidi L. Nichols. *Anne Bradstreet: A Guided Tour of the Life and Thought of a Puritan Poet* (P&R, 2006)

[問い]

語り手は，聖書に基づく比喩を用いて，夫婦愛をどのように表現しているだろうか？

詩人の信仰と個人的な心情の表現について考えてみよう。

2　チャールズ・ブロックデン・ブラウン (Charles Brockden Brown) 1771-1810

『ウィーランド』(*Wieland*, 1798)

ブラウンの肖像
出典：Mark L. Kamroth. *The Historicism of Charles Brockden Brown: Radical History and the Early Republic* (Kent State UP, 2010)

▶1　イギリスの支配下にあったアメリカの13の植民地が，自治権を求めて独立を獲得した革命。1775年に武力衝突が起こり，1776年に独立宣言が布告され，1783年のパリ条約によってアメリカ合衆国の独立が正式に承認された。

図1　アメリカ独立革命
出　典：*American Revolution: The Definitive Encyclopedia and Document Collection*（ABC-CLIO, 2018）

[作家紹介]

ペンシルヴェニア州フィラデルフィアの商人の一家に生まれる。両親は熱心なクエーカー教徒だった。5歳のときにアメリカ独立革命[1]（1775-1783）が勃発。幼少期に大きな社会変動を目の当たりにした経験は，ブラウンの知的形成に大きな影響を及ぼした。親の希望に沿って弁護士を目指すが，徐々に作家を志すようになり，ウィリアム・ゴドウィン（William Godwin, 1756-1836）ら同時代イギリス作家たちの急進的な思想と文学を貪欲に吸収する。小説家としての活動期間は短かったが，1798年からの4年間に7冊もの小説を出版した。なかでも『ウィーランド』，『オーモンド』（*Ormond*, 1799），『エドガー・ハントリー』（*Edgar Huntly*, 1799），『アーサー・マーヴィン』（*Arthur Mervyn*, 1799-1800）が彼の代表作である。1810年に39歳の若さで結核により亡くなる。

ブラウンは独立後の初期アメリカにおける代表的な作家であるため，「アメリカ文学の父」としばしば形容され，とりわけ「ゴシック小説」を書いたことで知られる。読者の恐怖を喚起するゴシック小説というジャンルはイギリス小説に起源を持ち，人間の理性に重きをおいた18世紀（「理性の時代」とも呼ばれる）の啓蒙思想に対する反動として発達したものである。イギリスのゴシック小説においては古城などが読者の恐怖を喚起するモチーフとして使用されるが，アメリカを舞台に小説を書いたブラウンは古城の代わりに荒野や先住民を恐怖の対象とすることで，アメリカ独自のゴシック小説を発明した。ブラウンの代表作『ウィーランド』は，アメリカ文学におけるゴシック小説の誕生を告げる作品となった。本作に限らず，ブラウンの作品群は人間の理性の不確かさを主題としている。「ゴシック小説」というジャンル，「理性への懐疑」という主題は，ブラウンを愛読したエドガー・アラン・ポー，ナサニエル・ホーソーンら，後続の19世紀アメリカ作家たちに引き継がれていった。

[作品紹介]

本作品はかつてウィーランド家を襲ったある凄惨な悲劇をめぐる物語であり，語り手クララ・ウィーランドの回想を通じて事の顛末が明らかにされてゆく。父母を若いうちに亡くしたシオドアとクララの兄妹は，外部から隔離された平和な環境で育つ。やがてシオドアは幼馴染のキャサリン・プレイエルと結婚し子供をもうけ，一方のクララはキャサリンの兄ヘンリーに恋心を抱くようになる。そんなクララたちの平穏な日々は，どこからともなく現れたカーウィンという謎の男に壊されてしまう。カーウィンはどんな人の声も正確に模すことができた。彼の腹話術によって翻弄されたクララたちは互いを誤解しあい，彼らの親密な関係は崩壊してゆく。この小説のクライマックスは，シオドアの凶行に極まる。熱狂的な宗教心を持つ彼は，頭のなかで聞こえた「妻子を殺せ」という天命に従い，愛する家族を惨殺してしまうのだった。真偽のほどは確かにされないが，クララの考えでは，カーウィンが腹話術によって神の声を模し，シオドアに犯行を命じたのだとされる。以下は，シオドアの凶行の原因を探るクララと彼女の叔父の会話である。

[引用]

"Madness, say you? Are you sure? Were not these sights, and these sounds, really seen and heard?" My uncle was surprised at my question. He looked at me with apparent inquietude. "Can you doubt," said he, "that these were illusions? Does heaven, think you, interfere for such ends?" "O no; I think it not. Heaven cannot stimulate to such unheard-of outrage. The agent[①] was not good, but evil."

[邦訳]

「狂気が原因？　ほんとうに？　あの光景，あの音は，実際に見て聞いたものではないと？」そう私が聞くと，叔父は驚いたようだった。あきらかに動揺した様子でこう言った。「すべて幻覚だったことに疑いの余地はないだろう？天がそんな目的のために干渉するとでも思うのかい？」「いいえ，そうは思いません。天がそんな前代未聞の蛮行をそそのかすはずはありませんから。原因は，善ではなく悪にあったんです」

[解釈]

叔父はシオドアの "madness"（狂気）を指摘する一方，クララは "agent"（主体，原因）を特定することでこの不可解な事件を理性的に理解しようとしている。クララはカーウィンが腹話術を用いてシオドアを操作したと考え，彼がこの事件を引き起こした "agent" であると信じて疑わない。しかし本作はシオドアの凶行の原因を曖昧なものにとどめており，彼が狂気によって犯行に及んだ可能性も残している。本作の要点は，誰もが理性を通じて物事の原因を正確にとらえられない，という事態そのものにある。クララの物語自体も，一人称の語り手である彼女の主観的解釈に依拠するものであり，それがどれだけ信頼に足るかは読者の判断にゆだねられている。登場人物の理性的判断が疑問に付されている本作においては，読者の理性も試されているのだ。ブラウンの同時代人，ベンジャミン・フランクリン[▶2]は，理性によって自己を管理する「セルフ・コントロール」の重要性を説いたが，本作が問うているのはまさに「理性で自分をコントロールする主体（agent）」という人間像そのものなのである。（古井義昭）

図2 『ウィーランド』原書
出典：Charles Brockden Brown. *Wieland* (Hackett, 2009)

①-agent：行為者，主体

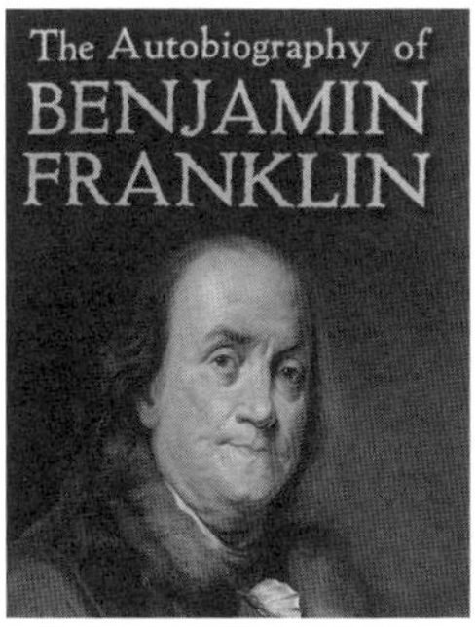

図3 『自伝』原書
出典：Benjamin Franklin. *The Autobiography of Benjamin Franklin* (Dover, 1996)

▶2 Benjamin Franklin はアメリカ合衆国建国に大きく貢献した政治家であり，実業家，著述家，発明家としても活躍した。勤勉による自己実現を説いた自伝，*The Autobiography of Benjamin Franklin*（執筆 1771-1789）で広く知られる。

[問い]
クララとシオドア以外の登場人物たち（特にヘンリー）の理性的判断はどのように描かれているだろうか？カーウィンはクララに「悪」(evil) と決めつけられているが，彼はどこまで悪を体現しているだろうか？

3 ワシントン・アーヴィング（Washington Irving）1783-1859

『スケッチ・ブック』（*The Sketch Book*, 1819-1820）

アーヴィングの肖像
出典：Sleepy Hollow Press

[作家紹介]

ニューヨーク生まれ。ワシントン・アーヴィングは，アメリカ文学の事実上の出発を飾るかのように第一作『ニューヨーク史』（*A History of New York*, 1809）を引っさげて，華々しくアメリカ・ロマン派文壇にデビューし，一躍，読者界の話題をさらった寵児である。その創作活動は単に特定のジャンルに縛られることなく極めて多岐にわたり旺盛であった。初期の活動拠点であるニューヨークの社交界や政界に対する軽妙な諷刺とユーモアで才気を発揮した後，イギリスに渡り，そこでは自然や風俗や伝説にまつわる代表作『スケッチ・ブック』を出版して，高い評価と人気を得た。さらにスペインを主とするヨーロッパ大陸では，『クリストファー・コロンブスの生涯と航海』（*A History of the Life and Voyages of Christopher Columbus*, 1828）に代表される伝記文学ばかりでなく，『グラナダの征服』（*A Chronicle of the Conquest of Granada*, 1829）や『アルハンブラ物語』（*The Alhambra*, 1832）などを含む歴史文学の分野でも意欲的に創作活動を行った。

アメリカに帰国後は自らの西部旅行の体験や有用な史料に基づく開拓史『アストリア』（*Astoria*, 1836）を発表した。そして，晩年は念願としていた『ジョージ・ワシントン伝』（*Life of George Washington*, 1855-1859）の著述に没頭して，これを完成させている。アーヴィングの文学には雄大な思想とか，深遠な哲理とか，ないしは豪壮な構成とかいうような，いわゆる大文学につきものの要素が欠けているという文学上の論議はともかくとして，多くの読者を遥か郷愁の世界に誘い込み，ロマンティックな異国情緒に浸らせてくれる何とも不思議な魅力が宿っているようだ。そして，その格調高い典雅な趣と名状し難い朴訥な香りや風味が仕込まれた独特の文体表現は，実に瑞々しく視覚的イメージと心地よい独自のリズムを伴い秀逸を極める。

[作品紹介]

アーヴィングの代表作『スケッチ・ブック』には34編の短編小説が収録されているが，その中で，もっとも広く読まれているのは「リップ・ヴァン・ウィンクル」（“Rip Van Winkle”）と「スリーピー・ホローの伝説」（“The Legend of Sleepy Hollow”）の２編であろう。いわゆるアンチ・フランクリン型とも言われるリップを主役に据えた短編小説「リップ・ヴァン・ウィンクル」は，ニュー

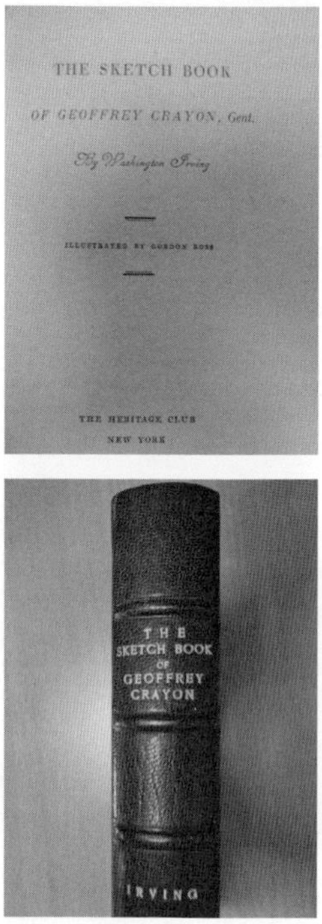

図１　『スケッチ・ブック』1939年度版
出典：Washington Irving. *The Sketch Book* (The Heritage Club, 1939)

ヨークのハドソン河畔を背景とした伝説風の物語に，豊かな詩的空想と独立戦争前後の歴史的雰囲気とを巧みに織り込んだ作品として有名である。主人公の怠け者リップも，口やかましい妻も，そして悠然とした村の古老たちも舞台となっているキャッツキル山脈のうるわしい自然やその麓にある村の牧歌的な風物などと共に鮮明に描き出され，適度なペイソスと甘美な幻想と幽玄な雰囲気を漂わせて，一種独特なスケッチ風短編小説に仕上げられていると評価も高い。

一方，「スリーピー・ホローの伝説」の主人公イカボッド・クレインは，コネティカット出身の田舎教師で，粗末な丸太小屋を教場にして生徒たちに教えていた。痩せてはいるがかなりの大食漢であったイカボッドは，学校から得る収入だけでは日々のパンを買うにもままならず，この地方の習慣に従って，教え子たちの農家に寄食していた。やがてイカボッドは，カトリナ・ヴァン・タッセルという富裕なオランダ系農夫の一人娘に恋心を抱くが，そこに〈ブロム・ボーンズ〉と呼ばれる恋敵が現れ，巧みな物語展開が読者を惹きつける。さて，以下の引用文は名作「リップ・ヴァン・ウィンクル」の最後の場面の描写である。

[引用]

The old Dutch inhabitants, however, almost universally gave it full credit. Even to this day they never hear a thunderstorm of a summer afternoon about the Kaatskill, but they say Hendrick Hudson and his crew are at their game of nine-pins①; and it is a common wish of all hen-pecked husbands② in the neighborhood, when life hangs heavy on their hands, that they might have a quieting draught out of Rip Van Winkle's flagon③.

① -nine-pins：九本の木のピンを的にしてそれを倒す，ボーリングの原型と言われる九柱戯
② -hen-pecked husbands：恐妻家，女房の尻に敷かれた亭主
③ -flagon：ビールやワインなどを入れる大きな瓶，酒瓶

[邦訳]

しかし，年配のオランダ人たちはリップの話をひたすら信じて，今でも，彼らは夏の日の午後に雷鳴がキャッツキル山地の附近で響くと，きまってヘンドリック・ハドソンとその乗組員たちが一緒になってナインピンズの遊戯に興じているのだというのだ。また，この近隣の女房連中の尻に敷かれている従順な亭主たちは浮世の辛さで心が重く沈んだときには，一様にリップ・ヴァン・ウィンクルの酒瓶からぐいっと一杯呷って憂さを晴らそうと思っているのである。

[解釈]

アーヴィングの代表作「リップ・ヴァン・ウィンクル」に描かれた伝説の世界は，リップが山の中の窪地で見た異常な光景であるが，これは古老ヴァンデルドンクによってハドソン河の発見者ヘンドリック・ハドソンと彼の船の乗組員が20年に一度の寝ずの番をしていたのだと説明されている。この伝説の世界を垣間見ただけで帰還したリップは，その異常な体験を村に持ち帰ることによって過去の伝説に生命を吹き込み，同時に彼自身が主人公である浦島的伝説を形成したのである。

（齊藤　昇）

[問い]

「リップ・ヴァン・ウィンクル」に垣間見られるように，「現実」ではなく，「幻想の過去の世界」に作者アーヴィングの創作的な想像力が働いたのはなぜか？また，その源泉は何か？

4　ジェイムズ・フェニモア・クーパー（James Fenimore Cooper）1789-1851

『モヒカン族の最後』（*The Last of the Mohicans*, 1826）

[作家紹介]

ニュージャージー州バーリントン生まれ，ニューヨーク州クーパーズタウンで育つ。クーパーは大地主の息子として父から受け継いだ大農園を管理していたが，財産を失ったことから作家へと転じた。[1] 彼はクーパーズタウン周辺に伝わる先住民イロクォイ族の歴史を学び，孤独な辺境人ナッティ・バンポーを主人公に据え，レザー・ストッキング連作を創作し，歴史ロマンス作家として国際的な名声を博した。レザー・ストッキング連作は『開拓者たち』（*The Pioneers*, 1823），『モヒカン族の最後』，『大草原』（*The Prairie*, 1827），『探検者』（*The Pathfinder*, 1840），『鹿猟師』（*The Deerslayer*, 1841）という５つの小説から構成されている。これらの他にも，クーパーは晩年まで多くの小説を書き続けたが，その中で特筆すべきものとしては，『サタンストウ』（*Satanstoe*, 1845），『土地測量士』（*The Chainbearer*, 1845），『レッドスキンズ』（*The Redskins*, 1846）という一連の政治小説「リトルページ三部作」がある。これらの小説は土地所有者とその土地を不法占拠する新参者の階級的，人種的葛藤を描いている。

▷1　クーパーが妻スーザンにイギリスの小説を読み聞かせながら「自分ならこれよりもましな小説が書ける」と言い放ったところ，妻が「じゃあ，書いてみなさいよ」と返事したために彼が作家に転身したというのが定説であるが，最近の研究では財政的危機も作家への転身を後押ししたとのことである。

[作品紹介]

『モヒカン族の最後』は副題「1757年の物語」が示す通り，当時の強国イギリスとフランスが植民地アメリカでの覇権を求めて争ったフレンチ・インディアン戦争（1754-1763）とその最中の1757年に起こったウィリアム・ヘンリー砦の虐殺事件を題材にしている。アメリカ土着の先住民もそれぞれの側に分かれて戦い，小説ではイギリスと同盟したのがチンガチグック率いるモヒカン族，フランスと同盟したのがマグワ率いるヒューロン族とされている。小説の大枠は「善い先住民」モヒカン族が「悪い先住民」ヒューロン族を駆逐するというものである。モヒカン族の酋長チンガチグックと息子アンカスは家族同然の関係を築いてきた白人ナッティと協力し，ずる賢いマグワが連れ去ったイギリス人姉妹コーラとアリスを救い出そうと勇気と知恵を振り絞る。しかし，物語の最後でアンカスは戦死し，モヒカン族の生き残りは年老いたチンガチグックだけとなる。[2] つまり，チンガチグックが亡くなれば，モヒカン族も滅亡するということである。

▷2　アンカスだけでなく彼の愛したコーラも殺される。コーラとアリスは異母姉妹で，コーラの母には黒人の血も流れていたと小説中で明かされる。高貴な野蛮人モヒカン族が滅んだり，異人種間の恋愛を象徴する登場人物が殺されたりすることは第一次世界大戦後のアメリカに吹き荒れたネイティヴィズムを先取りしているかのようにも読める。

白人がほとんどいない荒野でモヒカン族と協働する射撃の名手ナッティは現在に至るまでアメリカの英雄であってきた。彼は経験から学んだ実践知だけを頼りに自然と対峙する徹底した個人主義者だが，アメリカでは，こういう原始的な生活を送る孤独な人物こそが政治的腐敗とは無縁の高潔な市民だとされてきたのである。集団よりも個人，公人よりも私人を重んじるナッティ的資質がアメリカ人に宿っていることを押さえておかなければ，国に対する州の優越，自警団（民兵）の存在，リンチへの賛成，銃規制への反対，ポピュリズムといったアメリカ的特質を理解できないだろう。ナッティは西部の辺境に現れたアメリカ人の典型であり，彼の後継者は数々の小説や映画で描かれてきた[3]。例えば，イラク戦争に従軍した射撃の名手，映画『アメリカン・スナイパー』（*American Sniper*, 2014）の主人公クリス・カイルは最新のナッティ的人物である。

小説の中盤でコーラとアリス姉妹の父マンローはウィリアム・ヘンリー砦の防衛にあたっていたが，フランス軍の攻勢に耐えきれず，フランスの将軍の提案に従い降伏を受け入れる。その際の取り決めでは，フランス軍もフランス側の先住民ヒューロン族もイギリス人に一切危害を加えないというものであったが，将軍はヒューロン族を抑えることができず，ヒューロン族は無抵抗のイギリス人を多数虐殺する。この部分の描写を小説から引用してみたい。

[引用]

Death was every where, and in his most terrific and disgusting aspects. Resistance only served to inflame the murderers, who inflicted their furious blows long after their victims were beyond the power of their resentment. The flow of blood might be likened to the outbreaking of a torrent; and as the natives became heated and maddened by the sight, many among them even kneeled to the earth, and drank freely, exultingly, hellishly, of the crimson tide.

[邦訳]

死だけが辺り一帯を支配した。それは死の中でももっとも恐ろしく不快なものだった。イギリス人が抵抗したところで，虐殺を行うヒューロン族を焚きつけるだけだった。ヒューロン族はイギリス人が死んでしまっても死体に怒りの鉄鎚を加え続けた。大量の血が流れたが，それはあたかも急流のほとばしりのようだった。ヒューロン族が殺戮に熱狂するにつれ，彼らの多くは地面にひざまずき，真っ赤な血を悪魔のように大喜びでなみなみと飲みさえした。

[解釈]

この引用で注目すべきところは殺戮の限りを尽くす血に飢えたヒューロン族の振る舞いである。クーパーだけでなく彼が参照した資料の作者も「悪い先住民」を残忍な悪魔として記述した[4]。先住民が悪魔であれば，彼らをアメリカ大陸から駆逐することは正義になる。目下の敵を「滅ぼすべき悪魔」に認定するこうした思考が白人の先住民虐殺を正当化してきたのである。　（森本奈理）

▶3　ヨーロッパのように金銭に支配された都市には必ず政治的腐敗がある一方，日々自然と対話する独立自営農民はそうした腐敗とは無縁であるという共和主義の伝統がアメリカにはある。例えば，第3代大統領トマス・ジェファソンは「ある国の健全さの度合は国民全体に対する農民の比率である」と述べた。アメリカ的自由と道徳的健全さは東部の都市ではなく西部の農村にあると信じる傾向は西部の「地方色」の発見に繋がるが，こういう地方色をポピュリズムに昇華させたのが19世紀末の政治家ウィリアム・ジェニングス・ブライアンである。

図1　アルフレッド・ボベット「ウィリアム・ヘンリー砦の戦いで先住民のイギリス人虐殺を止めようとするフランスの将軍モンカルム」（製作年不明）

出典：アメリカ連邦議会図書館。

▶4　クーパーが参照した資料とはジョナサン・カーヴァーの *Travels through the Interior Parts of North-America*（1778）である。

[問い]

クーパーのこの記述はカーヴァーの体験記に基づいているのだが，カーヴァーの記述はどの程度まで信頼できるものなのだろうか？　クーパーもカーヴァーもありのままの先住民の姿ではなく，征服者たる白人にとって都合のいい先住民の姿を描いていたのではないだろうか？

5 エドガー・アラン・ポー（Edgar Allan Poe）1809-49

「アッシャー家の没落」（“The Fall of the House of Usher,” 1839）

ポーの肖像
出典：Whitman daguerreotype（1848.11.13）

［作家紹介］

北部の大都市ボストンにアイルランド系の旅役者夫婦の次男として生まれる。幼くして両親を失い，南部ヴァージニア州リッチモンドの裕福な雑貨商ジョン・アラン（John Allan）のもとに引き取られ，法的には養子にされぬがエドガー・アラン・ポーとなった。6歳から11歳まで父親の仕事で英国に滞在して私塾と学校に通う。12歳頃から詩作に耽るようになる。1826年2月，創設2年目のヴァージニア大学に17歳で入学するが，十分な学費を与えられず退学，1827年軍隊に入り，40頁の処女詩集『タマレーンその他の詩』（*Tamerlane and Other Poems*, 1827）を出版。1831年4月に3冊目となる詩集『ポー詩集』（*Poems*）を刊行後，ボルティモアで懸賞小説募集を知り5編を応募し，翌年1月に『クーリア』誌に掲載され，短編作家としても歩み始めた[1]。さまざまな精神構造の語り手を設定したうえで，ピクチャレスクの美学と連動する遊びをはらんだ心理的なゴシック小説を中心にSF，探偵小説の元型的作品を含む70ほどの短編小説と2作の長編（1つは未完），宇宙論『ユリイカ』（*Eureka*, 1848）など文学ジャンルに囚われない作品を残した。

［作品紹介］

story に対する plot の「芸術」的重要性を書評などで説いたポーの，もっともプロット感覚に満ちたゴシック短編小説。幼なじみのロデリック・アッシャーに手紙で呼ばれた語り手は，秋の一日ひとり馬に乗って荒れた土地を通り，アッシャー家の末裔であるロデリックと双生児《ふたご》の妹マドラインの二人がひっそり暮らすアッシャー館にやってくる。ロデリックの憂鬱症を軽減しようとつとめる語り手は，ロデリックの創作した奇妙な音楽を聞かされ，絵を見せられる。発作時には死と間違われやすい病気のマドラインが，死んだものとして埋葬前に地下室に安置される。嵐の夜，血まみれの帷子（屍衣）を身にまとったマドラインが姿を現し，ロデリックのところにたどりつくが，そこで兄は恐怖のためショック死してしまい，妹も力尽きて息絶え，兄妹は折り重なって倒れる。恐怖に駆られて脱出した語り手が，月光を浴びて振り返ると，アッシャー館にひびが入り，崩れて沼の中に跡形もなく「没落」する。

アッシャー（家）の没落／崩壊（fall）は，ロデリックだけでなく語り手の心の崩壊を包んでいる。作品冒頭で髑髏めいた建物の描写があり，その家の

▷1　詩人を志したポーは，生涯詩作を続け，その芸術至上主義によってとりわけフランスの詩人たち（ボードレール，マラルメ，ランボー，ヴァレリーなど）に多大な影響を与えることになるが，経済的な理由もあって編集者，短編小説家，批評家としても活躍した。

図1　アーサー・ラッカムによる挿画
出典：*Tales of Mystery and Imagination*, illustrated by Arthur Rackham（Harrap, 1935）

「顔」の中央に亀裂があることがアッシャーの狂気とつながり，かつ作品に挿入された詩（象嵌法によるポー自作の詩の挿入）の，建物の比喩で語られる狂った頭とつながり，ロデリックと「狂気の出会い」——作品内作品 “Mad Trist”——をする語り手の意識とも同質化していく。

[引用]

Shaking off from my spirit what *must* have been a dream I scanned more narrowly the real aspect of the building.[...] Yet all this was apart from[①] any extraordinary dilapidation. No portion of the masonry had fallen, and there appeared to be a wild inconsistency between its still perfect adaption of parts[②] and the crumbling condition of the individual stones. In this there was much that reminded me of the spacious totality of old woodwork which has rotted for long years in some neglected vault with no disturbance from the breath of the external air. Beyond this indication of extensive decay, however, the fabric[③] gave little token of instability. Perhaps the eye of a scrutinizing observer might have discovered a barely perceptible fissure, which, extending from the roof of the building in front made its way down the wall in a zigzag direction, until it became lost in the sullen waters of the tarn.

[邦訳]

夢に違いなかったものを精神から振り払って，私は建物の現実の様相を仔細に眺めた。[……] しかし，こうしたすべては極度の荒廃というのとは別物だった。積石のどこも崩落しておらず，部分部分の依然として完璧な適合と個々の石のボロボロの状態とのあいだには，途方もない不調和があるように思われた。ここには，打ち棄てられた丸天井の中で，外気の息に全く乱されることなく長年にわたって朽ちた古い木組み細工の空間的全体性を思い起こさせるところがあった。しかしながら，この広範な腐食のしるし以外は，構造は不安定だという徴候をほとんど与えなかった。精査をこのむ観察者ならばもしかすると気づくかもしれないのは，ほとんど見えないほどの亀裂が，建物の屋根からジグザグに壁を伝って下り，沼の不気味な水中に消えていることだった。

[解釈]

引用箇所は，建物の比喩で語られるプロットについての書評を（が）反復することで，逆にこの作品では建物がプロットの比喩となっていることを自己言及的に示唆する。ポーの「創作の哲学[◀2]」が組み合わせの詩学であることを考えれば，読むときに立ち現れ，読み終わるとともに沈んでゆく，そういうポーの幻想世界を体現しつつ解説もしている作品の，テクスチュアルな建物への言及箇所となっていることが了解される。作品の結末は，建物の「亀裂」の記述を反復したのち，「沼は,『アッシャー家』の断片を音もなくゆっくりと呑みこんで」（河野一郎訳，“fragments” の訳語「残骸」を断片に改変）閉じる。　（宮川　雅）

① -apart from: apart (*adj.*)：～とは別な。from以下のものがあるというわけではないという意味。

②③「プロットとは……適切に，定義づければ，そのどの部分（part）も全体を破壊することなしには動かしえないようなもの。それは，構築がたいへん相互依存的なために，一つの煉瓦の位置を変えることが全体の構造（fabric）を転覆してしまう建物として記述することができるだろう」……ブルワーの技量は「非常に複雑な物語のたいへん多数の原子の完璧な適合（perfect adaptation)」を示す過度の影琢を毎頁示している，と英国作家ブルワー＝リットンの長編小説の書評で書くときの文章（1841年）との明白な類似に注意。

-fabric：建造物(structure)，構造；織物(texture, textile ≒ text)

▶2　ポーは1846年に “The Philosophy of Composition” を出版し，統一された効果と印象を文学の基底にすえた。

[問い]

エピグラフの「心」(cœur) は本文内のどの箇所と響きあっているだろうか？
語り手の言葉はどこまで信頼できるだろうか？
超自然の物語としてではなくて推理小説的に読めるとすればヒントはどこにあるだろうか？

6　ラルフ・ウォルドー・エマソン（Ralph Waldo Emerson）1803-1882

『自然』（*Nature*, 1836）

エマソンの肖像

出典：Ralph L. Rusk. *The Life of Ralph Waldo Emerson* (Charles Scribner's Sons, 1949)

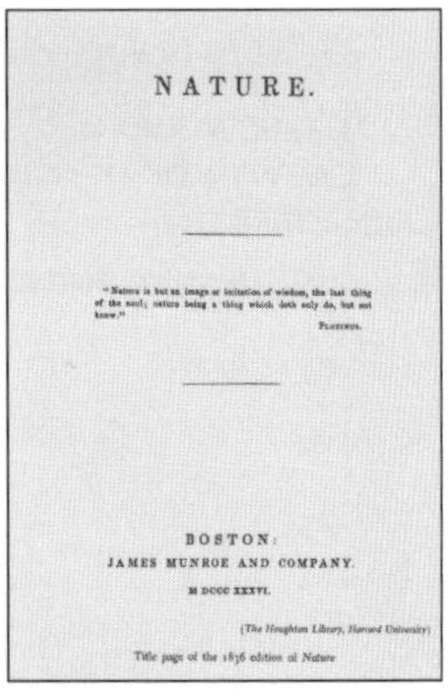

NATURE.

"Nature is but an image or imitation of wisdom, the last thing of the soul; nature being a thing which doth only do, but not know."

PLOTINUS.

BOSTON:
JAMES MUNROE AND COMPANY.
M DCCC XXXVI.

(The Houghton Library, Harvard University)

Title page of the 1836 edition of *Nature*

図１　『自然』1836年初版タイトルページ

出典：Merton M. Sealts, Jr. and Alfred R. Ferguson, ed. *Emerson's Nature: Origin, Growth, Meaning* (Dodd, Mead & Company, 1969)

[作家紹介]

代々牧師を務める名家の息子としてボストンに生まれる。アメリカ超越主義の代表的思想家，詩人。８歳にして父を失い苦学してハーヴァード大学を卒業。自らもボストン第二教会の牧師となるも，形式的宗教の儀式を受け入れられず教会を去る。ヨーロッパ旅行を経て随筆家，演説家として独立し，『自然』（*Nature*, 1836），「アメリカの学者」（"The American Scholar," 1837），「自己信頼」（"Self-Reliance," 1839）など，それまでのヨーロッパから継承した古い思考の枠組みを打破し，アメリカ精神の独立と形成に大きな影響を与える多くの随筆や詩を書き，講演を行った。

エマソンの思想は観念論的と言われる。ロマン主義やドイツ観念論哲学，また東洋思想や神秘主義思想を源泉として創造されたその哲学には，真実と道徳的法則を具現する自然に対する信頼，また，個人の無限性と神性を信じる自己信頼の考え方がある。宇宙を貫く大霊や精神的真実こそが至高の現実と見た。逆に世俗の現実社会や因襲に囚われた生き方を批判した。代表的な作品に二つの『エッセイ集』（*Essays, First Series*, 1841; *Second Series*, 1844），一種の偉人論である『代表的人間』（*Representative Men*, 1850）などの著書がある。哲学的な詩作品にも優れたものが多い。

現実世界に生起する事象を本質と見なかったエマソンは，最愛の息子が死んだときにも「私は息子の死を悲しめないことが悲しい」と書いた。その視線は常に現世を超えた精神の世界を指向した。だが悲しみは深かったようで，後年は現実世界の持つ力にも深く思いを致すようになる。その変化は「経験」（"Experience," 1844）で顔を出し，後年の「運命」（"Fate," 1860）では明確に形を成すようになった。やがて奴隷解放運動など現実の政治問題にも積極的に関わるようになり，初期の観念論者とは大きく変化していく。しかし，このコンコードの哲人は，最後まで自然と自己とを信頼し，常に現世を超えた精神の勝利を信じたことを忘れてはならない。

[作品紹介]

エマソンが初めて自分の思想を世に問うた記念すべき著作であるとともに，アメリカ精神の独立を決定付けた重要作品である。テーマは自然。しかし，ここでの自然とは，例えば現代の環境保護思想が重視する生態系としての自然ではない。それは宇宙と「独自の関係」を結び独立する新しい人間が範とすべき道徳的，また精神的法則の絶対的モデルとしての自然である。

全体は「自然」「実利」「美」「言語」「訓育」「観念論」「精神」「展望」の８章に分かれ自然の諸相が論じられる。しかし，各章は自然の感覚的把握を超越して，その根源や実相に迫ろうとし，最終的には人間精神の象徴としての自然が提起される。エマソンは，自然と一体化して「透明な眼球」になり，自身が消失するという神秘主義的瞬間に言及し，さらには絶対的理性の視点から見れば，自然の物質性は消失し，背後の精神のみが見えると論じる。

『自然』は出版時にもその難解さから酔狂なラプソディーと言われた。ヨーロッパ思想，とくにカントの「理性」の観念などに多くを負っている。しかし，この作品の独創性は，そうした影響を完全に咀嚼，脱却して，新しい生を生きる絶対的道徳基盤としての自然像を打ち立てたところにある。

[引用]

In the woods, we return to reason① and faith. There I feel that nothing can befall me in life, — no disgrace, no calamity, (leaving me my eyes,) which nature cannot repair. Standing on the bare ground, — my head bathed by the blithe air, and uplifted into infinite space, — all mean egotism vanishes. I become a transparent eye-ball; I am nothing; I see all; the currents of the Universal Being circulate through me; I am part or parcel of God.

[邦訳]

森で私たちは理性と信仰とに立ち返る。そこにいると私は，人生においては自然が修復できないようなものは何も，どんな不名誉も，どんな災いも（私に目を残してくれるなら）けっして自分には起こらないと感じる。むき出しの大地に立ち，頭を快活な大気に浸し，無限の空間の中にもたげていると，すべて卑小な自我意識などは消えてしまう。私は透明な眼球になる。私は無であり，私にはすべてが見える。普遍的存在者の流れが私を通して還流し，私は神の一部となる。

[解釈]

自然との神秘的合一を描いた有名な場面。しかし，ここで「私」はいわゆる野生に帰るのではない。自然を通して，その背後の精神，あるいは神と一体化する至福が語られている。いわば一種の宗教体験である。「透明な眼球」の比喩は，神秘体験における視覚の重要性を示唆すると同時に，“eye” は “I”，すなわち自己を象徴するイメージでもある。つまりここでは，自然を入り口として自己が「理性」の視覚を研ぎ澄まし，より純粋な，何物にも規制されない自己そのものとなり，それが神とも重なる。それは世俗的な自我意識とは無縁のものである。ここでの自己とは，自己信頼がそのまま神信頼へともつながるような自己である。

（成田雅彦）

図２　『自然』に添えられたクリストファー・クランチによる挿画

出典：図１に同じ。The Houghton Library, Harvard University 所蔵。

① -reason：理性。しかし，エマソンの理性とは多くの場合，普通の意味の理性ではない。それはカントが論じた「悟性」と対比される人間の特殊な能力としての「理性」を念頭に置いていることには注意しなければならない。

[問い]

エマソンの思想は従来アメリカ思想の精髄と見なされてきたが，近年はそれを地球規模の諸思想の中で位置づけようとする動きがある。またその抽象的な哲学議論から生身のエマソンを救い出し，いわば「脱超越主義」的にこの哲人を見ようとする動きもある。エマソンの自然論はそうした動きの中でどのようにとらえられるべきなのだろうか？ヨーロッパのロマン主義的自然賛美と同列に扱われることが多いが，そうした範疇にはおさまらないその自然観の斬新さはどこにあるのだろうか？

7　ヘンリー・デイヴィッド・ソロー（Henry David Thoreau）1817-1862

『ウォールデン　森の生活』（*Walden*, 1854）

ソローの肖像（1856年）
出典：Library of America

図１　ソローの小屋のレプリカ
出典：筆者撮影。

[作家紹介]

マサチューセッツ州コンコードに生まれ，兄ジョンとともに自然に親しむ少年時代を送る。ハーヴァード大学卒業後，教職についたり，実家の鉛筆製造や測量の仕事を手がけたりするうち，エマソンとの親交を得て本格的に文筆を始める。エマソンに勧められて1837年に書き始めた日記は生涯続き，文章力と観察眼を磨くことになった。1842年に兄ジョンを亡くした経験は，ソローの思索を深める契機となる。同年，超越主義者たちによる『ダイアル』誌に「マサチューセッツ博物誌」（“Natural History of Massachusetts”）や詩が掲載された。1845年７月４日，ボストン郊外のコンコードに位置するウォールデン池のほとりに小屋を建て，２年余り暮らす。森に入った目的のひとつは，亡き兄との思い出を本にまとめることであった。第一作『コンコード川とメリマック川の一週間』（*A Week on the Concord and Merrimack Rivers*, 1849）を仕上げる作業をしながら，自然観察と思索を日記に書きつけ，その記録がのちに『ウォールデン』としてまとめられることになる。

彼の森の生活は，荒野での隠居暮らしであったわけではない。エマソンの所有する敷地での暮らしであり，しばしば街へもどって食事や会談を楽しんでいたという事実はよく知られている。文化と自然の狭間で暮らすことで社会問題への関心は鋭敏なものとなり，なかでも湖畔生活中に勃発したメキシコ戦争（1846-1848）への抗議のため，人頭税の支払いを拒否して投獄されたエピソードは有名。ソローの政治思想[◁1]は「市民的不服従」（“Civil Disobedience”）として知られ，テクストとしてはエッセイ「市民政府への抵抗」（“Resistance to Civil Government,” 1849）が，のちにキング牧師やガンジーによって非暴力思想として継承されることになる。他方，ウィルダネスとの遭遇や先住民との交流を描いた『メインの森』（*The Maine Woods*, 1864）をはじめ，『コッド岬』（*Cape Cod*, 1865）など，旅行作家としての側面も見逃すことはできない。

▷1　ソローの政治思想は「市民的不服従」に加えて，「マサチューセッツ州の奴隷制」（“Slavery in Massachusetts,” 1854），ハーパーズ・フェリーの暴動の直後の1859年「ジョン・ブラウンを擁護して」（“A Plea for John Brown,” 1866）が特に重要である。

[作品紹介]

『ウォールデン』の刊行は，第一作の売り上げが振るわず遅れに遅れた。だが，この遅延こそ『ウォールデン』に芸術的な意匠をまとわせ，単なる自然観察や自給自足の記録にとどまらない文学作品に仕上げる時間をソローに与えることになった。結果として，２年２カ月に及ぶ日記が一年の季節のサイクルに凝縮され，「経済」や「読書」「孤独」[◁2]「動物の隣人」など18の章に区分けされ，主題ごとに思索が深められた。「シンプルに！」と声高にうたわれた簡素なライフスタイルとは対照的に，きわめて入り組んだレトリックによって仕上げられた文章は，次に引用する第２章「暮らす場所，生きる目的」からの最も有名な一節でも垣間見られる。

▷2 『森の生活』における「孤独」と社会の主題を論じた研究書に Yoshiaki Furui. *Modernizing Solitude: The Networked Individual in Nineteenth-Century American Literature* (U of Alabama P, 2019) がある。

［引用］

I went to the woods because I wished to live deliberately[①], to front only the essential facts of life, and see if I could not learn what it had to teach, and not, when I came to die, discover that I had not lived. I did not wish to live what was not life, living is so dear; nor did I wish to practise resignation, unless it was quite necessary. I wanted to live deep and suck out all the marrow of life, to live so sturdily[②] and Spartan-like as to put to rout[③] all that was not life, to cut a broad swath and shave close, to drive life into a corner, and reduce it to its lowest terms, and, if it proved to be mean, why then to get the whole and genuine meanness of it, and publish its meanness to the world; or if it were sublime, to know it by experience, and be able to give a true account of it in my next excursion.

① -deliberately：慎重に，意図的に
② -sturdily：しっかりと
③ -rout：引きずり出す

図２ 『ウォールデン』初版
出典：The Walden Woods Project

［邦訳］

ぼくが森に入ったのは，地に足をつけた暮らしをしたかったからだ。人生の本質的な事実だけに向き合い，それが教えることを自分が身につけられるかを見きわめ，いざ死ぬときになって，人生を生きてこなかったと愕然としたくはなかった。人生でないものを生きたくはなかった。生きることは，それくらいかけがえのないものだし，どうしても，というのでなければ，諦めたくはなかった。深く生きたいと願い，人生の骨の髄まで吸い尽くしたいと願った。スパルタ人のように粛々と生きて，人生でないものを引きずり出し，大きな草は刈りこんですっきりとさせ，人生を片隅に追いこみ，最低条件にまで切り詰めたいと願った。仮に人生が卑しいものだとすれば，卑しさそのものを根こそぎつかんで，世間に公表してやろう。あるいは，人生が崇高であるならば，経験を通じて生を実感しよう。それについては，次の散策のときにでもじっくり語ることにしよう。

［解釈］

ここでソローは「人生」(life) という言葉を繰り返して，森の生活を始めた理由を語っている。人生の最期を想像しながら，かくも捉えがたい「本質的な事実」に向き合おうとする切実さが伝えられる一方，「人生」が素早く動き回る小動物かのように喩えられている。このあたりに重厚さと軽妙なユーモアとが混交したソロー流のスタイルの特徴を見出すことができる。実際，ソローは自らの生活を「散策」(excursion) と言い換えており，森の生活は，じつは定住というより，フットワークに裏打ちされた逗留の思想を軸としているのである。（山本洋平）

［問い］

ソローが見出した「人生」を現代において実践することはいかに可能だろうか？ ソローはネイチャーライターの祖とされ，『ウォールデン』はエコクリティシズム（環境批評）の発展に大きく寄与したが，具体的にどのような点が影響を与えたのだろうか？

8　ナサニエル・ホーソーン（Nathaniel Hawthorne）1804-1864

『緋文字』（*The Scarlet Letter*, 1850）

ホーソーンの肖像

出典：Nathaniel Hawthorne. *The Scarlet Letter*. Vol. 1 of *The Centenary Edition of the Works of Nathaniel Hawthorne*, edited by William Charvat et al (Ohio State UP, 1962)

図1　セイラム税関

ホーソーンが『緋文字』出版前に勤務していた場所。『緋文字』の巻頭におかれた「税関」はここを舞台としている。
出典：筆者撮影。

[作家紹介]

マサチューセッツ州セイラムに生まれる。船長だった父を幼いころに失い，母方の親族の庇護のもと育った。1825年に大学卒業後，まずは短編小説執筆にとり組む。1837年，初の短編集『トワイス・トールド・テールズ』（*Twice-told Tales*）を出版，のちに妻となるソファイアと出会い，1842年に結婚。1846年友人たちの尽力で，セイラムの税関に検査官の職を得るが，1849年，政権交代を機にこれを失う。その直後，初の長編『緋文字』[◁1]（1850年）が好評を博し，はじめて作家として名をなした。作品完成の夜，妻ソファイアに結末を読んで聞かせると「妻はうちひしがれて，ひどい頭痛で寝込んでしまった。――ぼくはそれで，これは大成功だぞと思った」と手紙に記している。立てつづけに『七破風の屋敷』（*The House of the Seven Gables*, 1851），『ブライズデール・ロマンス』（*The Blithedale Romance*, 1852）と長編を発表。1852年には，大学の同級生フランクリン・ピアスが大統領候補となったことを受けて，その伝記を執筆。ピアスは大統領に選ばれ，ホーソーンは見返りに駐リヴァプール領事の職を得た（1853-1857）。退任後はヨーロッパをめぐり1860年帰国。同年最後の長編となる『大理石の牧神』（*The Marble Faun*）を発表。南北戦争勃発ののち，体調不良を訴えるようになり，友人と療養に出た旅の途中で没する。

[作品紹介]

舞台は1640年代，ピューリタン時代のボストン。ひとりの女性が，乳飲み子を抱えながら獄舎を出るところから物語がはじまる。この女（ヘスター・プリン）の胸には緋色のＡの文字。夫不在のあいだに，別の男性と姦通して女児パールをなしたかどで，さらし台に立たされ，生涯Ａの文字（「姦通女」［adulteress］のしるし）を胸に付けるという罰を与えられたのだ。そこに，インディアンにとらわれていた夫が戻り，正体を隠してヘスターの密通相手を探ることを誓う。物語を読みすすめるにつれ，密通相手は，なんと敬愛すべき牧師アーサー・ディムズデールだと知れる。嫉妬に燃える夫のロジャー，罪を隠すことに苦しむアーサー，夫を恐れアーサーとの駆け落ちを画策するヘスター，そしてなにも知らず成長するパール。４人の物語は，最後にアーサーがひとびとの前で罪を告白し，死んでいくことで頂点を迎える。ロジャーもまもなく死んで遺産をパールに譲り，パールはヨーロッパに渡り貴族と結婚，付きそって渡欧したヘス

▷1　20世紀にはいり，『緋文字』は10回以上映画化されている。なかでも，ヴィム・ヴェンダース監督作品（1973年），および原作をかなり改変していることで悪名高いデミ・ムーア主演作品（1995年）は手に入りやすい。

ターはしばらくしてボストンに舞いもどり，ふたたびＡの文字を胸に付ける。

[引用]

By another impulse, she took off the formal cap that confined her hair; and down it fell upon her shoulders, dark and rich, with at once a shadow and a light in its abundance, and imparting the charm of softness to her features. There played around her mouth, and beamed out of her eyes, a radiant and tender smile, that seemed gushing from the very heart of womanhood. A crimson flush was glowing on her cheek, that had been long so pale. Her sex, her youth, and the whole richness of her beauty, came back from what men call the irrevocable past, and clustered themselves, with her maiden hope, and a happiness before unknown, within the magic circle① of this hour. (Ch. 18)

[邦訳]

ふたたび衝動的に，ヘスターは，髪をきっちり覆っていた堅苦しいかぶりものを取りさった。溢れんばかりの黒髪は，豊かなうちに影と光を宿して肩に流れおち，ヘスターの姿に柔らかな魅力を加えた。口のまわり，そしてまなざしのうちに，輝くばかりの優しい微笑みが浮かんでおり，それは，女心の奥底からわき出しているかに見えた。それまで青ざめていた頰は紅潮して輝く。女性らしさ，若々しさ，豊かな美貌のすべてが，取りかえしようがないといわれる過去からよみがえり，乙女だったころの希望と，これまで感じたことのなかったしあわせな気持ちとともに，この瞬間の魔方円のうちにあふれた。

[解釈]

いわゆる「ダーク・レディ」(dark lady) としてのヘスターの美しさが，アーサーとの森での密会でよみがえる。それまで，ピューリタン社会に抑圧されてきた，ヘスターの美貌，女性的な官能性が，社会の外に出た森のなかで解きはなたれる。現代の読者は，のびのびとした姿に共感を覚え，逆にピューリタン神政政治の非人間性を憎むだろう。作家ホーソーン自身も，女性の解放を願っているかに読める。しかし，娘のパールはこのような母親の姿を嫌い，解きはなった髪をもとに戻し，ヘスターが捨てたＡの文字を，もう一度胸に付けるように要求する。語り手も，この章の最初で，そんなヘスターは「道徳的な荒地」をさまよってきたといい，別の章では「緋文字はその役目を果たしていない」ともいう。ヘスター自身，物語の最後でボストンに戻って，Ａの文字をふたたび胸に付けた。作者は女性の抑圧された姿に共感しつつ，しかし，それでも女性を抑圧する社会制度を擁護するかに見える。上記のヘスターの姿を見ると，作者の女性への共感は深いことがわかる。そこに，社会と個人（とくに社会的弱者）の関係，そして社会をどのように改革するべきかに関するホーソーンの複雑な判断が見てとれる。

（髙尾直知）

図２　小説『七破風の屋敷』のモデルとされる家
出典：筆者撮影。

① -magic circle：魔法使いが地面に書いた円で，そのなかでは悪魔の魔力も失われるといわれる。ここでは，ヘスターの魅力が，圧倒的で逆らうことができないオーラを醸しだしていることをあらわす。

[問い]

一般にホーソーンは女性嫌いであるとか，女性の解放に関心がないとされるが，ほんとうにそうだろうか？　同じことは，黒人奴隷制の問題についても考えられなければならないだろう。

9　ハーマン・メルヴィル（Herman Melville）1819-1891

『白鯨』（*Moby-Dick*, 1851）

メルヴィルの肖像
出　典：*Critical Companion to Herman Melville*, Facts on File (Library of Congress, 2007)

図１　19世紀の捕鯨の様子
出典：肖像写真に同じ。

［作家紹介］

ニューヨーク生まれ。会社経営をする父親のもと裕福な家庭に育つが，13歳のときに会社が倒産。父は借金を残したまま病死してしまう。その後，少年メルヴィルは生計を立てるため様々な職についたが，なかでも捕鯨船の船員として過ごした期間（1841-1843）は彼の創作活動の基礎を作った。大学に通わずに捕鯨船の上で多くを学んだメルヴィルは，捕鯨船を「わたしのイェール，ハーヴァード」と呼んだ。『白鯨』に至るまでの彼の全作品に，海や船が重要なモチーフとして登場している。1844年に長い航海からアメリカへ帰国したのち，メルヴィルは捕鯨経験にもとづいて第一作長編小説『タイピー』（*Typee*, 1846）を出版する。海洋冒険譚である本作は，食人慣習をもつ部族との生活というセンセーショナルな内容が話題を呼び，大変な人気を博した。1847年にはエリザベス・ショーと結婚，４人の子供をもうける。義父はマサチューセッツ州の最高裁判事を務めた有力者であり，おりにふれてメルヴィル一家を経済的に支援した。

『タイピー』の成功によってメルヴィルは作家として順調に歩みだしたように見えた。しかし，哲学的思索をふんだんに盛り込んだ野心作『マーディ』（*Mardi*, 1849）は不評を買い，彼は一般読者や批評家から理解を得られないという疎外感に苛まれるようになった。その後，「売れる作品」を意図して書いた『レッドバーン』（*Redburn*, 1849），『ホワイトジャケット』（*White-Jacket*, 1850）を経て，ついに彼の代表作『白鯨』を発表することとなる。本作は今でこそ世界的名作として知られているものの，出版当時はメルヴィルが期待していた評価を得ることはできなかった。しかし，彼の死から数十年経った1920年代に「メルヴィル・リヴァイヴァル[1]」が起こり，後世の批評家たちによる再評価が行われた。

［作品紹介］

『白鯨』はメルヴィルの代表作として知られているだけではなく，アメリカ文学における名作として不動の位置を獲得している。邦訳にしてゆうに1000ページを超えるこの大作は初読者を敬遠させてしまうかもしれないが，実のところ，話の筋書きは驚くほどシンプルだ。捕鯨船ピークオッド号を指揮するエイハブ船長は，「モービィ・ディック」と呼ばれる巨大な白い鯨に片足を喰いちぎられた過去がある。白鯨に対する激しい憎悪と復讐心に駆られたエイハブは，

▷1　文学史上では「モダニズム期」に分類される1920年代に，英米の批評家たちのあいだでメルヴィルを再評価する機運が起こった。これを「メルヴィル・リヴァイヴァル」と呼ぶ。なかでもイギリス作家D・H・ローレンス（D. H. Lawrence, 1885-1930）は『アメリカ古典文学研究』（*Studies in Classic American Literature*, 1923）において『白鯨』を絶賛した。

捕鯨活動という商業的な目的を装いながら「打倒白鯨」の旅に出る。作品の終盤になってついに白鯨との再会を果たすが，３日にわたる死闘のすえ，エイハブを含め船員たちはほぼ全滅。唯一生き残ったのは，この小説の語り手イシュメールのみであった。『白鯨』はエイハブの復讐劇を中心に展開するが，本作の魅力は物語そのものよりも，本筋とは直接関係がないように見える細部に宿る。たとえば，語り手イシュメールの脱線に満ちた自由闊達な語り，船員同士の交流，捕鯨業に関する詳細な解説などである。しかし読み返すうちに，これらの細部が実は作品の重要な要素となっていることがわかってくるはずだ。以下に示すのは，白鯨との闘いを目前に控えたエイハブが直近の部下スターバックに向かって，これまでの人生を情感ゆたかに振り返る場面である。

[引用]

Forty years of continual whaling! forty years of privation, and peril, and storm-time! forty years on the pitiless sea! for forty years has Ahab forsaken① the peaceful land, for forty years to make war on the horrors of the deep! Aye and yes, Starbuck, out of those forty years I have not spent three ashore. When I think of this life I have led; the desolation② of solitude it has been; the masoned, walled-town of a Captain's exclusiveness, which admits but small entrance to any sympathy from the green country without—oh, weariness! heaviness! Guinea-coast slavery of solitary command!

[邦訳]

40年にわたる絶え間ない捕鯨生活！　40年の困窮，危険，嵐！　無慈悲な海の上での40年！　40年のあいだエイハブは平和な陸での生活を捨て，40年のあいだ深海の恐怖と闘い続けてきたのだ！　そう，そうだ，スターバック，俺はこの40年のうち３年も陸で過ごしていない。これまでの人生はなんだったのだろう。それはずっと荒涼たる孤独だった。船長たる俺は石壁に閉ざされた街のように周りを寄せつけず，外の田園からの同情を受けつけることなどなかった。ああ，困憊！　重圧！　ギニア湾の奴隷制さながらの孤独な指揮！

[解釈]

白鯨に対する偏執狂的な姿勢から，エイハブ船長は「人間の心を持たない狂人」と一面的に理解されがちであるが，ここでの心境の吐露はどうだろう。超人的な強い意志に突き動かされているように見えるエイハブが，「孤独」という言葉を使って自分の弱さを赤裸々に語るのは驚きである。エイハブは19世紀アメリカの理想である “self-reliance”（自己信頼◁2）――誰にも頼らずに自分の足で立つ自由な自己像――を体現する一方で，そこから生じる心の苦しみを，自由とは正反対の「奴隷制」にたとえて語っている。また，エイハブが義足を使っているという点も自己信頼を考えるうえで重要だ。何かに寄りかからなければいけないからこそ，彼は何からも自由な状態を渇望するのかもしれない。（古井義昭）

図２『白鯨』原書

出典：Herman Melville. *Moby-Dick, or The Whale* (Northwestern UP, 2001)

① -forsake：見捨てる
② -desolation：荒涼

図３　ニュー・ベッドフォード捕鯨博物館

出典：筆者撮影。

▶2 「自己信頼」とは，「超越主義」と呼ばれる思想運動の牽引者であった思想家エマソンによって提唱された概念。「自己信頼」と題されたエッセイのなかで，独自の個人主義的思想を展開している。

[問い]

エイハブ船長とスターバックの関係は，作品を通じてどのように変化してゆくだろうか？
白鯨はエイハブにとって何を象徴しており，なぜ彼は動物に過ぎない鯨に命を賭してまで固執するのだろうか？

10 ハーマン・メルヴィル（Herman Melville）
1819-1891
「書記バートルビー」（“Bartleby, the Scrivener,” 1853）

メルヴィルの肖像
出典：*Critical Companion to Herman Melville*, Facts on File(Library of Congress, 2007)

[作家紹介]

自信を持って上梓した『白鯨』が世間に受け入れられず，メルヴィルの期待は裏切られた。追いうちをかけるように，翌年に発表した『ピエール』（*Pierre*, 1852）はさらなる批判を浴びた。近親姦をテーマに据えた本作は，「ハーマン・メルヴィルは狂った」と書評で書かれるほどだった。この2作の商業的・批評的失敗が決定打となり，メルヴィルは小説の読者だけではなく「小説」という表現様式そのものに対しても懐疑を深めてゆくことになる。その後の数年間は短編小説を雑誌に寄稿し，名作短編「書記バートルビー」はこの時期に生まれた。1857年に第9作長編『信用詐欺師』（*The Confidence-Man*）を出版するが，これがメルヴィルにとって最後の長編小説となった。

以後は晩年にいたるまでおもに詩作品を書き，『戦争詩篇』（*Battle-Pieces*, 1866），『クラレル』（*Clarel*, 1876），『ジョン・マーと水夫たち』（*John Marr and Other Sailors*, 1888）などの詩集を出版した。また，未完の遺作に『ビリー・バッド』（*Billy Budd*, 1924）という中編小説があり，メルヴィルの後期代表作として知られている。メルヴィルが晩年において詩から散文に回帰しようとしたことは，彼の作家キャリアを考えるうえで興味ぶかい。1891年に亡くなったときには，世間からとうに忘れ去られてしまっており，彼の死は新聞で報じられたものの，現在のわれわれが認識している「『白鯨』のメルヴィル」としてではなく，『タイピー』を書いた「過去の流行作家」として紹介されるのみであった。

[作品紹介]

語り手の弁護士はニューヨークのウォール街[◁1]に事務所を構えている。そこにバートルビーという名の青白い顔をした男が，法律文書を清書する書記の仕事を求めてやってくる。雇われた当初はわれを忘れるように書記の仕事に打ち込むバートルビーであったが，ある日を境にぱったりと仕事をやめてしまう。語り手の命令にも，「しないほうがありがたいのですが」（I would prefer not to）という謎めいた言葉を繰り返すだけ。一切の仕事を放棄したバートルビーはなぜか語り手の事務所に居座りつづけ，最終的には刑務所に連行されてしまう。そこで彼はついに食べることまで拒否し，そのまま餓死する。「何もしない」ことを徹底するバートルビーとは，いったい何者なのか。なぜすべてを拒絶するのか。これらの謎に対するヒントを読者に与えるように，物語の最後に語り

▷1　ニューヨーク市マンハッタンの南端に位置する区画で，かつてはアメリカの，そして現在では世界の金融の中心地として知られる。資本主義の代名詞ともいえる場所。

図1　19世紀半ばのウォール街
出典：*Norton Anthology of American Literature*, vol. B, 8th edition (Norton, 2011)

手は，バートルビーの過去に関する謎めいた噂を明かす。バートルビーは以前，郵便局の「配達不能郵便課」(the Dead Letter Office）で働いていたというのである。以下はその噂を紹介した直後の一節であり，作品の結末部となっている。

[引用]

For by the cart-load they are annually burned. Sometimes from out the folded paper the pale clerk takes a ring:—the finger it was meant for, perhaps, moulders[①] in the grave; a bank-note sent in swiftest charity:—he whom it would relieve, nor eats nor hungers any more; pardon for those who died despairing; hope for those who died unhoping; good tidings for those who died stifled by unrelieved calamities[②]. On errands of life, these letters speed to death.

Ah Bartleby! Ah humanity!

[邦訳]

毎年，荷台たっぷりのデッド・レターが燃やされる。あの顔の青ざめた郵便職員が，折りたたまれた手紙から指輪を取りだすこともときにはあっただろう。その指輪がはめられるはずだった指は，もしかしたら墓で朽ちているかもしれない。緊急の援助金として送られた紙幣があっても，それで救われたはずの当人はもう食べることも腹を空かすこともない。絶望のなかで死にゆく人への赦し。希望もなく死んでいった人への希望の言葉。絶え間ない災難に苦しめられて死んだ人への吉報。生の使いたるこれらの手紙は，死へ急ぐ。

ああ，バートルビー！　ああ，人間！

[解釈]

「配達不能郵便課」は当時のアメリカの郵便局に実在した部署で，何らかの理由で宛先に届かなかった手紙が集められる場所だった。そこでは，金銭的な価値があるものは保存され，そうでないもの（つまり，ここで語り手が言及している個人的な手紙）は焼却処分された。バートルビーの過去に関する噂が本当ならば，彼は読まれない手紙を読むことでその「生死」の選別を行っていたことになるが，この仕事は彼の精神にどのような影響を与えただろうか。手紙の選別が金銭的価値に基づいていることを考えるなら，本作がアメリカにおける金融の中心地，ウォール街を舞台にしていることも重要だ。また，語り手は最後の一文で，人間一般について感情的に嘆くことでバートルビーについて「何かをわかっている」素ぶりを見せるが，彼は，そして読者は，いったいどこまで彼のことを理解できているといえるだろうか。バートルビーという人間の圧倒的なわからなさ，それこそがこの作品の難しさであり魅力でもある。理解できない，でも理解したい――このどっちつかずの宙吊りのなかで読者はバートルビーに向き合うことを余儀なくされる。だからこそ本作は長らく読み継がれてきたし，今後も読者を困惑させ，そして魅了しつづけるだろう。（古井義昭）

① -moulder：朽ちる
② -calamity：不幸，災難

図2 「書記バートルビー」執筆時のメルヴィルの家
出典：筆者撮影。

図3 『メルヴィル短編集』原書
出典：Herman Melville. *Billy Budd and Other Stories* (Penguin, 1986)

[問い]
語り手はなぜバートルビーを見捨てずに最後まで寄り添うのか？
“I would prefer not to” という曖昧なフレーズは，単なる否定（たとえば “I don't want to”）とどう違うのか？

11　フレデリック・ダグラス（Frederick Douglass）1817-1895

『フレデリック・ダグラス自伝――アメリカの奴隷』（*Narrative of the Life of Frederick Douglass, an American Slave*, 1845）

ダグラスの肖像
出典：Library of Congress

［作家紹介］

本人の記憶によると1817年にメリーランド州で奴隷として生まれる。その２世紀後，2017年２月，アメリカ合衆国大統領ドナルド・トランプはダグラスが「驚くべき仕事をしている者の一例であり，ますます認知されていることに私は気付いている」と述べた[1]。奴隷農園から逃亡した後に卓越した奴隷制廃止論者になり，南北戦争後には連邦政府の役人にまでなったダグラス――おそらく19世紀でもっとも有名なアフリカン・アメリカン――を上記のようにまるで現在生きている人物であるかのように語ったトランプに対し，各メディアは総じて彼の歴史認識を疑った。この文脈において，イェール大学のデイヴィッド・W・ブライト（David W. Blight）教授はこの大統領の「歴史，政策，政治的プロセス，憲法についての本質的無知」を「我々の社会と民主主義に対する最大の脅威」だと非難した[2]。そして2018年，ブライトによる伝記『フレデリック・ダグラス――自由の予言者』（*Frederick Douglass: Prophet of Freedom*）が出版されると，同書は2019年度のピューリツァ賞歴史部門を授与される程の高評価を得た。そこにトランプ大統領への直接的言及はないが，第三章の章題「知識という銀のトランペット」（“Silver Trump of Knowledge”）を大統領の「本質的な無知」に対する嫌味と解釈しないのは難しい[3]。人種的に分断されたアメリカ社会でダグラスを知るか否かは，その人物の評価を大きく分ける。

ここで取り扱うのはダグラスが1845年に出版した最初の自伝だが，その後にも彼は1855年に『我が束縛と我が自由』（*My Bondage and My Freedom*），1881年には『フレデリック・ダグラスの人生と時代』（*Life and Times of Frederick Douglass*）を出版した（後者は1892年に改訂）。近年，前掲ブライトの伝記だけでなく，ジョン・ミュラー（John Muller）による伝記『ワシントンのフレデリック・ダグラス――アナコスティアのライオン』（*Frederick Douglass in Washington, D.C.: The Lion of Anacostia*, 2012）やコーディ・マーズ（Cody Marrs）の文学論『19世紀アメリカ文学と長い南北戦争』（*Nineteenth-century American Literature and the Long Civil War*, 2015）をはじめ，奴隷制廃止後のダグラスの文化的・政治的活動についての学術的関心が高まっている[4]。

［作品紹介］

時系列順に語られるダグラスの1845年の自伝は，正確な自分の年齢も父親の

▶1　以下はこの発言をめぐる報道の一例。edition.cnn.com/2017/02/02/politics/donald-trump-frederick-douglass/index.html

▶2　詳細はブライトのウェブサイトを参照。www.davidwblight.com/public-history/2017/8/25/trump-and-history-ignorance-and-denial-national-underground-railroad-freedom-center

▶3　ダグラスが1845年の自伝で書いた「自由という銀のトランペット」（“the silver trump of freedom”）を借用した表現。

▶4　前者の副題にある「アナコスティア」は，ダグラスが1877年からこの世を去るまで過ごしたワシントンD.C.の地名。「ライオン」は彼の風貌に由来。

名前（おそらく白人奴隷主）も定かでない幼少期の描写から始まる。第一章から第四章までは主としてメリーランド州の田舎での奴隷生活の残酷さ――鞭打ち，強制的な一家離散，銃による殺害など――を証言している。そして第五章から第十章のあいだに，彼は新しい奴隷主たちの下でボルティモアでの都会生活を経験し，そこで奴隷制を成立させているものが奴隷に対する読み書き教育の剝奪であることを知る。それ以降，世間の目をかいくぐり勉強に励みながら逃亡の機会を窺う彼は，数々の苦難を乗り越えついに第十一章，北部自由州への逃避行に成功し，マサチューセッツ州に到着したとき奴隷制廃止を主張する週刊新聞『解放者』（*The Liberator*）に出会う。このときまでに，彼の名字はメリーランド時代の「ベイリィ」から「ダグラス」に変わっていた。

自らの名前と人生を改訂したダグラスは，視点をめぐる技巧の持ち主だ。

[引用]

Her arms were stretched up at their full length, so that she stood upon the ends of her toes. He then said to her, "Now, you d — d b — h, I'll learn you how to disobey my orders!" and after rolling up his sleeves, he commenced to lay on① the heavy cowskin, and soon the warm, red blood (amid heart-rending shrieks from her, and horrid oaths from him) came dripping to the floor. I was so terrified and horror-stricken at the sight, that I hid myself in a closet, and dared not venture out till long after the bloody transaction was over.

[邦訳]

爪先立ちになるように彼女の両腕は目一杯に引っ張られた。彼はそれから「さあ，この馬鹿女，私の命令に逆らうとどうなるか教えてやる！」と言って，腕まくりをして重厚な牛革を叩きつけはじめると，すぐに温かい赤い血が（胸が張り裂けるような彼女の悲鳴と彼の恐ろしい罵りの真っただ中で）床に滴った。私はその光景を見てあまりにも怖くなったのでクローゼットの中に隠れ，その血塗られたやり取りが終わって長い時間が経つまでは外に出ようとしなかった。

[解釈]

第一章，美しい叔母ヘスターが奴隷主から鞭打ちの刑に処される場面である。彼女が若い奴隷男性と一緒にいるのを見て，この奴隷主が嫉妬に狂ったのだ。このとき語り手である幼いダグラス（この頃はベイリィ）は，この人種的かつ性的な揉め事と距離をとっている。ここで，読者は窃視症的視点からこの虐待の光景を受容するための隔絶された空間，いわば語り手と同様に「クローゼット」の中に置かれる。だがこの視点は，成長した語り手が，黒人に仕事を奪われることを警戒した白人の船大工から左の眼球をブーツで蹴り飛ばされる第十章で破綻する。読者の安全な視点，作品内容との距離を与えて奪う仕掛けだ。

（山根亮一）

図1　ブライト『フレデリック・ダグラス――自由の予言者』原書

出典：David W. Blight. *Frederick Douglass: Prophet of Freedom* (Simon & Schuster, 2018)

① -lay on：叩きつける，攻撃する

[問い]

ダグラスはどの程度，奴隷制廃止という自らの政治的主張と，読者のためのエンターテインメントを両立させることに成功しているだろうか？

元奴隷の自伝作家になることで，彼が得たもの，失ったものはそれぞれ何だろうか？

12　ハリエット・ビーチャー・ストウ（Harriet Beecher Stowe）1811-1896

『アンクル・トムの小屋』（*Uncle Tom's Cabin*, 1852）

ストウの肖像
出典：Wikimedia Commons

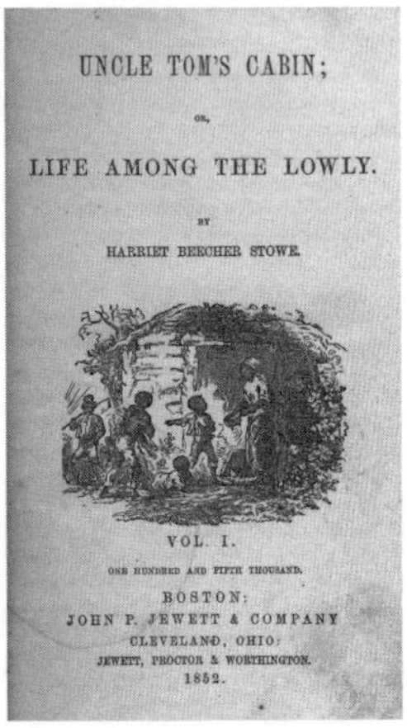
UNCLE TOM'S CABIN;
OR,
LIFE AMONG THE LOWLY.
BY
HARRIET BEECHER STOWE.
VOL. I.
ONE HUNDRED AND FIFTH THOUSAND.
BOSTON:
JOHN P. JEWETT & COMPANY
CLEVELAND, OHIO:
JEWETT, PROCTOR & WORTHINGTON.
1852.

図１　初版のタイトルページ
出典：University of Missouri, University Archives

[作家紹介]

コネチカット州リッチフィールドに生まれ，ハートフォードで育つ。奴隷制反対論者で牧師の父をもち，移り住んだシンシナティで結婚後，執筆活動を始める。当時のシンシナティは奴隷州ケンタッキーと接しており，奴隷制反対の動きをいち早く示した地であり，多感な時期をこの地で過ごしたことが，その後の思想に大きな影響を与えることになった。メイン州ニューブランズウィックへ移住後に書き始めた『アンクル・トムの小屋』は，1851年から連載形式で発表された。翌年に書籍の形で刊行されると，瞬く間にベストセラーとなり，奴隷解放運動に勢いを与えた。近年では，この作品以外のストウを再評価する動きもある。『ドレッド』（*Dred: A Tale of the Great Dismal Swamp*, 1855）をはじめとした奴隷制や人種差別を主題とした物語に加え，社会派小説や地域主義的な作品も書き残した。

[作品紹介]

『アンクル・トムの小屋』は，1850年の逃亡奴隷法以降，北部において高まりつつあった奴隷解放論の熱を最高潮にまで引き上げる役割を果たした。エイブラハム・リンカンが南北戦争を主導する際，彼の決意を後押ししたとされ，1862年にホワイトハウスで面会したストウに，文筆の影響力の大きさを伝えたというエピソードは有名。他方，南部社会の描きかたに歪曲や誇張があるという非難や，アンクル・トムの人物像が白人に従順すぎるとの批判が少なからず寄せられた。ジェイムズ・ボールドウィンがステレオタイプ化された黒人像に異議を申し立てたのもその一例である。単純化されたメロドラマとして軽視されてきた時代もあるが，キリスト教的な寓話として解釈することから生ずる両義性や，作りこまれた感傷小説の戦略性を高く評価する批評的な動きもある。[◁1]

物語は，シェルビー家に仕えていた二人の奴隷の対照的な運命を並行的に辿る。アンクル・トムは売りに出され，ミシシッピ州を南下する途中で出会ったエヴァンジェリンの思いやりに接しながら，やがて農場主レグリーに買われ，酷使された末に亡くなってしまう。他方，エライザの家族はカナダへの逃亡に成功し，フランスを経由してリベリアへと逢着する。次に引用するのは，トムがシェルビー家から売りに出される場面，奴隷商人ヘイリーとシェルビー家の息子ジョージのやりとりである。

▶1　ジェイン・トムキンズ（Jane Tompkins）は *Sensational Designs*（Oxford UP, 1985）の中でこの小説を奴隷制反対の物語としてだけでなく，家父長制を批判し，女性に指導的立場を引き受けることを鼓舞するものとして解釈している。

[引用]

Haley now came to the door, with the handcuffs① in his hands.

"Look here, now, Mister," said George, with an air of great superiority②, as he got out, "I shall let father and mother know how you treat Uncle Tom!"

"You're welcome," said the trader.

"I should think you'd be ashamed to spend all your life buying men and women, and chaining them, like cattle! I should think you'd feel mean!" said George.

"So long as your grand folks wants to buy men and women, I'm as good as they is," said Haley; "'tan't any meaner sellin' on 'em, than 't is buyin'③!"

"I'll never do either, when I'm a man," said George; "I'm ashamed, this day, that I'm a Kentuckian. I always was proud of it before;" and George sat very straight on his horse, and looked round with an air, as if he expected the state would be impressed with his opinion.

① -handcuffs：手錠
② -with an air of great superiority：優越感をもって，堂々とした態度で
③ -'tan't/on 'em'/than 't：ヘイリーの発言の特徴を表すために，このようなスペリングとなっている。

[邦訳]

ヘイリーが手錠を両手に持って出てきた。

「ご主人，ちょっといいですか」ジョージは，優越感に充ちた態度で声をかけて一歩前に出て言った。「君がアンクル・トムをどう扱ったか，ご両親に言いつけますよ」

「どうぞご自由に」奴隷商人は言った。

「恥を知りなさい。男女問わず人間を買いつけて，人を牛みたいに鎖につないで。本当にみっともない」ジョージは言った。

「あんたみたいな立派なお方が，そいつらを買いたがるんだよ。わしだって，あんたがたと何ひとつ変わらない」ヘイリーは続ける，「みっともないのは，売るのも同じ，だからわしが買ってやってんだ！」

「ぼくが大人になったら売買はしない」ジョージは言った，「こんな時代に自分がケンタッキーの人間だというのは情けない。今までは誇りだったんだけど」そう言うと，ジョージは馬にまっすぐ腰を据え，州中が彼の意見に感銘を受けているかのように，あたりを見回した。

[解釈]

ジョージが奴隷制の悪を高らかに訴える場面だが，語り手はジョージに対して完全に肩入れしているわけではなさそうだ。奴隷商人ヘイリーに対するジョージの態度を "with an air of great superiority" と表現するとき，語り手はジョージと必ずしも同じ視線ではないことが示されている。作家で翻訳家でもあった丸谷才一はこの箇所を「堂々とした感じで」とジョージに好意的に訳しているが，ここでのジョージの振る舞いは，自己陶酔が強調されていると理解することもできるかもしれない。 （山本洋平）

[問い]

ジョージが奴隷商人に放つ言葉はどの程度リアリティがあると言えるのか？ ストウの物語は感傷的過ぎると批判され，奴隷制批判の方法や黒人表象に対してはステレオタイプとの批判が寄せられてきた。それに対する反批判はいかに可能だろうか？

13　ヘンリー・ワズワース・ロングフェロー（Henry Wadsworth Longfellow）1807-1882

「二番苅り」（“Aftermath,” 1873）

ロングフェローの肖像
出典：Library of Congress

▷1　James Russell Lowell（1819-1891）は諷刺詩 *A Fable for Critics*（1848）などで知られる詩人。ロングフェローおよびホームズとならんで，ボストン・ブラーミンと呼ばれるボストン文化人の代表となる。

図1　エヴァンジェリンの挿画
出典：Henry Wadsworth Longfellow. *Evangeline: A Tale of Acadie*, illustrated by F. O. C. Darley（Boston: Ticknor and Fields, 1866）

[作家紹介]

　メイン州ポートランドの名門に生まれ，同州の母校ボードン大学で近代語を講じる初代教授となる（古代ギリシア語やラテン語とちがって，いま使われている近代語は，大学科目となったばかりだった）。1835年にはハーヴァード大学の第二代近代語教授に就任（この椅子はローウェル[1]が引きつぐ）。

　1839年，生きる勇気を鼓舞した「人生讃歌」（“A Psalm of Life,” 1838）を含む第一詩集『夜の声』（*Voices of the Night*）を上梓。1841年には，刻苦勉励する市井人の姿を描く「村の鍛冶屋」（“The Village Blacksmith,” 1840）を収めた『バラッドその他の詩』（*Ballads and Other Poems*）を刊行した。物語詩にも力を注ぎ，アカディアを追われてアメリカをさまよう女性の悲恋を歌った『エヴァンジェリン』（*Evangeline*, 1847）やインディアン叙事詩ともいえる『ヒアワサ（ハイアワサ）の歌』（*The Song of Hiawatha*, 1855）を出版した。1854年には大学を辞職。詩人として一本立ちした。

　ロングフェローは，流麗な語句をあやつり，諸言語の詩の韻律を取りこみ，国民的キャラクターを創成した。その結果，今や想像しがたい名声と人気を集めた。この状況を理解するためには当時の文化の中で詩が占めた位置を理解しなければならない。たとえば詩は交遊の要だった。家族の団欒や友人との親睦には詩が朗唱された。詩は教育の中心でもあった。名作を暗唱することが学校教育の重要な柱だった。詩は個人の生活の支えでもあった。日記や手紙に自他の詩を書きこむことによって生きる糧とした。いや，そもそも詩は文学の中心だった。文学を志す若者の多くが，詩人として認められたいと願った。

[作品紹介]

　現在，ロングフェローはもっぱら教訓的な作品で知られるが，ヨーロッパの歴史と風景を歌ってロマン主義の風を新大陸へ吹きこんだ「ブルージュの鐘楼」（“The Belfry of Bruges,” 1843）なども重要だ。アメリカの読者たちは，アーヴィングが描いたヨーロッパの伝説に酔いしれたように，ロングフェローの詩に歌われたヨーロッパの文明に恋いこがれた。しかしここでは，詩集『二番苅り』（*Aftermath*, 1873）の巻末を飾る同題の作品を紹介しよう。教育的なロングフェローはしばしば作品の象徴的意味をみずから種明かしした。美しい詩「雪ひら」（“Snow-Flakes,” 1863）もその親切が玉に瑕だった。けれどもこの「二番苅り」はお節介を控えることによって深い奥行きを保っているからである。

[引用]

Aftermath①

When the summer fields are mown,
When the birds are fledged② and flown,
　And the dry leaves strew the path;
With the falling of the snow,
With the cawing of the crow,
Once again the fields we mow
　And gather in the aftermath.

Not the sweet, new grass with flowers
Is this harvesting of ours;
　Not the upland clover bloom;
But the rowen mixed with weeds,
Tangled tufts from marsh and meads,③
Where the poppy drops its seeds
　In the silence and the gloom.

[邦訳]

二番苅り

夏の畑が苅りとられ,
ひな鳥が育って飛びたち,
　乾いた落ち葉が小径をおおうと,
雪が舞い,
カラスが鳴き,
ふたたび畑を苅りこむ時節となる
　二番苅りの収穫だ。

花のついた香しい若草ではない,
この時節の収穫は。
　花盛りの丘のクローバーでもない。
雑草がまじった二番苅り,
くぼ地のむら草もまじっている,
しじまと暗闇のなかで
　ケシが実を落としたくぼ地の。

① -aftermath：ここでは通例の「(災害などの) 余波, 影響」ではなく, 原義の「二番苅り」。第2連にみえる rowen とほぼ同義である。

② -fledged：成長して羽毛が生えそろった

③ -meads：meadow(s) の詩語だが, ここでは「牧草地」ではなく「低地」の意。したがって直前の marsh (沼地, 湿地) に近い。

[解釈]

韻律は強弱四歩格。強弱のリズムはしばしば歌を思いおこさせる。とくに第1連は農夫の労働歌のよう。脚韻は aabcccb という構成。a や c の音が連続する一方, b の音が忘れた頃に再現する。とくに bloom と gloom の対比が印象的。

体裁としては二番苅りを歌った一種の農耕詩だ。第1連では季節の推移と, 二番苅りの時節の到来が示される。第2連では二番苅りの特徴が歌われる。

しかし, よく読むと, 農耕詩の彼方に歌われた意味が見えてくる。たとえば夏畑の収穫は, 人生最盛期の仕事の成就を示しているのだろう。羽が生えて巣立ちしたひな鳥たちは, 成長して独立した子どもたち。落ち葉や降雪はもちろん体力の衰えを示唆する。カラスは難解だが, その鳴き声は不吉とされてきたから, 思いがけない不幸や労苦を表すのではないか。そして二番苅りは, そういう晩年に必要な, もうひとふんばりの仕事を寓している。時に詩人67歳。

第2連では, そのような晩年の仕事の特徴が示される。たとえばそれは華やかな仕事ではない。収穫も雑多に絡みあっている。けれども, rowen の語源が「回復」であるごとく, 巻き返しを期す仕事だ。力がこもる。がしかし, そこには気づかぬ間にケシの実もまじっていることに注意しよう。もっぱらアヘンの原料として知られるケシの実は, じつは鎮痛剤・催眠剤としても使われ, この仕事が安らかな死を導くことを暗示している。このように農夫の二番苅りを描きながら, 人生晩年の仕事を彼方で象徴しているところがいい。(澤入要仁)

[問い]

「二番苅り」の第1連と第2連は, いくつかの点で好対照をなしている。どのようなところだろうか？

14　ウォルト・ホイットマン（Walt Whitman）1819-1892

『草の葉』（*Leaves of Grass*, 1855）

ホイットマンの肖像
出典：*Leaves of Grass*（1855）

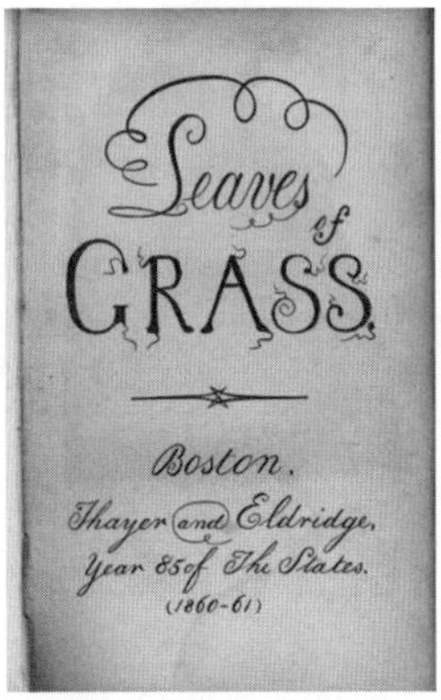

図１　1860-61年版の内表紙
落書き風の文字が特徴的。「おたまじゃくし」が「草」に貫通している。
出典：The Walt Whitman Archive

[作家紹介]

ニューヨーク州ロング・アイランドに生まれる。貧しい家庭で高等教育を受けることができず，印刷業の徒弟となったことをきっかけに『ブルックリン・デイリーイーグル』（*Brooklyn Daily Eagle*）紙など複数の新聞・出版社で働いた。そのかたわら，報道記事だけでなく短編小説や，当時社会問題となっていた飲酒をテーマにした長編小説『フランクリン・エヴァンズ』（*Franklin Evans*, 1842）を出版している。

1855年７月４日の独立記念日の頃，慣習を大きく逸脱した押韻のない自由詩の形式で民主主義を歌い上げた12編の無題の詩を収録した『草の葉』を出版する。出版後も加筆修正を繰り返し，1860年の第三版では同性愛を扱った「カラマス」（“Calamus”）詩編を加える。南北戦争中はワシントンの負傷者収容所でボランティアとして看護に携わり，また『軍鼓の響き』（*Drum-Taps*, 1865）を出版してのちに『草の葉』に組み込んだ。初版から「死の床」版（1891年）まで，組版違いの九つの版（内容的には六つの版）まで詩集を改定し，最終的な収録詩は375編にのぼる。修正され拡張していく詩集と，修正条項を加えて発展した合衆国憲法の類似を指摘する研究者もいる。

彼の詩はニューイングランドの文壇には受け入れられなかったが，熱狂的なファンも少なくなかった。ウィリアム・マイケル・ロセッティが1868年にイギリスで詩選集を出版すると，イギリスでも多くの読者を獲得した。ヴィクトリア朝期の中上流階級の読者を意識したこの選集には露骨な性描写を含む詩は収録されず，詩人本人は不満を抱いていたが，この出版は本国アメリカでの評価の上昇や世界文学としての『草の葉』の誕生を後押しした。1870年代以降は体調を崩してこもりがちの生活を送るが，『民主主義の展望』（*Democratic Vistas*, 1871）や，戦時の記録と自伝的エッセイを収録した『標本の日々』（*Specimen Days & Collect*, 1882）を発表した。その人気は衰えることなく，1892年３月に他界するも，葬儀には数千人が参列したと言われる。

[作品紹介]

1855年版の『草の葉』には若い頃より印刷会社で働いた経験が遺憾なく発揮されている。ホイットマンは個々の詩の形式や内容のみならず，本の「身体」とでも言うべき装丁や付録にも趣向を凝らした。金色の唐草模様のレタリングで飾られた深緑の表紙や，新聞や雑誌を彷彿とさせるダブルコラムの序文は，客間にも路上にもふさわしいビジュアルを演出しており，彼の民主主義的な詩学を体現している。また，屋外で麦わら帽子を被り，ジーンズというラフな格好で片手をポケットに突っ込んだ姿の肖像は，室内で正装した当時の一般的な肖像と対照的で，労働者詩人としての自己を主張している。さらに，詩集には政府公文書のリーガル・サイズの紙が使用されているが，それは彼の世界観を法的宣言であるかのように演出する効果を持つ。

図2　1883年に『マイアミ・ヘラルド』紙に掲載された写真（1877年撮影）
詩人のお気に入りで『草の葉』8版（“Birthday Edition,” 1889）の扉絵として使われた。詩人本人は蝶を呼び寄せる能力があると語っていたが，この蝶は，復活祭の時期に出回るグリーティング・カードでできていることがわかっている。彼の自己演出が垣間見える1枚。
出典：Library of Congress, Charles E. Feinberg Collection

タイトルを与えられず，のちに「僕自身の歌」と名づけられる詩において，語り手は，大統領と同列に労働者や売春婦ら声なきものたちを「カタログ化」（cataloging）する。逃亡奴隷に対する共感やその身体的接触の描写，語り手の黒人の荷馬車引きに対する愛の表明は，奴隷制度下における黒人表象として際立っている。社会的弱者に共感するだけでなく，語り手が描く対象と同一化し，キリストのごとく自ら「苦しむ人になる」のも特徴的である。

この詩の革新性の一つは，抑圧され公に語られることのなかった「性」を赤裸々に歌ったことにある。引用は岸辺の瀟洒な家の窓から，着飾った女性が若い男たちの水浴びを見る箇所である。彼女は観察者だが，同時に「二十九人目」の水浴びする人と呼ばれている。

[引用]

Dancing and laughing along the beach came the twenty-ninth bather,
The rest did not see her, but she saw them and loved them.
The beards of the young men glistened with wet, it ran from their long hair,
Little streams passed all over their bodies.
An unseen hand also passed over their bodies,
It descended tremblingly from their temples and ribs.

[邦訳]

岸辺で踊り笑いながら，二十九人目の水浴びする人がやってきた
他の者たちは誰も女を見ないが，女は彼らを見て愛でる
若い男たちのひげは濡れて光り，長いひげからは水滴がこぼれ落ち，
細やかな水の流れが男たちの身体をつたう。
見えない手も彼らの身体を伝っていく，
震えながら，こめかみと肋骨から下に降りていく

[解釈]

ここでは女性の抑圧された性的欲望が描かれているが，「見えない手」とは何を指すのだろうか。通常「見る」行為は「見る側」と「見られる側」の距離を前提とするが，詩においては「見る」ことは対象との同一化にもつながる（同詩集に収録の，のちに「出かけていく子どもがいた」（“There was a Child Went forth”）と題される詩でも子どもは観察対象に姿を変える）。女性の背後に詩人自身の手と同性愛的欲望を読み取ることは可能だろうか。　（貞廣真紀）

[問い]
女性の男性に対する欲望とも男性の男性に対する欲望とも読み取れる「示唆的な」（suggestive）な書き方は，読者と詩の関係をどのように規定するだろうか？

15　エミリ・ディキンスン（Emily Dickinson）1830-1886

「これは世界にむけた私の手紙です」（“This is my Letter to the World,” 1890）

ディキンスンの肖像
出典：Amherst College

［作家紹介］

マサチューセッツ州アマストに生まれ，その一生を生家で過ごす。父親は州議会議員や連邦下院議員経験のある地元の名士。戸外散策，植物採集，友人との文芸クラブ活動や文通などを通して，快活な10代を過ごす。20代後半から本格的に詩を書き始め，30代中頃までに糸で綴じた自家製の詩集を40冊ほど編み出す。この時期は南北戦争期と重なり合うばかりではなく，当時の有力な文芸批評家トマス・ウェントワース・ヒギンスン[1]との文通によって詩集の出版を模索する時期，さらには，徐々に自宅敷地の外には出なくなった時期でもある。はたから見れば隠遁生活と見まがう状況にはなったが，現代とは比較にならないほど重労働の家事に勤しみながら詩作を続け，それまでと同様に友人・知人・従姉妹らと頻繁に手紙を交わした。

40代中頃からは同郷出身で，先住民を題材にした小説によって名声を博していたヘレン・ハント・ジャクスン[2]との文通が始まる。ジャクスンの強い要望によって，作家名を伏せた小品集『詩人たちの仮面劇』（*A Masque of Poets,* 1878）に「成功はもっとも甘美だと思われる」（“Success is counted sweetest”）が掲載され，エマソンの作品ではないかとの憶測がなされた。ディキンスンの詩には人の生死や存在に対する透徹したまなざしがあるいっぽう，遊び心にあふれ，機知に富む詩も数多い。有名な詩に「私は誰でもない！　あなたは？」（“I'm Nobody! Who are you?,” 1891），「鳥が小道に降りてきた—」（“A Bird, came down the Walk —,” 1891），「私が死のために止まれなかったので—」（“Because I could not stop for Death —,” 1890）などがある。

［作品紹介］

ディキンスンは手製の詩集を独自に編んだほか，10編ほどの詩が知人の出版していた地元紙などにのべ約20回掲載されたが，生前に詩集は出版していない。相当数の詩が書きためられていたことが死後に初めて判明し，ヒギンスンやメイベル・ルーミス・トッド[3]らの尽力で3冊の詩選集が出版された（1890, 1891, 1896）。いずれも「人生」「愛」「自然」「時と永遠」の4つのテーマに分類され，随所に編集の手が加えられている。引用の詩は第1選集の巻頭詩である。

全作品が創作年代順に並べられた『エミリ・ディキンスン詩集』には，ディキンスン研究を促進させた「ジョンソン版」（*The Poems of Emily Dickinson,*

▶1　Thomas Wentworth Higginson（1823-1911）は自然に関するエッセイを第一線の雑誌に寄稿するのみならず，奴隷制度廃止論者でもあり，南北戦争時には北軍で初の黒人部隊を率いた。

図1　ディキンスン家
出典：筆者撮影。

▶2　Helen Hunt Jackson（1830-1885）は当時のベストセラー『ラモーナ』（*Ramona,* 1884）で有名な小説家・詩人。生まれはディキンスンと同じ町。晩年に先住民文学で名をはせた。

▶3　Mabel Loomis Todd（1856-1932）はディキンスンの兄と不倫関係にあった作家。第3選集（1896）や*Letters of Emily Dickinson*（1894）はトッドのみによって編纂された。

1955）と，推定創作年などの正確性を高め，1789編の詩を収録した現在の底本である「フランクリン版」（*The Poems of Emily Dickinson*, 1998）がある。彼女が残した自家製の詩集は *Emily Dickinson's Poems: As She Preserved Them*（2016）で再現されている。手紙好きの詩人像は『エミリ・ディキンスンの手紙』（*The Letters of Emily Dickinson*, 1958）で存分に味わうことができる。

［引用］

This is my Letter to the World
That never wrote to Me —
The simple News that Nature told —
With tender Majesty

Her Message is committed
To Hands I cannot see —
For love of Her — Sweet — countrymen —
Judge tenderly — of Me

［邦訳］

これは世界にむけた私の手紙です
その世界は私に手紙を書いてくれたことがありません—
素朴な知らせをお届けします—
優しい威厳をたたえて自然が語った知らせを

その便りは託されます
私がお目にかかれない人の手に—
自然を愛するなら—親愛なる—この国のみなさん—
優しく裁いてください—私のことを

［解釈］

語り手の「私」は，「手紙」を世の中に向けて送り出しているが，その中身は語り手の思いや考えではなく，自然が語った内容である。しかも，その「手紙」は語り手も知らない人々の元へと届く。果たして，そんな「手紙」など存在するだろうか。

その答えは「手紙」を詩に読み替えてみるとよくわかる。語り手は「手紙」の体裁をとった詩を世の中に発表しているのだ。だが，これまで詩に対する社会的な評価は得ていないようだ。そのためか，個人的なことではなく，自然が語った内容を伝えて，間接的な物言いに留めている。しかし，裁いてほしいという思いの裏側には，「私」の強い自信が読み取れるのではないか。自己主張をしていないようでいて，実はしっかりと自己を押し出す詩人の姿を垣間見ることができる。

（吉田　要）

図２　ディキンスンの服のレプリカ
出典：筆者撮影。

図３　ディキンスンのシルエットアート
出典：筆者撮影。

［問い］
"World"（世界，世間）や"countrymen"（同国人，同郷人）はどこまでの範囲を指しているだろうか？
訳は４行目を３行目と結びつけているが，４行目を５－６行目とあわせて読むとどうなるだろうか？

16　マーク・トウェイン（Mark Twain）1835-1910

『ハックルベリー・フィンの冒険』（*Adventures of Huckleberry Finn*, 1885）

トウェインの肖像
出典：Milton Meltzer. *Mark Twain Himself: A Pictorial Biography* （U of Missouri P, 2002）

[作家紹介]

マーク・トウェインは筆名で，彼は本名をサミュエル・ラングホーン・クレメンズといった。サムは奴隷州として合衆国に編入され間もない新興の州ミズーリの寒村に生まれた。両親はともに南部の旧家の出身で，彼は奴隷のいる風景に馴染み，奴隷制度を是とする社会に溶け込んでいった。この少年時代が40歳にして小説家に転身したトウェインの文学の根底に存在している。

11歳のときに父を失って以降，新聞社の植字工見習いからミシシッピ川を航行する蒸気船のパイロットへと転職，４年後，1861年，奴隷制度をめぐって国を真っ二つに引き裂いた南北戦争が勃発，北部連邦軍に徴用されるのを嫌ってパイロットを辞職，故郷に戻り旧友たちと義勇軍を結成するが，２週間で解散。兄が政府の指名で役人になったため，赴任地ネヴァダへと兄に同道し，そこで新聞記者として勤務しつつ一攫千金の探鉱暮らしを送る。戦争終結直後，金鉱の街の酒場を舞台とした「ジム・スマイリーと跳ね蛙」（“Jim Smiley and His Jumping Frog,” 1865）を新聞に寄稿，大評判をとる。

ヨーロッパと聖地を巡礼する豪華客船の旅に取材した新聞連載記事を『赤ゲット外遊記』（*Innocents Abroad*, 1869）として出版，アメリカ的実利主義からヨーロッパの伝統文化を茶化した作品として好評を博す。その後，ネヴァダでの体験を『苦難を忍んで』（*Roughing It*, 1871），パイロット時代を『ミシシッピの生活』（*Life on the Mississippi*, 1883）として発表するが，奴隷のいた少年時代という残された未踏の題材を扱うにあたって，回顧録ではなく小説という体裁をとることとし，『トム・ソーヤーの冒険』（*The Adventures of Tom Sawyer*, 1876）を発表。代表作『ハックルベリー・フィンの冒険』（*Adventures of Huckleberry Finn*, 1885）以降は小説を創作の基軸に据え，『王子と乞食』（*The Prince and the Pauper*, 1881），『アーサー王宮廷のコネティカットヤンキー』（*A Connecticut Yankee in King Arthur’s Court*, 1888）等，ヨーロッパの歴史を舞台にしたものと『まぬけウィルソン』（*Puddn’head Wilson*, 1894）などの南北戦争前のアメリカ南部を舞台にしたものの両者を書き分けたが，どの小説の舞台も少年時代を過ごした故郷がその組成の核にあると見なされる。

晩年は小説「ミステリアス・ストレンジャー」（“The Mysterious Stranger”）を結局完成させることができず，死後100年間は公開禁止として『自伝』を口述しつつ（実際，死後100年を期して2010年に公開された），『人間とは何か』（*What Is Man?*, 1906）などペシミスティックな人間観を吐露した作品などを発表した。

［作品紹介］

トウェインの代表作は，『トム・ソーヤー』の続き物として書き出され，前作の脇役だった浮浪児ハック・フィンを主人公兼語り手に据える。自由を求め住む街を逃げ出したハックは，やはり「自由」を求めて逃亡した奴隷ジムと出会い，奴隷制度をもつ社会にあっては許されざる罪を犯しつつあるジムとともにミシシッピ川を筏で下りながら，この犯罪を告発すべきか，それともジムの切なる願いをかなえてやるべきか，良心と友情の葛藤に苛まれるが，ついに「地獄に落ちてもかまわない」と決意し，今や囚われの身となったジム救出にある農場へと向かったところ，そこはトムのおばサリーの家で，夏休みを過ごしにやってきたトムと偶然落ち合うこととなる。トムはジムが持ち主の遺言によってすでに自由の身分であることを隠し，ジム救出「ごっこ」を存分に満喫する。引用はすべてが明らかになったあとのハックの感懐——

［引用］

...Tom was right about old Miss Watson setting Jim free in her will; and so, sure enough, Tom Sawyer had gone and took all that trouble and bother to set a free nigger free! And I couldn't understand, before, until that minute and that talk, how he could help a body set a nigger free, with his bringing-up.

［邦訳］

ワトソンさんが遺言でジムを自由にしたってトムのいったことはほんとだった。だからだったんだ，トム・ソーヤーがあんなおおごとをやって，もう自由になってるニガーをわざわざもう一度自由にするなんてことをしたのは。あんときあの話を聞くまで，まったくおいら意味がわかんなかった。あんな育ちのいいやつがニガーを逃がす手助けをするなんてね。

［解釈］

ハックが彼なりの言葉で小説全体を語っているというのがこの小説の特徴で，この小説がアメリカ文学史上注目すべき作品である根拠のひとつでもあるのだが，それゆえ黒人に対するもっとも差別的な呼称が作品中数多く使用され，特にアメリカの教育界ではこの小説の教室での使用をめぐって熱い論争もあった点を忘れてはならない。ハックのジムを救いたいと決意する健気さとそれが読むものに与える感動と，一方，真相を隠し自由のはずの黒人をもう一度救出するために演じられるドタバタ喜劇，何もかも遊びに回収してしまう結末とを読者はいかに接続し読むのがよいのだろうか。小説は舞台を奴隷制度のあった時代に設定しているが，小説として出版されたのは南北戦争の終結，奴隷制度廃止から20年も経過したのちのこと，ここに謎を解く鍵があるだろうか。

（後藤和彦）

図1 『ハックルベリー・フィンの冒険』初版最終章の冒頭に寄せられたトム，ジム，ハックのイラスト
出典：*Adventures of Huckleberry Finn* 初版の挿絵。

［問い］

ハックはトムの「育ちがいい」と言っているが，それはまず彼のどのような自意識を反映しているだろうか？
またもしトムがジムの境遇に関する真相を知らず，ハックと同じく，ジムが逃亡奴隷のまま，依然として囚われの身であると思っていたとしたら，彼はハックのジム救出計画を果たして手伝っただろうか？

17 ヘンリー・ジェイムズ（Henry James）1843-1916

『大使たち』（*The Ambassadors*, 1903）

ジェイムズの肖像

出典：Harry T. Moore. *Henry James*（Viking Press, 1974）

▶1　ハウエルズは代表作『サイラス・ラパムの成長』（*The Rise of Silas Lapham*, 1885）で知られるリアリズム作家。ボストンの雑誌『アトランティック・マンスリー』（*The Atlantic Monthly*）の副編集長時代に，投稿してきたジェイムズの作品を評価し，その後も励まし続けた。

[作家紹介]

ニューヨークの裕福な家庭に生まれる。スウェーデンボルグの信奉者だった父ヘンリーは，土地や人に縛られない教育を受けさせようと，幼い長男ウィリアムや次男ヘンリーを連れてヨーロッパ各地に滞在した。幼少期のこのような海外体験は，ヘンリーの作家としての成長に影響を及ぼした。ヘンリーはハーヴァード大学法学部に入学するも，一年あまりで退学し，作家の道を志す。ジェイムズの作家デビューとその後の創作には，雑誌編集者でもあった作家ウィリアム・ディーン・ハウエルズ[1]（William Dean Howells, 1837-1920）の励ましが大きい。またパリでは，フローベール，ゾラ，ツルゲーネフらにも会い，文学的薫陶を受けている。

ジェイムズの創作は，三つの時期に分けられる。第一期は「国際状況」をテーマにした作品群である。若きアメリカ人彫刻家がイタリアで挫折する『ロデリック・ハドソン』（*Roderick Hudson*, 1876），アメリカ人がフランス貴族未亡人と恋愛し，貴族社会の壁に阻まれる『アメリカ人』（*The American*, 1877）などを経て，アメリカ娘のヨーロッパでの派手な行動を描いた中編『デイジー・ミラー』（*Daisy Miller*, 1879）によって英米で人気作家となる。この時期の最高傑作は『ある婦人の肖像』（*The Portrait of a Lady*, 1881）とされる。第二期は「社会テーマ」を扱った作品群である。しかし，ロンドンでの地下活動家を見守る女性を描いた『カサマシマ公爵夫人』（*The Princess Casamassima*, 1886），ボストンの女権拡張論者たちを描いた『ボストンの人々』（*The Bostonians*, 1886）などは不評であった。またジェイムズは，演劇への進出を目指して何作かの劇作品を書くが，『ガイ・ドンヴィル』（*Guy Domville*）初演（1895年）の際に屈辱的な嘲笑を受け，意気阻喪する。一方，作家としての初期から書き続けていたゴシック短編のジャンルでは，中編『ねじの回転』（*The Turn of the Screw*, 1898）が様々な議論を呼ぶ。第三期は「円熟期」とも呼ばれ，これまでの小説の集大成とされる後期三部作『鳩の翼』（*The Wings of the Dove*, 1902），『大使たち』（*The Ambassadors*, 1903），『黄金の盃』（*The Golden Bowl*, 1904）が書かれた。第一期と同じく「国際状況」を扱っているが，視点的人物の意識を深く掘り下げており，評価は高い。後のモダニズム作家たちが取り入れる「意識の流れ」の萌芽も見られる。

ジェイムズは批評家としても卓越した才能を示し，アメリカ人先輩作家を論じた『ホーソーン研究』（*Hawthorne*, 1879），晩年に刊行したニューヨーク版選集にジェイムズが付した序文などは，後世の作家たちの文学理論に大きな影響を与えた。

[作品紹介]

『大使たち』はジェイムズ自身が自作の中でもっとも高く評価する作品の一つである。主人公の中年アメリカ人男性ランバート・ストレザーは，良からぬ女に捕まっているらしいチャドを救出するためにパリに向かう。首尾よくチャドをアメリカに連れ帰れば，チャドの母ニューサム夫人との結婚というご褒美が待っている。堕落しているはずのチャドに会ったストレザーは，彼が見事に洗練されているのを見て驚く。そしてチャドの変貌がヴィオネ伯爵夫人のおかげと知ったストレザーは，二人が「清らかな関係」にあると想像する。アメリカでしびれを切らせたニューサム夫人は，第二の「大使たち」をパリに送ってくる。彼らがチャドの変貌を否定しても，ストレザーの判断は揺るがない。次の引用は，パリの郊外に出たストレザーが，ランビネの絵のような風景の中で，ボートに乗った若い二人を見る場面である。

[引用]

They knew how to do it, he vaguely felt — and it made them but the more idyllic[1], though at the very moment of the impression, as happened, their boat seemed to have begun to drift wide, the oarsman letting it go. It had by this time none the less come much nearer — near enough for Strether to dream the lady in the stern[2] had for some reason taken account of his being there to watch them. She had remarked on it sharply, yet her companion hadn't turned round; it was in fact almost as if our friend had felt her bid him keep still.

① -idyllic：牧歌的な
② -stern：船尾

[邦訳]

二人は心得ているのだ，と彼は漠然と感じた——そう思うと二人の姿はますます牧歌的になった。しかし彼がその印象を受けた瞬間，偶然，二人のボートは大きく進路を逸れて漂い始めたように見えた。オールを握った男が漕ぐのをやめたのだ。しかし，すでにボートはかなり近づいていた——彼がそこにいて二人を見守っていることに気づいた船尾の女性が何らかの理由で警戒した，とストレザーが見て取ることのできる距離に近づいていた。彼女は何か一言，鋭く注意したが，連れの男は振り向かなかった——実を言えば私たちの友人は，彼女が彼に，動かないで，と命じたような気がしたのだ。

[解釈]

ボートの二人はチャドとヴィオネ伯爵夫人だった。ストレザーに気づいた伯爵夫人の狼狽ぶりが痛々しい。想像力豊かな主人公のロマンティックな夢は，絵のような風景に若い男女のボートが配されて完成する。しかし完成したまさにその瞬間，その夢は現実によって暗転する。ロマンティシズムの絶頂と崩壊の瞬間が見事に描かれ，ジェイムズ文学の極北といえよう。（水野尚之）

[問い]
引用の場面は『大使たち』の中でどのような役割を果たしているだろうか？
スレイザーに気づいた伯爵夫人が狼狽したのはなぜだろうか？

18　ケイト・ショパン（Kate Chopin）
1850-1904

『目覚め』（*The Awakening*, 1899）

[作家紹介]

ミズーリ州セントルイスに生まれる。5歳のときに父親が亡くなり，（フランス系）クレオール[1]の母親と祖母の下で育つ。また5歳から18歳まで，聖心修道会で女性主体の教育を受ける。1870年に，ルイジアナ州のオスカー・ショパンと結婚し，ニューオーリンズに移住する。夫婦仲は円満で五男一女をもうけるが，夫の経営が破綻してナッチトッシュ郡クルーチヴィルに移り住んで3年後（1882年）に，夫が急死する。プランテーションを切り盛りする経営者として，ショパンは男性的・公的な役割を担うが，外面的には女性的な役割を強調するきらいがあり，インタヴューでは，女性として家事の片手間に執筆しているに過ぎない，という作り話をし，煙草の喫煙を隠しており，公に活躍する女性の二律背反的な葛藤を垣間見せている。エミリー・トスの評伝によれば，ショパンは夫の死後1883-84年にアルベール・サンピテイという魅力的な妻帯者と親密な関係になり，その体験が『目覚め』にも反映されている。1884年にセントルイスに移住してから執筆活動を始め，小説『過ち』（*At Fault*, 1890），短編集『バイユーの人々』（*Bayou Folk*, 1894），『アカディの夜』（*A Night in Acadie*, 1897）を出版し，地方色を巧みに描き出す作家として好評を博す。しかし1899年に『目覚め』が出版されると，婚姻外の恋愛関係を批判せずに描いた不道徳な作品として激しく非難された。その後もショパンは執筆を続けて新作を出版しようと奮闘したが叶わず，1904年に脳出血で亡くなった。彼女の作品は長らく埋もれていたが，1960年代に先駆的なフェミニズム小説として再評価された。

[作品紹介]

女性の性の解放と自立の主題から，フェミニズムの観点の批評が多いが，作品の「わたしという存在（being）・魂（soul）の可能性」の探索は，女性に特化したものではなく，現代人が抱える自己の問題に繋がっている。ショパンが当初考えた書名「孤独な魂[2]」が示唆するように。あらすじを紹介しよう。主人公エドナは，クレオールの実業家レオンス・ポンテリエの夫人であり，2人の子供を持つ28歳の女性である。避暑地のグランド島で，エドナは青年ロベール・ルブランと親密になるとともに，アデル・ラティニョール夫人の官能美や年配のピアニスト，ライズ嬢の演奏に感動し，海で泳げるようになる，という新しい体験を重ねる。しかしロベールが突然メキシコに旅立ってしまう。ニューオ

ショパンの肖像

出　典：Kate Chopin. *The Awakening.* A Norton Critical Edition. 3rd ed., edited by Margo Culley（Norton, 2018）

▷1　（フランス系）クレオールとは，主としてルイジアナ州で生まれたフランス系移民の子孫。クレオール語化した（地域特有の訛りをもった）フランス語を話す。ショパンの作品は英語で書かれているが，クレオール社会が舞台の場合，登場人物はフランス語を話している設定になっており，しばしばフランス語が挿入されている。

図1　『目覚め』初版の表紙

出典：肖像写真に同じ。

ーリンズに戻ったエドナは，ロベールに焦がれながら，若き美男子アルセ・アロバンの誘う官能的な関係を深めていく。『目覚め』がいわゆる姦淫小説と異なるのは，エドナ，レオンス，ロベールの三角関係ではなく，アロバンという第三の男が参入することだろう。本作の主題は，婚姻外に真の愛を求める恋愛ドラマではなく，性愛と芸術の感受性を通して，主人公が「わたし」の本質を模索することだとわかる。帰国したロベールと愛を告白し合い有頂天になるが，既存の婚姻関係を越える新しい関係を夢想するエドナを残して彼が去ってしまい，その翌朝エドナは独り海の中へと進み続け，ついに沈んでしまう。

[引用]

How strange and awful it seemed to stand naked under the sky! how delicious! She felt like some new-born creature, opening its eyes in a familiar world that ①it had never known.

The foamy wavelets curled up to her white feet, and coiled like serpents about her ankles. She walked out. The water was chill, but she walked on. The water was deep, but she lifted her white body and reached out with a long, ②sweeping ③stroke. The touch of the sea is sensuous, enfolding the body in its soft, close ④embrace.

[邦訳]

素裸で大空の下に立っているなんて，なんて不思議，すごいわ！　なんて甘美なの！　彼女はまるで，生まれたばかりの生き物が初めて目を開けて，他の者が馴染んでしまった世界を未知のものとして感動しているようだった。

白く泡立つ波が彼女の白い足に巻き付き，足首に蛇のようにとぐろを巻いた。彼女は海に向かって歩き出した。海水はぞくりとする冷たさだったが歩き続けた。海水は深かったが白い身体を浮かべて，ゆったりと手足を動かして先へと進んだ。海の手触りは官能的で，柔らかく密着する抱擁で身体を包んでくれた。

[解釈]

絶望による自殺と解釈されがちな終局だが，エドナは意気揚々としている。服が象徴する社会的な役割を脱ぎ去って素裸になったエドナは，「生まれたばかりの生き物」に喩えられ，「なんて甘美なの！」と悦ぶ。絶望感よりむしろ，新たな自己に挑戦していく歓びに溢れている。現実的には，沖へ進み続ければ肉体の死が待っているにしても。自己の解放と深淵の死をもたらす海は，物語の序盤からエドナに官能的に呼びかけており，海の呼び声と性的な愛撫と芸術的な感動はすべて，エドナに官能的な自己発見をもたらす。『目覚め』は自己探求の主題だけでなく，語りの手法にも新しい試みが見られ，上の一節の海の象徴的な描き方はその一例である。風俗を描写する写実的な手法と全編の象徴的な語り，内面の描出話法など，モダニズムを彷彿とさせる。

（梶原照子）

▷2　ショパンは，ノートに小説の書名の原案について“A Solitary Soul” と記していた。

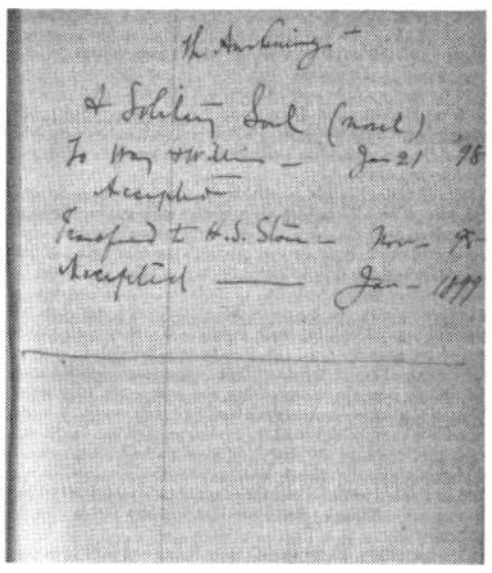

図2　ショパンがノートブックに書き残した構想

当初考えていたタイトルは “A Solitary Soul” だったとわかる。出典：肖像写真に同じ。

① it：“some new-born creature” を指す

② -sweeping：広い範囲を動きまわる

③ -stroke：（水泳の）手足の一動き，一搔き

④ The touch ... embrace.：海が擬人化されている

[問い]

物語の最後に海に進むエドナの内面と外面はどのように描写されているか？

海の象徴的な描き方について，小説の主題と語りの手法の両面から考えてみよう。

19　スティーヴン・クレイン（Stephen Crane）1871-1900

『街の女マギー』（*Maggie: A Girl of the Streets*, 1893）

クレインの肖像
出典：Robert W. Stallman. *Stephen Crane: A Biography*（George Braziller, 1968）

図1　ニュージャージー州に現存する，かつてクレインが住んだ家
出典：Paul Sorrentino, ed. *Stephen Crane: A Documentary Volume*（Gale, 2010）

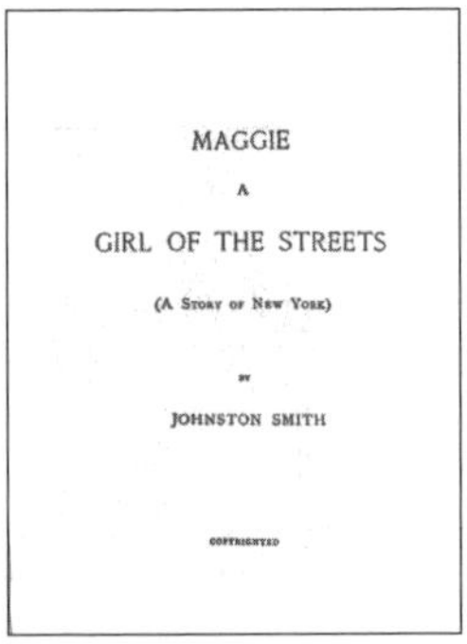

MAGGIE
A
GIRL OF THE STREETS
(A Story of New York)
BY
JOHNSTON SMITH
COPYRIGHTED

図2　ジョンストン・スミスの名で出版された『街の女マギー』の表紙
出典：図1に同じ。

[作家紹介]

ニュージャージー州ニューアークに生まれる。アメリカを代表する自然主義作家の一人であり，『街の女マギー』の他，南北戦争を描いた『赤い武功章』（*The Red Badge of Courage*, 1895）が代表作としてあげられる。1891年にニューヨーク州のシラキュース大学に通い始めたクレインは，『ニューヨーク・トリビューン』（*New-York Tribune*）紙に寄稿していたようにジャーナリズムに強い関心を寄せていた。同年に『街の女マギー』の執筆に取りかかり，1893年にはジョンストン・スミス（Johnston Smith）という筆名で同作を出版している。翌1894年にもニューヨークのスラムに関するスケッチを発表しており，貧困街に生きる人々の生活を描こうとしていたことがうかがえる。1897年には第二次キューバ独立戦争を取材するために搭乗した船が沈没するという事故に遭い，その時の経験が「オープン・ボート」（"The Open Boat," 1898）執筆のきっかけとなる。また，同年に起きたギリシア＝トルコ戦争を取材するためにギリシアにも訪れており，戦地に向かおうとするクレインのこうした姿勢は，事実に即して作品を紡ぐという彼の作家としてのスタイルをよく表している。

『街の女マギー』や『赤い武功章』でクレインが描いたのは，スラムや戦場など，人の命が容赦なく奪われ，個人の尊厳が引き剝がされる空間であった。不条理でむき出しの生と死の描写は，自然主義作家としてのクレイン像を浮き彫りにしていると言えよう。また，『赤い武功章』という作品名に色のイメージが入っているように，クレインはその特徴的な色の使い方で自然主義作家としてだけではなく，印象主義的な技法を用いる作家としても知られている。

[作品紹介]

『街の女マギー』の主人公マギー・ジョンソンは，家族と共にニューヨークのスラム街に住んでいるが，ピートとの交際によって娘が堕落したと考える母親メアリーは，マギーを家から追い出す。ピートにも見捨てられたマギーは，ひとけの無い，川沿いの薄暗い区画へと姿を消す。後にマギーが死んだことが伝えられると，メアリーは悲痛な声をあげ，娘を許すと言って泣き叫ぶ。

クレインは雑多で猥雑な空間であるスラム街バワリーにおける行動規範がいかにマギーを死へと追いやったのか，自然主義的なスタイルを用いて提示している。メアリーは酒に溺れ，娘に対して支配的に振る舞う人物として描かれているが，世間体を守ることに固執しており，マギーの堕落を近隣住人に晒すことで断罪する。マギーを見世物にし，追放することでメアリーは自身や家族の名誉を守ろうとしているのであろう。同様に，自身の世間体がマギーに脅かされることを案じたピートや物語終盤に現れる紳士は，彼女に助けの手を差し伸べることはなく，マギーは深く絶望する。ひとりの少女の死を通して，クレインは社会的弱者が淘汰されるスラムの現実を描いている。

[引用]

She went into the blackness of the final block. The shutters of the tall buildings were closed like grim lips. The structures seemed to have eyes that looked over them, beyond them, at other things. Afar off the lights of the avenues glittered as if from an impossible distance. Street-car bells jingled with a sound of merriment.

At the feet of the tall buildings appeared the deathly① black hue of the river. Some hidden factory sent up a yellow glare, that lit for a moment the waters lapping oilily against timbers. The varied② sounds of life, made joyous by distance and seeming③ unapproachableness, came faintly and died away to a silence.

① -deathly：死んだように；完全に
② -varied：さまざまな
③ -seeming：外観上の

[邦訳]

彼女は最終区画の闇へと入っていった。背の高い建物のシャッターは，恐ろしい唇のように閉じていた。建物にはまるで目があるようで，その目は遠くを見渡しながら，さらにそのはるか向こうの何かを見ていた。遠くでは，通りを照らす灯がまるで遥か彼方で光ったようであった。路面電車の鐘が陽気な音を立てた。

そびえ立つ建物の足元を流れる川は，死んだように黒々としていた。どこかで工場が黄色く眩い光を放つと，その光は，木々の間を油のようにゆっくりと進む川の流れをわずかに照らした。かすかに聞こえていた楽しげな，そして決して近寄ることができない生活の音は完全な静寂へと消えていった。

[解釈]

マギーが最後に描写されるこの引用箇所において，遠くに見える光や陽気な音は，彼女を取り囲む闇と対照的に描かれている。「死んだように黒々としてい」る川，そして「消えていった」楽しげな音は，この後マギーに訪れる死を暗示している。この引用箇所の直前で，マギーは目的をもたずに不用意に歩き回ると男性に好奇の目で見られると警戒していたが，誰にも助けを求めることができないことを痛感すると，人目を避けるように暗い区画へと入っていく。マギーの心情を直接的にではなく，彼女が知覚する対象を通して提示することで，語り手はマギーとの距離感を一定に保ったまま悲劇を描き出している，と言えるだろう。

（横山　晃）

[問い]

マギーの道徳的な堕落は最後に彼女の命を奪うが，マギーの死を通してクレインは彼女のキャラクターをどのように提示しているのだろうか？　この疑問はマギーが自分の生／死をどのように自己決定したのか，あるいはできなかったか，という問いにもつながる。マギーはよく言えば純粋であり，悪く言えば世間知らずであるが，彼女は自ら命を絶ったのか，それとも殺されてしまったのだろうか？

20 ロバート・フロスト（Robert Frost）
1874-1963

「雪の夜　森に立ち止まって」（“Stopping by Woods on a Snowy Evening,” 1923）

フロストの肖像
出典：Willam H. Pritchard. *Frost: A Literary Life Reconsidered* (Oxford UP, 1984)

[作家紹介]

ロバート・フロストは，ピューリツァ賞を４度受賞した詩人。ニューイングランドの農村生活を題材に，哲学的・社会的主題の作品を数多く発表したが，生まれは，カリフォルニア州である。祖先は，1634年英国から現ニューハンプシャーに移住した。フロストの父は教員だったが，結婚後の1873年，新聞記者から政治家となるのを夢見て妻とサンフランシスコに移る。その１年目に生まれたフロストが11歳の1885年，父が亡くなり，母子３人がニューイングランドへ戻り，母は教員として働いた。こうした家族の夢と移住の記憶が，38歳，フロストがイギリス行きを決意した伏線であろう。

高校時代の恋人エリノアと結婚し，様々な職業につき，また祖父から譲り受けた農場を経営しながら，詩人を夢み続け，ついに1912年，家財一切を整理して詩人となるためイギリスに家族とともに渡った。彼が「選ばなかった道」（“The Road Not Taken”）で表現するように「ずっとずっと昔／森の中で道が二つに分かれていた／／そして私は…／／人があまり通っていない道を選んだ」のだ。

[作品紹介]

彼の詩は，アメリカの詩誌に投稿してもほぼ無視されたが，イギリスでは，『少年の心』（*A Boy's Will*, 1913），『ボストンの北』（*North of Boston*, 1914）と，続けて詩集が刊行された。これには，エズラ・パウンドの応援やＷ・Ｂ・イェイツの高い評価もあった。1915年，アメリカの出版社が*A Boy's Will*を再版した。第一次世界大戦も始まっていたので，これを機に，フロストは再び，アメリカへと戻った。

彼の詩作品には，ほぼ，自伝的で経験的な裏付けがある。彼は実は，妻の死や息子の自殺，実妹や娘の精神疾患など，家庭的な不幸を多く経験しているが，ただし，それらを含めた私的素材を，決して直接に使用せず，簡潔な言語選択と控えめな表現によって普遍的，哲学的な詩的地平に高めている。

彼の技法の要は，断定を避け，少なくとも二者択一的な選択の余地を残し，読者の想像力が介入できる読書の喜びを確保することだろう。同時に，彼の作品が与える詩的リズムは，弱強を基本とした伝統的韻文と，脚韻の清楚で確かな印象と相まって，今もなお，多くの読者の心を捉えて離さない。

1961年１月ケネディ大統領の就任式に招かれて，「完璧な贈り物」（“The Gift

Outright”）を朗誦した。1962年夏，当時のソヴィエト連邦を親善大使として訪れた際，ある意味では非常に挑発的な「壁直し」（“Mending Wall”）をモスクワで朗誦した。1963年，88歳で亡くなった。

［引用］

1. Whose woods these are I think I know.
2. His house is in the village though;
3. He will not see me stopping here
4. To watch his woods fill up with snow.

5. My little horse must think it queer
6. To stop without a farmhouse near
7. Between the woods and frozen lake
8. The darkest evening of the year.

9. He gives his harness bells a shake
10. To ask if there is some mistake.
11. The only other sound's the sweep
12. Of easy wind and downy flake.

13. The woods are lovely, dark and deep,
14. But I have promises to keep,
15. And miles to go before sleep,
16. And miles to go before sleep.

［邦訳］

1. この森が誰のものか　わたしは知っているけれど
2. 彼の家は　村にあるから
3. 彼に知られず　ここに立ち止まって
4. ぼくは　彼の森が雪に満ちてゆくのを見ていよう

5. ぼくの小馬が訝しがっているに違いない
6. 近くに農家もなくて立ち止まるのだから
7. それも　森と凍った湖のあいだ
8. 一年で最も暗い夕暮れだった

9. 小馬は　止め具の鈴を一揺すりして
10. どうしたのかと　尋ねる
11. ほかに音があるとすれば　ただ軽やかな
12. 風と　羽毛のような雪が舞うだけ

13. 森は　いとしく　暗く　深い
14. だが　ぼくには　守るべき約束がある
15. 眠るまえに　あと　数マイルを行こう
16. 眠るまえに　あと　数マイルを行こう

［解釈］

簡略に言えば，自然を前に，生と死への思いが交錯するこの詩は，完璧な抒情詩と言われ，世界中で愛唱されている。的確な言語選択と簡潔な詩文，詩的リズム，主題の深さなど，フロストの特徴がよくでている。　（渡辺信二）

［問い］

1　この詩の「わたし」は今，旅の途上なのか？

2　なぜ冒頭で，森の所有者へ言及するのか？

3　雪が降るのに，なぜ，見つめる先に湖があるとわかるのか？

4　擬人化された子馬が担っている役割は何か？

5　「守るべき約束」とは何か？

6　ここで言う「行く」とは何か？

7　ここで言う「眠り」とは何か？

8　「行く」ことと「眠る」ことを二項対立させる理由は何か？

9　「眠る」ことを当面は拒むが，脚韻の “sleep” の反復は，かなり「眠る」ほうへ魅かれていると言えるか？

10　所有物としての「森」と，自然としての「森」が提示される理由は何か？

11　“understatement” = 抑制された語りが，フロストの特徴の一つと指摘される。この作品では，どこがそれにあたるだろうか？

21　セオドア・ドライサー（Theodore Dreiser）
1871-1945

『アメリカの悲劇』（*An American Tragedy*, 1925）

ドライサーの肖像
出典：Thomas P. Riggio, ed. *Theodore Dreiser, American Diaries 1902-1926*（U of Pennsylvania P, 1983）University of Pennsylvania Library 所蔵

[作家紹介]

インディアナ州テレ・ホートに生まれる。父はドイツ移民，母はチェコ系。高校を中退し，インディアナ大学に１年在籍したのちシカゴを振り出しにニューヨークなど多くの都市で新聞記者をする。1900年『シスター・キャリー』（*Sister Carrie*）を出版し，当時のシカゴとニューヨークを，そしてそうした大都会と共振するキャリーという若い女性を，ともにあざやかに描いた[1]。その後神経症を病み，回復して雑誌編集者として活躍したのち，1911年，キャリーとは対照的に与えられた状況にひたすら耐える女性を描く『ジェニー・ゲアハート』（*Jennie Gerhardt*）で小説に復帰する。そしてそれ以降は，超人的な実業家を主人公とした『資本家』（*The Financier*, 1912）と『巨人』（*The Titan*, 1914）など，同時代アメリカの現実に取材して活発な執筆活動を展開する。『アメリカの悲劇』は1925年に出版された。

これらの小説に共通するものは何だろうか。人間の無力を冷徹に見つめる自然主義，それとは矛盾するようにも見える人間への熱い共感，そして同時代アメリカの現実を正直，執拗，精細，広範，重厚に――スティーヴン・キングが言うには[2]――「はじまったら止まらない」文章で書く力である。

[作品紹介]

『アメリカの悲劇』は３巻からなる長編小説である。第１巻では，貧しい伝道師の一家に生まれた青年クライド・グリフィスが華やかな生活に憧れてカンザスシティーでホテルのボーイになるが，やがて悪い仲間の事故に巻き込まれ，遁走する。第２巻では，成功した伯父が営むニューヨーク州北部の縫製工場に雇ってもらったクライドが，工場で働くロバータ・オールデンと関係するようになる。その一方で町の上流階級に属するソンドラ・フィンチリーと恋仲になったクライドは，妊娠を告げ結婚を迫るロバータさえいなければと思う。たまたま新聞で目にした事件を真似，ボートを転覆させてロバータを溺死させようと，彼は思う。そしてロバータを乗せたボートを湖に漕ぎ出す。クライドの様子に異常を察知したロバータが騒ぎ，押しとどめようとするクライドともめるうち，ロバータはボートから転落する。第３巻では，逮捕されたクライドが政治情勢や司法制度に翻弄されながら裁判を受け，やがて殺人罪で有罪となり死刑を宣告される。

▶1　『シスター・キャリー』は，『アメリカの悲劇』と並ぶドライサーの代表作。

▶2　Stephen King. *Danse Macabre*（Berkley Books, 1982）

クライドは，浅薄でありふれた夢しか持たない単純な人間で，善悪の判断も，損得の勘定もおぼつかない。そんな彼が状況に押し流されて破滅に至る姿を描く『アメリカの悲劇』は，たしかに「自然主義」的な作品だ。だが，彼に考える能力を与えなかったドライサーは，彼から考えようとする気持ちまでは奪わなかった。第3巻は裁判の過程を描くが，法は所詮彼を殺人者と認定するにすぎない。なのに，なぜ第3巻はこんなに長いのか。自分のしたことは何だったのか，彼が問うことをやめないからだ。そして，問いつづける彼を作者がけっして見放さないからだ。ドライサー作品一般と同様，『アメリカの悲劇』は，突き放しているのに密着し共感するふしぎな性質を有している。

引用は第2巻の終わり。漂流するボートの上で，決心のつかないクライド。

[引用]

At this cataclysmic① moment, and in the face of the utmost, the most urgent need of action, a sudden palsy of the will — of courage — of hate or rage sufficient; and with Roberta from her seat in the stern of the boat gazing at his troubled and then suddenly distorted and fulgurous②, yet weak and even unbalanced face — a face of a sudden, instead of angry, ferocious, demoniac — confused and all but meaningless in its registration of a balanced combat between fear (a chemic③ revulsion against death or murderous brutality that would bring death) and a harried and restless and yet self-repressed desire to do — to do — to do — yet temporarily unbreakable here and now — a static between a powerful compulsion to do and yet not to do.

① -cataclysmic ＜ cataclysm：地殻の大変動，歴史や政治の大激変
② -fulgurous：稲光のような閃光を発する，またはそれを秘める
③ -chemic = chemical

[邦訳]

一気に大変動がきそうなこのときに，なにがなんでもやらなければと焦りが極限に達したこのときに，突然の麻痺。意志の麻痺，勇気の麻痺，憎しみそれとも怒りの不足。船尾に座るロバータが彼を見つめている。彼の顔は落ち着かず，突如ゆがみ，閃光を発するかのようだが，弱々しくて左右の均衡さえとれていない。突然，怒りも獰猛さも，悪鬼も彼の顔から姿を消し，代わりに混乱と無意味に近い何か。戦いに勝負がつかないことの表れだ。一方に恐怖，死への嫌悪と，死をもたらす狂おしい獣への化学反応的な嫌悪。他方に欲望——やるぞ！　やるぞ！——やるぞという欲望，追い立てられて動きやまず，それなのに押さえこまれた欲望。だが当面，今ここでは，この戦いに決着はつかない。やれ！　いや，やるな！　二つの強力な衝動にはさまれた静止◁3。

▶3　原文の“a static”の意味は，「空電雑音」あるいは「煩わしい苦情，うっとうしい異論」。“static”は形容詞では「静止した」とか「静的な」の意味。ここでの著者は名詞の“static”に「静止」を意味させているのであろうと推測する。

[解釈]

述語となる動詞がなくて，「麻痺」と「顔」と「戦いに勝負がつかないこと」という名詞だけが現れ，一段落にピリオドが一つしかない変な文である。悪文家であるという非難を受けることも多いドライサーらしいとも言えるが，この部分の破格は，この場面の特殊な緊張が必然的にもたらしたものでもある。（折島正司）

[問い]

ここに描かれる心理はどんな特徴を持っているだろうか？
それは読者の日頃の心理とどの程度似ていたり，異なっていたりするだろうか？

22　イーディス・ウォートン（Edith Wharton）1862-1937

『無垢の時代』（*The Age of Innocence*, 1920）

ウォートンの肖像
出典：Beinecke Rare Book and Manuscript Library（Yale University）

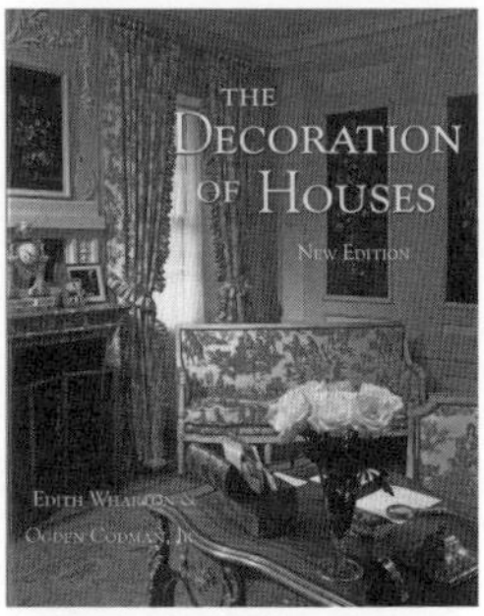

図1　室内装飾に関する共著
建築家のオグデン・コドマンと共に，家の内装や建物に関する考えをまとめたもの。
出典：Edith Wharton and Ogden Codman, Jr. *The Decoration of Houses*（Norton, 1997）

▷1　社会進化論は，イギリスの哲学者・社会学者であるハーバート・スペンサー（Herbert Spencer, 1820-1903）が唱えた概念。

[作家紹介]

ニューヨークの名門の家系に生まれ，ヨーロッパで長く過ごす。10代の頃より創作をはじめるが，1885年に結婚後はしばらく執筆から離れる。結婚生活が破綻に向かうなかで再び筆をとると，いくつかの短編が雑誌に掲載されるようになり，1897年に室内装飾に関する共著を出したあとは本格的に執筆活動に専念する。18世紀のイタリアを舞台とする長編小説『決断の峡谷』（*The Valley of Decision*, 1902）を出版のち，初のニューヨークを舞台とする小説『歓楽の家』（*The House of Mirth*, 1905）では，ヒロインが落ちぶれていく姿を通して上流社会を鋭く冷静な筆致で描き出し，作家としての地位を確立する。

ダーウィニズムと社会進化論[1]の影響を受けた『歓楽の家』では，社会に適応できない女性の悲劇が描かれているが，自らの倫理感と社会との板挟みとなって苦しむ女性の姿はその後の作品でも追求されることとなる。一方で，時代の変化にも敏感であったウォートンは，『国の慣習』（*The Custom of the Country*, 1913）では消費社会の到来を象徴する新しいヒロインを描くことにも成功している。ニューヨークから離れた作品としては，ニューイングランド地方を舞台とした『イーサン・フロム』（*Ethan Frome*, 1911）が代表的だが，語りを工夫することで閉鎖的な環境で生きる人々の苦悩を効果的に描き出している。ウォートンはしばしば男性の視点から女性の人生を語るという方法を用いたが，その技法がいかんなく発揮されたのが，女性作家として初めてピューリツァ賞を受賞した『無垢の時代』（1920年）である。この頃より，古き社会の慣習に批判的であったウォートンが，過ぎ去った時代を懐古的な視線でとらえるようになる。だが，その後も『母の償い』（*The Mother's Recompense*, 1925），『子どもたち』（*The Children*, 1928）にみられるように，アメリカ社会の俗物性や上流社会の偽善を冷徹な眼差しで分析する姿勢は変わらず，晩年の『ハドソン・リヴァー・ブラケッテッド』（*Hudson River Bracketed*, 1929）においても，長年のテーマであった芸術家の在り方を追求し，最期まで筆をおくことはなかった。

[作品紹介]

ニューヨークの名門の一族に生まれたニューランド・アーチャーは，社交界の慣習や複雑な人間模様を常に傍観者的な立場から眺め，時に批判的な眼差しを向けてしまう。ニューランドの婚約者メイ・ウェランドは，まさに上流社会における女性らしさの伝統が結晶化されたかのような女性だ。ある日，メイの従妹であるエレン・オレンスカヤ伯爵夫人が離婚を考えてヨーロッパから帰国したことによって，ニューランドの人生は一変する。旧態依然とした価値観から抜け出せないメイとは対照的に，エレンは確固とした自己を持つ女性である。ひかれあうニューランドとエレンだが，離婚を認めないニューヨーク社会にあって二人が結ばれる道はない。周囲の策略と彼ら自身の倫理的な決断によって，エレンはヨーロッパへと戻り，ニューランドはメイとの人生を選ぶ。作品の最後では，1870年代のニューヨークから20世紀のアメリカへと時が流れ，ニューランドとメイの子供たちの新しい価値観が示される。子供たちを受け入れつつも，古き時代のことを懐かしむニューランドの姿で物語は幕を閉じる。次の引用は，ニューランドがメイのような女性のあり方を分析する場面である。

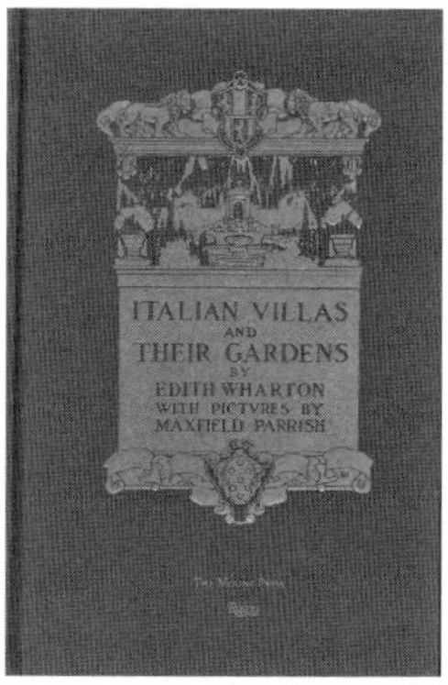

図2　イタリアの邸宅と庭園に関する著作

イタリアで訪れた邸宅と庭園について，その特徴や美しさを論じたエッセイ集。

出典：Edith Wharton. *Italian Villas and Their Gardens* (The Mount Press, 2007)

[引用]

It would presently be his task to take the bandage from this young woman's eyes, and bid her look forth on the world. But how many generations of the women who had gone to her making had descended bandaged to the family vault①? He shivered a little, remembering some of the new ideas in his scientific books, and the much-cited instance of the Kentucky cave-fish, which had ceased to develop eyes because they had no use for them. What if, when he had bidden May Welland to open hers, they could only look out blankly at blankness?

① -vault：地下墓所

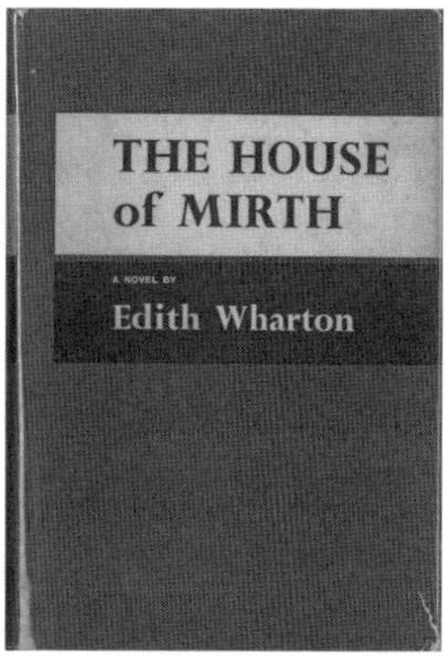

図3　『歓楽の家』の原書

出典：Edith Wharton. *The House of Mirth* (Charles Scribner's Sons, 1905)

[邦訳]

やがて，この若い女性の目から目隠しを外すのが，そして外の世界を見るようにと命ずるのが彼の役目となるのだろう。だが，メイのような女性を作り上げることとなったいったい何世代の女性たちが，目隠しをされたまま一族の地下にある墓所へと葬られたことだろうか。彼は身をかすかに震わせた。科学的な書物にあった新しい思想と，その例としてたびたび参照されていたケンタッキーの洞窟魚のことを思い出したのだ。その洞窟魚は眼を使用する必要がなかったために目の発達が止まってしまったというのだ。もしメイ・ウェランドに眼を開けるように命じたとき，その瞳がうつろに何も映さなかったとしたら。

[解釈]

メイの作られた空虚な自己に気がつき，慄然とするニューランドの姿が描かれている。ケンタッキーの洞窟魚の喩えが引用されている箇所は，ウォートンがダーウィニズムの影響を受けたことを示している。女性の個性を抑圧するニューヨーク上流社会を批判するニューランドの視線は，実はニューランド自身の偽善性を明らかにしている。そして，. 常に傍観者的な立場で社会を糾弾していたはずのニューランドこそが，周囲から観察される存在であったことが暴露される衝撃的な場面への伏線ともなっている箇所でもある。

（佐々木真理）

[問い]

ニューランドが何も映していないと考えたメイの瞳には，実は何が映し出されていたのだろうか？
メイの瞳の中に，それまで自分が気がつかなかった真実を発見したニューランドはどのような行動を取るのだろうか？

23 ウィラ・キャザー（Willa Cather）1873-1947

『教授の家』（*The Professor's House*, 1925）

キャザーの肖像
出典：Willa Cather Archive

[作家紹介]

ヴァージニア州に生まれ，ネブラスカ州レッドクラウドに移住し，学生時代を過ごす。高校時代に男子のような格好をして，みずから「ウィリアム・キャザー」と名乗っていたエピソードは有名である。ネブラスカ大学リンカン校在学中から雑誌編集の仕事を始め，ピッツバーグへ移住後も編集の仕事を続けながら詩集や，「ポールの場合」「ワグナー・マチネー」など初期の代表作を収めた短編集『トロール・ガーデン』（*The Troll Garden*, 1905）を出版する。ニューヨークへ移住してまもなくセアラ・オーン・ジュエット[1]と出会い，「自分の育ってきた環境」を書くよう助言を受ける。後年キャザーは「私の初めての小説は二つあった」と語るように，第一小説『アレグザンダーの橋』（*Alexander's Bridge*, 1912）よりも，ジュエットからの助言を活かした第二作『おお開拓者よ！』（*O Pioneers!*, 1913）を小説家としての出発点と位置づけ，その後も開拓精神や家族といったアメリカ的価値観への懐疑のまなざしや女性の生き様や同性愛，孤児の主題を，追憶と憧憬を媒介にした抑制の利いた語りによって描きだすことになる。

キャザーの代表作といえば，ネブラスカ州のボヘミア人移民一家を10歳の少年ジム・バーデンの視点から描いた『マイ・アントニーア』（*My Ántonia*, 1918）であろうが，1920年代半ばに主題や技法がいっそう深められたと見る向きもある。女性の描き方について『グレート・ギャツビー』に大きな影響をあたえた『ロスト・レディ』（*A Lost Lady*, 1923）や19世紀半ばアメリカ南西部のカトリック宣教を描いた『大司教に死は来たる』（*Death Comes for The Archbishop*, 1927）は，語りの技法を磨きながら，記憶や喪失，聖と俗といった主題を掘り下げた。その後は筆の衰えが指摘されるようになるが，中編作品集『名もなき人々』（*Obscure Destinies*, 1932）では，普通の暮らしのかけがえのなさを静謐に描きだし円熟した作風を示している。

[作品紹介]

1920年代の作品の中でもキャザー独自の実験的な語りがいかんなく発揮されているのが『教授の家』（1925年）である。歴史学の教授ゴッドフリー・セントピーターには妻と二人の娘がおり，経済的に豊かな生活を送っている。教授はしかし，かつて彼を頼ってニューメキシコから訪ねてきて，その後第一次世界

▷1　Sarah Orne Jewett（1849-1909）は代表作 *The Country of the Pointed Firs*（1896）で知られる地方主義作家。女性編集者との同居生活は「ボストン・マリッジ」と呼ばれ，公私ともにキャザーに影響を与えた。

図1　『マイ・アントニーア』に添えられたW・T・ベンダによる挿画
出典：Willa Cather. *My Ántonia* (U of Nebraska P, 2003)

大戦で命を落としてしまう青年トム・アウトランドのことが忘れられない。家族や同僚が物質主義に染まっていくなか，俗世間に疲弊して逃避願望を強めていく教授は，独り家にこもり，トムの日記を整理することを決意する。それが小説の中央に据えられた「トム・アウトランドの物語」である。ニューメキシコの鉄道会社で働いていたトムは，賭場で目の敵にされるような町のはぐれ者，ロドニー・ブレイクと親しく，やがて南西部の渓谷「ブルーメサ」に潜む遺跡の存在を知り，踏査する計画を立てる。次に引用するのは，トムが川を渡り遺跡へと向かう場面である。

図 2 『教授の家』1925年版
出典：Willa Cather. *The Professor's House* (Alfred A. Knopf, 1925)

[引用]

The bluish rock and the sun-tanned grass, under the unusual purple-grey of the sky, gave the whole valley a very soft colour, lavender and pale gold, so that the occasional cedars growing beside the boulders① looked black that morning. It may have been the hint of snow in the air, but it seemed to me that I had never breathed in anything that tasted so pure as the air in that valley. It made my mouth and nostrils smart like charged② water, seemed to go to my head a little and produce a kind of exaltation. I kept telling myself that it was very different from the air on the other side of the river, though that was pure and uncontaminated enough.

① -boulder：巨石，巨礫
② -charged：荷電した

[邦訳]

青味がかった岩と日に焼けた草が，いつも以上に紫がかった灰色の空の下，ラベンダーや小麦のような柔らかな色で，渓谷全体を染めている。巨石近くに時折生えているヒマラヤスギが，その朝は黒く見えた。空はいまにも雪が降りそうな気配を見せていたが，私はいままで，その渓谷ほど澄んだ空気を味わったことはなかった。その空気は，荷電水のごとく口と鼻をすっきりさせ，頭の中にも入りこみ，ある種の高揚感を生みだすように思われた。川の向こう岸もじゅうぶん空気は澄んでいて，決して汚染されていたわけではないのだが，こちらの空気はそれとはまったく異なる，そう私は言い聞かせ続けた。

[解釈]

トムの語りは，現在は世界遺産となっているメサ・ヴェルデ国立公園内のプエブロ族集落遺跡群の一角を描写している。一見すると美しい風景描写だが，彼が自らの立ち位置を「まったく異なる」と「言い聞かせ続け」るのはなぜだろうか。彼が独りで遺跡に侵入した経緯をふまえれば，最終行は，ブレイクに対する罪の意識と占有の欲望を押し隠しているようにも見えてくる。風景を占有する喜びを語るトムは，のちに目にするワシントン D.C. の通俗的な役人たちや，遺跡を売り払ってしまう盟友ブレイクとどれだけ異なるだろうか。

（山本洋平）

[問い]
トムが描くブルーメサの描写は，どのような特徴をもっているだろうか？
トムとブレイクの関係，トムと教授の関係はそれぞれどのように描かれているだろうか？

24　シンクレア・ルイス（Sinclair Lewis）1885-1951

『メイン・ストリート』（*Main Street*, 1920）

ルイスの肖像

出典：Beinecke Library（Yale University）

▷1　Upton Sinclair（1878-1968）．左翼活動に傾倒した記者出身の小説家。社会の不正を暴き出したセンセーショナルな作風のあまり，「汚物あさり」と揶揄された暴露主義文学を主導した。主著は『ジャングル』（*The Jungle*, 1906）。

図1　ルイスの親友が設立したハーコート社刊の初版

ルイスは『メイン・ストリート』以下すべての主著を同社から出し，ベストセラー作家としてその経営を支えた。

出典：Sinclair Lewis. *Main Street* (Harcourt, Brace and Howe, 1920)

[作家紹介]

ミネソタ州ソークセンターの開業医の家に生まれる。高校時代に地元新聞社の植字工として創作を始め，文芸誌への投稿を開始。1903年のイェール大学入学後は学内同人誌活動に熱中し，家畜船によるイギリス旅行を二度敢行，生涯にわたる頻繁なヨーロッパ渡航への先鞭をつけた。ロンドンやパリでも執筆を進め，ローマで客死したこの作家の「国籍離脱」傾向は，ヘンリー・ジェイムズやガートルード・スタインの足跡とも似ているが，自国から距離をおくことが，アメリカ社会を痛烈に諷刺する作風にもつながった。

ルイスの最大の功績は，1930年，アメリカに初のノーベル文学賞をもたらしたことだ。アプトン・シンクレア[1]に師事した彼の最盛期は20年代。『メイン・ストリート』のほか，実業家の権謀術数を描く『バビット』（*Babbit*, 1922），医学の倫理を問う『アロウスミス』（*Arrowsmith*, 1925），宗教界の腐敗を暴露した『エルマー・ガントリー』（*Elmer Gantry*, 1927），ヨーロッパ人とアメリカ人を対峙させた『ドッズワース』（*Dodsworth*, 1928）を出版する。鋭い社会意識と綿密な調査から，近代特有の課題を浮き彫りにするモダン・リアリズムの定式を築いたのがルイスであり，第一次世界大戦後に大国となったアメリカを，世界中が彼の小説を読んで知った。ノーベル賞はそれへの評価であったのだ。

しかしモダニズムが台頭すると，社会問題を類型化して描くジャーナリスティックな作風は古くなり，他の作家に嘲笑されることもあった。ルイス自身も自作の文学性の欠如に苦しんでおり，アルコールに溺れて命を落とす[2]。とはいえ彼の批判精神は，同時代を代表する評論家H・L・メンケン[3]に並び称され，凋落期に書かれた『王家のキングズブラッド』（*Kingsblood Royal*, 1947）でも，白人としては珍しく「混血」や「パッシング[4]」の問題を扱うなど，文化的なアプローチで掘り下げるべき重要なテーマ性を持つ作品を数多く残した。

[作品紹介]

「これがアメリカ——小麦ととうもろこしの畑，酪農場と木立の続く人口数千の町」という名高い文章で始まる『メイン・ストリート』は，ルイスの代名詞となった小説である。国際世界へデビューしたての資本主義新興国家アメリカに巣食う自己満足と無知という悪弊が，夢見がちだが改革精神とバイタリティに富む高学歴，かつ図書館司書としての就業経験もある女性主人公，キャロル・ケニコットの奮闘を通して戯画的に描かれる。

大学卒業後，キャロルは12歳年上の医師ウィル・ケニコットと結婚し，ミネソタ州ゴーファー・プレアリーにやってくる。町の社交界に仲間入りするが，人々の偏狭さに辟易し，改革を試みるがうまくいかない。保守的な住人は，彼女のスカート丈の批評はするが，文学や労働問題には無関心，女性参政権には女たちも含めて大反対という体たらく[5]。彼女が野心的な若者を支援すれば，彼との間にゴシップをたてる始末である。一時は夫と別居して，ワシントンD.C.で自活を試みるキャロルであるが，やがて環境と折り合って帰郷し，生まれた女児に未来への望みを託すのであった。

[引用]

She asked impulsively, "You, why do you stay here?"

"I have the Village Virus." "It sounds dangerous."

"It is. More dangerous than the cancer that will certainly get me at fifty unless I stop this smoking. The Village Virus is the germ which——it's extraordinarily like the hook-worm①——it infects ambitious people who stay too long in the provinces②. You'll find it epidemic among lawyers and doctors and ministers and college-bred merchants——all these people who have had a glimpse of the world③ that thinks and laughs, but have returned to their swamp. I'm a perfect example. But I sha'n't pester you with my dolors."

[邦訳]

彼女［キャロル］はおもわず尋ねた。「なぜあなたはここに居続けるの？」

「僕は村のウィルスにやられてしまっているんです。」「まあ，恐ろしい。」

「そのとおり。こうしてタバコをやめないでいると，50にもなれば必ずかかるガンよりさらに危険です。村のウィルスというのは――寄生虫に実によく似た病原菌だが――地方に長く居すぎた野心家が感染するものなんです。弁護士に医者に聖職者，あとは大学出の商売人なんかを蝕む病気が，そのうち目に留まるはずです。世間が何を考え，何に愉しみを覚えているかを横目にしながら，もとの湿地に戻ってしまったやつらですね。僕はその完全な一例。まあ，こんな愚痴で君をわずらわすのはやめにしましょう。」

[解釈]

ここでキャロルと話しているのは，弁護士のガイ・ポロックだ。彼女と同様，進歩のないゴーファー・プレアリーの現状を憂慮する住人である。田舎町の病理を「村のウィルス」と呼ぶ彼は，しかし，自身もまたその感染者だと語っている。いかに問題ある地域でも，エリートの高みからそこを非難することができるか。作家の分身と考えられているポロックは，自己の立場を批判の射程に含めることを，暗にキャロルに求めているのだ。ルイスの辛辣な観察眼の裏にある，故郷への愛が垣間見える一節である。（新田啓子）

▶2　ノーベル賞受賞演説では，自分は太刀打ちできないと感じる新世代の作家として，ヘミングウェイ，ウルフ，ドス・パソス，フォークナー等を挙げている。

▶3　H. L. Mencken (1880-1956)．歯に衣着せぬ舌鋒で，アメリカ文化の俗物性やピューリタニズム，「お上品な伝統」の偽善性を批判した20世紀前半の有力ジャーナリスト。『メイン・ストリート』の出版に際しては，ルイス自身が彼に事前の売り込みをかけていた。

▶4　肌の色の薄い黒人が，白人になりすますこと。本書「黒人文学」の項目参照。

▶5　アメリカでは1920年に実現した女性参政権は，労働者の権利とならび，この小説の背景となる1910年代最大の社会問題だった。

① -hook-worm：寄生虫

② -the provinces：田舎，地方

③ -a glimpse of the world：俗情を看取すること

図2　執務中のH・L・メンケン

出典：Beinecke Library（Yale University）

[問い]

作家による田舎町の批判が，その地に生きる人々の直接的な否定ではなく，「村のウィルス」に感染したエリートの自己批判として描かれているのはなぜだろうか？

25　シャーウッド・アンダーソン（Sherwood Anderson）1876-1941

『ワインズバーグ・オハイオ』（*Winesburg, Ohio*, 1919）

アンダーソンの肖像
出典：ニューベリー図書館提供

▷1　シカゴ・ルネサンス（Chicago Renaissance）は，1910-20年代のシカゴで活発になった文芸運動。ハリエット・モンロー（Harriet Monroe, 1860-1936），カール・サンドバーグ（Carl Sandburg, 1878-1967），エドガー・リー・マスターズ（Edgar Lee Masters, 1868-1950）などが関わった。

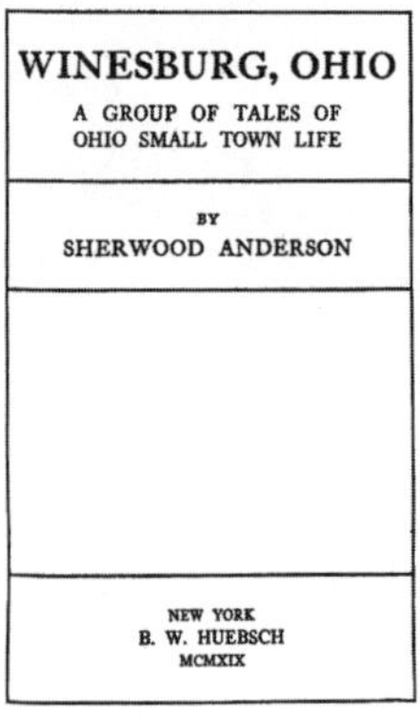

WINESBURG, OHIO
A GROUP OF TALES OF
OHIO SMALL TOWN LIFE
BY
SHERWOOD ANDERSON
NEW YORK
B. W. HUEBSCH
MCMXIX

図1　『ワインズバーグ・オハイオ』初版表紙
出典：Sherwood Anderson. *Winesburg, Ohio*（B. W. Huebsch, 1919）

[作家紹介]

オハイオ州キャムデンに生まれる。8歳の時に家族で同州クライドという小さな町に移る。生活は貧しく，困苦の末に母エマは1895年に亡くなった。翌年，成功を夢見てシカゴへ出るが挫折。ちょうど勃発した米西戦争に加わった。除隊後に高卒の資格を取り，再びシカゴに出たアンダーソンは，コピーライターとなり，ビジネスの世界で成功していく。だが，その生活にも飽き足らなくなり，創作に熱中するようになると，ストレスから1912年11月に失踪事件を起こす。その後，「シカゴ・ルネサンス[1]」の作家・芸術家たちに接近し，文学に専念するようになった。1919年，連作短編集『ワインズバーグ・オハイオ』を出版。母に捧げたこの作品によって，40歳を過ぎたアンダーソンは，広く作家として認められるようになった。以後も旺盛な作家活動を続け，短編集『卵の勝利』（*The Triumph of Eggs*, 1921），長編小説『暗い笑い』（*Dark Laughter*, 1925），短編集『森の中の死』（*Death in the Woods and Other Stories*, 1933）などを発表した。

アンダーソンは作家として認められてから，ニューヨークやニューオーリンズ，またテキサス，ヴァージニアなどでも暮らしているが，出身地であるアメリカ中西部の風土と結びつけられることが多い。ビジネスの世界と文学・芸術との対立を身をもって生きた作家であり，20世紀初頭のアメリカにおいて世俗的価値観に対する文学の勝利を体現する存在であった。

[作品紹介]

『ワインズバーグ・オハイオ』は，オハイオ州の小さな町ワインズバーグを舞台とした短編集である。序章をふくめ22編の短編から成る。各短編は異なる人物に焦点を当てるが，幾人かは繰り返し登場し，特に新聞記者で作家志望の若者ジョージ・ウィラードは，作品を通じて次第に成長し，最後に町を出て行くことで，教養小説的な枠組みを作り出している。

各物語の中心人物は，なにかの理由で「グロテスク」になった人間たちである。その理由は独りよがりの信仰や抑圧的なジェンダー観，あるいは性の力であり，この作品は人間を支配する環境の力を強調する自然主義的な側面を持っている。一方，風景描写の多くは心理的・比喩的なものとなっており，そこには言葉で言い表せない領域を表現しようとする作家の工夫がある。その結果，一部の物語は夢幻的な味わいを持ち，時に救済を希求する神秘的・予言的な色彩を帯びる。このような特徴は，アンダーソンをモダニズムの先駆者とするとともに，この作品に独特の味わいを与えている。

[引用]

The story of Doctor Reefy and his courtship① of the tall dark girl who became his wife and left her money to him is a very curious story. It is delicious, like the twisted little apples that grow in the orchards of Winesburg. In the fall one walks in the orchards and the ground is hard with frost underfoot. The apples have been taken from the trees by the pickers. They have been put in barrels and shipped to the cities where they will be eaten in apartments that are filled with books, magazines, furniture, and people. On the trees are only a few gnarled② apples that the pickers have rejected. They look like the knuckles of Doctor Reefy's hands. One nibbles at them and they are delicious. Into a little round place at the side of the apple has been gathered all of its sweetness. One runs from tree to tree over the frosted ground picking the gnarled, twisted apples and filling his pockets with them. Only the few know the sweetness of the twisted apples.

[邦訳]

医者のリーフィ先生と，その妻となり大金を遺していった背が高く黒い髪をした少女のロマンスは，とても奇妙な物語だ。それは甘美で，まるでワインズバーグの果樹園に実る，ねじれたリンゴのようだ。秋に果樹園を歩くと，地面は霜で凍り付いている。収穫はもう終わり，リンゴは樽に詰められて都会に運ばれ，本や雑誌や家具，人で一杯のアパートで食べられることになる。木に残っているのは，収穫の時に無視された，ねじれたリンゴだけだ。それはリーフィ先生の手の節のように見える。一口かじってみると，甘美だ。実の脇の方の小さな丸いところに，甘みがぎゅっと詰まっている。凍った地面の上を木から木へと走って，ゴツゴツしたねじれたリンゴを集め，ポケット一杯に詰め込む。ねじれたリンゴの甘さを知っている者は，ごくわずかしかいない。

[解釈]

3番目の短編「紙玉」（“Paper Pills”）の一節。ここでは「ねじれたリンゴ」という比喩の使い方に注目してほしい。それはまずリーフィ先生と少女のロマンスの喩えとして現れ，ついでリーフィ先生のゴツゴツした手に喩えられ，最後に彼の人柄を表すものとなる（少女は，ねじれたリンゴのような彼の甘美さに気がつき，結婚する）。このような比喩のあり方は，論理的というよりは連想的で，夢に近い。この短編には他にも理屈では説明できないような部分があり，全体として夢のようなはかなさを感じさせるものとなっている。

（金澤　哲）

図2　『ワインズバーグ・オハイオ』初版に添えられたハーラル・トクスヴィグによるワインズバーグの町の地図
出典：図1に同じ。

① -courtship：求愛，交際
② -gnarled：ねじれた

[問い]
ワインズバーグの果樹園で収穫され都会で食べられるリンゴは，なんの比喩になっているだろうか？

26　T・S・エリオット（T. S. Eliot）　1888-1965

『プルーフロックとその他の観察』（*Prufrock and Other Observations*, 1917）

エリオットの肖像
出典：*T. S. Eliot.* Peter Ackroyd (Cardinal, 1984)

[作家紹介]

ミズーリ州セントルイス生まれ。ハーヴァード大学などで哲学を学ぶ。ロンドンでエズラ・パウンドに才能を見出され，『荒地』（*The Waste Land*, 1922）で英米圏にとどまらない名声を獲得する。評論や詩劇も多数執筆。モダニズムの中心的存在として広範な影響を及ぼした。

エリオットは「伝統と個人の才能」（"Tradition and the Individual Talent," 1919）という評論において，詩作を個性や情念からの逃走として定義した。実際彼は，感傷的な表現を回避するかのように，具体的な事物のイメージを配列したり，高尚卑俗の如何を問わない引用文をコラージュしたりすることで複雑な情緒を暗示する手法を多用した。だが彼はその定義の直後に，個性や情念から逃れることの困難さを記し，自らが圧倒的な個性と情念に駆り立てられていることを誇示しもする。皮肉の効いた鋭い知性と非合理な情念とのせめぎ合いは，『荒地』までの詩編をいろどる強靱な屈折性の供給源となっていた。1927年，イギリスに帰化し国教会に改宗。以降の詩は宗教色が濃くなり保守化する。

エリオットは1912年に，生涯にわたり深い関係を築くことになるエミリー（Emily Hale）と，1915年に最初の結婚相手であるヴィヴィアン（Vivienne Haigh-Wood）と出会う。彼女たちの存在は，明暗の対照的な二人のミューズに転ぜられ，エリオットの詩と詩劇に深い影を落としている。

[作品紹介]

青年期の詩12編を収めた詩集。『荒地』で引用のコラージュに覆われる前の詩人の個性が，倦怠と焦燥，自虐と自尊を行き来する語りによって時に生々しく告白される。代表作「J・アルフレッド・プルーフロックの恋歌」（"The Love Song of J. Alfred Prufrock"）では，常套的な恋の歌を歌えない語り手が，「ある圧倒的な問い」に対する逡巡を一見軽妙に述べ立てる。女性に告白すべきか否かという当人にとってのみ切実な問題が「宇宙をかき乱してしまおうか？」という万能感溢れる問いに飛躍する青年らしい意識の流れや，中年男の仮面を被り加齢を嘆く若々しい身ぶりを介し，女性に届かない彼の思いが読者に届く方向音痴な恋の歌。「伝統と個人の才能」と併読すれば，「宇宙をかき乱す」ことへの戸惑いは，真に新しい詩を書くことで「伝統」の再創造を試みる野心とも響きあう。エリオットの詩学の実践編としても，のちの詩業の序曲集としても

▶1　クリストファー・リックスとジム・マキューが編集した *The Poems of T. S. Eliot*（2015）の注によれば，この連には，ヴィクトリア朝詩人（ロセッティ，テニソン，スウィンバーンなど）の詩が残響している。ゆえに，「私」が女性を思い描く過程はそのまま，エリオットが過去の詩人の詩の断片を自分の詩に「織り込んで」いく創作過程のさらけ出しとして読める。

重要な一冊。

[引用]

Stand on the highest pavement of the stair —
Lean on a garden urn —
Weave, weave the sunlight in your hair[1] —
Clasp your flowers to you with a pained surprise —
Fling them to the ground and turn
With a fugitive resentment in your eyes:
But weave, weave the sunlight in your hair.

[邦訳]

階段のいちばん高い舗道に立って
庭の壺にもたれかかって
織り込んで，あなたの髪に日の光を織り込んで
痛ましげに驚いて　花束をきつく抱きしめて
地面にそれを投げつけて　それからくるりと背を向けて
その場かぎりのうらみの思いをあなたの目に宿らせて，
だけど織り込んで，あなたの髪に日の光を織り込んで。

[解釈]

『プルーフロックとその他の観察』の最後を飾る「La Figlia Che Piange[2]」の第１連。詩集の終わりにふさわしく，理想の恋の終わらせ方を夢想する詩となっている。恋人から別れを告げられた女性の姿が鮮烈な第１連から一転し，仮定法過去完了が多用される第２連以降で，この女性のイメージは，理想どおりに彼女と別れることができなかった「私」（とその分身である「彼」）が思い描く反実仮想であることが暗示される[3]。語り手好みの身ぶりや表情を「織り込んで」想像される花を持った女性の姿は，詩の題名ともあいまって，エリオットらしからぬあらわな感傷を帯びている。とはいえこの女性のイメージが，満足のいく恋の終わりからほど遠い「別れ損ね」の産物であることを，後悔の念とともに自白するという間接的な語りによって，この詩は素朴な感傷主義からあざとく距離を取りえている。しかし同時に，別れの現場に身をゆだねることを回避して，それを外から観察するような「私」の構えや（しかし回避しきれているだろうか？），嘆く女性の身体を「ポーズ」や「身ぶり」に還元し[4]，ヴィクトリア朝絵画を連想させる絵姿に再構成しようとする衝動からは，語り手の女性嫌悪（あるいは女性に対する畏怖）も読み取れる。女性の髪に織り込まれていく秋の日差しの瞬間的な移ろいを記憶によって引き延ばし，言葉に凍結させようとする詩人らしい美へのあこがれと，「引き裂かれてあざにまみれた体から魂が去ってゆくような」決定的な別れを成しえなかった罪悪感とのせめぎ合いは，時の流れにあらがおうとする創作行為一般の正負の両面と，共振しもするだろう。（来馬哲平）

▷2　イタリア語で「嘆く少女」。同名の石碑が北イタリアの博物館にあるという話を聞いたエリオットが，現実には見ることが叶わなかった石碑に思いを馳せて執筆した詩。絵画や彫刻などの視覚芸術を言葉で描写し物語る「エクフラシス」という形式を活用している。

▷3　“So I would have had him leave, / So I would have had her stand and grieve, / So he would have left / As the soul leaves the body torn and bruised, / As the mind deserts the body it has used.”

▷4　“I should have lost a gesture and a pose.”

[問い]

エリオットは『プルーフロックとその他の観察』を，パリで親密な交わりを結んだジャン・ヴェルドナル（Jean Verdenal, 1890-1915）に捧げている。したがってこの詩集は，第一次世界大戦で戦死したヴェルドナル（と彼と過ごした青春の日々）に別れを告げる哀悼の書という面を持つ。それでは，詩集の終わりに置かれたこの作品が，「別れ損ねによる過去の憑依」を物語っているということは，何を示唆するのだろうか？

27 エズラ・パウンド（Ezra Pound）1885-1972

「地下鉄の駅にて」（“In a Station of the Metro,” 1913），「協定」（“A Pact,” 1913）

パウンドの肖像
出典：Library of Congress

▷1　William Carlos Williams（1883-1963）はアメリカの詩人。イマジズムをへて，日常の事物そのものを日常語で表現する客観主義にいたる。代表作は長詩『パターソン』（*Paterson*, 1946-1958）等。

▷2　Hilda Doolittle（1886-1961）はアメリカの女性詩人。パウンドからH.D.という筆名を与えられ，イマジズムの中心的役割を果たした。第二次世界大戦中の大作『三部作』（*Trilogy*, 1944-1946）では再生する世界を叙事詩のごとく描く。

▷3　William Butler Yeats（1865-1939）はアイルランドの詩人・劇作家。詩劇『キャスリーン伯爵夫人』（*The Countess Kathleen*, 1892）などがアイルランド文芸復興を刺戟した。

▷4　T.E. Hulme（1883-1917）は英国の哲学者・詩人。1908年ごろからイマジズムの先駆的運動をはじめていた。第一次世界大戦で戦死。

▷5　James Joyce（1882-

［作家紹介］

アイダホ州の鉱山町ヘイリーに生まれ，15歳でペンシルヴェニア大学へ入学。ウィリアム・カーロス・ウィリアムズ[1]やのちにH.D.[2]とも名乗るヒルダ・ドゥーリトルと出会う。インディアナ州のウォーバッシュ大学のロマンス語教師となるが，数カ月で失職。以後は教員ではなく，作家詩人を育てる師となる。

1908年，家畜運搬船で渡欧。ヴェニスで第一詩集『燭火を消して』（*A Lume Spento*）を自費出版するとロンドンへ移り，12年に及ぶ充実したロンドン生活をはじめる。たとえばウィリアム・バトラー・イェイツ[3]と親交を結び，哲学者T・E・ヒューム[4]から，明確なイメージを重視するイマジズムを学ぶ。シカゴで創刊された『ポエトリー』誌等の海外編集者となり，T・S・エリオットの第一詩集『J・アルフレッド・プルーフロックの恋歌』出版やジェイムズ・ジョイス[5]の『ユリシーズ』連載を助ける。またアーネスト・フェノロサ[6]の漢詩訳稿に手を加えて翻訳『中国』（*Cathay*, 1915）を出版し，世界の歴史経済を扱う叙事詩『キャントウズ』（*The Cantos*, 1917-1972）の執筆開始（1915）。畢生の大作となる。

1920年，詩集『ヒュー・セルウィン・モーバリー』（*Hugh Selwyn Mauberley*）を告別の辞としてパリへ発つ。パリではアーネスト・ヘミングウェイ作品を添削し，エリオットの代表作となる『荒地』の原稿に手を加えた。エリオットは『荒地』第２版に「われにまさる匠，エズラ・パウンドへ」という献辞を掲ぐ。

1924年からはイタリアに定住。『キャントウズ』を書きたしながら，ムッソリーニに共鳴，海外向け反米ラジオ放送に携わる。1945年，捕らえられピサに監禁，『ピサ・キャントウズ』（*The Pisan Cantos*, 1948）を書きためる。同年，ワシントンへ送還されたが，精神病院に収監。12年後，ロバート・フロストらの尽力により，ようやく解放される。すぐイタリアへ帰り，1972年，ヴェニスで死去。

［作品紹介］

パウンドはヒュームらが静かにはじめていた運動を引きつぎ，それをイマジズムとして推進した。その方針は，⑴モノを直接あつかい，⑵表現に貢献しない（感情的，抽象的）言葉を使わず，⑶定型によらない音楽的リズムで書くことだった。H.D.やウィリアムズらも加わるが，まもなくエイミー・ローウェル[7]がアメリカで展開。本作品はそのイマジズム全体を代表する作品といえる。舞台はパリの地下鉄コンコルド駅。日本とちがい，地下鉄の駅は暗い。初出は

『ポエトリー』誌1913年４月号。のち詩集『大祓』（*Lustra*, 1916）に収められる。

［引用］

In a Station of the Metro

The apparition① of these faces in the crowd;
Petals on a wet, black bough.

［邦訳］

地下鉄の駅にて

人ごみのなか，つとに現れたこれらの顔
黒く濡れた枝に張りついた花びら

［解釈］

まずは２行という短さが衝撃的だ。しかもその２行が無関係。時間的・空間的・論理的つながりがない。しかし読み直してみると，２行目が１行目のたとえになっていることがわかる。petals は these faces を，a wet, black bough は the crowd を，それぞれたとえているからだ。しかもそれらのたとえは単なる形容ではない。異質なたとえ（２行目）によって，たとえられるもの（１行目）を直感的に伝えているのである（パウンドはそれを重置と呼ぶ）。

なお，ふたつの行の異質さは［i］や［iː］の音の有無によっても強調されている。前者には頻出するが，後者にはひとつもない。

［作品紹介］

アメリカ民主主義を自由詩でうたった詩人ホイットマンと友好関係を結ぼうとする詩。初出は上の詩と同じ『ポエトリー』誌1913年４月号。

［引用］

A Pact

I make truce② with you, Walt Whitman—
I have detested you long enough.
I come to you as a grown child
Who has had a pig-headed father;
I am old enough now to make friends.
It was you that broke the new wood,
Now is a time for carving.
We have one sap and one root—
Let there be commerce③ between us.

［邦訳］

協定

ホイットマンよ，君と休戦協定を結ぶ
長いこと君を毛嫌いしてきた。
君の前の僕はもう大人
頑固な父の息子だ。
もう友人を作れるほど成長した。
新しい木を折ったのは君だ，
それを彫るべき時がきた。
僕たちは樹液も根っこもひとつ——
ふたりでやりとりしよう。

［解釈］

知的なパウンドが肉体的・神秘的なホイットマンに対して抱いた想いは複雑で変転もしたが，少なくともここでは「友人」になろうとしている。ホイットマンが「草」という象徴を使って生命力や民主主義を表した一方，パウンドは「木・木材」を使う。それに彫琢を加えて，ホイットマンの仕事を継ぎ，さらにはそれを我が物とせんとするのである。

ホイットマンのほとんどの詩と同様，自由詩。行頭に何度もＩが置かれる。このような首句反復もホイットマンが多用した技法。前半ではＩと you が対峙するが，後半になると，we, us, one がＩや you に取ってかわる。（澤入要仁）

1941）はアイルランドの小説家。モダニズム小説の金字塔というべき『ユリシーズ』（*Ulysses*, 1922）では一日の出来事を「意識の流れ」技法をまじえた多様な文体で描いた。

▶6　Ernest Fenollosa（1853-1908）はアメリカの東洋美術史家。東京大学で哲学を講じるかたわら，日本画の復興につとめた。

▶7　Amy Lowell（1874-1925）はアメリカの女性詩人。パウンドの興味がイマジズムから渦巻派へ移ると，そのお株を奪って，イマジズムをアメリカで推進した。

① -apparition：しばしば「亡霊」と訳されてきたが，ここでは「（神や幽霊など超自然的なものの）出現・顕現」。

② -truce：「休戦協定」。『大祓』に収められたときには，タイトルと同じ pact（協定・契約）と改訂された。

③ -commerce：「通商」の意味だが，「交流」や「霊的交わり」さらには「性交」の意味さえある。

［問い］

詩「協定」でいう「頑固な父」とは，実父以外に指すものがあるとしたら何だろうか？

28　ハート・クレイン（Hart Crane）
1899-1932

『橋』（*The Bridge*, 1930）

クレインの肖像
出典：Paul Mariani. *The Broken Tower: A Life of Hart Crane* (Norton, 1999)

[作家紹介]

オハイオ州ギャレッツヴィル生まれ。両親の離婚を機に高校を中退後，ニューヨークに移り住み，詩人としての頭角を現す。「言葉にずぶ濡れ，浸りきらなければならない」という信念のもと，英詩の定型に従いつつも，多様な作家の語彙と語法を収奪し，そこに多分野の専門用語や造語を織り混ぜていくことで，特定の系譜に回収しがたい異物的な詩を書いた。言葉に淫しきる徹底ぶりは，飲酒や恋愛にも適用されたため，生活はおおむね破滅的であった。

クレインの詩は難解と評されるが，その原因の一端は，彼が同性愛体験を暗号めいた隠喩の中に畳み込もうとした点に帰せられる。しかし編集者に宛てた手紙の中で説明される「隠喩の論理」によれば，クレインは隠喩を既存の意味が封入された解読対象として見ていない。彼にとって隠喩はむしろ，単語間の新たな繋がりの発見へ読者を駆り立てる（読者を詩人へ変化させる）装置であり，性的指向の区別をも超えようとするコミュニケーションへのいざないであった。

野心作『橋』の評価はふるわず，新たな長編詩を書くためメキシコに滞在するも計画は頓挫。ペギー・カウリー（Peggy Cowley）との同棲から生まれた「砕けた塔」（“The Broken Tower,” 1932）という詩を残し，1932年，ニューヨーク行きの船からメキシコ湾に身を投げた。「新しさ」の追求に背を向けて，伝統的な詩形の中に新鮮な違和を密輸した彼の詩とその「失敗の価値」は，20世紀中盤以降の作家や研究者により新たな光を当てられた。

[作品紹介]

アメリカの神秘的統合として構想された長編詩。エリオットの『荒地』に喜びの欠如を読み取ったクレインからの応答歌という面を持つ。ホイットマンの精神を引き継ぎ，『荒地』の手法を否まずに，転用させて執筆された15編の詩から成る。『橋』はアメリカの過去と未来を繋ぐ愛の力を讃えようとする詩であるが，合一の成就がただ楽観的に祝福される章はない。語り手の同一性は各章ごとに断ち切られ，橋からの身投げ，共同体の喪失，報われぬ愛，墜落する飛行機など否定的なモチーフも形を変えて反復される。出版後の酷評や詩人の人物像も影響し，『橋』はしばしば失敗作と見なされる。いっぽうクレインの構想では，「橋」が象徴するものは架橋し終えた橋ではなく，橋を架けようとする「信仰の行為」（“an act of faith”）であった。架からない橋の痕跡が各章を縫い多

▶1　このアパートは，クレインがエミール（Emil Opffer）という名の船乗りと一時期同棲していたコロンビア・ハイツを思わせる。ブルックリン橋を一望する理想的な部屋の立地は，恋人の存在ともあいまって，『橋』の構想に大きく寄与した。なおエミールとの関係は，抒情詩集『白いビル群』（*White Buildings*, 1926）に収録された「航海」（“Voyages”）という詩にも反映されている。

方向的に呼応する『橋』を，橋の残骸と見るか否かは読者にゆだねられている。

[引用]

your hands within my hands are deeds;
my tongue upon your throat — singing
arms close; eyes wide, undoubtful
dark
drink the dawn —
a forest shudders in your hair!

— with whom?

【邦訳】

わたしの手のなかのあなたの手は証文，
あなたの喉にふれるわたしの舌 うたう
腕はからまり，みひらかれた，疑いを知らぬ
暗い目が
夜明けを飲む
あなたの髪に森がふるえる！

誰と？

[解釈]

第2章「パウハタンの娘」の冒頭詩「港の夜明け」（“The Harbor Dawn”）から。アパートの一室で夢と現実のはざまをたゆたう「わたし」が，別れの朝が来る前に恋人と愛し合う「後朝《きぬぎぬ》の歌」である◀1。“your” と “my” という代名詞が行をまたいで交差して，二人の肢体の交わりを視覚的にかたどれば◀2，歌うような愛撫によって互いの触覚が混ざる官能に，連鎖する類音が聴覚的に同伴する◀3。迫る夜明けが恋人の目に飲みほされていくイメージは，愛の成就を約束するかのようにも読める。しかし，「あなた」から性別を特定する語が排除されている点や，二人の時を語り手の「白日夢◀4」に変えかねない「誰と？」という余白の疑問文が，同性愛者に沈黙を強いていたアメリカ社会を無言のうちに映し出す。語り手は繋がれた手を “deeds” と呼ぶが，この語が意味する非言語的な愛の「行為」と言語的な「証文」との距離は（とりわけ当時の同性愛者にとって）あまりに遠い。恋人との関係を保障する社会的手段を持たない詩人の境遇に思いをやるなら，繋がれた手のはかなさを「窓に群がる雪の手◀5」と呼応させるイメージ操作も，そのじつ甘いものではない。最終連の余白には，「夜明けに我々と共にいるあの女は誰？　我々の足は誰の肉体を踏みしめた？」という疑問文が記される。他の余白の文章が，新世界との接触体験を示唆することから◀6，「あの女」とは，ヨーロッパに「発見」されて，植民対象となる前の無名の大地ではないかという推測が読者には許される。狂騒の1920年代，港湾労働のノイズが響く「経済大国アメリカ」と，夜明け前に愛し合う恋人たちのそばにいた「アメリカに似た何か」との関係は，本詩以降も時空を移して変奏される。（来馬哲平）

▶2　引用部第1行から第2行。対応する二つの節や単語や意味を逆転させる交差対句法（chiasmus）という修辞法。

▶3　第3行目から第5行目で反復される “d” の音や，第6行目で響き合うR母音など。

▶4　引用部が始まる直前の余白に “*there in a waking dream*” という言葉が記されている。

▶5　引用部を導く一行，“While myriad snowy hands are clustering at the panes —”。

▶6　“*400 years and more … or is it from the soundless shore of sleep*” ちなみに第1章「アヴェ・マリア」の語り手はコロンブス。

[問い]
「パウハタンの娘」という題名が，ポカホンタスを示すことから，「あの女」はポカホンタスであると見なされやすい。しかし「港の夜明け」に彼女の名が記されていない以上，「あの女」の正体をポカホンタスに限定することは難しい。重要であるはずのものを「名指さない」というクレインの語りの身ぶりは，『橋』を読む者にいかなる効果をもたらすだろうか？

29　エレン・グラスゴー（Ellen Glasgow）1874-1945

『不毛の大地』（*Barren Ground*, 1925）

グラスゴーの肖像
出典：Susan Goodman. *Ellen Glasgow: A Biography*（Johns Hopkins UP, 1998）

[作家紹介]

ヴァージニア州リッチモンドの上流階級の生まれ。長老教会派の父は，鉄工場を経営する厳格な家父長，農園主の家系で貴族出身の母は，やさしさと思いやりにあふれる南部女性であった。病弱なグラスゴーは孤独な少女時代を送り，10代後半から聴力が低下し，正規の学校教育はほとんど受けずに，家で人文・社会・自然科学などの古典，英・仏・露文学などに親しむ。社交界デビューやニューヨークでの芸術鑑賞，欧州旅行なども経験するが，母と姉の病死，義兄や兄の自殺などの不幸に直面する。保守的な父との確執，愛し合った妻子ある男性の病死，第一次世界大戦を介しての婚約者の裏切りなど辛い体験もする。[1]

ニューヨークに出た新進画家を描いた第一作『後裔』（*The Descendant*, 1897）の発表後は，ほぼ故郷のリッチモンドで暮らし，第三作『民衆の声』（*The Voice of the People*, 1900）以降，『ヴァージニア』（*Virginia*, 1911），『不毛の大地』，『保護された生活』（*The Sheltered Life*, 1932）など，南部を舞台に，社会の変化，上流階級だけでなく新興階級，農民階級，女性，黒人など多様な人々の現実を書いていく。それらの小説は，南部ロマンスからリアリズムへと移行する先駆的な作品として評価される。[2] グラスゴーは総じて，土地に根ざし情感と行動を呼び起こす命の通った「血」と，神話から離れ現実をリアリスティックに捉える知性の「アイロニー」を小説に注ぎこみ，産業主義と機械文明の流入とともに風習と伝統，道徳的価値が揺らぐ南部社会を照らしつつ，苦難を耐え忍び乗り越える「鉄の鉱脈」をもつ女性の姿をあざやかに描出した。[3]

[作品紹介]

『不毛の大地』は，ヴァージニア州の貧しい農村に生まれたドリンダ・オークリーが，不屈の精神で挫折と苦境を克服していく姿を描いた小説である。ドリンダは，地元の医者ジェイソンと恋に落ち妊娠するが，彼は婚約していた金持ちの娘と結婚する。裏切られたドリンダは単身でニューヨークに出るが，事故で流産し，帰郷後は死去した父の農場を引き継ぎ，新しい農業技術を用いて不毛な土壌を改良する。資金提供を申し出たネイサンと結婚し，その朴訥だが温厚な人柄に惹かれていくが，彼は鉄道事故でけが人を救出しようとして焼死する。ジェイソンは酒におぼれ精神を病んだ妻も自殺し生活が破綻するが，ドリンダは彼をひきとり死ぬまで世話をする。ラストシーンで彼女は，酪農家と

▷1　この婚約が破棄された直後に書き出された『不毛の大地』は，自伝的要素が色濃い作品であり，その執筆は作者にとって傷からの回復の過程でもあった。1933年出版の本小説「序文」で作者は，執筆を経て「私は荒地を抜け出し，もうひとりの，まったく別の自分を驚きとともに発見した」と書いている。

▷2　グラスゴーは，主要作品を「ヴァージニア州」「田園」「都市」の３つの小説群に分けている。

▷3　死後出版の自伝『内なる女』（*The Woman Within*, 1954）の最終ページには，「私は愛し，愛されました。愛する人と，アルプスの山々が朝日に染まるのを見ました。『魂の暗い夜』を通ったこともありますが，かなたに明かりが

して大地とともに生きることを肯定し，ネイサンの子ジョン・アブナーから再婚の可能性を指摘されると，「そういうことはすべて終わったのよ」と返す。

この小説が発する問いのひとつは，ドリンダの人生において愛はどのような意味をもつのかであろう。ふとした瞬間に愛の追想と青春の残照に心がとらわれることもあるが，小説のラストで彼女は，未来を見つめつつ愛とは無縁になったといいきる。読者は彼女の忍耐力と勇ましい生命力に心を打たれるのだが，しかし，その大地への愛着には，人への愛の片影が滲んではいないだろうか。

ほのかに見えていました。…他の人を傷つけない範囲で，できるかぎり自分の選んだ生き方をしてきました。私は自由でした」と綴られている。

図1　グラスゴーの書斎
出典：肖像写真に同じ。

[引用]

Yes, the land would stay by her. Her eyes wandered from far horizon to horizon. Again she felt the quickening① of that sympathy which was deeper than all other emotions of her heart, which love had overcome only for an hour and life had been powerless to conquer in the end, — the living communion② with the earth under her feet. While the soil endured, while the seasons bloomed and dropped, while the ancient, beneficent ritual of sowing and reaping moved in the fields, she knew that she could never despair of③ contentment.

① -quicken：再生させる，よみがえらせる
② -communion：交感，交流
③ -despair of：を断念する，の望みを失う

[邦訳]

そうだ，土地はいつも彼女とともにあるだろう。彼女の眼は遠くの地平線から地平線へとさまよった。ふたたび彼女は，心のなかのどの感情よりも深く，愛にほんのいっとき圧倒され，人生が結局は無力で征服できなかった，あの共感が，つまり，自分の立つ大地との生き生きとした交感が，よみがえるのを感じた。土が持続するかぎり，四季ごとに花が咲き葉が落ちるかぎり，種まきと収穫という古代からの慈悲深い儀式がつづくかぎり，心が満ち足りないということは彼女には決してないだろう。

[解釈]

ドリンダの母には宣教師になるという夢があったが，ドリンダは聖書の終末思想とは異なる，四季の変化と農作業という円環のなかでの心の充足を思い描く。農夫を支える家事労働者ではなく，先進的な農法をとり入れ農場を管理する家長として成功するとき，旧来の女と母という枠組みを打破する自立した女——傷ついた土地を豊穣な大地に改良し，命をはぐくむ強い女——になる◁4。その営みは，旧弊な農法に固執し土地に敗れた父，懸命に働きつづけ神経を患った母，ふたりの生の継承と乗り越えである。しかし，彼女自身，実父とネイサンを馬に喩えるように，父が敗れた土地との奮闘は，無意識下で父と結びついた夫と協力して勝利しようとする愛の営為でもあろう。また，生活の破綻したジェイソンを農場にひきとり庇護するのは，母の叶わなかった夢の残滓をめぐる無自覚な実演でもあり，昔日の性と憎しみを超えた慈しみという愛の形象ではないか。父と母を心底に秘め，大地を力強く生きる女が屹立する。　（竹内理矢）

▷4　荒れ果てた土地は，ドリンダの傷ついた心の暗喩でもある。土地再生は，ジェイソンへの復讐でありながら，忌まわしい過去と執心からの解放，新たな自己の樹立の道程でもある。

[問い]
ドリンダが農地を改良し土地を征服したとき，ジェイソンへの憎しみも土に鋤きこむことはできたのか？
あるいは，自らの性と，他者を思いやる人間性を失ったのか？
それとも，本人すら気づかないところで，人の記憶と結びついた大地との愛のつながりを見出し，新たな人間性を獲得しているのだろうか？

30 トマス・ウルフ（Thomas Wolfe）
1900-1938
『天使よ故郷を見よ』（*Look Homeward, Angel*, 1929）

ウルフの肖像

出　典：John Chandler Griffin. *Memories of Thomas Wolfe: A Pictorial Companion to* Look Homeward, Angel (Summerhouse Press, 1996)

図1　スティーヴ・ブレナン（Steve Brennan）画

ウルフは興が乗るとコーヒーをがぶ飲みし，ひっきりなしにタバコを吸い，冷蔵庫の上でたったまま何時間もぶっ続けに書いたという。

出　典：Harorld Bloom, ed. *Thomas Wolfe*, "Modern Critical Views" (Chelsea House, 1987)

[作家紹介]

ノースキャロライナ州山間の街に，北部から流れ着いた父と，南北戦争以前から続く古い南部の家柄をもつ母のあいだに生まれた８人の子たちの末子として誕生。豪放磊落な父と，忍従のひとと見えるが同時に抜け目なく不動産の商才も発揮する母，好対照をなす両親のあいだに絶え間なく起こる衝突と葛藤，それぞれに個性的な兄姉たちに騒々しく囲まれた生活がウルフの少年時代であり，彼の文学の動かざる基点をなす。

15歳でノースキャロライナ大学チャペルヒル校に進学，特に演劇に強い関心をもち，卒業後，ハーヴァード大学の「第47演劇工房」に学び，完成した戯曲をブロードウェイに売り込むが失敗，ニューヨーク大学で英語教師をしながら，演劇を断念し小説に取り組むようになる。この頃より父から受け継いだ放浪の性分を発揮し，国内外を転々とする一方で，最初のヨーロッパ旅行から帰国の途上で出会った舞台デザイナー，18歳年長の既婚夫人アリーン・バーンスタインと恋に落ちた。彼は母なるものへの思慕とその重力から生涯逃れられなかった。

最初に書き上げた小説は出版社をたらい回しにされたのち，スクリブナーズ社の名編集者マックスウェル・パーキンズの目にとまる。奔馬のごときウルフの才能をパーキンズが「調教」するかのような共同作業が始まり，ふたりはバーンスタインが我が子を奪われた母のごとく嫉妬に狂うほど，小説家と編集者というより父と息子のような深い関係を結ぶ。大学卒業までの生活をほぼ脚色をまじえず描いた第１長編『天使よ故郷を見よ』ののち，６年の歳月を費やし，ヴァーンスタイン夫人に出会うまでを，やはりきわめて自伝的に描いた第２作『時と河について』（*Of Time and the River*, 1935）出版。直後，編集者の手腕に頼らねば一作も作品を完成できない作家という批判を受け疑心暗鬼に陥ったウルフは，あまりにも性急にパーキンズとの関係を清算，愛人とも別れ，孤独のうちに放浪に身をやつしたあげく，脳粟粒結核を発症，37歳の短い生涯を閉じた。

死後，書き残された原稿の山から別の編者の手によって『蜘蛛の巣と岩』（*The Web and the Rock*, 1939）と『汝再び故郷に帰れず』（*You Can't Go Home Again*, 1940）の二作が出版された。

[作品紹介]

ウルフの代表作は，彼の少年時代の家族に取材しこれをガント家として描き出した『天使よ故郷を見よ』。父ウィリアム・オリヴァー，母エライザを始め，兄姉たちの強烈な個性が存分に描き出され，その喧騒のなか，文学を求め芸術を求める主人公の末子ユージーン（ウルフ自身がモデル）は心の内に決して家族からは理解してもらえぬ孤独感をつのらせ煩悶する。ただ唯一の理解者は孤高の兄ベンジャミンだが，この兄は結核に倒れ，あえなく亡くなる。兄姉たちの反発を振り切っていよいよ明日はハーヴァードに向け北へ旅立つ前夜，死んだはずのベンがユージーンの目の前に現れる不思議な場面が引用の箇所――

[引用]

"Fool," said Ben, "what do you want to find?"

"Myself, and an end to hunger, and the happy land," he answered. "For I believe in harbors at the end. O Ben, brother, and ghost, and stranger, you who could never speak, give me an answer now!"

Then, as he thought, Ben said: "There is no happy land. There is no end to hunger"....

"Your flesh is dead and buried in these hills: my unimprisoned① soul haunts through the million streets of life, living its spectral② nightmare of hunger and desire. Where, Ben? Where is the world?"

"Nowhere," Ben said. "*You* are your world."

① -unimprisoned：閉じ込められていない，自由な（作品中，ユージーンは家族の無理解と束縛を感じ，それを「牢獄」(prison) と表現しているのだが，一方，彼の魂は特に文学作品に触発され，想像力に誘われ果てしない世界に遊ぶ。魂は彼を「自由になれ，世界はお前を待っている。故郷を捨てよ」といざなう。ユージーンは，作家本人がそうだったように，少年時代に街の図書館の本をすべて読破するほど本の世界にのめりこんだ）。

② -spectral：実体のない，とらえどころのない

[邦訳]

「ばか，いったい何を探しているんだ？」とベン。

「僕自身，そして飢渇の終わり，幸せの土地――最後は安息の地が待っているはずだから。ああベン，兄よ，亡霊よ，異邦のひとよ，ものの言えぬはずの君よ，さあ答えを教えておくれ」

ベンは考えたあげく「幸せの土地はない。飢渇に終わりはない」と言った。

「君の肉は滅び，この山々に葬られた。幽閉されぬ僕の魂は，百万もの生の巷をさまよいながら，飢渇と欲望が見せる得体のしれない悪夢を生きている。いったいどこなんだ，ベン？　世界はどこにあるんだ？」

「どこにもない。お前自身がお前の世界なのだ」

[解釈]

家と故郷を離れ旅立ってゆくユージーンの前に，いよいよこれから終わりのない探求の時間がはじまる。ユージーンを待ち受けるのは，ウルフ本人が生き，すべての経験を余すところなく記憶し，今，小説という芸術のうちに永遠に定着しようとしている人生そのものである。見るべき世界が故郷の山々の向こうにあるのではなく，彼によって生きられた時間が世界のすべてなのだ。こうして作家としての第一声をあげたウルフが，その第一作の巻末に彼の文学の核心は自分自身の人生をどこまでも克明に描き切ることにあることを，読むものたちへ，いやそれよりも自分自身へ宣言する場面と解せようか。　（後藤和彦）

[問い]

トマス・ウルフの文学の弱点は，脚色をほとんど施さず，あまりにも自伝的である点と，奔流のような勢いで書きまくるばかり，小説を芸術作品として彫琢することのできない点にあるとされる。にもかかわらず，ウルフを愛する読者は国内外に根強くいる。どうしてだろうか？
ウルフのどんな魅力が読者をいまだひきつけるのだろうか？

31　F・スコット・フィッツジェラルド（F. Scott Fitzgerald）1896-1940

『グレート・ギャツビー』（*The Great Gatsby*, 1925）

フィッツジェラルドの肖像
出典：*The Oxford Illustrated Guide to the United States*（Oxford UP, 1982）

[作家紹介]

ミネソタ州セントポールに生まれる。メリーランド州の名門出身だが経済的に失敗した父親と，アイルランドからの移民として商売で財を成した父を持つ母親，という対照的な二人に育てられたことが，人格形成や後の作品に大きく影響したとされる。ニュージャージー州のカトリック系のプレップ・スクールを卒業後，プリンストン大学に入学し，エドマンド・ウィルソン[1]らと知りあう。1917年に入隊し，アラバマ州に駐留中に，後に結婚するゼルダ・セイヤー[2]と出会う。1920年に発表した，自伝的な青春小説『楽園のこちら側』（*This Side of Paradise*）の成功によって一躍時代の寵児となる。ゼルダとの結婚後の二人の派手な生活はメディアでもしばしば取りあげられ，享楽的な1920年代を代表する夫婦としてもてはやされたが，その分，1930年代に入ってからの世間による忘却も著しかった。自らの時代性をなぞるかのように，1930年代に入るとゼルダは統合失調症に苦しみ入退院をくり返す一方，スコットはアルコール中毒の深みにはまっていった。

『グレート・ギャツビー』で有名なフィッツジェラルドだが，主に結婚や階級を主題とした多くの短編を残した一方で，長編小説は意外に少なく，上記の二作品に加えて，有閑階級の若い夫婦の退廃的な生活を描いた『美しく呪われた人たち』（*The Beautiful and Damned*, 1922），『夜はやさし』（*Tender Is the Night*, 1934），ハリウッドのプロデューサーを主人公とする，未完の遺作『ラスト・タイクーン』（*The Last Tycoon*, 1941）の計5作を数えるのみである。大金持ちの女性患者と結婚した精神科医の不倫と破滅を描いた『夜はやさし』は，消費社会の光と闇，職業倫理，アルコール中毒，結婚と不倫といった主題を多層的に追求した傑作として名高い。

[作品紹介]

貧しい農家の息子であるジェイ・ギャツビーが，かつての恋人であり，いまはニューヨーク近郊で，夫のトム・ブキャナンと裕福に暮らすデイジーを取り戻すべく，非合法的に財を成して彼女の家の対岸に建つ豪奢な邸宅を買い，彼女との再会を夢見ながら，連日派手なパーティーを催す。デイジーの親戚であり，ギャツビーの隣人でもある語り手ニック・キャラウェイの助けを借りて二人は再会を果たす。愛人のいる夫との生活に不満を抱えるデイジーは，ギャツ

▷1　Edmund Wilson（1895-1972）は20世紀前半から半ばにかけて活躍した著名な文芸評論家。フィッツジェラルドの死後に『ラスト・タイクーン』やエッセイなどを編集・出版したことでも知られる。

▷2　Zelda Sayre Fitzgerald（1900-1948）は，夫と共著のエッセイを複数発表しただけではなく，『ワルツはわたしと』（*Save Me the Walz*, 1932）という自伝的な長編小説や結婚を主題とする短編に加え，多くの絵画を残した。

ビーと関係を持つに至るが，トムによって，ギャツビーはその素姓をデイジーにさらされてしまう。その後の展開も含め，あらすじだけを見ればセンセーショナルな姦通小説と取れなくもない『グレート・ギャツビー』が魅力的な小説であるのは，ギャツビーについての話をアメリカの夢をめぐる壮大な物語として提示しようとする，ニックという語り手によるところが大きい。以下の引用は，ギャツビーとデイジーが恋人同士であったころのキスの場面を，ギャツビーの証言をもとにニックが語る一節の前半部分である。

図１ 『グレート・ギャツビー』原書

出典：F. Scott Fitzgerald. *The Great Gatsby* (Scribner, 1925)

① -bustle：ざわめき，せわしない動き
② -pap：乳首，乳房

[引用]

… One autumn night, five years before, they had been walking down the street when the leaves were falling, and they came to a place where there were no trees and the sidewalk was white with moonlight. They stopped here and turned toward each other. Now it was a cool night with that mysterious excitement in it which comes at the two changes of the year. The quiet lights in the houses were humming out into the darkness and there was a stir and bustle① among the stars. Out of the corner of his eye Gatsby saw that the blocks of the sidewalks really formed a ladder and mounted to a secret place above the trees — he could climb to it, if he climbed alone, and once there he could suck on the pap② of life, gulp down the incomparable milk of wonder.

[邦訳]

…５年前のある秋の夜，二人は木の葉が舞い落ちる街路を歩いていた。やがて彼らは，木が一本も生えておらず，歩道が月の光で白く染まる場所に出た。二人はそこで立ち止まり，たがいに向きあった。冷えた夜には，年に二度の変化の季節に訪れる神秘的な興奮が漂っていた。家の静かな光は暗闇へと低いうなりを立て，星々は賑やかにざわめいていた。何ブロックも続く歩道が本当に梯子となって，木々の上の秘密の場所へと届いているのをギャツビーは視界の片隅に認めた――一人で登れば，その場所に登って行ける。そこに行けば，生の乳首を吸って，比類なき驚異の母乳を一気に飲むことができる。

[解釈]

ここでの美しくも過剰なまでにロマンティックな語りは，ギャツビー以上に，語り手ニックに帰せられるべきである。デイジーとギャツビーの身体的な存在感は奇妙にも影をひそめ，ギャツビーのデイジーへの愛は，乳児への回帰を思わせる表現を介して，「驚異」への憧憬として描かれる。小説の結末に照らしたとき，この「驚異」は，新大陸アメリカという母なる「乳房＝大地＝驚異」として浮かびあがる。ギャツビーの話をアメリカという驚異をめぐるロマンティックで象徴的な物語として再構成しようとするニックの語りは，どのような動機によって支えられているのだろうか。 （坂根隆広）

[問い]

小説の主人公はギャツビーとニックのどちらなのだろうか？
ニックはなぜギャツビーについての物語を語るのだろうか？

32　アーネスト・ヘミングウェイ（Ernest Hemingway）1899-1961

『われらの時代』（*In Our Time*, 1925）

図1　ヘミングウェイ生家
出典：筆者撮影。

図2　刊行中の書簡集第2巻
表紙は1923年のパスポートの写真。全17巻を予定する一大プロジェクト。
出典：Sandra Spanier, Albert J. DeFazio III, and Robert W. Trogdon, eds. *The Letters of Ernest Hemingway*, vol. 2 (Cambridge UP, 2013)

[作家紹介]

イリノイ州シカゴ郊外のオーク・パークに生まれる。父は開業医，母は一時期プロの声楽家を目指していたほどの音楽家。高校時代に校内誌への寄稿を始める。高校卒業後，新聞記者に。この時期の文章修行が後の文体に影響を及ぼしたとされる。赤十字の救急車運転手として第一次世界大戦に参加，イタリア戦線で重傷を負う。帰国後結婚し，1921年に夫婦でパリへ。同地にてスタイン，パウンドらと知遇をえて，創作活動を本格化させた。パリに集うロスト・ジェネレーションと呼ばれた国籍離脱の若者たちを描く『日はまた昇る』（*The Sun Also Rises*, 1926），自身の第一次世界大戦時の負傷と恋の経験をもとにした『武器よさらば』（*A Farewell to Arms*, 1929）と矢継ぎ早に成功作を世に送り出す。

その文学の特徴の一つは，作家自身の存在が前面に押し出されることだ。相当な読書家でありながらアウトドア派で知られた彼は，幼少時から狩猟や川釣りに勤しみ，キーウェストに居を移した1930年前後以降はメキシコ湾での大物釣りやアフリカでの猛獣狩りに没頭する。また，闘牛観戦，スペイン内戦や第二次世界大戦等への取材旅行を続けた。行動派作家として名を馳せ，作品には自身の経験が色濃く反映されるがゆえ，創作と自伝の境界がときとしてあいまいになる。また，1930年代半ば以降のフォトジャーナリズムの隆盛もあり，ヘミングウェイ自身が一つの文化的アイコンとなって流通した。

代表作は他にスペイン内戦を舞台にした『誰がために鐘は鳴る』（*For Whom the Bell Tolls*, 1940），キューバ人漁師の孤独な闘いを描く『老人と海』（*The Old Man and the Sea*, 1952）など。ヘミングウェイ流ハードボイルドの極北たる「殺し屋」（“The Killers,” 1927）や，「キリマンジャロの雪」（“The Snow of Kilimanjaro,” 1936）といった短編群は一級品だ。死後出版された『エデンの園』（*The Garden of Eden*, 1986）は性の実験的な実践を描き，彼の新たな側面を明らかにした。

[作品紹介]

ヘミングウェイのメジャー・デビュー作と言える短編集『われらの時代』は，いくつかの物語にニック・アダムスという同一の人物を登場させ，彼の成長を断続的に描く。また，題名付きの短編とスケッチ風の短文が交互に配置された特異な構成を持ち，短編とスケッチの間でテーマがやりとりされるように配列が工夫されている。本作が単なる短編集ではなく，全体として一つの作品とみなされてきたゆえんである。引用は，題名付き短編の最後に置かれた「大きな二つの心臓のある川」（“Big Two-Hearted River”）からの一節である。第一次世界大戦によって心身ともに傷を負ったニックにとって治癒の意味を持つ単身の釣行を描く。戦場をほうふつとさせる町の焼け跡から原野に分け入り，テントを張ったニックが，ひどい空腹のなか夕食の準備を済ませた場面である。初期作品でありながら，そのシンプルな文体はすでに一つの完成を見せている。

［引用］

He poured about half the contents out into the tin plate. It spread slowly on the plate. Nick knew it was too hot. He poured on some tomato catchup. He knew the beans and spaghetti were still too hot. He looked at the fire, then at the tent, he was not going to spoil it all by burning his tongue. For years he had never enjoyed fried bananas because he had never been able to wait for them to cool. His tongue was very sensitive. He was very hungry. Across the river in the swamp, in the almost dark, he saw a mist rising. He looked at the tent once more. All right. He took a full spoonful from the plate.

［邦訳］

彼はフライパンの中身の半分くらいをブリキの皿に流しこんだ。それは皿の上にゆっくり広がっていった。ニックはそれが熱すぎるのがわかっていた。彼はトマト・ケチャップをいくらかかけた。彼は豆をあえたスパゲッティがまだ熱すぎるのがわかっていた。彼はたき火を見た。それからテントを。舌をやけどして全てを台無しにするつもりはなかった。もう何年も揚げバナナを楽しむことができないでいたのは，それが冷めるのをまつことができなかったからだ。彼の舌はとても敏感だった。彼はとても腹を空かせていた。川の向こう岸の沼地のほとんど真っ暗闇のところで，もやが立ちのぼっているのが見えた。彼はもう一度テントを見た。もういいだろう。彼はスプーン山盛りに皿からよそって口に入れた。

［解釈］

ヘミングウェイの最良の文章に接すると，読者は描かれた出来事を追体験するような感覚をえる。この場面ではニックの一連の動作が描写されるだけでなく，それが読者の身にも起きるように感じられるのだ。目の前の湯気をあげた食事から束の間意識をそらせようとするニックのわき見やよそ見を，たとえばバナナの逸話の挿入で読者自身も体験する。行動の簡潔な描写が，ヘミングウェイが目指した「真実の一文」（“one true sentence”[◁1]）として現れる瞬間だろう。あえて何かを描かないことで，読者にそれを感じさせるというヘミングウェイの有名な創作技法である「氷山理論[◁2]」も，読者に何かを体感させる文章の機能があってこそ可能になるのだろう。（辻　秀雄）

図3　2014年に出版された特別版

1926年出版の初版の表紙が再現されている。

出典：Ernest Hemingway. *The Sun Also Rises* (Scribner, 2014)

▶1　死後出版のパリ時代の回想録，『移動祝祭日』（*A Moveable Feast*, 1964）の「ミス・スタインの教え」と題された章より。

▶2　闘牛の書『午後の死』（*Death in the Afternoon*, 1932）の第16章で提示された創作論。氷山がその８分の７を水面下に隠すことで威厳を持っているのと同様，作家もあえて何かを文章に描かないことでそれをむしろ読者に強く感じさせることができる，とヘミングウェイは述べる。この省略の技法（“theory of omission”）は “iceberg theory” あるいは “iceberg principle” と呼ばれてきた。

［問い］

「大きな二つの心臓のある川」はしばしば氷山理論が使われた作品の例とされる。どのような箇所からそれを読みとれるだろうか？

たとえば，戦争の影やニックが抱える心の闇は作品中のどのようなところに見てとれるだろうか？

33　ウィリアム・フォークナー（William Faulkner）1897-1962

『響きと怒り』（*The Sound and the Fury*, 1929）

フォークナーの肖像
出典：Joel Williamson. *William Faulkner and Southern History* (Oxford UP, 1993)

[作家紹介（前半）]

ミシシッピ州ニューオルバニーに生まれ，5歳以降は同州オックスフォードの町で育ち，生涯の大半をそこで暮らした南部作家である。少年期以降，自らの自我理想を，貸馬車屋など仕事を転々とした実父よりも，南軍の大佐，鉄道会社の創設者，小説家でもあった曾祖父に見出す。弟たちが矢継ぎ早に生まれるなかで黒人乳母を「第二の母」として慕うようになり，彼女から南北戦争の逸話を聞き，一家のかつての栄光に思いを馳せ，南部の歴史と過去の重みを実感しながら自我を形成していく。

詩集や長編『兵士の報酬』（*Soldier's Pay*, 1926）などを出版後，1927年にサートリス家という貴族階級の破綻に焦点をあてた長編『土にまみれた旗』（*Flags in the Dust*）を書く。これにより郵便切手ほどの小さな故郷にこそ創作の鉱脈と主題があることを発見し，以後，ジェファソンという架空の町を舞台にした「ヨクナパトーファ・サーガ」と呼ばれる作品群を生み出していく。『響きと怒り』を上梓し，下層階級の母の葬送を描いた長編『死の床に横たわりて』（*As I Lay Dying*, 1930）を書き上げ，「エミリーへの薔薇」（"A Rose for Emily," 1930）や「あの夕陽」（"That Evening Sun," 1931）といった名短編も執筆する。フォークナーの小説は総じて，歴史的な時間の現在への堆積，出来事や記憶がうずもれた場所の感覚，過去の総和としての人間存在のありようを描き出す[◁1]。

[作品紹介]

「意識の流れ」「内的独白」という前衛的な手法を用いて，南部の名家コンプソン家の没落の様相を描いたモダニズム小説である。第1章は知的障害を負う三男ベンジー，第2章は知的な大学生で自裁する長男クエンティン，第3章は不満を露骨に示す次男ジェイソンが語り手であり，主として一家の娘キャディの行動に対する3兄弟の複雑な内面と記憶が描き出されている[◁2]。作者によれば，本作品はひとつの心象風景から着想をえたという。それは，木にのぼり家の窓のなかを見つめる少女と，その少女の汚れたズロースを木の下から見上げる少年らのイメージである[◁3]。この原初的図像が示唆するのは，女の成長と男の不適応というモチーフである。つまり，キャディという少女の成長をめぐって，彼女の変化を認識できず受け入れられないベンジー，その変化を一家の没落と重ね現実の変容を試みるクエンティン，その変化を自らの人生の鬱屈の原因とす

▷1　フォークナーは，「かつてあったなどというものはない——今あるだけだ」（"There is no such things as *was*—only *is*. If *was* existed there would be no grief or sorrow." *Lion in the Garden*, 255）という言葉をインタヴューで残している。過ぎ去ったものなどなく，過去は今も存在するという信念であるが，なぜフォークナーはこのような時間感覚，歴史の宿命性を抱くようになったのだろうか。

▷2　最終章（第4章）は，全知の語り手によって主としてジェイソンと黒人女性ディルシーの言動が描出されている。

▷3　家のなかでは祖母の葬儀が営まれ，葬儀とは認識してはいないものの，人の死という「時間の流れ」の終点を見つめている少女の姿は，彼女がしだいに時

るジェイソンの姿の描出にある。南部社会の衰退という歴史的文脈におくとき，女の成熟――外部の男性との交際と結婚――は，南部文化に侵蝕する北部の近代性をも象徴し，南部の家父長制度に生きる男たちの不安・悲しみ・怒りをあらわにしていくのである。次に引用するのは，第２章の冒頭，早朝に目を覚ました語り手クエンティンの意識である。

[引用]

When the shadow of the sash appeared on the curtains, it was between seven and eight oclock and then I was in time again, hearing the watch. It was Grandfather's and when Father gave it to me he said I give you the mausoleum① of all hope and desire; it's rather excruciating-ly② apt that you will use it to gain the reducto absurdum③ of all human experience which can fit your individual needs no better than it fitted his or his father's. I give it to you not that you may remember time, but that you might forget it now and then for a moment and not spend all your breath trying to conquer it.

[邦訳]

窓枠の影がカーテンに映り，時刻は７時と８時の間で，僕はふたたび時間の中にいて懐中時計の音が聞こえていた。時計は祖父のもので，父がそれを僕にくれたとき，すべての希望と欲望の墓碑をあげようといった。お前がこれを使ってあらゆる人間体験の帰謬法ってものをさとることは，痛々しいほどうってつけな話なのだよ。人間の体験ってものは，お前の祖父や曾祖父それぞれの必要性を充たしはしなかったように，お前の必要性も充たしはしないのだからね。これをお前に贈るのは，お前が時間を思い出すためではなく，時おりしばし時間を忘れて，時間を征服しようなどと試みて一生を無駄にしないためなのだ。

[解釈]

ここでの帰謬法とは，あらゆる人間の経験が時間の効力によって不条理へと還元されることを立証する方法をさすが，父コンプソン氏によれば，人間はどれほど希望と欲望をもって生きようとも死ぬ運命にあり，それをもたらす時間にいくら抵抗しようとも，すべては無に帰されるほかない。コンプソン氏は，息子が高校を卒業するときに時計を贈与し，南北戦争以後の一家の没落という宿命への黙従を説くが◁4，妹の変化――南部の伝統の破綻と近代化の象徴――に思い悩む息子を諭し救う意図もあったのかもしれない。変化をもたらす時間との戦いに敗北が決定づけられている以上，妹の振舞いをめぐる現実の甘受こそ，新南部を耐えて生きる方途であると伝えている。しかしクエンティンは，時間を忘却するどころか執着しつづけ，入水をとげる。この自殺をめぐっては，無垢であった妹の記憶への遡行，妹に対する悲しみの稀薄化の阻止，あるいは，実父との関係性において，妹の喪失体験，ひいては，自裁という行為それ自体に決定的な意味を吹きこむ試みなど，解釈が多様にわかれている。（竹内理矢）

とともに成長をとげていくことを暗示し，一方，少年たちの姿は，少女の性にとらわれ，現実の変容に順応できないことを予兆する。

図１　フォークナーの住居ローワン・オーク
出典：筆者撮影。

① -mausoleum：墓碑
② -excruciating-ly：痛切なことに
③ -reducto absurdum：帰謬法

▶4　コンプソン氏は同時に，英雄に見える曾祖父と祖父も歴史のなかで敗れていった事実を息子に伝えている。ここには家長としての失墜の痛みと息子への愛情も秘められている。

[問い]

男の語り手たちは「時間の流れ」に対してどのように反応しどのような感情を抱いているのだろうか？
また，キャディには語り手としての声が与えられていないが，男たちの語りを通じて読者は，間接的にでも彼女の思い（葛藤と苦悩）をくみとり解釈できないだろうか？
家父長制への彼女の抵抗と，両親，兄弟，娘に対する彼女の感情を読みとけないだろうか？

34　ウィリアム・フォークナー（William Faulkner）1897-1962

『八月の光』（*Light in August*, 1932）

フォークナーの肖像
出典：Joel Williamson. *William Faulkner and Southern History* (Oxford UP, 1993)

[作家紹介（後半）]

1930年代以降，フォークナーは南部の歴史と文化を告発する小説，たとえば，暴力と頽廃を描いた『サンクチュアリ』(*Sanctuary*, 1931)，『八月の光』，サトペン一家の悲劇を黒白雑婚のタブーの結果として語り直す『アブサロム，アブサロム！』(*Absalom, Absalom!*, 1936)，人種差別という負の歴史に呪われた土地の相続の拒絶を書いた『行け，モーセ』（*Go Down, Moses*, 1942）を出版する。また貧乏白人の出自ながら銀行の頭取まで出世するスノープス一族の社会上昇に焦点をあてた『村』（*The Hamlet*, 1940），『町』（*The Town*, 1957），『館』（*The Mansion*, 1959）という三部作も執筆する。1949年にノーベル文学賞受賞，思想小説『寓話』（*The Fable*, 1954）を出版後，1955年に文化大使として来日した。◁1

[作品紹介]

身重で旅をつづけるリーナ・グローブ，混血の可能性に葛藤するジョー・クリスマス，ふたりの人生を主軸とし，人間の持続する生命力と希望，人種差別をめぐる南部の排他性を浮き彫りにした作品である。◁2 リーナとクリスマスが主人公であろうが，ふたりが対面することはない。その意味で，リーナの出産に立ち会い，クリスマスの射殺と去勢を目撃する元牧師のゲイル・ハイタワーこそ重要な登場人物であろう。ハイタワーは，南北戦争で戦死した祖父の幻影にとり憑かれ，騎馬隊と南部の敗北と栄光が入り混じる説教をくり返し，彼の妻がメンフィスで謎の死をとげたのち，教会から追放された元牧師であるが，脅迫や迫害に耐えてジェファソンにとどまり，夕刻に書斎の窓にあらわれる祖父の幻影を見つめながら孤独な日々を送っている。そのようなハイタワーが，若いバイロン・バンチによって◁3，現実へと，つまり，人間の愛，女の生命力，人種差別という南部の歴史的重力へと引きずりだされ，ついには，自分の家に飛びこんできたクリスマスに殴打され，その最期を直視するのである。次に引用するのは，逃亡したクリスマスを追跡する白人優越主義者のパーシー・グリムにつづいて，彼に追随する三人の男がハイタワーの家に入った場面である。

[引用]

...the three men followed, rushing into the hall, pausing, bringing with them into its stale and cloistral① dimness something of the savage summer sunlight which they had just left.

▷1　インタヴューの記録は *Faulkner at Nagano* にまとめられている。「日本の若者たちへ」というエッセイも書き残している。フォークナー文学は，戦後日本の思想と後世の小説家に深い影響を与えつづけている。

▷2　主な展開としては，クリスマスが殺害したジョアナ・バーデンの屋敷から立ち昇る煙をリーナが遠めから見つめる作品現在が描かれ，クリスマスの生い立ちから放浪，ジョアナとの交情と対峙といった過去が語られていく。そして処刑当日のクリスマスの逃亡とグリムによる追跡と殺害が起こり，最終章で，リーナが生まれたばかりの赤子と彼女に恋をする男バンチとふたたび旅をつづけていく様子が描かれる。

▷3　バイロンはハイタワーの家に訪れて話をする勤勉な独身男。世間から隔絶したハイタワーにとって，彼は世情との唯一のつなぎめである。バイロンはリーナと出会ってすぐに心を惹かれ，彼女の出産の手助けをハイタワーに依頼する。

It was upon them, of them: its shameless savageness. Out of it their faces seemed to glare with bodiless suspension as though from haloes② as they stooped and raised Hightower, his face bleeding, from the floor where Christmas, running up the hall, his raised and armed and manacled hands full of glare and glitter like lightning bolts, so that he resembled a vengeful and furious③ god pronouncing a doom, had struck him down.

[邦訳]

…つづいて三人の男が内玄関へ押し入って立ち止まりその澱んだ僧院めいた薄暗さのなかに，彼らがあとに残してきたばかりの残酷な夏の光のいくばくかを持ちこんだのであった。

その光は，つまり，その恥を知らぬ残忍酷薄さは，彼らを照らし彼らのなかから発せられていた。その光のなかにあって彼らの顔は，光輪に包まれているかのように胴体を持たずに宙に浮かび輝いているように思われた。彼らはかがみこみ，顔から流血し床に倒れているハイタワーを抱き起こした。クリスマスが内玄関を駆けあがって拳銃と手錠で稲妻のように光り煌めく両手を振りかざし，そのために運命を宣告する復讐と怒りに燃えた神の似姿となってハイタワーを打ち倒したのだった。

[解釈]

この場面は，祖父の幻影にとらわれたハイタワーの家に，肌の色に関係なく黒人の祖先をもつ人間すべてを黒人と見なす「一滴の血の掟」，黒人による白人女性への性的なアプローチを容認しない「レイプ・コンプレックス」という人種差別をめぐる南部の法と現実が「残酷な夏の光」となって侵入した瞬間といってよい。同時に，クリスマスの手錠は，そうした南部の共同体のイデオロギーによって彼の人生が捕縛されてきた証であり，彼のもつ拳銃は，南部社会への敵愾心の表れであり，そうした鬱積した憤怒が「稲妻」となってハイタワーに振りおろされたのである。

作者によれば作品の題名は，ミシシッピ州の八月の半ばごろに一日か二日だけ射しこむ光，キリスト教以前の古い時代の輝きを思わせる光に由来する◁4。リーナという古代からの生命の神秘性を湛えた明るい直線的な光が大地を横切るとき，人種差別をめぐる悲劇的な闇の光が，南北戦争という歴史の一点に固定され停滞した世界に鋭く侵入し，黄昏の薄明の幻影に眩惑されたハイタワーの思考の内奥を突き動かす。南北戦争による崩壊以後の歴史すべてが流れこむ社会現実に，すなわち，奴隷から解放されたはずの黒人への根強い差別の現実，祖父の幻影という過去の一点から連続する時間に，ハイタワーは対峙する。

20章ラストでのハイタワーの嘔吐と馬蹄の響きが，彼に訪れた死への旅，祖父という自己の原点への回帰，現実の受容と拒絶のはざまで歴史の残像を生きていく反復と往還など，いずれを暗示するのかは定かではない。（竹内理矢）

① -cloistral：修道院の，隠遁した
② -halo：光輪，円光
③ -furious：怒り狂った

図1　フォークナーの通った監督派の教会
出典：筆者撮影。

▷4　フォークナーは『八月の光』の起源について質問されたとき，「ミシシッピ州の八月には月の半ばごろ，とつぜん秋の前触れのような日がやってくる。暑さが落ちて大気に満ちる光は，今日の太陽というよりも，古き古典主義の時代から射しこんでくるかのような輝きを帯びる。それは，ファウヌス，サチュロス，神々を湛えているかのようで，古代ギリシアのオリンパス山あたりから射しこんでくる感じになる。この光は一日か二日しかつづかないが，とにかく私の土地では八月には必ずやってくるのであって，それがこの作品の題名が意味するすべてであり，私には想像力をかきたてる題に感じられた。なぜならこれはキリスト教文明よりも古い時代の輝かしさを私に思い出させるからだ」(*Faulkner in the University*) と答えている。この光からリーナへとフォークナーはさらに連想をつないでいる。

[問い]

なぜクリスマスはジョアナを殺害し，またなぜクリスマスは射殺と去勢という悲劇的な最期をむかえることになるのか？　そこにどのような南部の歴史的な問題が刻印されているのだろうか？

35　ジョン・スタインベック（John Steinbeck）1902-1968

『怒りの葡萄』（*The Grapes of Wrath*, 1939）

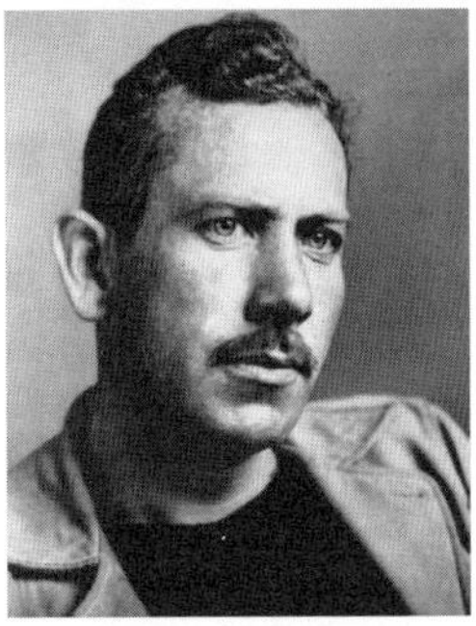

スタインベックの肖像
出典：Cynthia Rose, ed. *American Decades Primary Sources*, vol. 4 (Gale, 2004)

[作家紹介]

カリフォルニア州サリーナスに生まれる。同州にあるスタンフォード大学に進むが卒業はせずに退学。その後，一時ニューヨークに移り新聞記者などの職を経験するが，ほどなくして故郷カリフォルニア州に戻り，作家として本格的に活動する。作家として成功するのは世界大恐慌下の1930年代である。『怒りの葡萄』のほか，『二十日鼠と人間』（*Of Mice and Men*, 1937），そして『エデンの東』（*East of Eden*, 1952）が代表作としてあげられる。1940年に『怒りの葡萄』はピューリツァ賞を受賞し，また同年に映画化もされている。1962年にはノーベル文学賞を受賞している。

スタインベックは特に1930年代に活躍した作家と位置付けられる。こうした評価は，生まれ故郷であるサリーナスに根差したスタインベックの文学的想像力が，恐慌下のアメリカにおいて力強いメッセージを発していたことを意味している。大地，そしてそこに生きる人間の生を，ときには動物の描写も交えながらつぶさに観察するスタインベックの作品は自然主義的とも評されてきた。スタインベックの作品は執筆当時の社会を如実に映し出している一方，夢や成功に向けられた登場人物たちの意志を「アメリカン・ドリーム」として提示することで，時代を超えて読まれるアメリカ的な魅力を宿してもいる。

[作品紹介]

図1　映画『怒りの葡萄』から
出典：Sara Constantakis, ed. *Novels for Students*, vol. 39 (Gale, 2012)

『怒りの葡萄』は，主人公トム・ジョードとその家族がオクラホマ州からカリフォルニア州へと向かう様子を描いている。土地に生まれ，土地に死んでいく人々の暮らしが，大規模な砂嵐そして機械やモンスターと呼ばれる，目には見えない大きな社会の構造によって奪われる様子を描いている。カリフォルニアに行けば仕事があると信じるジョード一家はルート66を西へと向かうが，道中で高齢の家族との死別を経験し，また「約束の地」であるカリフォルニアに到着した後も次々と困難に直面する。大勢の労働者の流入により仕事の口はなく，かつ賃金も下がり，移住者たちはキャンプ地を移り渡る生活を余儀無くされていた。弱い立場に置かれている労働者を率いていた元説教師のジム・ケイシーは殺されてしまい，トムも捕まるのを避けるため最後には家族の元を去ることを決意する。物語は，自分の赤子の死を経験したトムの妹ローズ・オブ・シャロンが見知らぬ男に乳を与える描写で幕を閉じる。

時代そして環境の変化に翻弄されるジョード家の物語は夢を打ち砕かれるような出来事の連続であるが，家族とのつながり，そして物質的な貧しさの中でも失ってはならない，人としての生き方が示されている。なお，原題である *The Grapes of Wrath* はジュリア・ウォード・ハウの詩「リパブリック讃歌」に由来すると考えられている[◀1]。

[引用]

Tom laughed uneasily, “Well, maybe like Casy says, a fella ain't[①] got a soul of his own, but on'y a piece of a big one — an' then —”

“Then what, Tom?”

“Then it don' matter. Then I'll be all aroun' in the dark. I'll be ever'where — wherever you look. Wherever they's[②] a fight so hungry people can eat, I'll be there. Wherever they's a cop beatin' up a guy, I'll be there. If Casy knowed, why, I'll be in the way guys yell when they're mad an' — I'll be in the way kids laugh when they're hungry an' they know supper's[③] ready. An' when our folks eat the stuff they raise an' live in the houses they build — why, I'll be there. See? God, I'm talkin' like Casy. Comes of thinkin' about him so much. Seems like I can see him sometimes.”

[邦訳]

トムは落ち着きなく笑った。「多分ケイシーが言ったように，俺たちは自分たちの魂を持っている訳ではなく，大きな魂の一部でしかない，だから―」

「だから何だい，トム」

「だから，そんなことは問題じゃないんだ。俺はどこか見えない所にいるだろう。母さんが見ている所どこにでも。腹を空かせた人々が食べ物にありつくために闘っている所，誰かが警官に殴られている所にもいる。ケイシーがわかっていたように，俺は皆が怒って叫んでいる所，腹を空かせた子ども達がもうすぐご飯ができるって笑っている所にいるんだ。そして皆が自分の育てたものを食べて，自分たちの建てた家に住んでいる所に，俺はいるんだ。わかるだろう。何かまるでケイシーみたいに喋っているな。彼のことをよく思い出すんだ，まるで時々彼のことが見えるみたいに。」

[解釈]

家族の元を離れることを決意したトムは，第28章で上記の会話を母親と交わす。もしトムがどこかで殺されてしまっても知ることができない，と心配する母親に対し，人は大きな魂の一部である，とトムは言う。人々を一つの大きな魂とみなすトムの考えは，1930年代において民衆の団結に希望を見出すという点で政治的なメッセージにもなっている。ただし，家族という共同体を超えて，人々の苦しみや喜びに希望を見出すトムは，いつの時代であれ失うべきではない，素朴な人と人のつながりを訴えかけているのではないだろうか。（横山　晃）

▶1　ジュリア・ウォード・ハウ（Julia Ward Howe, 1819–1910）による「リパブリック讃歌」（“Battle Hymn of the Republic”）と題された詩は，1862年に『アトランティック・マンスリー』誌上で発表された。南北戦争時に書かれたこの詩においてハウは，神が北部に勝利をもたらす様子を描いている。

① -ain't = hasn't
② -they's = there's
③ -supper's = supper is

[問い]

本作では宗教的なイメージはどのように示されているだろうか？
トムの台詞で言及されているケイシーは元説教師であるが，トムが言うように彼は聖書にも言及している。肉体的，精神的に困窮する登場人物を描く上で，作者スタインベックはキリスト教的なモチーフにどのような意味をもたせたのだろうか？

36　ユードラ・ウェルティ（Eudora Welty）1909-2001

『デルタの結婚式』（*Delta Wedding*, 1946）

ウェルティの肖像
出典：Wikimedia Commons

▷1　この点に関して，たとえば，同郷の先輩作家ウィリアム・フォークナーと比べて，考えてみるのも面白いだろう。

▷2　『ウェルティ短編集』（*The Collected Stories of Eudora Welty*）は，1980年に出版されている。

▷3　フェアチャイルド一家の閉鎖性や防御性は，この用語の一部を構成している“shell”（貝の中身を外側から守る殻）のイメージからも理解することができる。

[作家紹介]

ミシシッピ州ジャクソンに生まれる。一般的に，20世紀の「南部作家」，もしくは「地方色作家」として理解されている。実際，作品の多くが南部の片田舎の平凡な日常を生きる人たちの内面のドラマを描いているので，南部性や地方色のイメージがウェルティ文学にまとわりついてくるのは仕方のないことなのだろう。しかし，忘れてならないのは，ウェルティが根っからの南部人ではない点だ（父親はオハイオ州出身で，母親はウェスト・ヴァージニア州出身）。この二人の間に生まれたウェルティは，南部2世であり，奴隷制に端を発するさまざまな負の遺産を正面から引き継ぐことから免れている。故郷の過去に対する比較的穏やかな態度は，ウェルティが「サザン・ルネサンス」の男性作家たちと一線を画するところである[1]。作家としてのデビュー作は「旅まわりのセールスマンの死」（“Death of a Traveling Salesman,” 1936）。特に，ウェルティは白人女性の心理の彩をきめ細かく描写することが上手く，南部の風土に根付いた独特のユーモアや言い回しは，読者の心に強いインパクトを残す。長編の代表作に，『デルタの結婚式』，『黄金のりんご』（*The Golden Apples*, 1949），『楽天主義者の娘』（*The Optimist's Daughter*, 1972）がある。なお，短編作家としても名高く，質の高い短編を数多く残している[2]。

[作品紹介]

時は1923年。舞台はミシシッピ州の肥沃なデルタ地帯。「シェルマウンド[3]」と呼ばれる広大な農園を所有しているのが，フェアチャイルド一家である。当主バトルの次女ダブニーは，綿花摘みで忙しい9月に，農園監督者トロイと結婚すると急に言い出す。誰の目から見ても明らかな身分違いの結婚。当然，家族内から反発する者が出てくる。本作品は，結婚式の前後9日間にスポットを当て，「シェルマウンド」にやって来る親類縁者たちの複雑な人間関係を，丹念に描き出している。主に5人の女性の視点を交互に使うモダニズム的な手法が取り入れられているが，物語自体は基本的に時間軸に沿って展開されている。フラッシュバックの技法が時おり見られるものの，頻繁ではない。親戚一同の登場人物が非常に多く，南部の大家族ならではの習慣が，読者に存分に伝わってくる。出版当時の本作品には，「古き良き南部」のノスタルジックな描写で，一種の現実逃避である，というネガティヴな評価が下された。だが現代の批評では，作中で隠微なかたちで表現されている，デルタ地域の現実性や政治性が注目されており，ウェルティの社会批判を探る研究が主流になっている。

［引用］

"I will never give up anything!" Dabney thought, bending forward and laying her head against the soft neck [of her red filly], "Never! Never! For I am happy, and to give up nothing will prove it. I will never give up anything, never give up Troy — or *to* Troy!" She thought smilingly of Troy, coming slowly, this was the last day, slowly plodding① and figuring,② sprung③ all over④ with red-gold hairs. ... "Papa never gave up anything," she was thinking. "I am the first thing Papa has ever given up. Oh, he hates it!" He would not tell her how he really felt about her going to Troy — nobody would. Nobody had ever told her anything — not anything very true or very bad in life.

［邦訳］

「わたしは何も手放さない！」ダブニーは前かがみになり，赤い小馬の柔らかい首に自身の顔をすりつけながら思った。「絶対に！　絶対に！　だって，わたしは幸せだから。何も手放さないってことが，その証拠になるから。わたしは何も手放さない。トロイを手放すこともしない。トロイに対し何かを手放すことだってしない！」ダブニーはにっこり笑いながら，ゆっくりとやってくる（これも今日が最後だ），とぼとぼ歩いてくる，トロイのことを考えた。異彩を放ち，全身赤みを帯びた金色の毛を見せて，飛び出てくる男のことを。……「パパはこれまでどんなものでも手放したことがない」とダブニーは考えていた。「わたしは，パパが手放す最初のものになる。ああ，パパはとても嫌がっているんだろうな！」ただし，父親が，娘の結婚に関して，本心を言うことはないだろう。それに，誰も何も言おうとしないだろう。今までダブニーに，誰かが何かを話してくれたことなど一度もないからだ。人生における本当に良いことや，本当に悪いことを，誰も話してくれなかったのだ。

［解釈］

南部の裕福な農園主の家庭に生まれ，物質的に何一つ不自由なく暮らしてきた17歳のダブニー。上記の引用文は，ダブニーの人生観がよく表現されている場面の一つである。結婚式のまさに前日，ダブニーは家族のみんなが起きる前に，そっと家を出て，赤毛の小馬に乗り，一人で夜明けの畑のなかを抜けて走る。行先はトロイとの新居になる，お城のような豪邸マーミオン。そこをこっそり見に行くのである。その帰り道で，自身の率直な気持ち（来るべき未来に向けての個人的な思い）を漏らしている場面である。この場面が示しているのは，保護された世界の安全と無知のなかにとどまるより，外に出てゆき，自分自身の思いどおりに生きることを欲している結婚直前の花嫁の姿である。

（本村浩二）

図1　A Harcourt Brace Modern Classic 版『デルタの結婚式』

出　典：Eudora Welty. *Delta Wedding* (Harcourt Brace & Company, 1991)

① -slowly plodding：とぼとぼ歩く
② -figuring：異彩を放つ
③ -sprung：飛び出る
④ -all over：全身

図2　ウェルティのフォークナー論，2003年

出典：Eudora Welty. *On William Faulkner* (UP of Mississippi, 2003)

［問い］

小説の最後まで，ダブニーは，ここで吐露している自身の強い欲望を持ち続けているだろうか？
終幕のピクニックの場面で，「トロイのむき出しの片腕に抱かれて，溺れた娘のように寝転んでいる」ダブニーの様子は，何を暗示しているだろうか？

37　ゾラ・ニール・ハーストン（Zora Neale Hurston）
1891-1960

『彼らの目は神を見ていた』（*Their Eyes Were Watching God*, 1937）

ハーストンの肖像
出典：Beinecke Library（Yale University）

▷1　ラングストン・ヒューズとの共作による喜劇。

図1　*Fire!!* 誌創刊号の表紙
同人の芸術家，アーロン・ダグラス（Aaron Douglas, 1899-1979）によるデザイン。
出典：*Fire!!*, 1926

▷2　黒人の互助団体，全米都市生活連盟（National Urban League）の機関誌。全米黒人地位向上協会（National Association for the Advancement of Colored People, NAACP）の機関誌『クライシス』（*Crisis*）とともに，黒人文芸の振興を支えた。

[作家紹介]

アラバマ州に生まれ，家族とともにフロリダ州イートンヴィルに移住する。その町は黒人が自治を行う稀有な共同体であり，自主独立を重んじるハーストンの人格を形成した。町の様子は，自伝『路上の砂塵』（*Dust Trucks on the Road*, 1942）に描かれるほか，自伝小説『ヨナのとうごまの木』（*Jonah's Gourd Vine*, 1934）や『彼らの目は神を見ていた』，戯曲『らばの骨』◁1（*Mule Bone*, 1930）の舞台ともなっている。

ハーストンは，ワシントンD.C.のハワード大学在学中（1919-1924）に文芸誌への投稿を始めるが，1925年，短編小説「スパンク」（“Spunk”）と戯曲『肌色の騒乱』（*Color Struck*）が，ともに『オポチュニティ』（*Opportunity*）◁2誌の文学賞第2席に選ばれる。同年，ニューヨークのバーナード大学に進学すると，著名な学者フランツ・ボアズの指導のもと文化人類学者への道を踏み出した。26年に黒人伝承の調査を始め，計8回のフィールドワークは「黒人表現の特徴」（“Characteristics of Negro Expression,” 1934），『らばと人』（*Mules and Men*, 1935），『わが馬よ，語れ』（*Tell My Horse*, 1938）などの成果に結実した。創作意欲も活発で，ラングストン・ヒューズ，ウォレス・サーマン◁3とともに同人誌『ファイア!!』（*Fire!!*, 1926）を刊行するなど多角的なキャリアを築いた。

ハーレム・ルネサンスに足跡を残すも，ハーストンの作家人生は波乱に満ちたものとなった。人種問題の根底に，白人の権力だけでなく，黒人集団内部の同調圧力やエリート層の欺瞞を見抜いて批判した彼女は，しばしば黒人側の非難を受けた。個性的な論説を世に送り，連邦作家計画◁4にも採用されるが，白人を主人公とした小説『スワニー河の天使』（*Seraph on the Suwanee*, 1948）の出版後は作家としての仕事が途絶え，最後はメイドにまで身をやつして貧窮院で病死する。その存在も長らく忘れられていたが，73年，小説家アリス・ウォーカーがフロリダ州ポートピアースにその墓を探しあてて彼女の功績を改めて世に示すと，再評価が一気に進み，文学史の表舞台に返り咲いた。

[作品紹介]

美しい混血女性，ジェイニー・クロウフォードの三度の結婚を通した自己探求を描く『彼らの目は神を見ていた』は，彼女の最高傑作である。祖母のナニーが黒人女性の境遇を称した「この世のらば」という言葉は，家父長制と人種主義への作家の批判を象徴している。祖母の勧めで最初に結婚した土地所有者，ローガンから逃げたジェイニーが一緒になったジョーはイートンヴィルの市長となるが，彼女を虐待する傲慢な男で，白人の権力の模倣者に過ぎないことが判明する。彼の死後，求愛してきた若い男ティーケイクを受け入れて彼と放浪する途上，彼女はようやく愛と自由を実感する。カリブ海地域の自然と文化を熟知する作家が描く風土とそこに住む多彩な人々が体現する風俗は，この小説の読みどころだ。リアリズムに貫かれたハリケーンの場面は特に名高い。引用文はハーストンらしい批判のきいた，その復旧現場からの１コマである。

[引用]

Some bodies fully dressed, some naked and some in all degrees of dishevelment. Some bodies with calm faces and satisfied hands. Some dead with fighting faces and eyes flung wide open in wonder....

Miserable, sullen men, black and white under guard had to keep on searching for bodies and digging graves. A huge ditch was dug across the white cemetery and a big ditch was opened across the black graveyard.....

"Hey, dere, y'all! Don't dump dem bodies① in de hole lak dat②! Examine every last one of 'em and find out if they's③ white or black."

"Us④ got tuh handle 'em slow lak dat? God have mussy⑤! In de condition they's in got tur examine 'em? Whut difference do it make 'bout de color?"

[邦訳]

死体には，着衣に乱れのないもの，裸のもの，あらゆる乱れぶりをしたものがあった。安らかな顔と満足げなたたずまいの手をした死体もあれば，必死の形相で，驚然と目を見開いている死体もあった。（略）

消耗し，憔悴した黒人や白人の男たちは，監視下で死体を探し，墓を掘らねばならなかった。白人の共同墓地には巨大な溝が掘られ，黒人の墓地にも大穴があけられた。（略）

「おい，貴様ら！　死体をそんなふうに投げ入れる奴があるか！　白人か黒人か，ひとりひとり最後まで丁寧に確認しろ。」

「こんなに悠長にやってどうすんでぇ？　神様なんとかしてくだせえよ。こんなひでえ状態のもんを確かめるだ？　色なんて関係あるもんかい？」

[解釈]

ハリケーンの後，街に様子を見に出かけたティーケイクは自警団に捕えられ，強制的に無数の死体の処理をさせられる。苦楽をともにした黒人やカリブ人労働者の共同体は崩壊し，生き残った黒人は災害現場の片付けを監督する白人には逆らえず，汚れ仕事をするほかない。現場では被災者にとどまらず，死者でさえもが色によって序列化される。人々の話法や死体の描写の迫真性は，ハーストンの現地でのキャリアの賜物である。（新田啓子）

図２　リピンコット社刊『彼らの目は神を見ていた』初版

現在では，「女性像」がデザインされることの多いカバーだが，もとはハリケーン場面が描かれていた。

出典：Zora N. Hurston. *Their Eyes Were Watching God* (Lippincott, 1937)

▶3　ウォレス・サーマン（Wallace Thurman, 1902–1934）は小説家・エッセイスト。彼もまたハーレム・ルネサンスの中心人物。

▶4　大恐慌後のニューディール時代，仕事のない作家に政府が創作や調査を発注した公共事業。

① -dem bodies：their bodies
② -lak dat：like that
③ -they's：they is（they are となるべきだが，be 動詞の人称が違っている）
④ -Us：本来 "We" となるべき箇所。黒人などの口語的慣習。
⑤ -God have mussy：God have mercy の意。「神よ，あわれみたまえ」転じて，「もう耐えられない」という意味になる。

[問い]

ハリケーン・カトリーナがアメリカ南部に甚大な被害をもたらした2005年以降，この作品は「災害文学」としても脚光をあびるようになった。被災後の風景に，作家はいかなる問題を見出しているだろうか？

38 リチャード・ライト（Richard Wright）1908-1960

『アメリカの息子』（*Native Son*, 1940）

［作家紹介］

ミシシッピ州ロクシーに生まれた。祖父は奴隷であった。小作人の父は家を離れたため，母や親戚のもとで貧窮生活を送る。学校にまともに通えるようになったのは，12歳のときからだった。学校では頭角を現し，15歳のときには黒人向け新聞に短編小説が掲載された。高校に進学したものの，労働の片手間の学業生活はすぐに行き詰った。

18歳のとき彼の家族は，南部の苛酷な人種差別社会から北部に逃れた黒人たちの「大移住」[1]（Great Migration）に加わり，シカゴに移った。シカゴでは郵便局員として働きながら文学の自己研鑽を続けた。ジョン・リード・クラブに入会し，左翼機関誌『ニュー・マッセズ』に詩を投稿し，大不況のさなかには共産党に入党した。大不況の30年代，左翼陣営の権力闘争，人種問題と階級闘争の相克などに悩まされながら，黒人共産主義者としての自己確立をはかりつつ，文学流派としてはハーレム・ルネサンスに刺激を受け，「サウス・サイド作家集団」[2]（South Side Writers Group）を立ち上げた。

その後，ニューヨークに移り，雑誌に寄稿した短編小説で高く評価され，短編集『アンクル・トムの子どもたち』（*Uncle Tom's Children*, 1938）を上梓，40年，『アメリカの息子』を出版，黒人青年による白人娘殺害と死体損壊を描き問題作となる。

名声が高まるなか，共産党を離党，自伝的小説『ブラック・ボーイ』（*Black Boy*, 1945）出版，46年パリに移住，翌年，永住権を得た。サルトルやカミュらと交流，『長い夢』（*The Long Dream*, 1958）などの小説，国際政治情勢を睨みつつの旅行記などを執筆した。また俳句に興味を抱き，旺盛に俳句を詠んだ。パリ時代の著作群は，没後，特に90年代以降，合衆国で出版され，パリ時代の著作の研究が進んでいる。

［作品紹介］

この作品は，黒と白が直接せめぎあう1930年代の大不況のアメリカ人種差別社会を黒人青年ビガーの目を通して描いている。白人ブルジョア家庭ドールトン家の娘メアリーのお抱え運転手の職を得たビガーに，白は脅迫的に迫ってくる。ドールトン夫人のぼやけた白さは彼を脅かし衝動的なメアリー殺害に繋がるし，盲目の夫人の代理となる白猫は死体処理の一部始終を見届けている。さ

▷1　1910年代後半から，南部農園地域から北方へ向かって黒人集団が移住したことを指す。何百万人もの黒人がシカゴを目指した。

▷2　シカゴのサウス・サイドで，1930年代に開設された文学集団で，『シカゴ・ディフェンダー』（*The Chicago Defender*）誌とともにシカゴ・ブラック・ルネサンスの興隆を支えた。当時のシカゴで活躍する二十数名の黒人小説家，詩人が参加した。

図１　1940年初版のオリジナルテクスト（abridged edition）

1940年初版のオリジナルテクストは，HarperCollins の PERENNIAL LIBRARY editions で読める。このテクストは，Book of the Month Club の選定図書に選ばれるための条件として，露骨な性描写などの修整の要請を作者が受け入れた abridged edition である。

出典：Richard Wright. *Native Son*（Harper Perennial Modern Classics, 2003）

らに，恋人ベッシー殺人の夜明けは，街を覆う白い雪に隈取られ逃亡劇の不吉な終わりを予告するかのようだ。

しかし，作品冒頭の捕獲しがたい黒い鼠に象徴されるように，ビガーを悩ませるのは白より黒に他ならない。引用は，善意から人種差別なしの友好的交流を求めるメアリーと恋人ジャンに辟易するビガーが，平等な対人関係を強いられれば強いられるほど，居心地の悪さを感じ，自分の黒い肌を意識してしまうやるせない場面である。

[引用]

Did not white people despise a black skin? Then why was Jan doing this? Why was Mary standing there so eagerly with shining eyes? What could they get out of this? Maybe they did not despise① him? But they made him feel his black skin by just standing there looking at him, one holding his hand and the other smiling. He felt he had no physical existence at all right then; he was something he hated, the badge of shame which he knew was attached to his black skin. It was a shadowy region, a No Man's Land②, the ground that separated the white world from the black world that he stood upon.

[翻訳]

白人は黒い肌を蔑んでいたのではないか。ならばジャンは何故こんなことをするのか。メアリーは何故に目をらんらんとさせてあそこにいるのか。彼らはこんなことをして何となるのか。ひょっとすると，彼らは彼を蔑んではいないのかもしれない。しかし，ああやって彼を見ているだけで，彼らは彼に黒い肌のことを思い知らせるのだ。手を取ったり微笑みかけたりして。そんなとき，彼は，自分の身体的存在をまったく感じられなくなり，彼は自己嫌悪そのものに，黒い肌につきまとう恥辱になってしまうのだ。それは不分明な場所，誰のものでもないところ，白い世界と彼が拠って立つ黒い世界を分かつ場所だ。

[解釈]

ビガーの黒と白の想念は，あまりに二項対立的なパラダイムにとらわれすぎているように見えるかもしれない。しかし，そこにこそ，この作品の歴史的意義があるといえるかもしれない。白人メアリーが黒人ビガーの感情や思考に旺盛な好奇心をいだくのは，当時のアメリカの人種的バリアがいかに人種のインタラクションの障壁になっていたかを示している。ある意味，その障壁を乗り越えようとする彼女の友好的企てが，皮肉にも殺人を招き寄せざるを得なかったといえるだろう。

（笹田直人）

図2　修正前のテクスト (restored edition)

出典：Richard Wright. *Native Son* (Perennial Classics, 1989)

① -despise：侮蔑する
② -a No Man's Land：所有者のない土地

[問い]

現代アメリカ黒人だったら，自分の黒い肌について，このような状況で，どのような意識をもつだろうか？また，この場面のビガーの意識や感情について，どのような考えをいだくだろうか？

39　ラルフ・エリソン（Ralph Ellison）
1914-1994

『見えない人間』（*Invisible Man*, 1952）

エリソンの肖像
出典：Mark Busby. *Ralph Ellison* (Twayne, 1991)

▷1　ブッカー・T・ワシントンは19世紀末の黒人運動を代表する文筆家，活動家。白人の定めた枠の中での黒人の生活向上を目指し，のちに黒人のリーダーシップを求めるW・E・B・デュボイス（W. E. B. Du Bois, 1868-1963）と対立する。

[作家紹介]

オクラホマ州オクラホマシティ生まれ。3歳の時に父をなくし，母親が家政婦となってエリソンと弟を育てる。幼い頃からジャズやブルースといったアメリカ黒人音楽に興味を示し，1931年の高校卒業後に奨学金を得て，1933年，ブッカー・T・ワシントン[◁1]が設立したアラバマ州の黒人大学タスキーギ・インスティテュートへと進学，音楽を学びつつ文学作品の魅力にも目覚める。やがて1936年，ニューヨークでラングストン・ヒューズ（Langston Hughes, 1902-1967）やリチャード・ライトらと出会い，ライトの編集する雑誌への寄稿を勧められて以降，書評・エッセイを発表しはじめる。1952年に完成した長編『見えない人間』は全米図書賞などさまざまな賞を与えられ，これ一作でアメリカ最重要作家とみなされるようになった。以降，二つの非常に優れたエッセイ集『影と行為』（*Shadows and Act*, 1964），『準州への旅立ち』（*Going to the Territory*, 1986）を出すも，出版が待たれた長編第二作をついに完成できぬまま，1994年にハーレムの自宅で病死。

[作品紹介]

物語は，主人公の「僕」がハーレムのはずれに建つ人の住んでいないビルの地下にひそみ，電力会社からの引き込み線で盗んだ電気で1369個の電球を煌々とつけ，ルイ・アームストロングのレコードを聴きながら過去を振り返りつつ書き綴った手記，という体裁をとる。南部の町の前途洋々たる黒人知識人予備軍のひとりとしていくつもの夢が，白人に依存する高校や大学の政策やニューヨークの政治組織の党派争いに次々に利用される屈辱のなかで阻害されて挫折した挙句，地下生活者としての奇妙な生活を余儀なくされることになった顛末を語り終えた語り手が，ついに外の世界へと出ていくことを示唆して物語は閉じられる。“I am an invisible man.” という簡潔，リズミカルで記憶に残る書き出しに始まり，南部の高校で参加を強要される見世物「バトル・ロイヤル」のエピソードや，ハーレムに移ってからのペンキ工場での不条理な仕事ぶりの描写，暴動シーンなど，精彩に富む寓話的でジャズの即興を思わせるエピソードの連鎖ののちに開陳される以下の哲学は，エリソンがフォークナーから学び，さらにトニ・モリスンへと引き継いだアメリカの白人と黒人の人種間関係への――あるいはより普遍的な個人と社会の関係への――透徹した理解と言ってよ

図1　『影と行為』原書
出典：Ralph Ellison. *Shadow and Act* (Vintage, 1995)

い。

[引用]

Thus, having tried to give pattern to the chaos which lives within the pattern of your certainties①, I must come out, I must emerge. And there's still a conflict within me: With Louis Armstrong one half of me says, "Open the window and let the foul air out," while the other says, "It was good green corn before the harvest②." Of course Louis was kidding, he wouldn't have thrown old Bad Air out, because it would have broken up the music and the dance, when it was the good music that came from the bell of old Bad Air's horn that counted. Old Bad Air is still around with his music and his dancing and his diversity, and I'll be up and around with mine.

① -certainties：確固たる信念体系
② -harvest：収穫時期

[邦訳]

そういうわけで，自分が確固たるものと思って安心しているもののうちに潜むカオスに意味を与えるために，僕はここから出ていかないといけない。脱出するのだ。もちろん，いまだに迷いはある。一方でルイ・アームストロングに声を合わせて「さあ，窓を開けて汚れた空気を外に出しちまえよ」と言う自分がいるかと思えば，「いや，それは素敵な収穫前のピチピチの青トウモロコシみたいだぜ」と言う自分もいる。もちろん，ルイは単にふざけているだけなのであって，彼なら決して愛すべき「汚れた空気」を捨ててしまったりはしない。そんなことをすれば，音楽もダンスもすべてが崩れ去ってしまうからだ。本当に意味のあるものは，トランペットの汚れた空気が奏でる素晴らしい音楽なのである。彼の音楽やダンス，その才能の多面性のうちには今もこの汚れた空気が生きているのだから，僕も僕自身の多面性とともにありたいと思う。

図2 『見えない人間』原書
出典：Ralph Ellison. *Invisible Man* (Penguin, 2014)

[解釈]

ここでの「カオス」「汚れた空気」とは，まずはむろん語り手自らの「黒人性」を意味するのだろうが，それがないと「秩序」(これは「白人性」ということであろう) 自体が成り立たない，とも彼は言う。有名な物語最後の一文 "Who knows but that, on the lower frequencies, I speak for you?"「もしかして僕はここで，低い周波帯であなたのことを語っているのかもしれないではないか？」も踏まえれば，それはむしろ，第二次世界大戦後のアメリカの未曾有の経済的繁栄がもたらした体制順応主義的な生活のなかで，人種にかかわらず誰もが自らの心のうちで馴致し抑圧してしまった人間としての真の魂，個人の核をこそ意味することに気づかされる。事実，物語はある白人登場人物が道に迷って語り手を頼ってくるさまを読者の瞼に残しつつ閉じられる。黒人が「見えない人間」の位置に留め置かれ続ける限り，白人にも自分自身のことが見えないままなのである。

(中野学而)

[問い]

歌手でトランペッターのルイ・アームストロングは，作品中，あるいはアメリカの黒人文化の歴史のなかで，どのような意味を持っているだろうか？

「僕」がニューヨークで勤めるペンキ工場のペンキには，どのようなシンボリズムが含意されているだろうか？

40 テネシー・ウィリアムズ（Tennessee Williams）1911-1983

『欲望という名の電車』（*A Streetcar Named Desire*, 1947）

ウィリアムズの肖像
出　典：Tennessee Williams. *Notebooks*（Yale UP, 2007）

[作家紹介]

ミシシッピ州コロンバスに生まれ，その後セントルイスやニューオーリンズで多感な若き日々を送った劇作家である。1930年代から，左翼的プロテスト色の濃い『蝋燭の灯，太陽の光』（*Candles to the Sun*, 1937）を執筆するなど舞台にかかわっていたが，詩情豊かな追憶劇，『ガラスの動物園』（*The Glass Menagerie*, 1944）で一躍脚光を浴びる。作者の分身である劇の語り手が家族に寄せる思いはすぐれて自伝的であり，とりわけ，語り手の姉は，ロボトミー手術で廃人同然になった作者の実の姉がモデルとなっている。ウィリアムズの名声を確立したのは，米国の南部文化に深く根差した『欲望という名の電車』であり，この舞台の成功により彼は，アーサー・ミラーと並ぶ戦後アメリカ演劇の立役者となった。1950年代の中期作品には，赤狩り[1]の時代における異分子排除の風潮に抗う姿勢が見てとれる。ことに，『熱いトタン屋根の猫』（*Cat on a Hot Tin Roof*, 1955）や『この夏突然に』（*Suddenly Last Summer*, 1958）など，同性愛の主題を取り入れた問題作が際立っている。

『イグアナの夜』（*The Night of the Iguana*, 1961）以降はヒット作に恵まれず，酒や薬に溺れがちであったが，不条理劇の要素を取り入れつつ，実験的な作品を発表し続ける。日本の能や歌舞伎にも興味を示したウィリアムズは，1950年代以降に複数回来日しており，三島由紀夫と深い親交があった。[2]戯曲以外にも，社会規範に対する抵抗のジェスチャーとして，自らの男性遍歴を赤裸々に語った『回想録』（*Memoirs*, 1975）を出版してもいる。晩年になっても，フィッツジェラルド夫妻を主人公にした「亡霊劇」である『夏ホテルへの装い』（*Clothes for a Summer Hotel*, 1980）を上演するなど，その創作活動は途切れることがなかったが，1983年，ニューヨークのホテルで薬のキャップを喉につまらせて死亡する。しかし，ウィリアムズの未出版原稿は，今なおテキサス大学オースティン校などに数多く眠ったままであり，30年代の初期作品や60年代以降の一幕劇などが，21世紀に入っても次々に初演／出版されている。

[作品紹介]

ウィリアムズの代表作である『欲望という名の電車』は，南部の名家，デュボワ家の末裔であるブランチが，妹のステラを訪ねてニューオーリンズへやって来る場面から始まる。ステラは，労働者階級でポーランド系のスタンリーと

▷1　アメリカの繁栄に貢献しないとみなされた共産主義者と同性愛者を社会的に弾圧する政治的な思潮。これを押し進めた上院議員ジョセフ・マッカーシー（Joseph McCarthy）の名前から，マッカーシズムとも呼ばれる。

▷2　ウィリアムズは，三島に献辞を捧げる『男が死ぬ日』（*The Day on Which a Man Dies*）のオリジナル台本を1960年に書いている（が，2001年の初演は1972年に書き直された改訂版の舞台化であり，オリジナル版の上演と出版は2008年である）。この作品の発展形として劇作家の生前に上演されたのが，『東京ホテルのバーにて』（*In the Bar of a Tokyo Hotel*, 1969）である。

結婚し，その子を身ごもっているが，三十路で独身のブランチは，粗野な義理の弟と相性が悪い。スタンリーは，ブランチの身元を調べ，上流気取りの彼女が隠していた醜聞を暴き出す。ブランチが妹夫婦のもとを訪ねてきたのは，彼女が国語の教師をしていた地元の高校で，教え子の男子生徒に手を出して職を解かれたからだったのである。彼女は次第に心の安定を失い，ある晩スタンリーにレイプされ，最後は精神病院へと送られる。一方，スタンリーの友人で，病気の母と暮らすミッチは，ブランチの気品に惹かれ，結婚も真剣に考えていたが，彼女の過去をスタンリーから聞かされると，酒をあおって彼女に詰め寄り，嫌がるブランチの素顔を灯りのもとに晒し，その欺瞞的態度を批判する。

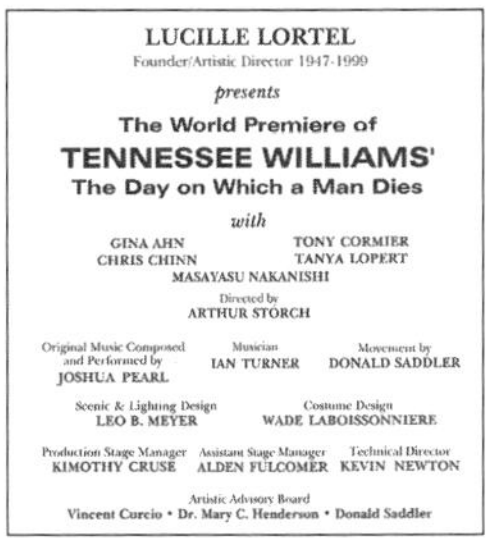

図１ 『男が死ぬ日』初演時広告文

出典：「東洋人」役を演じた中西正康氏資料提供。

[引用]

BLANCHE: I don't want realism. I want magic! [*MITCH laughs*] Yes, yes, magic! I try to give that to people. I misrepresent things to them. I don't tell truth, I tell what *ought* to be truth. And if that is sinful, then let me be damned for it! — *Don't turn the light on!* [...]

MITCH [*slowly and bitterly*]: I don't mind you being older than what I thought. But all the rest of it — Christ! That pitch① about your ideals being so old-fashioned and all the malarkey② that you've dished out all summer. Oh, I knew you weren't sixteen any more. But I was a fool enough to believe you was straight.

図２ ウィリアムズが『欲望という名の電車』を執筆したニューオーリンズのアパート

出典：筆者撮影。

① -pitch：（セールスマンなどの）強引な売り込み口上

② -malarkey：（相手を煙にまく）調子のいい話

[邦訳]

ブランチ：現実主義なんて要らない。魔法がほしいの！（ミッチは笑う）そうよ，そう，魔法！　それを人にあげたいの。物事を実際とは違ったふうに見せるの。私は真実なんて語らない，真実であるべきことを語るだけ。それが罪だっていうなら，どうぞ地獄に突き落として頂戴！——灯りはつけないで！（中略）

ミッチ：（ゆっくり苦々しく）思ってたほど年が若くなかろうと，別に構いやしない。でもそのほかすべて——畜生！　価値観が古風だとかいう宣伝文句に，この夏あんたが並べ立てたデタラメの数々。そりゃ，あんたが16の小娘じゃないことはわかってたさ。でもあんたがまともだと信じた俺が馬鹿だった。

[解釈]

演劇とは，現実と虚構の交差する時空を観客に提示するジャンルである。ブランチの叫びは，現実逃避の言い訳なのか，それとも芸術家の信仰告白なのか。おそらくはその双方なのだろう。なお，引用部最後の「まとも」（straight）という形容詞には，「異性愛者」の意味もある。ブランチの社会的な逸脱はつまり，彼女（を生み出した劇作家）の性的志向をめぐる攪乱とも連動する。この点，女形の役者である篠井英介がブランチを演じた本作の日本公演（2001年）は，同性愛作家ウィリアムズの想像力に肉薄する舞台であったと言えよう。

（舌津智之）

[問い]

ブランチとミッチの間に愛はあったのだろうか，それとも互いの利害が一致していただけなのだろうか？　また，あなたが演出家なら，劇の幕切れでスタンリーの愛撫を受けるステラ役の女優に対し，どのような表情やしぐさを指示するだろうか？

41 アーサー・ミラー（Arthur Miller）1915-2005

『セールスマンの死』（*Death of a Salesman*, 1949）

ミラーの肖像
出 典：Dennis Welland. *Miller: The Playwright* (3rd. Methuen, 1985)

[作家紹介]

ニューヨーク市ハーレムにて，衣料品会社を営むユダヤ系の商家の次男として生まれる。恐慌で家業が倒産したのちブルックリンに移り，高校卒業後は大学進学のためにアルバイトを掛け持ちする。1934年にミシガン大学入学後，劇作を始め，在学中に初の戯曲，『悪人はいない』（*No Villain*, 1936）を執筆する。卒業後にニューヨークに戻り，劇作家としてのキャリアをスタートさせたが，ブロードウェイでのデビュー作『全ての幸運をつかんだ男』（*The Man Who Had All the Luck*, 1944）は，わずか4回の上演で打ち切られてしまう。しかしこの戯曲には，ミラー自身も後に回想しているように，彼の作品で繰り返し描かれる父と息子（あるいは兄と弟）の葛藤というテーマの原点が見出される。

大恐慌や，台頭するファシズムの脅威，世界で勃発する戦争や冷戦はミラーの作品に大きく影響を与えた。彼にとって演劇とは，現状に疑問を投じる手段であり，社会変革の意識に動機付けられたものである。そのような信念を実現するためにミラーが有効だと考えたのが「平凡な人間[1]」を主人公に据えた悲劇であった。出世作となった『みんな我が子』（*All My Sons*, 1947）では，軍需産業で財を成した父親と，その罪を糾弾する息子それぞれの苦悩を描き，ピューリツァ賞受賞作『セールスマンの死』では，アメリカン・ドリームの幻想に囚われて自分自身を見失ったセールスマンの破滅を描いた。冷戦下の50年代の赤狩りの時代には，ミラーの言動は非米活動委員会[2]による査問の対象となり，1956年には委員会に喚問される（ここで証言を拒否したため議会侮辱罪に問われるが後に無罪となる）。この経験が，17世紀のセイラムの魔女狩り[3]を題材とする『るつぼ』（*The Crucible*, 1953）の執筆につながった。

私生活では，女優のマリリン・モンロー（Marilyn Monroe, 1926-1962）と結婚していたことが知られており，離婚後に書かれた『転落の後に』（*After the Fall*, 1964）は彼女との結婚生活に影響を受けたものとされている。悲劇で知られる劇作家だが，子どものための童話『ジェインのもうふ』（*Jane's Blanket*, 1963）は，日本でも愛読されている。

[作品紹介]

全2幕。舞台はニューヨーク，ブルックリンの郊外。第1幕は，63歳のウィリー・ローマンが疲れ果てた様子で妻リンダの待つアパートに帰宅する場面で

▷1　ミラーは，1949年に『ニューヨーク・タイムズ』紙にエッセイ，「悲劇と平凡人」（"Tragedy and the Common Man"）を寄稿している。

▷2　アメリカ下院の委員会の一つで，アメリカの民主主義に反する個人の言動を取り締まることを目的としている。第二次世界大戦後は，共産主義に対する取り締まりを行った。

▷3　マサチューセッツ湾植民地セイラムで1692年に起きた事件。魔術を行っていると疑われた人たちが次々と告発され，14人の女性と6人の男性が魔女として処刑された。減刑と引き換えに自白や共犯者の告発を強要する権力の暴走という点で，赤狩りとは構造的な共通点がある。

幕を開ける。かつては敏腕セールスマンだったウィリーだが，時代は変わり，今では競争社会の中で淘汰されつつある。自信を無くしたウィリーは精神的に消耗し，独り言などの奇行も目につくようになっていた。そんなウィリーにとっての希望は，彼が期待をかけて育てた長男ビフの社会的成功であった。しかし，理由あって大学に進学できず，34歳にしてまともな職歴のないビフにとっては，夢を押し付けてくる父親は疎ましく重荷のような存在である。続く引用の場面は，父ウィリーに対する不満をもらし，彼の行動を非難するビフに対し，母が息子としての無関心さと思いやりの無さを責める場面である。

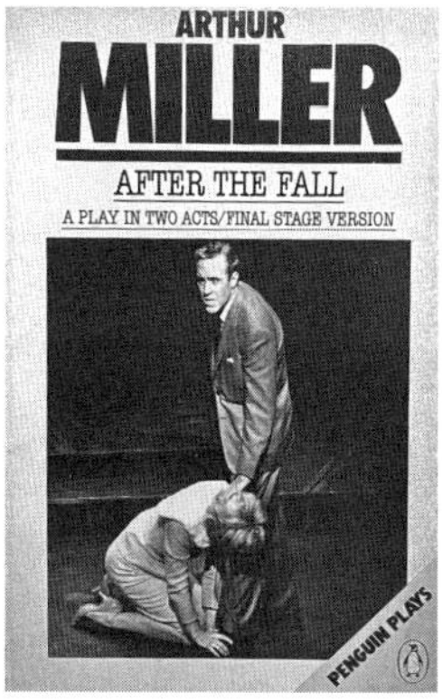

図1 『転落の後に』原書
出典：Arthur Miller. *After the Fall* (Penguin Books, 1964)

[引用]

LINDA : [...] He drives seven hundred miles, and when he gets there no one knows him any more, no one welcomes him. And what goes through a man's mind, driving seven hundred miles home without having earned a cent? Why shouldn't he talk to himself? Why? When he has to go to Charley and borrow fifty dollars a week and pretend to me that it's his pay? How long can that go on? How long? You see what I'm sitting here and waiting for? And you tell me he has no character? The man who never worked a day but for your benefit? When does he get the medal for that? [...]

[邦訳]

リンダ：[…] 彼は700マイルも車を運転して，着いた先ではもう誰も彼のことを知らないし，迎えてもくれない。それで1セントも稼げずに700マイル運転して帰ってくる人の気持ちがわかる？ 独り言くらい言ってもいいでしょう？ そうでしょう？ チャーリーのところで週50ドル借りて，それが自分の給料だというふりをしなくてはいけないのに？ そんなことがいつまで続けられるかしら？ いつまで？ 私がここで座って何を待っているかわかるの？ それであなたは彼が人格者じゃないって言うのね？ 来る日も来る日もあなたたちのためだけに働いて来た人に？ いつになったら彼は報われるのかしら？ […]

[解釈]

妻は，長距離を運転して営業に出かけるも成果の出ない日々を繰り返している夫の現状に心を痛め，ウィリーの不安定な精神状態は彼の窮状に起因するものであると夫をかばっている。たたみかけるようなリンダの台詞は，息子に対する怒りだけではなく，夫のプライドを守るために彼の嘘を指摘できずにいるリンダ自身のジレンマの吐露ともなっている。チャーリーは，昔からの隣人でウィリーとは友人でもあるのだが，彼の息子バーナードはビフとは異なり弁護士として成功している。この状況下でチャーリーに借金を申し込むことは，ウィリーにとっていかに屈辱的なことなのかは想像に難くない。一家にとりついているのは成功への夢だけではなく，「男が家庭を支えなくてはならない」という家父長制の神話でもある。 （佐藤里野）

[問い]
主人公ウィリーは，なぜ死を選んだのだろうか？
息子にとって，父の存在はどのようなものだったのだろうか？

42 トルーマン・カポーティ（Truman Capote）1924-1984

『遠い声，遠い部屋』（*Other Voices, Other Rooms*, 1948）

カポーティの肖像
出典：George Plimpton. *Truman Capote*（Nan A. Talese, 1997）

[作家紹介]

ニューオリンズで両親に望まれない子として生まれ，両親の離婚後は母方の親戚に預けられる。そこでいとこの愛情を受けるが母の再婚後ニューヨークに移る。男性的な少年に矯正しようとする母と，母に愛されたい願いとの葛藤が彼の出発点にある。作家を志し，『ニューヨーカー』（*The New Yorker*）誌でコピーボーイとして働く傍ら短編小説を執筆し，1945年の「ミリアム」（“Miriam”）で注目を集める（1946年にオー・ヘンリー賞を受賞）。突然ひらめき，書きかけの小説の原稿を仕舞い込み，『遠い声，遠い部屋』を書き始める。ヤドゥー作家芸術家村に滞在中，学者ニュートン・アーヴィン（1900-1963）と恋人になり，多くの作家と知り合い，学校教育のなかったカポーティは様々な作家・作品について学び，『遠い声，遠い部屋』を完成させ，1948年に出版する。

小説第二作目の『草の竪琴』（*The Grass Harp*, 1951）以降，ルポルタージュに対する関心を抱き，ジャーナリスティックなエッセイでも才能を発揮する。小説第三作『ティファニーで朝食を』（*Breakfast at Tiffany's*, 1958）では，第二次世界大戦後の家庭回帰のかけ声の下，保守的な女性像が好まれる時代に，あらゆる意味でその女性像を裏切るホリー・ゴライトリーを主人公とし，彼女との関係を通して語り手自身の秘められた欲望が肯定される様子も描き出す。映画化され有名になったが，映画版での改変は当時の時代を映す鏡となっている[1]。

1959年に起こった殺人事件を取材し，自らノンフィクション・ノベルと称した『冷血』（*In Cold Blood*, 1966）がカポーティの代表作とされる。二人の殺人者の心理や，殺人により生じる様々な心理を小説の手法を巧みに用いて描き出す。ただこの作品の商業的な大成功がカポーティのその後の人生を狂わせることになった。上流階級を題材に，プルーストの『失われた時を求めて[2]』を越えようと自ら宣伝した『叶えられた祈り』（*Answered Prayers*, 1987）は完成されることなく，酒と麻薬と恋に溺れた破滅的な人生の幕を閉じる。

[作品紹介]

カポーティの作品は多く，自分を肯定できないために悲劇的な生き方をするしかない人物や，最後には自己肯定できるようになる人物を描く。中でも詩情溢れる美しい文章で少年のおかれた状況を，南部の黒人のおかれている状況とも重ねて描き出す『遠い声，遠い部屋』を，今後も読まれていくであろう作品

▷1　映画ではオードリー・ヘップバーンが主役のホリーをつとめた（1961年公開）。カポーティ自身はマリリン・モンローを念頭に置いていたが実現しなかった。また，作品では名前の与えられていない語り手に名前が与えられ，二人の恋愛ロマンスとしてハッピーエンドを迎える映画は，原作とはまったく別物として完結させるために，各所に原作にはない脚色が施されている。

▷2　『失われた時を求めて』（1913-1927年）はフランスの作家マルセル・プルースト（Marcel Proust）の代表作にして20世紀を代表する長編小説のひとつ。社交に明け暮れる上流階級を背景に，記憶を巡る物語となっている。

として選びたい。母の死後，伯母の家にいた13歳の少年ジョエルが，父の求めで見知らぬ土地に一人来て，ゴシック調の不気味な屋敷の住人や近くの町で出会う異形の人達との交流を通し，自分を受け入れていく物語である。受け入れる自分とは何か，様々考えさせられるが，クィア[3]という視点を持ち込むことで，成長や自己肯定の持つ意味をも考えさせられる。母や父との関係も重要なモチーフである。少年が何かを受け入れる作品の最後の段落を引用する。

[引用]

His mind was absolutely clear. He was like a camera waiting for its subject to enter focus. The wall yellowed in the meticulous setting of the October sun, and the windows were rippling mirrors of cold, seasonal color. Beyond one, someone was watching him. All of him was dumb except his eyes. They knew. And it was Randolph's window. Gradually the blinding sunset drained from the glass, darkened, and it was as if snow were falling there, flakes shaping snow-eyes, hair: a face trembled like a white beautiful moth, smiled. She beckoned to him, shining and silver, and he knew he must go: unafraid, not hesitating, he paused only at the garden's edge where, as though he'd forgotten something, he stopped and looked back at the bloomless, descending blue, at the boy he had left behind.

[邦訳]

彼の心は澄み切っていた。物体に焦点が合うのを待つカメラのようだった。周到に準備した10月の太陽を受け壁は黄色く色づき，窓ガラスは冷たい季節の色を映す鏡の小波。窓の一つに彼を見る者がいる。目だけが動く。その目は知っている。ランドルフの窓だ。まばゆい夕日がガラスから徐々に消え，暗くなり，雪が降っているようだった。雪片が雪の目となり，髪となり。白く美しい蛾のように顔が振るえ微笑む。ジョエルを手招きする。銀色に輝いて。行かねばと思う。怯えることなく，躊躇もせず，ただ庭の端でちょっと立ち止まり，忘れ物をしたかのように動きを止め，花の咲くことなく下り来る彼方の青い帳を，背後に残してきた少年を，振り返って見てみる。

[解釈]

ジョエルの心は彼を縛っていた社会規範から自由になり，「愛に地理はなく境界線もない」と言う屋敷の主人ランドルフをジョエルは受け入れることができるようになる。受け入れるとは同類として認めることなのか，恋人として受け入れることか。その曖昧さにこそ，この作品のポイントがある。黒人女性を含み様々な人物が「フリーク」として描かれるが，フリークなものに向ける残酷さは自己を否定していた頃のジョエルの目の歪みと重なる。その歪みは偏見にとらわれた世間の残酷さをも照らし出す。アンデルセンの「雪の女王」や鏡というモチーフを上手く利用していることを象徴する場面でもある。（本合　陽）

▶3　「クィア」は元々は「変態」を意味する言葉だが，特にエイズ禍以降の1980年代後半から，セクシュアリティやジェンダーに関し，社会の求める規範に従わない人々や物事，概念を指して用いられるようになった。性的マイノリティを総称する語としても用いられるが，様々なセクシュアリティの差異を問う言葉でもある。

図1　『遠い声，遠い部屋』初版のカバーに載ったカポーティの写真

この写真に魅されたポップアートの旗手，アンディ・ウォーホルの話は有名。

出典：George Plimpton. *Truman Capote*（Nan A. Talese, 1997）

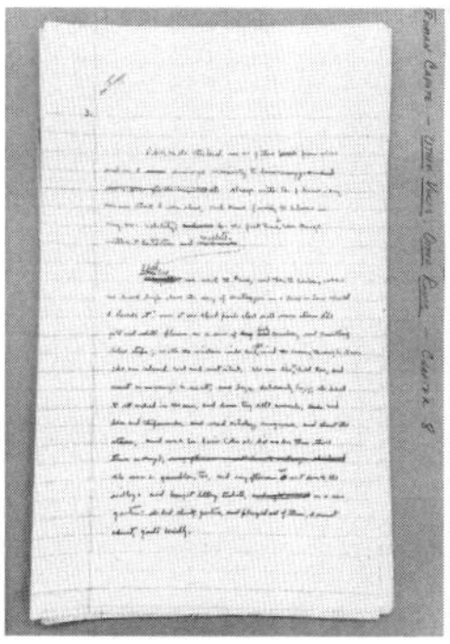

図2　『遠い声，遠い部屋』の自筆原稿

出典：Library of Congress

[問い]

ジョエルの目覚め・自己の肯定を描くために，作者はどういった仕掛けを持ち込んでいるだろうか？

北部への移住を夢見る黒人女性ズーが，レイプされた果てに夢破れ戻ってくるエピソードはこの作品になぜ必要なのだろうか？

43　J・D・サリンジャー（J. D. Salinger）
1919-2010

『キャッチャー・イン・ザ・ライ』（*The Catcher in the Rye*, 1951）

サリンジャーの肖像
出典：David Shields and Shane Salerno. *Salinger* (Simon & Schuster, 2013)

[作家紹介]

ポーランド系ユダヤ人の父とスコットランド系アイルランド人の母との間にニューヨーク市で生まれ育つ。経営者として成功した父のおかげで非常に裕福な生活をおくるが，学業は不振，様々な高校を放校，転入を繰り返した。聴講生として登録したコロンビア大学の創作科で，講座を受け持っていた雑誌編集者ホイット・バーネット（Whit Burnett）の目にとまり，1940年，『ストーリー』（*Story*）誌に初めて短編小説が掲載される。第二次世界大戦が勃発すると，サリンジャーは自ら進んで志願し1944年６月にはノルマンディー上陸作戦にも参加した。以後様々な激戦地に送りこまれ，終戦時には「神経衰弱」（現在でいう戦争 PTSD の症状）と診断された。この時の従軍経験が彼の人生観を変えたのみならず，作品に深い影を落としている[◁1]。

ニューヨークに帰国後は，バーネットと進めていた自作選集『若者たち』（*The Young Folks*）の出版が頓挫したことで，彼と絶交状態になる。しかし，1948年に短編「バナナフィッシュに最良の日」（“A Perfect Day for Bananafish”）で，名高い文芸誌『ニューヨーカー』（*The New Yorker*）と契約を結び，また，1951年には長編『キャッチャー・イン・ザ・ライ』を出版したことで一躍脚光を浴びる。本作の成功のおかげで名を知られるようになったサリンジャーは，人目を避けるため，独りで静かに創作ができるニューハンプシャー州の田舎に移る。1955年には年の離れたクレアと結婚し二人の子供をもうけるが，67年に離婚。この間，『ナイン・ストーリーズ[◁2]』（*Nine Stories*, 1953）や『フラニーとゾーイ』（*Franny and Zooey*, 1961），『大工よ，屋根の梁を高く上げよ／シーモアー序章』（*Rise High the Roof Beam, Carpenters and Seymore: An Introduction*, 1963）といった短編集を出版した。1965年に「ハプワース16，1924年」（“Hapworth 16, 1924”）を発表したのを最後に，自作を出版することはなかった。長い沈黙を保ったまま，ニューハンプシャー州コーニッシュの農場にて2010年に死去。

[作品紹介]

『キャッチャー』は若い読者の共感を得て，現在に至るまで読み継がれているサリンジャーの代表作である。16歳の少年ホールデン・コールフィールドの孤独と自己の不安定さが，一人称の生き生きとした語り口と誇張を含むユーモアとともに，緊張感を孕みながら提示される[◁3]。物語は，ホールデンが，名門寄

▷1　おそらく，『キャッチャー・イン・ザ・ライ』（以下，『キャッチャー』と略す）で，主人公が幼くして亡くなった弟を何度も思い出すのも，サリンジャー自身が戦争で友人や仲間を失ったことと無関係ではない。苛烈な戦場を生き残った罪責感のようなものが間接的に反映されているのかもしれない。

▷2　この短編集に収められた「コネチカットのひょこひょこおじさん」（“Uncle Wiggily in Connecticut”）を原作としたマーク・ロブソン監督の映画『愚かなり我が心』（*My Foolish Heart*, 1949）の出来に激怒したサリンジャーは，それ以後自分の作品の映画化を許可することはなかった。

▷3　一人称の語り口を特徴とするホールデンは，トウェイン『ハックルベリー・フィンの冒険』の20世紀版であるとしばしば指摘される。

宿学校を放校になり，クリスマス休暇を前にして実家のあるニューヨーク市に戻るところから始まる。マンハッタンをあてもなく放浪する彼の行動は，人との接触を切望しながら，それが叶わない孤独な少年の姿を浮き彫りにする。彼はまた，体制側の俗物たちを潔癖なまでに嫌悪し，「大人の世界」に対立される「子どもたちの無垢《イノセント》な世界」を守ろうとする。その理想は亡くなった弟のアリーや妹のフィービーに求められる。以下で引用するのは，ホールデンがヒッチハイクをして西部へ旅立ち，聾唖者のふりをして森の小屋にひっそりと住まうことを夢想する場面である。

[引用]

Everybody'd think I was just a poor deaf-mute bastard and they'd leave me alone. They'd let me put gas and oil in their stupid cars, and they'd pay me a salary and all for it, and I'd build me a little cabin somewhere with the dough[①] I made and live there for the rest of my life. ... if I wanted to get married or something, I'd meet this beautiful girl that was also a deaf-mute and we'd get married. She'd come and live in my cabin with me, and if she wanted to say anything to me, she'd have to write it on a goddam piece of paper, like everybody else.

[邦訳]

みんなは僕のことを気の毒な聾唖者だと思って相手にもせず，放っといてくれる。僕はみんなの間抜けな車にガソリンやオイルを入れ，それで給料をもらい，その金を貯めてどこかに小さな自分の小屋を建ててそこで一生を終えるんだ。（中略）もし結婚みたいなことをしようという気になったら，美しい聾唖者の女の子とめぐりあって結婚するんだ。彼女はその小屋で僕と一緒に暮らすわけ。そしてもし僕に何かを言いたいと思ったら，彼女もやはりろくでもない紙にいちいち書かなくちゃいけない。他のみんなと同じようにね。

[解釈]

ホールデンの，都市から自然（東部から西部）への逃避願望は，人とのコミュニケーションを断ち自分の小屋に引きこもるという，きわめて閉塞的なビジョンとなる。彼が聾唖者のふりをするのは，社交辞令や俗物的な会話を避ける意図があるが，人との交わりそのものを完全に否定しているわけではない。それどころか，彼は同じく聾唖者の娘と結婚し子どもをもうけ，話し言葉ではなく書き言葉で意思疎通を図ろうとする。ここでホールデンはあたかも肉声のない世界を理想としているように思えるが，「ろくでもない紙にいちいち書かなくちゃいけない」会話のあり方は，むしろ，書き言葉のなかに彼の肉声を宿らせる「真のコミュニケーション」を目的としている。このことは，本作の仕組みそのもの（文字で書かれた小説『キャッチャー』の読者はまるでホールデンが自分に話しかけているような気にさせられること）を指し示しているようである。（小椋道晃）

図1　第二次世界大戦中に『キャッチャー』を執筆する作者
出典：肖像写真に同じ。

図2　セントラル・パークの池
出典：筆者撮影。

① -dough：お金

[問い]

サリンジャーはなぜここで，ホールデンがアメリカ西部の森に独りで暮らす夢を抱いていると設定したのだろうか？
森の小屋で暮らすという夢想は，『ウォールデン』の作者ソローを想起させるが，20世紀半ばの小説でこのような19世紀作家への間接的言及にはどのような意図があるのだろうか？
それはまた，アメリカ西部に理想やイノセンスを見出す考え方とどのように関連するのだろうか？

44 バーナード・マラマッド（Bernard Malamud）1914-1986

「白痴が先だ」（“Idiot’s First,” 1963）

[作家紹介]

1914年ニューヨーク州ブルックリンの貧しいユダヤ系家庭に生まれる。父親のマックス・マラマッドは小さな食料品店を営み，その店を手伝う母親バーサ・フィデルマンは芸術家肌で繊細な女性であった。親の愛情を受けながらも，マラマッドが体験した幼い頃の貧しい生活の記憶と15歳の時に精神病院で亡くなった母親の不幸な死が，その後マラマッドの人生と作品に大きな影響を及ぼすことになる。ニューヨーク市立大学で学士号，コロンビア大学大学院で修士号を取得。修士論文のテーマはトマス・ハーディの作品であったという◁1。マラマッドは「先生」（melamed）というヘブライ語の単語から派生したとされるマラマッド姓を誇りに思っており，その姓に相応しく生涯教員と小説家の二足のわらじを貫いた。母校エラスムス・ホール高校の夜間で英語を教えた後は，オレゴン州立大学で教え，その後はヴァーモント州ベニントン大学で教鞭を執りながら創作活動を続けた。1952年に長編第一作目『ナチュラル』（*The Natural*, 1952）が出版され（後に映画化される），本格的に作家としてのキャリアをスタートさせる。作家人生はおおむね順調で，長編第二作目『アシスタント』（*The Assistant*, 1957）も高く評価され，短編集『魔法の樽』（*The Magic Barrel*, 1958）では全米図書賞受賞，『修理屋』（*The Fixer*, 1966）では全米図書賞とピューリツァ賞を同時に受賞する。その当時アメリカ文壇で活躍していたソール・ベロー（Saul Bellow, 1915-2005）やフィリップ・ロス（Philip Roth, 1933-2018）などと共に代表的なユダヤ系アメリカ人作家の一人と見なされるようになる。その後も『ドゥービン氏の冬』（*Dubin’s Lives*, 1979）や『コーンの孤島』（*God’s Grace*, 1982）など前衛的なテーマやスタイルも取り入れながら高質な作品を出版し続けた。1986年3月心臓発作のため死去◁2。

[作品紹介]

「白痴が先だ」は，短編集第二作『白痴が先だ』の表題作であり，随所にマラマッドらしい要素が光る作品である。ある夜，貧しく年老いた父親メンデルは，自分がギンズバーグに追われていることを察知し，すでに成人しているが知的障害のある息子アイザックを，自分の叔父に託すことに決める。ギンズバーグの執拗な追跡のなか，メンデルは必死に金を工面し，アイザックを電車に乗せるため，彼の手を引き駅に急ぐ。もう少しの所でメンデルはギンズバーグに捕

マラマッドの肖像
出典：Lawrence M. Lasher. *Conversations with Bernard Malamud*（UP of Mississippi, 1991）

▷1　マラマッドは，一時期ワシントンD.C.の国政調査局で働いていたこともあった。

図1　マラマッドの短編集
出典：Bernard Malamud. *The Complete Stories*（Vintage, 1998）

▷2　現在，マラマッドの評伝としては，マラマッド家から評伝の執筆依頼を受けたフィリップ・デイヴィス（Philip Davis）著 *Bernard Malamud: A Writer’s Life*

まるが，彼は必死に抵抗し，一瞬の隙を突いてアイザックを電車に乗せることに成功する。車掌にアイザックのことを頼み，彼を見送った後，メンデルはギンズバーグのもとに戻っていくのであった。

[引用]

“All my life,” Mendel cried, his body trembling, “what did I have? I was poor. I suffered from my health. When I worked I worked too hard. When I didn't work was worse. My wife died a young woman. But I didn't ask from anybody nothing. Now I ask a small favor. Be so kind, Mr. Ginzburg.” The ticket collector was picking his teeth with a matchstick.

“You ain't the only one, my friend, some got it worse than you. That's how it goes in this country.”

“You dog you.” Mendel lunged at Ginzburg's throat and began to choke. “You bastard, don't you understand what it means human?” (280)

[邦訳]

「私はこの一生で」とメンデルは体を震わせながら叫んだ，「何を手にしたというんだ。貧乏で，体も悪くした。働けば働きすぎるし，働かなければもっと悪かった。女房は若くして亡くなった。だけど私は誰かに何かを頼んだことなどなかった。その私が，今，ささやかなことを頼んでいるんです。ご慈悲を，ギンズバーグさん。」
切符係は，マッチ棒で歯をほじり続けていた。

「あんただけってわけでもないんだよ。あんたより酷い状況の奴はたくさんいるからね。この国ではそうなっているのさ。」

「この犬め。」メンデルはギンズバーグの喉に掴みかかり首を絞め始めた。「この畜生め。お前分かっとらんのか，人間ってことの意味が？」

[解釈]

メンデルは，貧困，病に見舞われた今までの人生の不遇を嘆く。そのメンデルを執拗に追いかけてくるギンズバーグとは何者か。彼に追われるメンデルの姿は，あたかも死に追われる人間の姿を象徴しているようである。マラマッドは，イディッシュ語訛りの英語を文学的表現にまで高めた功績もある。メンデルが口にする最後の一言 “Don't you understand what it means human?” はその好例である。文法的な誤りすら独特のリズムになるこの訛りの魅力を翻訳で再現することは難しい。息子のために，年老いた父親が自らの「死期」を象徴するギンズバーグと格闘する。父親の切実さと気迫に押され，普段は時間に厳しい「死期」でさえも一瞬ひるむ。必死に生きる人間の弱さの中に潜む強さに光を当てる本短編は，ユダヤ色の強い物語でありながら普遍的な人間の姿を見事に捉えているという点に於いて，マラマッドの有名な一言「すべての人間はユダヤ人である」を鮮やかに具現化した作品と言えよう。　（相原優子）

(2007) とマラマッドの長女ジャナ・マラマッド・スミス (Janna Malamud Smith) 著 *My Father is a Book: A Memoir of Bernard Malamud* (2013) の２冊がある。同じエピソードを評伝作家と娘による公私両方の視点から読むことができるという意味で興味深い。

図２　デイビスの評伝
出典：Philip Davis. *Bernard Malamud: A Writer's Life* (Oxford UP, 2007)

図３　マラマッドの娘 Janna による回想録
出典：Janna Malamud Smith. *My Father is a Book: A Memoir of Bernard Malamud* (Counterpoint, 2013)

【問い】
「死期」を体現すると思わせる人物をあえてギンズバーグと名付けたのはなぜだろうか？
ギンズバーグは「死」以外に何を象徴するだろう？
最後にメンデルはギンズバーグの様子を見に戻るが，それは何を意味するだろうか？

45 レイモンド・カーヴァー（Raymond Carver）1938-1988

「大聖堂」（“Cathedral,” 1983）

カーヴァーの肖像

出典：Raymond Carver. *Where I'm Calling From*（Vintage, 1989）

[作家紹介]

オレゴン州クラッツカニー生まれ。19歳にして一児の父親となる。翌年，カリフォルニア州立大学チコ校に入学，創作クラス講師担当の作家ジョン・ガードナーの薫陶により，てらいのない文体で小説を書くことの美徳を学ぶ。アイオワ大学大学院の創作科に進学するものの，一年で中退，仕事を転々としつつ，短編と詩を書き続ける。長編を書くゆとりはなかった。転機は33歳，短編「隣人たち」（“Neighbors,” 1971）が『エスクァイア』（*Esquire*）誌の名物編集者ゴードン・リッシュの目に留まり，同誌に作品が掲載されたことによる。以降，順調に作家としてのキャリアを重ねる。いっぽう，私生活においては，酒に溺れたあげくに妻から縁を切られるなど，波乱含みであった。50歳にて死去。◁1

▷1　40歳を過ぎた頃，詩人テス・ギャラガーと暮らしを共にすることで，公私ともに落ち着く。晩年は主に詩作に励んだ。

しばしば「ミニマリスト」（minimalist）と形容されるカーヴァーの飛び石のような文体は，社会への広範な目配りを示すこともなければ，個人の内奥への飽くなき探究心とも無縁である。にもかかわらず，カーヴァーはブルーカラーの人びとのどんづまりの暮らしぶりをありありと示すことに成功した。散文においてはもっぱら短編を書き続けたカーヴァーの代表作としては，幼い息子を交通事故で失ったばかりの夫婦に訪れるふしぎな出来事を描いた「ささやかだけれど，役に立つこと」（“A Small Good Thing”）などを収録した短編集『大聖堂』（*Cathedral*, 1983）が挙げられる。◁2

▷2　重要作が網羅的に収録された自選短編集『ぼくが電話をかけている場所』（*Where I'm Calling From: New and Selected Stories*, 1988）は，彼の作品世界を概観するのにふさわしい一冊となっている。

[作品紹介]

短編集『大聖堂』の表題作の本作は，アメリカ文学における屈指の傑作短編と目されている。主人公はカーヴァー世界ではおなじみの中産階級下層に属する白人男性。妻が長年の友だという盲目の男性を自宅に招待し，主人公は，しぶしぶ接待する（彼のやさぐれた一人称の語り口は，本作の最大の魅力の一つだ）。だが，夜が更けるにつれて，二人の交流は真摯なものと化す。テレビが大聖堂を映し出したことをきっかけに，主人公と盲目の男性は，二人で手を重ねて，一緒に大聖堂の絵を描く。その結果，主人公は，とくべつな感覚を味わうに至る。以下の引用は，本作の最終場面。

[引用]

“Close your eyes now,”the blind man said to me. ... “Keep them that way,” he said. He said, “Don't stop now. Draw.”

So we kept on with it. His fingers rode my fingers as my hand went over the paper. It was like nothing else in my life up to now.

Then he said, “I think that’s it. I think you got it,” he said. “Take a look. What do you think?”

But I had my eyes closed. I thought I’d keep them that way for a little longer. I thought it was something I ought to do.

“Well?” he said. “Are you looking?”

My eyes were still closed. I was in my house. I knew that. But I didn’t feel like I was inside anything.

“It’s really something,” I said.

[邦訳]

「では，目を閉じて」と盲人は言った。……「つむったままでいてください」と彼は言った。「手は止めないで。描き続けて」

かくして僕たちは描き続けた。僕の手が紙面を滑るあいだ，彼の指は僕の指に重ねられていた。その感じは，ついぞ味わったことのないものだったし，いまだこっきりのものだ。

それから彼は言った。「このくらいでいいでしょう。もう，おわかりでしょう」と彼は言った。「目を開けてごらんなさい。どうですか」

でも，僕は目をつむったままでいた。もうちょっと，そのままでいたいと思ったのだ。それが，自分のやるべきことだと思ったのだ。

「いかがですかな」と彼は言った。「目は開けましたか」

僕の目は閉じたままだった。僕は自分の家にいた。それは分かっていた。でも，自分が何らかの内側にいるようには，ちっとも思えなかった。

「これは，ほんとうにすごいなあ」と僕は言った。

[解釈]

日々をやり過ごすばかりで，人生における見通しとは無縁と決めこむ主人公にヴィジョンをもたらすのが，ほかならぬ盲人であった。教訓的な結末である。“It’s really something” という主人公の最後の発言は，彼がなんらかの啓示を受けとったことを示す，大団円にふさわしい結びの文句だ。興味深いのは，物語全体の締めくくりにはうってつけのこの発言が，盲人との会話の流れという文脈でとらえると，いささか中途半端なものに思われることだ。“It’s really something” とは，ひとり言のようでもあり，目を開けることを再三うながす盲人への返事のようでもある。つまり，主人公の最後の発言は，てらいのない己の感情の発露であると同時に，他者への応答としては至極あやふやなものに留まっているのだ。かくして，本作は，目を閉じたまま啓示的瞬間を味わうという主人公の姿を最後に据えることによって，読者をおおむね安心させせつつ，どこか緊張感をはらんだまま，幕を閉じることとなる。　（小林久美子）

[問い]

最終場面において，主人公が目を閉じたままであった理由は，彼が「そうすべきだと思った」からだと示される。ここで，want to（〜したい）ではなく ought to（〜しなくてはならない）という表現が使用されているのはなぜだろうか？

46　カーソン・マッカラーズ（Carson McCullers）1917-1967

『結婚式のメンバー』（*The Member of the Wedding*, 1946）

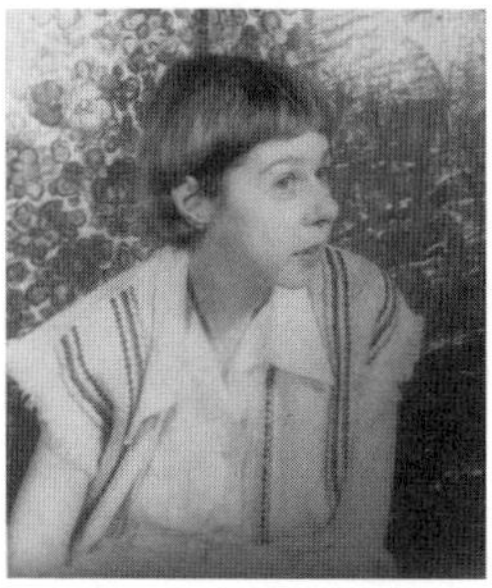

マッカラーズの肖像

出　典：Library of Congress, Prints & Photographs Division, Carl Van Vechten Collection, LC-USZ62-130115.

［作家紹介］

ルーラ・カーソン・スミスとして，ジョージア州コロンバスにて生まれる。彼女が早熟の天才になるとの啓示を得た母親の愛と献身を一身にうけて育ち，地元ではピアノの才能が認められていた。13歳にして170センチを超える身長は「フリークス！」と格好のからかいの対象となる一方，自意識を強めもした。17歳で単身ニューヨークへ向かい，コロンビア大学とニューヨーク大学の創作コースの授業を受講。自伝的短編「神童」（“Wunderkind”）が『ストーリー』誌に掲載される。1937年，作家志望の軍人リーヴス・マッカラーズと結婚。

小説『心は孤独な狩人』（*The Heart Is a Lonely Hunter*, 1940）の成功によって文壇の寵児となった彼女は，『黄金の眼に映るもの』（*Reflections in a Golden Eye*, 1941），『悲しき酒場の唄』（*The Ballad of the Sad Café*, 1943），『結婚式のメンバー』[◁1]と，ベストセラーをつづけて世に送り出す。孤独で風変わりな登場人物たち。南部を舞台に，繊細で瑞々しい詩的表現で紡ぎ出される，哀しくも報われない愛のかたちは抒情性をただよわせて読むものの心を深く打つ。南部ゴシック小説の王道を行く作風だが，その実存主義的な疎外のテーマには地方色文学を超える普遍性がある。これらの代表作は，長きにわたる闘病と愛憎にみちた結婚のうちから生みだされた。

▷1　マッカラーズ自身による同名戯曲（*The Member of the Wedding: A Play*, 1951）を基にした舞台はブロードウェイでロングランを記録，1952年には同主要キャストで映画化。また，何度もTVドラマ化されている。

1942年に離婚して３年後に復縁するも，1953年の夫の自殺によって関係に終止符が打たれる。度重なる病気や発作に苦しみ半身不随になるが，強酒で痛みをまぎらわせ，戯曲，小説，詩集，エッセイ等を死の直前まで発表し続けた。

［作品紹介］

マッカラーズの作品中もっとも完成された小説『結婚式のメンバー』は，思春期の少女の大人へのイニシエーションをめぐる成長物語である。三部構成の各部に対応してフランキー，F・ジャスミン，フランシスと呼び名が変わることで，「自己」や「アイデンティティ」という作品テーマが前景化されている。背景におかれた第二次世界大戦がときおり暗い影を投げかける1944年の夏，南部の小さな町に暮らす12歳のおてんば娘フランキーは，どこにも自分の居場所がないと感じて，言い知れぬ焦燥感，苛立ち，不安を抱えながら，大半の時間を黒人料理人ベレニスと従弟ジョン・ヘンリーとともに台所で過ごしている。ある日，兄ジャーヴィスが婚約者ジャニスを連れてくる。このカップルに恋し

図１　『結婚式のメンバー』原書

出　典：Carson McCullers. *The Member of the Wedding* (Houghton Mifflin, 1946)

たフランキーは，新婚旅行に一緒に連れて行ってもらえると無邪気に思い込む。引用は，彼女が「私のわたしたち」というエピファニー◁2を得る場面。

[引用]

They are the we of me. Yesterday, and all the twelve years of her life, she had only been Frankie. She was an *I* person who had to walk around and do things by herself. All other people had a *we* to claim, all others except her. When Berenice said *we*, she meant Honey and Big Mama, her lodge①, or her church. The *we* of her father was the store. All members of clubs have a *we* to belong to and to talk about. The soldiers in the army can say *we*, and even the criminals on chain-gangs②. But the old Frankie had had no *we* to claim, unless it would be the terrible summer *we* of her and John Henry and Berenice — and that was the last *we* in the world she wanted. Now all this was suddenly over and changed. There was her brother and the bride, and it was as though when first she saw them something she had known inside of her: *They are the we of me.*

[邦訳]

《彼らが私のわたしたちなんだわ。》昨日まで，これまでの人生の十二年間ずっと，ただのフランキーでしかなかった。ぜんぶ自分で何でもやらなきゃいけない《わたし》という個だった。他の人たちには《わたしたち》と言える誰かがいた。彼女以外のみんなには。ベレニスが《わたしたち》って言うのは，ハニーやビッグ・ママ，集会所や教会のことだ。父親の《わたしたち》は宝石店。全クラブ会員には，所属できて話せる《わたしたち》がいる。軍隊の兵士も《わたしたち》と言えるし，鎖につながれた囚人たちだって。けれども，われらがフランキーには《わたしたち》なんていなかった。彼女とジョン・ヘンリーとベレニスのひどい夏の《わたしたち》をいれれば別だけれど——そんなのはいっとう我慢ならない《わたしたち》だった。今では全部いっぺんに変わってしまった。兄と花嫁がいて，初めて二人を目にしたとき，もう心のどこかでわかってたみたいだった。《彼らが私のわたしたちなんだわ。》

[解釈]

独特の言い回しである「私のわたしたち」は，社会規範に抗いながらも親密な結びつきを欲する主人公の希求を端的に表現する，本作品の核心となる概念。孤独から愛，自己確立から社会参入へ，引用の一節は「成長」の行方を示す。この探求の旅は，新天地での成功を願うアメリカン・ドリームにも通じ，フランキーをアウトロー的なアメリカン・ヒーローの系譜に連なるとみることができよう。一方で，彼女の「成長」が南部ならではのジェンダーや人種の規範に制限されているという点も見過ごせない。伝記的な観点から，「わたしたち」を，同性愛，両性愛，ポリアモリーの欲望として解することもできる。（山本裕子）

▷2　エピファニーとは「顕現」を意味し，突如として重要な洞察や認識に達する，ひらめきの瞬間を指す用語。

① -lodge：集会所（の会員）

② -on a chain gang：一つの鎖につながれて

図2　舞台『結婚式のメンバー』の一場面

出典：Billy Rose Theatre Division, The New York Public Library. "Julie Harris, Ethel Waters and Brandon De Wilde in the stage production Member of the Wedding" *The New York Public Library Digital Collections.* 1950.

[問い]

ベレニスとジョン・ヘンリーは，なぜフランキーにとっての「わたしたち」にならないのだろうか？

人種，階級，性別，ジェンダー，年齢は，結末における彼女の「成長」とどう関係しているだろうか？

47　フラナリー・オコナー（Flannery O'Connor）1925-1964

「火の中の輪」（"A Circle in the Fire," 1954）

オコナーの肖像
出典：Courtesy of the Flannery O'Connor Collection, Russel Library, Georgia College & State University

［作家紹介］

ジョージア州のサヴァンナ生まれ。本名はメアリー・フラナリー・オコナー。父が紅斑性狼瘡という難病に罹ったため，一家は母方の実家のあるジョージア州ミレッジヴィルに移る。ミレッジヴィルのジョージア州立女子大学を卒業したのち，アイオワ大学大学院で芸術修士号を取得。卒業後は，ニューヨーク州のヤッド・コミュニティという芸術家が集う施設など，主に東部で創作活動を続けるが，1950年の冬，彼女が25歳の時，クリスマスを過ごすため故郷のミレッジヴィルに帰省する列車の中で父と同じ紅斑性狼瘡を発症。それ以降は，ミレッジヴィル近郊のアンダルシア農園にて，母親の庇護のもと創作を続ける。病気のため創作時間が限られたこともあり，彼女が生涯において世に出した作品はそれほど多くはない。難病ゆえに生活の自由は奪われたが，それがもとで友人などと手紙を頻繁にやりとりするようになり，その書簡集は『存在の習慣』（*The Habit of Being*, 1979）というタイトルで出版されている◁1。オコナーは小説だけでなく『秘義と習俗』（*Mystery and Manners*, 1969）という文学評論集も執筆しているが，これは彼女の文学とキリスト教への考えを理解する上での必読書であると同時に，後々の作家にも多大な影響を与えている。オコナーは『賢い血』（*Wise Blood*, 1952）などの長編も書いているが，その文学的神髄が見られるのはむしろ短編作品であり，南部の何気ない日常世界に突如神の啓示と恩寵が入り込む瞬間を独特の手法で描いている。よく読まれる代表作に，「善人はなかなかいない」（"A Good Man Is Hard to Find," 1953）など。

オコナーは敬虔なカソリック信者であるが，その事実から想像できないほど，彼女の文学世界は無慈悲な暴力で満ち溢れている。『秘義と習俗』にはその理由が記されており，神の恩寵を手に入れたければ，暴力を伴ったそれなりの「代価」を払わなければならないとオコナーは述べている。ただし，彼女の文学は宗教的・美学的な領域にとどまるのかと言えば，決してそうではない。以下に紹介する「火の中の輪」は，オコナー特有のキリスト教の秘義と当時の政治的力学が一つの作品に凝縮された，優れた短編の一つとして数えてもよいだろう。

［作品紹介］

コープ夫人は南部の牧場所有者で，娘のサリー・ヴァージニア・コープと暮

▷1　日本のノーベル賞作家の大江健三郎はこの書簡集にちなんで，自身の評論集に『人生の習慣』というタイトルをつけている。

図1　『存在の習慣』
オコナーの書簡集は彼女の死後，1979年に出版された。表紙からも窺えるように，孔雀をはじめ，鳥はオコナーにとって重要な動物であり，作品でも描かれることが多い。
出典：Flannery O'Connor. *The Habit of Being: Letters of Flannery O'Connor*, ed. Sally Fitzgerald（The Noonday, 1979）

らしており，そこでは白人のホリス・プリチャードと妻のプリチャード夫人，そして二人の黒人が使用人として働いている。そんな折，かつてコープ夫人の農場で働いていたボイド氏の息子のパウエルと彼の二人の友人が彼女の牧場にやって来る。この三人は，牧場近くの原っぱでキャンプを始め，コープ夫人の許可なく馬に乗ったりするなど彼女の手に負えない振る舞いをするが，果てはこの牧場を駐車場にするため，コープ夫人が所有する森に火をつける。最後に火を消しに行くコープ夫人のみじめな顔が，引用箇所で描かれている。

[引用]

The child came to a stop beside her mother and stared up at her face as if she had never seen it before. It was the face of the new misery she felt, but on her mother it looked old and it looked as if it might have belonged to anybody, a Negro or a European or to Powell himself. The child turned her head quickly, and past the Negroes' ambling① figures she could see the column of smoke rising and widening unchecked inside the granite② line of trees.

[邦訳]

女の子は母親の隣で止まり，まるでそれまで見たことがなかったかのように母親の顔を見上げた。そこには彼女が初めて感じたみじめさがあったが，母親の方ではそのみじめさはすでにあり，黒人でも，ヨーロッパ人でも，あるいはパウエルでも，誰のものでもよかったかのように見えた。女の子が急にふりかえると，ゆっくり歩いて行く黒人たちの向こうに，御影石のような森の境界線の内側で煙の柱が高く広がっていく様を見ることができた。

[解釈]

コープ夫人の顔が表出するみじめさは，父親を亡くし母親が再婚したことによるパウエルの精神的苦悩を映し出すだけでなく，作中において言及されている鉄の肺（人工呼吸器）の中で子どもを出産して亡くなった母親やシベリアに送られるヨーロッパ人の苦痛とも呼応していると考えてよいだろう。つまり，パウエルたち三人のつけた火は，神の怒りの火となってコープ夫人に啓示を与え，彼女は苦しみの共同体に参与することになる。以上の概括が引用した箇所のオーソドックスな読みだろうが，上記の場面で使用人の黒人二人の姿が映し出されていることを読者は見過ごしてはならない。この作品が出版されたのは1950年代，南部で公民権運動が激化していく時代でもある。パウエルたちの放った火がコープ夫人の所有する森に飛び火していく様子は，人種隔離政策という南部の悪しき習俗を破壊し，人種の垣根を消失（焼失）させる運動と密かに共振しているのだろう。カソリシズムの宗教的豊かさを描きながらも，当時の政治的状況を刷り込ませることで，精神的／地政学的世界の広がりを持たせることを可能にする技法こそ，オコナー独特の文学的秘義である。

（山辺省太）

① -ambling：ゆっくり歩く
② -granite：御影石

[問い]

引用箇所の原文において，オコナーは“as if”構文を頻繁に使っているが，それはどのような印象・効果を読み手にもたらすだろうか？

48　ウラジーミル・ナボコフ（Vladimir Nabokov）1899-1977

『淡い焔』（*Pale Fire*, 1962）

図1　パリ，オリンピア・プレス版『ロリータ』初版
出典：*Vladimir Nabokov: Selected Letters 1940-1977*, eds. Dmitri Nabokov and Matthew J. Bruccoli (Harcourt Brace Jovanovich, 1989)

図2　蝶を採集するナボコフ
ナボコフは鱗翅類研究家でもあった。
出典：図1に同じ。

図3　『淡い焔』刊行時の広告
『ニューヨーク・タイムズ・ブック・レビュー』紙掲載。
出典：図1に同じ。

[作家紹介]

帝政ロシアの首都サンクト・ペテルブルクの貴族の家庭に生まれる。恵まれた境遇のもと，3歳で英語，7歳でフランス語をネイティヴの家庭教師に習い始め，10代前半ですでに露英仏3カ国語の詩や小説に読み耽っていたという。

ロシア革命後の1919年には西側へ亡命し，ケンブリッジ大学卒業を経てベルリンに移住，V・シーリンの筆名で『賜物』を頂点とするロシア語作品群を発表し，亡命ロシア文学の旗手となる。やがてナチス台頭を案じてパリに居を移し，さらに1940年，アメリカへ渡るのと前後して執筆言語を英語に切り替える。

渡米後はロシア語教師として生計を立てるかたわら，『セバスチャン・ナイトの真実の生涯』（*The Real Life of Sebastian Knight*, 1941）等，大胆な構想と緻密な計算に基づく高度に知的な小説を発表するも，英語作家として成功を摑むには至らない。そんな亡命生活の苦境の中，出版社探しに困った末にパリで刊行した『ロリータ』（*Lolita*, 1955）が英国作家グレアム・グリーンに絶賛され，中年男の少女愛という煽情的な内容もあいまって読書界に旋風を巻き起こす。やがてアメリカでも出版された『ロリータ』は大ベストセラーとなり，ついに経済的余裕を得たナボコフは，勤めていたコーネル大学を辞めて執筆に専念，1960年代以降はスイスのモントルーを住処とし，『ロリータ』と並ぶ円熟期の傑作『淡い焔』や『アーダ』（*Ada, or Ardor: A Family Chronicle*, 1969）等，同地で病没するまで精力的に作品を発表し続けた。

[作品紹介]

「ロリコン」の語源となった問題作と聞いて『ロリータ』を手に取り，その濃密な文体と周到な文学的企みに面食らう，というのがナボコフ文学と出会う際の王道だが，この「言葉の魔術師」の曲者ぶりをまともに受け止めてみたければ，『ロリータ』と並ぶ代表作『淡い焔』に挑戦するのもいい。架空のアメリカ詩人ジョン・シェイドが残した999行の詩「淡い焔」と，その詩にチャールズ・キンボートなる奇矯な亡命学者が付す序文，注釈，索引——こんな体裁の本が「小説」だというのだから，こちらは「文学」を揺るがす問題作である。

むろんこの奇体な書物が「小説」たるゆえんは，そこに豊かな物語が立ち上がってくるからだ。自伝詩「淡い焔」に描かれるシェイドとその家族の物語——彼は数年前に娘を自殺で亡くしており，これが同詩執筆の動機の一つでもあるのだが，詩の脱稿と同時に自身も凶弾に倒れる。一方，シェイドの大ファンで隣人でもあったキンボートが綴る膨大な注釈には，詩の執筆過程や背景のみならず，彼自身の祖国ゼンブラとその王チャールズ２世をめぐる荒唐無稽な物語が紡がれていく。キンボートによれば，シェイドの遺作の真のテーマは，自身が熱心に語り聞かせたゼンブラ王の冒険（であるはず）なのであり，しかも革命を逃れ国外に身を隠すその王とは，実は彼自身のことらしい。人違いでシェイドを射殺したとされる凶漢ジャック・グレイも，その正体は遥かゼンブラからやってきた王暗殺の刺客ヤコブ・グラドゥスなのだとか。こうして平穏な大学町と奇想天外な異世界が交錯し二重写しになっていく中，読者は真実のありかを探しながら，言葉と世界の解釈をめぐる目くるめく思索へ誘われることになる。

[引用]

I was the shadow① of the waxwing slain
By the false azure in the windowpane;
I was the smudge of ashen fluff — and I
Lived on, flew on, in the reflected sky.②

[邦訳]

私は影だった，殺されたレンジャクの，
紺碧を映す窓ガラスに欺かれた鳥の。
私は染みだった，灰色の毛羽の——それでいて
生き続け，飛び続けた，反映の空を。

[解釈]

一羽の鳥がガラスに映った青空を現実の空と思いこみ，窓に激突する。鳥は命を落とすが，その影である「私」はガラスの中のもう一つの世界で生き続ける……シェイドの詩「淡い焔」の冒頭４行には，本作全体の原風景といった趣がある。娘を亡くしたシェイドがその詩の中で探求するのは，死とは何か，死の彼方に何があるのかという祈りにも似た問いだ。一方，このガラスに映った別世界をキンボートは失われた祖国ゼンブラ（国名は「似姿」（semblance）に由来）への言及とみなし，その愛されし王たる自己の（妄想）物語を紡いでいく。現世と来世，真実と虚構，そんな二つの世界の越境・衝突という主題を小鳥の姿に託したこの冒頭は，出だし２行の脚韻に響く「痛み」（pain）のこだまを通じて，愛する痛みと愛されぬ痛み，そして他者の痛みへの鈍感さとやさしさという，この一風変わった小説の根底に潜む普遍的なテーマにも触れている。

（森　慎一郎）

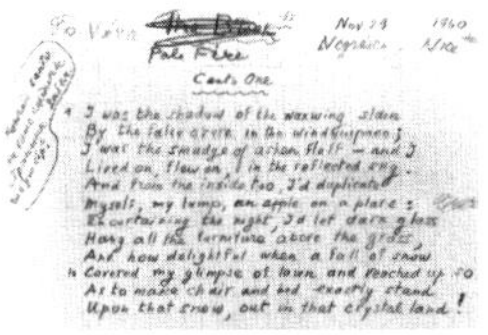

図４　ナボコフが『淡い焔』を執筆したインデックスカード

出典：Brian Boyd, *Vladimir Nabokov: The American Years* (Princeton UP, 1991)

① -shadow：「影」の他，「亡霊」の意もある。ちなみに，詩人の名「シェイド」も普通名詞（shade）として見ればshadowとほぼ同じ意味。
② 各行最後の単語を見ると，この詩は２行ずつ韻を踏む形式で書かれているのがわかる（slain-windowpane, I-sky といったふうに）。それでいて詩の総行数が999行と奇数なのはなぜだろう。

図５　妻ヴェーラに贈った『淡い焔』にナボコフが描き添えた蝶の絵

出典：Brian Boyd. *Nabokov's "Pale Fire": The Magic of Artistic Discovery* (Princeton UP, 1999)

[問い]

冒頭の一節はなぜ過去形で記されているのだろうか？　また，そこに出てくる「影」「レンジャク」「紺碧（の空）」「ガラス（鏡）」といった語やイメージは，作品内で他のどこに見つかり，そこから何が読み取れるだろうか？

49　ジェイムズ・ボールドウィン（James Baldwin）1924-1987

「サニーのブルース」（“Sonny’s Blues,” 1957）

図１　Library of America版のエッセイ大集『ボールドウィン』（1998年）
出典：James Baldwin. *Collected Essays* (Library of America, 1998)

［作家紹介］

ニューヨーク市の黒人街ハーレムに生まれ育つ。実父にまつわる記憶はなく，幼いころから生活を共にしていた継父は黒人教会で説教師をしていた。ボールドウィンも宗教に目覚め，若くして説教壇に立つ。過度に厳格で威圧的な継父との困難な関係は彼に暗い影を落とし，第一長編『山にのぼりて告げよ』（*Go Tell It on the Mountain*, 1953）をはじめ，初期短編やエッセイにおいても父子関係が繰り返し主題となる。ほどなくして教会と距離を置くが，説教師として磨き上げた力強い語りのスタイルは後の書き言葉に残響する。また，『山にのぼりて告げよ』に描かれた同性愛への目覚めは後の作品で深められ，セクシュアリティはボールドウィン文学の主要なテーマとなる。フランスを舞台にした第二長編『ジョヴァンニの部屋』（*Giovanni’s Room*, 1956）は，自身の同性愛を認めることのできない白人主人公の孤独と彼が巻き起こす悲劇を描き，第三長編『もうひとつの国』（*Another Country*, 1962）では白人と黒人の入り混じる登場人物たちが多様な性の実践を通じて関係を模索する。ボールドウィンは，1948年より断続的にパリやその他の海外で暮らすようになるが，異国での生活は彼にアメリカ社会とその人種問題を客観視する視座を与えた。『もうひとつの国』という題がよく示すように，母国を相対化する異国空間，あるいは自己探求を可能にする他との関係が開拓されていくのである。1950年代後半以降は公民権運動にかかわるようになり，こうした経験も後期長編にいかされる。

特筆すべきはエッセイ群だ。母国に対する愛憎が入り乱れた，だからこそいっそう鋭利なアメリカ論や卓越した芸術論が展開される◁1。

［作品紹介］

代表的短編「サニーのブルース◁2」は，現在と過去を行き来する構造，葛藤に満ちた人間関係や啓示の瞬間の描出，創造行為（文化表現）の本質の探究といったボールドウィン文学の特徴を備える。物語は，語り手である高校教師が弟サニーの麻薬絡みの逮捕を知る場面から始まる。ハーレムの荒れた環境に育った兄弟は７歳差で，語り手は内向的な弟をつねづね理解できないでいた。数年前にサニーからジャズ・ピアニストになる夢を打ち明けられるも，はなからその進路に否定的であった。周囲の者たちはまた，サニーが没頭するビバップと呼ばれるモダンジャズを理解できないでいた。語り手は家庭を持ち，かたやサ

▷1　図１の Library of America 版のエッセイ大集は，ボールドウィンのエッセイをほぼ網羅する。同じく Library of America からは，*Go Tell It on the Mountain*, *Giovanni’s Room*, *Another Country*, *Going to Meet the Man*（短編集）を収めた *Early Novels and Stories*（1998），*Tell Me How Long the Train’s Been Gone*, *If Beale Street Could Talk*, *Just above My Head* の後期長編３本を収めた *Later Novels*（2015）が刊行されている。詩と戯曲を除いたボールドウィンの著作のほぼすべてをこの３冊でまかなえる。

ニーはグリニッジ・ヴィレッジにアパートを借りてミュージシャン仲間と付き合う。しばらくの没交渉の後，サニーが逮捕されるのだ。出所後のサニーを語り手は自宅に引き取るが，弟がまた麻薬に手を染めるのではないかと危惧している。約2週間後，出所後の初舞台となるヴィレッジでのステージを聴きに来ないかとサニーから誘いを受ける。語り手はそこでサニーが到達しようと奮闘するジャズ演奏の淵源を垣間見る。バンド・リーダーであるベーシストのクレオール，他のメンバー，そして聴衆が一体となってサニーを見守る。

▶2 翻訳が複数ある。山田詠美編『せつない話』（光文社，1989年），平石貴樹編『しみじみ読むアメリカ文学』（松柏社，2007年），平石貴樹編訳『アメリカ短編ベスト10』（松柏社，2016年）にそれぞれ北山克彦訳，堀内正規訳，平石貴樹訳が収められている。どれも優れた翻訳であり，英語の原文とあわせて読み比べてみると作品の理解が深まるだろう。

[引用]

Up there, keeping the beat with his whole body, wailing on the fiddle, with his eyes half closed, he [Creole] was listening to everything, but he was listening to Sonny. He was having a dialogue with Sonny. He wanted Sonny to leave the shoreline and strike out for the deep water. He was Sonny's witness that deep water and drowning were not the same thing — he had been there, and he knew. And he wanted Sonny to know. He was waiting for Sonny to do the things on the keys which would let Creole know that Sonny was in the water.

[邦訳]

バンドスタンドの上，身体全体でビートを刻み，ウッドベースでむせび泣き，両目を半分閉じて，クレオールは全てに耳を傾けていた。しかし彼が本当に聴いていたのはサニーだった。彼はサニーと対話していた。彼はサニーに岸辺を離れて水の深いところに打って出させようとしていた。彼は，生き証人として，深い水のなかに入っていくのと溺れるのは同じではないとサニーに伝えていた。クレオールはそこに行ったことがあり，知っていたのだ。そして彼はサニーにもわからせようとしていた。サニーが水中に潜っていったのを鍵盤を通じて自分に伝えてくるのを，クレオールは待っていた。

[解釈]

それなりの安定をえた兄には，弟サニーが歩む人生はなんとも危なっかしいものに見えることだろう。しかしボールドウィンは，それを単にサニーの問題としては片づけない。作品冒頭，語り手はサニーを自分の頭の中から締め出していたと読者に告げる。すなわち，サニーが抱える問題にきちんと向き合ってこなかったことを，語り手自身がうすうす気づいている。他人の問題を自分自身の問題として直視できるかどうか，これがボールドウィンが描く人間関係の根底をなす。個々人の間の関係だけではなく，人種間関係においても同様だ。ある人自身あるいはその先祖たちの経験してきた苦難の記憶と歴史がひそむ個の内面に潜行し，沈殿物を明るみに出して他人と共有していく，ボールドウィンにとってその一つの手段が芸術表現なのである。それは，サニーがそうしたように，あたかも「深い水のなか」に入っていくかのようである。（辻　秀雄）

[問い]

サニーはこの後どのような演奏をするのか？
そしてサニーの演奏に接した語り手にはどのようなことが起こるのだろうか？

50　トニ・モリスン（Toni Morrison）
1931-2019

『ビラヴィド』（*Beloved*, 1987）

モリスンの肖像
© Portrait by Timothy Greenfield-Sanders

[作家紹介]

中西部オハイオ州ロレインで生まれる。エリー湖を臨むその地はかつて，自由を求めて南部から逃亡した黒人奴隷たちを助ける組織，すなわち「地下鉄道」の終着点のひとつであった。20世紀になると，南部出身のアフリカン・アメリカンのほかにヨーロッパからの移民も住まう，多民族・多文化的な工業都市へと発展した。こうした環境のもと，モリスンは南部にみられたような激しい人種差別を経験せずに幼少時を過ごしたが，それはもちろん，彼女が人種について考えなかったということではない。家族によって語られた祖先の物語や黒人民話は，「よそ者」や「他者」に対する彼女の思索の源となっていた。

ハワード大学，コーネル大学大学院と進学して英文学を修めたのち，大学講師，編集者というキャリアを辿る。そのなかで，第１作目『青い眼がほしい』（*The Bluest Eye*, 1970），続いて『スーラ』（*Sula*, 1973）という，黒人女性のあいだにみられる裏切りと連帯を主題にした小説を発表する。第３作目『ソロモンの歌』（*Song of Solomon*, 1977）によって，舞台設定や人物造形を一気に拡大した物語世界を描き出し，プロの作家としての道を本格的に歩み始める。1993年，ノーベル文学賞受賞。

[作品紹介]

最重要作品といえる第５作目の小説『ビラヴィド』（1987年）は，19世紀半ばオハイオ州で起きた，黒人女性奴隷マーガレット・ガーナーによる嬰児殺害事件をもとに，奴隷体験記《スレイヴ・ナラティヴ》◀1の形式をふまえつつ，母の愛，記憶，トラウマ，身体などの問題を，アフリカン・アメリカンの視点から追究した物語である。ケンタッキー州の農園スイート・ホームで働く黒人女性奴隷セサは，姑と三人の子どもたちが待つオハイオ州に向けて逃亡を企てる。けれども身重の彼女にとって，その逃亡は過酷だった。オハイオ川に浮かぶボートのなかで，白人少女エイミー・デンヴァーの手助けによって，セサはなんとか出産をはたす。姑ベイビー・サッグズはセサと孫の無事到着を祝う盛大なパーティを開くも，黒人共同体から嫉妬を招くことになる。と同時に，白人の追っ手がセサに迫り来る。自分と同じ経験を子供たちにさせたくないと思ったセサは，ひとりの赤ん坊の生命を奪う。

物語の現在は，南北戦争後の1870年代後半。セサは娘デンヴァーと悪意に満ちた赤ん坊の霊とともに疎外感のなかで暮らしている。そんなある日，奴隷時

▷1　奴隷制度のもとでは，黒人は読み書き能力を習得することを禁じられていた。しかしそのような苦境において，元奴隷の黒人は，白人奴隷制廃止論者からの支援を得ながら，自らの言葉で己の経験を書き記した。奴隷体験記の形式および内容上の特徴として，肖像画と署名，題名に「彼（女）自身によって書かれた（written by himself/herself）」と記載，白人奴隷廃止論者による序文，離別した両親（父親は白人主人），残酷な白人主人，読み書き能力の習得，逃亡の様子，自由になり姓名を変更する，などがある。19世紀の代表的な奴隷体験記として，フレデリック・ダグラスやハリエット・ジェイコブズのものがある。

代の友人ポールDが訪れ，赤ん坊の霊を追い払う。ポールDもふくめ彼女らが住む家には落ち着きがもたらされるも，それはつかの間だった。奴隷制時代の過去が，黒衣をまとって現れた正体不明の少女とともによみがえる。セサはビラヴィドと名乗るその少女こそ，かつて自分が手にかけた赤ん坊の生まれかわりだと信じる。少女が求める激しい欲求に応えるべく，セサは自らのすべてを捧げて消耗していく。

[引用]

We are not crouching now we are standing but my legs are like my dead man's eyes I cannot fall because there is no room to the men without skin are making loud noises I am not dead the bread is sea-colored I am too hungry to eat it the sun closes my eyes those able to die are in a pile I cannot find my man the one whose teeth I have loved a hot thing the little hill of dead people a hot thing the men without skin push them through with poles the woman is there with the face I want the face that is mine they fall into the sea which is the color of the bread

[邦訳]

いまわたしたちはしゃがみこんでいるのではなくて　立っているのだけれどわたしの足はわたしの死んだあのひとの目のようで　わたしは倒れることができないなぜってそんな隙間はないから　皮ふのない男たちが騒がしい音をたてている　わたしは死んでない　パンは海の色をしている　わたしはおなかが空きすぎていて食べられない　太陽がまぶしい　死ぬことができる人たちが積み重なっている　わたしはあのひとを見つけられない　あのひとの歯が好きだった　熱いもの　死んだ人たちの小さな山　熱いもの　皮ふのない男たちが彼らを棒で突き刺す　あの女がそこにいてその顔がほしい　その顔はわたしのもの　彼らは海に落ちそれはパンの色をしている

[解釈]

上記の引用は正体不明のビラヴィドによる一人称の語りであるが，「わたしたち」「皮ふのない男たち」「死んだ人たち」とは誰を指すのか，そして彼らはどこにいるのだろうか。物語の終盤にきて，ビラヴィドとは，セサが殺した赤ん坊の生まれかわりだけではなく，大西洋奴隷貿易により命を失った多くのアフリカ人たちの生まれかわり，彼らの声の代弁者でもあることが示される。

1619年８月にアフリカ大陸から連行された20人のアンゴラ人が，ヴァージニア州ジェイムズタウンに降り立った。それからちょうど400年後の2019年８月５日，モリスンは「祖先たちの仲間となった」。Toni Morrison Society による追悼文の一部であるこの言葉は，直線的時間観による終わりとしての「死」ではなく，円環的時間観による始まりとしての「帰属」を強調する。それはまさに，モリスンが成し遂げた芸術を象徴的に語っているといえるだろう。（深瀬有希子）

図１　『ビラヴィド』原書
出典：Toni Morrison. *Beloved* (Knopf, 1987)

[問い]
15世紀から19世紀にかけて，どのような航路で，また，いかなる状態でアフリカ人は新大陸に強制連行されたのだろうか？
19世紀の奴隷体験記の形式や内容を，モリスンの本小説はどのように変化させているのだろうか？

51　トマス・ピンチョン（Thomas Pynchon）1937-

『競売ナンバー49の叫び』（*The Crying of Lot 49*, 1966）

[作家紹介]

ニューヨーク州ロングアイランド生まれ。コーネル大学物理工学科に進学するが，中途で海軍に入隊，1957年に英文科に復学して短編を書き始める。1960年にボーイング社に就職し，デビュー長編『V.』（*V.*, 1963）を発表するのとほぼ同時に退職，以後は公の場に姿を見せていない[1]。

『V.』は現代史の影に出没するV.という謎の女性をめぐる物語。第二次世界大戦末期のヨーロッパを舞台にして多国籍企業の暗躍と科学技術の暗部をあらゆる知識と技法で浮かび上がらせる『重力の虹』（*Gravity's Rainbow*, 1973）は全米図書賞を受賞した。やや長い休筆の後，『ヴァインランド』（*Vineland*, 1990）で創作を再開，次いで擬古文で書かれた『メイスン＆ディクスン』（*Mason & Dixon*, 1997），21世紀に入ってからも『逆光』（*Against the Day*, 2006），『LAヴァイス』（*Inherent Vice*, 2009），『ブリーディング・エッジ』（*Bleeding Edge*, 2013）と精力的に新作を発表している。

ピンチョンの作品は過去の文学作品の引喩や衒学的な情報に富むことから百科事典的と言われ，曲芸的な比喩や複雑な語りの構造，文理融合的な感性などがこの作家の個性とされている。

▶1　研究者が見つけた高校時代の写真，海軍時代の写真，マスコミが本人の許可なく撮影した写真などは存在する。マスコミ嫌いなピンチョンだが，他方で2004年にはテレビアニメ『ザ・シンプソンズ』に本人（紙袋をかぶって顔を隠した作家）役で声の出演をしたことで話題になった。

[作品紹介]

ピンチョンの作品は長いものほど彼らしさが発揮されているので，その真髄を味わいたいなら『重力の虹』『メイスン＆ディクスン』『逆光』の3作が最も適しているが，その前にまず1作，味見をしたいという場合には『競売ナンバー49の叫び』が手に取りやすいだろう。

主人公エディパ・マースはカリフォルニアに暮らしているごく普通の主婦だ。物語はある夏の午後，彼女が一通の通知を受け取るところから始まる。かつての恋人ピアス・インヴェラリティが莫大な遺産を遺して亡くなり，自分がその遺言執行人に指名されたというのだ。

エディパはインヴェラリティの顧問弁護士とともに資産の調査を始めるのだが，その過程で，偽造切手，謎の郵便組織，改編された芝居などの怪しい手掛かりをいくつも発見することになる。それらをつなぎ合わせていくと，どうやらアメリカの歴史の影にもうひとつの郵便組織が存在していて，日の当たる世界から見捨てられた人々は今でもその影の郵便を利用しているらしい。しかし

図1　『競売ナンバー49の叫び』原書
出典：Thomas Pynchon. *The Crying of Lot 49* (Harper & Row, 1986)

エディパが謎に近づくにつれ，手掛かりや証人が次々に失われていく。最後は，謎の鍵となる「競売ナンバー49」の切手を誰が競り落とす（競り値を「叫ぶ」）のかを見届けるため，エディパが競売会場に赴くところで物語が終わる。

次に引用するのは，エディパがアルコール中毒性の震顫譫妄《しんせんせんもう》（DT）を患う見知らぬ老人を抱き締めたことをきっかけに，隠喩《メタファー》の魔力を悟る場面。

［引用］

She knew, because she had held him, that he suffered DT's. Behind the initials was a metaphor①, a delirium tremens, a trembling unfurrowing② of the mind's plowshare③. The saint whose water can light lamps, the clairvoyant whose lapse in recall is the breath of God, the true paranoid for whom all is organized in spheres joyful or threatening about the central pulse of himself, the dreamer whose puns probe ancient fetid shafts④ and tunnels of truth all act in the same special relevance to the word, or whatever it is the word is there, buffering, to protect us from. The act of metaphor then was a thrust at truth and a lie, depending where you were: inside, safe, or outside, lost. Oedipa did not know where she was.

① -metaphor：隠 喩（「人生は旅のようだ」と言えば明喩［simile］，「人生は旅だ」と言えば隠喩）
② -unfurrow：溝から外れる
③ -plowshare：鋤《すき》の 刃，鋤先
④ -shaft：（坑道の）立坑

［邦訳］

彼女は老人を抱き締めた際に，彼が震顫《D》譫妄《T》を患っていることに気づいた。DT という略語の背後には隠喩がある。delirium tremens.「精神の鋤《すき》の先が震えながら，畝の間の溝から外れる」というラテン語。水を油代わりにして明かりをともす聖人。神に息を吹きかけられて記憶を失う千里眼。自分の鼓動を中心にして，喜びに満ちた，あるいは脅威に満ちた同心円的世界を作り上げている真の偏執病患者。悪臭漂う古代の真実の立坑《たてこう》，横坑《よここう》を駄洒落で探る夢想家。その全員が言葉――あるいは言葉がクッションになって私たちをそれから守ってくれているところのもの――に対して同じ特別な関係を持っている。だから，隠喩は真実を貫くナイフであると同時に，虚偽でもある。どちらになるかは人の立ち位置次第だ。内側にいれば安全，外側にいれば迷子。エディパは自分がどこにいるのかわからなかった。

［解釈］

ピンチョンは示唆的な隠喩の名人だ。隠喩はある事象を理解するときに用いる図式を別の事象に当てはめる行為だが，それが真実を浮かび上がらせるときと，単なるこじつけにしかならないときとがある。この一節では，隠喩によって真実を探る最前線にいる存在として聖人，千里眼，偏執病患者，夢想家が挙げられている。この微妙なきわどさが，時に漫画のように滑稽で，時に深遠な哲学を語るピンチョンらしいと言えるだろう。

（木原善彦）

［問い］

この引用の続きでは，DT から始まった隠喩に関する思索がさらに脱線して，駄洒落によって DT と「時間微分」（dt）が結び付けられる。では，『競売ナンバー49の叫び』の中で他にどんな隠喩や駄洒落が用いられているだろうか？

そして，それらは物語の中でどのような役割を果たしているだろうか？

52　ポール・オースター（Paul Auster）1947-

『ムーン・パレス』（*Moon Palace*, 1989）

オースターの肖像
出典：James Peacock. *Understanding Paul Auster*（U of South Carolina P, 2010）

▷1　『幻影の書』（*Book of Illusions*, 2001）や『オラクル・ナイト』（*Oracle Night*, 2003）では夫婦の関係，『サンセット・パーク』（*Sunset Park*, 2012）では父母と息子の関係に切り込んでいく。最新の大作『4 3 2 1』は，オースター自身の幼少年時代や父母の生きざまを，祖父母の代にロシアや東欧からやってきたアメリカ移民の物語となるいくつかのパラレルワールドの束のなかに提示している。

[作家紹介]

ニュージャージー州生まれ，ニューヨーク州ブルックリン育ち。ロシアやオーストリア，ポーランドなどにバックグラウンドを持つユダヤ系移民の家系である。パリの6月暴動やアメリカ西海岸のヒッピー・ムーヴメントなど若者を中心とした体制への抗議運動のなかで全世界が激動に包まれた60年代をコロンビア大学で過ごし，1970年に修士号取得後渡仏，詩人見習いとして過ごしたのちアメリカに帰還。さまざまな職を転々とする修業時代を経て，1982年に散文の習作『孤独の発明』（*Invention of Solitude*）で評価をうける。1985年には探偵小説の脱構築版『ガラスの街』（*City of Glass*）で本格的に散文デビュー，日本でも柴田元幸の名訳によって早くからその独特の魅力が紹介されてきた。

以降，2017年発表の最新作『4　3　2　1』（*4 3 2 1*）まで，小説のみならず詩，エッセイ，脚本，映画と多岐にわたる表現ジャンルにおいてその才能を見事に開花させてきたが，そのキャリアに一貫して見られるのは，アメリカの都市に生きる孤独な人々のアイデンティティの希薄さと，それへの抵抗としての人間同士の絆，特に家族の絆へのまなざしである。初期の作品において作品のプロットや構成とともに徹底的に断片化されて重みを失う個人のアイデンティティの主題は，『ムーン・パレス』以降作品が物語性と求心性，リアリズムを強めていくなか，アメリカにおける家族や家系の主題へと引き継がれていく[◁1]。

[作品紹介]

父を知らない私生児マーコ・フォッグは，幼い時に母にも事故で死なれたのち，ミュージシャンの伯父のもとで育つが，コロンビア大学在学中にアルバイトとして身の回りの世話をすることになる風変わりな老人トマス・エフィンとの濃密なつきあいを通し，驚愕の事実に向き合わされる。もともとジュリアン・バーバーという名の画家だったエフィンは，あるとき妻と子供を残して西部への旅に出て，洞窟のなかで遭遇した殺人事件の中で名前を変え，全くの別人になりすまして今に至るのだったが，彼が捨てた子供こそ，実はのちにマーコの父親となる人物だったのである。マーコはやがて父（ソロモン・バーバー）と再会，ともに乗り出したエフィンの洞窟のありかを探す西部の旅の最後，一人でたどり着いた夕暮れのカリフォルニアの砂漠の海の向こうに満月が登ってくるのを眺めているところで物語は幕を閉じる。以下は，旅先の事故で入院し

図1　『4 3 2 1』原書
出典：Paul Auster. *4 3 2 1*（Faber and Faber, 2017）

たソロモン・バーバーを病院に見舞った際のマーコの心中である。

[引用]

I wondered if I hadn't noticed a family resemblance with Effing, if something about the way Barber glanced at me just then had not reminded me of his father. Whatever it was, this brief moment was disturbing, and I was unable to shake myself free of it for the rest of the day. It haunted me like a fragment from some unremembered dream, a flicker of intelligibility that had risen up from the depths of my unconscious. Then, the very next morning, I finally understood what I had been seeing. I entered Barber's room for my daily visit, and as he opened his eyes and smiled at me, his face all languid① with the painkillers in his blood, I found myself studying the contours② of his eyelids, concentrating on the space between the brows and the lashes, and all of a sudden I realized that I was looking at myself.

① -languid：ものうげな
② -contours：輪郭

[邦訳]

自分の見たものはエフィンとの間の家族的類似ではないか，バーバーがちらっと僕を見たそのまなざしがなんとなく彼の父を想起させたのではないか，と僕は考えた。なんにせよ，この一瞬僕はひどく動揺してしまい，その日ずっとその感覚を振り払うことができなかった。よく思い出せない夢の断片のように，無意識の底からぬっと顔をだし，一瞬意識を照らして消えるわずかな認識の光のようだった。まさにその翌日，やっと自分が何を見ていたのかがわかった。いつものように病室に入ると，彼は目を開けて僕のほうをちらりと見た。鎮痛剤の点滴のせいで顔はやつれていた。やがて僕は自分が彼の瞼のあたりを，眉とまつ毛の間のあたりを，じっと見つめていることに気付いた。そのとき突然，はっきりと，いま自分が見つめているのは僕自身なのだ，ということがわかったのだ。

図2 『ムーン・パレス』原書
出典：Paul Auster. *Moon Palace* (Faber and Faber, 2004)

[解釈]

自分の「コピー」と向き合う，という初期からおなじみのアイデンティティの分裂の主題がこうして家族の主題の中に溶けていく――むしろ自分が目の前の人物の「コピー」であると気づく――驚くべき事態である。夜の海岸に月が昇ってゆくのを主人公が一人見つめるラストシーンをはじめ，この小説全編を通して『グレート・ギャツビー』のエコーは濃厚である。ギャツビーは捨てたはずの父に非常によく似ているのだし，父などいないと思って生きてきたマーコにももちろん父は存在する。〈父〉としてのイギリス文化を殺すことを自己確立のうえでの至上命令としてきたアメリカ人がアポロ月面着陸をうけて宇宙まで広げていくアイデンティティ追求の旅は，こうして最も身近な父と家族の血のつながりの発見の衝撃を経て，新たな局面へと入っていくのである。

（中野学而）

[問い]

主人公「マーコ」(Marco) の名前にはどのようなメッセージが込められているだろうか？

エフィンがアイデンティティを入れ替えるのが西部の砂漠の中であることには，アメリカ史の観点からどのような意味が見出せるだろうか？

53　レスリー・マーモン・シルコウ（Leslie Marmon Silko）1948-

『儀式』（*Ceremony*, 1977）

シルコウの肖像
出典：Poetry Foundation

図１　『儀式』原書
出　典：Leslie Marmon Silko. *Ceremony* (Penguin Books, 2006)

▶1　「メディシン・マン」は部族によって役割が微妙に異なるが，ラコタ族に取材した阿部珠理によれば，人間の力を超えたエネルギーを司って人々を癒す者と説明されている。『聖なる木の下へ――アメリカインディアンの魂を求めて』（角川ソフィア文庫，2014年）を参照。

[作家紹介]

ニューメキシコ州アルバカーキに生まれる。メキシコ人とアングロ・サクソンの血筋を引く白人の父と，ラグーナ族の母との間に生まれ，ラグーナ・プエブロ保留地で育つ。複数の文化を継承する混血としてのアイデンティティは各作品の中で葛藤として表れる。ニューメキシコ大学へ進学後，1969年「雨雲を贈る男」（“The Man to Send Rain Clouds”）で才能が認められ，本格的に執筆活動を開始，詩集『ラグーナの女』（*Laguna Woman*, 1974），小説『儀式』が高い評価を得て，「先住民ルネサンス」の一躍を担うことになる。その後も，詩と散文を織り交ぜた『ストーリーテラー』（*Storyteller*, 1981），先住民の苦闘の歴史を物語る『死者の暦』（*Almanac of the Dead*, 1991），先住民の女性が植物との関係をめぐる世界観を深めていく『砂丘の楽園』（*Gardens in the Dunes*, 1999），生まれ育った土地の天候や動物，植物，伝承などを書き連ねた追想録『ターコイズ・レッジ』（*The Turquoise Ledge: A Memoir*, 2010）など，重要な著作を発表し続けている。

[作品紹介]

初期の代表作『儀式』は，ラグーナ・プエブロ族と白人の混血児として保留地に育った青年テイヨが，第二次世界大戦で刻まれた心の傷への癒しを探し求める物語。うたと散文が折り重なるように構成され，夢と現実の境界がぼやかされ，複数の時間軸を往還しながら，物語は進行する。

日本兵との激戦地フィリピンから帰還したテイヨは，従兄のロッキーを失ったショックと，自分も他の兵士と同じように日本兵を殺してしまったのではないかという加害意識に苦しむ。ロサンゼルスの軍人病院で戦争神経症と診断され，精神病棟に収容されるが，真の意味での回復にはいたらない。同郷の友人ハーレイらとともに酒に溺れ，錯綜する記憶――白人の父親に見捨てられ，母親も出奔し，伯父のジョサイアに預けられた幼年時代や，兄弟愛を育んだロッキーを失った戦争のトラウマ――の中で心的苦しみを深めていく。やがてテイヨは，ベトニーという名のメディシン・マンと出会う[1]。導きを得たテイヨは，ついに「儀式」を完遂し，癒しの「物語」を終えるための最後の試練に対峙する。

『儀式』はきわめて両義的な物語である。むろん，ヨーロッパ人が先住民の土地を奪った歴史的暴力を痛烈に批判する視座が据えられてはいるが，同時に，白人／先住民という二項対立を揺るがす仕掛けも散りばめられており，部族の内部に潜む暴力性にたいしても警鐘をならしている。第二次世界大戦をめぐる認識についても，単純な二項対立に回収されないように書かれている。次に引用するのは，シルコウの二重意識がもっとも鮮烈に表れている冒頭近くの場面，テイヨがルソン島で日本兵と対峙したときの描写である。

[引用]

When the sergeant① told them to kill all the Japanese soldiers lined up in front of the cave with their hands on their heads, Tayo could not pull the trigger. The fever made him shiver, and the sweat was stinging his eyes and he couldn't see clearly; in that instant he saw Josiah standing there; the face was dark from the sun, and the eyes were squinting② as though he were about to smile at Tayo. So Tayo stood there, stiff with nausea, while they fired at the soldiers, and he watched his uncle fall, and he *knew* it was Josiah; and even after Rocky started shaking him by the shoulders and telling him to stop crying, it was *still* Josiah lying there.

① -sergeant：軍曹
② -squinting：(目などを) 細める

[邦訳]

洞穴の前に両手を頭に乗せたまま並ばされている日本兵を全員撃ち殺せと軍曹は言ったが，テイヨはどうしても引き金が引けなかった。熱っぽくなってぶるぶる震えてきて，汗が目にしみ入り視界がにじんだ。その刹那，彼にはジョサイア伯父さんがそこに立っているのが見えた。その顔は太陽を背にして暗く見え，目を細め，テイヨに微笑みかけているかのようだった。吐き気で体が硬直し，その場に立ち尽くしていると，他の連中が兵士たちに向かって発砲した，そしてテイヨは自分の伯父さんが倒れるのを見た，たしかにそれはジョサイア伯父さんだった。ロッキーが兵士たちの脇にいるテイヨの肩をゆすり，泣くのをやめろと言ったが，ジョサイアはたしかにそこに倒れていたのだ。

[解釈]

この場面でテイヨは，殺害される日本兵と，育ての親と言える伯父のジョサイアの面影を重ね合わせている◀2。このような加害と被害の反転可能性は，この小説で繰り返し描かれるモチーフである。テイヨにとって，戦場で敵を殺すことは英雄的行為でなく，自分の身内が殺される痛みと表裏一体である。アメリカ兵士として従軍していたテイヨは，戦争で最愛の従兄ロッキーを失い，日本兵に憎しみをもっているが，同時に，戦争を敢行する白人への懐疑も強めていく。このモチーフの彼岸に，本当の敵が見えてくる。憎むべきは，目の前の兵士ではなく，より巨大で，狡猾な権力にあるという認識である。物語の終盤でテイヨは最初の原爆実験が行われた南西部のトリニティ・サイトに逢着するが，この光景は，暴力を再生産するアメリカの社会システムの無人格な様相を描いており，射程とすべき敵の捉え難さを暗示している。 (山本洋平)

▶2　ジョサイアの死もまた両義的であり，彼の死因は戦争を背景としているが，あくまで間接的な理由として描かれている。

[問い]

テイヨはなぜ，日本人兵士とジョサイア伯父さんを重ね合わせているのだろうか？

この小説における「物語」は，他のアメリカ文学の小説と比較して，どのような特徴をもっているだろうか？

54　コーマック・マッカーシー（Cormac McCarthy）1933-

『ブラッド・メリディアン――西部の夕暮れの赤』（*Blood Meridian or the Evening Redness in the West*, 1985）

マッカーシーの肖像
出典：Cormac McCarthy. *Blood Meridian* (Modern Library, 2001)

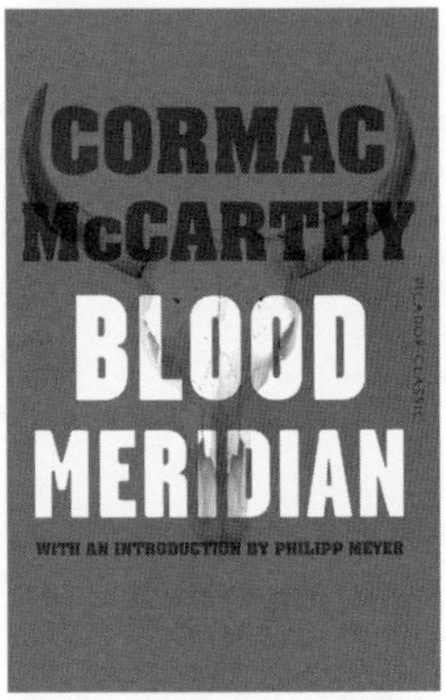

図１　『ブラッド・メリディアン』原書
出典：Cormac McCarthy. *Blood Meridian* (Picador, 2015)

[作家紹介]

ロード・アイランド州で裕福な弁護士の家庭に生まれ，４歳からテネシー州ノックスヴィルで育つ。テネシー大学を中退して職を転々とするが，最初の長編小説『果樹園守り』（*The Orchard Keeper*, 1965）でフォークナー賞を受賞する。その後も，アメリカ南部を舞台にした，ウィリアム・フォークナーの影響が色濃い問題作――『外の闇』（*Outer Dark*, 1968），『チャイルド・オブ・ゴッド』（*Child of God*, 1973），『サトゥリー』（*Suttree*, 1979）――を発表して批評家からはある程度評価されるも，売れない作家として貧困生活を送った。『ブラッド・メリディアン』以降の作品では，アメリカ南西部を舞台にして，南部の人種差別的暴力が国境を越えたり，南西部人が国境を越えて暴力にさらされたり，暴力が国境を越えて南西部に流入するさまを描く。マッカーシー初のベストセラー小説『すべての美しい馬』（*All the Pretty Horses*, 1992）は，全米図書賞と全米批評家協会賞に輝いて映画化もされた。同小説，『越境』（*The Crossing*, 1994），『平原の町』（*Cites of the Plain*, 1998）で国境三部作（The Border Trilogy）をなす。次の小説『老人の住む国にあらず』（*No Country for Old Men*, 2005；訳本のタイトルは『血と暴力の国』）も商業的に成功し，2007年に映画化されて――邦題は『ノーカントリー』――アカデミー賞の４部門で受賞する。

2006年に発表の『ザ・ロード』（*The Road*）は，打って変わって荒廃した近未来での父子の逃避行を描いており，ピューリツァ賞に輝いた。アメリカにおける文学研究の重鎮ハロルド・ブルーム（Harold Bloom）は，今日のアメリカ文学を代表する小説としてトマス・ピンチョンやドン・デリーロ（Don DeLillo 1936-）の作品と共にマッカーシーの『ブラッド・メリディアン』を挙げており，近年マッカーシーはアメリカで最もノーベル文学賞に近い作家の一人とされている。

[作品紹介]

「the kid」と記されるも名前が明かされることのない，テネシー生まれの主人公は，14歳で家出をして各地を放浪したのちテキサスにたどり着く。米墨戦争（1846-1848）が終結してもメキシコ人を討伐しようとするホワイト大尉の非正規軍に入隊するが，「インディアン」のコマンチ族の襲撃により隊は壊滅する。九死に一生を得た主人公は，今度は，インディアンの頭皮を狩る賞金稼ぎのジョン・ジョエル・グラントンの一団に加わり，メキシコなどの広大な荒野を突き進む。グラントン団を実質的に牛耳っているのは，巨漢で多芸に秀でた超人のようなホールデン判事である。このグラントン団は，インディアンの戦士のみならず女子供老人をも殺し，挙句の果てに，平和的なインディアンの部族，メキシコ人，メキシコの兵隊まで虐殺していく。そして，ユマ――現在アリゾナ州に位置する――の渡し船を強奪し，客の金品を奪うなどの狼藉を働いたのち，以前裏切ったインディアンに復讐されてグラントン団は壊滅する◁1。何とか生き延びて40代半ばになった主人公は，テキサスで再会したホールデンに惨殺されて物語は終わる。次に引用するのは，グラントン団崩壊後に逃亡する主人公に向かってホールデン判事が呼びかける場面である。

[引用]

The priest［Tobin］has led you to this, boy. I know you would not hide. I know too that you've not the heart of a common assassin. I've passed before your gunsights twice this hour and will pass a third time. Why not show yourself?

No assassin, called the judge. And no partisan① either. There's a flawed place in the fabric of your heart. Do you think I could not know? You alone were mutinous. You alone reserved in your soul some corner of clemency for the heathen②.

[邦訳]

司祭［トビン］がお前をそそのかしたんだ，坊主。お前が隠れようとしなかったことはわかってる。お前がありふれた殺し屋の心を持ってないこともわかってる。私は，お前の銃口の前を，この一時間で二度横切ったし，三度横切るつもりさ。姿を現したらどうだ。

お前は殺し屋じゃなかった，と判事は叫んだ。非正規軍兵士でもなかった。お前の心のひだには欠点がある。私にわからなかったとでも思ってるのか。お前だけ反抗的だった。お前だけ心の片隅に異教徒への慈悲を持っていた。

[解釈]

「戦争は神だ」と主張して残虐行為を繰り返すホールデンは，多くの批評家から悪の象徴とみなされており，「私は絶対に眠らない。私は絶対に死なない」というホールデンの言葉は，悪の遍在や不滅性を暗示する。引用において，「異教徒への慈悲を持って」いることが主人公の「欠点」だとホールデンは述べているが，「道徳律というのは，弱者に味方して強者から特権をはく奪するために人間がでっちあげたものだ」というホールデンの主張からしてみれば，主人公は道徳を体現していることになる。実際，彼は，三度チャンスがあったにもかかわらずホールデンを殺さない。最終的には，主人公はホールデンに虐殺され，道徳は悪に踏みにじられるが，道徳こそが――悪に必勝ならずとも――少なくとも悪に対抗しうるものとして提示されているのである。　（大地真介）

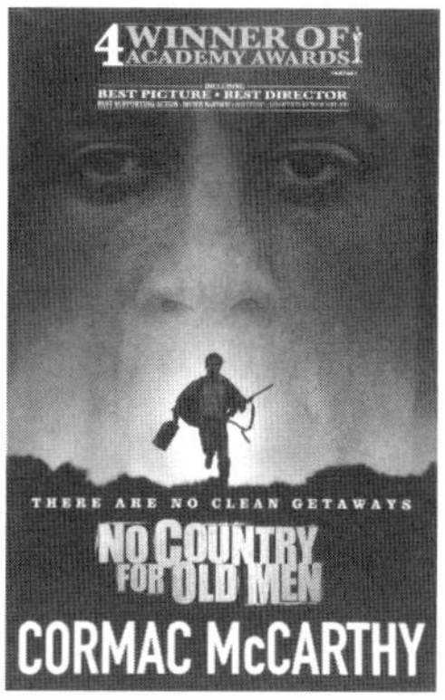

図2　『老人の住む国にあらず』原書

出典：Cormac McCarthy. *No Country for Old Men*（Vintage International, 2007）

▷1　グラントン団の話はある程度史実に基づいている。

① -partisan：非正規軍兵士（非正規軍とはここではグラントン団を指す）

② -the heathen：異教徒たち（ここではインディアンを指す）

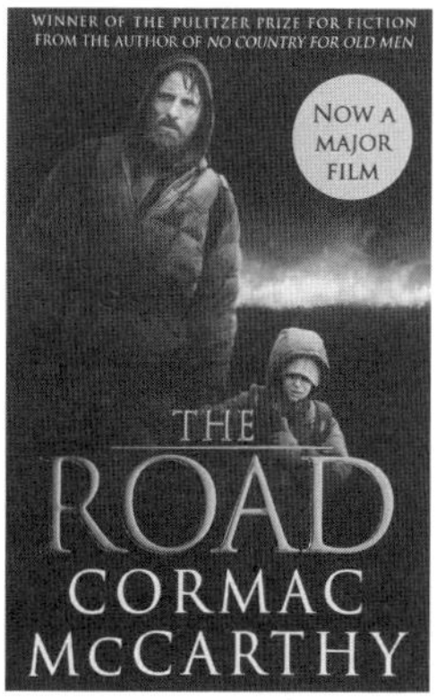

図3　『ザ・ロード』原書

出典：Cormac McCarthy. *The Road*（Picador, 2019）

[問い]

ホールデンが主人公を殺して酒場で踊る場面で物語は幕を閉じるが，その直後の謎めいたエピローグの内容は何を意味しているのだろうか？

55 ゲーリー・スナイダー（Gary Snyder）
1930-

『終わりなき山河』（*Mountains and Rivers Without End*, 1996）

スナイダーの肖像
出典：Stuart Friebert and David Young, eds. *Longman Anthology of Contemporary American Poetry* (Longman, 1989)

図1　『終わりなき山河』原書
出典：Gary Snyder. *Mountains and Rivers Without End* (Counterpoint, 1996)

[作家紹介]

サンフランシスコで生まれたゲーリー・スナイダーは，アメリカ西海岸の文化と大自然のなかで育ち，山野での肉体労働のなかから独自の詩のスタイルを創造してきた。彼の作品の背景には，ネイティヴ・アメリカンの文化や禅仏教などこれまでの西欧近代の人間中心主義とはちがった世界観がある。彼のライフスタイルは，ケルアックなどビート世代だけでなく，現代の詩人たちにも大きな影響を与えてきた。

京都で８年におよぶ禅の修行を終えカリフォルニアへ戻ったスナイダーは，1970年に電気・水道・ガスもないシエラネヴァダ山中に，友人の協力をえて家を建て，家族と暮らしはじめた。そこに定住する一方で，世界中を旅しながら，詩の朗読や講演をとおして，人類と地球環境の関係を問い直す新しいエコロジー思想，「生態地域主義」を提唱してきた。

彼の詩には，背中にバックパックのような瘤《こぶ》をもち，笛を吹きながら，異なる場所や文化のあいだを行き来するアメリカ先住民の精霊「ココペリ」が登場する。スナイダーは，日本と北アメリカ大陸をつなぐココペリ詩人だ。日本について書かれた詩は100編をこえる。

主な詩集に，『リップラップと寒山詩』『奥の国』『亀の島』『終わりなき山河』『絶頂の危うさ』など。

[作品紹介]

この詩集は，スナイダーが40年の歳月をかけたライフワークであり，環太平洋の絵巻物となっている。道元禅師の絵に描いた餅のパラドックス「画餅《がびょう》」が題辞となっていて，それに続く39編では，環太平洋のさまざまな時空間の物語が展開される。詩の語り手は，氷河期の地球へタイムスリップしたかと思えば，ウィルダネスや都市を歩き，あるときはアメリカのハイウェイをヒッチハイクする。また，中国北宋時代の山水画，薬師如来，イザナミ・アマテラス・アマノウズメなど日本の神話を主題とした古代アジアに思いをはせる作品もあれば，サンフランシスコ湾の山を修験道のやり方で巡る「タマルパイアス山巡礼」といった作品もある。

詩集のクライマックスともいうべき，カリフォルニアの山を舞台にした「山の精」[1]は，日本の山の霊「山姥《やまんば》」とアメリカ先住民の山の霊「イエビチェイ」

▶1　「山の精」は，日本の能の作品「山姥」の構成を使い，能の謡《うたい》も取り入れたアメリカ版「山姥」といえる。

が結びついたスナイダーならではの作品である。「止むことなく歩み続ける／足もとで　大地が回る」というリフレインが，終わりなき山河の生生流転《せいせいるてん》の物語を想起させるライトモチーフとなっている。

最後の詩「心のなかに空間を見つける」では，ネヴァダ州北部に広がるブラックロック砂漠の何もない空間と仏教の「空《くう》」の思想が，詩人の人生とオーバーラップしながら語られる。そして，「空間は限りなくつづく。／しかし墨を含んだ筆先は／点を打ち／紙面を離れる」という詩句で，この長編詩は終わる。

私たちが知らぬまに，どこかに忘れてきてしまった自然と文化の関係性，そして場所に生きることの楽しさを，ココペリの物語は教えてくれる。

ここでは，一番短い詩「大地の偈《うた》」を取りあげる。

[引用]

Earth Verse[2]

Wide enough to keep you looking

Open enough to keep you moving

Dry enough to keep you honest

Prickly enough to make you tough

Green enough to go on living

Old enough to give you dreams

[邦訳]

大地の偈《うた》

「見ていても飽くることなき　広大なひろがり／／動いても尽きることなき　開かれし空間／／素直な心にしてくれる　乾いたもの／／不屈な精神をはぐくむ　たくさんの棘／／日々の営みをあたえし　ゆたかな緑／／夢をみさせてくれる　いにしえの歳月」

[解釈]

この詩が書かれた場所は，オーストラリアのアリス・スプリングス南西に広がる中央オーストラリア砂漠，花崗岩の丘が連なるマスグレイヴ山地である。

この作品は，たった6行のそれぞれ独立した行からなる詩で，句読点は使われていない。各行の最初の形容詞にストレスがおかれ，“enough to” のくり返しの後に3語の動詞句という均整のとれた構成になっている。地球という終わりなき山河への讃歌であり，生きとし生けるものにエネルギー，謙虚さ，試練，生活の糧，ロマンを与えてくれる母なる大地への感謝の祈りである。静かな経文のようなリズムが耳に残る詩《うた》である。

（原　成吉）

▶2　タイトルにある“verse”という英語は，サンスクリット語のガータ（gāthā）の英訳で，とくに仏の功徳を褒め称える歌を意味する。

[問い]

「大地の偈」のそれぞれの詩行から，あなたがイメージした具体的な場所や経験とはどのようなものだろうか？

第Ⅲ部

アメリカ文学への新視点

豊穣な世界へ

一　人間の一生とアメリカ文学

1 子ども――アメリカのセルフイメージとのかかわり

児童文学という枠組みを超えて，アメリカ文学には子どもを描く作品が数多くある。子どもから連想される「無垢」「希望」「未来」といったイメージと，アメリカ合衆国という国家の自己像は如何にかかわっているのだろうか。

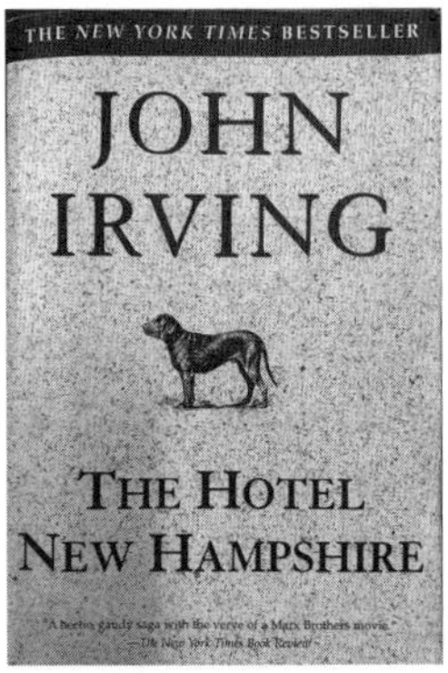

図１　『ホテル・ニュー・ハンプシャー』原書
出典：John Irving. *Hotel New Hampshire* (Ballantine Books, 1981)

1 無垢と可能性の象徴としての子ども

子どもを主人公に据えたアメリカ文学作品は数多い。19世紀には，ルイザ・メイ・オルコット（Louisa May Alcott, 1832-1888）『若草物語』（*Little Women*, 1868），ホレイショ・アルジャー・ジュニア（Horatio Alger, Jr., 1832-1899）『ぼろ着のディック』（*Ragged Dick*, 1868），トウェイン『ハックルベリー・フィンの冒険』，そしてフランク・ボウム（L. Frank Baum, 1856-1919）『オズの魔法使い』（*The Wonderful Wizard of Oz*, 1900）。20世紀では，フランシス・バーネット（Frances Hodgson Burnett, 1849-1924）『秘密の花園』（*The Secret Garden*, 1911），フォークナー「熊」（"The Bear," 1942），サリンジャー『キャッチャー・イン・ザ・ライ』，ジョン・アーヴィング（John Irving, 1942-）『ホテル・ニュー・ハンプシャー』（*The Hotel New Hampshire*, 1981）…。これらは子どもを描く作品のごく一部であり，子どもを巡る作品は，児童文学という枠組みを超えてアメリカ文学を貫く水脈のひとつを形成している。

アメリカ文学において，子どもが大きな存在感を占める理由は，ヨーロッパに対する〈新世界〉として出発したアメリカという国家の特質や成り立ちと無関係ではない。アメリカ文学の特性として，イーハブ・ハッサン（Ihab Hassan）は「無垢」を挙げた。アメリカ独自の文学が確立されていく中で，子どもが繰り返しその主題となってきたのは，子どもが「無垢」を投影する格好の対象だからであろう。

子どもはまた，未来の担い手としての役割も負う。新世界として自らの無限の可能性を信じて進んできたアメリカは，未来の可能性を文学作品の中の子どもたちに託してきたのである。

図２　『アラバマ物語』原書
出典：Harper Lee. *To Kill A Mockingbird* (Penguin Books, 1993)

2 トルーマン・カポーティとハーパー・リー

子どもが秘める可能性は，時に驚くような形で花開く。1930年代に南部アラバマ州の田舎町で，古いタイプライターを抱えてお話づくりに興じていた幼なじみ二人が，揃って一世を風靡する人気作家となったのも，その好例であろう。

一人は1945年，19歳でアメリカ文学界にすい星のように登場し，「恐るべき子ども（アンファン・テリブル）」と評されたトルーマン・カポーティである。本書の第Ⅱ部でも取り上げられているが，「ミリアム」『遠い声，遠い部屋』『草の竪琴』など，子どもを巡る作品の多さを彼の作品の特徴のひとつにあげることができよう。

早熟なカポーティには15年ほど遅れたものの，彼が少年時代の多くを過ごした叔母宅の隣に住んでいたハーパー・リー（Nelle Harper Lee, 1926-2016）も，『アラバマ物語』（*To Kill a Mockingbird*, 1960）で作家デビューを果たした。[1] 1930年代のアラバマを舞台に，白人女性をレイプした罪を着せられた黒人青年と，彼の弁護を引き受けた高潔な白人弁護士アティカス・フィンチの物語を，アティカスの幼い娘の無垢な視点から描いたこの作品は瞬く間にベストセラー入りを果たし，現在までに40以上の言語に翻訳されて読み継がれてきている。[2]

3 『さあ，見張りを立てよ』に見る幻滅と希望

リーは『アラバマ物語』以降50年以上小説を出版しなかった。しかし死の前年，突如『アラバマ物語』の続編となる『さあ，見張りを立てよ』（*Go Set the Watchman*, 2015）の出版が発表された。[3] 出版前から大きな注目を集め，多くの人が待ち望んだこの作品は，出版後に複雑な反応を引き起こすこととなる。

26歳になったアティカスの娘ジーン・ルイーズは，ニューヨークからアラバマに毎年恒例の帰省をする。子ども時代と少しずつ変わりつつある故郷メイコムに滞在中，ジーン・ルイーズはある驚愕の事実に直面する。父親が白人優越主義者の会合に出席しているのを目撃し，彼が南部で拡大しつつある公民権運動に異を唱えていることを知るのだ。父親の思いがけない一面を知ったジーン・ルイーズは，彼に裏切られたと感じ，多大なるショックを受ける。彼女の動揺は，アティカスが体現する正義に感銘を受け，『アラバマ物語』を愛してきた多くの読者の動揺でもあった。

しかし，『さあ，見張りを立てよ』は単なる幻滅の物語ではない。ジーン・ルイーズの叔父は，南部の状況が理想論では片づけられないことを彼女に伝え，「私たち一人一人がひとつの島で，自分の良心がその見張りをしている。集合意識などというものはないんだ」，と彼女を諭す。ジーン・ルイーズは，神格化するほどに敬愛してきた父親が，欠点もある一人の人間だということを受け入れ，父親と自身の意見の相違を受け入れ，父親の老いを受け入れなくてはならない。『さあ，見張りを立てよ』は，『アラバマ物語』のスカウト（ジーン・ルイーズの幼少時のあだ名）から無垢のフィルタが外れる物語である。結末において，一度は敵とまで見なした父親をジーン・ルイーズは受容するが，その一方で彼女が自らの信念に従って，未来を生きていくであろうことが示唆されている。

子どもは大人になる過程で，いくつもの幻滅に向き合わなくてはならない。そして大人には，子どもたちがそこから進むべき道を見出せるよう，未来に託す希望をつなげていくという役割がある。子どもを巡る作品の水脈には，子どもたちの無垢さとともに，幻滅の先の希望の灯を守ろうとする，かつての子どもたちの思いが息づいているのである。（高橋美知子）

▷1 二人の友情は大人になってからも続き，リーはカポーティが『冷血』執筆のために実施した取材旅行に同伴し，事実関係を資料にまとめる助手も務めた。『冷血』の献辞は，カポーティの長年の恋人，ジャック・ダンフィーと共にリーに捧げられているが，リーは謝辞に自身への言及がなかったことにショックを受け，その後二人は次第に疎遠になっていった。映画『カポーティ』（2005年）や *Infamous*（2006）では，カポーティとリーの取材旅行の様子が描かれる。

▷2 『アラバマ物語』は1961年にピューリツァ賞を受賞した。1962年には映画化され，三つのアカデミー賞を獲得している。主人公の隣の家に夏になるとやってきて，主人公の遊び相手になる少年ディルのモデルがカポーティである。

▷3 『さあ，見張りを立てよ』は，もともと『アラバマ物語』の続編として書かれたのではなく，リーが1950年代半ばに出版社に持ち込んでいた小説である。リーはその原稿をもとに，編集者の助言を受けながら『アラバマ物語』を完成させた。長い間所在不明となっていた『さあ，見張りを立てよ』の原稿は，2010年代に入ってから発見された。

一　人間の一生とアメリカ文学

2　ジェンダー――文学と社会のインターフェイス

性とは政治的な問題である。現代社会では，性と社会の新たな関係を主張して，政治を変革できると信じる者が次々と運動を組織する。文学解釈の方法である「ジェンダー批評」は，それといかに連動しているのだろうか。

1　性役割批判とフェミニズム

ジェンダーとは，人間の性の一つの枠組みである。人の身体がなんらかの性を帯びるという単純な事実が，社会的に惹き起こしている複雑な結果がジェンダーであり，端的にいえば，性徴（セックス）に重ねて固定化された「性役割」を指している。女や男という「性別」や，異性愛や同性愛といった「性的指向」（セクシュアリティ）を，人は通常，アイデンティティを決める重要な要素と見なしている。では，なぜ性はそれほど重要なのか。それは性がさまざまな利害を作りだし，人々の行動を規制してもきたからである。「男らしさ」「女らしさ」「性道徳」といった言葉は，我々の生き方を縛る規制の例だ。

近代の人権概念によれば，本来，人間個体に備わる性器やホルモン，染色体が，個人を分け隔てることはないはずであった。だが実際，生物学的な差異が作る「男性」と「女性」は，社会において違った機能を果たすものとされてきた。このように，成員に対する中立を標榜する社会でも，実際は性差という要因に左右され，中立性を欠いている。ジェンダーという現象は，そうした偏差を分析し，認識を問い直すための重要な切り口となってきた。

ジェンダー格差を初めて世に問い，性的マイノリティとしての女性の権利を主張したのは19世紀の「女権運動」であり，これを「第一波フェミニズム[1]」と呼んでいる。市民革命のすえに確立された「人権」が，女性には適用されていなかったことへの異議申し立ては，事実上，男性のみをカウントする人間の定義をジェンダーの視点から問いただし，「女性参政権運動」などに結実した。ただし，参政権や社会参加の拡張だけで性の解放は実現できない。1960年代，フェミニスト（女性の権利の擁護者）たちは「第二波フェミニズム運動[2]」を起こし，社会が作った「女」の意味を，女性個人の生身の実感から問い直した。権力と女性蔑視の根源である「家父長制度」や「男性性」（マスキュリニティ）の検証はまた，普遍的人間であるわけではなく，単に男性ジェンダーの持ち主に過ぎない「男」という主体への認識を刷新し，男性学という学問を始動させた。

2　インターセクショナリティとLGBTQ

しかし，「家庭からの解放」を女の最優先課題とし，「子産み道具」の地位からの脱却を唱えてきたフェミニズムは，80年代にはそれ自体が批判の対象へと

▷1　アメリカの主な担い手は，エリザベス・ケイディ・スタントン，スーザン・アンソニー，奴隷出身の黒人女性ソジャナー・トゥルースなど。

▷2　女の主観性から女性性を根本的に再考するこの立場は，ラディカル・フェミニズムとも呼ばれている。「性と生殖の自己決定」を訴えたウーマンリブもこの系譜の運動である。

▷3　LGBTQとは各性的指向の頭文字を列挙した呼称だが，トランスジェンダー（T）とは心身の性が一

変化した。「母」や「主婦」の利害ばかりを強調するその立場が，そうした地位から疎外されてきた性的マイノリティの糾弾を受けたのだ。

まず，そもそも専業主婦になどなれず，他人の下働きに追われていた労働者や有色人種の女性たちは，従来のフェミニズムの白人中産階級中心性を弾劾した。黒人が主導したことから「ブラック・フェミニズム」とも呼ばれるこの思潮は，ジェンダーの抑圧は，階級や人種，地域など多様な因子の「交差性」（これをインターセクショナリティと呼ぶ）のもとに発生すると説き，現在主流となっているジェンダー正義の考え方を，先駆的に打ち立てた。

また，同性愛者を中心とする論客は，生物学的自然とされた女／男という性別が，実は自然ではなく「異性愛規範」，つまり生殖する組み合わせのみを考慮したフィクションであり，性とはそもそも二分化するなど不可能な多数的現象だと主張した。これは現在も深化中の学説であるが，社会が新たに承認すべき性的指向，「LGBTQ」（レズビアン・ゲイ・バイセクシュアル・トランスジェンダー・クィア[3]）という呼称は，すでに広く定着している。

3 ジェンダーと文学批評

社会的に捏造された性観念であるジェンダーという現象に，我々はさまざまに翻弄される。「逞しい男」や「従順な女」など，社会がよしとするジェンダーに適合して生きる者は公的な利益を享受できるが，生殖をしない「非婚者」や同性愛者を，反社会的として揶揄する風潮が現存している。フランスの哲学者フーコー[4]は，性の通念を政治の道具とし，人の生命や身体を管理する点に近代社会の特徴を見出し，この制度が作られた系譜を解明した。

ジェンダー観念はいかにして生じ，いかなる人に不利益を与えてきたのだろうか。こうした問いを探究する諸科学は70年代より進展中だが，観念や常識が言葉として作られる以上，文学批評は，当初よりその最先端で議論の円熟を支えてきた。差別や偏見にもかかわる言葉のなりたちや機能のほか，作品にいち早く示された性的自由への想像力や抑圧への問題意識，さらには描かれた性のかたち（性表象）等々が，文学に備わる社会性の具現として検証される。

特にアメリカは，ジェンダー批評の最先端を担ってきた。70年にはミレット[5]が，「個人的なことは政治的なこと」という第二波フェミニズムの標語を作品解釈に応用し，小説家が描いた女性像に，家父長主義のイデオロギーを見出した。また90年にはバトラー[6]が，セックスが常に言語を介して認識されている以上，それはすでに文化としてのジェンダーであるから，自然という次元の性はそもそも存在しないと説き，ジェンダー観を一変させた。ほかにも精神分析学や帝国主義研究，人間のあり方を批判的に検証する哲学など多様な学問領域が，ジェンダーの実相を多角的に解明してきた。そしてその探究は，現在も文理融合的なフィールドで着実に進められている。

（新田啓子）

致しない人のこと。クィア（Q）とはおおむね自身の性的指向や性別を多義的と考える立場であり，この認識からジェンダーの諸相を分析する営為を「クィア批評」と呼ぶ。

▶4　ミシェル・フーコー（Michel Foucault, 1926-1984）は，人間を統制する権力作用を追究した20世紀を代表する思想家。『性の歴史』（全3巻）を参照。

図1　ミレットの肖像

出典：New York Public Library

▶5　ケイト・ミレット（Kate Millett, 1934-2017），『性の政治学』（ドメス出版，1985年。原書 *Sexual Politics*）。

▶6　ジュディス・バトラー（Judith Butler, 1956-），『ジェンダー・トラブル』（青土社，2018年。原書 *Gender Trouble*）。

図2　ジェンダーの考え方を一新した『ジェンダー・トラブル』原書

出典：Judith Butler. *Gender Trouble: Feminism and the Subversion of Identity* (Routledge, 1990)

一　人間の一生とアメリカ文学

3　愛——『グレート・ギャツビー』における〈異性愛〉と〈非・異性愛〉

21世紀の日本の社会に生きる我々にとって〈自然な〉恋／愛，〈不自然な〉恋／愛とは何だろうか。

1 〈ロマンティック〉な男女の物語

アメリカ文学史上もっとも〈ロマンティック〉な作家の一人F・スコット・フィッツジェラルドの代表作『グレート・ギャツビー』は，男女のロマンスを扱った〈ロマンティック〉なアメリカ文学作品の筆頭に挙がるものであろう。隣人である語り手ニック・キャラウェイが，五年前のロマンスを「リピート」しようとするギャツビーの試みを記録するまなざしは濃く甘く苦く，ギャツビーとヒロインのデイジーのあいだの親密性は淡く説得力に欠ける。自らが今もって「変わらぬ軽蔑を抱く全て」を体現している，「最初から最後まで認めることが出来なかった」ギャツビーに対するニックの思いは憎しみと半ばしながら，作中もっとも強い〈愛〉を示しているかにも見える。ニックには，男根的イメージが強く映される女性ゴルファー，ジョーダン・ベイカーとの交際や「上唇にうっすらと，汗が口ひげのように浮かぶ」故郷の恋人らしき女性，写真家の男性マッキー氏との交情など，非異性愛的要素が濃厚に付与される。性的欲望とアイデンティティは分断され，同性愛も異性愛も断言できずに迂遠な言葉を重ねるニックの姿に読者は，彼が自ら主張する「正直さ」を見るかもしれない。なお「その名をこの本に与えている」ギャツビーは産みの親を捨て去り，「自分自身のプラトン的概念／懐妊」(his Platonic conception of himself) によって，ジェイムズ・ギャッツからジェイ・ギャツビーへと，自ら生まれ変わったのであった。

2 〈同性愛〉の誕生と〈異性愛〉の正統化

19世紀半ばから20世紀にかけて，異性愛は自らを描くために同性愛という輪郭線を黒々と引いた。ギャツビーの〈異性愛〉を描くためにニックの〈非異性愛〉は要求されたともいえよう。〈同性愛〉という語の発明を通して，同性間のそれを含む生殖に繫がらない性愛は，非合法化・病理化され，次世代再生産に資する〈異性愛〉の正統性，〈自然さ〉が確立されていった。[1] それはまたギャツビーの死後ニックが父親ギャッツ氏に「僕たちは親しい友人でした」と宣言する際にも現れる友愛の，性愛との区別を厳格化してゆく過程でもあっただろう。

異性愛とは一定数の人々が自身の人生をそこに重ねる〈物語〉のひとつに過ぎない。恋愛・結婚・出産（順番もこの通りでなければならない）を旨とするロ

▶1　〈同性愛〉の誕生についてはデイヴィッド・M・ハルプリン『同性愛の百年間——ギリシア的愛について』（石塚浩司訳，法政大学出版局，1995年［原著1990年］），森山至貴『LGBTを読みとく——クィア・スタディーズ入門』（ちくま新書，2017年）を参照。

マンティック・ラブ・イデオロギー[2]に則った物語だけが我々に唯一可能なものでもない。しかしそれを自然なものとして選ぶように仕向けられる異性愛中心主義の圧力は絶大である。故郷で「噂先行で結婚する羽目に陥る」ことを避ける意味合いもあって東部に来たニックは「結婚をアレンジしてあげる」というデイジーの台詞に見舞われる。作中30歳になるニックは独身男性の知人が少なくなるであろう眼前の「孤独の十年間」に慄然とする。しかし異性愛中心主義の規範に則ってトム・デイジー夫妻が構築する「家族という制度」も実際には破綻をきたしている。それでもなお，デイジーによる（とされる）トムの「愛人」マートルの轢き逃げ事故を経てブキャナン夫妻は「紛うかたなき自然な親密さ」を醸し出しながら絆を強めるのである。権威づけられた〈自然〉は強い。

▷2　デビッド・ノッター『純潔の近代――近代家族と親密性の比較社会学』（慶應義塾大学出版会，2007年）では，結婚まで保たれる性的純潔を前提に構成される「愛―性―結婚の三位一体」が「ロマンティック・ラブ・イデオロギー」として説明される。

登場人物らが繰り返す「愛」「真実」「ロマンティック」「絶対」等の語は，そのたびに実質的な意味を失い空虚さを増してゆく。ギャツビーの語る来し方についての「神かけての真実」，トムがマートルの夫ウィルソンに告げる轢き逃げの「真実」，そしてニックが知っている「口に出来ない事実」，すべての語が本来有する重みを失って胡散臭い。それは正統的な男女のラブ・ロマンスがメイン・プロットでありながらそれが限りなく希釈されて，周縁の非異性愛的事象がグロテスクなまでに浮かび上がるこの小説の構造と対応している。

3 モダニズムにおける価値観の混淆と葛藤

アメリカ文学史きっての〈ホスト〉たるギャツビー，誰もが皆「トリマルキオ」[3]ギャツビーの「ホスピタリティ」に感謝していた。〈同性愛〉という概念が生まれるまでは，〈ソドミー〉が広く非規範的な性愛を示す中心的な語であったが，旧約聖書においてソドムの罪は（神の使者に対してさえも発動された）非歓待＝同性愛行為の罪として示される。歓待の場たるギャツビー邸は最初にノルマンディの「市庁舎《オテル・ドゥ・ヴィル》」を引き合いに出して描かれ，使用人が一掃されたのちには「小さなホテル」を営んでいたという「兄弟姉妹」がその家政を担う。

▷3　古代ローマの文人ペトロニウス著とされる『サテュリコン』（国原吉之助訳，岩波文庫，1991年）に出てくる大宴会主。古典への引喩はモダニズム文学の特徴のひとつである。

1920年代のアメリカ社会は空前の好景気とともに，性道徳を含む種々の規範の刷新を迎えた。しかしギャツビーやニックら1890年代周辺の生まれの人々はヴィクトリア朝の（性）規範を刷り込まれており，そうすぐに新しい〈モダン・タイムズ〉に馴染めるわけもなく，育まれた「内なるルールの数々」との齟齬に苦しんだ[4]。だからこそ，王道を行く異性愛の物語の実際の輪郭を描く非異性愛のもろもろが，ギャツビーとデイジーのロマンスを虚ろに残したまま，1922年の夏を舞台に1925年に発表された1896年生まれの作家によるこの小説では，より鮮やかに浮かび上がることになるのだろう。

▷4　ヴィクトリア朝性規範から近代のそれへの変遷とせめぎ合いについてはスティーブン・サイドマン『アメリカ人の愛し方――エロスとロマンス』（椎野信雄訳，勁草書房，1995年［原著1991年］）を参照。

（千代田夏夫）

一　人間の一生とアメリカ文学

4　友情――アメリカ文学を特徴づける理想的な絆

欲望の成就が必ずしも約束されない〈恋愛〉に対して，お互いに親しい友人との関係を継続して結ぶ〈友情〉は，古くから人間関係の理想とされてきた。アメリカ文学の伝統において，友情の絆はどのように描かれてきたのだろうか。

図１　『白鯨』におけるイシュメールとクイークェグの同衾

出典：Herman Melville. *Moby Dick; or, The Whale*. Illustrated by Rockwell Kent (Modern Library, 1982)

図２　『ハックルベリー・フィンの冒険』におけるハックとジム

出典：Mark Twain. *Adventures of Huckleberry Finn*. Illustrated by E. W. Kemble & John Harley (U of California P, 2003)

1　異人種間の絆

アメリカ文学の中で男同士の友情を描いたものとして最も有名なのは，メルヴィルの『白鯨』における語り手イシュメールと南太平洋出身の銛打ちクイークェグの「唐突に燃え上がる友情」であろう。偶然，宿屋でクイークェグと同衾することになったイシュメールは，当初彼に恐怖を感じていたが，次第に自分の人種的偏見を克服し，「こころの友」としての関係を築く。批評家レスリー・フィードラーは，『アメリカ小説における愛と死』において，上記の『白鯨』に加え，クーパーの『レザー・ストッキング物語』５部作，ポーの『アーサー・ゴードン・ピムの冒険』（*The Narrative of Arthur Gordon Pym of Nantucket*, 1838），そしてトウェインの『ハックルベリー・フィンの冒険』などに見られる男同士の友情，とりわけ白人と有色人種とのあいだで結ばれる親密な絆が，ヨーロッパ文学にみられる男女の成熟した恋愛や感傷を回避する機能を果たしているとし，その特殊な物語構造がアメリカ文学を特徴づけるひとつの原型であると論じた。[1]

そもそも，平等な関係を基盤とする友情の絆は，合衆国の理念である民主主義（democracy）と親和性が高い。その意味では，アメリカ文学を特徴づける異人種間の友情は，合衆国が歴史的に背負う矛盾や対立（黒人や先住民に対してふるわれた暴力とその罪の意識）の裏返しとして，統合や融和を希求する合衆国理念の発露だとみなすことも可能であろう。ホイットマンが『草の葉』で，階級，性差，人種などあらゆる境界を取り払うような友情のヴィジョンを「アメリカ」と結びつけたことからもわかるように，友情の理想的な絆を追い求める深層意識は，国家の理念と結びつきながら，アメリカの作家に共有されている。

2　ロマンティックな友情

フィードラーの仮説に従えば，アメリカ古典文学における男たちは，妻や母のいる家庭から逃亡し，海や川といった社会の外部（荒野）で友情を結ぶ。一方，男性とは異なり，主に家庭内にとどまらざるを得なかった女性は，あくまでも日常生活の中で友情を育んだ。建国期から19世紀にかけての女性の絆を検証する歴史家キャロル・スミス＝ローゼンバーグ[2]によれば，時にエロティックな情熱を帯びる女性同士の「ロマンティックな友情」は，当時，社会的に広く容認されていたのみならず，結婚とも両立可能なものであった。例えば，詩人

▶1　キャサリン・マリア・セジウィック（Catharine Maria Sedgwick, 1789-1867）の小説『ホープ・レスリー』（*Hope Leslie*, 1827）は，主人公と先住民ピークォット族のマガウィスカとの間に，異なる人種の女性同士で結ばれる友情を描く。

▶2　Carroll Smith-Rosenberg. "The Famale World of Love and Ritual: Relations between Women in Nineteenth-Century America." *Signs*, vol. 1, no. 1, 1975, pp. 1-29.

ディキンスンは後に自身の兄と結婚したスーザン・ギルバートとの親密な友情関係を生涯に渡って継続したし，彼女らの手紙のやりとりは，しばしば過剰な修辞性でその強い感情的かつ精神的な結びつきを強調する。また，結婚したのち遠く離れた女主人を一途に思い続ける使用人を描くセアラ・オーン・ジュエット（Sarah Orne Jewett）の短編「マーサの女主人」（“Martha’s Lady,” 1899）は，階級差や物理的距離を越えた友情の親密さを描いた好例であろう[2]。

だが，女性に結婚と出産を強制する父権社会において，友情と結婚が常に問題なく両立するとは限らない。ハナ・ウェブスター・フォスター（Hannah Webster Foster, 1758-1840）の小説『コケット』（*The Coquette*, 1797）の主人公は，「結婚は友情の墓場」だと発言し，建国期のアメリカにおいて，「利己的な」結婚よりも異性間の友情に男女の平等性を探る[3]。また，時代は下って，モリスンの『スーラ』（*Sula*, 1973）では，黒人共同体の中で，黒人の少女がお互いの親密な友情を通して自己の肯定と充足感を共有する。彼女たちの友情の絆は，一方の結婚により破綻しかけるものの，小説は，人種と性差により二重に差別された黒人女性が，友情を通して自律した主体を確立する過程に焦点を当てる。

3 個別的友情へ

友人との絆を通して理想的な社会を幻視するアメリカ文学の伝統において，友情はしばしばエロティックな欲望と重なり合う。イシュメールとクイークェグの友情を語るさいに用いられる熱烈な感情と奇妙な感覚は，「愛し合う夫婦」という「結婚」のイメージで表されるが，彼らの友情の親密さは，今日的な意味での同性愛欲望とも接近する。また，同性同士の強い感情的な結びつきをもとに献身的で継続的な絆を結ぶ女性のロマンティックな友情にも官能性が伴うことがある。しかし，19世紀後半における性科学の発展により，あらゆる親密さが「同性愛」か「異性愛」に二分されていくにつれ，同性同士の友情の親密さは，豊かな感情的結びつきというよりも，性的に「疑わしいもの」とみなされていった。それに従い，同性間の友情は，友人同士の素朴な愛情の発露を阻まれ，抑圧の対象となっていく[4]。言うまでもなく，以上はほんの一例でしかないし，また，文学作品に表れる友情が常に理想的な絆であるというわけでもない。事実，エマソンやソローのような超越主義者たちが，現実社会における友人の存在の疎ましさを繰り返し表明してしまうのは，理想と現実の乖離に対する失望が根底にあったためである。友情には誤解，裏切り，別離，ひいてはそれらに付随して起こる暴力的な結果も含まれる。もとより，個人の関係性である友情は単純に一般化ないしは普遍化できる概念ではない。友情とはあくまでも個別的なものであるからだ。したがって，文学作品に描かれる友情を考えるさいには，個別の事例に沿って，様々に異なる友情の諸相と感情のありようを検討する必要があるだろう。

（小椋道晃）

▶3　生涯独身であったジュエットは，晩年，友人アニー・フィールズ（Annie Fields）と生活を共にする「ボストン結婚」を実践したことで有名である。リリアン・フェダマンによれば，このような女性の生活形態が最も顕著に表れるのは，中産階級の女性が経済的に自立することが可能となった19世紀末においてである。Lillian Faderman. *Surpassing the Love of Men: Romantic Friendships and Love between Women from the Renaissance to the Present* (William Morris, 1981)

▶4　主人公イライザは悲劇的な死を遂げるものの，結婚に縛られた当時の女性像に対して，その自律した主体（の可能性）が今日では再評価されている。

▶5　建国期から19世紀中葉にかけて，友情の主題は非常に重要な課題として様々に議論されていたが，世紀末にむけて，そのような友情に重きをおく態度は次第に弱まっていく。文芸批評家ウェイン・C・ブースによると，『エンサイクロペディア・ブリタニカ』の第4版（1810年）では，「友情」の項目に20段落ほどの記載があったのに対し，第9版（1879年）になると，その項目自体がなくなっている。Wayne C. Booth. *The Company We Keep: An Ethics of Flction* (California UP, 1988)

一　人間の一生とアメリカ文学

5　感傷——抑圧の回帰

人間にとって普遍的な心理状態である感傷（センチメンタリズム）とは，アメリカにおいてどのような特殊性を持ち，その文学伝統にいかなる影響を与えてきたのだろうか。人種やジェンダーをめぐる問題系との相互関係を考えたい。

1　涙の政治学

アメリカの大統領は，人前で涙を見せてはならないものとされている。大統領に限らず，アメリカ人男性が公の場で泣くことは，自己コントロール能力を欠いた弱さであるとみなされる。そのあたり，「男泣き」が一種の美徳と受け止められる日本の場合とはいささか文化的な風土が異なっている。しかし，米国の大統領史上，例外的に涙を隠さなかったのが，バラク・オバマである。彼は，銃規制を訴えるスピーチの途中，犠牲となった幼い子どもに思いを馳せ，あるいは73歳のソウル歌手，アレサ・フランクリンが見せた圧巻のパフォーマンスを目の前にして[1]，さらには大統領退任スピーチの際，妻の支えに感謝の言葉を送りながら，多くの聴衆とテレビカメラの前で目尻の涙を拭った。

通常，「感傷的」（sentimental）という言葉は，浅薄さや生産性の欠如など，否定的文脈で用いられることが多い。だが，大統領であるオバマの涙が批判を受けなかったのは，彼が，ふつうなら蔑まれる感傷性のうちに宿る転覆的な力を説得的に実演したからであろう。アメリカにはもともと，合理主義や知的権威に抵抗する反知性主義[2]の伝統や，理性的な自我の支配が及ばないアフェクト[3]をめぐる文化理論の隆盛もあり，直感的な「情」を重んじるという意味において，感傷を前向きに受容する素地は常にあったと言ってもよい。

▶1　2015年，ケネディ・センター名誉賞のステージにゲスト出演したアレサ・フランクリンは，公民権運動の時代を生き抜いた伝説的な「ソウルの女王」であり，2009年のオバマ大統領就任式でもその歌声を披露していた。

▶2　リチャード・ホフスタッター（Richard Hofstadter）が1963年に出版した『アメリカの反知性主義』（*Anti-Intellectualism in American Life*）によって広く流通した思想。単に知性を否定するものではなく，権威主義や知的エリートに対する批判精神が民主主義には必要であることを説いている。

▶3　アフェクトとは日本語では「情動」と訳されている。自ら意識しうる喜怒哀楽などの「感情」（emotion）とは異なり，身体感覚や無意識の欲望とも連動しながら個人の気分や言動に働きかける心的メカニズムを指す。

2　「感傷の力」と女性の復権

米文学史上，もっとも名高い感傷小説は，『アンクル・トムの小屋』であろう。従来，奴隷制告発のプロパガンダに過ぎないとみなされていた本作は，1980年代後半，ジェイン・トムキンズ（Jane Tompkins）の感傷小説論，『煽情的な構図』（*Sensational Designs*）を契機に劇的な再評価を受ける。老齢の黒人奴隷トムと，天使のごとき白人少女エヴァが，等しく悲劇的な死に至るストウの小説は，多くの読者の涙を誘った。この小説の本質をトムキンズは，同時代のキリスト教的ヒューマニズムに根差した「感傷の力」と呼び，現実に社会改革を促したストウの「文化的仕事」を評価する。つまり文学史とは，一部のエリートが見出す審美的基準より，一般大衆に及ぼす影響力を考慮して構築されるべきだとトムキンズは主張する。奴隷制廃止論に揺れる19世紀中葉にひとつのピークを迎えたアメリカの感傷小説は，必然的に人種とジェンダーがせめぎあう文化的磁場となった。同じことは小説以外のジャンルにも当てはまる。黒人女性詩人のフランシス・ハーパー（Francis Harpcr, 1825-1911）は，奴隷の競売で我が子と無情に引き離される母親の涙を詩作品に昇華した。

さらに，トムキンズの議論を20世紀文学に敷衍したのが，『センチメンタル・モダニズム』の著者，スザンヌ・クラークである。多義性や逆説を重視するモダニスト的な美意識の外部を強調したトムキンズに対し，クラークは，モダニズムの内部にこそ（抑圧された無意識としての）感傷を位置づける必要があると説き，女性詩人のエドナ・ミレイ[4]からアリス・ウォーカーに至る系譜を俯瞰した。ここで皮肉なのは，先行する「感傷的」ロマンティシズムの超克を目指したはずのモダニズムが，やがて「感傷的」人間中心主義としてポストモダニズムから批判を受けることである。感傷とは，常に蔑まれ，抑圧されるものであり，その抑圧の回帰が文学史を駆動させてきたと言っても過言ではない。

図1　アンクル・トムとエヴァの絵を表紙に掲げる『煽情的な構図』原書
出典：Jane Tompkins. *Sensational Designs*（Oxford UP, 1985）

▷4　エドナ・セント・ヴィンセント・ミレイは，1910年代から広く大衆に読まれた詩人であり，彼女と同じく詩部門でピューリッツァ賞を受賞したセアラ・ティーズデイルとともに，若き日のテネシー・ウィリアムズに影響を与えた。

3 回帰する男性的感傷

かくして，感傷研究は，フェミニズムと連携しつつ，女性作家を排除しないような文学史の再構築，いわゆるキャノンの見直しを促した。けれども，感傷とはむろん，女性に特有の心性ではない。実は，「強さ」が美徳とされるアメリカという特異な国家においては，女性より男性のほうが感傷を抑えようとする傾向が強い分，抑圧の回帰もおのずとその強度を増す。自制心の強い『白鯨』のエイハブが，作品中で一度だけ流す涙はその好例だろう。一方，重度の知的障害を持つ『響きと怒り』のベンジーなどは，自制がない分，感傷を隠さず頻繁に泣いている。人種差別を告発する「硬派」なプロテスト作家のイメージが強いリチャード・ライトも，すぐれて個人的なその自伝小説『ブラック・ボーイ』では，しばしば涙する語り手やその家族を主情的に描いている。

男性的感傷に顕著な一つの側面は，さしずめ，喪失のカタルシスとでも呼ぶべき情緒であろう。この文脈において，スティーヴン・フォスター（Stephen Foster, 1826-1864）の楽曲は古典的一例となる。『アンクル・トムの小屋』出版の直後，フォスターがストウの小説を歌へと翻案した「懐かしきケンタッキーの我が家」は，奴隷たちが「狩りを楽しむことはもうない」し，「月明かりのもとで歌うことはもうない」と，失われた世界を幻視する。「若く陽気に心躍った日々は過ぎ去った」という「オールド・ブラック・ジョー」や，「もう二度と彼女に会えない」と嘆く「金髪のジェニー」も同様である。また，20世紀に目を転じると，「失われた世代」を象徴するヘミングウェイの『日はまた昇る』は，一人の部屋で涙する主人公を描き，ハードボイルドな美学の裏面に光をあてた。さらに，テネシー・ウィリアムズの『ガラスの動物園』，カポーティの『ティファニーで朝食を』，そしてナボコフの『ロリータ』は，いずれも失われたヒロインを追慕する物語であり，切なる喪失の感傷が滲む。（舌津智之）

図2　ピッツバーグ大学スティーヴン・フォスター記念館前
出典：筆者撮影。

一　人間の一生とアメリカ文学

6　結婚——文明化のくびき

アメリカ文学では結婚のモチーフはこれまであまり重視されてこなかったが，作品の中心テーマでなくとも多くの作品で触れられ，あるいはその不在が強調されている。ジェンダーをめぐる社会規範の基盤にある結婚制度は，アメリカ文学においてどのように表象されているのか。

1 植民地時代

かつてフィードラー[1]がアメリカ文学は大人の成熟した恋愛を描くのを不得意としてきたと看破したように，アメリカ文学において結婚が小説の主要テーマとして深く掘り下げられることは少なかった。フィードラーが対象としているのは近代になって登場した小説のみであるが，植民地時代以降の広いジャンルの文学作品を視野に入れるならば，むしろアメリカ文学は結婚への言及で始まったと言っても過言ではない。最初のアメリカ詩人として詩集を出版されることになったブラッドストリートは，夫への愛や結婚生活を歌い上げる。アメリカ人が出版した最初の詩集が女性によるものであったという事実が物語っているのは，植民地建設の際に未開の荒野を文明化するにあたり，男たちがいかに母／妻の力を必要としていたかという点である。絶対的な家父長制社会でありながら，女性が持つとされた，家庭を築き上げる力が求められていたのである。

▷1　フィードラーはアメリカ文学の研究者で，その代表作として知られる『アメリカ小説における愛と死』（1960年）は，アメリカ文学の特徴を成熟した男女を描けなかったことに求めている。

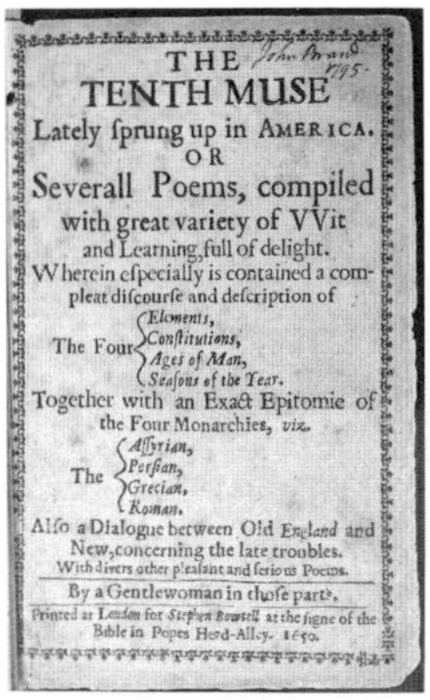
THE
TENTH MUSE
Lately ſprung up in AMERICA.
OR
Severall Poems, compiled
with great variety of VVit
and Learning, full of delight.
Wherein eſpecially is contained a compleat diſcourſe and deſcription of
The Four { Elements, Conſtitutions, Ages of Man, Seaſons of the Year.
Together with an Exact Epitomie of
the Four Monarchies, viz.
The { Aſſyrian, Perſian, Grecian, Roman.
Alſo a Dialogue between Old England and
New, concerning the late troubles.
With divers other pleaſant and ſerious Poems.
By a Gentlewoman in thoſe parts.
Printed at London for Stephen Bowtell at the ſigne of the
Bible in Popes Head-Alley. 1650.

図１　アメリカ最初の詩人アン・ブラッドストリートによる『十番目の詩神』

出典：Anne Bradstreet. *The Tenth Muse Lately Sprung Up into America* (Beinecke Rare Book & Manuscript Library, 1650)

2 独立戦争前後

一方で独立戦争前後になると，ヨーロッパの文化に対してアメリカの独自性が希求されるようになった。それまで荒野に「丘の上の町[2]」を建設することを目指していたアメリカ人たちは，一応の文明化が達成されたとき，ヨーロッパの都市文明を堕落とみなし，アメリカの特徴を無垢と自然に求めた。その結果，アーヴィングの「リップ・ヴァン・ウィンクル」などに典型的に見られるように，家庭を築く母／妻は自然を文明化する象徴として男たちに忌避されることになる。つまり女性は，欲望の対象でありながらも，そこから逃避しなければならない存在であるという矛盾したイメージとして形作られるのである。

文明の象徴としての「家庭の天使」像はその後もアメリカ文学に通底して見られ，表向き女性は母として家庭の中で性を持たない存在とされる一方，男たちは性欲を満たすために家庭を逃れ，荒野に向かう。これこそがアメリカ文学における男女関係の基本パターンとなるのである。

▷2　ピューリタンをマサチューセッツ湾植民地に導いたウィンスロップが説教の中で用いた言葉。自分たちの町を，理想的なキリスト教社会のモデルとして全世界から視線を集めるのだと主張し，アメリカ例外主義の発端とみなされる。

3 19世紀

世界文学にも比肩するような作品が次々に生み出されていったこの時期，「結婚」のモチーフは社会のゆがみを反映しながら男性作家と女性作家の間でまったく異なる扱いを受けることになる。

近年まで「主流」とみなされていた男性作家による作品では，姦通をテーマとするホーソーンの『緋文字』のように，「結婚」は表向き重視されながらも常に陰画として描かれることになる。メルヴィルの『白鯨』には女性の姿はほとんど描かれず，文明を逃れて大海原という荒野に向かう男たちの同性愛的な親密空間が築き上げられ，『ピエール』では父親の私通[3]や近親相姦，複数婚など結婚に対する破壊的なモチーフが取り上げられる。またソローがウォルデン湖畔に作る家庭空間にも女性は存在しない[4]。

▷3　姦通は婚姻関係を破って行われる性行為のことであり，私通は婚姻関係にない男女の交わりのことを指す。どちらもキリスト教では大罪とみなされる。

▷4　実際にはソローの小屋は，女性からの多大な協力のもとに築かれていたことが今日では知られている。

一方で当時ストウやウォーナーら女性作家たちの書く家庭小説が非常に流行していたが，そこでは女性の持つ母／妻としての家庭的な力が称賛され，社会における最も重要な要素とされていた。そういった作品の代表とみなされていた『若草物語』の作者ルイザ・メイ・オルコットは，偽名を用いて多数のスリラーを書き，男性中心社会を転覆させようとする女性登場人物を描いていたことが後に発見された。しかし彼女たちの多くが結婚制度に依存しているという点で，必ずしも当時の支配的イデオロギーを脱却できていたわけではない[5]。

▷5　たとえば『仮面の陰――あるいは女性の力』（*Behind a Mask, or a Woman's Power,* 1866）の主人公ジーン・ミュアは男性を手玉に取りながら，最終的には裕福な貴族と結婚して家庭に収まるらしいことが結末で描かれる。ちなみに『若草物語』もまた結婚がプロットの中心になっている。

家父長的な結婚制度への異議申し立てが目立つようになるのは19世紀末になってからのことである。女性の権利に対する意識が徐々に芽生えつつある中，ギルマンの「黄色い壁紙」は，夫に書くことを抑圧された結果，発狂する妻の姿を描き出し，ショパンの『目覚め』では，何不自由ない生活を送る人妻が姦通を犯し，入水自殺を図る。

4 20世紀以降

アンダーソンやフィッツジェラルド，ヘミングウェイなどの男性作家にとって女性はしばしば敵として表象され，幸せな結婚生活が描かれることはほとんどない。一方キャザーらも繰り返し不幸な結婚生活を描くことによって，結婚制度に異議申し立てを行った。

大きな変化は第二次世界大戦後の冷戦期におこった。当時ソ連に対抗するために，結婚して子供を産む幸せな家庭を「アメリカ的」とみなす風潮が生まれ，同性愛や未婚であることが極めて厳しい批判にさらされるようになった。ミラーの『セールスマンの死』や，自身も同性愛者であったカポーティの『ティファニーで朝食を[6]』，ジョン・アップダイク[7]（John Updike, 1932-2009）の『走れ，ウサギ』（*Rabbit, Run,* 1960）などに見られるのは，「アメリカ的」家庭を押し付けられることへの閉塞感と違和感である。

（高野泰志）

▷6　オードリー・ヘップバーン主演による映画版は，原作とは反対にこの「アメリカ的」家庭に関するイデオロギーを助長するような内容になっている。

▷7　アップダイクは『カップルズ』（*Couples,* 1968）や『結婚しよう』（*Marry Me,* 1977）など，結婚をモチーフとした作品を数多く書いている。

一　人間の一生とアメリカ文学

7 家族──「あの夕陽」，告白

アメリカの家族は，人種・階級・土地・時代・国家など，社会的／歴史的な要因と複雑に絡まり合いながら，その形態を変容させてきた。ときに家族の情愛と絆という美しさを帯びる一方で，公言しえない秘めごとという，内部での埋めがたい溝／断絶をめぐるドラマも内部で展開されているのではないだろうか。

1 「家族」という文化と権力構造

“family”という語は，複雑な社会的歴史を有するが，「小さい血縁集団」という意味での「家族」が確立したのは19世紀初頭である。資本主義の発達とともに賃金労働社会と区別された近親者集団としての概念が強まり，秩序と道徳の培われる文化的な制度として想定されるようになった[1]。

▷1　レイモンド・ウィリアムズの『キーワード辞典』（椎名美智他訳，平凡社，2011年［原 著1976年］）を参照。

昨今，同性愛者や非血縁者による感情的紐帯としての家族像が提起されるように，「家族」をめぐる概念や制度の定義は時代とともに変化してきた。家族という場には，時代のイデオロギーとその揺らぎ，ひいては革新のドラマが刻印されている。「家父長制」は，一家を統率する男性の家長が，財産の所有権を掌握し，妻と子供を自らに服従させ支配する家族形態をさすが，アメリカ南部ではその底辺に黒人奴隷／黒人奉公人，貧乏白人が存在する。この制度は，弱者に対する差別の温床，それを助長する権力構造として批判されてきた。

2 息子の問い，父の沈黙

たしかに家という制度には親から子への文化的遺産の承継や道徳的価値の伝承などの側面があるが，文学作品はときに，その制度の内側でそうした遺産や価値を引き継ぎながらも，時代の変化のなかで先行世代（親／先祖）の罪悪に気づき，やがて彼らを否定し反逆へと転向する後行世代（子）が体験する葛藤と克服の問題を描出することがある。フォークナーの「あの夕陽」こそ，そうした問題を隠微にしかし印象深く描いた小説であり，家を舞台にした父の罪業と，隠された罪への子の認知と告白を刻印している。

ラストシーンで白人の父コンプソン氏は，夫のジーザスに殺されると怯える黒人女性ナンシーを黒人小屋に残し，クエンティン，キャディ，ジェイソン三人の子供を連れて白人屋敷に戻ろうとし，彼らが途中の“ditch”（溝）を降りてのぼったとき，クエンティンは「これからは誰が僕たちの洗濯物を洗うの？お父さん」（“Who will do our washing now, father?”）と問いかける。そう問いかけたとき，9歳の時点では不分明であったろうが，父の暗部を鋭くえぐったことを，24歳になって語りなおすさいには認識しているのではないだろうか。

その暗部とは，父のナンシーとの秘かな密通である。ジーザスという彼女の罪責感と恐怖の幻影に怯えるナンシーは，子供たちを連れて小屋に戻る途中で

図1　コンプソン屋敷のモデルとなった家
出典：筆者撮影。

大声で話すが[2]，この挙止の裏側に隠されているのは，コンプソン氏が過去に“ditch”（溝）を渡り，黒人小屋とコンプソン屋敷を往来していた可能性である。白人は黒人の家の台所に自由に入れるというジーザスの発言に示唆されるように，黒人小屋に白人男性が出入りしていたことは確かであるが，ここでさらに暗示されるのは，コンプソン氏もまた黒人小屋に来ていた事実のナンシーとジーザスのあいだでの了解である。この共通了解が前提となり，コンプソン氏の名前を出すことで，コンプソン氏も同行しているとジーザスに思いこませようとする意図が働くのである。さらに小屋のなかで，子供たちの興味を引き出そうとナンシーの語る物語に“ditch”が登場するが，この溝もまた人種混淆の暗喩である。溝には「悪い男」が隠れており，そこを「女王」が無事に通り過ぎれば「家」に生還できるという話であるが，白人と黒人の境界を自らの身体で“cross”したナンシーにとって，その“cross”を象徴する場の溝は，彼女の人種混淆に対する罪障感のふきだまりであり，だからこそそこに自身を罰する〈神〉である夫ジーザスが隠れているという妄想に駆られるのである[3]。

とすれば，クエンティンの最終場面での問いは，白人の穢れは今後誰が浄化するのか，父の穢れはどのように清浄されうるのかという疑義として響いてこないだろうか。汚れた衣服を清めていたナンシーは，いわば性の労働者でもあった。白人男性の穢れた欲望をクリーンしていたのであるが，実父も彼女を“ditch”（見棄てた）したように，白人男性が今後彼女と関わりをもたないのなら，では誰が白人の欲望を吐き出し清めるのか，という問いとして反響する[4]。

3 近代の営み，告白小説

こうして小説を再読するならば，クエンティンは，作品冒頭に示唆される自動車による洗濯物の集配に象徴される町の近代化とともに，自らがその月日を生きてきた現実の重みを背負いながら，語りを通して人種的な認識とその傷の深さを示している。彼にとってナンシーを見棄て白人として成長し大人になった体験は，近代の洗礼を受けつつ月日を過ごしてきたことと同義であり，白人と黒人の差異なき融和な領域を棄却し，しかし，胸奥に残存する悲哀と後ろめたさを忘却せずに生きることこそ，近代の営みであった。

だが自動車の立てる不協和音へのいら立ちは，町の近代化への疑念や反撥だけでなく，自らが白人として近代を生きてきたことへの違和と嫌悪も暗示する。この違和と嫌悪をもたらしたのが，黒人女性を実父の教え通りに置き去った9歳のときの自己の所作，実父の秘かな罪業に対する自覚であるだろう。ならば「あの夕陽」とは，白人としての自覚をも凌駕し圧倒する父の罪悪を，父の胸中を知りつつ，隠微に述懐した「告白小説」でもあるのだ。朧げな性の世界はいまや，狂おしい罪，忘却をゆるしはしない家と血という怖ろしいまでの桎梏の印画でもある。

（竹内理矢）

▶2　じつはジーザスに戻ってきてほしいから大声で話すという倒錯的欲望も潜んでいるのかもしれない。コンプソン氏の存在をほのめかすことで，妻を庇護するべくジーザスが近寄ってくる期待が隠れているのか。夫を遠ざけたいと思いつつ，夫に帰ってきてほしいという愛の倒錯があるのだとすれば，それは，罪責感を払拭したい一方で，自己を処罰したい欲望でもある。

▶3　注意すべきことに，コンプソン氏は溝を“cross”できるが，ジーザスはできない。そうした白人との差異，つまり，溝が表象する侵犯へのジーザスの憎悪を知るナンシーは，ジーザスがその憎しみの場にこそ執着し身をひそめていると妄想する。

▶4　父はそれに対して何も答えない。クエンティンの問いの暗示性に隠蔽したはずのナンシーとの関係を沈思しているのか。あるいは，自らも幼少期に黒人女性との紐帯を切断した記憶を想起し，心の奥底に封印したはずの黒人女性への共感を思い起こし，自らの二面性のはざまで葛藤を経験しているのか。黒人女性への共感を押しこめ，白人男性として，黒人女性と関係を結ぶ，しかし，その共感の記憶が浮上したとき，彼の〈白人〉としての自我が揺さぶられることになる。だからこのとき，これまでのように“nonsense”とは息子にいい放つことができない。“nonsense”ではとうてい片付かない現実と対峙している。

一　人間の一生とアメリカ文学

8　老い──「若さ」に執着するアメリカを逆照射する視点

日本における「老人」のイメージはどんなものだろうか。それは時代によって，どう変わってきただろうか。映画や小説を例に，具体的に考えてみよう。

1　「若さの国」アメリカ

アメリカは歴史的に「若さの国」として自己をイメージしてきた。言うまでもなく，それは国家としての歴史の短さのゆえであり，君主制ヨーロッパに対する民主国家アメリカの「若さ」の主張であった。19世紀半ばにはホーソーンやメルヴィルも関わった，その名も「ヤング・アメリカン」運動[1]があり，アメリカ文学の原点『ハックルベリー・フィンの冒険』は，なによりも少年ハックの持つ「無垢」=「若さ」の物語である。そしてもっともアメリカらしい小説と言われる『グレート・ギャツビー』は，人はいつまでも若くいられないという「悲劇」を描いたものだと言えるだろう。一方，アメリカ最高の吟遊詩人ボブ・ディラン[2]は，息子の将来を祈るとき，「いつまでも若く」（“Forever young”）と繰り返した。それは「若さの国」アメリカならではのことだったろう。

2　「老い」を描くアメリカ文学

ところで，「若さ」にとりつかれているということは，「老い」を恐れているということである。にもかかわらず，アメリカ文学には「老い」をテーマとした作品が数多くある。それは「若さ」に執着するアメリカ社会の逆説的な反映であり，独善的な「無垢」への批判であろう。

有名な作品に限っても，禿げた頭を気にするプルーフロックを描くT・S・エリオットの「プルーフロックの恋歌」，容貌の衰えを必死に隠すブランチ・デュボアが崩壊するウィリアムズの『欲望という名の電車』，そしてヘミングウェイの『老人と海』など，「老い」を描いた作品は多い。

これらの作品は「老い」を時に否定的，時に肯定的に描いており，その意味付けは多様である。創作時の作者の年齢も異なり，作者と「老い」の関係もまた複雑である。

3　フォークナー『行け，モーセ』に見る「老い」の多様性

「老い」を多様に描いた文学作品の一例として，フォークナーの『行け，モーセ』（1942年）を見てみよう。主人公アイク・マッキャスリンは，南部の原生林である「大森林」における狩りを通じて，自然の掟に従って生きる叡智を身につけるが，その手ほどきをしてくれるのが老人サム・ファザーズである。ここ

▷1　「ヤング・アメリカン」運動は，1840-50年代に展開された政治・文化運動。その主張は多岐にわたるが，文学に関しては，ヨーロッパ的価値観から独立したアメリカ独自の文学を提唱した。

▷2　ボブ・ディラン（1941-）は，1960年代から活躍を始め，現在なお活躍中のアメリカを代表するミュージシャン。アメリカ音楽の伝統を自在に消化しながら，独自性あふれる楽曲および歌詞を創作し，歌い続けている。2016年，ノーベル文学賞受賞。「いつまでも若く」（“Forever Young”）は，アルバム『プラネット・ウェイヴズ』（1974年），『武道館』（1978年）などに収録。

図1　トマス・コール『人生の航路』（1842年）から「老年期」（部分）。19世紀前半に描かれたこの絵では，「老い」は苦難の末にたどり着く救済のイメージでとらえられている

出典：Daniel Ankele. *Thomas Cole: Luminist Landscapes*（Ankele, 2014）

で「老い」は，「若さ」を導く「知恵」の表象である。若くして狩りの達人となったアイクは，大熊オールド・ベンを追い詰めるが，この不死身の熊は「老い」の孤独を象徴し，その死はまた「大森林」の消失を予告するものとなっている。

その後，成年に達したアイクは，奴隷制の罪に汚れた祖父伝来の遺産を拒否する。それは「大森林」の教えの結果であり，「老い」から「若さ」へと伝えられた叡智は，ここで実を結んだように見える。このときのアイクは，自らの罪を償おうとするアメリカ南部の良心を体現しているが，それはまた「老い」と「若さ」の幸せな結婚でもあった。

だがアイクは，遺産拒否をきっかけに妻と疎遠となり，性から疎外された孤独な人生を送る。子どもに恵まれなかったアイクは，自らの理想や大森林の叡智を誰にも伝えることができず，不毛な「老い」を迎えることになる。さらに老いたアイクは，人種を越えた男女間の愛を否定し，自らの理想の限界をあからさまにしてしまう。それは時代遅れになってしまった哀れな「老い」の姿であり，アイク個人の人生を越えて，奴隷制廃止後も人種差別をやめることのなかった南部の運命を暗示するものであった。

このように「老い」の意味は多様である。作者フォークナーは「老い」というモチーフを巧みに使い，ある人物の一生のみならず，アメリカ南部の歴史や運命といったものまでも表現している。

4 「晩年のスタイル」（エドワード・サイード）

『行け，モーセ』はフォークナー44歳の時の作品であり，その頃の彼は中期から後期へと移っていく途上にあった。第二次世界大戦に危機感を抱き，また生活上の困難に直面した彼は，この作品でアメリカの歴史を振り返り，「自由」の意味を問いただす。そのために彼は新たな文体を作り上げるが，それは一文が何ページも続き，複雑なエピソードが延々と積み重なる，独創的なものであった。後期のフォークナーは，独特の歴史観に基づく政治的主張を展開していくことになるが，それを可能としたのはこの文体であった。

批評家のエドワード・サイード（Edward Said, 1935-2003）は遺著『晩年のスタイル』（*On Late Style*, 2006）で，晩年を迎えた芸術家・作家の大胆で新しいスタイルについて自在な考察を繰り広げている。それは「調和と解決ではなく頑なさ，難解さ，そして解消されない対立」を特徴とするものであった。『行け，モーセ』でフォークナーが創り出した文体は，フォークナーの「晩年のスタイル」と言えるだろう。

このように，「老い」は作中人物のあり方だけではなく，作品のスタイルとも関わり，また作家の全体像を考えるための重要な視点である。

（金澤　哲）

二　社会／文化とアメリカ文学

1　人種——他者と贖罪

アメリカ合衆国は，あるときまで「人種のるつぼ」，あるとき以降「人種のサラダボール」と称されてきたが，「人種」はアメリカ文学の重要なファクターであることを決してやめない。さて「人種」はアメリカ文学をどのように特徴づけてきたのだろうか。

1　近代文学の構造と人種

近代文学の構造の根本にあるのは，野放図に拡大してゆこうとする個人の自我と「世界」との葛藤である。少々粗雑な言い方をすると，近代への展開の要点は，たとえばルネサンス期の傑作，ダ・ヴィンチ作『最後の晩餐』に見られる美しい構図にその端的な事例を見出すことができるような，遠近法の成立，すなわち世界を眺望するまなざしの主が神から人間へと移行したことにあると言える。すべてを統べる神の秩序にしたがい，個人は与えられたニッチに従属するという中世までの世界の捉え方から，「私」の眼が「世界」を見る，遠くにあるものは小さく，近くにあるものは大きく「私」に見える，むしろ「私」に見られるように「世界」は存在している——あれは，「私」は「世界」と対峙しうるリアリティであるという，実に誇らしげな新しい世界像の提示でもあった。

しかし，一方で自我がいったんこのように世界から自律すると，おのれが時限付きの卑小な存在に過ぎないという認識はむしろ自我の内部に強化されることになる。「私」は「世界」のすべてを掌中におさめうる存在であるのに，「私」があえなく死んだのちも「世界」は平然とかわらず存在し続ける，「世界」はいったい「私」の知らない何を抱え込んでいるのか。こうした「私」対「世界」の対立，「世界」が「私」から隠匿している永遠の秘密，究極の知をどこまでも嫉妬深く追い続けるといった，近代文学に典型的な構造を有した作品は枚挙にいとまがないが[1]，アメリカ文学からその端的な事例として，メルヴィルの『白鯨』をあげることは比較的容易だろう。

つまり，「世界」は「私」によって理念的に掌握可能でありながら，現実には「私」の自由にはならない。『白鯨』のエイハブが詠じたように，「世界」は突破してみよといって，事実上突破不能の「壁」をもって「私」の眼の前に挑戦的にたちはだかっている[2]。近代文学は，特にリアリズム小説という近代文学の申し子のようなジャンルにおいてより顕著に，この掌握可能かつ突破不能の「壁」を「他者」という形で具象化してきた。具象化は，その文学を具体的に取り巻く社会のありようによってさまざまな現れ方をするのが常で，たとえばイギリス文学には明瞭な形であらわれる「他者」の他者性の根拠に「階級」があるが，一方アメリカ文学には合衆国の成立の要諦からして，原理的に「階級」が存在しないので，「他者」の指標としては表面化せず，「性」ないし「ジェン

▶1　たとえばシェイクスピアの『ハムレット』，セルバンテスの『ドン・キホーテ』，スタンダールの『赤と黒』，ゲーテの『ファウスト』，フローベールの『ボヴァリー夫人』，ドストエフスキーの『罪と罰』等々，名だたる世界の文学作品がこの範疇に属するといってよい。

▶2　同じくメルヴィルの短編「書記バートルビー」では，その超越不可能の「壁」を凝視したまま，ついには生きることさえ放棄し餓死して果てる「私」が登場してくる。

ダー」といったおそらく社会を選ぶことなく存在する他者性の項目に加え，やはり合衆国の成立にかかわる形で特徴的に浮上してくるのは，必然的に「人種」とならざるを得ない。

2 異人種表象の心理

アメリカは先住民，いわゆる「インディアン」を排除し，新大陸につきまとう固有の問題としての労働力不足を解消するためにアフリカから強制連行した黒人たちを奴隷化するという，血塗られた異人種との関係を国の根本に抱え込むことになったので，とりたててこれら2つの人種は，アメリカ文学において，理解しえたと思った瞬間に，その理解をすりぬけてゆくような「世界」の「謎」，すなわち真正の他者性を保持することになった。アメリカ文学には，先住民や黒人たちを，一方で単純粗野で，したがって従属させ保護すべき劣等な存在とみなしながら，他方，白人種には理解不可能な，合理を超え神秘的でさえあるような高みと深みを備えた人々として畏敬の対象とする傾向があり，先住民と黒人の描写がこのように極端から極端へと揺れ動くのは，「他者」を眼前にするもの一般に訪れる精神の激しい動揺をそのまま物語っている。

アメリカ文化史家フィードラーがあらわしたユニークなアメリカ小説研究『アメリカ小説における愛と死』によれば，アメリカ小説においては，近代小説においてもっとも一般的な「恋愛」という項目――すなわち「性」を指標とする他者との関係――が弱体化し，それをおぎなうように白人と異人種の男性間の生殖をともなわない関係が主軸にすえられるのが特徴であると注目すべき提言をおこなった。しかもそれは，アメリカ文学史を代表する古典的著作，たとえばクーパーの「革脚絆物語」五部作における主人公ナッティ・バンポーとインディアンのチンガチグックのように，あるいはトウェインの『ハックルベリー・フィンの冒険』におけるハック・フィンと黒人奴隷ジムのように，さらにフォークナーの「熊」におけるアイク・マッキャスリンと黒人・インディアンの混血サム・ファーザーズのように，年少の白人と年長の異人種が擬似親子関係を結んでいる点が何より象徴的であって，白人の側が異人種に対し教えを請い，許しを乞うこの関係は，白人である作家の深層心理に，アメリカが国として成立するために黒人やインディアンをいかに冷酷にあつかってきたか，その歴史的な罪深さに対する贖罪の必要を覚えていることを物語っていると説いている。

また，特に20世紀以降は，逆に，黒人やインディアンをはじめとし，多様な人種的背景を持つものたちの側から，強制的にアメリカ式生活様式へと順応させられていった暗い歴史を反芻し，アメリカではあくまで人種的「他者」でしかありえないものの自己探求，「世界」と「私」のあいだにきしみ立てる違和感を追求する切実な文学も数多く世に問われることとなった。　（後藤和彦）

図1　フィードラーの『アメリカ小説における愛と死』初版の扉

出典：Leslie Fiedler. *Love and Death in the American Novel* (Criterion Books, 1960)

二　社会／文化とアメリカ文学

2　階級——階層上昇の夢と現実

アメリカは階級のない社会といわれるが，それはどのような意味だろうか。アメリカン・ドリームと階級の現実はどのような矛盾と摩擦をもたらしているのだろうか。アメリカ文学は，階級と人間の関係をどのように扱ってきたのだろうか。

1　階級のない社会

アメリカは階級のない社会だといわれる。独立宣言にうたわれる理念——「人はみな平等である」——は，基本的人権の保障（生命，自由，幸福の追求）とともに，建国以来の国家信条として深く浸透している。イギリスから独立したアメリカの国家アイデンティティの根幹には，当時のヨーロッパ諸国とは異なる国づくりをしたという自負心がある。なかでも，封建主義的な世襲の身分制度（固定的階級）をもたないことは，アメリカが独自性と優位性をもち，道徳的模範となるべき国だというアメリカ例外主義[1]の思想を支えてきた。

▶1　アメリカ例外主義（American exceptionalism）とは世界のなかでアメリカだけが特別に優位な地位を占めているという考え方。これはウィンスロップの「丘の上の町」（“a city upon a hill”）の説教にみられるように，アメリカこそ「新しいエデン」でアメリカ人こそ「選ばれた民」であるから世界をより良い場所にする使命があるというピューリタン的選民意識にさかのぼる。

2　階級とアメリカン・ドリーム

階級のない社会という理想は，「アメリカン・ドリーム」が約束する社会階層の流動性とも密接に関係している。アメリカン・ドリームとは，人種，民族，ジェンダー，性的指向，宗教などに関係なく，だれもが平等に，自らの努力や才覚によって成功の階段を昇ることができるというものだ。その夢自体が前提としているように，社会階層の序列（ヒエラルキー[2]）はアメリカにも存在しており，これを階級とよぶこともできる。だが，機会均等と競争原理による実力主義社会において，そのヒエラルキーは，社会構造として予めあるのではなく個人の資質の差から結果的に生じている。序列はつねに流動的で暫定的だと強調することで，アメリカは理想と現実の齟齬を解消しようとしてきたといえよう。同時に，そうすることで，実際には限定的な流動性，特権階級の既得権，不平等な富の再分配といった階級格差を隠蔽してきたともいえる。どの階層に属するかは自己責任とされる一方で，だれもが同じ時点から平等にスタートするわけではない，という点は不問に付されるからである。

▶2　ヒエラルキー（hierarchy）は，ピラミッド型の階層的構造を指す。少数の支配者階級を頂点として中間層から底辺層へと広がる，段階的に序列化された階層のこと。

3　アメリカにおける階級

では，社会階層の序列（流動的階級）は何で決まるのか。「ホワイトカラー」「ブルーカラー[3]」というように，職業や肩書か。収入や財産か。家柄や学歴か。服装，態度，表情，言葉遣い，持ち物，消費，住居，生活スタイル，価値観，政治的スタンスなど，人々は微妙な差異から階級をよみとっている。こうした機微が，アメリカの階級や階級主義を問題にすることを難しくしている。

▶3　「ホワイトカラー」（white-collar）は，白襟のワイシャツを着ることから事務・技術・専門職に従事する人，「ブルーカラー」（blue-collar）は，青襟の作業服を着ることから生産現場で働く人を指す。

4 階級とセルフメイド・マン

アメリカン・ドリームの中核をなすのは「セルフメイド・マン」だ。自らの努力と才覚によって成功をおさめた「たたき上げの男」，すなわち実力主義にもとづいて階層上昇を果たした男は，固定的階級のない社会というユートピア観の根拠となる存在であり，手本とすべきアメリカ人の原型である。そのため，この人物像は，建国の父祖や歴代大統領[4]，ベンジャミン・フランクリンの『自伝』にホレイショ・アルジャーの『ぼろ着のディック』シリーズ[5]と，アメリカ文化や文学にひろく見出すことができる。セルフメイド・マンは，アメリカン・ヒーローの典型なのである。

▷4　第16代大統領エイブラハム・リンカン（Abraham Lincoln, 1809-1865（在任1861-1865））の立身出世は，「丸太小屋からホワイトハウスへ」というフレーズであらわされるほど有名である。

図1　第16代大統領リンカンの肖像

出典：Library of Congress, Prints & Photographs Division, LC-DIG-ppmsca-19305

▷5　ホレイショ・アルジャーによる本シリーズは1867年の連載以来ベストセラーとなり，貧乏から金持ちに（rags-to-riches）という成功物語のジャンルをもっとも有名にした。

図2　『ぼろ着のディック』シリーズ（Ragged Dick Series）の挿絵

出典：Horatio Alger, Jr. *Ragged Dick: Street Life in New York with the Boot-Blacks* (Loring, 1868)

5 文学における階級とセルフメイド・マン

アメリカの作家たちは，しばしばセルフメイド・マンの個人的成功を国家的企図と重ねあわせ，アメリカという国の成り立ちや社会階層の流動性を振りかえる契機としてきた。ホーソーンの短編「僕の親戚モリヌー少佐」（"My Kinsman, Major Molineux," 1832）では，青年ロビンが結末で縁故ではなく自助努力での成功をめざすが，この主人公の成長は，独立革命による王政から民主政へという階級秩序の転換と重なりあう。フィッツジェラルドの長編『グレート・ギャツビー』では，中産階級の語り手ニック，上流階級のブキャナン家，労働者階級のウィルソン家を配し，禁酒法時代に財を成したギャツビーの夢の行方が描かれる。結末ではギャツビーとオランダ人開拓者が二重写しとなり，緑の灯のまたたきにアメリカン・ドリームの光と影が映しこまれる。フォークナーの長編『アブサロム，アブサロム！』では，サトペン家の興亡が語られる。プア・ホワイト[6]（poor white）として差別されたサトペンは，一代で大農園を築き，家名を「王朝」のごとく永続させようと願うが，その夢は自身の異人種混淆や男系継承主義によって自滅する。奴隷貿易で財を成す彼の立身出世は，そのまま南部の暗い歴史をなぞる。アリス・ウォーカーの書簡体小説『カラー・パープル』は，アフリカ系アメリカ人女性が人種と性の二重差別から社会の下層階級となっている現実をあばく。ジョージア州に住む黒人女性セリーがセルフメイド・ウーマンとして独り立ちするまでの軌跡が，妹と神への手紙をとおして描き出され，アフリカ系アメリカ人女性の解放とエンパワメントには経済的自立と女性の連帯が重要であることが示される。『アブサロム』同様，ほかの社会的差異のカテゴリ（人種やジェンダー等）と階級の連続性を明らかにする作品である。

このように，階級は，アメリカ文学のあらゆる局面にみられ，リアリズム・自然主義・プロレタリア文学のみならず，階級には関心がないと思われがちなロマン主義・モダニズム・ポストモダン文学にも遍在するのである。

（山本裕子）

▷6　「貧乏白人《プア・ホワイト》」は，アメリカ南部などに住む低所得の白人労働者に対して用いられる蔑称。

二　社会／文化とアメリカ文学

3 お金——この流動的で信用ならないもの

お金の問題にはどこか表立って話しにくいところがある。にもかかわらず，それは繰り返し小説に描かれてきた。不安定な貨幣状況や高度資本主義の発展の中で，お金に対する意識はどのように培われ，それはどのようにアメリカ小説に刻印されてきたのか。

1 文学と経済

『若草物語』[1]（1868年）でマーチ家の次女ジョーは，スリラー小説を雑誌に投稿して百ドルの賞金を獲得する。このお金によって一家はツケを払い，病弱な三女ベスを療養に連れ出すことができるのだが，お金と引き換えに「有害」なジャンルの小説を書くことに対してジョーは後ろめたさを隠せない。マーチ夫人も姉妹にこう言い聞かせる。「お金を一番重要な唯一のご褒美のように考えて，そのためにあくせくして欲しくないわ」。金銭を稼ぐことに対する後ろめたさそのものを表出したこのエピソードは，実はある程度まで自己言及的なものである。作者のオルコット自身もベストセラー作家になる以前，父親に代わって家計を支えるため，高く売れる扇情小説を書いていた。そもそも，読書行為は出版産業や市場と離れては成立しえない。本が商品であるかぎり，お金の問題は作家にとって，その存在の根幹に関わる問題なのである。

▷1　ルイザ・メイ・オルコット『若草物語』吉田勝江訳，角川文庫，2012年。

2 流動するお金の価値

オルコットの例に見たように，多くの小説がお金について語ってきたにもかかわらず，お金にはどこか語りにくいところがある。新約聖書中の「神と富の邪神《マモン》」の対立に代表されるように，お金がしばしば「愛」や「真実」といった概念の対極（劣位）に置かれることとも関係するが，お金に対する後ろめたさは，それが絶対的なものではなく偶然的で流動的であることに起因する。

実際，「お金に価値がある」ことを否定する人はいないだろうが，その価値の実態は極めて不安定である。というのは，貨幣それ自体に内在的な使用価値があるわけではなく，それは非実体的な記号であり，何かと交換することが可能であるという限りにおいて価値をもつにすぎない。とりわけアメリカにおいて，貨幣の流通形態は20世紀初頭まで安定しなかった。金にも銀にも裏打ちのないグリーンバックが政府に発行される1863年まで共通通貨は存在せず，自由銀行が様々な紙幣をそれぞれに発行していた。連邦準備制度が確立され，貨幣制度が中央集権化されるのにはさらに1913年まで待たなければならない。共通通貨の不在や偽札の横行は，19世紀を通じて，額面と実体的価値の関係についての人々の意識を高めることになった。[2]

東海岸を中心に国際的経済危機が発生した1857年に出版されたメルヴィルの

▷2　アメリカ文学と金本位制については，Walter Benn Michaels. *The Gold Standard and the Logic of Naturalism American Literature at the Turn of the Century* (U of California P, 1988) を参照。

『信用詐欺師』[3]はまさにこの問題を扱っている。小説では複数ないし次々に姿を変える信用詐欺師が人々の信頼や信仰を試すのだが，人の見た目を信じられるかどうかという問題は，貨幣の価値を信じられるかどうかという問題と類似する。また，この小説では話者と台詞の関係が曖昧で，しばしば文法的にねじれた文体が読者を悩ませるのだが，言語と指示表象が対応するという言語表現に対する読者の「信頼」が問われるのである。

3 流動する階級——お金は人を自由にするのか

このように，流動的なお金には信用ならないところがあるのだが，階級社会を拒絶し，「平等」を歌うことで建国されたアメリカにおいて，お金がもたらす社会的流動は成功の夢でもあった。ホレイショ・アルジャーの『ぼろ着のディック』（1868年）は，靴磨き少年のディックが「ちゃんとした」生活を送れるようになるまでの（小ぶりの）階級上昇物語だが，これこそ「アメリカン・ドリーム」の典型と言えよう。プロテスタント的価値観に支えられたセルフメイド・マンの理想が実現されたこの小説はベストセラーになった。[4]

重要なことだが，お金は社会的流動を可能にする一方，人を拘束するものでもある。ソローは「家政学」（Home Economics）の普及を背景に，『ウォールデン』（1854年）を「経済」の章で始め，フランクリン風の倹約の美徳や質素な生活こそが人を心理的「牢獄」から解放すると書いている。「増やすために使う」という資本主義の原則に身を任せることは必ずしも自由の謳歌を意味しないのだ。

お金がもたらす「自由」と「拘束」の弁証法的関係が顕著に見られるのが，階級格差が先鋭化した世紀転換期に書かれたドライサーの『シスター・キャリー』（1900年）である。移民３世のキャリー・ミーバーは職を求めてシカゴに上京するが，彼女にとってお金とは「誰か他の人が持っているもの」でありかつ「自分が手に入れなければならないもの」でもある。それは不足の感覚に突き動かされる資本主義的欲望そのものと言っていい。[5]彼女は出会ったばかりの青年ドルーエが差し出した20ドル札に飛びつきその庇護を受けるようになるが，その関係に満足することなく酒場の経営者ハーストウッドの愛人になる。離婚慰謝料の支払いに追われ，日々の生活の充足を求めるうち，余剰を動力とする資本主義の原則から外れて衰弱していくハーストウッドと対照的に，演劇という「自分ではないもの」になる世界で頭角を現し階級の階段を駆けあがるキャリー——貧困からも男性の庇護からも自由になり，彼女は自立を勝ち取るのだが，「勝ち取る」という表現がそぐわないほど自らの欲望に無自覚で衝動的な彼女の生き様は，彼女が資本主義的欲望に「囚われ」ていることを示してもいる。イギリス近代小説が階級社会における個人と社会の相克を描いてきたとすれば，平等と経済的自由に裏打ちされた資本主義の「牢獄」こそ，アメリカ近代小説の成熟を促したとさえ言えるかもしれない。（貞廣真紀）

▶3　ハーマン・メルヴィル『信用詐欺師』坂下昇訳，国書刊行会，1983年。

▶4　『ぼろ着のディック』の出版と同時期，長時間の低賃金労働を強いられたワーキングガールと呼ばれる移民の子女たちの間で「リビーもの」（大衆小説家ローラ・ジーン・リビーに由来する）と呼ばれるシンデレラ物語——百万長者の男性と労働者階級の女性の結婚物語——が人気を博した。階級を超えた「真実の愛」ないし結婚による階級上昇の物語は，社会的流動が可能なアメリカ社会を反映する一方，階級上昇の「夢」を労働者階級に与えることで現実に対する不満を紛らわせるという，いわば階級の現状維持装置として機能した側面もある。ホレイショ・アルジャー『ぼろ着のディック（アメリカ古典大衆小説コレクション）』畔柳和代訳，松柏社，2006年。

▶5　『グレート・ギャツビー』で，ギャツビーはかつての恋人で今は人妻となったデイジーについて，「彼女の声はお金でいっぱいだ」と言う。彼にとってのお金も「自分は持っていないが，手に入れなければならないもの」，すなわち欲望そのものを意味したと言えよう。

二　社会／文化とアメリカ文学

4　都市──時代と共に変化する姿

都市の発展は，アメリカ合衆国の発展を象徴するものとして常に注目されてきた。アメリカ文学においても，各時代に都市を扱った作品をいくつも見つけることができる。時代ごとにどのような特徴があるのだろうか。

1　近代国家としてのアメリカを表現するテーマとしての大都市

アメリカでは19世紀後半に，急速な経済発展に支えられた都市化の広がりを反映して，最大の都市ニューヨークを中心に都市を描いた小説が次々と登場する。メルヴィルの「書記バートルビー」(1853年)，ホレイショ・アルジャー・ジュニアの『ぼろ着のディック』(1868年)，スティーヴン・クレインの『街の女マギー』(1893年) ドライサーの『シスター・キャリー』(1900年) など，少なくない。こうした中で，この時代の都市を最も包括的に描いたと言えるのはハウエルズである。彼の作品は都市を舞台とするものが多いが[1]，中でも『新しい運命の浮沈』(*A Hazard of New Fortunes*, 1890) は，ボストンでサラリーマンをやっていた文学青年がニューヨークに雑誌編集者としての職を得て移って来るという設定で，大都市に分け入りながら都市固有の諸問題に次々と出会い考えるという形になっている。

▶1　『新しい運命の浮沈』と並んで代表作とされる『近ごろよくあること』(*A Modern Instance*, 1882)，『サイラス・ラパムの成長』(1885年) ではボストンを大きな都市として描く。

20世紀に入って大都市が，全体を描くことが困難であるほど強大なものになったことを巧みに表現したという意味で，ジョン・ドス・パソスの『マンハッタン乗換駅』(1925年) を，代表的な都市文学のリストから外すことはできない。モダニズム絵画の手法を文学のスタイルに導入して，大都市中心部の雰囲気を効果的に表現している。同時代のユダヤ系作家ヘンリー・ロス[2]やアフリカ系作家リチャード・ライトなどに始まるマイノリティによる都市小説は，都市中心部がこの頃始まっていた郊外化に取り残された面を描いて重要である。

▶2　代表作は『それを眠りと呼んで』(*Call It Sleep*, 1934)。

2　2種類の郊外化

19世紀末には始まっていた，住環境の悪化に伴い都市中心部を逃れた富裕層が住宅街を形成する郊外化現象は，20世紀に入ると，郊外電車の登場や自動車の普及に支えられて広がりを見せる。そうした移動手段をも効果的に生かしながら郊外の生活を活写したのがフィッツジェラルドの『グレート・ギャツビー』(1925年) である。郊外の富裕層向けの住宅街を主要な舞台にする一方，都市中心部マンハッタンを，大都市のエネルギーの源泉ととらえ，物語を推進するエピソードのありかとして機能させている。

第二次世界大戦の終了と共に，アメリカには富裕層向けの郊外とは別に，より大衆的な郊外が発展する。戦争からの大量の帰還兵を迎え入れる対策として政府が推進した住宅金融の普及と郊外都市の建設がもたらしたものである。ジョン・チーバー（John Cheever）の短編小説群やアップダイクの長編小説『走れウサギ』（1960年）に始まる「うさぎ」シリーズを初めとして，中流階層を主人公とする新しい郊外小説が登場する。[3]

郊外の住宅地域においては公共施設や大型商業施設など都市機能の充実も進み，大都市の求心力は薄れていった。こうした郊外小説においても，大都市の姿が物語の風景から消えている。

▶3　1980年代にミニマリストとして一世を風靡したカーヴァー，アン・ビーティ（Ann Beattie），デイヴィッド・レーヴィット（David Leavitt）などもこの流れ。

3 空間の枠組みから解き放たれる都市性

これら新しい郊外小説のひとつの特徴は，風景描写や広く社会を描くということに乏しく，登場人物のごく狭い人間関係の中で物語が展開していくことである。1950年代に一挙に普及したテレビを中心とするメディアの発達により，物理的な都市に行かなくても，自宅の居間で，文化としての都市すなわち都市性に容易に触れることが可能になったことが，その背景にはある。

都市の根本を，人々が様々なモノやサービスを交換するために集まる場であるとすれば，現代において最も重要な交換物は，そうしたモノやサービスの交換をも傘下に置く，情報である。メディアの発達は，この情報の交換のために実際の都市に行くことが必ずしも必要ないという意味で，都市性を空間から解放したと言える。たとえば，『走れウサギ』では，主人公夫妻がテレビに没頭して暮らしている様子がしばしば描かれるが，都会に出て行くことは一切ない。

メディアは一方で，都市中心部から離れた郊外においても都市性を保証すると同時に，人々の心に対する支配も強めていく。それは，テレビに加えてコンピュータ・ネットワークの登場によってさらに鮮明なものとなる。デリーロの郊外小説『ホワイト・ノイズ』（*White Noise*, 1985）は，インターネットこそ登場しないが，登場人物たちがラジオ，テレビに依存するのみならず，コンピュータのシステムにからめとられている様子が描かれている。[4]

インターネットは1982年のTCP/IPの標準化によって，コンピュータ・ネットワーク群を世界規模で相互接続することが可能となり，1980年代末から民間のプロバイダが登場して開発が本格化した。この文脈で考えた時，1985年の郊外小説『ホワイト・ノイズ』は，現代アメリカ文学を代表すると同時に，インターネット時代の黎明期の都市性を表現する小説として注目される。

このように，20世紀半ばより顕在化するメディアの技術革新と生活への浸透は，ひとりの個人が都市の中心にいるかのように世界につながっているという感覚をより強めると同時に，メディアを通じて接する世界は，メディアに没入することに比例してより限られた視点を通したものへと狭まっていく。20世紀後半の郊外小説も含めた都市小説の物語の多くが，主人公の私的な狭い範囲の世界に限定されているのには，こうした状況への洞察がある。[5]　（上西哲雄）

▶4　同じ年に出版されたオースターの『ガラスの街』は，ニューヨークのマンハッタンを舞台にしながら風景描写は皆無に近く，アベニューとストリートの住所表記でコンピュータのマトリクスのように空間を表現。前年の1984年にはインターネットの世界を描いたウィリアム・ギブスン（William Gibson）のSF小説『ニューロマンサー』（*Neuromancer*）出版。

▶5　加えて，人間が安定的な社会関係を維持できる人数は平均で150人程度とされ，都市は根本的に人間が快適に暮らせる枠組みではない。一方でこの規模のコミュニティの再建を求める声も。この数字は1990年代にイギリスの人類学者ロビン・ダンバー（Robin Dunbar）によって提唱され，ダンバー数と呼ばれる。

二　社会／文化とアメリカ文学

5　近代——光と影，『響きと怒り』

近代は，資本主義社会や民主国家の発展をもたらし，産業における効率主義や共同体（家）に対峙する個人主義を推し進めたが，一方で，故郷の喪失，人間の機械化や孤独などの問題も引き起こしている。文学は，近代の光と影をどのように描出しているのだろうか。

1　アメリカ北部——近代資本主義の底流

おおよそルネサンスと宗教革命を源流として世界的に拡張していく〈近代〉という運動は，18世紀後半から19世紀前半にかけてのイギリス産業革命を経て，北米大陸に流入し浸潤していくことになった。アメリカの起源としてのメイフラワー号の神話には，新大陸での宗教的な理想郷の建設を目指すピューリタンが土地の開拓と経済的な利潤の獲得を目論む世俗人と契約文書で結ばれた現実が秘められている。その意味でアメリカ北部の発展の歴史には，プロテスタントの労働と生産を重視する「資本主義の精神」が底流していることを忘れてはならない。ドイツ人社会学者のマックス・ヴェーバーは「資本主義の精神」の例示としてベンジャミン・フランクリンをとりあげ，フランクリンの若い職業者への助言には，一見すると合理的だが，じつは非合理的な性質が通底していること，つまり，職業を神が召命した義務とし，生涯を通じて労働に献身していく倫理的禁欲の精神が貫かれていることを指摘する。この精神こそが「プロテスタンティズムの倫理」であり，「近代文化の本質的構成要素の一つというべき，職業観念」に基づく「合理的生活態度」を生み出したのだと主張する。

こうしたキリスト教的禁欲の精神に裏打ちされた近代資本主義は，親密な人間の絆と感情を地盤とする村落や共同体ではなく，経済利潤を追求する功利主義を基盤とする社会組織の形成と発展に寄与することになる。じっさい，アメリカ北部は主として，血縁や地縁ではなく契約によって人間関係を構築し，個人の能力と努力次第で富の享受と社会的上昇が可能になるという近代思想のもとで，機械工業を経済的主軸とし発展していくことになる。

2　アメリカ南部——近代性の内包と保守的土着性

一方で，アメリカ南部は，三角貿易という環大西洋資本主義市場に深く依存しつつ，プランテーション農園内に黒人奴隷も含めた household を形成し，白人農園主を頂点とする前近代的な家父長制を確立した。南北戦争以前から南部では，特権階級の個人的な財産所有を認め，その意味では近代性を孕みながら，しかし，農という大地に根ざす文化意識のもとで家族の連帯が重んじられ，個人の文化的秩序からの逸脱を家／共同体の「名誉」への侮辱とし，再建期以後，経済不況による人種関係の悪化にともなって，故郷への批判や反逆を容認しな

▶1　「名誉」の概念についてはバートラム・ワイア

い「野蛮な理想」と呼ばれる文化さえも生成された。[1]

そうして資本主義や個人主義といった近代的要素を内包しつつも，綿花などの農業を経済的土台とする保守的な南部の後進地域に，機械産業を経済の中心に置く北部の近代的触手が侵蝕しはじめたとき，そしていよいよ1920年代に南部の「失われた大義」という神話が崩されていくとき，「南部文芸復興」が起こるのである。[2]

3 『響きと怒り』――近代との対峙，格闘

近代性の象徴のひとつは，文化的倫理から逸脱し新しい価値を体現する個人主義者であり，南部作家フォークナーの小説『響きと怒り』におけるコンプソン家の長女キャディがその一例である。実母の愛の不在に悩む男兄弟は彼女のなかに母性を探り不在感を埋めようとするが，彼女はしだいに成長し，家の外部の男性と交際し婚前交渉を重ねていく。[3] 兄クエンティンと同時に小学校の教育を受けることをせがんだキャディが，やがて兄の大学進学への勉学環境を整えようとする父の姿を見つめたとき，生来の進取の気性，兄への競争心だけでなく，女であることの自覚とともに，旧来の女の生き方を自ら変革しなければ，実母に似た人生が待っているという焦りも生まれただろう。彼女の外部の男性との交わりや婚約は，外界への進出という自らの欲求を投射した結果であり，新世界への解放と希望を見出したことにひとつの大きな要因があるだろう。キャディは，家庭の〈母〉ではなく，葛藤と逡巡を経験しながらも自己の欲望を叶えようとする〈女〉となり，〈父〉という依拠すべき権威と秩序が稀薄化していく南部に，いわば北部近代を〈父〉として呼び込み，やがて傷つきながらも近代世界へと出立したのである。[4]

では，コンプソン家の男性は近代からどのような影響を受けているのだろうか。長男のクエンティンは，母の期待を背負って北東部のハーヴァード大学に進学するが，一年目の冬休みに帰郷する途中のヴァージニア州の駅で，文化的に孤立した内面の孤独を見せる。それは，妹キャディの北部の男性との結婚を通して北部による南部伝統への蚕食を実感し，さらに北東部での先進的な教育を通して南部の伝統文化を相対化し批判する眼を養った結果，故郷にも近代にも帰属しえない宙吊りになった人間の不安である。また，次男のジェイソンは，故郷を離れ北部に進出する夢を抱くものの，キャディの離婚によりその夢は閉ざされ，兄の自殺と実父のアルコール中毒により家長の役回りを担わされ，不満といら立ちを周囲にぶつけている。それは，彼が北部を批判しながらも北部の先進性への憧憬を抱えているからであり，その矛盾は，彼の女性に対する態度だけでなく，南部の地で，北部産業の象徴であった車に乗り，ニューヨークの綿花先物取引に手を染める姿にも表れている。文学はときに，人間関係の情を穿ち，不穏な波紋をひろげていく近代の力学を描画するのである。（竹内理矢）

ット－ブラウン（Bertram Wyatt-Brown）の *Southern Honor* を，「野蛮な理想」についてはW・J・キャッシュ（W. J. Cash）の *The Mind of the South* を参照のこと。

▶2 「失われた大義」や「南部文芸復興」については，本書の「サザン・ルネサンス」（24-25頁）を参照のこと。

図1 オックスフォード郡庁舎前の南軍兵士像
出典：筆者撮影。

▶3 梨の木やスイカズラといった自然がコンプソン屋敷を囲繞するが，キャディがエイムズとの初交渉をするときに，クエンティンはスイカズラの甘い匂いに包まれている。クエンティンがその芳香の記憶に悩まされるのは，大地としての〈母〉が外部の男になびき征服されること，つまり，〈母〉の崩壊という自然の決定的な裏切りに圧倒され衝撃を受けたからである。

▶4 ただし，重要なことに，キャディの胸奥には保守的な女性観が内在し，彼女の美しさだけでなくそのやさしさにも近代の男たちが惹かれている点を忘れるべきではないだろう。キャディは自らの近代性と南部性のはざまで逡巡と葛藤を経験している。南部の男たちの眼こそがキャディの近代性を際立たせている。

二　社会／文化とアメリカ文学

6　戦争——民主主義国家の戦争という深刻な矛盾

戦争はその勝者にも敗者にも大きな傷を与える。戦後を生きるものは，その〈負の遺産〉とどう向き合うべきだろうか。

1　アメリカの特殊事情

アメリカ合衆国は，民主主義の最先端／実験場たるにふさわしい人権思想や平和主義，話し合いによる戦争回避の伝統を強固に保持してきたいっぽう，米西戦争時のセオドア・ローズベルト[1]の例に顕著なように，厳しい自然の開拓や植民という過酷な状況が要求する男性中心主義や西洋中心主義のもとで戦争に非常に親和的でもあり続け，実際に国内外を問わず，この日本との戦争を含むきわめて多くの戦争を経験してきてもいる。先住民との緊張関係は長い間にわたる凄惨な戦いを伴うものだったし，アフリカから連行してきた黒人との関係もその本質は同様であって，彼らを徹底的に収奪した事実の重みは現在に至るまでさまざまな形でアメリカ社会の最も深刻な問題であり続けている。常備軍や徴兵制によって成り立つヨーロッパの国々の軍隊と著しく異なり，イギリスとの独立戦争を通して，いざとなれば平等な市民一人ひとりが自発的に銃を持って「民兵」として戦う姿勢が精神的伝統として定着したいっぽう，それもやはり長い間白人たちに限られた特権でもあった。アメリカ人の心は，これら様々なレベルにおける明白な矛盾をめぐって深く引き裂かれることになった。

▷1　ローズベルト（Theodore Roosevelt）は世紀転換期の軍人，政治家，第26代大統領。好戦的な姿勢で知られ，アメリカの帝国主義時代を開いたとされる。

2　戦争をとらえる様々な立場

上記のような特殊な事情を持つアメリカであるから，文学作品においても戦争は直接・間接的にじつに多く主題として採りあげられており，その射程も達成の度合いもきわめて多岐にわたる[2]。ここではアメリカ史上最多の犠牲者を出した南北戦争をひとつの例として考えてみたい。

まず，戦争が終わっても特に社会体制や倫理体系の根本的な転換を迫られることのなかった勝者側の北部の文学者にとっては，戦争はシリアスな文学作品の直接の題材としてよりもむしろ，その後の社会の急激な資本主義的発展が様々な社会問題を生むことで，支配的な文学潮流をロマン主義からリアリズム，自然主義へと転換したことにおいてより大きな意味をもった。戦場が直接舞台となる場合も，たとえばクレイン『赤い武功章』やアンブローズ・ビアス（Ambrose Bierce, 1842-?）「アウル・クリーク鉄橋の事件」（“An Occurrence at Owl Creek Bridge,” 1890）のような優れた作品になればなるほど，戦争はいわばその不条理性を暴くための，あるいは極限状況下におかれた人物の心理をたど

▷2　戦争を直接の主題に持つ特に有名な作品だけを挙げても，フレンチ・インディアン戦争を扱ったクーパー『モヒカン族の最後』，第一次世界大戦を扱ったヘミングウェイ『武器よさらば』，第二次世界大戦を扱ったカート・ヴォネガット『スローターハウス5』（*Slaughterhouse-5, or the Children's Crusade: A Duty Dance with Death*, 1965），ヴェトナム戦争を扱ったティム・オブライエン（Tim O'Brien, 1946-）『本当の戦争の話をしよう』（*Things They Carried*, 1990）など，枚挙にいとまがない。

るための「極端な環境因子」のようなものとなった。

いっぽう，敗戦によって社会体制の根本的な解体とその後の停滞を余儀なくされた南部社会においては，敗戦の意味が長い時間をかけて執拗に問われ続けた結果，世界に類を見ない豊かな文学的果実がもたらされた。同じ1936年に出版されたマーガレット・ミッチェルの『風と共に去りぬ』とウィリアム・フォークナーの『アブサロム，アブサロム！』の対照はその意味において示唆的である。前者はそのポピュラリティから通常連想されるよりはるかに複雑な傑作だが，実際の戦争が男性の論理で遂行されたものであったことを女性主人公の視点から問題化する物語構造のゆえもあり，基本的に〈被害者〉のまなざしが作品を規定しているため，旧南部文明の偽善性，実際性の欠如などが作中鋭い批判の対象になることはあっても，その最大の偽善であり罪悪でもある奴隷制や先住民掃討の問題について登場人物たちが自らの責任のもとに深く掘り下げることはない（し，それがこの作品の持ち味でもある）。

フォークナーの作品では，1910年代のミシシッピに生きる主人公の青年クエンティンにとって，戦争で敗者となって亡びた旧南部文化はまずは追慕・崇敬の対象であり，心身の拠り所を喪失したものの末裔としての彼の悲しみや嘆きは真実のものである。しかし，自身が生まれ育った南部の町の伝説の人であるトマス・サトペンのあまりにも自己中心的な生きざまの核に迫ろうとするうち，彼は奴隷制（の遺産）のなかで自らの一族を含めた南部白人全体が〈加害者〉となって苦しめてきたものたちの悲劇を自らのパーソナルなトラウマに直結するものとして衝撃的に認識するに至る。この時彼は，アメリカ南部の特殊性をはるかに超え，アメリカ全体のみならず西欧近代の歴史全体の根底に潜むひとつの〈普遍的真実〉につかまれているのである。

歴史上常に戦争とともにあった〈民主主義の旗手〉アメリカ合衆国の戦争文学の土壌は，高邁な夢や理想と現実の偽善や搾取とのあいだの深刻な矛盾に引き裂かれた祖国の傷だらけの姿に向き合い続けた文学者たちの手によって，比類なく豊かなものとなった。ひるがえって，ほかならぬこのアメリカとの戦争をふくむ近代のいくつかの戦争における〈加害者〉としての（あるいは〈当事者〉としての）総括が一向に進まないのがこの日本であるなら，日本人がアメリカの戦争文学から学ぶべきことは今日ますます大きいと言えるだろう。

（中野学而）

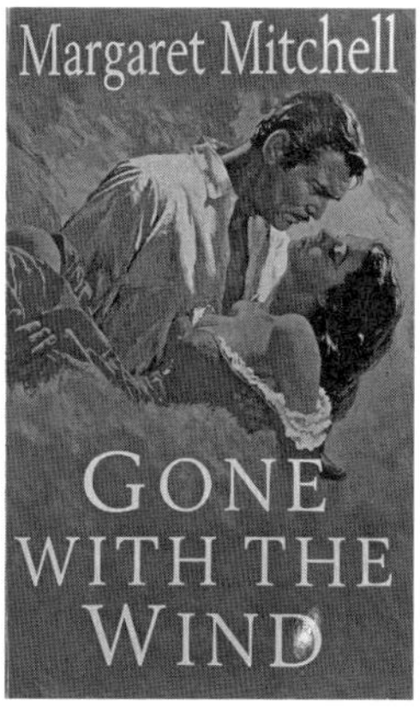

図1 『風と共に去りぬ』原書
出典：Margarett Mitchell. *Gone with the Wind* (Pan Macmillan, 1988)

図2 『アブサロム，アブサロム！』原書
出典：William Faulkner. *Absalom, Absalom!* (Vintage, 1991)

二　社会／文化とアメリカ文学

7　宗教――アメリカ文学の根底に流れる思考の枠組み

宗教理念に基づいて建国されたアメリカにおいて，宗教言説の影響はいかなる歴史をたどったのか。また先住民や新移民の持ち込んだ多様な宗教とどのようにかかわっていったのか。

1　ピューリタンの文学

アメリカはピューリタンと呼ばれるプロテスタントによって作られた宗教国家であり，初期アメリカ文学は宗教と極めて密接に結びついている。プリマス植民地[1]ではウィリアム・ブラッドフォードの『プリマス植民地について』，マサチューセッツ湾植民地ではウィンスロップの『日記』，さらに後の世代のインクリース・マザー（Increase Mather, 1639-1723），コットン・マザーの説教など，主に歴史書や日記，説教などが書かれた。またエドワード・テイラーの詩[2]は，神への信仰を歌い上げている。

▷1　ピルグリム・ファーザーズと呼ばれる英国国教会からの分離派が作った植民地であり，後に非分離派のマサチューセッツ湾植民地に併合された。

▷2　200年以上後になって1939年に初めて出版された。

この時代の作品で確認しておくべきなのは，個人の自我ではなく，神の意志《プロヴィデンス》がすべてを決定しているという点である。この傾向は，例えばメアリー・ローランドソン（Mary Rowlandson, 1637?-1711）の『メアリー・ローランドソン夫人の捕囚と復帰の物語』（1682年）など捕囚ナラティヴにも明らかで，実際には自然現象であったり，他者が働きかけて生じたりすることが，すべて神の意志によるものとされている。このような思考の枠組みは，いわゆる近代的自我およびそれを前提とする小説ジャンル誕生以前の時代を特徴づけている。

17世紀末から18世紀にかけて，ニューイングランドの神権政治が徐々に衰えていく中，アメリカには多様な宗派が入り乱れた。ヨーロッパから啓蒙主義思想が流れ込み，ピューリタニズムの衰退が懸念される中，エドワーズらによる「大覚醒」が起こった。とりわけ「怒れる神の御手の中にある罪人」は，アメリカでもっとも有名な説教のひとつと言える。このようにエドワーズは信仰復興を目指して聴衆を熱狂させる説教者として知られているが，本来ロックやニュートンの自然哲学に学び，自然の美を文学的に歌い上げた人物でもあり，神への信仰を文学的に昇華させたという点でロマン主義への道を切り開いた。

図1　ヘンリー・A・ベーコン「ピルグリムたちの上陸」（1877年）
出典：Faith and History: Thinking Christianity about the American Past

2　国民文学の成立

アメリカが独立を果たした後，新しい時代の文学は，宗教観の刷新も求めた。エマソンは元牧師でありながら，『自然』や「自己信頼」などで教会や聖書の権威を否定し，人間と神の直接の交流を説いた。これは神の意志を中心とするピューリタン文学からの脱却を指し示している。

またホーソーンは植民地時代のピューリタニズム文学を参照し，17世紀末にセイラムで起こった魔女狩りやアン・ハッチンソンの追放，クエーカー教徒の迫害といった歴史をロマンスの形で再構築した。アメリカ建国の礎であるピューリタンの信仰を語りなおし，歴史の中に位置づけることによってアメリカ国民文学を築き上げたのである。

3 宗教対科学

19世紀後半以降，ダーウィンの進化論などの登場で，宗教に対して科学的言説の力が次第に強まり始めた。大きな転換点となったのが第一次世界大戦である。歴史上初の機械化された戦争は，かつてなかった規模で死傷者を出したが，このことはアメリカにおける宗教観に２つの相反する反応を生んだ。一方は圧倒的な破壊とその後の荒廃を目撃し，神への信頼を失ってしまったことである。それに対して，そもそもこの戦争の原因が科学技術の生んだ大量破壊兵器であるとし，改めて信仰を取り戻そうと考えた人々もいる[3]。作家たちの多くは知識人であり，主に前者が多く，宗教性を前面に押し出す作家は決して多くはない。

その反面，第二次世界大戦前後から活躍を始めたユダヤ人作家[4]マラマッドやフィリップ・ロスなどの描くユダヤ教，70年代に入って活躍し始めたシルコウやルイーズ・アードリックなど先住民の描く宗教，さらに20世紀末あたりから目立ち始めたイスラム系作家の描くイスラム教など，キリスト教以外の宗教に関しては非常に多彩に描かれている。

4 宗教研究

ピューリタン研究で最も特筆すべき研究者はペリー・ミラー（Perry Miller, 1905-1963）であろう。植民地時代のピューリタンの精神風土を解明した『ニューイングランド精神』（1939年，1953年）や『ウィルダネスへの使命』（1956年）は，古典的研究書である。その後サクヴァン・バーコヴィッチ（Sacvan Bercovitch, 1933-2014）の『アメリカのエレミヤ』（1978年）は，初期ピューリタンの情緒的側面に着目し，ピューリタン研究の大きな転換点になった。また21世紀になってからの特筆すべき流れは，近代以降に科学の台頭によって宗教が衰退してきたとする「世俗化論」が否定されつつあることである。アメリカにはキリスト教以外の宗教も多彩に併存しているにもかかわらず，世俗化論はそれらに対応できないだけでなく，キリスト教に関してもアメリカが先進国の中で極めて高い信仰率を保っていることの説明ができない。現在はこれらの問題点を受けて，ポスト世俗化論と呼ばれる考え方が台頭してきている[5]。

（高野泰志）

▶3　この２つの立場の対立として生じたのがスコープス裁判（1925年）であり，キリスト教原理主義者が高校の生物の授業で進化論を教えた教師を訴えた。この裁判は全米で報道され，大きな関心を集めた。当時の原理主義は，今日の政治化されたそれとは異なり，純粋に信仰によって社会の秩序を取り戻そうとした人々の集まりであった。

▶4　19世紀末から20世紀にかけて東欧でポグロムと呼ばれるユダヤ人の大量虐殺が行われた。これを逃れてアメリカに移住してきたユダヤ人の子供や孫たちがこの時期に活躍し始めたのである。

▶5　2014年に *American Literary History* と *American Literature* という２つの重要な学術誌においてポスト世俗化論の特集が組まれたのは非常に象徴的である。

二　社会／文化とアメリカ文学

8　スピリチュアリズム――霊との交信と社会改革

俗世に生きる人間が死後の人間の霊と交信できると信じるスピリチュアリズムは，奴隷制廃止運動や女性解放運動と関係を持った。スピリチュアリズムとそれら社会改革運動との関係は，文学作品でどのように描かれているのだろうか。

図１　スピリチュアリズム流行のきっかけを作ったフォックス姉妹。左から次女マーガレット，三女キャサリン，長女リア

出典：Ann Braude. *Radical Spirits: Spiritualism and Women's Rights in Nineteenth-Century America* (Beacon Press, 1989)

図２　女性霊媒アクサ・スプレイグによる講演会のチラシ。トランス状態で霊からのメッセージを伝えたため，彼女のような霊媒は"trance speaker"あるいは"trance lecturer"とも呼ばれた

出典：図１に同じ。

1　アメリカン・スピリチュアリズムの流行

アメリカ合衆国においてスピリチュアリズムは1848年ロチェスター・ラッピング（別名，ハイズヴィル事件）と呼ばれる出来事をきっかけに大流行した。ロチェスター・ラッピングとは，ニューヨーク州ロチェスター近郊の町ハイズヴィルのフォックス家で原因不明の物音が聞こえはじめ，そこに住む姉妹が霊と交信したという出来事である。もちろんそれ以前から死後の霊の存在を信じ，霊と人間との交信が可能であると考えた人々はいたし，それを裏付けるかのような現象も報告されていた。しかしロチェスター・ラッピング以降，霊と交信する能力を持つとされる霊媒（medium）は激増した。そして霊媒は霊からのメッセージを集まった大勢の人々に伝え，またプライベートな住居の一室でも降霊会（séance）が開かれ，霊との交信が盛んに行われるようになった。

こうして流行したスピリチュアリズムは，19世紀のアメリカ作家や思想家にも少なからず影響を与えた。平石貴樹の『アメリカ文学史』では，アメリカン・ルネサンスの時代に活躍した作家や思想家（彼らが皆スピリチュアリストということではないが，例えばエマソン，ポー，ホーソーン，ストウ）が，スピリチュアリズムとの関連で論じられている。

2　社会改革を目指すスピリチュアリズム

スピリチュアリズムが19世紀半ばの作家や思想家に与えた影響の一つとして，平石は前掲書で，「怒れる神[1]」や「地獄の業苦」といった伝統的ピューリタニズムに基づくキリスト教観に代わり，スピリチュアリズムが「救いの神」そして「癒しの神」へ，神のイメージを変化させたことを挙げている。

この神のイメージの変化によってスピリチュアリズムは，19世紀のアメリカ人に明るい未来のヴィジョンを提供した。この明るいヴィジョンと結びつけられるのが，アメリカン・スピリチュアリズムを特徴づける社会改革指向だ。スピリチュアリストは死後の人の霊が何の矛盾もない調和した天上の世界に住むと信じた。そして彼らはその霊界からメッセージを受け取り，人間の住む下界にも霊界のような調和した社会を建設することを目指した。霊からのメッセージを伝える霊媒の講演や演説の内容は，奴隷制や女性の地位など当時の社会問題として以前から意識されていたり，意識され始めた事柄についてだった。

そのため，霊媒であるフォックス姉妹をスピリチュアリストとしてサポートした人物は，同時に奴隷制廃止運動家でもあった。また，あるスピリチュアリズム研究書で「フェミニストのすべてがスピリチュアリストとは限らないが，すべてのスピリチュアリストは女性の権利を擁護していた」と言われるほど，女性解放運動とスピリチュアリズムとは思想上共鳴し合う点が多々あった。そして両者の近親性を象徴するかのように，アメリカ初とされる女性の権利を求める大会は，奇しくもロチェスター・ラッピングと同年の1848年，ロチェスターからほど近いニューヨーク州西部の町セネカ・フォールズで開催された。

3 スピリチュアリズムと共振する文学作品

明るい未来のヴィジョンを提供するスピリチュアリズムの社会改革指向は，19世紀に発表されたアメリカ小説から読み取ることができる。

例えばホーソーンの『七破風の屋敷』（1851年）では，かつて叔父殺しの罪を着せられて服役し，精神的に不安定な状態が続くクリフォードが，列車の中でスピリチュアリズムについて熱く語る。スピリチュアリズムをいかさまだと主張する乗り合わせた老紳士に対して，クリフォードは電気や電信とスピリチュアリズムを並べることによってその信憑性を主張する。19世紀に普及した新しいテクノロジーの産物，蒸気機関車に牽引される列車の中で展開するこの会話では，これも19世紀の発明品である電信が話題となる。ここに科学とテクノロジーが可能にする人間の進歩に対する信仰が示唆され，これら19世紀の発明品とスピリチュアリズムとが同列に並べられることから，スピリチュアリズムに託されていた人間の明るい未来のヴィジョンを読み取ることができる。

そうした明るいヴィジョンから生まれるスピリチュアリズムの社会改革指向は，南北戦争後のアメリカ社会へと引き継がれた。ジェイムズの『ボストンの人々』（1886年）は，女性霊媒である主人公ヴェリーナ・タラントが霊からのメッセージを伝える話術を評価され，女性解放運動家になっていく物語である。ヴェリーナは女性の解放を訴える講演で最終的には霊感には頼らなくなる（その意味ではスピリチュアリズムは否定されるとも解釈できる）のだが，アメリカにおいては南北戦争後までスピリチュアリズムの流行が続いていたこと，さらに南北戦争前から見られた女性解放運動とスピリチュアリズムとの関連性が戦後まで保持されていたことを，リアリズム作家ジェイムズによるこの作品は雄弁に物語っている。

スピリチュアリズムの流行は，同時代の複数のアメリカ作家や思想家に影響を与えた。とりわけアメリカン・スピリチュアリズムの特徴ともいえる未来に対する楽観主義，そして社会改革指向は，南北戦争をはさんで複数の作品から読み取ることができる。

（稲垣伸一）

図3　プライベートな住居の居間で行われた降霊会
出典：図1に同じ。

▶1　例えば，18世紀アメリカ植民地時代の神学者で，信仰復興運動「大覚醒」（The Great Awakening）の中心人物ジョナサン・エドワーズは，神の絶対性と人間の堕落を説き，1741年に行った説教「怒れる神の御手の中にある罪人」で，怒れる神によって地獄の苦しみを与えられる罪深い人間を，火の上に細い糸で吊された蜘蛛に喩えた。

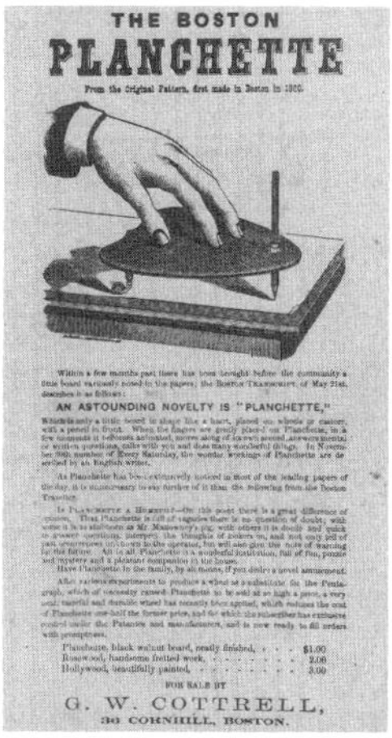

図4　一般家庭で霊と交信するための道具「プランシェット」の広告。このような商品もスピリチュアリズムの流行を物語っている
出典：図1に同じ。

三　動植物とアメリカ文学

1　動物――文学に描かれた不条理な生

動物虐待を告発するトウェインから，工場式畜産のジレンマに立ち向かうフォアまで，作家たちはいかにして異種間の非対称性を物語ってきたのだろうか。

1 「飼い馴らす」ことの是非

マーク・トウェインの「ジム・スマイリーの跳び蛙」に登場するジムは，すべてはギャンブルのためとはいえ，アンドルー・ジャクソンと名付けた闘犬の才能を引き出したり，ダヌル・ウェブスターと名付けたカエルを辛抱づよく調教したりと，その「飼い馴らし」の腕前においては，アメリカ文学屈指の存在だ。だが，当のトウェインといえば，動物を飼い馴らすということについて，常にアンビバレントな感情を持っていたらしい。確かに，幼い頃から動物に親しんできた彼は，有名作家となったあともさまざまな異種間交流から文学的インスピレーションを得てきたのだけれど，たとえば「ジム・スマイリー」のような作品と同じ頃に，馬に対する非人道的な扱いを「動物に対する虐待」（“Cruelty to Animals,” 1864）として告発する文章をあらわし，新聞に発表していたという[◁1]。

一般に文学作品に登場する動物は，擬人化されて寓意を持たされたり，あるいは，理性に対する野性を体現するものとして描かれたりすることが多い。しかしながら，トウェインや，彼の同時代人であるアンブローズ・ビアスの態度には，それらとは異なる独自の倫理観が透けてみえる[◁2]。たとえば，『悪魔の辞典』（*The Devil's Dictionary*, 1906）においてビアスは，「豚」という言葉を定義して，「食欲の旺盛さと活発さの点で，人類と密接なつながりのある動物。ただ，食欲の規模は人間に劣る。人間と違って，豚は豚を食わないから」と書いたが，彼はここで，人間と動物の境界を意図的に曖昧にしたり，あるいは，両者をむやみに対立させたりはしなかった。代わりに，食肉という観点から人間と豚とを比較したときに浮かびあがってくる非対称な関係に着目することで，人間社会に身をおきながらも人権に匹敵するものを持ちえない動物たちの不条理な生というものを，その独特の言語感覚で表現してみせたのであった。

2 動物産業複合体に対峙する

食肉産業をめぐるアメリカ人の意識は，『悪魔の辞典』と同じ年に刊行されたアプトン・シンクレアの告発小説『ジャングル』（*The Jungle*, 1906）によっても変革を迫られた。しかし，『動物・人間・暴虐史』（*Animal Oppression and Human Violence*, 2013）の著者デイヴィッド・A・ナイバートも指摘するように，

▷1　トウェインの記事「動物に対する虐待」はサンフランシスコの『デイリー・モーニング・コール』紙に，そして「動物に対する虐待　その2」（“Cruelty to Animals II,” 1866）はヴァージニア・シティの『テリトリアル・エンタープライズ』紙にそれぞれ掲載された。

▷2　研究者のシェリー・フィッシャー・フィッシュキンによると，トウェインは，1870年代の『ファン』紙に掲載されていたアンブローズ・ビアスの動物寓話を好んで読んでいたという。

図1　『動物・人間・暴虐史』原書

出典：David A. Nibert. *Animal Oppression and Human Violence* (Columbia UP, 2013)

現場における動物の扱いという点では，その非人道的な態度は改められることはなく，20世紀後半には「機械的に営まれる集約監禁型の飼育システム」が標準となっていった[3]。こうした人間による動物の「暴虐史」を考察するにあたり，「飼い馴らし」(domestication) ではなく，動物の生命の冒瀆を意味する「飼い貶《おと》し」(domesecration) なる用語を提唱するナイバートは，その究極的形態を，人類学者バーバラ・ノスケのいう「動物産業複合体」であるとする[4]。このことに対するアメリカの出版界の反応としては，前世紀から今世紀への移行期にいずれも現代版『ジャングル』として売り出された二作品――ルース・オゼキ (Ruth Ozeki, 1956-) の長編小説『イヤー・オブ・ミート』(*My Year of Meats*, 1998) と，エリック・シュローサー (Eric Schlosser, 1959-) のノンフィクション『ファストフードが世界を食いつくす』(*Fast Food Nation*, 2001) ――を挙げることができるだろう。これらは，アメリカのみならず世界を席捲するあまりに強大な「動物産業複合体」に，ペンの力で対峙しようとするものであった。

3 作家がヴェジタリアンになるとき

2005年，長編小説『ものすごくうるさくて，ありえないほど近い』(*Extremely Loud & Incredibly Close*) の成功により国際的な注目を集めたジョナサン・サフラン・フォアが，4年後に満を持して発表したのは，『イーティング・アニマル』(*Eating Animals*) というタイトルのノンフィクション作品だった[5]。「残酷というのは」とフォアは書く，「なにが残酷であるか理解しており，残酷でない方法を選択することができるのに，そうしないことである」と。ユダヤの家庭に育ち，みずからが父となり，そしてヴェジタリアンとして生きることを決意したフォアは，邦訳のサブタイトルにもあるような「アメリカ工場式畜産の難題《ジレンマ》」に対して，文字どおりの体当たり取材を試みる。結果，「人道的な畜産に生涯を賭けてきた人々に敬意を払い，彼らの農場を支援したい」と考えるに至った彼は，その一方で，「工場式農場の存続を許し，そこで生産される肉を家族にあたえ，金を払って間接的にそれを支援することは，わたしをわたしでなくさせる」と，非人道的な畜産に対する憤りをより一層露わにしてみせた。このとき，そうした作家の信念を裏書きするものが，「信じるものがなにもなくなったら，どっちみち救われないんだよ」という彼自身の祖母の言葉であったという同書のしめくくりは，フォアにとっての「食肉」が，家族と宗教と物語といった人間的な営みをいかにして語るかという，彼自身の文学的主題に深く根差した問題系であることを明らかにするものだった。

かくして，トウェインからフォアに至るまで，動物たちの「飼い馴らし／貶し」をめぐる作家たちの言葉は，ときにジャーナリスティックな響きを持ちながらも，同時代文学としてのアメリカ文学の隆盛に貢献してきたのである。

（波戸岡景太）

▷3　ナイバートは，これを「工場式飼育の誕生」と呼んでいる。その動きは半ば国策として推進されたものであり，ハンバーガーやフライドチキンのような国民食の爆発的かつ持続的なブームにも後押しされて現在に至る。

▷4　「動物産業複合体」とは，ナイバートのまとめによれば，「飼い貶された動物に直接関わる事業者のみならず，ファストフード産業，小売会社，広告会社まで，多くの事業体が加わって，金融機関や政府機関，ロビイスト，政治家との癒着を深めつつ強大なネットワークを形成」するものである。

▷5　9・11の同時多発テロをテーマとする『ものすごくうるさくて，ありえないほど近い』の成功は，フォアをさらなる文学実験に駆り立てた。一つ目はこの食肉産業をめぐるノンフィクションであり，もう一つは，『暗号の木』(*Tree of Codes*, 2011) という，翻訳書の言葉をくりぬき新しい物語を紡ぐという作品だった。

図2　『イーティング・アニマル』原書

出典：Jonathan Safran Foer. *Eating Animals* (Little, Brown, 2009)

三　動植物とアメリカ文学

2　植物——時空を超えるライラックの香り

洋の東西を問わず文学は植物を描いてきた。それはなぜか。ひとつには花には暗示的な何かを込めることができるからだが，文学がとらえようとするのは，その「何か」が花言葉や象徴事典の定義を逸脱するその瞬間である。アメリカ文学において植物が特別な「何か」を生み出す力学はどのようなものだろうか。

1　植物的想像力の系譜

木々と登場人物との奇妙な関係を描くリチャード・パワーズ（Richard Powers, 1957-）の長編小説『オーバーストーリー』（*The Overstory*, 2018）は，エマソンの『自然』（1836年）からの一節をエピグラフの一つに据えている。「野原や森がわれわれに与えてくれる最大の喜びは，人と植物（vegetable）との間にある秘められた関係を感じさせてくれることだ」（木原訳[1]）。パワーズのエマソンへの言及は，現代アメリカ文学の書き手と19世紀の文学者との関係を暗示的に示すだけではない。エマソンは植物を「私を認めてくれる」ものとして捉えているが，ここにパワーズとエマソンとの関係をも読み込むことができるのではないか。つまり，パワーズはエマソンを「私を認めてくれる」先行テクストとして捉え，みずからを文学史の先行テクストの延長線上に置く。ここで注目したいのは，先行テクストの影響に対するパワーズの自意識が，植物とともに喚起されていることだ。

かつて批評家ハロルド・ブルームは，先行するテクストに対する自意識を「影響の不安」と呼んだ[2]。むろんエマソンとて，そうした影響の不安から自由であったわけではない。ヨーロッパの作家たち，とりわけ英文学に対する憧憬と反発を抱きながら文章を書いていた。エマソンは「ロドーラ」（“The Rhodora: On Being Asked, Whence Is the Flower,” 1834）という詩の中で，その花が森の奥で静かに佇む様子を描いている。ロドーラは紫色の花びらをもつ落葉性の低木であり，主に北米東海岸の湿地帯に育つ植物。控えめに言ってもずいぶんと地味な花である。その姿を美しいと言い，“O rival of the rose!” と書くとき，エマソンは「バラ」を国花とする〈イギリス〉を強烈に意識していたにちがいない。森の奥にひっそりと息づくロドーラに美を見いだす感性こそ，アメリカ的想像力であると主張しているのだ。こう考えると，パワーズによるエマソンの文章の引用は，植物が帯びる悠久の時間性と，文学史が織り成す言葉の継承性とが重ね合わせられていることを示唆する。と同時に，文学史の先行テクストに連なり，凌駕しようとするパワーズの野望も見え隠れする。そもそも，植物と言葉とを重ね合わせる世界観は，アメリカ文学史の重要な伝統の一つであると言える。その伝統の創始者とは他でもない，エマソンと同じ時代を生きた詩人，ホイットマンである。

▷1　パワーズは同作でエマソンの弟子筋にあたるソローの日記から「古い木々は私たちの親であり，おそらく親の親でもある」（1855年10月23日）の一節も引用している。

図1　『オーバーストーリー』原書

出典：Richard Powers. *The Overstory* (W. W. Norton, 2018)

▷2　ハロルド・ブルーム『影響の不安——詩の理論のために』小谷野敦・アルヴィ宮本なほ子訳，新曜社，2004年（原著1973年）。

2 つくられる伝統

ホイットマンは数々の詩で植物を描いた。リンカン大統領の死にさいして書かれた哀悼歌《エレジー》「先頃ライラックが前庭に咲くとき」(“When Lilacs Last in the Dooryard Bloom'd,” 1865) もその一つである◁3。この詩は，リンカンの死を悼んで書かれたのにもかかわらず，彼の名に一度も言及しない。失意の底にあった詩人が代わりに目を向けるのが，ライラックの花。リンカンが暗殺された春に薄紫色の花を咲かせるゆえだろう。詩人は，突然姿を消した「偉大なる星」の喪失感に苛まれ続ける。バラの花束やユリが亡骸に捧げられるが，茂みに生えるライラックこそ手向けられるのにふさわしいと詩人は想う。

▷3 この詩は1865年，南北戦争について書かれた *Drum-Taps* の続編セクションに収められたが，後に “Memories of President Lincoln” として『草の葉』に組みこまれた。

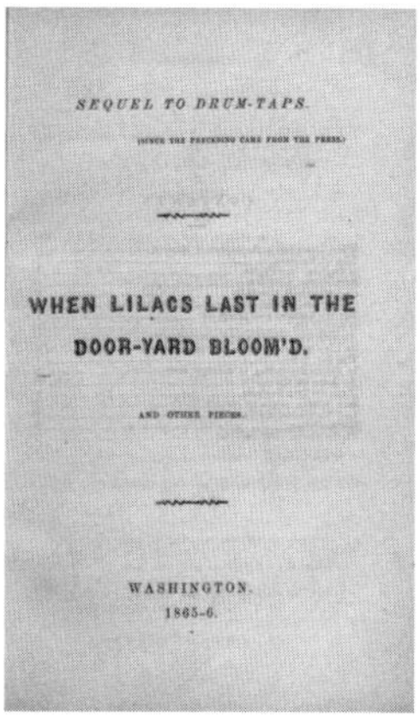

図2 『ドラム・タップス続編』表紙
出 典：The Walt Whitman Archives

植物は視覚だけでなく，嗅覚にも深くうったえる。詩人がライラックの「香り (odor)」に気づくとき，情景に鮮やかさが加わり，リズムも快活になる。落胆と鼓舞を往還しながら，「ライラックと星と鳥が，私の魂の歌声と混ざりあう」ことで，失意から立ち直っていく様子が描かれる。最終行で，ふたたび植物の「芳しい (fragrant)」香りに詩人は気づく。この詩で描かれたライラックは，五感を通じて，ホイットマンの，そして読者の，喪の仕事を後押しするのである。このように詩人がリンカンに寄せた個人的な思いが，文学史の伝統を作り出すことになる。

3 継承と逸脱

ホイットマンによってつくられたライラックの象徴性が継承された例をモダニズムの詩人を例にとって見てみよう。T・S・エリオットが『荒地』(1923年) の中で「四月はもっとも残酷な月だ。死の土地からライラックの花を咲かせる」と書くとき，ホイットマンの詩がおそらく想定されている。他方，イマジズム詩人エイミー・ローウェルの「ライラック」(“Lilacs,” 1920) は，エリオットとは異なった形でその花を描いている。“Lilacs in dooryards” や “heart-shaped leaves” などの詩句は，明らかにホイットマンを念頭に置いているが，ローウェルは，『草の葉』の詩人が築きあげたライラック像を逸脱的に描いている。エリオットがライラックを4月の花と強調したのは，リンカンが暗殺された月だからだが，ローウェルは，ニューイングランドにおけるライラックは5月の花だと強調し，その花の香りは「カナダからナラガンセット湾にかけて」席巻すると書く。ここにホイットマンがつくりあげたライラックの象徴性を時期的・地域的・人種的に攪乱するローウェルの逸脱の詩学を見いだすことができる◁4。このように，文学表象としての植物は，先行テクストの重みを背負っており，インターテクスチュアルな象徴性を抱えこんでいる。後発の作家にとって，それは伝統の重みであると同時に利用可能な遺産でもある。象徴事典や花言葉事典が捉えきれない歴史性を文学テクストの植物表象は宿しているのである。

(山本洋平)

▷4 ナラガンセット (Narragansett) は，ロードアイランド州の先住民。17世紀にニューイングランド植民地との紛争が記録されているこの部族への言及は，「カナダ」への言及と併せ，「アメリカ」人の地政学的なアイデンティティを揺らがせると理解できる。

四　表象文化とアメリカ文学

1　絵画――アメリカ風景論の出発点

風景画はアメリカがアメリカ自身を自己定義するための大きな契機であった。ヨーロッパの風景画とアメリカのそれはどこが違うのだろうか。自然とりわけウィルダネスの風景と対峙したとき，アメリカ独自の風景画の世界が拓かれた。

1　1836年

1836年という年はアメリカ文学史上，そしてアメリカ絵画史上，もっとも重要な年，いわば画期の年であった。なぜならこの年は，思想家エマソンがそのデビュー作『自然』を刊行した年であり，同時に画家トマス・コール（Thomas Cole, 1801-1848）がその代表的エッセイ「アメリカ風景論」（“On American Scenery”）を世に送り出した年であるからだ。ほどなく当時の文学界と美術界を領導することになったこの二人が，「アメリカの自然を直接的な基盤とする思想」を，文学と絵画の分野でそれぞれに公にした記念すべき年，それが1836年なのである。

エマソンとコールがそれぞれ文学と美術の分野で背負っていたもの，それはアメリカの文化とは何かを真摯に問い，創造する使命であった。1776年にアメリカ独立宣言が為されたとはいえ，それは政治的な革命に過ぎなかった。アメリカ合衆国が真の意味で「独立」するには，独自の，アメリカらしさに溢れた文化の創造が不可欠であり，独立宣言以降のアメリカ人たちはそれから半世紀以上にわたって文化的な欠如意識に苛まれ続けていたのである。

2　アメリカ文化――欠如から創造へ

旧宗主国イギリスなどヨーロッパ諸国にあってアメリカにはない歴史や文化，それをいかにして新興国家アメリカが創造できるのか。それはどんな文化なのか。ヨーロッパを意識し続けた作品で知られる小説家ヘンリー・ジェイムズは，「いったい，アメリカには何があるだろうか」と問い，「ヨーロッパ的な意味での国家などといえるような代物はなく，わずかに国名あるのみ」と続け，ヨーロッパにあってアメリカにないものを延々と列挙している[1]。固有の文化を欠如したアメリカへの嘆き節である。あれもない，これもないという劣等感に支配された「ないない尽くし」は，とりわけ19世紀アメリカの知識人にとっては深刻なものと考えられていた。

▶1　ヘンリー・ジェイムズ『ホーソーン研究』小山敏三郎訳，南雲堂，1964年（原著1879年），第２章。

19世紀アメリカにおけるこのような文化的欠如を反転させるような動きの代表的なものが，1836年におけるエマソンとコールの発言であった。エマソンは，『自然』の「序論」において，アメリカは歴史や伝統に追従することをやめ，〈自然〉を価値判断の基準とすべしと説いた。真理は歴史や伝統や文化のなか

▶2　ハドソン・リヴァー派はニューヨーク州を流れるハドソン川西側のキャッツキル山地周辺を主な対象

にあるのではなく，その対極としての〈自然〉のなかにあると。この論理は，あきらかにヨーロッパとの訣別を前提としている。あくまで理論上のことではあっても，ヨーロッパに対する劣等感を払拭し，「アメリカ大陸の自然に基盤を置く文化」の創造へ向かうことを呼びかけたのであった。

3　聖地としての自然と風景

当時，アメリカ独自の風景画家集団（ハドソン・リヴァー派[2]）の主導的存在となりつつあった画家トマス・コールは，このエマソンのマニフェストにあたかも呼応するかのように，エッセイ「アメリカ風景論」において，アメリカの自然と文化をめぐる大きな転換点を示す発言をすることになる。ヨーロッパに劣等意識を抱き，それを再生産し続けてきた「ないない尽くし」を反転するかのように，コールは，「アメリカにあって，ヨーロッパにないもの」は何かと問いを立て直した。その答は「野生」（wildness）にほかならなかった。いまだ人為が介入していない未開のウィルダネス（wilderness）である。なぜなら，「文明の進んだヨーロッパでは，原始的な景観はとうの昔に破壊されたり改変されたりしているからだ」とコールは書いた[3]。

文学の世界と絵画の世界という二つの異なる分野で，ほぼ同時的にきわめて類似した認識に基づくアメリカ文化の「独立宣言」が為された。それが1836年という年である。最近，2018年にニューヨークのメトロポリタン美術館で開催されたトマス・コールに関する特別展（「トマス・コールの旅　大西洋往還」）に関連して，美術史家タイラー・グリーンは，この二つの宣言が為された1836年はまさに画期的な偶然の年であったと指摘している[4]。

この1836年とはまた，トマス・コールが「ホリヨーク山からの眺望（マサチューセッツ州ノーザンプトン），雷雨ののちに（オックスボウ）」を発表した年でもあった（図1）。アメリカ風景画の最高傑作と評価されるこの作品が描いたホリヨーク山は，当時すでに「パノラマ」的景観を楽しめる場所として広く知られており，のちにアメリカ合衆国最初の観光地と呼称されることになった名所である。画面右側に〈文明〉の発展を明るい色調で描き，左側に暗めの色調で（雷雨に象徴される）〈自然〉の威力を配した構図は，19世紀アメリカの自己像ともいわれる。この山を，エマソンは1823年に，1832年には小説家ワシントン・アーヴィングが訪れている。この，数多くの著名人が訪れた観光地は，いまやアメリカ史上の「聖地」（sacred places）のひとつとさえ見なされている[5]（図2）。

このように，アメリカ的文化への希求は，アメリカの個性的な〈風景〉（landscape）に向けられた。1836年から28年後の1864年にはヨセミテを自然保護の対象とする法律の制定に，時の大統領エイブラハム・リンカンが署名した。世界初の国立公園制度への第一歩であった。その契機もまた二人の1836年にその起源があったとされる。

（野田研一）

として描いた19世紀の風景画家集団の総称。主な活動時期は1825-1890年頃まで。画家の人数は有名無名を含め100名以上とされる。

▷3　Thomas Cole. “Essay on American Scenery,” in John W. McCoubrey, ed., *American Art 1700-1960: Sources and Documents* (Prentice-Hall, 1965), p. 102.

▷4　Tyler Green. “How Thomas Cole’s Landscapes Opened the Path to National Parks” (2018) 参照（www.metmuseum.org/blogs/now-at-the-met/2018/thomas-cole-national-parks より）。

図1　トマス・コールの傑作「ホリヨーク山からの眺望」（1836年）
出典：メトロポリタン美術館（ニューヨーク市）所蔵。

図2　1873年に制作されたホリヨーク山の宣伝ポスター
出典：筆者所蔵。

▷5　John F. Sears. *Sacred Places: American Tourist Attractions in the Nineteenth Century* (Oxford UP, 1989) 参照。

四　表象文化とアメリカ文学

2　映画――原作との共鳴，新たな発見

アメリカ文学とアメリカ映画はどのようにつながっているのだろうか。映画は，原作に忠実であるべきなのだろうか。脚色をくわえたことで原作のイメージを崩してしまっているのか，それとも原作を超えた新しい表象芸術として位置づけられるのだろうか。

1　文学作品とアダプテーション

文学と映画はそれぞれ独自の魅力を放つが，両者が交錯しシンクロするとき，私たちは時空のより奥深い場所へとみちびかれる。ときに登場人物になりきって描き出された世界を再解釈し追体験するものである。文学作品の原作が映画化されたとき――それを研究領域においては映画への「アダプテーション」（原作を基に新たな作品を創作する過程，そうして生みだされた芸術作品を指す用語）と呼ぶのだが――，原作と映画作品との同一性や差異をめぐって媒体の効果や改変の意味などを思考し議論することがある。文字でしか表現しえないような人間のうごめく内面世界，映像でしか把捉できないような人が恋に落ちた刹那の表情，それらに思わず感動し，小説家と映画監督（脚本家）の意図と思想を沈思するのではないだろうか。さらには映画の視覚表象から原作の言語表象に立ち帰って場面を読み直すことで新たな解釈を発見していくこともあるだろう。[1]

こうしたアダプテーションをめぐる問いは，原作が執筆された時代と翻案された時代それぞれの歴史的文脈のなかでの比較考察，すべての言説が影響し合うインターテクスチュアリティのなかでの翻案されたテクストとしての映画分析，異なる文化・言語圏への翻案の意義と余波の検証，原作から映画へと翻案される過程での脚本の意味づけなど，多様な研究領域に開かれている。

▶1　欧米圏で使用される「アダプテーション」（adaptation）という語には，小説が映画というメディアにどのように適応したのかという発展的な意味合いが含まれている。波戸岡景太によれば，日本語でいう「翻案」の場合，「『自らの力を発揮して新しいものを生み出す』といった，翻案する側（映画の作り手）の自己表現が中心となる」のだが，一方の「アダプテーション」では，「『環境の方に自らを合わせていく』といった，アダプテーションをされる側（小説）の立場もまた，積極的に主題化されている」という。

2　『ミッドナイト・イン・パリ』，追憶と「雨」

原作だけでなく，情景と小説家をも翻案した映画に『ミッドナイト・イン・パリ』（*Midnight in Paris*, 2011）がある。この作品は，1920年代パリの文学風景[2]に憧れ，作家への転向とパリへの移住を夢見るアメリカの青年ギル・ペンダーが，婚前旅行先のパリで真夜中にタイムスリップし憧れの芸術家たちに会うなかで，フィアンセのイネズと別れ，パリジェンヌと恋に落ちるというストーリーを描いたロマンティック・コメディである。この映画がアメリカ文学にとって重要なのは，1920年代パリの文学風景を彩ったスタインの芸術サロン，ヘミングウェイやフィッツジェラルドなどの「失われた世代」の作家の生活を表象している点だけではない。時空間のはざまを“lost”する（迷える）主人公ギルの行動が，「失われた世代」の作家の小説世界の追体験となり，いわば，その世代の一員になるためのイニシエーションを描画している点にもあるだろう。

▶2　時代は1930年代であるが，ニューヨーク州ブルックリンで育ちパリに移り住んだヘンリー・ミラー（Henry Miller, 1891-1980）の代表作に『北回帰線』（*Tropic of Cancer*, 1934）がある。露骨な性描写が法律にふれたことがあるが，パリでの作家アナイス・ニン（Anaïs Nin, 1903-1977）との愛人関係も反映され，生きることの本質と意義が力強くつづられている。

この映画で印象的なのは,「雨」の効果と象徴性ではないだろうか。ノスタルジーにひたるギルと現実主義者のイネズの対照性は,ギルが雨にふられてパリを歩くことを好むのに対し,イネズは雨に濡れるのを嫌う点に示されている。雨のなかの逍遙は,歴史と文化の染みこんだパリの美しい街並みに身と心をなじませ溶けこませる所作であるが,降雨と雨染みを厭うイネズは,パリに宿る文化の内奥に共鳴できないばかりか,感傷と追憶の時間を軽侮すらする。ラストシーンでは,イネズと婚約解消し,タイムトラヴェルしたベル・エポックの時空間で一度は恋をしたアドリアナとも別の道を歩むことを決意したギルが,1920年代のパリの文化を愛するパリジェンヌのガブリエルと再会したとき,夜雨がふりはじめ,パリの歴史と文化に身をゆだねようとするギルがこの女性とともにパリを生きていくことを予感させるエンディングとなっている。

本映画の脚本家であり監督でもあるウディ・アレンがどこまで意識したかはわからないが,雨の表象はとくにヘミングウェイの『武器よさらば』で重要な役割をはたしており,この映画は『武器よさらば』における雨の意味を継承しつつ現代的な意味にアレンジしているように思われる。なぜなら『武器よさらば』においては,主人公フレデリック・ヘンリーが難産の末に命を落とした恋人のキャサリンに別れを告げ病院をあとにするとき,雨がふっており,その悲しみの雨を,本映画のラストは再生と希望の雨に反転させているからである[3]。ここで注意したいのは,『武器よさらば』が,「失われた世代」の精神性が生まれた原因と背景を刻印した戦争小説であって,『日はまた昇る』のような,“lost”の感覚を抱きながらカフェに入りびたりパーティに興じる自堕落な生活を描いた戦後小説ではない点である[4]。つまりギルには,フレデリックが受けた傷が欠けており,過去に遡行した先で出会うヘミングウェイやフィッツジェラルドとは違い,深い喪失の体験を経ていないのである。冷たくいえば,憧憬が先行し郷愁にひたるばかりで,彼が崇める世代の絶対条件である喪失の体験が欠落したナイーヴな青年であるのだ。ギルが秘かに喪失を求めているとすれば,彼の婚前旅行は,ノスタルジーの裏側でくりひろげられる「失われた世代」の一員となるための自作自演の旅にさえ見えてくる。

ラストシーンで夜雨のなかガブリエルと歩いていくとき,ギルは懐古主義者から過去への憧憬を内に秘めつつ現実を生きていく人間に変化している。ガブリエルもまた,パリの雨を好みギルとの調和と融合を果たす。この点でラストの雨は,過去を追想しつつも,過去からつらなる現在を生きていく門出の象徴である。もはや別離の涙雨でも永訣の悲雨でもない。喪失を体験したうえでの浄化と再生の雨である。パリの滴《しずく》は新生活の祝祭であり,パリを生きる抒情の赦しでもあるだろう。歴史の匂いが溶けこんだ夜雨に身をまかせたギルは,セーヌ川が並流するパリの時間とともに追憶と愛の小説家へといざなわれていく。それは私たちの見果てぬ夢の幻影と昇華でもあるのかもしれない。(竹内理矢)

▶3 『武器よさらば』で「雨」は人間の死と深く結びついている。第1章の終わりで,冬のはじまりとともに雨がふりだすとコレラが蔓延し兵士の多くが命を落とすと記され,また,第19章の終わりでは,許嫁が雨のなか戦死したことで心に傷を負ったキャサリンが,雨をひどく恐れる場面がある。彼女は,フレデリックに惹かれるにつれ,ふたたび愛する者が奪われるのではないかというトラウマに近い恐怖心にさいなまれ,雨のなかで自分とフレデリックが死んでいる光景が見えるという。フィッツジェラルド作の『グレート・ギャツビー』では,ニックの家でギャツビーがデイジーと再会するときに雨がふっており,ふたりの時間を回復した(と思われた)とき,雨があがり晴れわたる印象深い場面がある。

▶4 フレデリックの語りは,キャサリンの死後であり,その意味では,「失われた世代」の精神性が語りに反映されていることに留意したい。

四　表象文化とアメリカ文学

3　音楽——文学と生活者の接地点

移民や黒人たちの民衆歌はいかにアメリカの文学を下支えし，文学の滋養となってきたのだろうか。

1　音楽と文学

フォークナーはあるインタヴューで「私の能力は言葉にあるので，純粋音楽であればもっとうまくできることを，言葉でたどたどしくやるしかない」と語った。[1]詩に限らず，文学（言語のアート）には音楽的な相がある。実際，フォークナーの『響きと怒り』（1929年）は四部楽章の交響曲のように構成され，各部のモチーフの絡み合いもシンフォニーのそれに似ている。

文学と音楽の関係は多面的だ。音楽は言語に内在するし，言語は音楽についていくらでも語れる。ポール・ボウルズ（Paul Bowles, 1910-1999）のように，アメリカにも作曲家として作家として同様に秀でた人物がいるし，さらに現代では，リチャード・パワーズのように，幅広い音楽の知識を織り込みながら小説を組み立てていく作家が少なくない。[2]とはいえ，歴史を通観すれば，アメリカの文学は，高級芸術としての音楽よりもむしろ，広大な国土に生きる生活者の歌声とのつながりにおいて活性化されてきたという面が強かった。

2　“I Hear America Singing”

ホイットマンは詩集『草の葉』の1860年版に「アメリカが歌うのが聞こえる」という題の一編を加え，新興国家アメリカの価値を，働く民衆のイメージによって発信した。普通の人々がもたらす活力は，移民国家アメリカの美徳とされるが，それは一方で，口承で歌い継がれるバラッドなどの民謡《フォークソング》への関心とも通じ合っている。[3]

開拓時代のテキサス州に育ったジョン・ローマックスは，ハーヴァードの大学院英文科でカウボーイの歌の研究を志し，その成果を1910年にアンソロジーとして出版。[4]レコードの時代に入って，議会図書館のアメリカ民謡のアーカイブの主任となった彼は，息子のアラン・ローマックスと大不況下の南部を巡り，農園，刑務所，山間部で精力的にフォークソング（＝民の歌）収録活動を進めた。ルイジアナ州の刑務所で「発掘」した黒人歌手レッドベリー（本名ハディ・レッドベター）は，ローマックス父子の活動を支える生きた媒体として活躍したが，これに音楽学者チャールズ・シーガーの息子で５弦バンジョー奏者のピート・シーガーや，オクラホマ出身で自作のメッセージ・ソングを歌うウディ・ガスリーを加えた民衆歌の担い手は，大不況期における労働運動や，スタインベッ

▷1　『パリス・レヴュー』誌（1956年）のインタビュー。

▷2　『黄金虫変奏曲』（*The Gold Bug Variations*, 1991），『われらが歌う時』（*The Time of Our Singings*, 2003），『オルフェオ』（*Orfeo*, 2014）など。

▷3　バラッド研究の草分けは，イングランドとスコットランドの古謡の収集整理で知らせるハーヴァード大学のフランシス・J・チャイルド教授（1825-1896）だが，英国人学者セシル・シャープが1916-1918年にアパラチア山地で行った調査では，旧世界ではすっかり失われてしまった民謡がアメリカ東部の山間地で歌われ続けていたのが確認された。

▷4　『カウボーイ・ソング，その他のフロンティア・バラッド』（*Cowboy Songs and Other Frontier Ballads*, 1910）。Google Books で閲覧可。

クの『怒りの葡萄』(1939年)のような文学作品とも共鳴しながら，戦後のフォークソングのポピュラーな展開の基盤を形成した。

3 黒人文学の音楽的ルーツ

アメリカ民衆の苦闘と解放の歌といえば，黒人霊歌に注目せざるをえない。逃亡のための暗号も織り込まれたそれらの祈りの歌について，南北戦争終結後まもなく『合衆国奴隷の歌』[5]というアンソロジーが編纂されている。

一方で南部黒人民衆の音楽実践から生まれた，アメリカを代表する音楽がジャズである。強度のシンコペーション感覚のこもる，即興を重視するジャズと，ハーレム・ルネサンス[6]以来の民族の自立と伝統に自覚的な「黒人文学」との関係は錯綜し，独立した考察に値する。一方で，バップ[7]以後のジャズは，既成の枠を逃れる自由な冒険を志向し，そうした黒人たちの先導による音楽の動きは，西欧のロゴス中心主義的文化伝統を代替しうるものとして，様々な領域でより自発的《スポンテイニアス》・前衛的な芸術活動を刺激した。

ジャズメンの恍惚的な生への没入を礼賛しつつ，それを文学および生き様の方法へと押し広げ，中流階級の若い世代に信奉者を獲得したのがビート・ジェネレーションの作家たちだった[8]。中庸的な秩序の枠を打ち破って疾走するギンズバーグの「吠える」やケルアックの『オン・ザ・ロード』の影響は，ジャズからロックへと魅力の軸足が移行していく時代，世界に広がった。

4 ディランとピンチョン

1960年代以降のポピュラー音楽／文化を自在な詩作によって牽引したのがボブ・ディラン(1941-)である。ウディ・ガスリー風の放浪スタイルでフォーク界に登場したディランは，黒人や白人のルーツ音楽を幅広く吸収し，反戦歌や時事ソングで注目を得つつも，一方でビート作家やフランス象徴派詩人の流れをくむ詞作によって商業音楽の芸術性を高め，と同時に，ヴァナキュラー[9]な文化への執着によって，芸術を生活者のもとに引き戻す動きを牽引した。

ディラン同様，世界に信奉者を持つピンチョンも，ジャズの感性とフォーク／対抗文化の思想に与する作家である。古今東西の衒学や科学的概念を織り込んだその小説世界は複雑で深遠だが，『V.』から『ブリーディング・エッジ』に至る全作品が挿入歌入りであって，アリアから戯れ歌まで，ブルース，カントリーから中国系“ゴングスタ・ラップ”まで，諸ジャンルとテイストを貫くアナキスティックな作詞芸が披露される。

ジム・モリソン，ルー・リード，パティ・スミス等，詩人としての評価も高いフォーク〜ロック系のアーティストのみならず，往年のティンパンアレー[10]の作詞家から，カントリー系ソングライター，ラップ・アーティストに至るまで，文学研究の目を注ぐべきアメリカ・ポピュラー音楽の領域は広い。(佐藤良明)

▶5　W・F・アレン他編『合衆国奴隷の歌』(*Slave Songs of the United States*, 1867)には136曲が収められた。

▶6　本書の「ハーレム・ルネサンス」(30-31頁)を参照。

▶7　第二次世界大戦の終結期に，大衆向けのスイングと決別するかのようにディジー・ガレスピーやチャーリー・パーカーらによって創始された，高度な音楽性と演奏技術を要するジャズ・スタイル。バップ以後，マイルズ・デイヴィスやジョン・コルトレーンらによる，音楽の刷新が相次ぐ。

▶8　本書の「ビート・ジェネレーション」(34-35頁)を参照。

▶9　ある集団を「民衆」の括りで他者化するのではなく，その生活を自分たちにも身近な日常として捉えるとき，「フォーク」に代えて「ヴァナキュラー」という形容詞が使われる。

▶10　楽譜販売の時代から20世紀中葉にかけて，ミュージカルの舞台や映画も主要起点としてヒット曲を送り出した，職業作詞／作曲家によるポピュラーソングの総称。

図1　ピンチョンの親友でフォークシンガー兼小説家の故リチャード・ファリーニャ(左)とディラン

出典：David Hajdu. *Positively 4th Street* (FS & G, 2001)

四　表象文化とアメリカ文学

4　写真——リアリズムの座標軸

写真とともに世界の認識はどのように変化したのだろうか。

1　写真の発明とアメリカにおける受容

1825年，ニセフォール・ニエプスによって発明された写真技術は，1839年のルイ・ダゲールによるダゲレオタイプの発明をもって実用可能な道具となった。この新発明にいち早く興味を持ったポーは，「間違いなく現代の科学の最も並外れた勝利とみなされるべき」と1840年１月のエッセイで主張している。ポーは自身を被写体とした写真を少なくとも六度撮ったが，彼以降，文筆業と肖像写真は切り離せないものとなった。超越主義の作家たちのうち，エマソンは「時代」を切り取り次の代に伝える役割を，ソローは複製する力を自然に与える可能性を写真に見出した。風景や観光の写真なども1840年代から存在し，これらによる「アメリカ的風景」の発見がエマソンやソローの自然をめぐる著作と同時代的であったことは重要である。アメリカの雄大な自然風景は，アンセル・アダムスなど後世の写真家に好んで取り上げられる題材の一つとなった（図１）。ホーソーンは1851年の小説『七破風の屋敷』にダゲレオタイプを扱う人物を登場させ，写真と人間の心理を観察する行為を結び付けた。また，人相学や骨相学などの疑似科学を根拠に人種や民族の肖像写真が標本として扱われ，奴隷制や差別を正当化するために利用されるなど，社会への負の影響もあった。

図１　アンセル・アダムス『デナリとワンダー湖，デナリ国立公園，アラスカ』（1947，48年）
出典：アリゾナ大学 Center for Creative Photography

2　報道写真と芸術写真

南北戦争はアメリカにおいて最初に写真による報道がなされた戦争である。[1] マシュー・ブレイディとその弟子たちは移動式のスタジオと暗室を用い，戦場の撮影を行った。技術的な制約から戦闘中の写真は撮れなかったが，土地に横たわる死体のイメージは，写真展を通じて人々に戦争の悲惨さを伝えた。以降，アメリカの写真家たちは，二つの世界大戦，朝鮮戦争，ヴェトナム戦争などに随行し，戦争報道写真を撮り，新聞やグラフ誌に発表した。

報道写真が対象としたのは戦争だけではない。ジェイコブ・リースはニューヨークの移民下層社会の貧困の実態の写真をルポルタージュ的な文章と共にまとめ，フォト・ジャーナリズムの先駆けとなった。[2] 自然主義文学と写真には強い繋がりがあり，ジャック・ロンドンは世界のさまざまな地域の写真を約１万2000点も残した。人々が気軽に戸外で写真を撮るようになったのは，コダック社が1888年にハンドカメラを発売したことが大きい。[3]

▷1　スーザン・ソンタグ『他者の苦痛へのまなざし』北条文緒訳，みすず書房，2003年（原著2003年）。

▷2　ジェイコブ・リース『向こう半分の人々の暮らし——19世紀末ニューヨークの移民下層社会』千葉喜久枝訳，創元社，2018年（原著1890年）。

▷3　「あなたはボタンを押すだけ，あとは私たちにお任せを」という宣伝文句で写真撮影の簡単さを強調した。

他方，写真と芸術の関係も長らく追究されてきた。フランスの詩人シャルル・ボードレールは，写真はそれ自体では芸術ではなく科学や芸術の召使であるべきだと主張した。しかし，19世紀後半を通じて写真の芸術的価値が次第に認識されるようになり，19世紀末にはピクトリアリズムと呼ばれる感傷的な主題を扱った作品が多く生まれた。20世紀に入ると事物や人物をありのままに捉えたストレートフォトグラフィーが主流になる。この運動の中心にいたのがアルフレッド・スティーグリッツであった。彼はニューヨークに291ギャラリーを開廊し，写真作品の前衛芸術作品を展示した。また，『カメラワーク』という雑誌を発刊し，写真だけでなく絵画，批評，詩などを掲載した。

3　「普通の人々」の表象と「わたし（たち）」の表現

大恐慌下のアメリカでは，農業安定局（FSA）が農村の惨状と復興を記録するために多くの写真家たちを雇い派遣した。これが，19世紀末のジェイコブ・リースや20世紀初頭のルイス・ハインの社会改革運動の写真家たちの仕事を引き継ぐ，1930年代の労働者の写真の発展につながった。ドロシア・ラングやウォーカー・エヴァンズは経済的苦境の内にある人々の表情を写した。エヴァンズはまた，作家のジェイムズ・エイジー（James Agee, 1909-1955）と共に『今こそ有名な人々を讃えよう』（1941年）という写真と文章からなる作品を発表した（図2）。写真の都としてのニューヨークの重要性は，マグナム・フォトという国際的な写真家集団の結成（1947年），およびニューヨーク近代美術館（MoMA）における最初の国際的な写真展『ザ・ファミリー・オブ・マン』（1955年）によって決定的となったが，これは冷戦下においてアメリカ的なものを普遍化する国際戦略でもあった。戦後アメリカの市民を大胆な構図や陰影で切り取ったロバート・フランク『アメリカンズ』（1959年）はケルアックによる序文を持ち，ビート世代の行動主義と共鳴している。

図2　ウォーカー・エヴァンス『アラバマ州の小作人の妻』（1936年）
出典：The Metropolitan Museum of Art のウェブサイト

写真は芸術作品や国家的な記号となるばかりでなく，個人の生活をイメージと結びつけ，家族に物語性を，個人の生や死に儀式的意義を与えてきた。特に1970年代以降，写真を自己や家族の表現として用いる作品が増えた。ロバート・メイプルソープは自己を含む多くの裸体写真を撮り，身体のセクシュアリティを追究した。シンディー・シャーマンはさまざまな女性像を自らモデルとして模倣し，アイデンティティと偽装の関係を視覚的に演出している。サリー・マンは，米国南部の風景と自分の子どもたちを題材にノスタルジアと異様さを織り交ぜた独自の世界を演出し，高い評価を受けている。自己世界の表出，あるいは「自己」の拡大の手段として写真を用いることは，現実とフィクションの境界を曖昧にするポストモダン文学に重なる特徴であると言えるだろう。◁4

（高村峰生）

▷4　W・G・ゼーバルトの小説はモノクロ写真を多く取り入れ，現実と虚構の区別を曖昧にしている。イメージとテクストの関係は今後ますます重要な研究課題となるだろう。

五　世界文学とアメリカ文学

1　イギリス文学から見た視点――アメリカ臭の出所とは？

1　アメリカ vs イギリス

文学マップの中に明確な〈英 vs. 米〉という対立軸があるわけではない。イングランドを中心にした英語圏文学の周囲にアイルランド，インド，カリブなどがあり，その一つがアメリカ。あくまで「支流」なのだ。

しかし，アメリカの文学を勉強していると，どうしても両者の対照性に目が行く。そんな見方の元になったのは，19世紀の作家ホーソーンが自身の作品を特徴づけるのに用いたロマンス romance という言葉である。イギリスの作家が書くのは社会と個人の関係を前提としたノヴェル novel。アメリカにはそんな社会がないから，ノヴェルは書けない。かわりに，リアリズムなどをすっ飛ばし，いきなり人間の本質に迫る。それがロマンス romance だという見方が定着する。[1]アメリカ文学の出発点は「欠落」とされたのだ。

その後，第一次世界大戦で英国は借金まみれになった。米国の政治的な地位が高まり，影響は文化にも及ぶ。メンケンは『米語』（*The American Language*, 1919）を著し，アメリカならではの言語という視点を立て，イギリスの英語と対立させた。力点はアメリカに「無いもの」よりも「有るもの」に移ることになる。

▶1　「ノヴェル」と「ロマンス」の区別をめぐってはさまざまな見方があるが，チェースの『アメリカ小説とその伝統』でも触れられているように，その後，概ね定着したのは，社会と個人との関係をベースに作品世界をつくるのが「ノヴェル」，社会を必ずしも必要とせず，個人が自然や世界と直接的に対峙するのが「ロマンス」というわけ方である。

2　アメリカ文学の持ち味

あらためて19世紀をふり返ると，すでにアメリカ文学は個性に満ち満ちている。メルヴィルの思弁，ホーソーンの異様な執着，ホイットマンの病的な陽気さ，ディキンスンの陰気な茶目っ気さ……。どこを向いても持ち味だらけ。ただ，その特徴はあまりに多様で，一言で「らしさ」をまとめるのは難しい。

そんな中，アメリカ生まれのヘンリー・ジェイムズやエリオットといった文学者は，ことさら「非アメリカ的佇まい」を身につけようとした。ジェイムズの淫靡で陰影に満ちた文章感覚にしても，エリオットの古典趣味やエリート主義にしても，アメリカ的価値感からの離脱の試みと見える。ただ，皮肉なのは，一生懸命故郷を捨てようとするそんな振る舞いにこそ，逆説的に「アメリカ臭」が漂い出すことである。彼らはみな過剰に「非アメリカ的」たろうとしたのだ。

ヘレン・ヴェンドラー（Helen Vendler, 1933-）は編者をつとめた『現代アメリカ詩集』（*The Faber Book of Contemporary American Poetry*, 1986）の中で，アメリカ詩人の作品はアメリカ訛りで読まれるべきだと言っている。しかし，モダニズム詩の中心的存在となったパウンドやエリオットは拠点をアメリカではなくヨーロッパに求めた。そういういわば「国際派」と，ウィリアムズやウォレス・スティーヴンズ（Wallace Stevens, 1879-1955）など国内での活動をつづけた「土着派」の間に果たしてどれほどの違いがあったのか。マージョリー・パーロフ（Marjorie Perloff, 1931-）も指摘するように，この時期の代表的詩人をパウンドとするか，スティーヴンズとするかで批評家の意見は二分され，熱い論争が生まれたが，そうした対立の向こうに共通するものを見いだすことも可能なのか。[2]

3 アメリカのうるわしい「野暮ったさ」

ヴェンドラーは，ジョン・キーツ（John Keats, 1795-1821）の「秋に寄せるオード」（“ToAutumn,” 1820）とスティーヴンズの「日曜の朝」（“Sunday Morning,” 1923）を比較し，それぞれのクライマックスの鮮明な対立を示してみせた。[3]「秋に寄せるオード」の最終連では，秋ならではの風景が微妙な哀切感とともに描き出される。“Then in a wailful choir the small gnats mourn/ Among the river sallows, borne aloft/ Or sinking as the light wind lives or dies;/ And full-grown lambs loud bleat from hilly bourn;/ Hedge-crickets sing; and now with treble soft/ The red-breast whistles from a garden-croft;/ And gathering swallows twitter in the skies.” さまざまな音があちこちからばらばらに聞こえる。その拡散ぶりに味があるとヴェンドラーは言う。まさに「消極的能力」（negative capability）という言葉でキーツが示そうとした，エゴの抑制がここには感じとれるだろう。[4]主体が，世界を理解しきろうとせず，対象をわからないままとらえてみせ，あいまいさの余地を残す。風景に送られる眼差しにそんな抑制が働くことでこそ，見えてくるものがある。

これに対しスティーヴンズはどうか。「日曜の朝」には死をめぐる瞑想を通して，英国ロマン派へのオマージュも読み取れる。その結末はこうだ。“Deer walk upon our mountains, and the quail/ Whistle about us their spontaneous cries;/ Sweet berries ripen in the wilderness;/ And, in the isolation of the sky,/ At evening, casual flocks of pigeons make/ Ambiguous undulations as they sink,/ Downward to darkness, on extended wings.” キーツの詩が絶妙にブレーキをかけながら静けさを演出するのに対し，スティーヴンズの終わりは「決め」が入る。勢いがある。“Downward to darkness, on extended wings.” には「えい！　これでも食らえ！」とばかりに小節がきいているのだ。

こういうところで抑制できないのは，アメリカ詩人ならではかもしれない。やり過ぎる。洗練しきれない。過剰なのだ。そこがいい。あらためてホイットマンにつらなる伝統を思い起こす。そういえばヴェンドラー自身も，若い頃の自著のタイトルではちゃっかりこの “on extended wings” というフレーズを使っている。おもしろい。やはりアメリカ文学は複雑なのだ。　（阿部公彦）

▶2　パウンドを中心的存在と見なしたのはヒュー・ケナー（Hugh Kenner, 1923-2003），ドナルド・デイヴィー（Donald Davie, 1922-1995）といった批評家。スティーヴンズを重視したのは，ホイットマンの継承者としてアメリカ性に注目したブルームをはじめ，ヴェンドラー，フランク・カーモード（Frank Kermode, 1919-2010）など。
パーロフ『知の舞踏』（*Dance of the Intellect: Studies in the Poetry of the Pound Tradition* (Cambridge UP, 1985, p. 2)を参照。

▶3　「日曜の朝」は『ハーモニウム』におさめられたスティーヴンズ初期の作品。日曜の朝，教会にもいかずに自宅でくつろぐブルジョア女性が夢想にひたるうち，生と死，俗と聖をめぐるさまざまな思いが去来する。スティーヴンズらしいイメージの飛躍に加え，軽妙な言葉と凝縮された思弁性とが混在する。なお，ヴェンドラーの論考「スティーヴンズとキーツの『秋に寄せるオード』」（‘Stevens and Keats’ “To Autumn”’）はF. Doggett and R. Buttel *Wallace Stevens: A Celebration*（Princeton UP, 1995）に収録されている。

▶4　「消極的能力」とはキーツが一度だけ書簡中で言及した言葉で，わからないものをわからないままとらえる力のこと。シェイクスピアにはそういう能力がそなわっていたとキーツは言う。その後，さまざまな形で拡大解釈され，今では医療の文脈でも使われるようになった。帚木蓬生『ネガティブ・ケイパビリティ――答えの出ない事態に耐える力』（朝日選書，2017年）など参照。

五　世界文学とアメリカ文学

2　フランス文学から見た視点――フォークナーの光

1　19世紀

アメリカ独立革命とフランス革命。いずれも数年かけて展開した出来事だが，前者は独立宣言の1776年７月４日，後者はバスティーユ襲撃の1789年７月14日を，象徴的な日付と考えていいだろう。18世紀も終わりに近いこの二つの革命により現在のわれわれが「国家」と呼ぶ仕組みの基本形が（どれほどの問題をはらんでいるにせよ）できたわけだ。アメリカとフランスの文学を語るとき，どうしても押さえておかなくてはならない点だろう。

「アメリカ文学」には，植民地時代の文学ももちろん含まれるが，本格的始動は合衆国成立以後のこと。そして19世紀前半において，早くも続々と傑作が生まれる。19世紀のフランスではロマン主義の大作家シャトーブリアンが独立期のアメリカを旅し，その華麗な文体でアメリカ先住民世界に題材をとった「アタラ」を初めとする印象的な物語を発表したし，政治思想家アレクシ・ド・トクヴィルはジャクソン大統領時代のアメリカを広く見聞して『アメリカのデモクラシー』を著した[1]。これらは「文学」作品からの影響によるものではないが，「アメリカ」という言語的集合体に深く根ざしている。

▶1　アレクシ・ド・トクヴィル（Alexis de Tocqueville, 1805-1859）『アメリカのデモクラシー』（*Democracy in America*, 1835-1840）。

「文学」からの直接的影響では，なんといってもエドガー・アラン・ポーがフランス象徴主義（サンボリスム）の詩人たちに与えたそれが特筆に値する。詩「大鴉」はボードレールとマラルメの両者が訳しているし，短編小説の多くは現在でもボードレール訳によってフランス語読者に親しまれている。ボードレールはまた小説「アーサー・ゴードン・ピムの冒険」，詩論「ユリイカ」も訳し，ポーをフランス語世界に導入する最大の貢献者だった。しかしポーは幸福な例外といえるかもしれない。ホイットマンの驚嘆すべき詩はほぼ看過され，世界文学の目利きであるヴァレリー・ラルボーが熱狂するのはすでに20世紀になってからのことだったし，メルヴィルのフランス語訳はずっと遅く，大小説家ジャン・ジオノを共訳者の一人として『モビィ＝ディック』が出版されたのはやっと1941年。エマソンやソローの超越主義にいたっては20世紀後半，世界的な対抗文化の流れの中で初めてしかるべき考察の対象となった。

2　20世紀

ある時期までのフランス文化にはアメリカ嫌いのエートス（気風）があった

ことも事実で，それが大きく崩れるのはジャズ・エイジ，つまり両大戦間の文化的沸騰の時期を待たなくてはならなかった。ガーシュウィンの交響詩『パリのアメリカ人』の背景となった時代でもある。しかしここでフランス語表現に強く影響を与えたものは「アメリカ」に限定されるわけではなく，むしろコスモポリタニズムだった。南北アメリカとカリブ海，アフリカ諸国やオセアニアから集まった人々が，たとえばダイナミックな芸術・思想運動だったシュルレアリスムに参加し，かれらの表現は素材や様式として吸収された。

20世紀後半に入りモードとしての実存主義の時代を迎えると，いよいよ「アメリカ的なもの」の本質的影響力は強くなった。音楽，映画はもちろん，文学ではドス・パソスの方法論的意識やヘミングウェイの世界的人気が大きな刺激になった。しかしなんといっても最大の存在はフォークナーだ。

3 フォークナー

フォークナーこそ20世紀後半以後の世界文学に最大の影響を与えた存在だ。1960年代のラテン・アメリカ文学のブームの渦中のスペイン語作家たちの多くが，フォークナーからの影響を進んで認め，彼に対する賛嘆をあらわにしていた。オネッティ，フエンテス，バルガス＝ジョサ，ガルシア＝マルケスらのすべてが該当する。フランス語圏においては，第二次世界大戦後の実存主義の潮流の中で，サルトルやカミュといった人気作家がフォークナーに強い興味を抱いたが，その時期に青春を送った世代の中に，より本質的な影響が窺える。とりわけフォークナーに「アメリカス（南北アメリカ全体を統一的に呼ぶための複数形）の作家」としての希望を見ていたのがカリブ海の黒人フランス語小説家たちで，その最高峰がエドゥアール・グリッサンだった。[2]

フォークナーの名高いヨクナパトファ・サーガに倣うかのように，ゆるやかなつながりをもち登場人物たちがさまざまなかたちで回帰する長篇連作を，グリッサンも書きつづけ，それによってカリブ海の小さな島マルティニックの運命を浮き彫りにした。息が長く濃密な文体もまさにフォークナー譲り。おもしろいことに，やはりフォークナーの全面的影響下に紀州という土地の物語を綴った中上健次も，自然力に感応し神話的な次元が噴出するその文体においてグリッサンに通じるところが大きくある。

つまりは「アメリカ文学」が「フランス文学」に及ぼした影響といった，ナショナルな枠組みを前提とした文学観では語れなくなったのが，20世紀後半以降の世界文学の地平だろう。フォークナーを手がかりとすることで，支配と非支配，血統と神話破壊といった問題系が他の言語を表現言語とする多くの作家たちに共有されているようすが，はっきりと見えてくる。それこそが，逆説的にもみずからを解体しつつ展開する「アメリカ文学」の，最大の遺産ではなかったか。

（管　啓次郎）

▷2　エドゥアール・グリッサン（Édouard Glissant, 1928-2011）は，フランス領マルティニーク出身の作家・詩人・批評家。『全-世界論』（恒川邦夫訳），『フォークナー，ミシシッピ』（中村隆之訳），『〈関係〉の詩学』『第四世紀』（管啓次郎訳）がある。

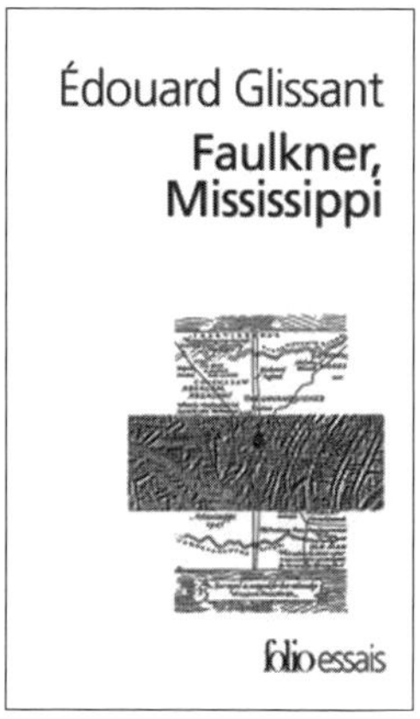

図1 『フォークナー，ミシシッピ』の原書

出　典：Édouard Glissant. *Faulkner, Mississippi* (Gallimard, 1998)

五　世界文学とアメリカ文学

3　ドイツ文学から見た視点——大空のもとの自由と孤独

1　大きな池のむこう側

ドイツ語では，大西洋のことを「大きな池」と呼ぶことがある。一説によると，この言い回しはシラーの戯曲『ドン・カルロス』（1787年）に由来するらしい[1]。ヨーロッパ大陸から南北アメリカ大陸やアジアの島々にまで及ぶ，地球を一周できるほどの広大な領土を有していたスペイン王フェリペ２世が，「大洋は我が国の池，我が帝国では太陽は沈まぬ」と豪語する台詞である。現在に至るまでこの言い回しが生き続け，しかもそれが大西洋について使われているということは，ドイツにとってアメリカが，たんなる遠い異国ではなく，近さが感じられる国であることを示しているだろう。

▶1　英語でも“the big pond”と言えば大西洋を意味する。シラーはもともと英語で使われていた言い回しを戯曲に取り入れた可能性がある。

実際，現代アメリカの移民を国別に見ると，その14％ほどを占めてトップの座にあるのは，ドイツ系移民だ。記録上，最初にドイツ人が移住したのは1683年である。彼らはプロテスタントの一派で，ヨーロッパでは自分たちが望む宗教生活が営めなかったため，アメリカに新天地を求めたのだった。また，1848年にドイツで統一国家設立を目指す民主革命が失敗し，アメリカでゴールドラッシュが起こると，自由と豊かさを求めて多くの民衆がアメリカに渡った。

ドイツから見て，アメリカは未来の希望を託すことができる土地だった。「合衆国に」（1827年）と題されたゲーテの詩は，ドイツ人が抱いていた「新大陸」アメリカのイメージをよく表している[2]。「アメリカよ，おまえの方がわれわれの大陸よりも良いのだ，この古い大陸よりも。荒れ果てた城館や玄武岩がないのだから。／生気あふれる時代に，役立たずの思い出や無駄な争いが，おまえの内面を妨げることはない」。だが，アメリカに託された理想の未来は，そのつどの時代におけるドイツの困窮状態の裏返しでもあった。20世紀にドイツからアメリカに移住した大きなグループはナチスに迫害されたユダヤ人だったということが，それを明白に物語っている[3]。

▶2　ゲーテは『ヴィルヘルム・マイスターの遍歴時代』（1829年）でも，理想の共同体を実現するためにアメリカ移住を計画する一団を描いている。

▶3　ユダヤ人（アーレント，フロム等）以外にも，思想上の問題でナチスに迫害され，アメリカに亡命・移住した作家たちは多く存在した（トーマス・マン，アドルノ等）。

2　歴史の重みか，孤独か

上のゲーテの詩はこのように終わっている。「君たち，幸運を味方につけて現在を使いたまえ！　そして君たちの子らが詩作をするときには，良き運命が彼らを騎士や盗賊や幽霊の物語から守らんことを」。たしかに，当時のドイツ文学——グリム童話やロマン派の中世趣味の幻想文学など——を思い返すと，追いはぎの潜む暗い森や，湖畔に現れる謎の騎士，廃墟となった城に出没する幽霊などが目に浮かぶ[4]。それに引き換え，わたしが手に取ったアメリカ文学はどうだっただろうか。ポーの詩『アナベル・リー』，ヘミングウェイの『老人と海』，サリンジャーの『キャッチャー・イン・ザ・ライ』――それらのいずれでも目にするのは，大空のもとに開かれた広大な海原や平原である。もちろん時代は違う。幾多の戦いの舞台となったドイツの大地は，ゲーテの言うように「古い」土地であり，瓦礫や死体が埋まっている地下という闇の部分を持っている。そうした地下から這い上がってくるのが，幻想が生み出した時代錯誤の騎士，旅人を脅かす盗賊，死者たちの霊なのだ。それは20世紀以降も変わらない。ドイツ文学の登場人物たちは，こうした過去を引きずる見知らぬ他者に取り巻かれ，彼らとどう対峙するかをつねに問われている。

それに引き換え，アメリカ文学の主人公たちはとてつもなく孤独だ。彼らがアメリカの大地や海で出会うのは，かつて愛し合っていた美しい恋人の物言わぬ亡骸であり，容易には釣り上げられない生命力に満ちた巨大カジキマグロであり，ときおり崖から落ちそうになりながらライ麦畑で遊ぶ子供たちである。主人公たちはみな，これらの物言わぬ他者に出会うことによって，自分自身との対話へと導かれ，みずからの孤独と孤独に対峙している。陸には慕ってくれる少年がいるものの，海上では一人で大魚と格闘する老人サンチャゴ，夜な夜な催す豪勢なパーティは多くの客人で賑わったものの，葬式には誰にも来てもらえなかったギャツビー。また，『キャッチャー・イン・ザ・ライ』の主人公ホールデンの口癖は，「それをやらなかったのは，気乗りがしなかったからなんだ」である。彼がやらなかったことというのはたいてい，誰かに電話をかけることだ。主人公たちはみな，みずから孤独を選び取っているかのようである。

『失踪者』（1912-1914年）というアメリカを舞台にしたカフカの未完の長編小説がある。主人公は，女中に子供を孕ませてしまったせいで両親にアメリカに送られた青年だ。彼はある日，自分にぴったりに思える求人募集を目にする。「クレイトンの競馬場で，本日朝六時より真夜中まで，オクラホマ劇場の従業員の募集がある！　オクラホマ大劇場が君たちを呼んでいる！　本日のみ，一回限り！　今このチャンスを逃す者は，永遠に逃すことになる！　自分の将来を考える者はわれわれの仲間だ！　誰でも歓迎！」カフカがアメリカに託した，経歴も資格も不問で誰でも歓迎というこの「自由（frei《フライ》）」は，「戸外の（frei《フライ》）」大空のもとでの孤独を引き受けることに通じているのではないか。ドイツ語の“frei”という言葉には，何かから解放されて自由である，というほかに，戸外の，という意味もある。実際オクラホマ劇場は，野外劇場という設定だ。文学に描かれたアメリカの風景は，薄暗い森や地下といった秘された場所や屋根と壁に庇護された屋内ではなく，大空のもとに晒され，ひとり孤独に向き合う平野こそが聖なる文学空間だ，と語っているのではないだろうか。　（岡本和子）

▶4　シラー『群盗』（1781年），フケー『ウンディーネ』（1811年），ホフマン『世襲領』（1816/17年），クライスト『ロカルノの女乞食』（1810年）等。

図1　オットー・ディクス「戦争，三連祭壇画」（1929-1932年）

三枚のパネルには地上の戦場と兵士が描かれているが，下の台脚の部分には，眠っているのか死んでいるのか判然としない兵士たちが，まるで地下のような空間に描かれている。

出典：Die letzten Tage der Menschheit. Bilder des Ersten Weltkriegs. Hrsg. von Rainer Rother（Deutsches Historisches Museum, 1994）

五　世界文学とアメリカ文学

4　ラテンアメリカ文学から見た視点――もう一つの〈アメリカ〉

1　魔術的リアリズムと反米帝国主義

コロンビア出身のガルシア＝マルケス[1]の代表作『百年の孤独』は，「ブーム」と称される豊饒の1960年代に陸続と発表された作品群の中で，ラテンアメリカ文学の存在を決定的に世界中に知らしめた。安部公房や寺山修司といった日本の作家も魅了したその魅力は，コロンビアの歴史のみならずラテンアメリカの歴史を象徴する共同体マコンドの興亡を描く魔術的リアリズムと呼ばれる手法にひとまず求められる。植民地時代のマコンドの創設を巡る神話的な挿話に始まり，国家の成立に伴う近代化や内戦という血腥い暴力の描写が重なり合う中，チョコレートを食べて宙に浮かぶ神父や洗濯をしている折に昇天してしまう娘の挿話などが自然な出来事として語られる。こうしたエピソードの一つ一つが物語を楽しむ醍醐味を思い出させてくれるのだが，他方で，よくも悪くもその目を引きやすい幻想性故に，ラテンアメリカ文学＝土着的な驚異の物語といった単純な枠組みで消費されがちである。

ラテンアメリカという語は，米国以南の中南米を指す通称として使われることが多いが，そもそもアングロサクソンと一線を画す，もう一つのアメリカの集合体という含意がある。モンロー主義から転じて世界へと覇権を拡大し始めた米帝国に対し，抵抗意識の気運が高まった19世紀末以来，スペイン語圏の国境を超えた連帯感の高揚は，ラテンアメリカ主義という伝統を形作ってきた。『百年の孤独』において，米帝国主義の権化たるバナナ会社の支配，労働者のストライキと暴動の鎮圧が描かれるのも，本作がこうしたラテンアメリカ主義の系譜に連なることの証左である。幻想的なラテンアメリカ文学は，中南米の反米帝国主義という政治的現実と切り離すことのできない関係を持つ。

2　亡命者の文学という〈伝統〉

この政治的現実とは，他方で，19世紀の独立国家の成立期以来，政治的理由で故郷から離れることを余儀なくされて，亡命先で作品をものす中南米出身のスペイン語作家を多く生み出してきた現実でもある。ポスト・マルケスとも称され「ブーム」期以後の次世代の代表とされるロベルト・ボラーニョ[2]もその一人である。南米チリ出身のボラーニョは，長編小説『野生の探偵たち』において，政治的現実への抵抗と結びついた第三世界の幻想的な文学が海外文学とし

▶1　Gabriel García Márquez（1927-2014）．『百年の孤独』（*Cien años de soledad*, 1967）の他，代表長編に『族長の秋』（*El otoño del patriarca*, 1975），『コレラの時代の愛』（*El amor en los tiempos de Cólera*, 1985）がある。1982年ノーベル文学賞受賞。

図１　ガルシア＝マルケスの肖像

出典：Harry Ransom Center, University of Texas at Austin

▶2　Roberto Bolaño（1953-2003）．『野生の探偵たち』（*Los detectives salvages*, 1998）の他，中編小説『はるかな星』（*Estrella distante*, 1996），『チリ夜想曲』（*Nocturno de Chile*, 2000）に加え，死後出版の長編小説『2666』（*2666*, 2004）がある。

て世界中に受容されることでブランド化した魔術的リアリズムへの批判を展開した詩人の運動をもとに，「臓腑のリアリズム」（“el realismo visceral”）への言及から始めたことは有名だが，その作者の分身とも言える語り手は，作者同様1973年のクーデター（チリで9.11と言えばこの事件を指す）後に軍事政権に支配されたチリから逃れた文学者の一人である。こうした亡命作家による作品はラテンアメリカ文学の特質を形成し，米国を離れて書かれた作品が文学史の一角を成すなど考えにくい米国文学とは顕著な対照を示している。

3 スペイン語圏中南米出身作家の英語創作

ガルシア＝マルケスやボラーニョのようないわば文学的巨人に象徴されるラテンアメリカの文学像がアングロアメリカの文学と対照を成すとすれば，そうした過去の対照に対し今後の展望として興味深いのが中南米出身の作家による英語文学の創作である。政治的亡命が理由となるのではなく，作家としてよりよい創作環境を求めて中南米地域から他国へ移住する作家の流れの延長上で，グローバル化の進む出版市場の中，自作を英語で書く作家も現れてきた。

その中でも示唆に富むのがメキシコ出身のバレリア・ルイセリ[3]である。幼少期から思春期を韓国・南アフリカ・インドで過ごした後，その実験的手法を用いたデビュー作以来，スペイン語で執筆した作品を出版していた。米国で活動していた彼女が，移住証明を持たない中南米移民の子供のインタビューアとしてのキャリアを経て，初めて英語で執筆し発表したのが*Lost Children Archive*（2019）である。ブッカー賞のロングリストにも挙げられた英語圏文学として受容されたと言える本作は，その舞台となるのは米国，作家の分身と言える女性の語り手とその家族たちの織り成すロードノベルの体裁を取っている。その旅程は中米からの違法越境者の子供の旅程という米国の社会に根差したエピソードや，語り手の女性とその迷子となった息子の語りが数十ページにわたりピリオドの区切れなく続く終盤の実験的な手法において，米国文学の一角に位置付けることができるかもしれない。他方，英語で作品を書くという状況が，グローバル化とともに英語の覇権がいや増す出版市場において，新たな帝国主義すなわち英語帝国主義への迎合になるという見方もありうるが，話はそう単純でもない。例を一つ挙げると，数々の世界文学へのオマージュやサンプリングの中で20世紀メキシコ文学の傑作『ペドロ・パラモ』[4]の英訳における時制の誤解に基づく誤訳への批判を行うことは，スペイン語圏のメキシコにそのルーツを見出す作家としての矜持を示唆しているとも取れる。米国文学ともラテンアメリカ文学ともカテゴライズするのが難しい本作は，国家の名を冠した文学の枠組みを問う意義を持つ。加えてこうした問題を考える指標の一つとなりうるのは，ルイセリのような作家が，今後どの言語でいかなる作品を書くのか，という未来の展開であろう。

（山内　玲）

▶3 Valeria Luiselli（1983-）．エッセイ集『偽装文書』（*Papeles falso*, 2010），中編小説『無重力者』（*Los ingrávidos*, 2011），『俺の歯の話』（*La historia de mis dientes*, 2013），『失われた子供たち――40の質問を巡るエッセイ』（*Los niños perdidos: Un ensayo en cuarenta preguntas*, 2017）がある。

▶4 『ペドロ・パラモ』（*Pedro Páramo*, 1955）はメキシコの作家フアン・ルルフォ（Juan Rulfo, 1917-1986）の作品。メキシコ農村部の村コマラを舞台とし，皆死者である作中人物の織り成す亡霊の声によって構成される本作は，60年代の魔術的リアリズムの先駆的表現と評される。

五　世界文学とアメリカ文学

5　中国文学から見た視点――アメリカン・ドリームと「中国夢」

1　秘められたアメリカへの憧れ

2005年ごろのことだ。中国経済は成長の波に乗り，北京のいたるところに高層ビルが立ち並び始めていた。同時にそこここで，清や明の時代にさかのぼる石造りの古い住宅街が無残にも取り壊されていた。

「もったいなくないですか」

思わずそう声に出して尋ねた相手は[1]，旧上海租界に生まれ育ち，日本軍による占領，国共内戦，共産党政権下を生き抜いたベテランの編集者だった。

▶1　近代以降の中国では首都北京と列強の租界(1842-)として発展した上海が二大都市。20世紀半ば，日中戦争(1937-1945年)，国共内戦(1946-1949年)，中華人民共和国成立(1949年)と歴史的事件が続いた。

「あのね。僕たちはニューヨークのような都会に暮らしたいと，心から願ってきたんですよ」

彼によれば，外国人の目に「もったいなく」映る古い住宅街は，各戸にトイレも風呂場もなく，零下20度の冬も路地にある公衆便所に足を運ばなければならない。だからトイレも風呂場も暖房も冷房もエレベータも備えた20階建て，30階建てのマンションが次々に建設され，まるでマンハッタンのような景色が現実となっていくことは，喜び以外の何物でもないのだと言う。

1930年代生まれの彼は，中学を卒業すると同時に商店に住み込んで働き始めたが，49年に共産党が政権を取った（＝革命が成功した）ことで専門学校に通う機会を与えられ，国営出版社に長く勤務して社長にまで上りつめた，いわば社会主義の申し子だ。成人してからロシア語を身につけて，マルクス主義関係の書籍多数を翻訳出版している。普段，会話に出てくるのは，コロンタイやオストロフスキーなど旧ソ連の作家たちだ。その彼がアメリカへの長年の憧れを真剣な表情で打ち明けたことに，私は驚きを覚えずにはいられなかった。

2　政治の世紀から経済の世紀へ

中国の20世紀後半は社会主義革命の時代で，文学は政治目的に奉仕することを求められた。当時，中国で歓迎されるアメリカ人は『中国の赤い星』（1937年）を書いたエドガー・スノー[2]ら左派系ジャーナリスト，『怒りの葡萄』（1939年）などでプロレタリア作家と認められたスタインベックら共産党政権が「国際的友人」と認定したごく一部に限られた。他は中国を舞台にした『大地』（1931年）で知られ，アメリカ国内ではCIAの調査対象になったパール・バック[3]ですら，「反動的文学者」と批判されて中国への入国を認められなかった。

▶2　Edgar Parks Snow (1902-1972). *Red Star Over China*, 1937.

▶3　Pearl Buck (1892-1973). *The Good Earth*, 1931.

革命前にアメリカ政府機関の後援を受けて米文学叢書の発行に関わったことで，晩年の毛沢東が指揮した文化大革命中[4]，「文化特務（＝スパイ）」の容疑で迫害され，命を落とした翻訳家や編集者もいた。

面積や人口規模に圧倒的差がある日本とは異なり，中国にとってのアメリカはライバル視し得る存在である。1950年代末には「イギリスを抜き，アメリカに追いつけ」というスローガンが公式に使われたこともあった。他方，編集者氏のように，かつて英米仏日など列強が支配する上海租界に暮らした人であれば，1920-1940年代，大量に輸入されたハリウッド映画を通じて，アメリカ文明についてある程度の知識を持っていても不思議はなかった。『風と共に去りぬ』は40年に上海で公開されて，洋画の興行記録を樹立している。

1970年代末，鄧小平による改革開放路線[5]が始まると，数十年ぶりに欧米文化が中国に流入し始めた。アメリカ文学もヘミングウェイ，フィッツジェラルド，トウェイン，オー・ヘンリー，ジャック・ロンドン，エドガー・アラン・ポー，ホーソーン，サリンジャー，ナボコフなどの小説や文学理論が広く紹介され，近年はポピュラーカルチャーのグローバル化を反映して，ヒット作が場合によっては日本よりも早く翻訳出版されるようになっている。

Kindleを使う若い読者層に人気のある作品をアマゾン・チャイナのベストセラーリストから拾うと，『長いお別れ』(1953年)，『アラバマ物語』，『デューン』(1965年) など定番の推理小説，映画原作，SF作品とともに，『ダ・ヴィンチ・コード』(2003年)，カーレド・ホッセイニ『君のためなら千回でも[6]』，ガブリエル・ゼヴィン『書店主フィクリーのものがたり[7]』など各国で人気を博した小説が並んでいる。日本と異なる特徴として，テッド・チャン『あなたの人生の物語[8]』，セレステ・ン『エブリシング・アイ・ネバー・トールド・ユー[9]』など中国系作家の作品に対する関心が高い。

3 アメリカン・ドリームと「中国夢」

2010年にGDPで日本を抜き，世界第二の経済大国になった中国では，広い層に「自国が一番」という認識が広がっている。世界第一位のアメリカに対しても，各方面で強気な態度や発言が目立つのは政府に限らず，一般国民も同じだ。

だが，習近平政権が掲げている国家目標は，「中華民族の偉大なる復興という夢を実現すること」，略して「中国夢」なのである。一人一人の夢を叶えるアメリカン・ドリームと，民族としての夢を語る「中国夢」との間には，個人主義と集団主義との違いがある。しかし，政治の20世紀から経済の21世紀へと時代環境が変わっても，中国にとって「世界一の大国となること＝アメリカを凌駕すること」であることは変わらない。そこには反発と同時に，長期にわたり秘められたアメリカへの憧れがある。「中国夢」と聞くたびに，私は老編集者氏との会話を思い出さずにいられないのである。

（林　ひふみ）

▶4　毛沢東は中国建国時の共産党主席。文化大革命中は極左的政策が採られ，全土が内乱状態に陥ったが，毛沢東の死とともに終結した（1966-1976年）。

図1　1940年に上海で『乱世佳人』の中国語タイトルで上映された『風と共に去りぬ』の広告

出典：上海『申報』1940年6月18日（华文报刊文献数据库）。

▶5　改革開放（1978年-）に続いて社会主義市場経済（1992年-）が導入されたことで，中国ではその後十数年にわたり，政治的には共産党一党支配を保ちつつ，市場経済による経済発展が続いた。

▶6　Khaled Hosseini (1965-). *The Kite Runner*, 2003.

▶7　Gabrielle Zevin (1977-). *The Storied Life of A. J. Fikry*, 2014.

▶8　Ted Chiang (1967-). *Story of Your Life*, 1998.

▶9　Celeste Ng (1980-). *Everything I Never Told You*, 2014.

五　世界文学とアメリカ文学

6　日本文学から見た視点——影響から交流へ

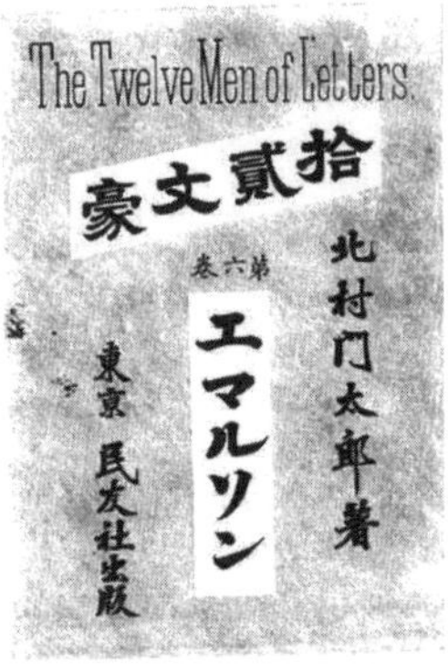

図1　北村門太郎（透谷）『エマルソン』初版本表紙
出典：国会図書館デジタルコレクション。

1 受容の明治

西洋文学の翻訳・紹介は，開国から十数年を経た1880年代に本格化し，アメリカ文学もその例に漏れない。1884（明治17）年にはフランクリンの小伝を訳した『仏蘭克林金言玉行録』が刊行され，以後，フランクリンの自伝が立身出世のマニュアルとして広く読まれる流れが生まれた。また，エマソンの著作も，より思索的な次元での自己創造指南書として読まれ，北村透谷《とうこく》（1868-1894）は評伝『エマルソン』を著した（1894年）。ホイットマンはその民主主義思想と斬新な詩作法の両方において，有島武郎《たけお》（1878-1923）のような求道的人物から，岩野泡鳴《ほうめい》（1873-1920）のような文壇の異端児まで，多くの文人を鼓舞した。[1]

明治において，アメリカ文学はまず，その思想や詩学を学びとるべき「仰ぎ見る」対象だったと言ってよいだろう。

2 創造的吸収の大正～戦前

森田思軒《しけん》や森鷗外など，多様な訳者によって明治からすでに翻訳されていたポーは，[2] 20世紀に入ると，単なる翻訳・紹介の対象にとどまらず，作家の作品にその影響が見てとれるようになってくる。たとえば芥川龍之介（1892-1927）は，ポーに見られる構成の妙，幻想性と写実性との調和に創作の指針を見出した。[3]

一方，谷崎潤一郎（1886-1965）は，ポーの耽美的な側面に惹かれ，短篇「刺《し》青《せい》」（1910年）などに相通じる感性が見てとれるし，萩原朔太郎《さくたろう》（1886-1942）の夢幻的な詩に現れる，「浦」という名の女の背後には，明らかにポーの詩に出てくる「ウラリューム」がいる。

が，日本におけるポーの「末裔」としてもっとも重要な存在は，筆名からしてポーを引き継いでいる江戸川乱歩（1884-1965）だろう。敬愛する作家の名をもじってペンネームにする，という例は世界でもそう多くないのではあるまいか。作品を見ても，「二銭銅貨」のような探偵小説のみならず，「踊る一寸法師」などの怪奇譚にもその影響は顕著である。[4]

これらポーにインスパイアされた作家の作品は，影響という言い方こそ当てはまるにせよ，決して亜流といった呼び方で貶めるには及ばない独創性を有している。主として「学びとる」段階にあった明治とは違い，いまや影響は創造

▷1　日本で初めてホイットマンを紹介したのは，当時まだ帝国大学英文科の学生だった夏目漱石（1867-1916）の論文「文壇に於ける平等主義の代表者『ウォルト，ホイットマン』Walt Whitman の詩について」（1892年）である。

▷2　森田思軒（1861-1897）は漢文調を駆使して「翻訳王」と呼ばれ，ポーの「秘密書類」（“The Purloined Letter,” 1896）などを翻訳。森鷗外（1862-1922）は陸軍軍医，作家として多忙をきわめるなか翻訳も積極的に行い，ポーの「病院横町の殺人犯」（“The Murders in the Rue Morgue,” 1913）などを翻訳（ドイツ語からの重訳）。

的吸収の段階に達していた。

▶3　芥川はアンブローズ・ビアスを好んだことでも知られ，代表作のひとつ「藪の中」（1922年）はビアスの「月明かりの道」（“The Moonlit Road,” 1907）に通じるものがある。

▶4　「二銭銅貨」（1923年）は細部において「モルグ街の殺人」を彷彿《ほうふつ》とさせ，「踊る一寸法師」（1926年）はポーの「跳び蛙」（“Hop-Frog”）に想を得ている。

3 大江，中上，村上

マーク・トウェインは明治時代からすでに紹介され，特に，封建的な世界を扱っていて天皇制とも抵触しない『王子と乞食』（原作1881年）の翻案・翻訳は他国には見られない人気を得ていたし，大正に入ってからは，佐々木邦《くに》（1883-1964）による『ハックルベリー物語』が刊行され（1921年），その後も長きにわたって読まれた。

が，日本文学との関連の最重要事項は，戦時中に刊行された中村為治《ためじ》訳『ハックルベリイ・フィンの冒険』（1940年）が大江健三郎（1935-）に及ぼした影響だろう。この翻訳に出会った大江は，逃亡奴隷ジムを救うために地獄堕ちも辞すまいと決意するハックの姿に，人間の理想的なありようを見た。初期作品「飼育」（1958年）の四国の田舎に住む少年と，そこに忽然《こつぜん》と現れた黒人兵との関係は，『ハック・フィン』の豊かな変奏として読むことができる。

中上健次（1946-1992）は20代前半に，批評家の柄谷行人《こうじん》（1941-）からフォークナーを読むよう勧められたことが大きな転機となった。その衝撃から，『枯木灘』（1977年）など，血縁，土地といった主題と，いわゆる美文の規範からは大きく外れた文章の強度とにおいて，「日本のフォークナー」と呼ばれるに相応しい強烈な作品群が生まれた。

日本の純文学がなかば必然的に帯びてしまう「重さ」から逃れるべく，ヴォネガット，ブローティガン[5]の軽みに倣《なら》うことから出発した村上春樹（1949-）は，その後も，フィッツジェラルドの人間観，レイモンド・チャンドラーのストーリーテリングを緩やかな影響源として独自の世界を切り拓いていった。アメリカでも多くの読者を村上が得たいま，アメリカ文学の日本文学への影響のみならず，日本文学のアメリカ文学への影響も考えるに値するテーマとなってきた。

▶5　ヴォネガット（Kurt Vonnegut, 1922-2007），ブローティガン（Richard Brautigan, 1933-1984）はともに，1960-1970年代，とりわけ若い読者の支持を得たアメリカの作家。

4 双方向の交流へ

村上は翻訳者としても精力的に活動し，レイモンド・カーヴァー，フィッツジェラルド，チャンドラー，ティム・オブライエンらの作品を翻訳し，作家としての翻訳量は鷗外と並んで群を抜いているが，近年はほかにも作家の翻訳が増えていて，谷崎由依《ゆい》（1978-），松田青子《あおこ》（1979-），円城塔（1972-）らがアメリカの小説を訳している[6]。そこには，明治から続いてきた「仰ぎ見る」姿勢はさほど感じられず，むしろ自分と資質の合った作家を訳しているように思える。日米の作家同士の対話も，かつてのように「教えを乞う」というよりは，より双方向的なものになりつつある。

（柴田元幸）

▶6　主な訳業として，谷崎はコルソン・ホワイトヘッド（Colson Whitehead, 1969-）『地下鉄道』（*The Underground Railroad*, 2016［邦訳2017年］），松田はカレン・ラッセル（Karen Russell, 1981-）『レモン畑の吸血鬼』（*Vampires in the Lemon Grove*, 2013［邦訳2016年］），円城はチャールズ・ユウ（Charles Yu, 1976-）『SF的な宇宙で安全に暮らすっていうこと』（*How to Live Safely in a Science Fictional Universe*, 2010［邦訳2014年］）。

おわりに
――これからのアメリカ文学研究――

近年ますます多くのアメリカ文学研究者が国際的な場で活躍するようになってきています。そうした若い世代を中心とした研究者たちは，往々にして，日本で培われた方法論を有機的に参照することで，世界的なネットワークにおける学術的な貢献を実現しています。国際的に通用するいわばハイブリッドな文学研究の手法が，翻って日本における文学研究をより豊かにするということも期待されています。国境を越えた相互影響の学術コミュニティが構築されつつあると言っても過言ではないでしょう。

これからアメリカ文学を学ぼうとする皆さんがこのような高い志へと歩みを進めるにはどうすればよいかと問えば，方法は無数にあるはずです。初学者へ向けて私が提案したいのは，精読と多読を同時に実践するための「創造的読書会」です。精読とは平たく言えば，辞書と首っ引きで原書を読み，ひとりの作家の全作品を読破するという方法です。他方，自分が本当に読むべき作品に出会うためには，できるかぎり多くの作家に文学ジャンルを問わずに触れてみることも必要です。学部生のときは体系的に読み進めるというよりも，なりふり構わずに読みまくるいわゆる乱読でもいいと思います。文学の世界では，同時に多くの人を好きになっても誰にもとがめられません。現代にあってこうした自由さは大変貴重ではないでしょうか。

本書は，精読と多読，その両方を促すつくりになっており，読書会へと誘う扉のような構成になっています。紹介された作品に興味を抱いたら，ぜひ原書を入手して通読してみてください。訳書がある場合は大いに活用してください。その際，独りでは放り出してしまいそうだな，と思ったら，「読書会」をみずから企画することをおすすめします（オンライン読書会もおもしろいかもしれません)。参加者同士で気になった箇所を提示しあうことで，人の数だけ読み方があることを実感できますし，自分自身でも気づいていなかった，人とは異なるものの見方に気づくことができます。そこで参加者がどんな本を読んできたかを情報交換すれば，さらなる多読が促されることになるでしょう。

読書会での話題はどのようなものでもよいかと思いますが，たとえば作家は「アメリカ」をどのように描いているかという視点はいまだに古びていない視点です。小説家が愛国的な人物を登場させるとき，詩人が独立記念日に言及するとき，あるいは奴隷制について語るとき，そこにはどのような語りの力学が働いているのか。こうした問いは，アメリカ文学研究への第一歩となります。このようなアプローチは決して目新しいものではありませんが，私たちが「外部」からの視点で問いかえすことには一定の意義があるはずです。一般的な傾向として，作家たちはアメリカ国内の大衆的な見方や政治的なイデオロギーを代弁しているのではなく，むしろそれらと距離をとり，批判的なまなざしを向けていると言えます。しかし，作家もまた別の権力に取りこまれているかもしれない，といったメタ視点からの批判を加えることは可能です。その意味で「外部者」の私たちは有利な立場にいると言えるのです。日本の作家はアメリカをどう描いてきたのか，という別の角度からの視点を導入できるのも私たちの強みですし，日本における文芸評論と翻訳文化の伝統を活かすことができるのも，アメリカ文学研究に新たな光彩をもたらす可能性を秘めています。

多読ということで言えば，本書では取り上げられなかった重要な作家が多くいるということを最後に付言しておかねばなりません。文学史を概説することは，どうしてもリストの「選別」を余儀なくされます。その作業は大変に苦しいものでした。マーガレット・フラーやルイザ・メイ・オルコット，セアラ・オーン・ジュエット，ネラ・ラーセン，マーガレット・ミッチェル，アリス・ウォーカーらの女性作家，ウォレス・スティーヴンズやウィリアム・カーロス・ウィリアムズ，シルヴィア・プラスやアドリエンヌ・リッチらの詩人，ユージン・オニールやサム・シェパードらの劇作家，近年ノーベル文学賞を受賞したボブ・ディランやルイーズ・グリュックを含め，その他多くの作家に光を当てることができなかったのは苦渋の決断でした。「この作家が含まれていないのはおかしい」というご批判に編者として真摯に耳を傾けることがせめてもの罪滅ぼしだと考えています。

戦後75年を迎えた2020年，私たちは空間的な距離を保ちながら精神的なつながりをいかに維持するかという難問に直面しています。戦後日本でアメリカ文学を読むことは，物理的距離のある国の，文化的・言語的な差異を抱えこむテクストの上に共感の地平を探りだすいとなみです。とすれば，そのいとなみは，相矛盾する要請がなされる解決しがたい公的な問題に向き合う上でも，あるいは自身の内で引き裂かれるような私的な不安を見つめ直す上でも，実りある視座を提供するはずです。ここに収められた選り抜かれた論考が本書を手にとる方のさらなる読書体験を促し，文学について語りあう体験へと誘い，自己を見つめ返す契機となることを願ってやみません。

編者代表　山本洋平

■人物関係図■

【チャールズ・ブロックデン・ブラウン『ウィーランド』】

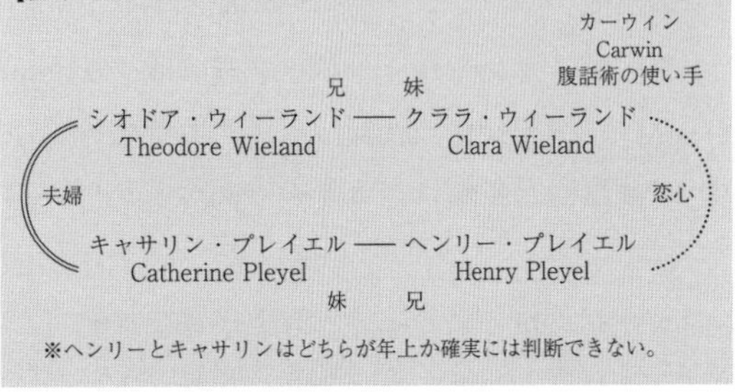

【ワシントン・アーヴィング 「スリーピー・ホローの伝説」】

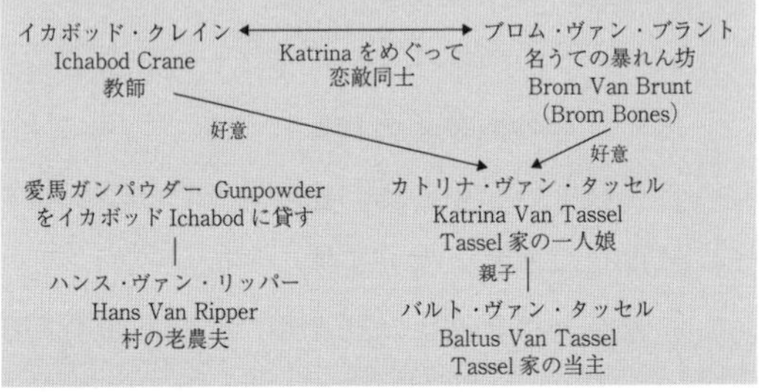

【ワシントン・アーヴィング 「リップ・ヴァン・ウィンクル」】

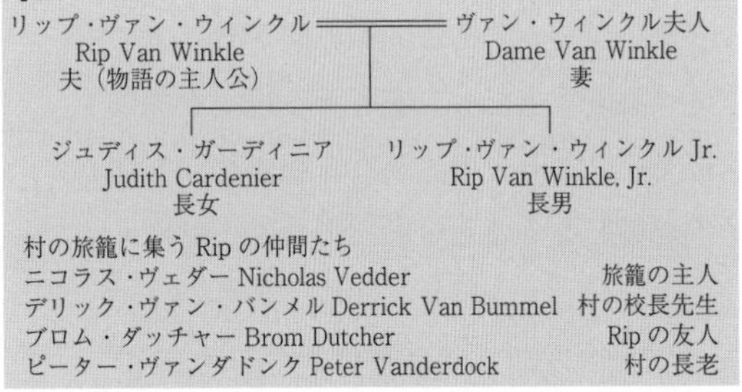

【ジェイムズ・フェニモア・クーパー『モヒカン族の最後』】

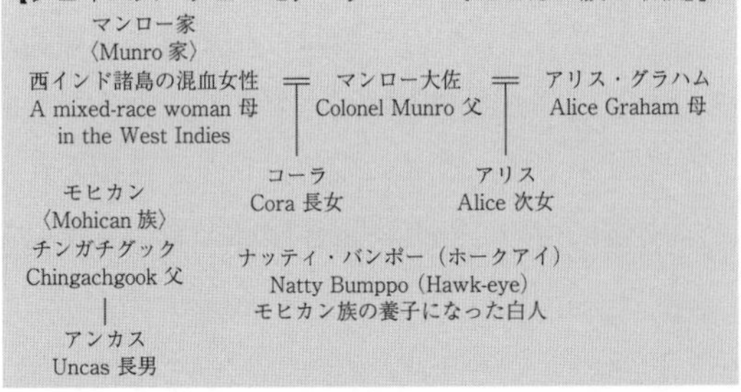

【エドガー・アラン・ポー「アッシャー家の没落」】

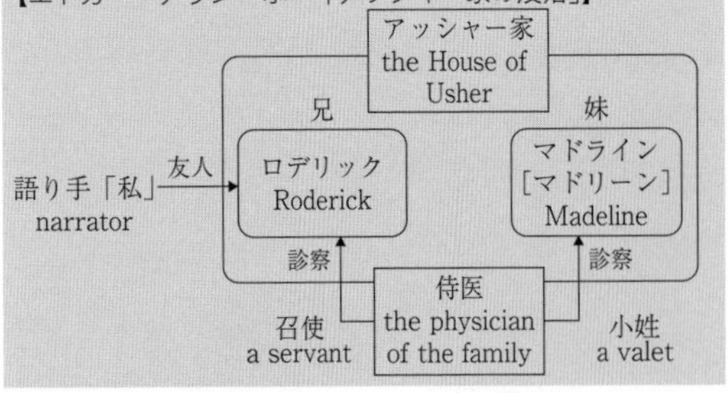

【ナサニエル・ホーソーン『緋文字』】

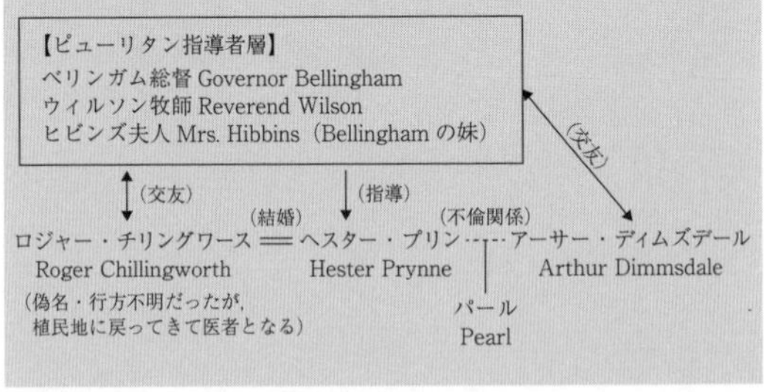

【ハーマン・メルヴィル『白鯨』】

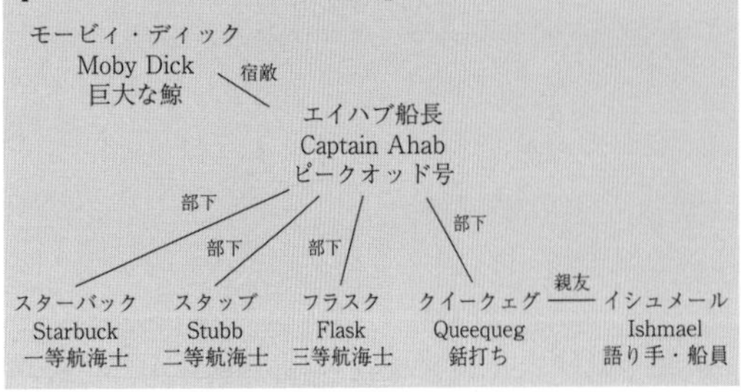

【ハーマン・メルヴィル「書記バートルビー」】

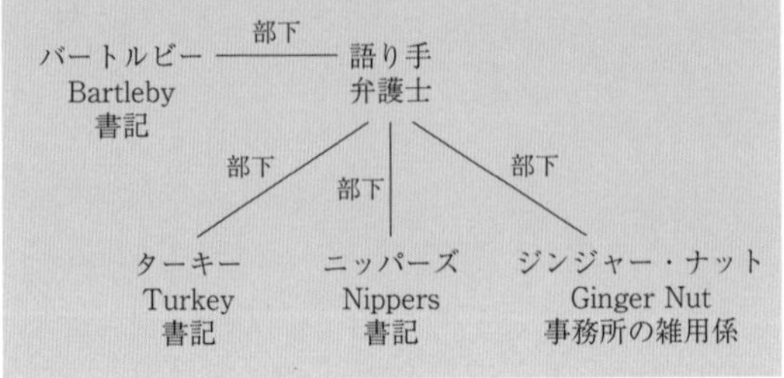

【フレデリック・ダグラス『フレデリック・ダグラス自伝』】

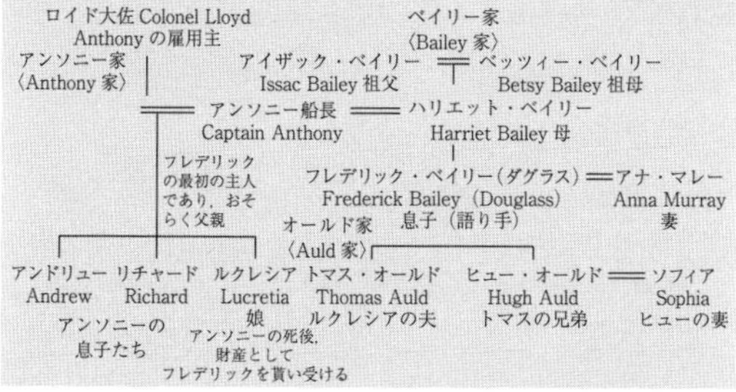

【ハリエット・ビーチャー・ストウ『アンクル・トムの小屋』】

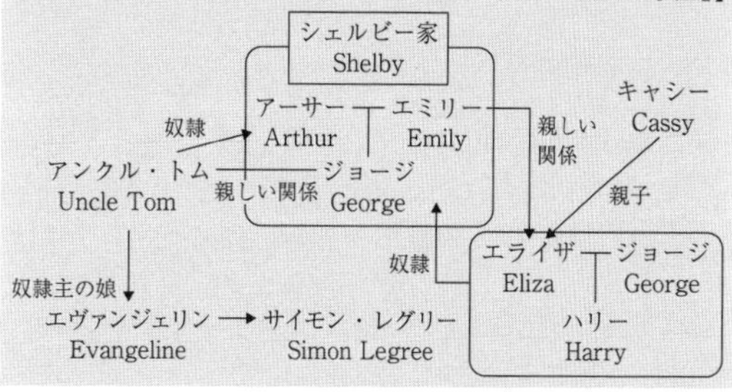

【マーク・トウェイン『ハックルベリー・フィンの冒険』】

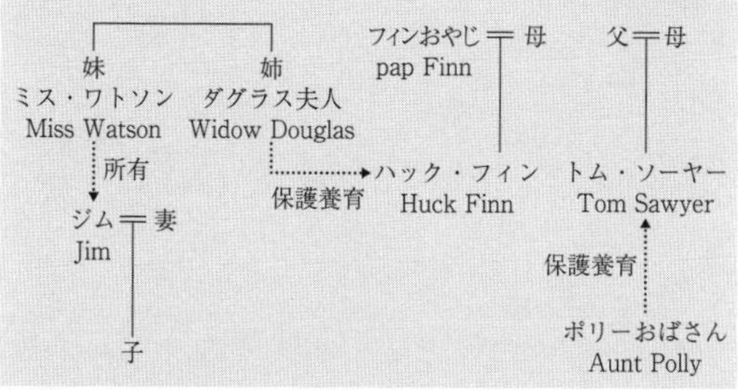

【ヘンリー・ジェイムズ『大使たち』】

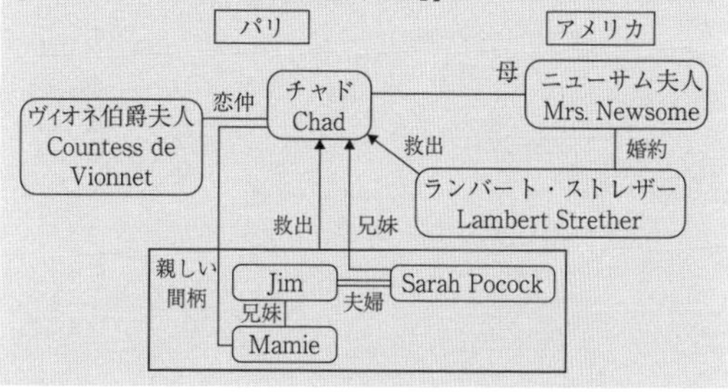

【ケイト・ショパン『目覚め』】

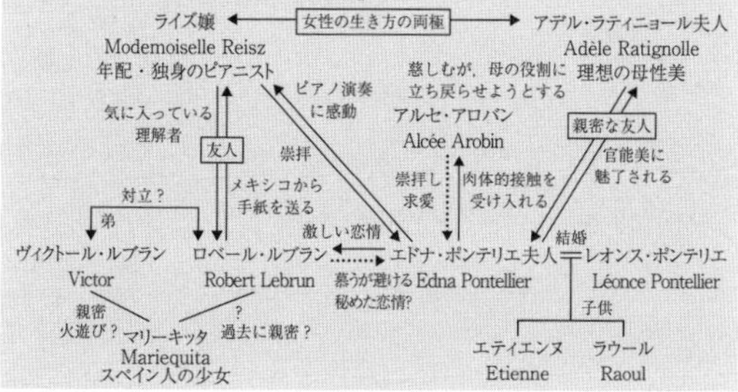

【スティーヴン・クレイン『街の女マギー』】

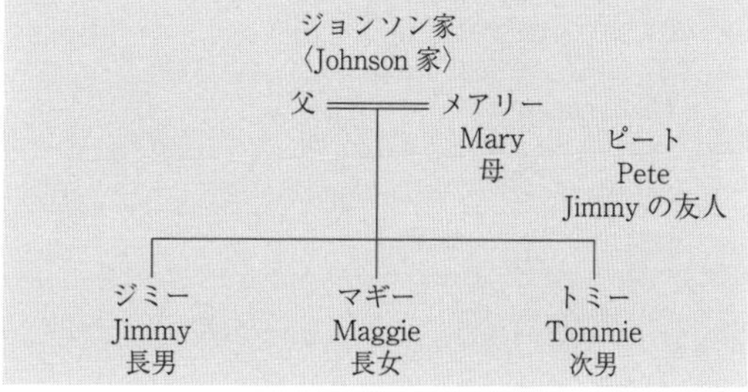

【セオドア・ドライサー『アメリカの悲劇』】

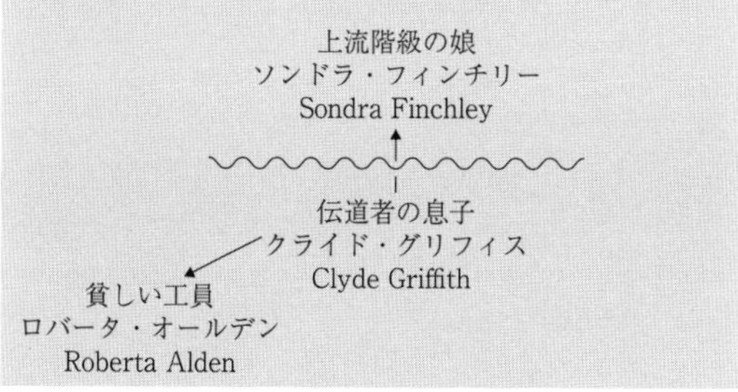

【イーディス・ウォートン『無垢の時代』】

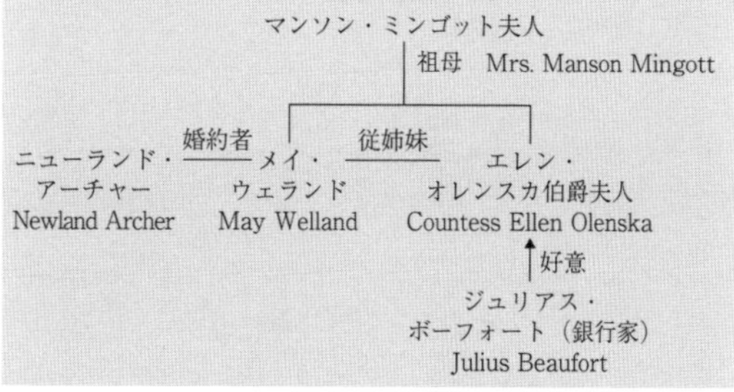

【ウィラ・キャザー 『教授の家』】

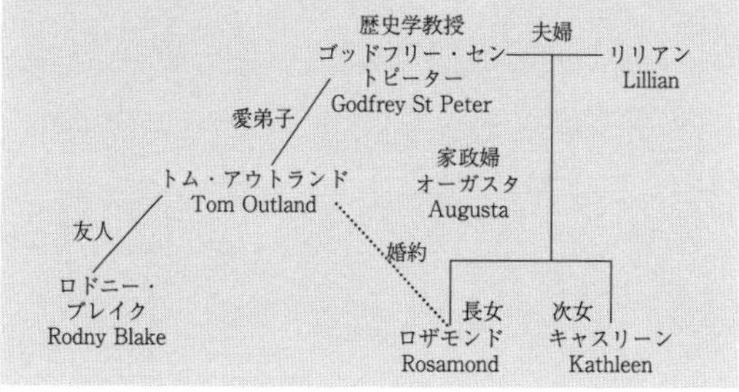

【シンクレア・ルイス『メイン・ストリート』】

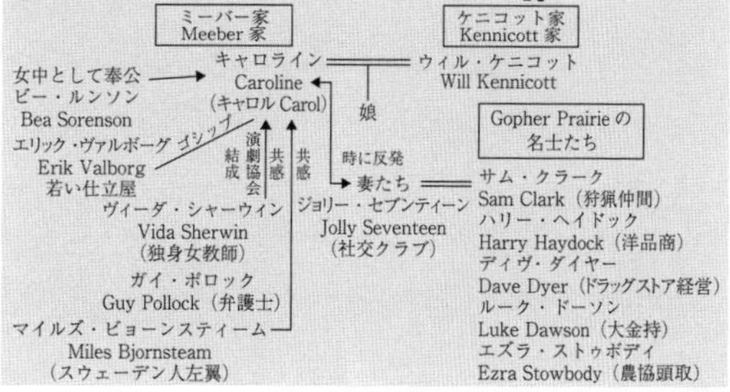

【シャーウッド・アンダーソン『ワインズバーグ・オハイオ』「紙玉」】

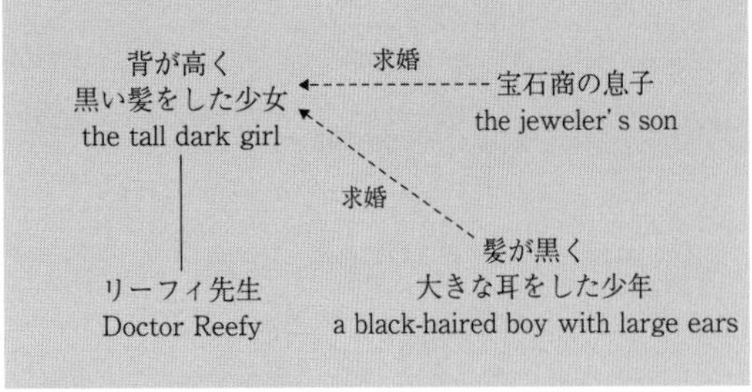

【エレン・グラスゴー『不毛の大地』】

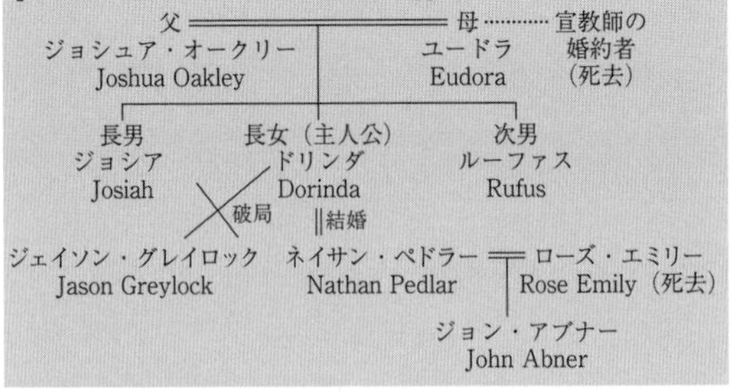

【トマス・ウルフ『天使よ故郷を見よ』】

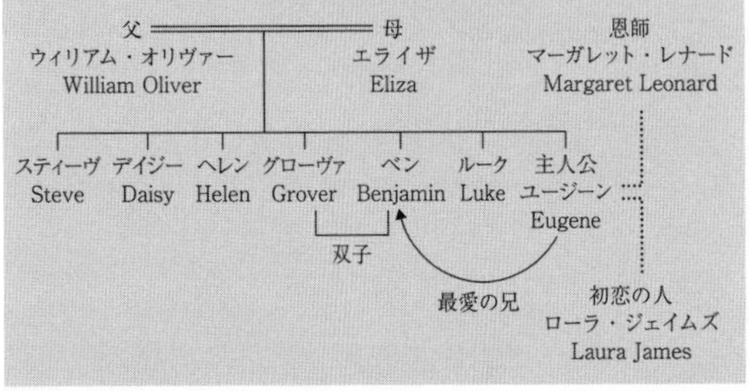

【F・スコット・フィッツジェラルド『グレート・ギャツビー』】

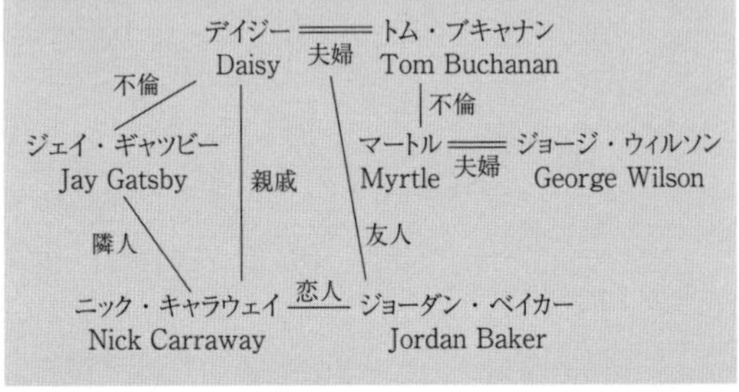

【ウィリアム・フォークナー 『響きと怒り』】

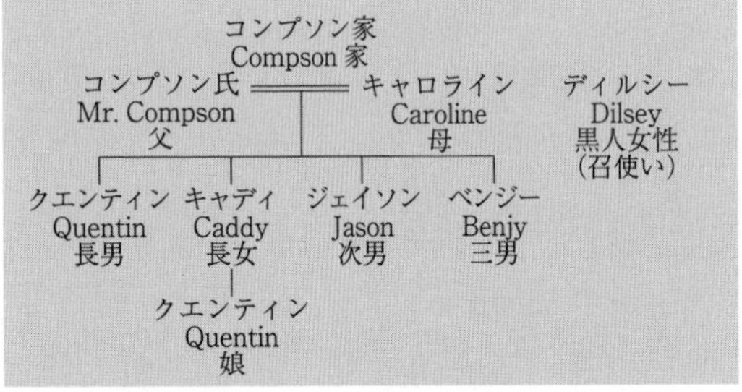

【ウィリアム・フォークナー『八月の光』】

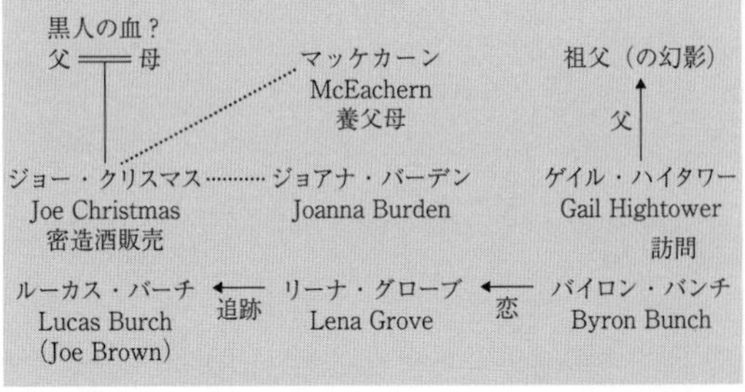

【ジョン・スタインベック『怒りの葡萄』】

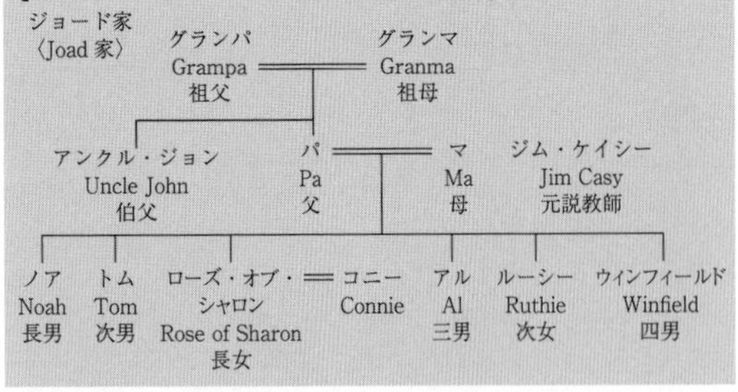

【ユードラ・ウェルティ『デルタの結婚式』】

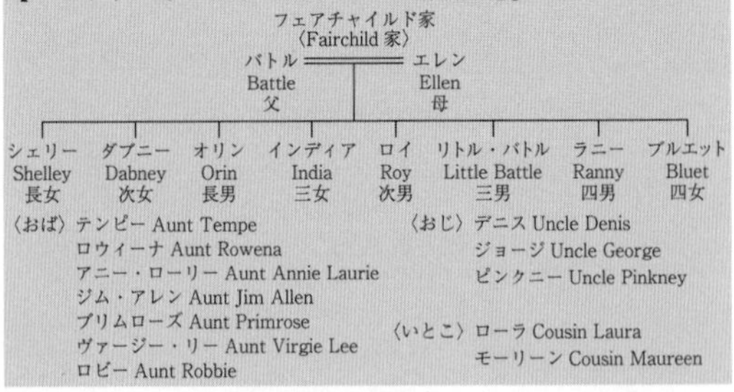

【リチャード・ライト『アメリカの息子』】

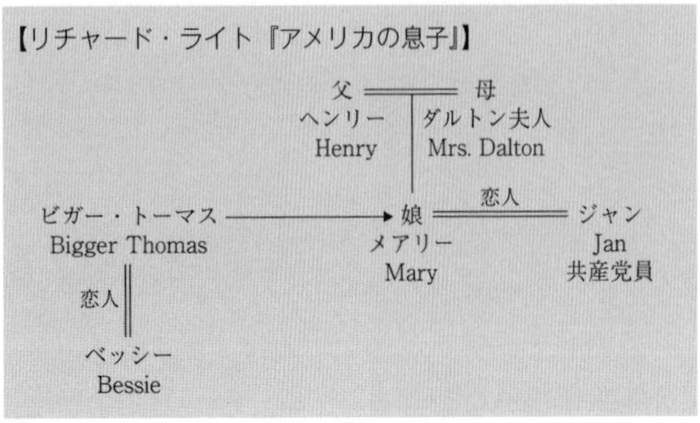

【ラルフ・エリソン『見えない人間』】

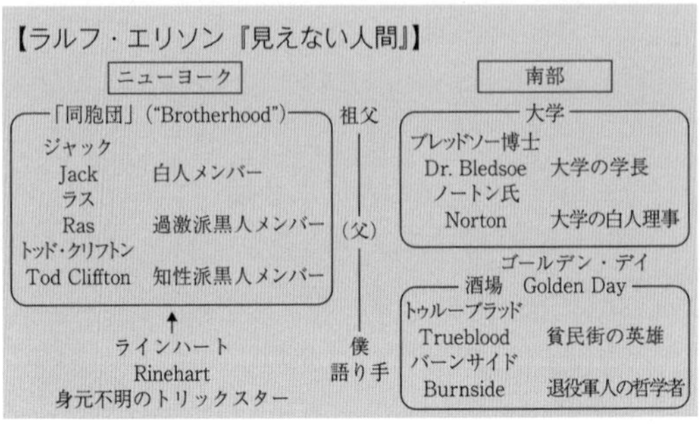

【ゾラ・ニール・ハーストン『彼らの目は神を見ていた』】

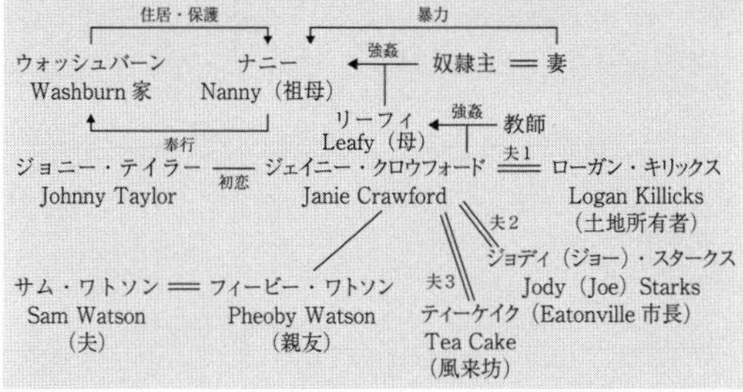

【テネシー・ウィリアムズ『欲望という名の電車』】

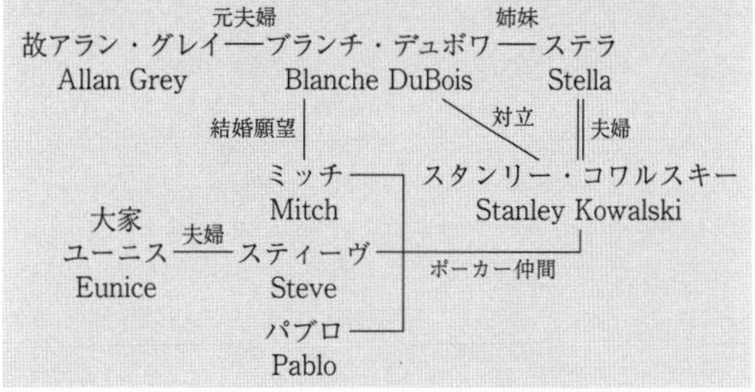

【アーサー・ミラー『セールスマンの死』】

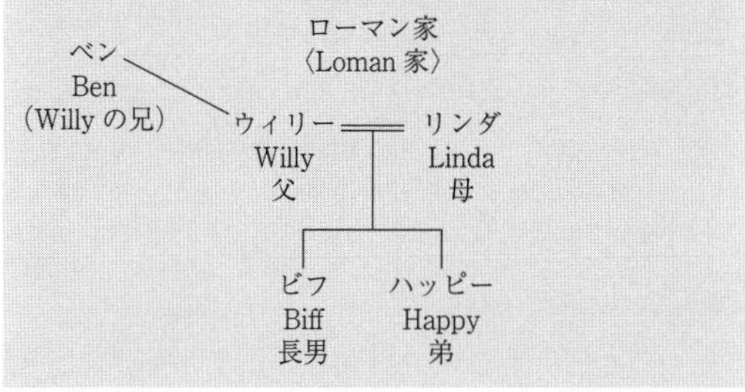

【トルーマン・カポーティ『遠い声，遠い部屋』】

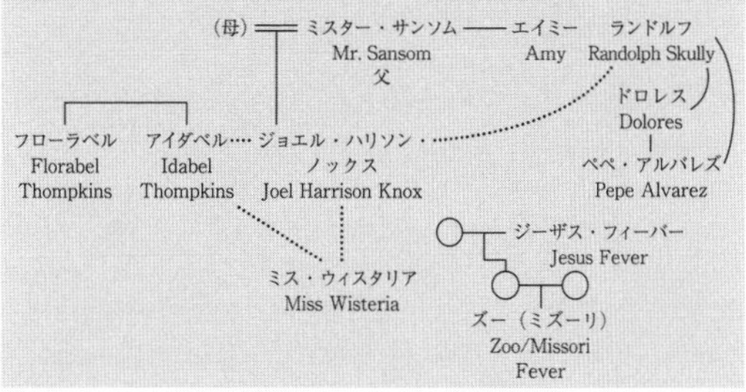

【J・D・サリンジャー『キャッチャー・イン・ザ・ライ』】

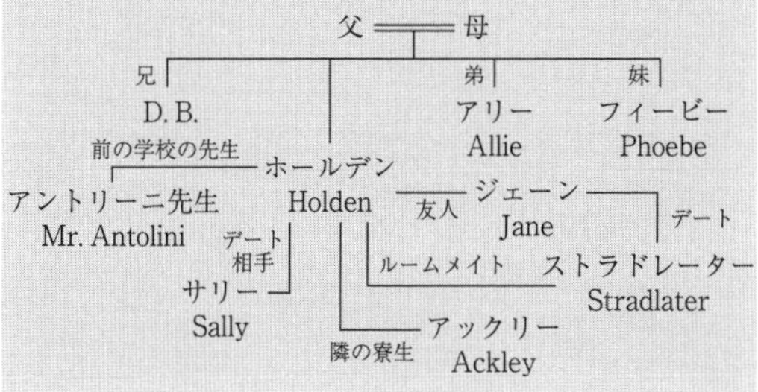

【バーナード・マラマッド「白痴が先だ」】

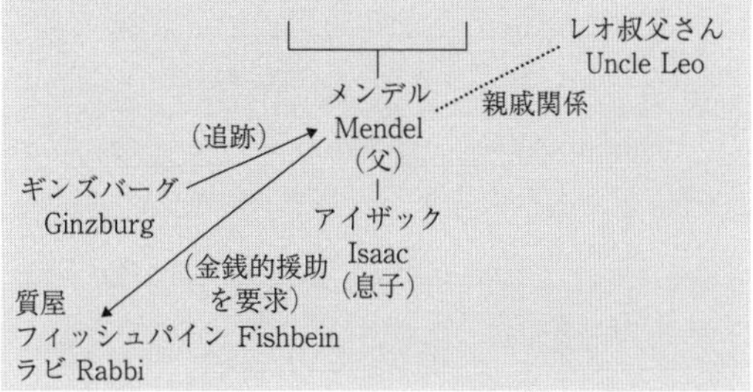

【レイモンド・カーヴァー「大聖堂」】

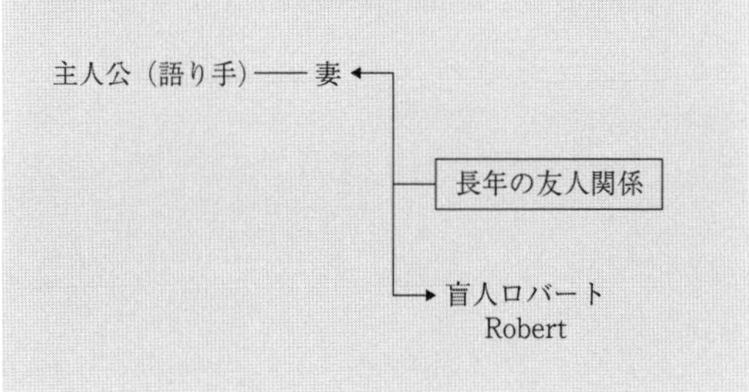

【カーソン・マッカラーズ『結婚式のメンバー』】

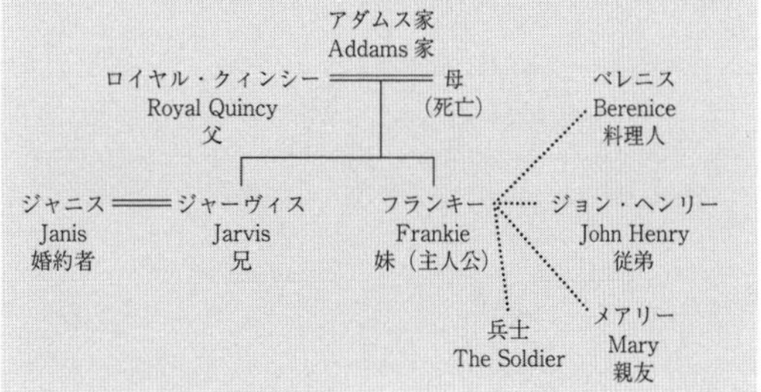

【フラナリー・オコナー「火の中の輪」】

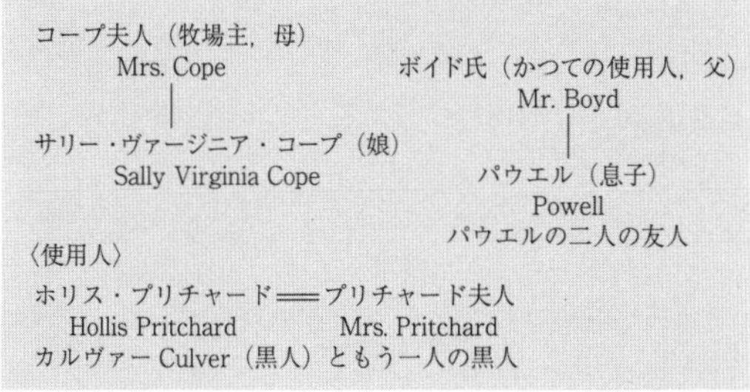

【ウラジーミル・ナボコフ『淡い焔』】

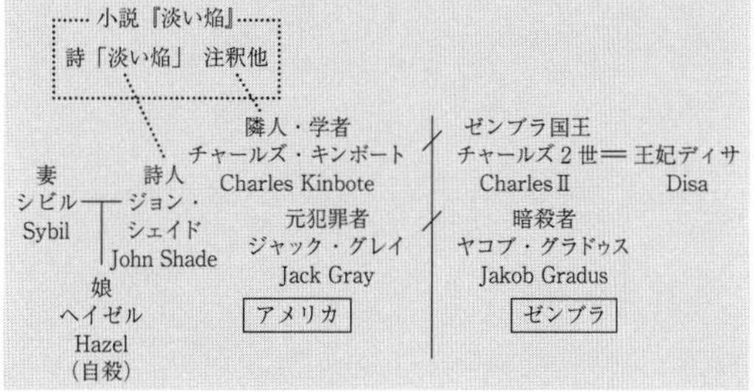

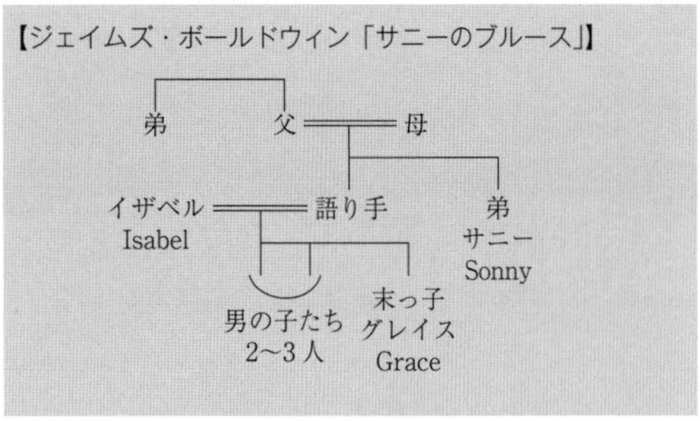
【ジェイムズ・ボールドウィン「サニーのブルース」】
弟
父
母
イザベル
Isabel
語り手
弟
サニー
Sonny
男の子たち
2〜3人
末っ子
グレイス
Grace

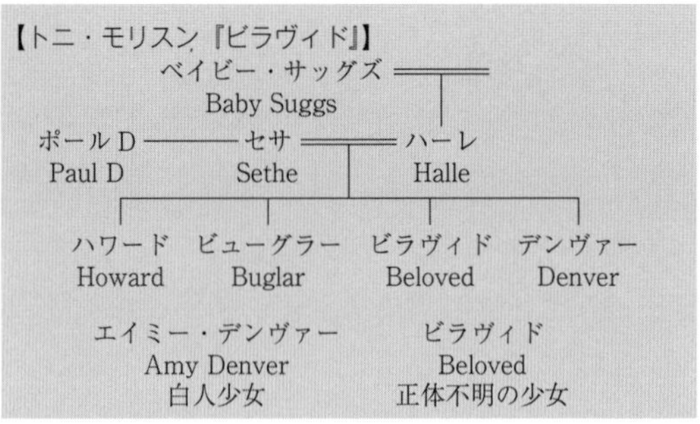
【トニ・モリスン『ビラヴィド』】
ベイビー・サッグズ
Baby Suggs
ポール D
Paul D
セサ
Sethe
ハーレ
Halle
ハワード
Howard
ビューグラー
Buglar
ビラヴィド
Beloved
デンヴァー
Denver
エイミー・デンヴァー
Amy Denver
白人少女
ビラヴィド
Beloved
正体不明の少女

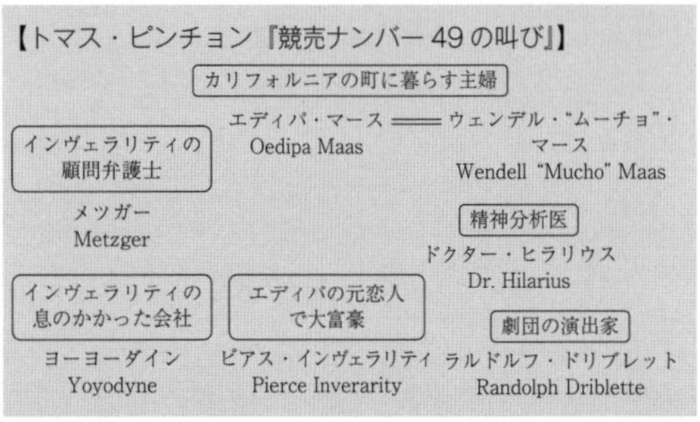
【トマス・ピンチョン『競売ナンバー 49 の叫び』】
カリフォルニアの町に暮らす主婦
エディパ・マース
Oedipa Maas
ウェンデル・“ムーチョ”・マース
Wendell “Mucho” Maas
インヴェラリティの顧問弁護士
メツガー
Metzger
精神分析医
ドクター・ヒラリウス
Dr. Hilarius
インヴェラリティの息のかかった会社
ヨーヨーダイン
Yoyodyne
エディパの元恋人で大富豪
ピアス・インヴェラリティ
Pierce Inverarity
劇団の演出家
ラルドルフ・ドリブレット
Randolph Driblette

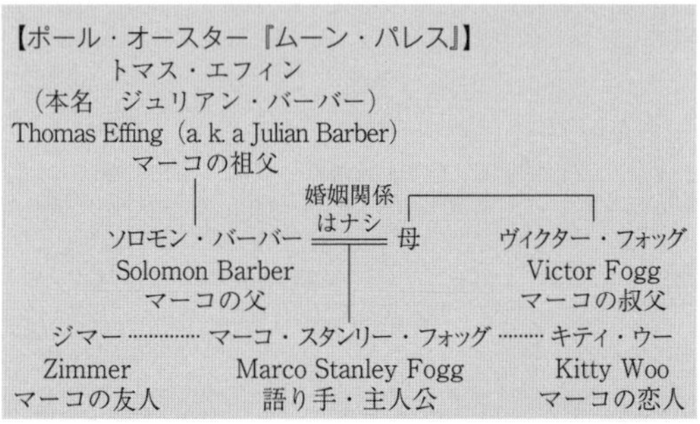
【ポール・オースター『ムーン・パレス』】
トマス・エフィン
（本名 ジュリアン・バーバー）
Thomas Effing（a. k. a Julian Barber）
マーコの祖父
婚姻関係はナシ
ソロモン・バーバー
Solomon Barber
マーコの父
母
ヴィクター・フォッグ
Victor Fogg
マーコの叔父
ジマー
Zimmer
マーコの友人
マーコ・スタンリー・フォッグ
Marco Stanley Fogg
語り手・主人公
キティ・ウー
Kitty Woo
マーコの恋人

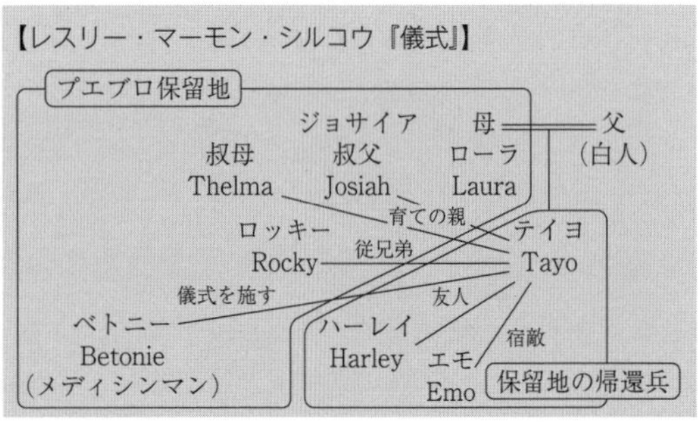
【レスリー・マーモン・シルコウ『儀式』】
プエブロ保留地
叔母
Thelma
ジョサイア
叔父
Josiah
母
ローラ
Laura
父
（白人）
育ての親
ロッキー
Rocky
従兄弟
テイヨ
Tayo
儀式を施す
友人
ベトニー
Betonie
（メディシンマン）
ハーレイ
Harley
エモ
Emo
宿敵
保留地の帰還兵

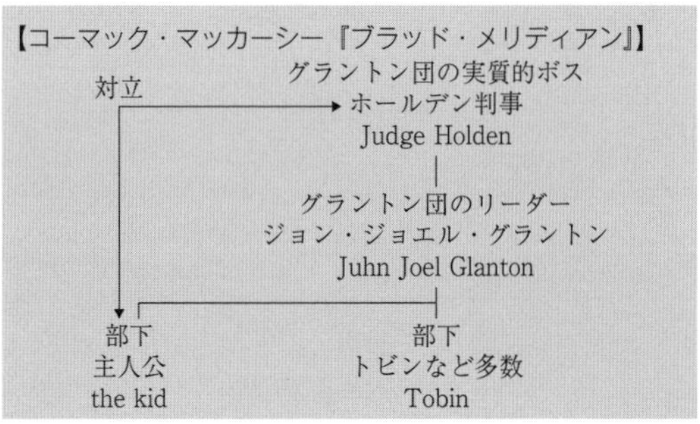
【コーマック・マッカーシー『ブラッド・メリディアン』】
対立
グラントン団の実質的ボス
ホールデン判事
Judge Holden
グラントン団のリーダー
ジョン・ジョエル・グラントン
Juhn Joel Glanton
部下
主人公
the kid
部下
トビンなど多数
Tobin

■文献案内■

■アメリカ文学史全般に関する文献

諏訪部浩一編著『アメリカ文学入門』三修社，2013年。

平石貴樹『アメリカ文学史』松柏社，2010年。

渡辺利雄『講義アメリカ文学史 東京大学文学部英文科講義録（入門編・第Ⅰ巻・第Ⅱ巻・第Ⅲ巻・補遺版）』研究社，2007-2010年。

巽孝之『アメリカ文学史——駆動する物語の時空間』慶應義塾大学出版会，2003年。

早瀬博範・吉崎邦子編『21世紀から見るアメリカ文学史——アメリカニズムの変容』英宝社，2003年。

亀井俊介『アメリカ文学史講義（1-3）』南雲堂，1997-98年。

板橋好枝・高田賢一編著『はじめて学ぶアメリカ文学史（シリーズ・はじめて学ぶ文学史）』ミネルヴァ書房，1991年。

別府恵子・渡辺和子編著『アメリカ文学史——植民地文学からポストモダンまで』ミネルヴァ書房，1989年（新版2000年）。

エモリー・エリオット編『コロンビア米文学史』コロンビア米文学史翻訳刊行会訳，山口書店，1997年（原著1988年）。

大橋健三郎・斎藤光・大橋吉之輔編『総説アメリカ文学史』研究社，1975年。

舌津智之「マシーセンの万華鏡——アメリカ文学史の見直し論争」『アメリカ——文学史・文化史の展望』亀井俊介監修／平石貴樹編，松柏社，2005年，115-140頁。

村山淳彦「アメリカ文化史とアメリカ文学史（マシーセン以後）——米文学史の戦後構想からバーコヴィッチまで」『アメリカ——文学史・文化史の展望』亀井俊介監修／平石貴樹編，松柏社，2005年，81-113頁。

■各項目の参考文献

Ⅰ　アメリカ文学のコンテクスト——時代と社会

〈Ⅰ-1〉

『ベンジャミン・フランクリン（アメリカ古典文庫1）』池田孝一訳，研究社，1975年。

『ピューリタニズム（アメリカ古典文庫15）』大下尚一訳，研究社，1976年。

『アメリカ革命（アメリカ古典文庫16）』斎藤眞・五十嵐武士訳，研究社，1978年。

ベンジャミン・フランクリン『フランクリン自伝』松本慎一・西川正身訳，岩波書店，1957年（原著1791年）。

大下尚一編『ピューリタニズムとアメリカ——伝統と伝統への反逆（講座アメリカの文化1）』南雲堂，1969年。

福田陸太郎編著『アメリカ文学思潮史——社会と文学』沖積舎，1999年，2-76頁。

秋山健監修『アメリカの嘆き——米文学史の中のピューリタニズム』松柏社，1999年，40-84頁。

増井志津代『植民地時代アメリカの宗教思想——ピューリタニズムと大西洋世界』上智大学出版，2006年。

〈Ⅰ-2〉

伊藤詔子『ディズマルス・ワンプのアメリカン・ルネサンス——ポーとダークキャノン』小鳥遊書房，2017年。

稲冨百合子「知の伝道師ヘンリー・ワズワース・ロングフェロー」『繋がりの詩学——近代アメリカの知的独立と〈知のコミュニティ〉の形成』倉橋洋子・髙尾直知・竹野富美子・城戸光世編，彩流社，2019年，143-165頁。

大串尚代『ハイブリッド・ロマンス——アメリカ文学にみる捕囚と混淆の伝統』松柏社，2002年。

〈Ⅰ-3〉

マーガレット・フラー『五大湖の夏』高野一良訳，未知谷，2011年。

——『19世紀の女性——時代を先取りしたフラーのラディカル・フェミニズム』伊藤淑子訳，新水社，2013年。

ラルフ・ウォルドー・エマソン『エマソン論文集（上・下）』酒本雅之訳，岩波書店，1972・1973年。

ヘンリー・D・ソロー『市民の反抗——他五篇』飯田実訳，岩波書店，1997年。

堀内正規『エマソン——自己から世界へ』南雲堂，2017年。

斎藤光編訳『超越主義（アメリカ古典文庫17）』研究社，1975年。

〈Ⅰ-4〉

チャールズ・ファイデルスン Jr.『象徴主義とアメリカ文学』山岸康司・青山義孝・村上清敏訳，旺史社，1991年（原著1953年）。

レスリー・A・フィードラー『アメリカ小説における愛と死』佐伯彰一・井上謙治・行方昭夫・入江隆則訳，新潮社，1989年（原著1960年）。

〈Ⅰ-5〉

エリック・J・サンドクィスト「リアリズムとリージョナリズム」エモリー・エリオット編『コロンビア米文学史』那須頼雅訳，山口書店，1997年（原著1988年）。

ジョージ・ワシントン・ケーブル『グランディシム一族』杉山直人・里内克巳訳，彩流社，1999年（原著1880年）。

セアラ・オーン・ジュエット『とんがりモミの木の郷 他五篇』川島弘美訳，岩波文庫，2019年（原著1896年）。

マーク・トウェイン『マーク・トウェイン短編全集（上・中・下）』勝浦吉雄訳，文化書房博友社，1993-94年。

亀井俊介『アメリカ文学史講義2』南雲堂，1998年。

——『マーク・トウェインの世界』南雲堂，1995年。

〈Ⅰ-6〉

大井浩二『アメリカ自然主義文学論』研究社，1973年。

——『金メッキ時代・再訪——アメリカ小説と歴史的コンテクスト』開文社，1988年。

武田千枝子『ハウエルズとジェイムズ——国際小説に見る相互交流の軌跡』開文社，2004年。

〈Ⅰ-7〉

ジャック・ロンドン『火を熾す』柴田元幸訳，スイッチ・パブリッシング，2008年（原著1902年）。

ジェイコブ・リース『向こう半分の人々の暮らし——19世紀末ニューヨークの移民下層社会』千葉喜久枝訳，創元社，2018年（原著1890年）。

大井浩二『アメリカ自然主義文学論』研究社，1973年。

丹治愛『神を殺した男——ダーウィン革命と世紀末』講談社選書メチエ，1994年。

折島正司『機械の停止——アメリカ自然主義小説の運動／時間／知覚』松柏社，2000年。

〈Ⅰ-8〉

佐々木隆・大井浩二編『史料で読むアメリカ文化史３――都市産業社会の到来 1860年代―1910年代』東京大学出版会，2006年。

栗原涼子『アメリカのフェミニズム運動史――女性参政権から平等憲法修正条項へ』彩流社，2018年。

〈Ⅰ-9〉

新倉俊一『詩人たちの世紀』みすず書房，2003年。

児玉実英・土岐恒二編『記憶の宿る場所』思潮社，2005年。

野上秀雄『歴史の中のエズラ・パウンド』文沢社，2014年。

〈Ⅰ-10〉

マルカム・カウリー『ロスト・ジェネレーション――異郷からの帰還』吉田朋正・笠原一郎・坂下健太郎訳，みすず書房，2008年（原著1934年）。

舌津智之『抒情するアメリカ――モダニズム文学の明滅』研究社，2009年。

〈Ⅰ-11〉

マルカム・カウリー『ロスト・ジェネレーション――異郷からの帰還』吉田朋正・笠原一郎・坂下健太郎訳，みすず書房，2008年（原著1934年）。

シルヴィア・ビーチ『シェイクスピア・アンド・カンパニイ書店』中山末喜訳，河出書房新社，2011年（原著1959年）。

ハンフリー・カーペンター『失われた世代，パリの日々――九二〇年代の芸術家たち』森乾訳，平凡社，1995年（原著1987年）。

今村楯夫『ヘミングウェイのパリ・ガイド』小学館，1998年。

〈Ⅰ-12〉

井出義光・本間長世・大橋健三郎編『アメリカの南部』研究社，1973年。

井出義光『南部――もう一つのアメリカ』東京大学出版会，1978年。

後藤和彦『敗北と文学――アメリカ南部と近代日本』松柏社，2005年。

〈Ⅰ-13〉

亀井俊介『アメリカ文学史講義３　現代人の運命――1930年代から現代まで』南雲堂，2000年。

諏訪部浩一編『アメリカ文学入門』三修社，2013年。

〈Ⅰ-14〉

ヘンリー・ルイス・ゲイツ・ジュニア『シグニファイング・モンキー――もの騙る猿／アフロ・アメリカン文学批評理論』松本昇・清水菜穂監訳，南雲堂フェニックス，2009年（原著1988年）。

リロイ・ジョーンズ（アミリ・バラカ）『ブルース・ピープル――白いアメリカ，黒い音楽』飯野友幸訳，平凡社，2011年（原著1963年）。

ハリエット・ジェイコブズ『ある奴隷少女に起こった出来事』堀越ゆき訳，新潮文庫，2017年（原著1861年）。

ネラ・ラーセン『白い黒人』植野達郎訳，春風社，2006年（原著1929年）。

トニ・モリスン『青い眼がほしい』大社淑子訳，早川書房，2001年（原著1970年）。

アリス・ウォーカー『カラー・パープル』柳沢由実子訳，集英社，1986年（原著1982年）。

ジェスミン・ウォード『歌え，葬られぬ者たちよ，歌え』石川由美子訳，作品社，2020年（原著2017年）。

コルソン・ホワイトヘッド『地下鉄道』谷崎由依訳，早川書房，2017年（原著2016年）。

リチャード・ライト『ブラック・ボーイ――ある少年期の記録（上・下）』野崎孝訳，岩波文庫，2009年（原著1945年）。

（視聴覚資料）

『私はあなたのニグロではない』ラウル・ペック監督，2018年。

〈Ⅰ-15〉

カール・ヴァン・ヴェクテン『ニガー・ヘヴン』三宅美千代訳，未知谷，2016年（原著1926年）。

W・E・B・デュボイス『黒人のたましい』木島始・鮫島重俊・黄寅秀訳，岩波文庫，1992年（原著1903年）。

ジーン・トゥーマー『砂糖きび（黒人文学全集第４巻）』木島始訳，早川書房，1961年（原著1923年）。

ゾラ・ニール・ハーストン『彼らの目は神を見ていた』松本昇訳，新宿書房，1995年（原著1937年）。

ラングストン・ヒューズ『ラングストン・ヒューズ詩集』木島始訳，思潮社，1993年。

ジェシー・フォーセット『プラムバン――道徳とは縁のない話』風呂本惇子訳，新水社，2013年（原著1928年）。

ネラ・ラーセン『白い黒人』植野達郎訳，春風社，2006年（原著1929年）。

アラン・ロック「新しいニグロ」『黒人文学全集第11巻』浜本武雄訳，早川書房，1962年（原著1925年），207-223頁。

〈Ⅰ-16〉

浜野成生『ユダヤ系アメリカ文学の出発』研究社，1984年。

小山田義文『アメリカユダヤ系作家』評論社，1976年。

広瀬佳司・伊達雅彦編『ユダヤ系文学に見る聖と俗』彩流社，2017年。

〈Ⅰ-17〉

ジャック・ケルアック『オン・ザ・ロード』青山南訳，河出文庫，2010年（原著1957年）。

アレン・ギンズバーグ『ギンズバーグ詩集』諏訪優訳，思潮社，1991年。

――『吠える　その他の詩』柴田元幸訳，スイッチパブリッシング，2020年（原著1956年）。

ウィリアム・S・バロウズ『裸のランチ』鮎川信夫訳，河出文庫，2003年（原著1959年）。

『ビート読本――ビート・ジェネレーション　60年代アメリカン・カルチャーへのパスポート』（現代詩手帖特集版）思潮社，1992年。

ジョン・タイテル『ビート世代の人生と文学――裸の天使たち』大橋健三郎・村山淳彦訳，紀伊國屋書店，1978年（原著1976年）。

旦敬介『ライティング・マシーン――ウィリアム・S・バロウズ』インスクリプト，2010年。

〈Ⅰ-18〉

アリシア・オーストライカー『言葉を盗む女性達――アメリカ女性詩論』池内靖子訳，土曜美術社，1990年（原著1986年）。

飯野友幸『ジョン・アシュベリー――「可能性への賛歌」の詩』研究社，2005年。

〈Ⅰ-19〉

McHale, Brian. *Postmodernist Fiction*. Routledge, 1987.

スチュアート・シム『ポストモダニズムとは何か』杉野健太郎他訳，松柏社，2002年（原著1999年）。

ピーター・バリー『文学理論講義――新しいスタンダード』高橋和久監訳，ミネルヴァ書房，2014年（原著2009年）。

ハル・フォスター編『反美学――ポストモダンの諸相』室井尚・吉岡洋訳，勁草書房，1987年（原著1983年）。

ハンス・ベルテンス，ジョウゼフ・ナトーリ編『キーパーソンで読むポストモダニズム』土屋知則他訳，新曜社，2005年（原著2002年）。

〈Ⅰ-20〉

トーマス・J・ライアン『この比類なき土地――アメリカン・ネイチャーライティング小史』村上清敏訳，英宝社，2000年（原著1989年・2001年）。

Scheese, Don. *Nature Writing: The Pastoral Impulse in America.* Twayne, 1996.

ASLE-Japan／文学・環境学会編『たのしく読めるネイチャーライティング――作品ガイド120（シリーズ・文学ガイド）』ミネルヴァ書房，2000年。

野田研一『交感と表象――ネイチャーライティングとは何か』松柏社，2003年。

――『自然を感じるこころ――ネイチャーライティング入門』ちくまプリマー新書，2007年。

〈Ⅰ-21〉

ジョナサン・サフラン・フォア『ものすごくうるさくて，ありえないほど近い』近藤隆文訳，NHK 出版，2011年（原著2005年）。

ジェニファー・イーガン『ならずものがやってくる』谷崎由依訳，早川書房，2012年（原著2010年）。

ケヴィン・パワーズ『イエロー・バード』佐々田雅子訳，早川書房，2013年（原著2012年）。

フィル・クレイ『一時帰還』上岡伸雄訳，岩波書店，2015年（原著2014年）。

ベン・ファウンテン『ビリー・リンの永遠の一日』上岡伸雄訳，新潮社，2017年（原著2012年）。

アンソニー・ドーア『すべての見えない光』藤井光訳，新潮社，2016年（原著2014年）。

ブレット・イーストン・エリス『アメリカン・サイコ（上・下）』小川高義訳，角川書店，1995年（原著1991年）。

ドン・デリーロ『コズモポリス』上岡伸雄訳，新潮社，2004年（原著2003年）。

チママンダ・ンゴズィ・アディーチェ『アメリカーナ』くぼたのぞみ訳，河出書房新社，2016年（原著2013年）。

イーユン・リー『独りでいるより優しくて』篠森ゆりこ訳，河出書房新社，2015年（原著2014年）。

コルソン・ホワイトヘッド『地下鉄道』谷崎由依訳，早川書房，2017年（原著2016年）。

ローレン・グロフ『運命と復讐』光野多恵子訳，新潮社，2017年（原著2015年）。

エイミー・ベンダー『燃えるスカートの少女』管啓次郎訳，角川書店，2003年（原著1998年）。

カレン・ラッセル『レモン畑の吸血鬼』松田青子訳，河出書房新社，2016年（原著2013年）。

〈Ⅰ-22〉

1. 日系

ヨネ・ノグチ『詩集明界と幽界』星野文子・堀まどか・羽田美也子訳，亀井俊介監修，彩流社，2019年（原著1896年）。

ヒサエ・ヤマモト『ヒサエ・ヤマモト作品集――「十七文字」ほか十八編』山本岩夫・檜原美恵訳，南雲堂フェニックス，2008年（原著1988年）。

ジュリー・オオツカ『屋根裏の仏さま』岩本正恵・小竹由美子訳，新潮社，2016年（原著2011年）。

2. 中国系

エイミ・タン『ジョイ・ラック・クラブ』小沢瑞穂訳，角川書店，1990年／小沢瑞穂訳，ソニーマガジンズ，2005年（原著1989年）。

デイヴィッド・ヘンリー・ウォン『M. バタフライ』吉田美枝訳，劇書房，1989年（初演1988年）。

ケン・リュウ『紙の動物園』古沢嘉通訳，早川書房，2015年（原著2011年）。

3. コリア系

テレサ・ハッキョン・チャ『ディクテ――韓国系アメリカ人女性アーティストによる自伝的エクリチュール』池内靖子訳，青土社，2003年（原著1982年）。

チャンネ・リー『最後の場所で』高橋芽香子訳，新潮社，2002年（原著1999年）。

スキ・キム『通訳』國重純二訳，集英社，2007年（原著2003年）。

アジア系アメリカ文学研究会編『アジア系アメリカ文学――記憶と創造』大阪教育図書，2001年。

植木照代監修／山本秀行・村山瑞穂編『アジア系アメリカ文学を学ぶ人のために』世界思想社，2011年。

エレイン・キム『アジア系アメリカ文学――作品とその社会的枠組』植木照代・山本秀行・申幸月訳，世界思想社，2002年（原著1984年）。

中村理香『アジア系アメリカと戦争記憶――原爆・「慰安婦」・強制収容』青弓社，2017年。

〈Ⅰ-23〉

ルイーズ・アードリック『ラブ・メディシン』望月佳重子訳，筑摩書房，1990年（原著1984年）。

ルイーズ・アードリック＆マイケル・ドリス『コロンブス・マジック』幸田敦子訳，角川書店，1992年（原著1991年）。

シャーマン・アレクシー『リザベーション・ブルース』金原瑞人訳，東京創元社，1998年（原著1995年）。

ナヴァル・スコット・ママデイ『レイニ・マウンテンへの道』滝川秀子訳，晶文社，1976年（原著1969年）。

阿部珠理編『アメリカ先住民を知るための62章』明石書店，2016年。

金関寿夫『アメリカ・インディアンの口承詩――魔法としての言葉』平凡社，2000年。

長岡真吾「先住民の文学」『アメリカ文化事典』アメリカ学会編，丸善出版，2017年，554-555頁。

西村頼男『草が生い茂り，川が流れる限り――アメリカ先住民文学の先駆者たち』開文社出版，2008年。

西村頼男・喜納育江編『ネイティヴ・アメリカンの文学――先住民文化の変容』ミネルヴァ書房，2002年。

馬場美奈子『現代ネイティヴ・アメリカン小説――描きなおされる「インディアン」』英宝社，2008年。

松永京子『北米先住民作家と〈核文学〉――アポカリプスからサバイバンスへ』英宝社，2019年。

余田真也『アメリカ・インディアン・文学地図――赤と白と黒の遠近法』彩流社，2012年。

Ⅱ　アメリカ文学のテクスト――作家と作品

〈Ⅱ-1〉

渡辺信二『アン・ブラッドストリートとエドワード・テイラー――アメリカ植民地時代の宗教と創作の関係』松柏社，1999年。

アドリエンヌ・リッチ「アン・ブラッドストリートの精神的緊張」『嘘，秘密，沈黙。――アドリエンヌ・リッチ女性論』大島かおり訳，晶文社，1989年（原著1979年），28-48頁。

〈Ⅱ-2〉

チャールズ・ブロックデン・ブラウン『ウィーランド』志村正雄訳，国書刊行会，1986年（原著1798年）。
――『エドガー・ハントリー』八木敏雄訳，国書刊行会，1979年（原著1799年）。
ドナルド・A・リンジ『アメリカ・ゴシック小説――19世紀小説における想像力と理性』古宮照雄・谷岡朗・小澤健志・小泉和弘訳，松柏社，2005年（原著1982年）。

〈Ⅱ-3〉

ワシントン・アーヴィング『スコットランドの吟遊詩人を訪ねて』齊藤昇訳，文化書房博文社，1993年（原著1835年）。
――『アルハンブラ物語（上・下）』平沼孝之訳，岩波文庫，1997年（原著1832年）。
――『ウォルター・スコット邸訪問記』齊藤昇訳，岩波文庫，2006年（原著1835年）。
――『ブレイスブリッジ邸』齊藤昇訳，岩波文庫，2009年（原著1822年）。
――『スケッチ・ブック（上・下）』齊藤昇訳，岩波文庫，2014・15年（原著1819-1820年）。
――『昔なつかしいクリスマス』齊藤昇訳，三元社，2016年（原著1886年）。
――『リップとイカボッドの物語』齊藤昇訳，三元社，2019年。
齊藤昇『郷愁の世界――ワシントン・アーヴィングの文学』旺史社，1993年。
――『ワシントン・アーヴィングとその時代』本の友社，2005年。
――『そしてワシントン・アーヴィングは伝説になった――〈アメリカ・ロマン派〉の栄光』彩流社，2017年。
（視聴覚資料）
『フランシス・フォード・コッポラのリップ・ヴァン・ウィンクル』フランシス・フォード・コッポラ監督，1987年。
『スリーピー・ホロウ』ティム・バートン監督，1999年。

〈Ⅱ-4〉

ジェイムズ・フェニモア・クーパー『モヒカン族の最後（上・下）』犬飼和雄訳，早川書房，1993年（原著1826年）。
トマス・ジェファソン『ヴァジニア覚え書』中屋健一訳，岩波書店，1972年（原著1782年）。
H・N・スミス『ヴァージンランド』永原誠訳，研究社，1971年（原著1950年）。
R・ホーフスタッター『改革の時代――農民神話からニューディールへ』清水知久他訳，みすず書房，1988年（原著1955年）。
レオ・マークス『楽園と機械文明――テクノロジーと田園の理想』榊原胖夫・明石紀雄訳，研究社，1972年（原著1964年）。
（視聴覚資料）
『ラスト・オブ・モヒカン』マイケル・マン監督，1992年。

〈Ⅱ-5〉

エドガー・アラン・ポー『ポオ小説全集（創元推理文庫）』阿部知二・大西尹明・田中西二郎・丸谷才一訳，創元社，1974-1979年。
――『ポオ 詩と詩論（創元推理文庫）』福永武彦訳，創元社，1979年。
伊藤詔子『ディズマル・スワンプのアメリカン・ルネサンス――ポーとダーク・キャノン』音羽書房鶴見書店，2017年。
八木敏雄・巽孝之編『エドガー・アラン・ポーの世紀――生誕200周年記念必携』研究社，2009年。
高山宏「目の中の劇場――ゴシック的視覚の観念史」『目の中の劇場――アリス狩り**』青土社，1985，71-153頁。
八木敏雄編訳『エドガー・アラン・ポー』冬樹社，1976年。
（視聴覚資料）
『アッシャー家の末裔』ジャン・エプスタン監督，1928年。

〈Ⅱ-6〉

ラルフ・ウォルドー・エマソン『エマソン論文集（上・下）』酒本雅之訳，岩波文庫，1972年。
――『エマソン名著選　自然について』斎藤光訳，日本教文社，1997年。
――『エマソン選集6　代表的人間像』酒本雅之訳，日本教文社，2014年。
――『エマソン詩選』小田敦子・武田雅子・野田明・藤田桂子訳，未來社，2016年。
スティーヴン・E・ウィッチャー『エマソンの精神遍歴――自由と運命』高梨良夫訳，南雲堂，2001年（原著1953年）。
堀内正規『エマソン――自己から世界へ』南雲堂，2017年。
成田雅彦「エマソンの「透明な」自然と環大西洋思想の還流」『繋がりの詩学――近代アメリカの知的独立と〈知のコミュニティ〉の形成』倉橋洋子・髙尾直知・竹野富美子・城戸光世編，彩流社，2019年，79-98頁。

〈Ⅱ-7〉

ヘンリー・ソロー『ウォーキング』大西直樹訳，春風社，2005年。
――『コンコード川とメリマック川の一週間』山口晃訳，而立書房，2010年（原著1849年）。
――『市民の反抗　他5篇』飯田実訳，岩波文庫，1997年。
――『メインの森』小野和人訳，講談社学術文庫，1994年（原著1864年）。
――『森の生活　ウォールデン（上・下）』飯田実訳，岩波文庫，1995年（原著1854年）。
伊藤詔子『よみがえるソロー――ネイチャーライティングとアメリカ社会』柏書房，1998年。
今福龍太『ヘンリー・ソロー　野生の学舎』みすず書房，2016年。
上岡克巳編著『ウォールデン（シリーズもっと知りたい名作の世界）』ミネルヴァ書房，2006年。
佐藤光重『ウォールデン入門講義』金星堂，2019年。
高橋勤『コンコード・エレミヤ――ソローの時代のレトリック』金星堂，2012年。

〈Ⅱ-8〉

ナサニエル・ホーソーン『緋文字』福原麟太郎訳，角川文庫，1952年（1995年改版，原著1850年）。
――「七破風の屋敷」『ホーソーン，マーク・トウェイン（世界文学全集25）』大橋健三郎訳，筑摩書房，1968年（原著1851年）。
――『大理石の牧神（全2巻）』島田太郎・三宅卓雄・池田孝一訳，国書刊行会，1984年（原著1860年）。
――『ナサニエル・ホーソーン短編全集（全3巻）』國重純二訳，南雲堂，2015年。
丹羽隆昭『恐怖の自画像――ホーソーンと「許されざる罪」』英宝社，2000年。
成田雅彦『ホーソーンと孤児の時代――アメリカン・ルネサンスの精神史をめぐって』ミネルヴァ書房，2012年。
髙尾直知『〈嘆き〉はホーソーンによく似合う』中央大学出版部，2020年。

〈Ⅱ-9〉

ハーマン・メルヴィル『白鯨――モービィ・ディック』千石英世

訳，講談社文芸文庫，2000年（原著1851年）。
――『白鯨』八木敏雄訳，岩波文庫，2004年（原著1851年）。
大橋健三郎編『鯨とテキスト――メルヴィルの世界』国書刊行会，1983年。
八木敏雄『「白鯨」解体』研究社，1986年。
巽孝之『「白鯨」アメリカン・スタディーズ（理想の教室）』みすず書房，2005年。
千石英世編『白鯨（シリーズもっと知りたい名作の世界）』ミネルヴァ書房，2014年。
千石英世『［増補版］白い鯨のなかへ――メルヴィルの世界』彩流社，2015年。
堀内正規『「白鯨」探求――メルヴィルの〈運命〉』小鳥遊書房，2020年。
D・H・ローレンス『アメリカ古典文学研究』大西直樹訳，講談社文芸文庫，1999年（原著1923年）。
（視聴覚資料）
『白鯨』ジョン・ヒューストン監督，1956年。

〈Ⅱ-10〉
ハーマン・メルヴィル『書記バートルビー／漂流船』牧野有通訳，光文社古典新訳文庫，2015年（原著1853年）。
――『ビリー・バッド』飯野友幸訳，光文社古典新訳文庫，2012年（原著1924年）。
寺田建比古『神の沈黙――ハーマン・メルヴィルの本質と作品』筑摩書房，1968年。
福岡和子『変貌するテキスト――メルヴィルの小説』英宝社，1995年。
牧野有通『世界を覆う白い幻影――メルヴィルとアメリカ・アイディオロジー』南雲堂，1996年。
大島由起子『メルヴィル文学に潜む先住民――復讐の連鎖か福音か』彩流社，2017年。
橋本安央『痕跡と祈り――メルヴィルの小説世界』松柏社，2017年。
竹内勝徳『メルヴィル文学における〈演技する主体〉』小鳥遊書房，2020年。

〈Ⅱ-11〉
フレデリック・ダグラス『数奇なる奴隷の半生――フレデリック・ダグラス自伝』岡田誠市訳，法政大学出版局，1993年（原著1845年）。
佐藤晴雄『メアリランドへ行こう――フレデリック・ダグラスとその時代』武蔵野大学出版会，2010年。
風呂本惇子・松本昇編『英語文学とフォークロア――歌，祭り，語り』南雲堂フェニックス，2018年。

〈Ⅱ-12〉
ハリエット・ビーチャー・ストウ『アンクル・トムの小屋』丸谷才一訳，河出書房新社，1993年。
――『アンクル・トムの小屋』小林憲二訳，明石書店，2017年。
高野フミ編『「アンクル・トムの小屋」を読む――反奴隷制小説の多様性と文化的衝撃』彩流社，2007年。
野口啓子・山口ヨシ子編『アメリカ文学にみる女性改革者たち』彩流社，2010年。

〈Ⅱ-13〉
ヘンリー・ワズワース・ロングフェロー『ハイアワサの歌』三宅一郎訳，作品社，1993年（原著1855年）。
大矢タカヤス，ヘンリー・ワズワース・ロングフェロー『地図から消えた国，アカディの記憶――『エヴァンジェリンヌ』とアカディアンの歴史』書肆心水，2008年。

〈Ⅱ-14〉
ウォルト・ホイットマン『草の葉　初版』富山英俊訳，みすず書房，2013年（原著1855年）。
亀井俊介『近代文学におけるホイットマンの運命』研究社，1970年。
Folsom, Ed, and Kenneth Price, editors. *The Walt Whitman Archive*. whitmanarchive.org.

〈Ⅱ-15〉
エミリ・ディキンスン『完訳エミリ・ディキンスン詩集（フランクリン版）』新倉俊一監訳／東雄一郎・小泉由美子・江田孝臣・朝比奈緑訳，金星堂，2019年。
――『エミリ・ディキンスンの手紙』山川瑞明・武田雅子編訳，弓プレス，1984年。
――『対訳ディキンソン詩集』亀井俊介編，岩波書店，1998年。
――『ディキンスン詩集』新倉俊一訳編，思潮社，1993年。
ジェイン・エバウェイン編『エミリ・ディキンスン事典』鵜野ひろ子訳，雄松堂，2007年。
江田孝臣『エミリ・ディキンスンを理詰めで読む――新たな詩人像をもとめて』春風社，2018年。
大西直樹『エミリ・ディキンスン――アメジストの記憶』彩流社，2017年。
松本明美『白の修辞学――エミリィ・ディキンスンの詩学』関西学院大学出版会，2014年。
新倉俊一編『エミリ・ディキンスンの詩の世界』国文社，2011年。
シンディー・マッケンジー，バーバラ・ダナ編『エミリー・ディキンスンの詩に癒やされた人々――空よりも広く』大西直樹訳，彩流社，2012年。
（視聴覚資料）
『静かなる情熱――エミリ・ディキンスン』テレンス・デイヴィス監督，2016年。

〈Ⅱ-16〉
マーク・トウェイン『ハックルベリー・フィンの冒けん』柴田元幸訳，研究社，2017年（原著1884年）。
――『トム・ソーヤーの冒険』大久保博訳，角川文庫，2005年（原著1876年）。
――『マーク・トウェイン　完全なる自伝（全３巻）』和栗了・市川博彬・山本祐子訳，柏書房，2013年・2015年・2018年。
亀井俊介『マーク・トウェインの世界』南雲堂，1995年。
後藤和彦『迷走の果てのトム・ソーヤー――小説家マーク・トウェインの軌跡』松柏社，2000年。
竹内康浩『謎とき「ハックルベリー・フィンの冒険」――ある未解決殺人事件の深層』新潮選書，2015年。

〈Ⅱ-17〉
ヘンリー・ジェイムズ『ねじの回転・デイジー・ミラー』行方昭夫訳，岩波文庫，2003年（原著1898年・1884年）。
――『ある婦人の肖像』行方昭夫訳，岩波文庫，1996年（原著1881年）。
――『ガイ・ドンヴィル』水野尚之訳，大阪教育図書，2018年（原著1894年）。
――『大使たち』青木次生訳，岩波文庫，2007年（原著1903年）。

〈Ⅱ-18〉
ケイト・ショパン『目覚め』瀧田佳子訳，荒地出版社，1995年（原著1899年）。

――『ケイト・ショパン短編集――南部の心象風景』杉崎和子編訳，ピアソン桐原，1988年。

〈Ⅱ-19〉

スティーヴン・クレイン『街の女マギー』大橋健三郎訳，研究社出版，1957年（原著1893年）。

――『赤い武功章　他三篇』西田実訳，岩波書店，1974年（原著1895年）。

押谷善一郎『スティーヴン・クレインの詩――研究と鑑賞』山口書店，1984年。

――『スティーヴン・クレインの印象主義的技法』大阪教育図書，1987年。

久我俊二『スティーヴン・クレインの「全」作品解説』慧文社，2015年。

〈Ⅱ-20〉

ロバート・フロスト『ボストンの北』藤本雅樹訳，国文社，1984年（原著1914年）。

――『少年の心』藤本雅樹訳，国文社，1985年（原著1913年）。

――『ロバート・フロスト詩集 愛と問い』安藤千代子訳，近代文芸社，1992年。

――『対訳 フロスト詩集』川本皓嗣訳，岩波書店，2018年。

山田武雄『提喩詩人ロバート・フロスト』関西学院大学出版会，2000年。

藤本雅樹『フロストの「西に流れる川」の世界』国文社，2003年。

ピーター・J・スタンリス『ロバート・フロスト――哲学者詩人』藤本雅樹他訳，晃洋書房，2012年。

サンドラ・L・キャッツ『エリノア・フロスト――ある詩人の妻』藤本雅樹訳，晃洋書房，2017年。

〈Ⅱ-21〉

セオドア・ドライサー『アメリカの悲劇』大久保康雄訳，新潮文庫，1961年（原著1925年）。

――『シスター・キャリー』村山淳彦訳，岩波文庫，1997年（原著1900年）。

村山淳彦『セオドア・ドライサー論――アメリカと悲劇』南雲堂，1987年。

（視聴覚資料）

『日のあたる場所』ジョージ・スティーヴンス監督，1952年。

〈Ⅱ-22〉

イーディス・ウォートン『歓楽の家』佐々木みよ子・山口ヨシ子訳，荒地出版社，1995年（原著1905年）。

――『無垢の時代』佐藤宏子訳，荒地出版社，1995年（原著1920年）。

――『イーサン・フロム』宮本陽吉・貝瀬智花・小沢円訳，荒地出版社，1995年（原著1920年）。

別府恵子編著『イーディス・ウォートンの世界』鷹書房弓プレス，1997年。

大社淑子『イーディス・ウォートンを読む』水声社，2018年。

（視聴覚資料）

『エイジ・オブ・イノセンス』マーティン・スコセッシ監督，1993年。

〈Ⅱ-23〉

ウィラ・キャザー『教授の家』安藤正瑛訳，英宝社，1974年（原著1925年）。

――『マイ・アントニーア』佐藤宏子訳，みすず書房，2010年（原著1918年）。

佐藤宏子『キャザー――美の祭司』冬樹社，1977年。

桝田隆宏『ウィラ・キャザー――時の重荷に捉われた作家』大阪教育図書，1995年。

〈Ⅱ-24〉

シンクレア・ルイス『本町通り（上・中・下）』斎藤忠利訳，岩波文庫，1970-1971年（原著1920年）。

斎藤忠利『シンクレア・ルイス序論――論考とテキスト研究』旺史社，1988年。

〈Ⅱ-25〉

シャーウッド・アンダーソン『ワインズバーグ・オハイオ』上岡伸雄訳，新潮文庫，2018年（原著1919年）。

――『トウモロコシの種蒔き――S・アンダーソン短編集（シリーズ世界の文豪）』後藤健治訳，柏艪舎，2018年。

――『アンダスン短編集』橋本福夫訳，新潮文庫，1976年。

白岩英樹『シャーウッド・アンダーソン論――他者関係を見つめつづけた作家』作品社，2012年。

高田賢一・森岡裕一編著『シャーウッド・アンダソンの文学――現代アメリカ小説の原点（MINERVA 英米文学ライブラリー）』ミネルヴァ書房，1999年。

〈Ⅱ-26〉

T・S・エリオット『エリオット全集（全5巻）』福田恒存他訳，中央公論社，1960年。

――『エリオット詩集』上田保・鍵谷幸信訳，思潮社，1965年。

――『T. S. エリオット文学批評選集――形而上詩人達からドライデンまで』村田俊一訳，松柏社，1992年。

――『三月兎の調べ――詩篇1909-1917』村田辰夫訳，国文社，2002年。

――『四つの四重奏』岩崎宗治訳，国文社，2009年。

――『荒地』岩崎宗治訳，岩波書店，2010年（原著1922年）。

スティーヴン・スペンダー『エリオット伝』和田旦訳，みすず書房，1979年（原著1975年）。

ノースロップ・フライ『T. S. エリオット』遠藤光訳，清水弘文堂，1981年（原著1963年）。

星野美賀子『T. S. エリオット――詩と人生』研究社，1982年。

徳永暢三『T. S. エリオット』清水書院，1992年。

富山英俊「エリオットの詩と批評」富山英俊編『アメリカン・モダニズム――パウンド，エリオット，ウィリアムズ，スティーヴンズ』せりか書房，2002年，109-124頁。

池田栄一他編『ポッサムに贈る13のトリビュート――T. S. エリオット論集』英潮社，2004年。

高柳俊一他編『モダンにしてアンチモダン――T. S. エリオットの肖像』研究社，2010年。

（視聴覚資料）

『愛しすぎて――詩人の妻』ブライアン・ギルバート監督，1994年。

〈Ⅱ-27〉

エズラ・パウンド『パウンド詩集』城戸朱理訳編，思潮社，1998年。

――『ピサ詩篇』新倉俊一訳，みすず書房，2004年（原著1948年）。

トリフォノポウロス他編『エズラ・パウンド事典』江田孝臣訳，雄松堂，2009年（原著2005年）。

〈Ⅱ-28〉

ハート・クレイン『ハート・クレイン詩集』梱澤厚生訳，国文社，1966年。

――『ハート・クレイン詩集――書簡散文選集』東雄一郎訳，南雲堂，1994。
廣岡實「ハート・クレインとホイットマン」『アメリカ現代詩におけるホイットマン像』山口書店，1987年，51-72頁。
松井みどり「失敗の価値――モダニズムにおけるロマンティック・メタファーの非神話化」高松雄一編『想像力の変容――イギリス文学の諸相』研究社，1991年，274-296頁
田中礼「機械文明と川――ホイットマンとハート・クレイン」岩山太次郎・別府恵子編『川のアメリカ文学』南雲堂，1992年，46-60頁。
長畑明利「Hart Crane の詩の不透明性とセクシュアリティ」『言語文化論集』名古屋大学総合言語センター，2006年，109-126頁。
舌津智之「装甲艦の海戦詩――メルヴィル『戦争詩集』における愛と死」谷口義朗，中村善雄編『水と光――アメリカの文学の原点を探る』開文社出版，2013年，121-137頁。
江田孝臣「ウィリアムズとハート・クレインの橋」『「パターソン」を読む――ウィリアムズの長編詩』春風社，2019年，251-270頁。
（視聴覚資料）
The Broken Tower, directed by James Franco, 2011.

〈Ⅱ-29〉
エレン・グラスゴー『不毛の大地』板橋好枝・羽澄直子・藤野早苗訳，荒地出版，1995年（原著1925年）。
板橋好枝編『ヒロインから読むアメリカ文学』勁草書房，1999年。
福田陸太郎編『アメリカ女流作家群像』駸々堂，1980年。
渡辺和子・中道子編『現代アメリカ女性作家の深層』ミネルヴァ書房，1984年。

〈Ⅱ-30〉
トマス・ウルフ『天使よ故郷を見よ（上・下）』大沢衛訳，講談社文芸文庫，2017年（原著1929年）。
古平隆『汝故郷に帰るなかれ――トマス・ウルフの世界』南雲堂，2000年。
古平隆・常本浩編『人間と世界――トマス・ウルフ論集2000』金星堂，2000年。
岡本正明『アルタモント，天使の詩――トマス・ウルフを知るための10章』英宝社，2019年。

〈Ⅱ-31〉
F・スコット・フィッツジェラルド『グレート・ギャツビー』村上春樹訳，中央公論新社，2006年（原著1925年）。
――『美しく呪われた人たち』上岡伸雄訳，作品社，2019年（原著1922年）。
――『夜はやさし』森慎一郎訳，作品社，2014年（原著1934年）。
――『ラスト・タイクーン』上岡伸雄訳，作品社，2020年（原著1941年）。
リチャード・リーハン『「偉大なギャツビー」を読む――夢の限界』伊豆大和訳，旺史社，1995年（原著1990年）。
野間正二『「グレート・ギャツビー」の読み方』創元社，2008年。
長瀬恵美『「グレート・ギャツビー」の言語とスタイル』大阪教育図書，2012年。
（視聴覚資料）
『華麗なるギャツビー』ジャック・クレイトン監督，1974年。
『華麗なるギャツビー』バズ・ラーマン監督，2013年。

〈Ⅱ-32〉
アーネスト・ヘミングウェイ『日はまた昇る』高見浩訳，新潮文庫，2000年（原著1926年）。
――『武器よさらば（上・下）』高見浩訳，新潮文庫，2006年（原著1929年）。
――『老人と海』小川高義訳，光文社古典新訳文庫，2014年（原著1952年）。
――『われらの時代・男だけの世界　ヘミングウェイ全短編１』高見浩訳，新潮文庫，1995年（原著1925年）。
今村楯夫・島村法夫監修『ヘミングウェイ大事典』勉誠出版，2012年。
武藤脩二『ヘミングウェイ『われらの時代に』読釈――断片と統一』世界思想社，2008年。
高野泰志『アーネスト・ヘミングウェイ，神との対話』松籟社，2015年。
前田一平『若きヘミングウェイ――生と性の模索』南雲堂，2009年。

〈Ⅱ-33〉
ウィリアム・フォークナー『響きと怒り（上・下）』平石貴樹・新納卓也訳，岩波文庫，2007年（原著1929年）。
加島祥造『フォークナーの町にて』みすず書房，1984年。
諏訪部浩一＋日本ウィリアム・フォークナー協会編『フォークナーと日本文学』松柏社，2019年。
新納卓也「フォークナー『響きと怒り』注釈（第1-4回）」『フォークナー』第６-９号，松柏社，2004-2007年。
日本ウィリアム・フォークナー協会編『フォークナー事典』松柏社，2008年。
平石貴樹『メランコリック・デザイン――フォークナー初期作品の構想』松柏社，1993年。

〈Ⅱ-34〉
ウィリアム・フォークナー『八月の光（上・下）』諏訪部浩一訳，岩波文庫，2016年（原著1932年）。
田中久男『ウィリアム・フォークナーの世界――自己増殖のタペストリー』南雲堂，1997年。
平石貴樹『小説における作者のふるまい――フォークナー的方法の研究』松柏社，2003年。
諏訪部浩一『ウィリアム・フォークナーの詩学 1930-1936』松柏社，2008年。
ジョエル・ウィリアムソン『評伝 ウィリアム・フォークナー』金澤哲・相田洋明・森有礼監訳，水声社，2020年。
『ユリイカ12　特集フォークナー』第29巻，第15号，青土社，1997年。

〈Ⅱ-35〉
ジョン・スタインベック『怒りの葡萄（上・下）』伏見威蕃訳，新潮社，2015年（原著1939年）。
中山喜代市『ジョン・スタインベック』清水書院，2016年。
日本スタインベック協会編『スタインベック――生誕100年記念論文集』大阪教育図書，2004年。
テツマロ・ハヤシ編『スタインベック作品論』英宝社，1978年。

〈Ⅱ-36〉
ユードラ・ウェルティ『デルタの結婚式』川上芳信訳，岡倉書房，1950年（原著1946年）。
――『デルタの結婚式』丸谷才一訳，『世界の文学』51，中央公論社，1967年（原著1946年）。
ソーントン不破直子『ユードラ・ウェルティ――饒舌と沈黙の神話』こびあん書房，1988年。
吉岡葉子『南部女性作家論――ウェルティとマッカラーズ』旺史社，1999年。
河内山康子『ユードラ・ウェルティ――作品と人柄の魅力』旺史

社，2004年。
中村紘一『アメリカ南部小説を旅する――ユードラ・ウェルティを訪ねて』京都大学学術出版会，2008年。
本村浩二『テクストの対話――フォークナーとウェルティの小説を読む』論創社，2013年。

〈Ⅱ-37〉
ゾラ・ニール・ハーストン『ハーストン自伝――路上の砂塵』常田景子訳，新宿書房，1996年（原著1942年）。
――『ヨナのとうごまの木』徳末愛子訳，リーベル出版，1996年（原著1934年）。
――『騾馬とひと』中村輝子訳，平凡社，1997年（原著1935年）。
――『ヴードゥーの神々――ジャマイカ，ハイチ紀行』常田景子訳，新宿書房，1999年（原著1938年）。
ロバート・E・ヘメンウェイ『ゾラ・ニール・ハーストン伝』中村輝子訳，平凡社，1997年（原著1980年）。

〈Ⅱ-38〉
リチャード・ライト『アメリカの息子』橋本福夫訳，早川書房，1961年（原著1940年）。
――『白人よ，聞け』海保真夫・鈴木主税訳，小川出版，1969年（原著1954年）。
――『アウトサイダー』橋本福夫訳，新潮社，1973年（原著1953年）。
――『アメリカの飢え』高橋正雄訳，講談社，1978年（原著1977年）。
――『HAIKU（俳句）――この別世界』伯谷嘉信，ロバート・L・テナー／木内徹・渡邊路子訳，彩流社，2007年（原著1998年）。
――『ブラック・ボーイ――ある幼少期の記憶』野崎孝訳，岩波文庫，2009年（原著1945年）。
――『長い夢』木内徹訳，水声社，2017年（原著1958年）。
高橋正雄『悲劇の遍歴者――リチャード・ライトの生涯』中央大学出版局，1968年。
J・ボールドウィン『アメリカの息子のノート』佐藤秀樹訳，せりか書房，1975年（原著1955年）。

〈Ⅱ-39〉
ラルフ・エリソン『見えない人間』松本昇訳，南雲堂フェニックス，2004年（原著1952年）。
――『影と行為』行方均・松本昇・松本一裕・山嵜文男訳，南雲堂フェニックス，2009年（原著1964年）。
荒このみ『アフリカン・アメリカン文学論――「ニグロのイディオム」と想像力』東京大学出版会，2004年。
木内徹編『黒人作家事典』鷹書房弓プレス，1996年。

〈Ⅱ-40〉
テネシー・ウィリアムズ『欲望という名の電車』小田島雄志訳，新潮文庫，1988年（原著1947年）。
――『ガラスの動物園』小田島雄志訳，新潮文庫，1988年（原著1944年）。
――『西洋能 男が死ぬ日 他２篇』広田敦郎訳，而立書房，2019年。
――『回想録』鳴海四郎訳，白水社，1999年（原著1975年）。
日本アメリカ演劇学会編『アメリカ演劇24 テネシー・ウィリアムズ特集Ⅱ』法政大学出版局，2013年。

〈Ⅱ-41〉
アーサー・ミラー『セールスマンの死』倉橋健訳，早川書房，2006年（原著1949年）。
――『みんな我が子／橋からのながめ』倉橋健訳，早川書房，2017年（原著1947年・1955年）。
――『るつぼ』倉橋健訳，早川書房，2008年（原著1952年）。
――『転落の後に／ヴィシーでの出来事』倉橋健訳，早川書房，2017年（原著1964年）。
――『アーサー・ミラー自伝（上・下）』倉橋健訳，早川書房，1996年（原著1987年）。
有泉学宙『アーサー・ミラー』勉誠出版，2005年。
（視聴覚資料）
『セールスマンの死（DVD）』ラズロ・ベネディク監督，2009年。
『セールスマンの死（VHS）』フォルカー・シュレンドルフ監督，1988年。
『クルーシブル（DVD）』ニコラス・ハイトナー監督，2005年。

〈Ⅱ-42〉
トルーマン・カポーティ『遠い声　遠い部屋』河野一郎訳，新潮文庫，1971年（原著1948年）。
――『草の竪琴』大沢薫訳，新潮文庫，1993年（原著1951年）。
――『ティファニーで朝食を』村上春樹訳，新潮文庫，2008年（原著1958年）。
――『夜の樹』川本三郎訳，新潮文庫，1994年（原著1949年）。
――『冷血』佐々田雅子訳，新潮文庫，2006年（原著1965年）。
稲沢秀夫『トルーマン・カポーティ研究　増補版』南雲堂，1986年。
越智博美『カポーティ』勉誠出版，2005年。
ジェラルド・クラーク『カポーティ』中野圭二訳，文藝春秋社，1999年（原著1988年）。
ジョージ・プリンプトン『トルーマン・カポーティ』野中邦子訳，新潮社，1999年（原著1997年）。
『ユリイカ　四月号――特集　カポーティ』第21巻，第５号，青土社，1989年。
Fahy, Thomas. *Understanding Truman Capote*. U of South Carolina P, 2014.
（視聴覚資料）
Breakfast at Tiffany's. Blake Edwards 監督，Paramount Pictures，1961年。

〈Ⅱ-43〉
J・D・サリンジャー『キャッチャー・イン・ザ・ライ』村上春樹訳，白水社，2006年（原著1951年）。
――『ナイン・ストーリーズ』野崎孝訳，新潮文庫，1974年（原著1953年）。
――『フラニーとズーイ』村上春樹訳，新潮文庫，2014年（原著1961年）。
田中啓史『ミステリアス・サリンジャー――隠されたものがたり』南雲堂，1996年。
竹内康浩『「ライ麦畑でつかまえて」についてもう何も言いたくない――サリンジャー解体新書』荒地出版社，1998年。
――『ライ麦畑のミステリー』せりか書房，2005年。
ケネス・スラウェンスキー『サリンジャー――生涯91年の真実』田中啓史訳，晶文社，2013年（原著2011年）。
（視聴覚資料）
『ライ麦畑の反逆児――ひとりぼっちのサリンジャー』ダニー・ストロング監督，2017年。

〈Ⅱ-44〉
バーナード・マラマッド『喋る馬』柴田元幸訳，スイッチ・パブリッシング，2009年。

――『魔法の樽 他十二篇』阿部公彦訳，岩波文庫，2013年（原著1958年）。

岩本巌『マラマッド――芸術と生活を求めて』冬樹社，1979年。

佐渡谷重信編『バーナード・マラマッド研究――人間への愛と憐憫と悲哀の軌跡』泰文堂，1987年。

Davis, Philip. *Bernard Malamud: A Writer's Life*. Oxford UP, 2007.

Smith, Janna Malamud. *My Father is a Book: A Memoir of Bernard Malamud*. Counterpoint, 2013.

（視聴覚資料）

『ナチュラル』バリー・レヴィンソン監督，1984年。

〈Ⅱ-45〉

レイモンド・カーヴァー『レイモンド・カーヴァー全集（全8巻）』村上春樹訳，中央公論社，1991-2004年。

平石貴樹・宮脇俊文編『レイ，ぼくらと話そう』南雲堂，2004年。

（視聴覚資料）

『ショート・カッツ』ロバート・アルトマン監督，1993年。

〈Ⅱ-46〉

カーソン・マッカラーズ『結婚式のメンバー』村上春樹訳，新潮文庫，2016年（原著1946年）。

――『心は孤独な狩人』村上春樹訳，新潮社，2020年（原著1940年）。

――『黄金の眼に映るもの』田辺五十鈴訳，講談社文庫，1975年（原著1941年）。

――『悲しき酒場の唄』西田実訳，白水Ｕブックス，1992年（原著1951年）。

ヴァージニア・スペンサー・カー『孤独な狩人――カーソン・マッカラーズ伝』浅井明美訳，国書刊行会，1998年（原著1975年）。

〈Ⅱ-47〉

フラナリー・オコナー『オコナー短編集』須山静夫訳，新潮文庫，1974年。

――『フラナリー・オコナー全短篇（上・下）』横山貞子訳，ちくま文庫，2009年。

――『賢い血』須山静夫訳，ちくま文庫，1999年（原著1952年）。

――『烈しく攻むる者はこれを奪う』佐伯彰一訳，文遊社，2012年（原著1960年）。

――『秘義と習俗――フラナリー・オコナー全エッセイ集』上杉明訳，春秋社，1999年（原著1969年）。

――『存在することの習慣』横山貞子訳，筑摩書房，2007年（原著1979年）。

サラ・ゴードン『フラナリー・オコナーのジョージア――20世紀最大の短編小説家を育んだ恵みの地』田中浩司訳，新評論，2015年（原著2008年）。

野口肇『見えるものから見えざるものへ――フラナリー・オコナーの小説世界』文化書房博文社，2015年。

山辺省太『フラナリー・オコナーの受動性と暴力――文学と神学の狭間で』彩流社，2019年。

〈Ⅱ-48〉

ウラジーミル・ナボコフ『賜物』沼野充義訳，河出書房新社，2010年（ロシア語版1952年／英語版1963年）。

――『セバスチャン・ナイトの真実の生涯』富士川義之訳，講談社文芸文庫，1999年（原著1941年）。

――『ロリータ』若島正訳，新潮文庫，2006年（原著1955年／1958年）。

――『淡い焔』森慎一郎訳，作品社，2018年（原著1962年）。

――『アーダ（上・下）』若島正訳，早川書房，2017年（原著1969年）。

若島正『ロリータ，ロリータ，ロリータ』作品社，2007年。

若島正，沼野充義編『書きなおすナボコフ，読みなおすナボコフ』研究社，2011年。

秋草俊一郎『アメリカのナボコフ――塗りかえられた自画像』慶應義塾大学出版会，2018年。

（視聴覚資料）

『ロリータ』スタンリー・キューブリック監督，1962年。

『ロリータ』エイドリアン・ライン監督，1997年。

〈Ⅱ-49〉

ジェイムズ・ボールドウィン『黒人文学全集第3巻　山にのぼりて告げよ』斎藤数衛訳，早川書房，1961年（原著1953年）。

――『ジョヴァンニの部屋』大橋吉之輔訳，白水社，1964年（原著1956年）。

――『もう一つの国』『世界文学全集19　もう一つの国　さようなら コロンバス』野崎孝訳，集英社，1965年（原著1962年）。

――『ビール・ストリートの恋人たち』川副智子訳，早川書房，2019年（原著1974年）。

――『アメリカの息子のノート』佐藤秀樹訳，せりか書房，1968年（原著1955年）。

――『誰も私の名を知らない――人種戦争の嵐の中から』黒川欣映訳，弘文堂，1964年（原著1961年）。

――『次は火だ――ボールドウィン評論集』黒川欣映訳，弘文堂，1968年（原著1963年）。

――『ジミーのブルース――ボールドウィン詩集』田中久美子訳，山口書店，1999年（原著1983年）。

田中久美子『ジェームズ・ボールドウィン研究――心の色を見つめて』山口書店，2002年。

――『ジェームズ・ボールドウィンを読み解く』英宝社，2011年。

〈Ⅱ-50〉

トニ・モリスン『ビラヴド（愛されし者）（上・下）』吉田迪子訳，集英社，1990年（原著1987年）。

――『「他者」の起源――ノーベル賞作家のハーバード連続講演録』荒このみ訳，集英社新書，2019年。

藤平育子『カーニヴァル色のパッチワーク・キルト――トニ・モリスンの文学』學藝書林，1996年。

ヴァレリー・スミス『トニ・モリスン―寓意と想像の文学』木内徹・西本あづさ・森あおい訳，彩流社，2015年（原著2012年）。

鵜殿えりか『トニ・モリスンの小説』彩流社，2015年。

風呂本惇子・松本昇・鵜殿えりか・森あおい編『新たなるトニ・モリスン――その小説世界を拓く』金星堂，2017年。

『ユリイカ　特集トニ・モリスン』青土社，2019年。

〈Ⅱ-51〉

トマス・ピンチョン『競売ナンバー49の叫び』佐藤良明訳，新潮社，2011年（原著1966年）。

――『重力の虹（上・下）』佐藤良明訳，新潮社，2014年（原著1973年）。

――『逆光（上・下）』木原善彦訳，新潮社，2010年（原著2006年）。

麻生享志・木原善彦共編『トマス・ピンチョン』彩流社，2014年。

永野良博『トマス・ピンチョン――帝国，戦争，システム，そして選びに与れぬ者の生』三修社，2019年。

〈Ⅱ-52〉

ポール・オースター『ガラスの街』柴田元幸訳，新潮文庫，2013

年（原著1985年）。
――『ムーン・パレス』柴田元幸訳，新潮文庫，1997年（原著1989年）。
――『幻影の書』柴田元幸訳，新潮文庫，2011年（原著2002年）。
――『リヴァイアサン』柴田元幸訳，新潮文庫，2002年（原著1992年）。
飯野友幸編著『現代作家ガイド１ポール・オースター』（増補改訂版）彩流社，2013年。
（視聴覚資料）
『スモーク』ウェイン・ワン監督，1995年。
『ブルー・イン・ザ・フェイス』ウェイン・ワン監督，1995年。

〈Ⅱ-53〉
レスリー・マーモン・シルコウ『儀式』荒このみ訳，講談社文芸文庫，1998年（原著1977年）。
松永京子『北米先住民作家と〈核文学〉――アポカリプスからサバイバンスへ』英宝社，2019年。
西村頼男・喜納育江編著『ネイティヴ・アメリカンの文学――先住民文化の変容』ミネルヴァ書房，2002年。

〈Ⅱ-54〉
コーマック・マッカーシー『ブラッド・メリディアン』黒原敏行訳，ハヤカワ epi 文庫，2018年（原著1985年）。
――『チャイルド・オブ・ゴッド』黒原敏行訳，早川書房，2013年（原著1973年）。
――『すべての美しい馬』黒原敏行訳，ハヤカワ epi 文庫，2001年（原著1992年）。
――『越境』黒原敏行訳，ハヤカワ epi 文庫，2009年（原著1994年）。
――『平原の町』黒原敏行訳，ハヤカワ epi 文庫，2010年（原著1998年）。
――『血と暴力の国』黒原敏行訳，扶桑社ミステリー，2007年（原著2005年）。
――『ザ・ロード』黒原敏行訳，ハヤカワ epi 文庫，2010年（原著2006年）。
――『悪の法則』黒原敏行訳，早川書房，2013年（原著2013年）。
山口和彦『コーマック・マッカーシー――錯綜する暴力と倫理』三修社，2020年。
大地真介「フォークナーと現代アメリカ南部作家――コーマック・マッカーシー」『フォークナーのヨクナパトーファ小説――人種・階級・ジェンダーの境界のゆらぎ』彩流社，2017年，119-132頁。
（視聴覚資料）
『チャイルド・オブ・ゴッド』ジェイムズ・フランコ監督，2013年。
『すべての美しい馬』ビリー・ボブ・ソーントン監督，2000年。
『ノーカントリー』ジョエル／イーサン・コーエン監督，2007年。
『ザ・ロード』ジョン・ヒルコート監督，2009年。

〈Ⅱ-55〉
ゲーリー・スナイダー『惑星の未来を想像する者たちへ』山里勝己・田中泰賢・赤嶺玲子訳，山と渓谷社，2000（原著1995年）。
――『亀の島』ナナオ・サカキ訳，山口書店，1991年（原著1974年）。
――『終わりなき山河』山里勝己・原成吉訳，思潮社，2002年（原著1996年）。
――『リップラップと寒山詩』原成吉訳，思潮社，2011年（原著2009年）。
――『奥の国』原成吉訳，思潮社，2015年（原著1968年）。
――『絶頂の危うさ』原成吉訳，思潮社，2007年（原著2004年）。
――『ノー・ネイチャー』金関寿夫・加藤幸子訳，思潮社，2011年（原著1992年）。
――『野性の実践』重松宗育・原成吉訳，思潮社，2011年（原著1990年）。
山里勝己『場所を生きる――ゲーリー・スナイダーの世界』山と渓谷社，2006年。
高橋綾子『ゲーリー・スナイダーを読む――場所・神話・生態』思潮社，2018年。
（視聴覚資料）
２枚組 CD『終わりなき山河』（収録：〈東京の夏〉音楽祭2002）山と渓谷社，2003年。

Ⅲ　アメリカ文学への新視点――豊穣な世界へ
〈Ⅲ-—-1〉
ハーパー・リー『アラバマ物語』菊池重三郎訳，暮らしの手帖社，1984年（原著1960年）。
――『さあ，見張りを立てよ』上岡伸雄訳，早川書房，2016年（原著2015年）。
チャールズ・J・シールズ『「アラバマ物語」を紡いだ作家』野沢佳織訳，柏書房，2014年（原著2006年）。
高田賢一『アメリカ文学の中の子供たち』ミネルヴァ書房，2004年。
マリアン・M・モウツ『子供時代への懸け橋――トルーマン・カポーティのアメリカ南部時代』大園弘訳，英宝社，2006年（原著1989年）。
（視聴覚資料）
『アラバマ物語』ロバート・マリガン監督，1962年。
『カポーティ』ベネット・ミラー監督，2005年。
Infamous. ダグラス・マクグラス監督，2006年。

〈Ⅲ-—-2〉
ジュディス・バトラー『ジェンダー・トラブル――フェミニズムとアイデンティティの攪乱』竹村和子訳，青土社，2018年（原著1990年）。
ミシェル・フーコー『性の歴史Ⅰ――知への意志』渡邊守章訳，新潮社，1986年（原著1976年）。
――『性の歴史Ⅱ――快楽の活用』田村俶訳，新潮社，1986年（原著1984年）。
――『性の歴史Ⅲ――自己への配慮』田村俶訳，新潮社，1987年（原著1984年）。
ダナ・ハラウェイ『猿と女とサイボーグ――自然の再発明』高橋さきの訳，青土社，2017年（原著1991年）。
ベル・フックス『ベル・フックスの「フェミニズム理論」周辺から中心へ』野崎佐和・毛塚翠訳，あけび書房，2017年（原著1984年）。
ケイト・ミレット『性の政治学』藤枝澪子・加地永都子・滝沢海南子・横山貞子訳，ドメス出版，1985年（原著1970年）。
イブ・K・セジウィック『男同士の絆――イギリス文学とホモソーシャルな欲望』上原早苗・亀澤美由紀訳，名古屋大学出版会，2001年（原著1985年）。

〈Ⅲ-—-3〉
デイヴィッド・M・ハルプリン『同性愛の百年間――ギリシア的愛について』石塚浩司訳，法政大学出版局，1995年（原著1990年）。
森山至貴『LGBT を読みとく――クィア・スタディーズ入門』ちくま新書，2017年。
デビッド・ノッター『純潔の近代――近代家族と親密性の比較社

会学』慶應義塾大学出版会，2007年。

ティーブン・サイドマン『アメリカ人の愛し方――エロスとロマンス』椎野信雄訳，勁草書房，1995年（原著1991年）。

ペトロニウス『サテュリコン――古代ローマの諷刺小説』国原吉之助訳，岩波文庫，1991年。

（視聴覚資料）

『華麗なるギャツビー』ジャック・クレイトン監督，1974年。

『華麗なるギャツビー』バズ・ラーマン監督，2013年。

〈Ⅲ-一-4〉

レスリー・フィードラー『アメリカ小説における愛と死』佐伯彰一他訳，新潮社，1989年（原著1960年）。

キャサリン・マリア・セジウィック『ホープ・レスリー』高野一良訳，国書刊行会，2019年（原著1827年）。

セアラ・オーン・ジュエット『とんがりモミの木の郷　他五篇』河島弘美訳，岩波文庫，2019年（原著1896年）。

ハナ・ウェブスター・フォスター『コケット あるいはエライザ・ウォートンの物語』田辺千景訳，松柏社，2017年（原著1797年）。

〈Ⅲ-一-5〉

大井浩二『センチメンタル・アメリカ――共和国のヴィジョンと歴史の現実』関西学院大学出版会，2000年。

大野瀬津子「感傷小説研究史とジェンダー――Jane Tompkinsの*Sensational Designs*を中心に」『Kanazawa English Studies』29号，2016年，1-14頁。

進藤鈴子『アメリカ大衆小説の誕生――1850年代の女性作家たち』彩流社，2001年。

〈Ⅲ-一-6〉

レスリー・フィードラー『アメリカ小説における愛と死』佐伯彰一他訳，新潮社，1989年（原著1960年）。

〈Ⅲ-一-7〉

ウィリアム・フォークナー『フォークナー短編集』龍口直太郎訳，新潮文庫，2013年。

比較家族史学会編『事典 家族』弘文堂，1996年。

久守和子・高田賢一・中村邦生編『英米文学にみる家族像』ミネルヴァ書房，1997年。

レイモンド・ウィリアムズ『キーワード辞典』椎名美智・武田ちあき・越智博美・松井優子訳，平凡社，2011年（原著1976年）。

〈Ⅲ-一-8〉

金澤哲編著『アメリカ文学における「老い」の政治学』松籟社，2012年。

――『ウィリアム・フォークナーと老いの表象』松籟社，2016年。

高野泰志編著『ヘミングウェイと老い』松籟社，2013年。

エドワード・W・サイード『晩年のスタイル』大橋洋一訳，岩波書店，2007年（原著2006年）。

〈Ⅲ-二-1〉

レスリー・フィードラー『アメリカ小説における愛と死』佐伯彰一他訳，新潮社，1989年（原著1960年）。

C・V・ウッドワード『アメリカ人種差別の歴史』清水博他訳，福村出版，1998年（原著1955年）。

ウィリアム・T・ヘーガン『アメリカ・インディアン史』西村頼男他訳，北海道大学出版会，1998年（原著1961年）。

トニ・モリスン『白さと想像力――アメリカ文学の黒人像』大社淑子訳，朝日選書，1994年（原著1992年）。

中條献『歴史のなかの人種――アメリカが作り出す差異と多様性』北樹出版，2004年。

〈Ⅲ-二-2〉

田中久男監修／早瀬博範編『アメリカ文学における階級――格差社会の本質を問う』英宝社，2009年。

ワイ・チー・ディモック，マイケル・T・ギルモア編『階級を再考する――社会編成と文学批評の横断』宮下雅年・新関芳生・久保拓也訳，松柏社，2001年（原著1994年）。

ポール・ファッセル『階級――「平等社会」アメリカのタブー』板坂元訳，光文社，1987年（原著1983年）。

〈Ⅲ-二-3〉

秋元孝文『ドルと紙幣のアメリカ文学――貨幣制度と物語の共振』彩流社，2018年。

シェル，マーク『芸術と貨幣』小澤博訳，みすず書房，2004年（原著1995年）。

山口ヨシ子『ワーキングガールのアメリカ――大衆恋愛小説の文化学』彩流社，2015年。

〈Ⅲ-二-4〉

ウィリアム・D・ハウエルズ『近ごろよくあること』武田千枝子・矢作三蔵・山口志のぶ訳，開文社出版，2018年（原著1882年）。

アン・ビーティ『この世界の女たち アン・ビーティ短篇傑作選』岩本正恵訳，河出書房新社，2014年。

ウィリアム・ギブスン『ニューロマンサー』黒丸尚訳，早川書房，1986年（原著1984年）。

Conn, Steven. *Americans Against the City: Anti-Urbanism in the Twentieth Century*. Oxford U.P, 2014.

〈Ⅲ-二-5〉

T・J・ジャクソン・リアーズ『近代への反逆』大矢健他訳，松柏社，2010年（原著1981年）。

江藤淳『成熟と喪失――“母”の喪失』河出書房新社，1967年。

後藤和彦『敗北と文学――アメリカ南部と近代日本』松柏社，2005年。

山之内靖『マックス・ヴェーバー入門』岩波新書，1997年。

〈Ⅲ-二-6〉

後藤和彦『敗北と文学――アメリカ南部と日本近代』松柏社，2006年。

古矢旬『アメリカニズム――普遍国家のナショナリズム』東京大学出版会，2002年。

油井大三郎『〈好戦〉の共和国アメリカ――戦争の記憶をたどる』岩波新書，2008年。

依藤道夫編著『アメリカ文学と戦争』成美堂，2010年。

〈Ⅲ-二-7〉

ペリー・ミラー『ウィルダネスへの使命』向井照彦訳，英宝社，2002年（原著1956年）。

森孝一『宗教からよむ「アメリカ」』講談社，1996年。

Bercovitch, Sacvan. *American Jeremiad*. U of Wisconsin P, 1980.

〈Ⅲ-二-8〉

平石貴樹『アメリカ文学史』松柏社，2010年。

稲垣伸一『スピリチュアル国家アメリカ――「見えざるもの」に依存する超大国の行方』河出書房新社，2018年。

吉村正和『心霊の文化史――スピリチュアルな英国近代』河出書

房新社，2010年。

〈Ⅲ-三-1〉

マーク・トウェイン『ジム・スマイリーの跳び蛙――マーク・トウェイン傑作選』柴田元幸訳，新潮文庫，2014年。

アンブローズ・ビアス『悪魔の辞典』奥田俊介・倉本護・猪狩博訳，角川文庫，2001年（原著1911年）。

アップトン・シンクレア『ジャングル』大井浩二訳，松柏社，2009年（原著1906年）。

ルース・オゼキ『イヤー・オブ・ミート』佐竹史子訳，アーティストハウス，1999年（原著1998年）。

エリック・シュローサー『ファストフードが世界を食いつくす』楡井紘一訳，草思社，2001年（原著2001年）。

ジョナサン・サフラン・フォア『ものすごくうるさくて，ありえないほど近い』近藤隆文訳，NHK 出版，2011年（原著2005年）。

――『イーティング・アニマル　アメリカ工場式畜産の難題《ジレンマ》』黒川由美訳，東洋書林，2011年（原著2009年）。

デビッド・A・ナイバート『動物・人間・暴虐史――“飼い貶し”の大罪，世界紛争と資本主義』井上太一訳，新評論，2016年（原著2013年）。

Fishkin, Shelley Fisher. Introduction. *Mark Twain's Book of Animals*, by Mark Twain, U of California P, 2009, pp.1-33.

Foer, Jonathan Safran. *Tree of Codes*. Visual Editions, 2010.

〈Ⅲ-三-2〉

リチャード・パワーズ『オーバーストーリー』木原善彦訳，新潮社，2019年（原著2018年）。

〈Ⅲ-四-1〉

『ハドソン・リヴァー派画集（ピナコテーカ・トレヴィル・シリーズ）』トレヴィル，1996年。

B・ノヴァック『自然と文化――アメリカの風景と絵画1825-1875』黒沢眞里子訳，玉川大学出版部，2000年。

Marianne Doezema, editor. *Changing Prospects: The View from Mount Holyoke*. Mount Holyoke College Art Museum, 2002.

野田研一編『〈風景〉のアメリカ文化学』ミネルヴァ書房，2011年。

〈Ⅲ-四-2〉

ヘミングウェイ『日はまた昇る』高見浩訳，新潮文庫，2003年。

――『武器よさらば』高見浩訳，新潮文庫，2006年。

杉野健太郎編『アメリカ文学と映画』三修社，2019年。

竹内理矢「『ミッドナイト・イン・パリ』論――「失われた世代」，雨と祝祭」『文芸研究』明治大学，第141号，2020年，1-23頁。

波戸岡景太『映画原作派のためのアダプテーション入門――フィッツジェラルドからピンチョンまで』彩流社，2017年。

（視聴覚資料）

『ミッドナイト・イン・パリ』ウディ・アレン監督，2011年。

〈Ⅲ-四-3〉

三井徹『カントリー音楽の歴史』音楽之友社，1971年。

飯野友幸編『ブルースに囚われて――アメリカのルーツ音楽を探る』信山社，2002年。

R・D・コーエン編『アラン・ローマックス選集』柿沼敏江訳，みすず書房，2007（原著2005年）。

トリーシャ・ローズ『ブラック・ノイズ』新田啓子訳，みすず書房，2009（原著1994年）。

大和田俊之『アメリカ音楽史――ミンストレル・ショー，ブルースからヒップホップまで』講談社選書メチエ，2011年。

ウェルズ恵子編『ヴァナキュラー文化と現代社会』思文閣出版，2018年。

下河辺美知子監修／髙瀬祐子・日比野啓・舌津智之・巽孝之『アメリカン・マインドの音声――文学・外傷・身体』小鳥遊書房，2019年。

西崎憲『全ロック史』人文書院，2019年。

ボブ・ディラン『The Lyrics 1961-1973』『The Lyrics 1974-2012』佐藤良明訳，岩波書店，2020年。

（視聴覚資料）

『JAZZ』ケン・バーンズ監督，PBS ドキュメンタリー，2001年。

『Country Music』ケン・バーンズ監督，PBS ドキュメンタリー，2019年。

〈Ⅲ-五-1〉

リチャード・チェース『アメリカ小説とその伝統』待鳥又喜訳，北星堂，2000年（原著1957年）。

〈Ⅲ-五-2〉

アレクシ・ド・トクヴィル『アメリカのデモクラシー（上・下）』松本礼二訳，岩波文庫，2005年（原著1835年・1840年）。

エドゥアール・グリッサン『全-世界論』恒川邦夫訳，みすず書房，2000年（原著1997年）。

――『〈関係〉の詩学』管啓次郎訳，インスクリプト，2000年（原著1990年）。

――『フォークナー，ミシシッピ』中村隆之訳，インスクリプト，2012年（原著1998年）。

――『第四世紀』管啓次郎訳，インスクリプト，2019年（原著1964年）。

〈Ⅲ-五-3〉

フリードリヒ・フォン・シラー『ドン・カルロス』佐藤通次訳，岩波文庫，1955年（初演1787年）。

ヨハン・ヴォルフガング・フォン・ゲーテ『ゲーテ全集２　詩集』山口四郎編，生野幸吉他訳，潮出版社，2003年。

――『ヴィルヘルム・マイスターの遍歴時代（上・中・下）』山崎章甫訳，岩波文庫，2002年（原著1829年）。

フリードリヒ・フォン・シラー『群盗』久保栄訳，岩波文庫，1958年（初演1782年）。

フリードリヒ・フーケ『水の精（ウンディーネ）』識名章喜訳，光文社古典新訳文庫，2016年（原著1811年）。

E・T・A・ホフマン『ドイツ・ロマン派全集13　ホフマンⅡ』前川道介他訳，国書刊行会，1989年。

ハインリヒ・フォン・クライスト『チリの地震　クライスト短篇集』種村季弘訳，河出文庫，2011年。

種村季弘編『ドイツ幻想小説傑作集』種村季弘他訳，白水Ｕブックス，1985年。

フランツ・カフカ『失踪者』池内紀訳，白水Ｕブックス，2006年（原著1927年）。

〈Ⅲ-五-4〉

ガブリエル・ガルシア＝マルケス『百年の孤独』鼓直訳，新潮社，2006年（原著1967年）。

ロベルト・ボラーニョ『野生の探偵たち（上・下）』柳原孝敦・松本健二訳，白水社，2010年（原著1998年）。

バレリア・ルイセリ『俺の歯の話』松本健二訳，白水社，2020年（原著2013年）。

フアン・ルルフォ『ペドロ・パラモ』杉山晃・増田義郎訳，岩波書店，1992年（原著1955年）。

Ⅲ-五-5〉

ドガー・スノー『中国の赤い星（上・下）』松岡洋子訳，筑摩書房，1995年（原著1937年）。

テッド・チャン『あなたの人生の物語』浅倉久志他訳，早川書房，2003年（原著1999年）。

Ng, Celeste. *Everything I Never Told You.* Abacus, 2014.

〈Ⅲ-五-6〉

森鷗外『諸国物語（上・下）』国民文庫刊行会，ちくま文庫，1991年（原著1915年）。

レイモンド・カーヴァー『レイモンド・カーヴァー全集（全８巻）』村上春樹訳，中央公論新社，1990-2004年。／『レイモンド・カーヴァー全集（全11巻，村上春樹翻訳ライブラリー）』村上春樹訳，中央公論新社，2006-2010年。

亀井俊介『近代文学におけるホイットマンの運命』研究社出版，1970年。

宮永孝『ポーと日本　その受容の歴史』彩流社，2000年。

大橋健三郎「谷崎とポオ」『谷崎潤一郎研究』荒正人編著，八木書店，1972年，434-445頁。

澤西祐典・柴田元幸編訳『芥川龍之介選　英米怪異・幻想譚』岩波書店，2018年。

石原剛『マーク・トウェインと日本――変貌するアメリカの象徴』彩流社，2008年。

■事　項　索　引■

• 太字は項目見出しであることを示す。

マ　行

ヤ　行

ラ　行

■人名・作品（著作）名索引■

• 原則として，人名に続けてその作品（著作）名を列記している。また，太字は項目見出しであることを示す。

ア　行

サ 行

マ　行

ヤ 行

ラ 行

ワ 行

執筆者紹介（氏名／よみがな／現職／五十音順／＊は編著者）

執筆担当は本文末に明記

相原優子（あいはら・ゆうこ）
武蔵野美術大学造形学部教授

阿部公彦（あべ・まさひこ）
東京大学大学院人文社会系研究科教授

石原　剛（いしはら・つよし）
東京大学大学院総合文化研究科教授

稲垣伸一（いながき・しんいち）
実践女子大学文学部教授

上西哲雄（うえにし・てつお）
東京工業大学名誉教授

大地真介（おおち・しんすけ）
広島大学大学院人間社会科学研究科教授

岡本和子（おかもと・かずこ）
明治大学文学部教授

小椋道晃（おぐら・みちあき）
明治学院大学文学部講師

折島正司（おりしま・まさし）
青山学院大学名誉教授

梶原照子（かじわら・てるこ）
明治大学文学部教授

加藤有佳織（かとう・ゆかり）
慶應義塾大学文学部准教授

金澤　哲（かなざわ・さとし）
京都女子大学文学部教授

木原善彦（きはら・よしひこ）
大阪大学大学院言語文化研究科教授

来馬哲平（くるま・てっぺい）
青山学院大学文学部准教授

後藤和彦（ごとう・かずひこ）
東京大学大学院人文社会系研究科教授

小林久美子（こばやし・くみこ）
京都大学大学院文学研究科准教授

齊藤　昇（さいとう・のぼる）
立正大学文学部教授

坂根隆広（さかね・たかひろ）
関西学院大学文学部准教授

佐久間由梨（さくま・ゆり）
早稲田大学教育学部教授

佐々木真理（ささき・まり）
実践女子大学文学部教授

笹田直人（ささだ・なおと）
明治学院大学文学部教授

貞廣真紀（さだひろ・まき）
明治学院大学文学部教授

佐藤良明（さとう・よしあき）
東京大学名誉教授

佐藤里野（さとう・りの）
東洋大学文学部講師

澤入要仁（さわいり・ようじ）
立教大学文学部教授

柴田元幸（しばた・もとゆき）
東京大学名誉教授

管　啓次郎（すが・けいじろう）
明治大学理工学部教授

舌津智之（ぜっつ・ともゆき）
立教大学文学部教授

髙尾直知（たかお・なおちか）
中央大学文学部教授

高野泰志（たかの・やすし）
九州大学大学院人文科学研究院准教授

高橋美知子（たかはし・みちこ）
福岡大学人文学部准教授

高村峰生（たかむら・みねお）
関西学院大学国際学部教授

＊竹内理矢（たけうち・まさや）
奥付編著者紹介参照

千代田夏夫（ちよだ・なつお）
鹿児島大学教育学部准教授

辻　秀雄（つじ・ひでお）
慶應義塾大学文学部准教授

中野学而（なかの・がくじ）
中央大学文学部准教授

成田雅彦（なりた・まさひこ）
専修大学国際コミュニケーション学部教授

難波雅紀（なんば・まさのり）
実践女子大学文学部教授

新田啓子（にった・けいこ）
立教大学文学部教授

野田研一（のだ・けんいち）
立教大学名誉教授

波戸岡景太（はとおか・けいた）
明治大学理工学部教授

林　ひふみ（はやし・ひふみ）
明治大学理工学部教授

原　成吉（はら・しげよし）
獨協大学外国語学部教授

深瀬有希子（ふかせ・ゆきこ）
実践女子大学文学部教授

藤井　光（ふじい・ひかる）
東京大学大学院人文社会系研究科准教授

古井義昭（ふるい・よしあき）
立教大学文学部准教授

本合　陽（ほんごう・あきら）
東京女子大学現代教養学部教授

水野尚之（みずの・なおゆき）
京都大学名誉教授

宮川　雅（みやかわ・ただし）
法政大学文学部教授

本村浩二（もとむら・こうじ）
駒澤大学文学部教授

森　慎一郎（もり・しんいちろう）
京都大学大学院文学研究科准教授

森本奈理（もりもと・なり）
文教大学文学部准教授

山内　玲（やまうち・りょう）
東北大学大学院国際文化研究科准教授

山根亮一（やまね・りょういち）
東京工業大学リベラルアーツ研究教育院准教授

山辺省太（やまべ・しょうた）
南山大学外国語学部教授

山本裕子（やまもと・ゆうこ）
千葉大学大学院人文科学研究院准教授

＊山本洋平（やまもと・ようへい）
奥付編著者紹介参照

横山　晃（よこやま・あきら）
立教大学文学部助教

吉田　要（よしだ・かなめ）
日本工業大学共通教育学群准教授

余田真也（よでん・しんや）
東洋大学文学部教授

渡辺信二（わたなべ・しんじ）
立教大学名誉教授・山梨英和大学人間文化学部教授

《編著者紹介》

竹内理矢（たけうち・まさや）

明治大学文学部准教授

『フォークナーと日本文学』（共著）松柏社，2019年

『〈交感〉自然・環境に呼応する心』（共著）ミネルヴァ書房，2017年

『〈日本幻想〉表象と反表象の比較文化論』（共著）ミネルヴァ書房，2015年

『アメリカ文化 55のキーワード』（共著）ミネルヴァ書房，2013年

「ジェイソン・コンプソンの不安といら立ち——近代との格闘，『響きと怒り』」『フォークナー』22号，2020年

「フォークナーと「近代」——「エミリーへの薔薇」，憧憬と回帰」『フォークナー』17号，2015年

"Postwar Homosocial Bonding: Love and Value in *The Sun Also Rises*." *The Journal of the American Literature Society of Japan*. (11) 2013.

"Bigger's Divided Self: Violence and Homosociality in *Native Son*." *Studies in American Naturalism*. 4(1) 2010.

山本洋平（やまもと・ようへい）

明治大学理工学部准教授

『揺れ動く〈保守〉——現代アメリカ文学と社会』（共著）春風社，2018年

『環境人文学Ⅱ——他者としての自然』（共編著）勉誠出版，2017年

Thoreau in the 21st Century: Perspectives from Japan.（共著）金星堂，2017年

『鳥と人間をめぐる思考——環境文学と人類学の対話』（共著）勉誠出版，2016年

『ソローとアメリカ精神——米文学の源流を求めて』（共著）金星堂，2012年

"'Nature's Dining Room': Emily Dickinson's Multispecies Imagination."『関東英文学研究』(13) 2021.

"Savages in the Market: Ambivalent Representations of Native Americans in *Walden*."『ヘンリー・ソロー研究論集』(37) 2011.

シリーズ・世界の文学をひらく③

深まりゆくアメリカ文学

——源流と展開——

2021年4月1日　初版第1刷発行　　〈検印省略〉

2022年1月30日　初版第2刷発行

定価はカバーに
表示しています

編著者　竹　内　理　矢
　　　　山　本　洋　平

発行者　杉　田　啓　三

印刷者　田　中　雅　博

発行所　株式会社　ミネルヴァ書房

〒607-8494　京都市山科区日ノ岡堤谷町1
電話代表　(075) 581-5191
振替口座　01020-0-8076

創栄図書印刷・新生製本

ISBN978-4-623-09077-8

Printed in Japan